作者简介

赵遐秋

女,汉族,浙江绍兴人。1935年10月10日出生。中国人民大学文学院教授。1961年毕业于北京大学中文系后到中国人民大学任教。教学和学术研究领域,先是古代汉语,后是中国现当代文学。社会兼职中国作家协会台港澳暨海外华文文学联络委员会副主任期间,在中国作协领导下,团结两岸学者,长期坚持开展反对"文学台独"的斗争。和先生曾庆瑞联合出版有文学研究论集18卷集《曾庆瑞赵遐秋文集》,辑入独立撰写与合作撰写的《"文学台独"面面观》《台湾新文学思潮史纲》等论著,主编了多种台湾文学研究的书籍。

曾庆瑞

男,汉族,湖北武汉人。1937年9月6日出生。中国传媒大学戏剧影视学院教授。1961年毕业于北京大学中文系本科,1965年毕业于北京大学中文系副博士研究生后,进入北京广播学院任教。教学和学术研究领域,先是汉语写作,后是中国现当代文学、电视剧历史与理论。社会兼职中国作家协会台港澳暨海外华文文学联络委员会委员期间,在中国作协领导下,团结两岸学者,长期坚持开展反对"文学台独"的斗争。和夫人赵遐秋联合出版有文学研究论集18卷集《曾庆瑞赵遐秋文集》,辑入独立撰写与合作撰写的《"文学台独"面面观》《台湾新文学思潮史纲》等论著。另有电视剧艺术学著作25卷集《曾庆瑞电视剧艺术理论集》出版。

批判「文学台独」

赵遐秋　曾庆瑞　著

光明日报出版社

图书在版编目（CIP）数据

批判"文学台独"/赵遐秋，曾庆瑞著 .—北京：
光明日报出版社，2022.8
ISBN 978-7-5194-5337-4

Ⅰ.①批… Ⅱ.①赵… ②曾… Ⅲ.①台湾文学—当

代文学—文学研究 Ⅳ.① I209.958

中国版本图书馆 CIP 数据核字（2019）第 092246 号

批判"文学台独"
PIPAN "WENXUE TAIDU"

著　　　者：赵遐秋　曾庆瑞

责任编辑：谢　香　徐　蔚　　　　责任校对：傅泉泽
封面设计：索　美　　　　　　　　责任印制：曹　诤

出　版　者：光明日报出版社
地　　　址：北京市西城区永安路 106 号，100050
电　　　话：010-63169890（咨询），010-63131930（邮购）
传　　　真：010-63131930
网　　　址：http://book.gmw.cn
E - m a i l：gmrbcbs@gmw.cn
法 律 顾 问：北京兰台律师事务所龚柳方律师

印　　　刷：北京建宏印刷有限公司
装　　　订：北京建宏印刷有限公司
本书如有破损、缺页、装订错误，请与本社联系调换，电话：010-63131930

开　　　本：170 mm×240 mm　　　印　　　张：41
字　　　数：667 千字
版　　　次：2022 年 8 月第 1 版　　　印　　　次：2022 年 8 月第 1 次印刷
书　　　号：ISBN 978-7-5194-5337-4

定　　　价：198.00 元

批判"文学台独"　维护祖国统一

——《"文学台独"批判》[①]座谈会上的讲话

金炳华

　　《"文学台独"批判》一书的完稿非常及时，为我们文学战线上开展与"文学台独"的斗争、增进两岸文学界维护中国文学同一性的共识、促进祖国和平统一大业，提供了丰富的材料和有力的武器。世界上只有一个中国，大陆和台湾同属一个中国，中国的主权和领土完整不可分割。早日解决台湾问题，完成祖国统一大业，是全中国人民的共同愿望和神圣使命，也是新世纪我们必须实现的三大历史任务之一。台湾是中国神圣领土不可分割的一部分，台湾文化、台湾文学也是源远流长的中华文化和中国文学不可分割的组成部分。但是，近些年来，台湾的"台独"势力日益猖獗，不仅在政治上大肆从事分裂活动，而且在精神文化领域包括文学领域大搞"文化台独"，妄图从精神、文化、情感上或者说从根本上逐步割断台湾同胞与祖国大陆的联系，从而为"政治台独"张目，最终达到将台湾从祖国分裂出去的罪恶目的。在"文学台独"方面，长期以来，少数人散布了一整套有关台湾文学"独立"、台湾文学与祖国大陆文学是"两国文学"的谬论。

　　与此同时，台湾当局在高教领域里加速设置一批"独立"于中文系之外的，与中文系、所分裂为"两国"文学系、所的"台湾文学系"和"台湾文学研究所"，以台湾文学研究取代中国文学研究，"文学台独"正在恶性发展。对"文学台独"言行进行针锋相对的坚决斗争，批驳其荒谬论调，揭露其政治实质，消除其恶劣影响，遏制其发展势头，是一项刻不容缓的任务，也是广大富有爱国心、正义感的文学工作者肩负的光荣职责。

　　令我们深为感动、敬佩和鼓舞的是，"文学台独"从它出笼的那一

---

　　① 此书出版时，改名为《"文学台独"面面观》，台湾繁体字版书名为《"台独"派的台湾文学论批判》。

天起，就遭到了以陈映真先生等为代表的台湾文学界主张统一、爱国进步的文学家们的坚决抵制和有力批判。他们深刻揭露了"文学台独"言行的分离主义的真实面目和反动本质，深刻剖析了包括"文学台独"势力在内的"台独"势力和外国反华势力相勾结的背景，深刻批判了"文学台独"反民族、反历史、反文化、反文学的荒谬性和危害性。直到今天，这场反对"文学台独"的斗争还在艰苦地进行着。

发生在台湾岛上文学界的"统""独"之争，引起了祖国大陆思想界、文化界的极大关注，一部分文学工作者也纷纷加入到斗争的行列中来，赵遐秋教授和曾庆瑞教授就是其中的两位。他们正在文学岗位上从事着一项关系到中华民族统一大业的十分重要的工作，在他们身上充分体现了文学理论工作者饱满的爱国热忱、高度的政治责任感和强烈的历史使命感。他们在不太长的时间里写出的近20万字的《"文学台独"批判》书稿，凝聚着他们的大量心血。这部书稿简要介绍了"文学台独"在台湾恶性发展的历史，并从五个方面对"文学台独"的主要谬论和活动进行了比较系统的批驳，资料翔实，论证有力。这部著作的出版，必将为深入开展批判"文学台独"的斗争产生积极的促进作用。

江泽民同志在1995年1月发表的《为促进祖国统一大业而继续奋斗》的重要讲话中指出："中华各族儿女共同创造的五千年灿烂文化，始终是维系全体中国人的精神纽带，也是实现和平统一的一个重要基础。"从文学角度不断增进两岸人民对中华民族文化的共同认知，是两岸文学工作者义不容辞的历史责任。我们要充分认识与"文学台独"的斗争的长期性、尖锐性、复杂性，充分把握这场斗争的政治性、政策性、文学性、科学性，努力把研究工作和面向广大台湾同胞特别是青少年的言传引导工作做深、做细、做出成效来。同时，我们要积极促进、大力开展两岸文学交流，在共同推动中国文学事业发展与繁荣的进程中，消除"文学台独"的贻害和流毒，充分发挥中国文学对于加深两岸人民的了解和感情、增强中华民族凝聚力的巨大作用。无论在政治上，还是在文化上、文学上，搞"台独"都是违背历史潮流和两岸人民意愿的，是没有出路和注定要失败的。历史发展的车轮无法阻挡，祖国的完全统一一定能实现。

（作者时任中国作家协会副主席、党组书记）

《批判"文学台独"》序

金坚范

新年伊始，习近平总书记在《告台湾同胞书》发表40周年纪念会上发表重要讲话。赵遐秋教授、曾庆瑞教授两人读完讲话，又亢奋了一次，决心将近20年来撰写、发表的有关批判"文学台独"的文章辑集出版。两位老人，均已耄耋之年，本应含饴弄孙、优哉游哉，却再次血脉偾张，其"天下兴亡，匹夫有责"的民族大义和历史担当，愈加可敬可佩。

众所周知，台湾是中国一部分、两岸同属一个中国的历史和法理事实，是任何人任何势力都无法改变的。但在统一的历史进程中，出现了"台独"这一逆流。思想变革是社会变革的前奏。社会意识是社会存在的反映。社会思潮是由一定的历史条件和社会存在决定的，传达着一定时代的现实生活中的人们的精神意向和社会心理。社会思潮的形式是多种多样的，文艺作为社会思潮中最敏感的触角，如影随形地陪随着政治思潮。此外，"台独"作为一种思想观念，因为在现实政治中难以觅一席之地时，便先寄居于意识形态领域，特别是富有感染力的文学之中，这使人如同雾里看花，隐约不清。"台独"如此良苦用心，以为既可不失安全感，又易蒙混过关。由此，台湾文坛出现了一个"台独"群体，成为分裂主义政治思潮的重灾区之一。赵遐秋、曾庆瑞两位教授的贡献在于，以其扎实的理论功底、丰厚的学养以及政治敏锐性，率先从学理上、政治上、理论上、思想上全面、系统地梳理、批判"文学台独"，并明确指出，"文学台独"是文学领域里的"两国论"，且"咬定青山不放松"，"任尔东西南北风"。当然，他俩对"文学台独"的认识，归功于已故台湾著名文学家、思想家陈映真先生的启迪和帮助。正是陈映真先生，在"文学台独"刚刚破土而出、端倪微显时，即觉察到这一苗头的严重性、危险性，并迅即撰文揭露、批判。而后，陈映真先生又将自己的所思所想与两位教授推心置腹地沟通。

台湾问题的产生和演变有其复杂的历史原因。两岸分隔70年，两岸民众之间对一些问题的认识自然会有差异，加上"台独"分子的猖狂活动，增加了统一的困难性。俗话说，道路是曲折的，前途是光明的。两岸同胞同根同源、同文同种。中华民族是热爱和平，崇尚团圆、统一的民族。中华民族又具有5000年的历史文化。"一国两制"在中国历史上早已有之，且有多次成功实践。这一理念源于早于老子、孔子200年的西周末年著名思想家史伯的"和实生物、同则不继"的思想，而后孔夫子将其概括为"和而不同"。这一理念，已成为中华民族非常根本的文化基因。中国历史典籍《左传》，开篇就讲述了"掘地见母"的故事，说明中华民族具有破解难题的智慧。

"旧时王谢堂前燕，飞入寻常百姓家。"滚滚长江东流水，历史发展是不可逆转的。顺应历史大势，共同推动两岸关系和平发展，推进祖国和平统一过程，是中华儿女义不容辞的责任，而批判"文学台独"是题中之义。孟子曰："夫物之不齐，物之情也。"对"文学台独"的认识，不论在对台文化研究的大陆学者中，抑或媒体工作者中，甚至负责两岸交流的工作人员中，认识参差不齐是不争的事实。对于广大人民群众而言，他们对于"文学台独"知之甚少或茫然不知，甚至连"文学台独"这个称谓都是闻所未闻。所以，在"台独"舆论甚嚣尘上的今天，希望此书的出版能使批判"文学台独"的斗争转为人民群众普遍获益的公共精神产品。

敬为序。

2019年1月28日
（作者原任中国作家协会党组成员、
书记处书记、《文艺报》总编辑）

任重道远

——在民族文学发展的道路上

曾健民

赵遐秋、曾庆瑞两位先生，是我与陈映真先生并肩批判"文学台独"的战友，也是陈映真先生晚年和卧病期间及至身后在北京最亲近的友人。他们嘱咐我为这本书写序，不胜荣幸！

回顾近二十年前共同为争取台湾文学走健康道路，共同携手批评"文学台独"的篇篇章章和岁岁月月，再鉴照于这二十年来"政治台独"重掌台湾政权激化两岸对立煽起反中情绪的新变化，不禁感叹万千，遂在年后俗事繁忙中写就此文。

"文学台独"简单地说就是关于台湾新文学的"台独论"，亦即台湾新文学的"两国论"，主张台湾新文学乃是一个独立自主的文学，与中国文学无关。这种昧于事实的文学论，作为分离主义的文化先锋，和"历史台独"论一起，在比"政治台独"早十年的20世纪70年代中末就走进了台湾的文化、文学界。此后不断引发文学论战，配合"政治台独"势力在台湾政界的不断扩张，逐渐占据了台湾的文化、思想、教育、传媒等意识形态"国家机器"，及至2000年陈水扁政府上台，"文学台独"成为台湾社会的统治性意识形态。

然而，以陈映真为首的反对"文学台独"的民族文学力量，从分离主义意识文学论的出现和抬头，即敏锐地进行批判，持续发挥卓绝的影响力。陈映真曾指出："反对'文学台独'论的一方，二十年来于兹，没有放弃对'台独'文论的揭露和批判，形成台湾新文学思想史上跨度最长、涉及问题最广泛的一次针锋相对的理论意识形态斗争。"然而，由于反"独"一方的资源单薄，力量对比悬殊，终使"文学台独"论或"历史台独"论随着"政治台独"的掌权而占有文化霸权地位。"文学台独"论为了彰显其分离主义而惯于篡改、湮灭、歪曲史实，且经常断章取义、移花接木的本性，而致使其水准粗疏，学问空虚，一些青年学生受其恶劣影响而普遍思想狭隘，短视近利。

终至 2014 年 3 月 18 日爆发了一些学生占领台湾"立法院""行政院"的颠狂事件，造成了两岸关系的大倒退和台湾社会意识总保守化。这些学生以"公民社会""民主政治"的代表自居，口中高喊反对两岸服务贸易协定和反对执政的国民党黑箱作业，实为以暴力阻挡两岸交流，行动激进但思想保守。历史地看，在其激进的行动和话语的烟幕退去后，在其"公民""民主""学运""太阳花运动"的美名下，实为一场反动的激进"独运"。在政治上，它彻底打垮了国民党使民进党重掌政权，更严重的，在于它进行了一次对台湾全社会大规模的意识动员，形塑了新的反中意识的想象共同体。这成了其后蔡政权全面反中、两岸政策大倒退的政治社会基础。

蔡政权夸誉它是"自然独"，但只要有点历史感觉的人都知道，这完全是从李登辉政权以来数十年霸权化的分离主义势力对台湾政治社会文化意识动员的结果，完全是"人造独"……一场反民族意识形态动员的结果。

"占领剧"中的年轻学生行动焦躁、激进，但思想保守，高举"太阳花"类似美国在东欧中东煽起的颜色花儿动乱，高喊捍卫民主却行动反民主。年轻人或学生对现实的愤懑被空洞的民主、公民的幻觉所迷惑，被激起的混乱的"反中分离主义"意识观念和认同所俘虏了。他们正是在李登辉政权以降在"去中国化"、美化日本殖民统治的"独化"历史教育和分离主义意识政策中受教育成长的一代，亦即，去历史化的分离主义教育的历史结果。"太阳花运动"反映了"台独"意识形态所造成的思想贫困。

作为"台独"史观（"历史台独"）重要组成的台湾文学的"台独论"——"文学台独"，在 70 年代中晚期"台独论"还是政治禁忌的年代，就以隐晦的文学论方式登上论坛，随着台湾政治解严以及李政权登台，"文学台独"通过统、"独"论战及政权庇护不断茁长，及至 2000 年"台独"政权上台已蔚为霸权论述。从 70 年代开始，数十年来，一直站在前锋揭露和批判台湾"文学台独"论谬误的陈映真，在这场民族史上漫长的严峻的意识形态领域文学统、"独"斗争中，本来势均力敌，但是到了 2000 年陈水扁上台后，他忧心地说："2000 年后在'台独'派攫取了政权和高教领导权后，'文学台独'论势将借着独占台湾文学系所的广设，变本加厉，或为'台独'派在台文化战线上的有力推进，为害严重。"它将成为我们民族史上在意识形态领域中一场严峻的斗争。果然，2014 年参加所谓"太阳花学运""占领剧"的

6

青年学生，大都是在"台独"派已掌握了教育、文化和传媒的年代受教成长的，他们又以更激进的"反中"运动造就了新"独派"上台，使两岸关系大倒退。算起来，他们不也就是陈映真病倒后才受教育成长的一代吗？

陈映真先生从80年代末就积极投身促进两岸交流和增进民族团结的运动。1998年年初在北京举办了吕赫若研讨会后，得到中国作家协会金坚范先生和赵遐秋先生、曾庆瑞先生的大力协助，先后在大陆为台湾作家黄春明、蓝博洲、詹澈、杨逵等举办了文学研讨会。2000年在苏州大学共同举办了"光复后重建台湾新文学论议"（《桥》副刊论战）研讨会，当时正是"独派"扁政府刚上台，陈映真忧心"文学台独"变本加厉，特别呼吁要严正重视"文学台独"对民族团结的为害性，希望能够"团结大陆台湾文学界共同进行研究，共同进行对于'文学台独'的科学性的、系统的廓清与批评，摆事实，以理以科学知识服人"。

赵遐秋先生和曾庆瑞先生很快回应了陈映真的呼吁。在中国作协的《文艺报》和其他刊物刊出了一系列对"文学台独"深入的批判文章，并于2001年12月在九州出版社结集出版了《"文学台独"面面观》。这是第一本对"文学台独"有科学性有系统性的廓清和批判。陈映真在此书序文中评这书是"彰显了它在我民族文学史、在政治和思想文化史上的重大而深刻的意义"。

同在这时候，集结了陈映真、赵遐秋、曾庆瑞、斯钦、樊洛平、吕正惠、曾健民七位两岸学者组成台湾新文学的研究和写作小组，共同商议分章分节写作了一本《台湾新文学思潮史纲》，分别在两岸出版。这对分离主义的台湾新文学史论惯有的歪曲史实、断章取义的问题起了正本清源的作用。台湾新文学从20年代诞生以来，包括它的发轫期，在历次的文学运动与论争中，都有台湾和大陆的文学家、理论家共同克服困难为发展台湾新文学而奋斗。这次两岸作家共同携手创作的《台湾新文学思潮史纲》，不愧是秉承了这优秀的文学传统；从台湾光复期的"重建台湾新文学议论"（《新生报》副刊《桥》论战）后，因东、西冷战和中国内战而两岸隔绝以来，经历了不算短的半个世纪以后，两岸学者再度携手共同为台湾新文学的健康发展而奋斗，是我们民族文学史上一次值得大书特书的突破和前进。陈映真在此书的出版序文中指出了："一时分断中的两岸学者，以科学性的研究为基础，为了捍卫台湾新文学的中国属性，重新走到了一起。"

同在 2000 年后，陈映真也特别"比较集中精力"地在人间出版社出版了一系列的《台湾新文学史丛刊》，包括了《台湾新文学思潮史纲》以及《"台独"派的台湾文学论批判》(《"文学台独"面面观》的增订繁体字版) 在内的六卷本。陈映真在序文中特别指出了，这六卷本书的出版是：在台湾文学论述逐渐成为主流政治的霸权论述的重要成分，为"政治正确"服务的当前情况下，"做平衡、匡正的工作"。

　　2012 年，赵遐秋先生进一步收集并编辑了各方批判"文学台独"的文论，在台海出版社出版了两大卷的《"文学台独"批判》，可说是包括两岸学者在内华文世界批判"文学台独"的集大成，堪称民族文学史重要的里程碑；只可惜，在陈映真已病卧北京的情况下，没有实现台湾繁体字版的出版。

　　春寒料峭之际作此文，不禁思绪奔驰，回顾与前瞻交替涌现，感情和文字无法自抑，失礼之处难免。然在两岸时潮兴替的大历史中，我们毕竟共同携手在民族文学最严峻的意识形态斗争中努力过。两位先生这次总结了毕生尽瘁的批判"文学台独"的大作，付梓出版，真是可喜可贺，它不仅是在漫长的中国民族文学史上的一座里程碑，更是任重道远，将在"台独"意识形态的逆流中持续发挥振聋启聩的作用，以期两岸春暖花开的到来。

　　是敬以为序。

2019 年 2 月 2 日

　　【赵遐秋、曾庆瑞附注：健民先生，台湾省花莲县人，1950 年出生。社会职业是牙医，在台岛颇负盛名。令人钦敬的是，作为台湾新文学阵营批判"文学台独"的旗手和统帅的陈映真先生生前的亲密战友，健民先生在用医学治病救人的同时，还是台湾文化界、文学界坚决同"文学台独"作斗争的一位思想家、理论家、文学家，著述颇丰。早年，健民先生曾经与映真一道发起组织了台湾社会科学研究会，并任会长多年。】

我们为什么要重版这部
《批判"文学台独"》的书

赵遐秋　　曾庆瑞

1993 年 6 月，应台北中国作家艺术家联盟主席尹雪曼先生邀请，我们俩赴台访问 28 天。期间，在台北福华大酒店我们旅居的客房里，此前在北京结识的陈映真先生偕同夫人陈丽娜女士来访。在畅谈一个下午和半个晚上的时间里，映真正式提出了"重写台湾文学史"的问题。为什么要重写？映真说，因为大陆学界书写和发表、出版的台湾文学史论著，全都遮蔽了台湾现代文学史上最重要的一个史实——爱国的文学家们艰难地开展的反对叶石涛所代表的分离主义势力的斗争；不少读者和论著作者，甚至还把"文学台独"的炮制者、鼓吹者叶石涛，当作"权威"加以推崇，把他的言论当作"经典"加以引用。1997 年 7 月，映真发表了有名的《向内战与冷战意识形态挑战》一文，纪念"乡土文学论战"20 周年。映真在文章里写下了一句充满历史沧桑感的名言："历史给予台湾形形色色的民族分离主义以将近 20 年的发展时间。"他还说道："70 年代论争所欲解决的问题，却不但没有得到解决，反而迎来了全面反动、全面倒退和全面保守的局面。"这一年，遐秋又去台湾，和映真约定，他初冬时节到北京来参加一个华文文学的研讨会，我们可以好好商量两岸如何合作开展对于这股文学分离主义势力的批判。1998 年冬天，映真和他在台湾的战友们加紧了批判"文学台独"的斗争。其标志就是他们原来的"人间派"同仁恢复出版《人间思想与创作丛刊》，冬季号的辑名就是《〈台湾乡土文学·皇民文学〉的清理与批判》。1999 年 5 月，庆瑞随作协访问团二次访台，映真给了庆瑞一沓手抄的资料——1947 年到 1949 年台湾《新生报·桥》副刊上关于台湾文学问题争论的文章。"台独"势力遮断并歪曲了那场争论。这一年，遐秋三访台湾，回程在高雄登机时，赶上李登辉抛出"两国论"的分裂谬论，台湾岛上"台独"势力从后台走到了前台，从"暗独"走向"明独"。7 月 20 日的《文艺报》上，头版头条以《作家为一个中国呐喊》为题，发表了一组文章，其中有遐秋一篇《李登辉有他不可告人的阴谋》。同年9月9日，我们俩在美国纽约文学界的欢迎酒会上接受了采访。第二天，10日，美国华文报纸《侨报》、《明报》、《星岛日报》，还有美东电视台等多家媒体，报道说："著名文学评论家赵遐秋、曾庆瑞教授伉俪酒会论文，在纽约与美东华文作家切磋交流，指出，台湾'本土化'的一个重要表现是，文学作品中有严重的'台独'思潮，具有相当的危险性。"1999年11月，遐秋主编的《台湾乡土文学八大家》一书交由北京台海出版社出版时，在《结束语》里，她又写道："台湾一些有识之士和维护祖国统一的学者，都在纷纷起来抨击李登辉的'台独言行'，呼吁台湾民众勿为'台独'言论所迷惑，而要和李登辉的'台独'狂想划清界限……这里，我也要向文学界的朋友呼吁，文学，也要警惕'台独'的侵蚀。"遐秋还简明扼要地概述了70年代末期以来台湾文学界统、"独"斗争的情况，特别说到了1990年创刊的一本《台湾文学观察杂志》，揭露了杂志上散布的大量的分离主义言论，比如，说什么"'台湾文学'，也应该是不从属于'中国文学'，一直是在台湾独立完成的文学传统"，是"和中国文学分立并具有主体性的""独立自主"的文学。另外，对于显然追随李登辉路线的1993年4月至6月的六场"台湾地区区域文学会议"中少数人所鼓吹的谬论，也有揭露和批判。三年后的2002年，《中国文化报》发表《以批判"文学台独"为己任》一文说，我们俩在美国纽约的"酒会论文"是"大陆学者里最早公开亮出这面批判'文学台独'的旗帜的"。

中国作家协会领导研究了《新生报·桥》副刊的那场争论资料，决定和台湾映真他们合作，商请江苏省社科院和苏州大学中文系联合举办，于2000年8月在苏州召开一个大型研讨会，认真清理那次文学论争的历史，还历史以本来面目。苏州研讨会拉开了大陆文学界、文化界和媒体批判"文化台独"、"文学台独"的大幕。从那以后，在作协原副主席、党组书记金炳华先生，原副主席邓友梅先生、陈建功先生，原党组成员、书记处书记、《文艺报》总编辑金坚范先生的领导下，由作协台港澳暨海外华文文学联络委员会具体组织实施，我们和陈映真为首的台湾文学界爱国思想家、学者、评论家、作家并肩作战，以大陆《文艺报》和台北《人间》杂志为主阵地，在大约长达六年的时间里，展开对于"文学台独"的批判，针锋相对，一时风生水起，势如破竹，高潮不断。除了他们新生代里有一个陈芳明还有一些动作，叶石涛所代表的"文学台独"势力，他们的海外同谋日本文学界反华势力、妄图复活"日据"时期"皇民文学"的代表人物藤井省三，都没有招架还手的能力。就在这个过程里，我们俩写作或者参与写作了这部《批判"文学台独"》里辑录的绝大多数文字，留下了自己人生历程里的一页光荣记录。

不幸，2006年9月26日，应邀来北京中国人民大学担任客座教授的映真，在寓所里摔跤，脑出血中风，此后住院十年五十七天，直到2016年11月22日14时39分在北京辞世；再加一些别的原因，大陆文化界、文学界和媒体反对"文学台独"的斗争进程暂告中断。除了一组悼念、怀念映真的文字，我们在这个战场上也沉默了十二年。

然而，树欲静而风不止，这些年，有些事常常让我们耿耿于怀，郁闷纠结不已。这里举例说其中的三件：一是陈芳明的《台湾新文学史》一书出版后没有受到批判，二是藤井省三竟然被奉为上宾请到中国人民大学文学院"讲学"，三是2018年11月台湾"金马奖"活动中大陆电影界一些人士在"台独"势力面前的极不光彩的"溃败"。

2000年8月的苏州研讨会上，映真带来了台湾《联合文学》杂志的1999年8月的178期和2000年7月的189期。前者，陈芳明发表了他的《台湾新文学史》的第一章《台湾新文学史的建构与分期》，1.5万字；后者，有映真批驳他的3.4万字长文《以意识形态代替科学知识的灾难》。苏州会议后，10月间，映真和尉天骢来北京参加一个面对全球化的民族文化发展问题的学术研讨会，又带来了2000年8月的190期和9月的191期的《联合文学》。190期上有陈芳明的1.1万字的反扑文字《马克思主义有那么严重吗？》，191期有映真的2.8万字的再批判文字《关于台湾"社会性质"的进一步讨论》。陈芳明把自己的观点叫作"后殖民史观"，它的要点是："台湾社会是属于殖民地社会的"，它"穿越了殖民时期、再殖民时期与后殖民时期3个阶段"。其要害是把二战后中国收复台湾说成是对台湾实行"再殖民统治"，还有所谓"脱离中国的'复权'斗争"。由此，陈芳明还派生出一谬论，说什么台湾新文学是多语言、多源头、多元化的文学，等等。苏州会议之后，在黄山上，金坚范、我们俩，和台湾朋友商量了，在共同撰写一部《台湾新文学思潮史纲》的同时，还要写文章评论他跟陈芳明在《联合文学》上的论战。不久，我们以"童伊"的笔名写了第一篇文章《"台独"谬论可以休矣！——看近期〈联合文学〉上"二陈统、'独'论战"》。当年12月23日，《文艺报》发表了我们更长的1.25万字的长文《"台独"文化把"语言"当"稻草"，荒谬!》人们看得更加触目惊心。

这一阶段的论战之后，映真一直念念不忘的是，要继续深入批判陈芳明的"文学台独"谬论。直到 2006 年 9 月 25 日，映真中风头一天，我们两家在他寓所里一起过中秋节，午饭后，遐秋和丽娜在厨房收拾，庆瑞和映真在他们卧室说话，映真还一直在思考怎么批判陈芳明的问题。映真对庆瑞说，陈芳明的《台湾新文学史》对台湾文学所作的"三大历史阶段九个历史时期"的分期建构中，把 1979—1987 年划分为第八个时期，即"思想解放时期"。他在《台湾新文学史的建构与分期》里说，在这个时期，和社会变化同时，"文学界也正在进行一场'中国意识'与'台湾意识'之间的论战，也就是坊间所说的统、'独'论战，基本上是乡土文学论战的延续"。他还说，"统独论战"的最大意义，"就在于是台湾文学获得正名的机会"，"通过这场辩论之后，台湾文学终于变成共同接受的名词"；然后，到了 1987 年以后的多元蓬勃时期，就有了从容的空间"重建台湾文学"。陈芳明要的是一个什么样的"正名机会"呢？他声称：其一，"70 年代回归本土"的声音中，"对陈映真、尉天骢等作家而言，本土应该是指中国；但是对叶石涛、李乔等人而言，本土则是指此时此地的台湾"。其二，1987 年解严后，"台湾意识文学的崛起在于批判傲慢的中原沙文主义"、"抗拒汉人沙文主义"。映真说，我们绝不能放过陈芳明的这种赤裸裸的"台独"言论。映真还说，陈芳明在社会性质和中国社会史论说中违背事实的反科学的谬论，美化日本对台殖民统治和日据时期"皇民文学"的谬论，歪曲台湾社会历史和台湾文学历史的伎俩，错乱的伪科学的文学史建构史观和分期说法还有他肆意辱骂的"汉人沙文主义"，等等，也都不能放过！不幸的是，说完这些，映真就抱病卧床被迫搁笔了。

2011 年 10 月，陈芳明在台北联经出版事业股份有限公司印出了他的 75 万字的一本《台湾新文学史》。让人感到意外的是，这部号称"为全世界的中文读者打开新的台湾文学阅读视野"的附庸于政治"台独"的"文学台独"的新一代标本，全部出笼之后，整体上没有受到有力的批判。台湾没有，大陆也没有。就连陈芳明在书中第一章《台湾新文学史的建构与分期》里指名道姓公然诋毁的大陆四部台湾文学史论著的作者，好像也都没有正式的回应。要知道，陈芳明的诋毁甚至恶劣到了羞辱大陆学者人格的地步，他的污蔑文字是："这些著作的共同特色，就是持续把台湾文学边缘化、静态化、阴性化。他们使用边缘化的策略，把北京政府主导下的文学解释膨胀为主流，认为台湾文学是中国文学不可分割的一环，把台湾文学视为一种固定不变的存在，甚至认为台湾作家永远都在期待并憧憬'祖国'。这种解释，完全无视台湾文学内容在不同的历史阶段不断在成长扩充。僵硬的、教条的历史解释，可以说相当彻底地扭曲并误解台湾文学有其自主性的发展。从中国学者的论述可以发现，他们根本没有实际的台湾历史经验，也没有真正生活的社会经济基础，台湾只是存在于他们虚构的想象之中，只是北京霸权论述的余绪。他们的想象，与从前荷兰、日本殖民论述里的台湾图像，可谓毫无二致。因此，中国学者的台湾文学史书写，其实是一种变相的新殖民主义。"

我们俩委托台湾好友曾健民先生买回了陈芳明这部书，本来是要写一篇长文章，对这部书的"台独"本质做一次彻底的批判的。这也是为预定要召开的一次会议准备的论文。遗憾的是，预定的会议不开了，我们也就暂时搁置下来了。随后，大陆文化界、文学界批判"文学台独"声势不再，我们自己也在无奈之余懈怠起来，没有尽责写出来。

关于藤井省三，想想也是十分悲哀的事情。

2004年12月6日，我们署名"童伊"在《文艺报》上发表《藤井省三为"皇民文学"招魂意在鼓吹"文学台独"》一文的时候，藤井省三是日本东京大学中国语文学系主任，号称"日本现代中国文学的权威"之一。1998年，此人在东京的东方书店出版了一部书叫《百年来的台湾文学》，台湾中文版书名叫《台湾文学这一百年》。2003年11月13日，陈映真写成了《警戒第二轮台湾"皇民文学"运动的图谋——读藤井省三〈百年来的台湾文学〉：批评的笔记（一）》一文，发表在台北《人间思想与创作丛刊》2003年冬季号上。陈映真的文章揭露和批判藤井省三的《百年来的台湾文学》一书，"明目张胆地为台湾皇民文学涂脂抹粉，把当时为日本侵略战争服务的台湾'皇民文学'说成'爱台湾'、向慕'日本的现代性'的文学，而不是彰久明甚的汉奸文学"，"书中充满了力图把台湾文学从中国文学分裂出去的斗胆的暴论"。2004年，陈映真在香港接受《文学世纪》杂志的访谈专题《左翼人生——文学与宗教》一文里还指出，藤井省三其人实际上是个"右派学者"。同年，藤井省三读到陈映真的文章后写了一篇东西叫《回应陈映真对拙著〈台湾文学这一百年〉之诽谤中伤》，在7月号的日本《东方》杂志发表。又经台湾旅日"独派"文人黄英哲译成中文，先后在 6 月号的台湾《联合文学》和香港《作家》杂志同时发表。随后，8 月，藤井省三的学生、另一台湾留日"独派"文人张季琳翻译的中文版《台湾文学这一百年》，辑入台湾旅美学人王德威主编的《麦田人文》系列，由台北一方出版有限公司印行。书中，藤井省三收进了他回应陈映真的文章。藤井省三的回应，恶狠狠地咒骂陈映真"是道道地地的'丧家的乏走狗'伪左翼作家"。据悉，藤井省三的这本书，在日本，已有正直的学者松本正义等人做出尖锐的批判。批判文章很快就在台湾发表。陈映真的《人间》也将进一步对此人进行揭露和批判。看来，围绕着日本右翼文人藤井省三的"力图把台湾文学从中国文学分裂出去的斗胆的暴论"，在台湾，也在日本，新一轮的文学界"统""独"之争正在激烈地展开。不幸，令人吃惊的是，2004 年 10 月 15 日的北京一家报纸的"C90 书评·华语"版上，竟然有署名为"书评人傅月庵"者，刊出了一篇题为《台湾文学入门之书》的文字，对中华民族的统一大业置若罔闻，荒唐无比地吹捧藤井省三"力图把台湾文学从中国文学分裂出去的斗胆的暴论""显现"了"台湾文学研究的另一种可能"。本来，日本军国主义殖民台湾时期的"皇民文学"早就被钉死在"汉奸文学"的历史的耻辱柱上了，这位"书评人"的"奇文"竟然还要说，"这一殖民时期的定位，却也正是当前台湾文学研究最薄弱也最迫切需要补足的一环，藤井的'示范棋'，或者也可以激发那些手持棋子，却执著于'黑白之分'，而迟迟不能（或不敢）落手定石的研究者的勇气吧！"

这警醒了我们中国大陆的文学工作者，对于日本国的"台独派"文人藤井省三其人、其文、其书，再也不能等闲视之，再也不能不表明严正的态度予以揭露和批判。我们在《藤井省三为"皇民文学"招魂意在鼓吹"文学台独"》这篇文章里，揭露了藤井省三的《台湾文学这一百年》其实并不是一本"史"或"论"的自成体系的有水平的学术性专著。全书由三部组成，第一部题名为《台湾文学的发展》，其实只有三篇论文；第二部题名为《作家与作品》，也只说了西川满、吕赫若、周金波、琼瑶、李昂五个人的作品；第三部题名为《镁光灯下的台湾文学》则是九篇不同文体的文字的大杂烩。此外，还有几篇附录之类的文字。仅就这一百年台湾文学的"示范棋"这几个字而言，绝对名实不副。没有"示范棋"的功底而又要谬托知己以自炫，藤井省三究竟想干什么？其用心何在？我们在这里说一点吧——藤井省三把 1945 年日本战败后根据《开罗宣言》代表中国政府接管台湾政权收复台湾领土的国民党政权定性为和日本殖民统治一样性质的"外来政权"①。藤井省三十分欣喜地指出，近年来，"随着台湾独立议论的白热化"，"对于以形成自己的国民国家为目标的现代台湾人来说"，"民众的情感与逻辑理论"，有了一个"新表现"，就是"创造出历史记忆的卓越机制"，那就是，把日本统治的半个世纪当作是"必须仔细、周密回顾的时代"②。这就是在为"皇民文学"招魂。藤井省三吹捧"高揭台湾独立的在野民进党"在20世纪90年代的"选举"中"大跃进"，"宣告了台湾岛上'中华民国'体制的终结。台湾岛民开始公然讲述自己的国家建设，并要求加入联合国等寻求国际的认知"③。另外，藤井省三和岛内的"文学台独"人物叶石涛、陈芳明等人一样，为"皇民文学"招魂，鼓吹"文学台独"也是先做"语言"的文章，也把文章做在"台湾意识"这个话题上，等等，不一而足。凡此种种，这位"书评人"居然全都视而不见！让人恶心的是，"书评人"用来吹捧藤井省三的《台湾文学这一百年》的一句话"台湾文学的入门书"，就是藤井省三在他的书的《跋》里用来自我吹捧的一句话④。这，真的显得是，藤井省三自己不怕脸皮厚，这位"书评人"则太没出息。

更加令人愤慨的是，这位藤井省三在自己的书里恶毒咒骂过"共产党独裁下的大陆，自1949年以来，也上演着虚构的'人民共和国'；而植基于毛泽东《在延安文艺座谈会上的讲话》理论，被解放'人民'的这种虚构，在人民文学的名义下，大张旗鼓地喧哗"⑤。还充满敌意和仇恨地公然叫嚷过"现今的台湾"，"除了孤立的局势之外……也生活在被大陆共产党政权武力并吞的梦魇中"⑥。就是这么一个疯狂反华的日本右翼文人，到了2015年，居然还被我们的教育部和外国专家局列为当年特邀的外国知名学者，安排在中国人民大学文学院做客座教授！请问，主管此事的国家相关机构官员和大学涉事人员，你们的爱国主义立场和精神丢到哪里去了？2015年9月7日开始，我们联系了人民大学文学院负责人，一再在电话里详细说明了问题的严重性，随后，还将发表我们的《藤井省三为"皇民文学"招魂意在鼓吹"文学台独"！》一文的《文艺报》原版报纸托人带交给了这位负责人。当然，我们人微言轻，没有能够阻挡这个错误的举动，藤井省三还是以他"著名外国专家"的冒牌货身份忽悠了我们的国人，也羞辱了我们这些涉事的政府官员和大学教授，这些涉事的政府官员和大学教授也就被

①②③④⑤⑥　藤井省三：《台湾文学这一百年》（张季琳译），台北一方出版有限公司，2004年8月中文版，第21、91、198、269、31页。

忽悠得犯下了严重的错误了。

　　关于第55届金马奖闹出的一幕"台独"丑剧，现在已经是路人皆知了。这里不妨勾画一下大致轮廓。

　　由中国台湾电影事业发展基金会的台北金马影展执行委员会主办的电影奖项第55届台湾电影金马奖，2018年11月17日在台北中山纪念馆举行颁奖典礼。台湾电视公司进行现场转播。当最佳纪录片奖《我们的青春，在台湾》颁奖时，女导演傅榆在发表获奖感言时竟然说："希望有一天我们的国家可以被当成真正独立的个体来看待，这是我生为台湾人最大的愿望。"这时，台下有不少人鼓掌。台湾当局的"文化部长"郑丽君为她背书说："请记得，这里是台湾，不是中国台湾！"这两个人一唱一和，是在公然叫嚣"台独"！据报道，大陆参加这个颁奖典礼的电影人里，许晴第一个离席退场。巩俐拒绝上台颁奖。而后，集体拒绝出席晚宴。颁奖典礼后，身为本届金马影展执行委员会主席的李安接受采访时竟然说："我们希望就艺术论艺术，不希望有任何政治事件或其他的东西来干扰……我希望大家能尊重这一点。"

　　《我们的青春，在台湾》是个什么东西？它的背景是发生在2014年的台湾"太阳花"学运，聚焦台湾学运头目陈为廷、大陆交换生等人物，展现这些人在社会运动中所遭受的冲击和影响，本身就是鼓吹"台独"意识的。

　　颁奖典礼上的大陆电影人的表现，其实还不是问题的要害之所在。看名单，我们知道复选评审人员里有一位吴冠平，是北京电影学院教授，中国电影家协会主办的《电影艺术》杂志主编。终评的评审团，除了有吴冠平，主席是巩俐。为什么《我们的青春，在台湾》能够过这"复选"和"终评"两关获奖？要是选票是少数，阻挡不住，为什么不公开发表声明，以至于退出评审表示抗议？甚至于拒绝参加颁奖典礼？而李安，大权在握，却以"不希望有任何政治事件或其他的东西来干扰"为自己涂脂抹粉？这是为什么？

　　没有"文学台独""文化台独"的常识，缺乏反对"台独"的胆识和勇气，或者还出于某种私利的计较，2018年11月台湾"金马奖"活动中大陆电影界一些人士在"台独"势力面前的极不光彩的"溃败"，就这样铁板钉钉了！

　　好了，这样的情景，使得我们下定了决心，要重版这部批判"文学台独"的书，目的就是：大声疾呼，千万不要放弃反对"文学台独"的斗争！

2019年2月14日

目　录

辑一

《"文学台独"面面观》

《"文学台独"面面观》前言 …………………………… 赵遐秋　曾庆瑞/3

一　"文学台独"是文学领域里的"两国论"………… 赵遐秋　曾庆瑞/5

二　"文学台独"滋生的社会土壤 ………………… 赵遐秋　曾庆瑞/10

三　"文学台独"恶性发展的历史 ………………… 赵遐秋　曾庆瑞/26

四　用"本土化"、"自主性"、"主体论"对抗中国文学属性
　　——"文学台独"言论批判之一 ……………… 赵遐秋　曾庆瑞/45

五　歪曲台湾新文学发展历史为"台独"寻找根据
　　——"文学台独"言论批判之二 ……………… 赵遐秋　曾庆瑞/66

六　丧失民族气节美化皇民文学为殖民者招魂
　　——"文学台独"言论批判之三………………… 赵遐秋　曾庆瑞/112

七　妄图在语言版图上制造分裂为"台独"造舆论
　　——"文学台独"言论批判之四 ……………… 赵遐秋　曾庆瑞/169

八　在构建台湾新文学的体系中为"台独"张目
　　——"文学台独"言论批判之五………………… 赵遐秋　曾庆瑞/193

结束语 …………………………………………………… 赵遐秋　曾庆瑞/218

辑二

《台湾新文学思潮史纲》节选

《台湾新文学思潮史纲》绪论 ……………………………… 赵遐秋/223

台湾文学革命和台湾新文学的诞生

  ——《台湾新文学思潮史纲》第一章 ····················· 赵遐秋/233

台湾乡土文学论争与台湾话文运动

  ——《台湾新文学思潮史纲》第二章 ····················· 赵遐秋/269

在"皇民文学"压迫下的现实主义思潮

  ——《台湾新文学思潮史纲》第三章 ····················· 曾庆瑞/304

新分离主义引爆的文坛统独大论战

  ——《台湾新文学思潮史纲》第九章 ····················· 曾庆瑞/338

辑三

报刊文论集萃

台湾新文学史上一场不该遗忘的文学论争 ····················· 赵遐秋/437

从"文学大众化"到"人民的文学"

  ——20世纪40年代末关于台湾新文学的论争 ········· 赵遐秋/447

"台独"谬论可以休矣!

  ——看近期《联合文学》上"二陈统、'独'论战"

      ·· 童伊(赵遐秋 曾庆瑞)/460

外国势力与文坛"台独"势力狼狈为奸

  ——评台湾《人间》派对日本右翼学人的批判

      ·· 童伊(赵遐秋 曾庆瑞)/468

从台湾《人间》派对"'皇民文学'合理论"的批判看——

  "台独"谬论的汉奸嘴脸 ················· 童伊(赵遐秋 曾庆瑞)/476

"台独"文化把"语言"当"稻草",荒谬! ··· 童伊(赵遐秋 曾庆瑞)/483

藤井省三为"皇民文学"招魂意在鼓吹"文学台独"

  ——评《台湾文学这一百年》 ············· 童伊(赵遐秋 曾庆瑞)/496

评首届"台美文学论坛"

  ——宣扬"台湾文学具有主体性"就是鼓吹"文学台独"

      ·· 童伊(赵遐秋 曾庆瑞)/506

叶石涛鼓吹"文学台独"的前前后后 ········· 童伊(赵遐秋 曾庆瑞)/510

叶石涛的演变究竟说明了什么?

  ——从《华文文学》上的一篇文章说起

      ·· 童伊(赵遐秋 曾庆瑞)/524

当前大陆学界台湾文学研究与教学中的几个问题 ……… 赵遐秋/539

要警惕"文学台独"的恶性发展…………………………… 赵遐秋/548

评台湾文学中的分离主义倾向 …………………………… 赵遐秋/554

反对"文学台独" ………………………………………… 赵遐秋/560

"文化台独"又迈出了危险的一步 ………………………… 赵遐秋/564

《台湾乡土文学八大家——乡土意识与爱国主义》序 …… 赵遐秋/567

《台湾乡土文学八大家——乡土意识与爱国主义》结束语
………………………………………………………… 赵遐秋/576

杨逵的中国文学视野
　　——从《新生报·桥》的论争看杨逵的中国作家身份(2004 年 2 月
　　　　2 日在广西南宁"杨逵作品研讨会"上的发言) … 赵遐秋/582

压不扁的玫瑰花·卷后语 ………………………………… 赵遐秋/593

评"文学台独"派的"杨逵遗恨"
　　——2004 年 2 月 3 日在广西南宁"杨逵作品研讨会"上的发言
………………………………………………………… 曾庆瑞/596

以批判"文学台独"为己任 ………………… 赵忱　赵遐秋　曾庆瑞/605

沉痛的悼念,由衷的敬重!
　　——"曾健民先生追思会"的书面发言
　　　　2020 年 9 月 27 日北京—台北 ………… 赵遐秋　曾庆瑞/614

"留下一页不朽千古"
　　——纪念陈映真 ……………………………………… 赵遐秋/627

编后记 …………………………………………………… 赵遐秋/631

辑一

《"文学台独"面面观》

《"文学台独"面面观》前言

赵遐秋　曾庆瑞

台湾的文化，是源远流长的中华文化不可分割的一部分，是中华文化的地域性的一种表现形态。

台湾文学是中国文学不可分割的一个组成部分，是中国文学的地域性分支，或地域性的一环。

台湾岛上的新文学，和大陆的新文学、香港的新文学、澳门的新文学一起共同组成了中国新文学的大家庭，中国新文学的完整的地缘版图和文本实体。

诞生于20世纪20年代初期的台湾新文学，其直接的源头固然是当时的台湾现实生活，而催生的影响，则来自大陆的五四文学革命。从那以后，历经光复之前的日据时期，光复后的国民党统治时期，直到世纪末民进党上台，台湾新文学的发展，始终都在中国新文学发展的大格局之中进行，始终都是中国新文学发展的一个组成部分，一个方面，谁也无法割断它和整个中国新文学的血亲的联系。直到现在为止，台湾新文学与整个中国新文学，无论在文学的文化内涵上，还是在文学的思想观念、创作方法、形象内容、语言形式、文学载体，以至文体形态上，或者它所体现的民族心理模式、情感方式上，还有读者阅读行为类型上，以及文学自身发展的动因、情景、方式、规律上，都是同一、统一而断难加以分割的。

然而，随着政治上的"台独"活动日益猖獗、恶性发展，台湾岛上的"台独"势力在精神文化的各个领域、各个方面，其中包括文学领域的创作和史论研究、教育、出版各个方面，大肆进行分裂活动，炮制"文学台独"，以图从文学版图、文化版图的分裂走向地理版图、政治版图的分裂，为其政治上的"台独"张目。

这一类的"文学台独"活动，虽然只是一股"台独"势力的鼓噪和倒行逆施，成不了什么大气候，我们却也不能掉以轻心，而要提高警惕，高度重视，认真对待，予以清理和批判。

事实上，20多年来，在"文学台独"滋生和发展的过程里，台湾文学界的爱国力量、进步人士，坚决维护民族和国家统一的"统派"思想家和文学战士们，已经坚持不懈地对"文学台独"展开了毫不妥协的斗争。斗争中，他们直截地揭露了"文学台独"言行的分离主义真实面目和反动本质，揭露了"文学台独"与外国反华势力相勾结的背景，深刻地批判了"文学台独"反民族、反历史、反文化、反文学的劣根性，批判了"文学台独"的危害性。这场斗争，其尖锐、激烈、复杂和震撼人心的程度，为世界各民族文学史乃至文化史、民族史所罕见，其杰出的贡献和伟大意义亦为世界各民族文学史乃至文化史、民族史所绝无仅有。可歌，可泣！

　　值得注意的是，发生在台湾岛上的这场批判"文学台独"的斗争，已经引起了大陆思想文化界和文学界的极大关注。大陆的思想家、文学家、教育家、广大文化和文学工作者，和有关媒体，积极呼应台湾朋友的爱国行动，纷纷投入了这场斗争。

　　为了更好地开展这场斗争，彻底粉碎"文学台独"、"文化台独"以至整个"台独"的阴谋，维护海峡两岸文学、文化的统一，维护国家领土和主权的完整，民族和国家的统一，我们撰写了这本《"文学台独"面面观》。

　　我们希望这本小书能有助于朋友们了解"文学台独"的真面目，了解批判"文学台独"斗争的真实情况，有助于朋友们的台湾文学研究、教学、出版及宣传工作。

一、"文学台独"是文学领域里的"两国论"

赵遐秋　曾庆瑞

什么是"文学台独"？一言以蔽之，"文学台独"是文学领域里的"两国论"。

"文学台独"指的是，在台湾，有一些人鼓吹台湾新文学是独立于中国文学之外的一种文学，或者说是不同于中国文学也不属于中国文学的一种"独立"的文学，是与中国文学已经"分离"，已经"断裂"的"独立"的文学。其核心的观念，其关键词，其要害，是"独立"。

目前，"文学台独"论者有两种说法。一种说法是，文学的"独立"已经早于政治的"独立"而实现。另一种说法是，文学的"独立"要通过政治的"独立"去实现，有赖于政治的先行"独立"才能"独立"。不管是哪一种说法，"文学台独"的鼓吹者都已表明，他们鼓吹的"文学台独"正是整个"台独"的一个组成部分。他们在中国文学和台湾文学之间制造分裂的文学版图，是重合和叠化在"台独"的所谓的文化版图、民族版图、地理版图和政治版图之上的。而那文化版图，正是分裂中华文化和台湾文化的；民族版图，正是分裂中华民族和在台湾的汉族及山地民族住民的；地理版图，正是分裂祖国大陆和台湾岛屿领土完整的；政治版图，正是分裂中国国家主权，反对"一个中国"，妄图使台湾省脱离中国而"独立"成一个"国家"的。

所以说，"文学台独"是"台独"在文学领域里的表现，是"台独"的一个方面军。鼓吹"文学台独"，就是要使"台独"文化化、文学化。它是使"台独"泛化到社会精神文化的各个领域、各个方面的险恶阴谋的一个组成部分，是在政治"台独"一时无法得逞而先行炮制"文化台独"的险恶阴谋的一个组成部分，是台湾"台独"势力一时还不敢公开"明独"，而要先行炮制"暗独"的一个险恶的步骤。因此，鼓吹"文学台独"就是利用文学为政治"台独"寻找根据，制造舆论，就是为政治"台独"张目，为政治"台独"做准备。

我们知道，"台独"即主张"台湾独立"的思潮与活动，是在1945年第二次世界大战结束，台湾重归于中国版图之后开始的。"台独"活动是台湾社会的毒瘤，"文学台独"则是这个毒瘤上的恶性细胞。

"台独"思潮与活动的畸形滋生和恶性发展，有它复杂的历史、社会、政治原因，也是美国、日本反华势力支持和串通共犯的产物。"文学台独"的思潮与活动，就在整个"台独"思潮与活动滋生和发展的土壤上滋生和发展，跟随着整个"台独"思潮与活动的滋生和发展而滋生和发展。只不过，蒋介石、蒋经国父子统治时期，台湾当局采取打击"台独"活动的措施，"台独"势力在岛内难以生存，不得不滋生于海外，先在日本，后以美国为大本营，大肆进行活动。当时，台湾文学界中极少数具有分离主义倾向和"台独"思想的人，还不敢在岛内公开鼓吹"文学台独"。到了70年代后期，台湾岛内"反蒋民主"运动兴起，"台独"分子披着"争民主、争人权"的外衣大肆活动，"文学台独"势力终于登台表演。

1977年，叶石涛的《台湾乡土文学史导论》一文，最早敲响了"文学台独"出台的锣鼓。这以后，如同陈映真所说历史给予台湾形形色色的民族分离主义以将近20年的发展时间。其间，经过叶石涛及其追随者彭瑞金、张良泽、陈芳明等人，把"文学台独"的思潮与活动，推向了极致，以至于公然叫嚷"台湾和中国是两个不同的国家""台湾文学是独立自主的文学"，"中国文学与日本、英、美、欧洲文学一样，是属于外国文学的"①；公然叫嚷"二战"之后是"外来的中国"对台湾实行"再殖民统治"，最后使得台湾彻底与中国"分离"，台湾文学最后与中国文学彻底"分离"②；还公然叫嚷"'中国'就是台湾走向独立、自主最难摆脱也最难克服的障碍"，"'中国'因此变成台湾各种本土化运动所要对抗的'中国文化帝国主义'、'中国霸权'，成为台湾、台湾文学追求自主、独立历程中挥之不去的梦魇"③。

"文学台独"的炮制者和鼓吹者，痴人说梦般抛出的思想和言论，主要之点是：

---

① 叶石涛：《台湾文学入门》，春晖出版社，1997年6月初版，第9页、第8页。
② 陈芳明：《台湾新文学史》第一章《台湾新文学史的建构与分期》，载《联合文学》1998年8月第178期。
③ 游胜冠：《台湾文学本土论的兴起与发展》，前卫出版社，1996年7月初版，第442、441页。

第一，台湾新文学诞生之初，就是一种多源头、多语言、多元化的文学。其中，中国新文学的影响远不如日本等外国文学影响大，甚至于，张我军受大陆五四文学革命影响而提出的台湾"白话文学的建设"，是一条"行不通的路"。这是要从源头上割断台湾新文学和大陆新文学的血缘关系。

第二，台湾新文学的历史发展，就是文学中的"乡土意识"向着"本土意识"、"台湾意识"、"台湾文学主体论"的发展。其间，30年代初的台湾乡土文学和台湾话文的论争、40年代的《新生报》副刊《桥》上有关"台湾文学属性"的讨论、70年代乡土文学的论争，还有吴浊流、杨逵、钟理和等作家的思想和作品，所有重要的文学现象，全都被篡改了历史，扭曲了面貌，歪曲了本质。这是要从流变过程上割断台湾新文学和大陆新文学的血缘关系。

第三，与这种"源"、"流"的分裂割断相呼应，还和日本反动学者一起，美化"皇民文学"，为"皇民文学"招魂。

第四，为"独立"的"台湾文学"寻找"独立"于祖国统一的汉语言文化之外的语言文字书写工具，又恣意抹杀历史、歪曲事实，反科学、反文化地将台湾岛上普遍使用的汉语闽南次方言①和客家方言说成是独立的"台语"，鼓吹"台语"书面化，鼓吹另造"台语文字"，以便创作"台语文学"。

第五，为了使"文学台独"得到文学史论著作的学理支撑，又特别鼓吹用分离主义的文学史观和方法，构建和写作以"台湾意识"对抗"中国意识"的"台湾文学史"。

这样的言论是不能不加以批判的。这样的分离主义活动是不能不加以揭露的。

这样的思潮与活动，已经造成了严重的危害和后果。

比如，它遮蔽了历史，误导青年一代对台湾新文学的源流、本质及其具体史实的认知和认同。

又比如，它在文学教育、文学研究体制上诱导一批"独立"于中文系、所之外的，与中文系、所分裂为"两国"文学系、所的台湾文学系和台湾文学研究所。台湾当局最近全力推动独立于中国文学之外

---

① "闽南次方言"是汉语闽方言的一支。"方言"、"次方言"都是语言科学中划分"方言"的术语。

的台湾文学系、所的设立，由主张"文学台独"的教师全面支配台湾文学的教研领域。

再比如，它导致了台湾当局禁用大陆通用了十几年并得到国际公认为标准化汉语拼写的汉语拼音方案，进一步为"创造""台语"文字、炮制"台语文学"做了准备。

还比如，它由美化"皇民文学"而美化了日本殖民者在台的殖民统治，美化了日本帝国主义发动的侵华战争。

更为严重的是，它用这种喧哗的杂语和鼓吹"台独"的文章，毒化民族感情和社会普遍心理，从心智上摧残统一的民族文化……

这都促使我们要大力开展对"文学台独"的批判。

开展这样的批判，是要——

展示"文学台独"滋生的土壤；

揭示"文学台独"的发展情况；

批判"文学台独"的主要言论和分裂活动。

这二十几年，在台湾文坛的统、"独"大论战中，台湾"统派"思想家和文学战士批判"文学台独"的斗争情况，值得我们重视；他们宝贵的斗争经验，值得我们借鉴；他们在斗争中表现出来的爱国激情和坚决维护祖国统一的意志和决心，值得我们敬佩！

台湾"统派"思想家和文学战士批判"文学台独"的斗争，曾经遭到岛上少数"台独"分子的仇视和反扑，甚至恐吓和辱骂。我们现在大力开展批判"文学台独"的斗争，也会遭到这些"台独"分子的攻击和谩骂。比如陈芳明，1999 年 8 月就在他的《台湾新文学史》的第一章《台湾新文学史的建构与分期》①里说，他的台湾新文学史的构建与编写工作还面对着另一种挑战。他板着一副"外国人"的面孔，耍着一口与中国人为敌的腔调说："挑战的主要来源之一，便是中华人民共和国学者在最近 10 余年来已出版了数册有关台湾文学史的专书。"使他倍感恐惧的是，这些著作，"认为台湾文学是中国文学不可分割的一环，把台湾文学视为一种固定不变的存在，甚至认为台湾作家永远都在期待并憧憬'祖国'"。陈芳明诬蔑这种见解"只是北京霸权论述的余绪"，"中国学者的台湾文学史书写，其实是一种变相的新殖民主义！"显然，他这是在猖狂地向全中国人民，也向中国文学史学科、向全中国的文学史论研究

---

① 载《联合文学》1998 年 8 月第 178 期。

工作者提出挑战！在台湾、香港、澳门，在其他海外国家和地区，当然还有在大陆的，爱国、维护国家统一也尊重台湾文学发展史实的所有的文学史论研究工作者，都将迎接陈芳明的这一挑战。

可以断言的是，陈芳明们，还有他的前辈叶石涛们，如不改弦更张，他们的"文学台独"言论必将成为"台独"势力的殉葬品而归于死灭！台湾是中国领土不可分割的一部分，台湾文学和大陆文学同属于中国文学，国家的统一，文学的大一统发展，是谁也逆转不了的历史大势，这是不以任何"台独"意志为转移的。

面对祖国必将完成统一的大势，历史要给"文学台独"势力的一声棒喝是：文学领域里的"台独"谬论可以休矣！

二　"文学台独"滋生的社会土壤

赵遐秋　曾庆瑞

"文学台独"既然是政治上的分离主义在文学领域里的反映，那么政治领域里的分离主义，就必定是"文学台独"赖以生存、发展的条件了。

大家知道，第二次世界大战结束，日本战败，台湾光复，回归祖国，对于 1942 年美国驻外人员策动，要把台湾从中国分离出去，让台湾独立的种种阴谋来说，应该画上句号了。然而，树欲静而风不止，外国反华势力和台湾本岛的新老分离主义分子，并不就此罢休。

这可以从三个方面来看。

首先，美、日反华势力分裂中国的贼心不死。

美国有关"台独"的主张，起自太平洋战争爆发后其远东战略小组的提议。美国国防部军事情报总部台湾问题专家柯乔治所著《被出卖的台湾》一书说，"台独"，是在 1942 年年初诞生在他的脑袋中的。他说，他的这一"创见"，是从美国人的利益出发的。他写道："到底我们能不能确实保证台湾不会于将来再度成为美国西太平洋利益的威胁？""历史上早就指出台湾在西太平洋边缘的军事战略重要性了，台湾资源和工业发展远胜于中国大陆诸行省，如此重要，不容我们轻易将台湾交给中国人控制。"因此，为了保障美国在台湾的利益，柯乔治主张让台湾"自治独立"，或由美国托管再举行公民投票"自决"。考虑到当时的国际形势，美国国务院没有接受柯乔治的提议。美国国防部的远东战略小组也在 1942 年春建议麦克阿瑟，从日本手中夺取台湾后，由美国军队暂时接管台湾，战后再进行"台湾民族自决"或成立"台湾共和国"，并着手培训一批"接管"台湾的行政人员。

此后，1945 年 1 月 14 日，日本投降前夕，美国代理国务卿罗威特在向总统杜鲁门呈送的备忘录中说道："如果中国共产党企图违背台湾人民之意愿，以武力犯台，或者台湾人民本身起事反对中国统治，联合国将可以台湾局势已对和平造成威胁，或以台湾实质地位问题为根据，有正当理由采取干预行动。印尼情势可作参考，联合国的干预可透过澳洲或菲律宾政府出面要求为之，然后徐图安排公民投票以决定台湾人民之意愿。"罗威特还说："国务院充分认识到，如果台湾要免于沦陷入共党控制，或许美国必须采取军事行动。……它或许仍有可能鼓励中国人成立一个非共的地方政府，自己促成台湾免于沦陷入共党控制。同时，美国亦应准备，一旦上述措施均告失败，必要时即以武力干预。美方之军事干预……宜以国际上可受支持之原则，即台湾人民自决之原则，进行干预。这就牵涉到鼓励台湾自主运动。如果岛上中国政府明显地已无力阻止台湾陷共，则台湾自主运动即可全面发动。"罗威特说的"台湾自主运动"，就是"台独"运动。只是，罗威特备忘录提出不久，第二次世界大战结束，"台独"之议，又一次作罢。

1947 年 3 月初，当台湾爆发"二二八"事件后，美国驻台北总领事馆向华盛顿建议，以"目前台湾在法律上还是日本的一部分"为由，用联合国名义进行直接干预，同时向中国保证，待有一个"负责的中国政府"后再归还中国。这是"台湾地位未定论"和"联合国托管方案"的先声，表明美国对台政策发生变化。

随后，1948 年 11 月 24 日，中国国内解放战争迅猛发展，蒋家王朝就要覆亡之际，美国有关官员开始主张调整美国对台政策。美国参谋长联席会议主席海军上将李海又提出了《台湾的战略重要性》的备忘录。备忘录说："参谋长联席会议已就台湾及其邻近岛屿一旦落入可能受克里姆林宫指挥之共党政府手中，对美国之安全有何战略影响一节，提出评估。参谋长联席会议认为，情势若发展至此，对美国安全之战略影响，将极其不利。"备忘录还认为："从战略观点看，届时还更加强了台湾对美国的潜在价值，可供为战时基地，能用以发动部队、战略空军作战，以及控制邻近航路。台湾还有一项战略重要性，即它是供应日本粮食及其他物资之主要来源。"基于这种评估，美国军方重提了美国政府应该推动"台独"的议题。

再往后，1949 年 1 月 15 日，美国国务院远东司司长巴特沃思在一封绝密信中说："我们国务院所有的人都强烈感到我们应该用政治的和经济的手段阻止中国共产党政权取得对（台湾）岛的控制。"1 月 19 日，美国国家安全会议在一份报告中表明了美国推动"台独"的立场。报告在比较了不同的对台方案之后，认定"美国的利益只有在台湾不受对苏友好政府控制之下，始可达成"。报告认为："美国应有准备，如果符合美国国家利益，即应利用台湾自主运动。" 8月，美国根据中国国内形势的发展作出决定："我们应该运用影响，阻止大陆的中国人进一步流向台湾，美国还应谨慎地与有希望的台湾当地的领袖保持联系，以便将来有一天在符合美国利益时利用台湾自治运动。""扶植台湾自主分子，俾使其发动台湾独立时，可含美国之利益。"

当时的"国民政府"驻美大使顾维钧，也在日记里记录并分析了美国的对台政策，认为"美国也可将台湾作为防御共产主义的碉堡，由联合国监督，举行公民投票，以测验台湾人是否愿意独立！"

虽然美国政府推动"台独"的政策没有敢于公开实施，但是，1951年的旧金山《对日和约》、1952年台北的《中日和约》，以及1954年的《中美协防条约》，又都炮制了一个"台湾地位未定"的谬论。事实证明，美国反华势力一直阻挠中国解决台湾问题。直至1979年1月中美建交后，美国对台湾问题的政策的本质也并未改变，仍然扶植"台独"，阻挠中国完全统一。

正是在这样的背景下，日后，"台独"势力以美国为基地，在海外发展组织，大肆从事分裂中国的活动，一直得到了美国政府的庇护。

就日本而言，从历史看，日本帝国势力正是"台独"的始作俑者。1951年，"台独"分子就在日本建立了组织。到60年代中期，日本成了海外"台独"势力的大本营。在众多的"台独"组织中，以廖文毅为首的"台湾共和国临时政府"最具有代表性。直到1972年中日建交之后，"台独"活动的重心才由日本转到了美国。

而由台湾本岛的人提出"独立"主张，并将分裂活动付诸实行，却是从一小撮日据时期的日本"皇民"开始的。他们的动机是害怕日本投降后自己丧失特权，甚至在"国民政府"接收以后还可能被当作汉奸判决，所以铤而走险。当然，他们的分裂活动得到了日本右翼势力的鼓励、支持和呼应、配合，只是没有成为气候。

其次，在台湾岛内，完全依附于美、日反华势力的大资产阶级，是亦步亦趋于外国势力的。同样，中产阶级出于自身的经济利益，相当一部分人士也是分离主义的社会基础。

"二战"以后，台湾的资本主义经济是适应美国、日本等发达的资本主义国家的需求而发展起来的。美国、日本以贸易、投资设厂、援助贷款等方式独占台湾的市场、原料与劳力，致使台湾成为美国、日本资本的一个加工出口的部门。所以，台湾经济最大的特点，是依赖于美、日资本主义体系。出于这种经济利益，台湾中产阶级中的相当一部分人士以及他们在政治、思想、文化、教育、科技领域里的相当数量的代表人物，在政治上接受并鼓吹美、日反华势力所制造的分离主义，是不足为奇的。

1949 年，新中国成立了。这是对资本主义世界体系一个沉重的打击。当时，美国以"台湾地位未定论"为借口，使其第七舰队对中国主权的干涉"合理化"。台湾与祖国大陆之间的台湾海峡，成了所谓"自由与奴役"、"自由与共产"的鸿沟。几十年来，相当数量的中产阶级人士就按美国反华势力的思维方式去看待、处理台湾与祖国的关系，他们自然也就成为美、日反华势力制造的分离主义在岛内的代言人。

除了上述两个方面，我们还要看到第三个方面，那就是国民党统治的恶果。而这种恶果，又是推波助澜，有利于分离主义的发展的。

其一，国民党迁台以后，蒋氏父子掌权时，固然坚持一个理念——"台湾是中国的一部分"，但是，他们又实行了一条反共、仇共的政治路线。几十年来其煽动性的极端的反共宣传，导致一部分台湾人民产生了一种恐共、反共的思想情绪。随着时间的推移，他们中就有相当数量的人与祖国大陆产生了隔阂，自觉或不自觉地有了分离的情绪。这正是美、日反华势力制造出的分离主义所要利用的一种社会心理和社会情绪。

其二，1945 年 10 月台湾回归祖国后，由于当时的国民党政府接收大员贪污腐败，军警横行，加上其倒行逆施的腐朽统治所导致的粮食恐慌，物价飞涨，失业严重，民不聊生，终于引起了台湾人民的强烈不满。1947 年 2 月 28 日，台湾爆发了反对国民党政权，要求民主自治的运动。国民党当局以"企图颠覆政府，夺取政权，背叛国家"的罪名，进行了血腥的残酷镇压，计有数千人被杀、被捕，失踪、逃亡者不计其数，这都引发了台湾人民反抗国民党强权统治的斗争，进而要求当家做主，主宰自己的命运。随后从 1950 年开始，国民党又力图在戒严体制上巩固与强化专制统治，进一步激化了这种矛盾和斗争。岛内的分离主义势力就利用了这种反抗的情绪和合理的要求，不断挑起所谓的省籍矛盾，混淆是非，模糊人们的认识，似乎国民党就是中国，导致了反国民党就是要反中国的严重恶果。

其三，到了李登辉独掌国民党大权以后，国民党政权迅速"本土化"。李登辉先是标榜实行西方民主制度，打着民主、自由的旗号，在幕后以一个"政权"的力量与资源纵容、偏袒"台独"的所作所为，后来，又干脆公然走到前台露出了他"台独"的真面目，直到叫嚣"两国论"，并进而支持、帮助民进党陈水扁上台"执政"。李登辉推行的是一个国家的分裂政策。

这，就是"二战"后台湾光复、回归祖国，妄图分离台湾的阴谋应该画上句号而又没有画上句号的复杂的政治社会原因。

下面，我们看看，台湾"解严"前后、这样的土壤上是怎样滋生出了"台独"思潮与运动的。

这要从"解严"前后的台湾政局说起。

1979年6月29日，桃园县长许信良，经"监察院"以擅离职守、参加非法游行、签署诬蔑政府文件提出弹劾，"公惩会"决予休职2年处分。台湾政坛，山雨欲来风满楼了。

果然，1979年12月10日，以《美丽岛》杂志为名，串联全岛党外反对运动的人士，集合两万余人，在高雄市举行"世界人权纪念日"演讲游行活动。国民党政府派出镇暴军警镇压，200余人受伤，事后又进行大规模的搜捕，包括在任"立法委员"黄信介和作家王拓、杨青矗在内，共有160余人被捕。2月20日，"美丽岛事件"侦查完毕，黄信介、施明德等8人被提起公诉，周平德等37人被移送司法机关。3月18日，"美丽岛事件"涉嫌叛乱7名被告于警总军法处公开审理。31日，涉案32人被提起公诉。4月29日，又有高俊明等10人被提起公诉。到6月，加上藏匿施明德案，纷纷审结，一部分涉案人员被判刑。

这中间，1980年2月底，被捕省议员林义雄的母亲、女儿，白天被杀死在家中，引发"林宅血案"。7月，又有留美学人陈文成伏尸台大校园的命案。

这以后，1984年又有情治单位派遣黑社会帮派杀手渡海赴美杀死江南的事件发生。

也就是在1984年的5月20日，蒋经国连任第七任"总统"，李登辉爬上了"副总统"的宝座。

蒋经国于1972年出任"行政院长"，面对内外各种危机，为了应变求存，开始在政治上做出一些调整，推出了一系列"革新保台"、"在台生根"的措施。1975年4月5日蒋介石辞世，蒋经国接班主政以后，一直采取"革新保台"方针，这时，台湾经济取得了较高速度的发展。从1964年到1973年的10年，平均年增长率达11.1%，被称为"起飞的年代"。1974年以来，虽然受到资本主义世界石油危机和贸易保护主义等因素影响而减慢到10%以下，也还是呈现不稳定性增长状态。到1986年，又上升为10.8%。1965年，其"人均国民生产总值"只有216美元，到1980年即突破2000美元大关，1981年又增加到2563美元，1986年更超过3000美元。这样的经济成长，意味着依附型的资本主义工商经济在台湾地区有了较大的发展，具有相当社会力量的中产阶级已经形成。1979年元旦，中美两国正式建立外交关系，美国断绝与台湾的正式外交关系，台湾在国际上日益孤立，投资意愿日益低落，影响了人心安定，波及了政治局势，引发了社会动荡。经济改革也面临重重困难。从政治上说，蒋经国的"革新保台"方针也面临着日益强大的人民民主运动和分离主义反对派的挑战，面临着"法统"危机、继承危机，开放党禁、报禁以及解除"戒严法"等政治难题，也面临着大陆提出的"一国两制"、和平统一祖国等一系列政策挑战，而不得不做出若干开明的、进步性的改革措施。比如，逐步实现领导权力结构的过渡和转型，由蒋氏"家天下"体制向"非蒋化"过渡，向年轻化转型，由个人独裁向集体领导转型，由大陆人主政向"台湾化"过渡，等等。李登辉就是在这种背景下上台的。

在此期间，台湾社会动荡不安，十分引人注目。比如，1985年2月12日，十信舞弊案引发金融危机，经济犯罪集团抢劫银行、运钞车，杀警夺枪，强盗集团、绑匪杀人集团，亡命飙车、大家乐、股票、地下投资公司、房地产投机引发的赌博风气。又比如，消费者运动带来消费意识的觉醒，核三厂大火触发的反核运动，工厂废气废水触发的环保运动，鹿港反杜邦，林园民众围堵废水处理厂，宜兰人拒绝六轻，后劲人反五轻，知识分子发动森林救援、雏妓救援，等等。这一系列的由自然环境、生存权利引发的自救运动、人权运动，以至于工人自救运动、农民自救运动……不停顿地冲击当局的"戒严"体制，加以国民党外的政治团体、党派活动强渡关山，越来越大的压力，终于导致了国民党台湾当局在1987年7月15日宣布"解严"，终止了长达40年的"戒严"体制。接着，党禁、报禁也被解除。

其实，"解严"之前，这种冲击已经显示了分离主义的倾向了。早在1975年，黄信介、康宁祥、张俊宏、姚嘉文、黄华等"本土知识分子"出身的在野政治人物创办了《台湾政治》杂志。作为在野政治力量的集合，已经触及了"台湾"被中国"压抑"的问题。1977年的"中坜事件"，就显示了对抗中国立场的趋势。那份《美丽岛》杂志，也就是在1977年以后党外本土化"民主"运动兴起之后由黄信介、许信良等创办的党外杂志之一。进入80年代以后，反对势力进一步发展。在党外运动中，有些人主张统一，有些人主张"台独"。"台独"分子披着"争民主"的外衣，打着"民主"的旗号，进行分裂祖国的活动，形势复杂起来。"美丽岛事件"后，1980年年底补行的"中央"民代选举，"美丽岛事件"受刑人家属高票当选。1981年年底省市公职人民选举之后，1982年5月，党外主流领袖康宁祥与黄煌雄、张德铭、尤清，在中美上海二号公报即将公布之前，到美国、日本访问，表达台湾人对台湾前途的看法，提出了一个分离主义倾向十分明显的主张，即"美中关系的正常化，不能牺牲台湾1800万人民的利益，有关台湾未来的前途，必须由岛上的全体住民自决"。虽然康宁祥四人行招来了部分党外人士尤其是新生代的怀疑，被认为是充当国民党的说客而引起了党外批康的风潮，甚至由今日之民进党主席、当年的"市议员"谢长廷出面主张台湾的民主运动必须与岛外的"台独"运动划清界限，而导致了党外的"体制内改革"和"改革体制"之间的路线之争。然而，"改革体制"路线直承海外"台独"运动香火，侧重"台湾主体性"，主张推翻国民党现行体制，建立独立的"台湾共和国"；"体制内改革"路线突出"民主化"在现行国民党统治下的可行性，主张打着民主化大旗进入体制，改变体制，使之逐步"台湾化"，也还是主张和中国分离，实质上还是一丘之貉。果然，1983年12月增额"立委"选举中，党外后援会提出了"住民自决"的共同政见，两条路线达成妥协。而这"住民自决"，本来就是以台湾"独立"意识为基础的。

这种分离主义的活动，不久便发展为"台独"政党的建党组党活动了。比如，1984年年初，"台湾独立联盟"美国本部，任主席长达10年的张灿鍙，改任"世界台独联盟"主席之后，美国本部主席由陈南天继任。很快，4月17日，在纽约，"台湾独立联盟"的副主席洪哲胜领着20个人，公开联名发表声明，脱离"台湾独立联盟"，接着又发表声明，由他做召集人，出笼了一个"台湾革命党"的"建党委员会"，筹建"台湾革命党"，声称这个党的宗旨是"推动台湾人民独立建国"。随后，洪哲胜在接受《台湾与世界》杂志特约记者邱庆文专访时，竟然公开叫嚣"中华人民共和国相当于列强"，"台湾革命是一场民族解放运动"。1985 年元旦，这个"台湾革命党"宣告成立。除洪哲胜担任总书记，时任洛杉矶刊行的《美丽岛周刊》社长的许信良做了第一副总书记。1986 年 5 月 1 日，"美丽岛事件"后流亡美国 7 年的许信良在美国纽约宣布，他成立了由 100 多位建党委员组成的"台湾民主党建党委员会"，将在 8 月以前在海外成立"台湾民主党"，并在年底前迁回台湾，以突破国民党的党禁。不料，局势由此而急剧发展。这一年的 9 月 28 日，代表党外行使提名权的党外选举后援会在台北圆山饭店举行推荐大会，由"立法委员"费希平、"监察委员"尤清动议讨论了建党的问题，包括费希平、尤清及谢长廷、张俊雄等人在内的建党工作小组当场发动建党发起人签署工作，获得 135 人签署，并在当天下午决定组织"民主进步党"，还宣布正式成立。跟着，许信良在美国决定，取消"台湾民主党建党委员会"，取消"台湾民主党"的建党工作，并宣称将其改为"民主进步党海外支部"。许信良等人，也将"迁党回台"改为"回台入党"。到此，在 1927 年的"台湾民众党"和随后的共产党之后，台湾史上又一次出现了政党组织。国民党当局"戒严"体制下的党禁就这样被突破，分离主义的"台独"势力就这样以政党的形式登上了台湾的政治舞台。

我们知道，从 80 年代开始，台湾岛上兴起了全面反中国的、分离主义的文化、政治思潮与活动。这真是一个令人不堪回首的历史过程。人们可以十分清楚地看到，在这样一个动荡的政治局势里，从意识形态、文化思想来说，这种分离主义的思潮与活动，是从"台湾结"与"中国结"、从"台湾意识"与"中国意识"，也就是"独立"与"统一"的争论开始的。这场统、"独"争论的触发点，是 1983 年的两件事情。其中的一件就是，外省人的第二代，以创作《龙的传人》一曲成名的校园民歌手侯德建，赴大陆以圆回归祖国之梦。由此，引爆了岛内统、"独"意识的公开论战。

1983 年 6 月 11 日出版的《前进周刊》第 11 期报道了侯德建赴北京进修的消息，还发表了杨祖珺的文章《巨龙、巨龙，你瞎了眼》。文章中，杨祖珺说侯德建是"爱国的孩子"，"'龙的传人'只是侯德建在学生时代，辗转反侧深思不解的中国，'龙的传人'是他揣测、希望、担忧的中国"。杨祖珺还说，中国虽然是从书本上、宣传上得来的，但毕竟是在深深地困扰着台湾年轻知识分子的问题。一个星期以后，6 月 18 日，《前进周刊》第 12 期上又有两篇相关的文章刊出。其中，陈映真的《向着更宽广的历史视野》一文，面对《龙的传人》这首歌广为流传的热烈而又动人的情景，首先深情地倾诉了他心中缘于"中国情结"而迸发的爱国激情。陈映真写道："这首歌整体地唱出了深远、复杂的文化和历史上一切有关中国的概念和情感。这种概念和情感，是经过几千年的发展，成为一整个民族全体的记忆和情结，深深地渗透到中国人的血液中，从而远远地超越了在悠远的历史中只不过一朝一代的任何过去的和现在的政治权力。"针对少数分离主义者有关"空想汉族主义"的荒唐指责，有关"台湾社会的矛盾，是'中国人'民族对'台湾人'民族的殖民压迫和剥削"的谬论，陈映真明确地指出："组织在资本主义台湾社会的所谓'中国人'与'台湾人'之间的关系，绝不是所谓'中国人 = 支配民族 = 支配阶级'对'台湾人 = 被支配民族 = 被压迫·剥削阶级'的关系。"陈映真呼吁，无论是批判什么样的台湾分离主义，人们都会"心存哀矜的伤痛"，"而如果把这一份哀矜与伤痛，向着更宽阔的历史视野扩大，历代政治权力自然在巨视中变得微小，从而，一个经数千年的年代，经过亿万中国人民所建造的、文化的、历史的中国向我们显现。民族主义，是这样的中国和中国人的自觉意识；是争取这样的中国和中国人之向上、进步、发展、团结与和平；是努力使这样的中国和中国人对世界与他民族的和平、发展和进步做出应有的贡献的这种认识"。

陈映真的《向着更宽广的历史视野》一文发表后，6 月 25 日，《前进周刊》第 13 期发表了 3 篇文章，对他进行攻击。这三篇文章是：蔡义敏的《试论陈映真的"中国结"——"父祖之国"如何奔流于新生的血液中?》，陈元的《"中国结"与"台湾结"》，梁景峰的《我的中国是台湾》。这 3 篇文章，集中攻击了陈映真的"中国结"，主张"台湾、台湾人意识"。蔡义敏攻击陈映真在民族主义问题上采用了压抑台湾、彰显中国的双重标准，还攻击陈映真一直把"台湾、台湾人意识"和他所殷切热爱的"文化的、历史的中国"敌对起来。蔡义敏说："一个文化的、历史的毒物是不一定要和一个特定时空中展现出来的实存的意识和理念和事物相对，以至于一定要被视为势不两立的。"蔡义敏所谓的"特定时空中展现出来的实存的意识和理念"，就是分离主义的"台湾意识"。陈元的文章主要是呼吁"不要在台湾走上民主化之前……党外自己发生意识形态上的，或者战略路线上的分裂"。梁景峰则称，陈映真的"中国意识"认同彼岸的中国，表现出这种"中国意识"的"无根性"。梁景峰呼吁认同"脚下的中国"——台湾。他说："只有认同生存所在的人才可能是民族主义者。"

7月2日，《前进周刊》第14期，又发表了陈映真的《为了民族的团结与和平》一文。对于蔡义敏等人的攻击，陈映真认为，少数人，即"左翼台湾分离主义"者，把当前台湾地区内部的省籍矛盾歪曲成了"中国人"民族与"台湾人"民族的矛盾，对此，"实在应该有一个自由的环境进行公开而深入的讨论"，但是，在目前，还"完全没有讨论这个问题的主观和客观的条件"，他"只是'婉谢'参加论战了"。不过，针对分离主义者攻击爱国的"中国结"是"汉族沙文主义"、"爱国沙文主义"、"中国民族主义"，陈映真还是反击了那些分离主义者。陈映真指出，"希望台湾的政治有真实的民主和自由，社会有正义，是绝大多数在台湾的本省人、大陆人共同一致的愿望"。鉴于分离主义者无视这一事实，歪曲这一事实，激于民族义愤的陈映真发出了这样的质问："为什么凡是要台湾更自由、更民主、更有社会正义的人，就非说自己不是中国人不可呢？……为什么……我们以中国人为荣，以中国的山川为美，以中国的瓜分为悲愤，一定是可耻、可笑呢？……为什么现实生活中相互友爱、相互帮助的青年中，要硬生生地分成'中国人'和'台湾人'？为什么在长期婚姻关系中建立起来的岳父母、媳妇女婿、姐夫妹夫、嫂嫂弟媳、侄儿侄女、阿公阿嬷、外公外婆……这些亲属情感中，非要有'中国人'、'台湾人'加以分割呢？为什么凡是自然地以自己为中国人，并以此为荣的人，党外民主运动都不能容纳？"针对分离主义者破坏民族团结的言行，陈映真写道："让我们平静地想一想。想了之后，如果认为一切在台湾的正直的、追求民主、自由和社会公平的人之间，不应该、不能够分成对立的'中国人'和'台湾人'，那么让我们在内心深处坚定地说'不！'"，并且让我们"坚定地、自动地借着坦诚的沟通、讨论，借着同胞手足之情，发展有意识的民族团结与和平的运动"。"让一切追求民主、自由与进步的本省人和大陆人有更大的爱心、更大的智能，互相拥抱，坚决反对来自国民党和左的、右的台湾分离论者破坏人民的民族团结。"陈映真还指出，这种"于历史中仅为一时的台湾分离主义，其实是中国近代史上黑暗的政治和国际帝国主义所生下来的异胎"。这真是一种远见卓识，真知灼见。

其实，这种分离主义的危险，陈映真早在 1977 年 6 月，在他发表在《台湾文艺》革新 2 期上的《"乡土文学"的盲点》一文里就指出来了。那是在乡土文学论战方兴未艾之时，他读到了叶石涛的《台湾乡土文学史导论》一文之后，针对叶石涛当时极其暧昧的从中国分离出来的对立于"中国意识"的"台湾立场"、"台湾意识"、"台湾的文化民族主义"等谬论，指出来："这是用心良苦的，分离主义的议论。"只是，从那时到 1983 年，思想文化界还没有就这个问题展开论争。现在，陈映真还是好心地呼吁，以民族团结大义为重，通过坦诚的沟通与讨论来解决这种分离主义的问题。

不过，论争一经展开，很快就激化起来。

1983 年 7 月，《生根》杂志刊出陈树鸿的《台湾意识——党外民主运动的基石》一文，极力维护了陈映真所深刻揭露和批判过的标举分离主义的"台湾意识"。陈树鸿认为，日本在台湾进行"资本主义化的建设"，如统一度量衡制与币制、完成南北纵贯公路等，"促进了全岛性企业的发展……有了整体化的社会生活和经济生活，就必然地产生了全岛性休戚与共的'台湾意识'了"。至于 70 年代以后"台湾意识"的强化，是由于台湾形成了"政治经济的共同体"。陈树鸿以为，他这样论述，使"台湾意识"有了政治经济学的基础。却不知，他论述历史，忽略了中华民族的民族意识与反殖民主义斗争对于"全岛性休戚与共"所起的重要作用；论述现实，又有意遮蔽了这"共同体"内部的一系列错综复杂的尖锐矛盾。陈树鸿的文章还有一点值得注意，那就是，他把"中国意识"等同于不民主，从而主张，为了民主，必须排除"中国意识"。

这个论点，倒是说破了新分离主义者的一种策略。他们是有意把自己的分离主义的"台独"活动和反对国民党统治下的"不民主"画上等号的。到了 90 年代，我们常常可以看到"台独"派在重复地使用这一论证。不过，这其实不是他们这些党外新生代的发明。早在 50—60 年代，台湾一些西化派自由主义者反中国文化时，也是在民主不民主问题上做文章的。

这时，洪今生、江迅、林正杰等人继续发表了批判台湾意识论的文章。8 月底陈映真应聂华苓主持的美国爱荷华大学国际写作计划邀请，到美国作短期访问。9 月 28 日，在爱荷华市诗人吕嘉行家，和正在美国加州柏克莱大学做访问学者的旅日华人教授戴国辉作了一次对谈。吕嘉行和评论家谭嘉、《台湾与世界》杂志发行人叶芸芸列席。对谈的话题，就是台湾岛上刚刚发生的"台湾人意识"、"台湾民族"与"中国人意识"、"中华民族"或者说"台湾结"与"中国结"的问题。叶芸芸后来将对谈整理成文，先后发表在美国纽约出版的《台湾与世界》1984年2月号、3月号和在岛内出版的《夏潮论坛》1984年3月号上。对谈中，陈、戴二人的共识是，"台湾结"是"恐共"、反共的表现，实质是"以台籍中产阶级为核心"的分离主义的"台独"势力对大陆的抗拒，其背后的暗流"乃是国际政治关系的动荡不安"；"台湾独立的理念"是"60年代中兴起的台湾资产阶级"的理念，"这实在是阶级的问题，而不是什么'民族'的问题"。对谈还批驳了陈树鸿的"共同体"谬论。

陈映真和戴国辉的对谈，带有1983年最初论战的小结的意味。到1984年，转载于《夏潮论坛》和《台湾年代》之后，论争趋于白热化了。《夏潮论坛》在1984年3月的12期上编发了《台湾的大体解剖》专辑，专辑中，除了前述陈、戴对谈的记录稿，还发表了戴国辉的《研究台湾历史经验谈》，吴德山的《走出"台湾意识"的阴影：宋冬阳台湾意识文学论的批判》，还有赵定一（陈映真）的《追究"台湾一千八百万人"论》。这些文章或谴责"台独"意识为"恐共"，或视"台湾意识"为"阴影"，尖锐地批评了分离主义。

这里说到的宋冬阳，就是陈芳明。陈芳明的长文《现阶段台湾文学本土化的问题》，发表在1984年1月的《台湾文艺》86期上。陈芳明从台湾文学切入，回顾了80年代以来台湾思想界、文学界有关台湾意识的论战，对陈映真等人的主张进行了攻击。《夏潮论坛》上的《台湾的大体解剖》专辑，就是由陈芳明的文章引发的，也是针对陈芳明的长文的。

与《夏潮论坛》针锋相对，同月月底，《台湾年代》1卷6期推出了《台湾人不要"中国意识"》专辑，除社论《台湾人不要"中国意识"》外，还有5篇文章是：郑明哲的《台独运动真的是资产阶级运动吗?》，黄连德的《洗掉中国热昏症"科学"妆吧》，林浊水的《〈夏潮论坛〉反"台湾人意识"论的崩解》，高伊哥的《台湾历史意识问题》，秦绮的《神话与历史、现在与未来》。4月，《八十年代》1卷6期上，又有罗思远的《故土呼唤已渐遥远——论"台湾意识"与"中国意识"的争辩》一文，加入了《台湾年代》对于《夏潮论坛》的攻击。这些文章，除了继续鼓吹"台湾意识"、排除"中国意识"以制造分离，还有一点值得注意的是，这些持有分离主义思想的党外新生代，都借口日本在台湾的现代化开发而对日本在台湾的殖民统治感恩。于是，把"崇日"包容到分离主义的思想体系里来，成了一个新的动向。

其实，这种美化日本殖民统治的"崇日意识"，早在1979年张良泽的《战前在台湾的日本文学——以西川满为例》一文里就表现出来了。那一年11月，张良泽在日本东京参加"第三回国际日本文学研究集会"，发表了这篇文章。张良泽对西川满文学作品与文学评论中的"台湾意识"充分肯定，而表现了他的"去中国中心"化的立场。1983年，张良泽又发表了《西川满先生著作书志》。对于张良泽美化日本殖民统治借以反"中国意识"的言论，陈映真写了《西川满与台湾文学》一文，在1984年3月的《文季》1卷6期上发表，予以严正的批驳。针对陈映真的批驳，张良泽将《战前在台湾的日本文学——以西川满为例》一文译成中文，并附致王晓波的一封信为序，发表在1984年9月的《文季》1卷8期上。作为一种潮流，除了张良泽，还有那个高伊哥，也写了《后藤新平——台湾现代化的奠基者》一文，发表在1983年5月10日的《生根》8期上，也以反"中国意识"的"台湾意识"为标准，美化了这位日本总督对台湾现代化的贡献。

除了拿日本殖民统治做文章，论战中，还有一个谢里法，在1983年7月的《台湾文艺》82期上发表了《断层下的老藤——我所找到的江文也》一文，利用台湾音乐家江文也在大陆被当时的极左路线迫害的事件，来反对中国意识，鼓吹分离。对此，陈映真也写了《从江文也的遭遇谈起》一文，发表在1983年7月的《夏潮论坛》1卷6期上，予以反驳。

回过头来，我们还要提到，针对分离主义者借口"维护1800万台湾人的幸福"的谎言，陈映真还写了《追究"台湾一千八百万人"论》一文，发表在1984年3月的《夏潮论坛》12期上。

需要说明的是，就在这场"台湾结"与"中国结"、"台湾意识"与"中国意识"激烈论争的时候，在美国出版的《美丽岛》周报等分离主义势力杂志，先后发表了《注视岛内一场"台湾意识"的论战》及《台湾向前走》、《岛内外统派余孽猬集〈夏潮论坛〉/戴国辉陈映真热情拥抱在一起》、《"统一左派"对上"台湾左派"》，在鼓吹"独立建国"的滥调中，对《夏潮》及陈映真等人进行政治诬陷。陈映真写了《严守抗议者的操守——从海外若干非国民党刊物联手对〈夏潮〉进行政治诬陷说起》一文，发表在1984年4月的《夏潮论坛》13期上，对《美丽岛》周报的"法西斯的、造谣、诬陷的本来面目"无情地予以揭露，并重申，《夏潮》的立场正是"中国民族主义"，"对于中国历史、文化和人民抱着极深的认同和感情"，"愿意跳出唯台湾论的岛气，学习从全中国、全亚洲和世界的构图中去凝视中国（连带地是台湾）的出路"。

这场争论延续到"解严"之后，激烈程度减退。"台独"势力的新分离主义，又进入了一个新的阶段。

这又和台湾政局变化有关。

1988年1月13日，蒋经国去世，李登辉开始执掌岛内党政大权，台湾进入"李登辉时代"。1990年5月，李登辉宣布开始"宪政改革"，对旧"法统"进行改造。此后，从1990年到1997年，台湾当局进行了四次"修宪"，包括终止"动员戡乱时期"、废除"临时条款"；"总统"由台湾地区人民直接选举产生；冻结台湾"省长"、"省议会"选举，虚化"台湾省政府"功能；等等。台湾的政治格局、国民党内部的权力结构以及台湾当局对大陆政策和对外政策都发生了重大的变化。其中，最为突出的是国民党政权迅速"本土化"，标榜实行西方民主制度，谋求"两个中国"的政策日益明朗化，分裂祖国的势力愈益煽动仇视大陆的情绪，"台独"活动更加猖狂。

民主进步党（"民进党"）成立之初，本来还是各种反国民党势力的复杂组合，但领导权基本上被"台独"分子把持，"台独"思潮在该党内严重泛滥，民进党"一大"通过的党纲，即主张台湾前途由台湾全体居民决定。以后，该党又陆续通过一些决议，宣称"台湾人民有主张台湾独立的自由"、"台湾国际主权独立"等等。1988年以后，在台湾当局的姑息与纵容下，海外公开的"台独"组织加强向岛内渗透，在美国的最大的"台独"组织"台独联盟"迁回台湾，以后集体加入了民进党。1991年10月，民进党召开"五大"，公然在党纲里写下了："建立主权独立自主的台湾共和国暨制定新宪法，应交由台湾人以公民投票方式选择决定。"1992年5月，"立法院"修改"刑法"，废除"刑法第100条"和"国安法"，使鼓吹和从事非暴力活动的"台独"活动合法化。从此，台湾当局实际上已经不再禁止"台独"活动。各种"台独"组织进行了名目繁多的分裂活动，比如，制定"台湾共和国宪法草案"、"新国旗"、"新国歌",推行所谓"公民投票运动",积极争取西方反华势力的支持,鼓吹以台湾名义加入联合国,等等。1994年3月,民进党籍"立委"还在"立法院"的专门委员会一读通过了"公投法草案"。与此同时,一些"台独"分子通过选举,有的进入了"国民大会"、"立法院"和省、市、县议会,有的掌握了一些县市政权。比如,1994年年底的省市长选举中,民进党获得了台北市长的席位。1997年年底的县市长选举中,民进党获得空前的胜利,得票率第一次超过国民党,拿到了23个县市长席位中的12个。1999年,李登辉抛出"两国论"的"台独"言论。到2000年的"总统"选举,民进党陈水扁、吕秀莲竟当选正、副"总统",结束了国民党当政的时代。陈水扁、吕秀莲一上台,便公开抛弃了"一个中国"的原则。

在这样的政治格局里,从意识形态来说,作为"台独"的文化标签,"台独意识"逐步被"台湾主体性"所取代了。

本来,早在1962年,史明以日文撰成《台湾四百年史》,就已经把"台湾人意识"和"中国人意识"对立起来了。1964年,"独派"的王育德也在日本出版了《台湾:苦闷的历史》,在史明所炮制的"台湾民族论"架构下,把台湾史描绘成"台湾民族"受到外族压抑的历史。这种"台湾民族"论,是用"民族性"来定义台湾的特殊性。宋泽莱在《民进报》46、47、48期上发表《跃升中的"台湾民族论"》也依台湾在血统、语言、文字、生活习惯上的共性,将生活在岛上的群体定位为"台湾民族"。相对于此,谢长廷在1987年5月的《台湾新文化》8期上发表《新的台湾意识和新的台湾文化》一文,认为,"相对于中国大陆的'台湾住民'意识",已经"形成彼此命运一体,息息相关的共同体意识"。他把这种住民意识叫作"新的台湾意识或'台湾岛命运共同体的意识'"。1988年4月24日,李乔在《自由时报》上发表《台湾文化的渊源》一文,提出用"台湾人"来称呼台湾的住民,以避免强调族性而激化社会内部的族群对立。1989年7月26日、27日,李乔在《首都早报》上发表《台湾运动的文化困局与转机》一文,继续阐释了这种观点。不管"台湾民族"论、"台湾人"论对台湾性的定位及对"中国"定义有什么不同,却都是为了构筑"台独"的理论基础而提出的。不满于立论的局限性,进入90年代之后,"文化台独"开始反省台湾内部多族群如何统合的问题。立足于这种反省,张炎宪在《台湾史研究的新精神》一文里,提出了"多元族群"的观点，认为台湾内部的福佬人、客家人、外省人、原住民都是台湾历史的主体，他们的活动都是台湾历史的一部分，各族群在台湾的历史活动中的主体地位都应该得到确认。而这种"台湾的主体性"，只有在去除了"汉人的中心意识"之后，才能获得。这一史观，成了90年代台湾主体论的主要历史观。

1991年，陈芳明的《朝向台湾史观的建立》一文，在台湾史领域建构了"台湾主体性"的概念，并在台湾文学中同时建构了"台湾主体性"的概念。1992年，陈芳明在四七社议论集《改造与重建》一书的序言《注视世纪的地平线——四七社与台湾历史意识》一文中，又以"相对于整个中国"的"命运共同体"的台湾为主体，他是要用多元主体论来消弭社会内部的对立，凝聚台湾"独立建国"的能量。

90年代，这种新分离主义的思潮在文学领域里恶性膨胀，形成了一股反民族、反中国的文艺"台独"思潮。这股文艺领域里的"台独"思潮，从80年代延伸而来，到90年代变本加厉，又理所当然地激化了台湾新文化思潮领域里的统、"独"大论战。

三 "文学台独"恶性发展的历史

赵遐秋 曾庆瑞

一般说来,"文学台独"的发生和发展大致有两个阶段,即从"乡土"向"本土"转移,进而抛出了台湾文学"主体论";从台湾文学"主体论"进而鼓吹独立于中国文学之外的"台湾文学论"、文学"两国论"。

先谈第一阶段。70 年代到 1987 年解除戒严,从"乡土"向"本土"转移,进而抛出了台湾文学"主体论"。

在台湾,"乡土文学"这个词语已沿用多年。如果从连雅堂于 1929 年编著《台湾语典》时谈"乡土文学"算起,已经 70 多年了。

直到 1965 年 11 月,叶石涛在《文星》97 期上发表了《台湾的乡土文学》一文,才率先在台湾提出了从理论上重新厘定"乡土文学"的概念的问题。只是当时的台湾文坛正汹涌着现代主义的浪潮,叶石涛的声音过于微弱了。1977 年 5 月 1 日,台湾文坛"乡土文学"论战已在激烈展开,叶石涛在《夏潮》14 期上发表了《台湾乡土文学史导论》一文,再一次对"乡土文学"作了新的阐释。叶石涛把 1697 年从福建来到台湾的郁永河的《裨海纪游》到吴浊流的小说之间的台湾重要作家作品都包罗进去,把近、现代的,至少是 1945 年前的台湾地区的中国文学,全都看作是"乡土文学"了。要是从文学的地域文化特征或者地域文化风格来立论,那倒也罢了,问题是,叶石涛从"乡土"衍生出了一个"台湾立场"的问题。日本割据台湾以后,这个"台湾立场",有了政治学的意义。叶石涛说,台湾从陷日前的半封建社会进入日据时代的资本主义社会之后,在资本主义社会形成过程之中,近代都市兴起,这些近代都市中的文化,与过去的、封建的台湾的传统没有关系,从而也就与农村的、封建的台湾之源头——中国,脱离了关系。一种近代的、城市的、市民阶级文化,相应于日本帝国对台湾之资本主义改造过程,相应于这个过程中新近兴起的市民阶级而产生。于是,一种新的意识——"台湾人意识"产生了。进一步,叶石涛将这"台湾人意识"推演到所谓的"台湾的文化民族主义",说什么台湾人虽然在民族学上是汉民族,但由于上述的原因,发展了和中国分离的、台湾自己的"文化的民族主义"。只要翻阅一下史明的《台湾四百年史》就知道,这些论点完全是抄自史明的概念。

叶石涛的《台湾乡土文学史导论》遭到了陈映真的批判。陈映真在1977年6月《台湾文艺》革新2期上发表了《"乡土文学"的盲点》一文,一针见血地指出:"这是用心良苦的,分离主义的议论。"陈映真还指出,日据时代的台湾,仍然是农村经济而不是城市经济在整个经济中起着重大作用。而农村,正好是"中国意识"最顽强的根据地。即使是城市,中小资本家阶级所参与领导的抗日运动,也都"无不以中国人意识为民族解放的基础",所以,"从中国的全局去看,这'台湾意识'的基础,正是坚毅磅礴的'中国意识'了"。由此,陈映真断言:"所谓'台湾乡土文学史',其实是'在台湾的中国文学史'。"

也许是忧虑于叶石涛炮制的这种文学分离主义的恶性传播,陈映真接着又在1977年7月1日出版的《仙人掌杂志》5期上发表的《文学来自社会反映社会》一文里强调"台湾新文学在表现整个中国追求国家独立、民族自由的精神历程中,不可否认的是整个中国近代新文学的一部分"。这一年的10月,他又在《中华杂志》171期上发表的《建立民族文学的风格》一文里强调,"30年来在台湾成长起来的中国文学"的作家们,"使用了具有中国风格的文字形式、美好的中国语言,表现了世居在台湾的中国同胞的具体的社会生活,以及在这生活中的欢笑和悲苦,胜利和挫折……这些作家也以不同的程度,挣脱外国的堕落的文学对他们的影响,扬弃了从外国文学支借过来感情和思想,用自己民族的语言和形式,生动活泼地描写了台湾——这中国神圣的土地,和这块土地上的民众。正是他们的文学……在台湾的中国新文学上,高高地举起了中国的、民族主义的、自立自强的鲜明旗帜!"陈映真还热忱地呼吁:"一切海内外中国人,因为我们在对于台湾的中国新文学共同的感受、共同的喜爱、共同的关切的基础上,坚强地团结起来!"再往后,在1978年8月的《仙人掌杂志》2卷6号上发表的《在民族文学的旗帜下团结起来》一文里,在1980年6月的《中华杂志》203期上发表的《中国文学的一条广大出路》一文里,陈映真又反复地展开了这样的论述。然而,这种善良的愿望已经阻挡不住文学领域里新分离主义的逆流了。

紧跟叶石涛的是彭瑞金。1980 年 12 月，他在《台湾文艺》70 期上发表《八十年代的台湾写实小说》一文，对 70 年代以来写实小说的发展趋向"工具化"、"现实化"提出了批评，展示了他的传统本土论者的文学本位立场。其实，彭瑞金这篇文章是替叶石涛来回应陈映真对于《台湾乡土文学史导论》的批判的。彭瑞金在文章里攻击了陈映真的民族文学论，有意肯定了 50、60 年代作家的本土创作，实际上是在延续 70 年代的陈映真、叶石涛的论争。这场论争还引发了陈映真和叶石涛的一次直接交锋。

　　那是 1981 年 1 月，詹宏志在《书评书目》93 期上发表了《两种文学心灵——评两篇〈联合报〉小说得奖作品》一文。文章里，詹宏志把台湾放在中国视野里考察和评价，认为台湾文学是中国文学的"旁支"，或者，如同小说家东年所说的，是相对于"中国的中心"的"边疆文学"。文学"旁支"和"边疆文学"之说，或许过于简单，容易引发误会，但是，詹宏志的中国立场却是不容置疑的，这实际上又是陈映真的中国立场的延伸。1981 年 10 月，第二届"巫永福评论奖"评审会召开，陈映真和叶石涛都是评审人，詹宏志、彭瑞金都是候选人。会上，叶石涛支持彭瑞金，陈映真力举詹宏志，争辩激烈，双方相持不下，评审会因此延期，最后不得不另选其他作品颁奖。由此，"中国结"与"台湾结"的对立和论争又趋于激化。

　　詹宏志的文章发表后，招来了分离主义者的攻击。先是高天生在 5 月的《台湾文艺》72 期上发表了《历史悲运的顽抗》一文，强调台湾文学的独特性。接着，《台湾文艺》杂志社邀请詹宏志与本土作家巫永福、钟肇政、赵天仪、李魁贤等人对谈，话题是"台湾文学的方向"。这个座谈会的记录，发表在这一年 7 月的《台湾文艺》73 期上。同一期的《台湾文艺》还刊出了应邀参加但没有出席的李乔（壹阐提）的书面意见稿——《我看"台湾文艺"》，还有宋泽莱对于詹宏志的回应文章《文学十日谈》。9 日，《台湾文艺》74 期还刊出了彭瑞金的《刀子与模子》一文。

　　座谈会上，詹宏志补充说明了自己的观点。他说，他并不否认台湾文学的成就及其特殊性，他要肯定和强调的是，如果在政治上台湾要成为中国的一部分的时候，在文学上，台湾文学势必要成为中国文学的一部分。当然，詹宏志还是坚持说，站在中国来看台湾文学，台湾势必成为边疆文学。

会上会下，反对者对詹宏志的文章发难，还是表现在用所谓的"台湾结"来对抗"中国结"。

比如高天生。他就反对将台湾文学"当作中国文学的亚流"，强调要面对台湾文学的"独特的历史性格、文学特色等，将之视为一独立的文学史对象来加以处理，就如我们独立处理台湾史一样"。高天生还指责詹宏志将台湾文学"置放于整个中国文学中去定位"，"是一种迷失历史方向后的错乱"，是在"动辄用大汉族沙文主义来诽谤文学前辈"。

又比如宋泽莱在他攻击詹宏志的《文学十日谈》一文里，以台湾为中心，提出了台湾文学的三个传统，然后归纳出台湾文学自足的价值，气势汹汹地质问："台湾文学有她的独特经验……有哪一个人胆敢宣称台湾文学是一种'支脉的'、'附属品的'文学呢？"他称台湾人为"弱小民族"，而不是"中华民族"；他又把台湾文学放在第三世界文学的位置，与中国文学是对等的位置，从而排斥了中国文学对台湾文学的任何作用。

再比如李乔。针对詹宏志的主张，他强调了两岸的分离阻隔。他说："虽然'中国文学'被原乡人携带来台，但是整个文学原野被斩断了，文学泉源被阻塞了。"

再就是彭瑞金。他攻击詹宏志，是说詹宏志预设了"中国统一"的政治立场。彭瑞金说，文学的"价值与政权的变化压根扯不上关系，台湾文学自有从文学出发的价值评定，和中国统一与否不发生影响"。他是从文学和政治分离而论的手法，排除了中国文学对台湾文学发生的作用。

直到1984年1月，陈芳明在《台湾文学》82期上，发表了《现阶段台湾文学本土化的问题》一文，对詹宏志的主张还进行了攻击。他认为，詹宏志不是"从它本身固有的历史背景和本身立足的现实环境出发"，而是"站在台湾岛屿以外的土地上来观察台湾文学"。陈芳明说："詹宏志的彷徨与无助，再次暴露了'以中国为中心'的矛盾与缺漏。"陈芳明攻击这"以中国为中心的情结，只不过是知识分子自我缠绕的一个情结，在一般台湾人心中并不存在"。"在他们的观念里，并非'以中国为中心'的，他们的中心其实是他们立足的土地。"

这一次的较量里，从陈芳明、彭瑞金等人的言论来看，已经显示了台湾文学"本土化"、"自主性"的一种浓厚的"去中国中心化"的色彩。

这时候，随着台湾政局的变化，思想界、文化界有关"台湾意识"的论争十分激烈，台湾文学"本土化"、"自主性"的浊浪也有了进一步的汹涌。那是以《文学界》创刊为起点的。

叶石涛在1982年1月中，和郑炯明、曾贵海、陈坤仑、施明元等人一起在高雄创办了《文学界》杂志。叶石涛说，他和《文学界》的愿望就是"整合本土的、传统的、外来的文学潮流，建立有自主性的台湾文学"。在《文学界》创刊号的《编后记》里，叶石涛标举了"自主化"的口号。他说："这30多年来的台湾文学的确产生了许多值得纪念的作品，然而我们仍然觉得台湾文学离开'自主化'的道路颇有一段距离。我们希望台湾作家的作品能够有力地反映台湾这一块美丽的土地的真实形象，而不是执著于过去的亡灵以忘恩负义的心态来轻视孕育你、供给你乳汁与蜜的土地与人民。那些站在空洞的神话架构上来号令叱咤的文学，只是损害勤朴人民心灵的毒素，它是一种可怕的公害。"在《台湾小说的远景》① 一文里，叶石涛终于正式打出了"自主性（originality）"的旗号。

叶石涛和《文学界》的这一表态，他的"自主性"的主张，立即得到了海内外"台独"势力的夸奖。

比如，1982年4月的《文学界》2集上，彭瑞金发表了《台湾文学应以本土化为首要课题》，呼应了叶石涛的"自主化"、"自主性"的主张，鼓吹台湾文学要认同台湾，以台湾为中心的"自主化"为发展方向。文中，他对"台湾文学"下了一个定义："只要在作品里真诚地反映在台湾这个地域上人民生活的历史与现实，是根植于这块土地的作品，我们便可以称之为台湾文学。"初看起来，这个界定似是而非，然而，彭瑞金强调的"认同台湾这块土地"的意识，是针对陈映真等人的"中国文学论"而发的，他突出的是台湾与中国已经不是一体。所以，在文章里，他还攻击了"生于斯，长于斯，在意识上并不认同于这块土地"的"中国文学之一环论"者，把他们的文学排斥在"台湾文学"之外。彭瑞金的"台湾认同意识"还是叶石涛《台湾乡土文学史导论》中的"台湾立场"、"台湾意识"的延伸。彭瑞金的发展则是在于他去掉了"台湾乡土文学"中的"乡土"，只留"台湾"，

---

① 叶石涛：《文学回忆录》，台北远景出版社，1983年4月版。

正是"去中国中心化"的结果。由"本土化"出发,彭瑞金把"自主化"更加引向文学"台独"了。

又比如,1983年4月13日陈芳明在美国洛杉矶写了一篇《拥抱台湾的心灵——〈文学界〉和〈台湾文艺〉出版的意义》,发表在4月16日出版的《美丽岛周报》上。陈芳明按捺不住万分激动,欣喜若狂地欢呼,经历了1977年乡土文学论战和1979年高雄事件之后,"中国精神"已"后继无人",台湾本土文学终于与"本土政治结合起来",迈入了"新的里程"。对于《文学界》上叶石涛所发表的那一段声明,陈芳明说,那是在"肯定台湾文学的本土性、自主性",这种强调,"在文学史上是极为重要的发展"。由此,陈芳明还异想天开地预言:"台湾民族文学的孕育诞生乃是必然的。"就是在这篇文章里,陈芳明还公开宣扬了他的"文学台独"主张:"把台湾文学视为中国文学的一部分,是错误的。"

顺便说一句,陈芳明在为叶石涛及其《文学界》叫好的时候,还提到了另一个杂志《台湾文艺》。《台湾文艺》是1964年4月由吴浊流独资出版的,维持到53期时,1976年10月,吴浊流不幸去世,改由钟肇政、钟延豪父子接办,但一直经费不足,最后依靠远景出版社扶助。1983年1月15日,《台湾文艺》从第80期开始,由医师陈永兴接办,李乔主编。这以后,从100期到1987年1月104期由李敏勇负责,105期到120期由台湾笔会接办,主编有杨青矗、黄劲连等人。陈芳明称《台湾文艺》80期是重新出发。他提到《台湾文艺》在重新出发时发表的一篇"宣言"——《拥抱台湾的心灵,拓展文艺的血脉》。那"宣言"说:"《台湾文艺》是台湾历史上具有特殊意义的一本文艺杂志,从创办以来,它就一直代表着台湾同胞的心声,扎根在台湾宝岛的土地上,反映出台湾社会实际的面貌。"出版后,编者又强调要"站在民间的立场,传达出本土的、自主的、自尊的斯土斯民心声"。陈芳明也十分看重《台湾文艺》的这一表态,吹捧它所肯定的"台湾文学的本土性、自主性","必然铸造作家的意识和思考模式"。

从陈芳明的文章开始,台湾岛内外的新分离主义者,"台独"势力,已经尊奉叶石涛为提出台湾文学"本土化"、"自主性"第一人了。

开始,叶石涛在他的《文学回忆录》里,尽管还有"中国文学"的外衣,还喋喋不休而又信誓旦旦地说,"台湾文学是居住在台湾岛上的中国人建立的文学","在台湾的中国文学,以其历史性的渊源而言,毫无疑义的，是整个中国文学的一环，也可以说是一支流……台湾文学始终是中国人的文学，它并没有因时代社会的蜕变，或暂时性的分离而放弃了民族性，也没有否定了根本性中国民族文化的传统"。说到台湾新文学的发生，还白纸黑字地写着："台湾的新文学运动深受第一次世界大战弱小民族的自决的思想解放和中国大陆五四文学革命的影响。"讲到"来自祖国大陆的承传"，还振振有词地表演说："所有台湾作家都因台湾文学是构成中国文学的重要一环而觉得骄傲与自负。我们在台湾文学里看到的是中国文学不灭的延续。"至于他在1977年讲到的"乡土"，他也乔装打扮一番，改口说："这些乡土色彩基本上乃属于中国的。"然而，叶石涛的伪装，也掩饰不了他的心机。在回忆他和西川满、《文艺台湾》的关系时，在《府城之星，旧城之月》、《〈文艺台湾〉及其周围》、《日据时期文坛琐忆》等篇章里，他宣泄了对后来的人们批判"皇民文学"的不满，为他自己日后大翻"皇民文学"之案埋下了伏笔。

随后，就是1987年2月《文学界》杂志社出版的《台湾文学史纲》①了。1996年7月7日，叶石涛在高雄左营老家为他的《台湾文学入门》一书写《序》时说，他"从青年时代就有一个梦想，那就是完成一部台湾文学史，来记录台湾这块土地几百年来的台湾人的文学活动，以证明台湾人这弱小民族不屈不挠的追求自由和民主的精神如何地凝聚而结晶在文学上"。于是，他写了《台湾文学史纲》。只不过，叶石涛写的时候，有难言之隐。这"难言之隐"，在1996年的这篇《序》里，叶石涛说是："《台湾文学史纲》写成于戒严时代，顾虑恶劣的政治环境，不得不谨慎下笔，因此，台湾文学史上曾经产生的强烈的自主意愿以及左翼作家的思想动向就无法阐释清楚。……各种的不利因素导致《台湾文学史纲》只聊备一格。"

其实，即使是碍于台湾国民党当局的戒严体制而不能放肆地宣扬自己的强烈的分离主义和"台独"主张，不得不言不由衷地讲了许多"中国意识"的假话，叶石涛还是在《台湾文学史纲》一书里顽固地表现了自己。1985年12月，他在《台湾文学史纲》初版本的《序》里就说："台湾历经荷兰、西班牙、日本的侵略和统治，它一向是'汉番

---

① 1985年完稿的《台湾文学史大纲》，分别在当年11月和次年2月、8月的《文学界》12、13、15集上先行发表。1987年成册出书时改名《台湾文学史纲》。

杂居'的移民社会，因此，发展了异于大陆社会的生活模式和民情。特别是日本统治时代的50年时间和光复后的40年时间，在跟大陆完全隔离的状态下吸收了欧美文学和日本文学精华，逐渐有了较鲜明的自主性格。"叶石涛还说："我发愿写台湾文学史的主要轮廓（outline），其目的在于阐明台湾文学在历史的流动中如何地发展了它强烈的自主意愿，且铸造了它独异的台湾性格。"果然，叶石涛还是在这部《台湾文学史纲》里喋喋不休地阐明了他所谓的台湾新文学的"鲜明的自主性性格"和"强烈的自主意愿"。

比如，说到30年代初有关"台湾话文"和"乡土文学"的论争，叶石涛偏偏要说，在论争中除了受大陆白话文运动的影响之外，"台湾本身逐渐产生和建立自主性文学的意念"；在甲午战败割让台湾后30余年社会发展的背景下，"台湾新文学必须走上自主性的道路"，这是"正确而不可避免的途径"；作品，则"有效于表现强烈的本土性性格"。至于那些"新一代的日文作家"，叶石涛也判定他们"本土性性格愈来愈加强"。

说到"二战"之后，光复了的台湾，在1947年《新生报》的《桥》副刊上展开的"台湾文学"向何处去的讨论，叶石涛又曲成己见，硬说省籍作家杨逵、林曙光、濑南人等"希望台湾文学扎根于台湾的特殊性，建立自主性的文学"。由此，叶石涛还借题发挥说，围绕这"自主性"问题而存在的省外作家与省籍作家中的见解的对立，"犹如甩不掉的包袱，在台湾文学发展的历史性每一个阶段里犹如不死鸟（phoenix）再次出现，争论不休。在70年代的乡土文学论争里，历史又重演，到了80年代更有深度的激化"。叶石涛还说，台湾文学"在300多年来的跟异民族抗争的血迹斑斑的历史里养成的坚强本土性格"，乃是"无可否认的事实"。

说到60年代的台湾文学，叶石涛指出，在《台湾文艺》和《笠》这"两种本土性很强的刊物里"，人们可以看到，"由于台湾民众与大陆隔绝几达80多年的时间，台湾实际也发展了具有地方性特色的文学倾向；因此，主张台湾文学应有自主性，建立自己的文学，发展自己文学特性的主张也广为流行"。对于1966年由尉天骢、陈映真、黄春明、王祯和、施叔青、七等生等作家创办的《文学季刊》上发表的黄春明的《莎哟娜拉·再见》，王祯和的《小林来台北》和王拓的《庙》和《炸》等作品，叶石涛则心怀不轨、言辞狡诈地进行攻击。在叶石涛看来，黄春明他们的《文学季刊》和小说作品，有意要"迈向新的'在台湾的中国文学'路程"，可是，"这些新一代的作家不太认识台湾本土意识浓厚的日据时代新文学运动的传统"，却偏偏要去"着重思考"什么"整个中国的命运"，岂不怪哉？与此同时，钟肇政虽然同属于这"新一代的"作家，叶石涛则对他赞誉有加，说是钟肇政的作品"令他折服"，为什么？叶石涛说，是因为钟肇政的文学世界表现出来"建立台湾文学的使命感"。

随后，写到第六章《70年代的台湾文学》时，叶石涛兴奋得忘乎所以了，好像戒严时代的"谨慎下笔"也顾不了许多了。他以为，"乡土文学"的发展，70年代已经"变成名正言顺的台湾文学"，而且"构成台湾文学主流"了。而这种"乡土文学"，叶石涛暗藏祸心地说："它注重地域性（regionalism）色彩的表现胜于国际性性格。"

叶石涛在这里说的"国际性性格"这五个字，是耐人寻味的。

原来，70年代的"乡土文学"论争中，和"台湾意识"相对立的陈映真、王晓波、张忠栋等人，一再坚持的是"大中国"的意识，言之凿凿的，无非是"在台湾的中国文学"，论"乡土"也该认定台湾和大陆一样都是"中华民族的乡土"，在"中国文学之大传统"里，台湾乡土文学的"个性"也是统一在中国近代文学之中，成为它光辉的、不可切割的一环，等等，除了"中国"，陈映真等人论台湾乡土文学没有涉及任何一个别的什么国家。现在，叶石涛偏偏要说什么"国际性性格"，人们不禁要问，这个"国际性"，究竟指的哪个国家？究竟是哪个国家对台湾而言变成了"国际性"的关系？而且，就构成"国际性"关系而言，"台湾"不也成了一个"国家"？于是，我们看到，叶石涛的"台独"尾巴就这样露出来了！这一点，叶石涛是抵赖不了的。他在1977年的《台湾乡土文学史导论》一文里，曾经指出，台湾由于它的地理的、历史的条件，在精神生活上，有台湾的特点，同时也有中国的一般性格。8年后，他这"国际性性格"分明就变成"中国的性格"的同义语。后面我们还要说到，再过10年，到1995年，他就直言不讳地把中国说成"外国"了。看起来，叶石涛是漫不经心地在大段的行文中写进了"国际性性格"这五个字，他其实是在用心险恶地埋下"文学台独"言论的一颗定时炸弹！

基于这种忘乎所以的兴奋和对于戒严时代要"谨慎下笔"的戒备心理的松懈，叶石涛在《台湾乡土文学史导论》顽强地表现自己心中的分离主义的"台独"的情结，而宣称，"很明显的，所谓台湾乡土文学应该是台湾人（居住在台湾的汉民族及原住居民）所写的文学"；"台湾的乡土文学应该是以'台湾为中心'写出来的作品；换言之，它应该是站在台湾的立场上来透视整个世界的作品"。在描述70年代的作家作品的情景时，叶石涛又编造了一个神话说，"70年代的文学作品"，是"努力去统合台湾在300多年的历史中带来的不同文化价值系统"，而这"300多年被殖民的历史"，"每一阶段"都使台湾获得了"异族的文化形态"。叶石涛还吹捧了《这一代》杂志，称赞它"强烈地主张本土为重的意识"。

《台湾文学史纲》最后说到了80年代最初几年的情景。随着台湾政局日渐发生变化，人们可以看到，叶石涛终于按捺不住内心的激动和兴奋，认为80年代的台湾文学是"迈向更自由、宽容、多文化的途径"的文学。叶石涛说，"在政治体制上"，80年代的"大陆"，对于台湾，已经不是"日据时代的'祖国'"了。叶石涛指名攻击陈映真等人说，70年代乡土文学的论争中"有人……指出乡土文学有分离主义的倾向"，那是"杞人忧天"。叶石涛说，"事实上，台湾新文学从日据时代以来，一直在大陆的隔绝下，孤立地发展了60多年，有许多实质的问题是无法以流派、主义的名称去解决的"，"进入80年代的初期，台湾作家终于成功地为台湾文学正名"。究竟是哪些"许多实质的问题"？还有，"成功地为台湾文学正名"又是什么意思？"正名"以后的"台湾文学"该是一种什么样的文学呢？叶石涛没有明说。也许，叶石涛还是不得不考虑他身处戒严时代，所以还是要有所收敛。然而，要不了多久，时局再变化，肆无忌惮的叶石涛就会说明白了。

即使如此，历史仍然表明，还在"解严"前夕，在台湾文学界，两种文学思潮斗争已经是壁垒分明了。那就是，以陈映真为代表的"中国文学之一环论"和以叶石涛为代表的"台湾文学本土论"或"台湾文学主体性、主体论"的严重对立。后者的立场，是反中国的。

再看第二个阶段，1987年解除"戒严"以后，从台湾文学"主体论"，进而鼓吹独立于中国文学之外的"台湾文学论"、文学"两国"论。

人们可以看到，"解严"之前，与政治本土化运动一步一步地冲破国民党的政治禁忌的同时，在"台湾独立"的政治主张主宰下，文学"独立"的种种谬论，已经一一被提了出来。到了1987年7月15日

"解严"之后，这种种的谬论又有了恶性的发展。其中，80 年代末到 90 年代，这种恶性的发展则又随着政治上"台独"势力的猖獗而到了登峰造极的地步。

就在"解严"前夕，1987 年 7 月 7 日，所谓新生代的文坛"台独"势力在美国有一次聚会。当时，北美洲的台湾文学研究会邀请郑炯明、李敏勇访美。同时，彭瑞金也获得台湾基金会的补助，赴美收集战后初期台湾文学的资料。旅美的陈芳明、张良泽、林衡哲和他们相遇于加州海岸的美洲夏令会。陈芳明说，这一次聚首，让他感到"多少喜悦悲愁齐涌胸头"。7 月 28 日，陈芳明在圣荷西自己住家，与彭瑞金对谈了文学史的撰写事宜。对谈的记录，整理后，以《台湾文学的局限与延长》为题，发表在当年 10 月 26 日到 11 月 2 日的《台湾时报》和 11 月的台湾《文学界》24 期以及 11—12 月的美国《台湾公论报》上。就同一话题，1988 年 1 月 8 日，陈芳明又写了一篇《是撰写台湾文学史的时候了》一文，随后发表在 2 月 13—14 日的台湾《自立早报》上。5 月 7 日，《民进报》革新版第 9 期又发表了陈芳明的《在中国的台湾文学与在台湾的中国文学》一文。在这之前，1987 年 11 月，陈芳明还在《台湾文化》第 15 期上发表了《心灵的提升与再造——乡土文学论战与中坜事件十周年》一文。这之后，1988 年 5 月 14 日，陈芳明还在《民进报》上发表了《文化上的称霸与反霸——旁观杨青矗与张贤亮的笔战》一文。凡此种种，都显得陈芳明想要在叶石涛之后为"文学台独"执牛耳了。

就在上述的几篇文章里，借着谈论文学史的编写问题，陈芳明除了继续鼓吹"台湾没有产生过中国文学"，攻击"台湾文学是中国文学的一部分"的统派主张，就是不遗余力地在文学领域里贩卖政治上的"台独"谬论，再以政治上的"台独"谬论为依据，回过头来兜售台湾文学与中国大陆文学分离和"独立"的谬论。比如，陈芳明说："台湾是移民社会，中国移民到了台湾以后，无不是以全新的台湾人心态在开垦、生活的，他们的经济、生活方式逐渐因地域、环境的条件与中国隔离而形成他们的特色，他们从有移民的念头，到如何在这块地方活下去，我相信没有一样是受到北京政府的指导、保护吧！"陈芳明又说："基本上台湾一直是殖民地社会，殖民地社会的语言必然受到统治者的语言压迫，以官方的命令要殖民地人民放弃自己的母语，而使用统治者的语言。……在台湾，语言在日据时代便发生过紧张关系……

国民政府迁台之后，也同样造成了语言的政治紧张气氛。"这表明，陈芳明已经把台湾看作是一个移民社会、殖民地社会，早年的大陆移民台湾的中国人被认定为外国异民族的移民，国民党政府在40年代末的败走台湾被认为是外国殖民统治者的占领了。陈芳明一再宣称的是，"政治运动者与文学运动者，对岛屿命运的思考，果然都得到相同的答案与相同的结论"。他把"文学中的本土意识"与"政治里的草根精神"看作是"追求岛屿命运过程中的双璧"。陈芳明是在用自己一时还不敢公开标举的"两国"论提醒文学界的新分离主义者和"台独"势力，要拿起政治上的"台独"武器了。

其实，陈芳明一时还不敢公开标举却分明具有的"两国"论的"台独"主张，早在1984年就抛头露面了。那一年1月，陈芳明署名宋冬阳在《台湾文艺》86期上发表的那篇《现阶段台湾文学本土化的问题》里就公开说过："客观的历史告诉我们，1919年，林呈禄、蔡培炎、王敏川、蔡式谷、郑松筠、吴三连在日本东京筹组'启发会'时，就提出'台湾是台湾人的台湾'之主张。日后的政治团体，如1927年的'台湾民党'，便揭示'期望实现台湾人全体之政治的经济的社会的解放'之主张；同年的'台湾民众党'也高举'本党以确立民本政治建设合理的经济组织及改革社会制度之缺陷'之旗帜。这些右翼组织，全然是以追求台湾人的自治为终极目标。至于左翼团体如台湾共产党者，则进一步主张'台湾独立'。"

到了1989年11月，陈芳明就明确提出"文学台独"要首先走向政治"台独"的主张了。当时，台湾前卫出版社印出了一本吴锦发写的书《做一个新台湾人》。书中，有一篇吴锦发对陈芳明的采访记录《故人迟迟归——访旅美作家陈芳明》。陈芳明对吴锦发说，他自己在"二二八"事件之后，又接触到台湾立场强烈的《台湾政论》，还"受到台湾民主运动的冲击"，觉悟到了一个道理，就是："不能只在文学上努力，只有文学，绝对解决不了台湾的问题。"陈芳明说："我关心台湾，不能只满足于关心文学历史，还得关心政治事物，可是关心政治事物，又不能不了解历史文化……我得到一个结论，'台湾知识分子不能不关心政治！'因为政治才是解决台湾问题最直接的途径。"

首先呼应陈芳明的就是彭瑞金。他在美国加州圣荷西陈芳明家中和陈芳明对话时，也赞成把台湾看作是外国移民的"移民社会"和殖民社会，赞成说"台湾语文充满移民和被殖民的痕迹"。不久，彭瑞金开始撰写《台湾新文学运动 40 年》。这本书，于 1991 年 3 月由自立晚报社文化出版部出版，1992 年印了第二次，1997 年 8 月又由春晖出版社印行新版。叙述这 40 年的台湾新文学运动，彭瑞金的归宿就是上述陈芳明早在 1984 年就借历史说出来的"台湾独立"。彭瑞金在这本书的新版《自序》里说得明白："台湾无论作为一个民族或是作为一个国家，绝对不能没有自己的主体文化，并且还应该优先被建构起来。七十六年前，台湾新文学发轫伊始，台湾先哲便著文呼吁，台湾人要想成为世界上伟大之民族，首先一定要有自己的文学。"在《自序》里，彭瑞金提到了 1922 年来到台湾的日本人贺川丰彦对文化协会成员说的一句话，即"赶快建立属于台湾的文化吧！有了自己的文化，便不愁民族不能自决，民族不能独立"。彭瑞金说，这段史料，对于他的文学思考，"点亮了一盏明灯"。在《自序》里，彭瑞金还提到，要"促使台湾的大学设立台湾文学系"。

彭瑞金在这篇《自序》里还说到了"台湾民族文学"的问题。这个以"台湾民族"概念建立的"台湾民族文学"，也是"解严"后新分离主义者、"台独"势力叫嚷得很厉害的一种论调。比如，1988 年 5 月 3、4 日的《台湾时报》上，林央敏发表《台湾新民族文学的诞生》一文；7 月 9—11 日的《台湾时报》上，他又发表了《台湾新民族文学补遗——台湾文学答客问》一文。宋泽莱则在 1988 年 5 月 15 日由前卫出版社出版的他的论文集《台湾人的自我追寻》一书里，抛出了《"台湾民族"三讲》和《跃升中的"台湾民族论"》两篇文章。他们提出"台湾民族文学"，就是为了和"中国文学"划清界限，"最后的目标就是建立一个优良的新民族文化"。而这种"新民族文化"、"新民族文学"，又是"与台湾岛的命运完全切合"的。所以，"台湾民族文学论"就是为了"独立建国"的政治目标而提出的。

彭瑞金在这篇《自序》里提到的"设立台湾文学系"就是要将大学里原有的中文系视同外国文学系。这是新分离主义者、"台独"势力从"乡土"、"本土"最后走向"独立的台湾文学论"的一个信号。

当然，彭瑞金抛出"独立的台湾文学"的谬论，也是早就有人在那里叫嚷了。比如，那个参加了 1987 年美洲夏令会的林衡哲，早在 1985 年 10 月的《台湾文艺》100 期上，就发表《台湾文艺百期感言》一文宣称，20 世纪 30 年代以后，"台湾作家业已建立了自己独特的新文学传统"，"终于与中国的文学传统分道扬镳，而自成独立自主的文学传统。有一位名小说家返台接受访问时说：'台湾虽然在政治上还未独立，但是在文学上早就独立了。'我深深地同意他的看法"。1988年11月，《笠》诗刊搞了一个"论台湾新诗的独特性"的座谈会，赵天仪在发言中也说，"台湾文学与中国文学，是平行共存的"，谁也不从属于谁，即使台湾文学曾经深受汉文化的影响，也不妨碍台湾文学成为独立的文学。同一个座谈会上，白获还从"独立国家"的立场说："日、韩二国诗人都确认在语言文化的历史上受中国强力的影响，甚至承认了'汉'文化的根和'中国趣味'的传统，但都不承认是中国文化的支流。"因为，还有超越语言等更为重要的东西存在，即"人的性格和想法、自然风土、生存环境的不同"，这些因素都使得台湾文学成为不同于中国文学的"独立文学"。1989年7月，自立报系文化出版部出版的陈芳明的论文集《鞭伤之岛》里，有一篇文章叫《迎接一个本土化运动》，也把明代郑成功政权、清朝政府一直到眼下的国民党政府等同于荷兰、日本的殖民统治，强调台湾人民反抗这些外来的强权统治，从而论证台湾之独立。到1991年1月，《笠》诗社印出的《诗与台湾现实》集中，陈千武作的《序》——《我们被迫地反复思考》则说，从日据以后，台湾可以说一直独立于中国之外，直到戒严解除，"台湾人民才激发满心的牢骚，缤纷花开。主张台湾独立或独立台湾的声音也喊高了"。陈千武鼓吹的是："其实，台湾早已独立在日本和中国统治之外，为什么不认为是独立国呢？不管它的名称是台湾或中华民国。一个中华民国一个中华人民共和国的存在是事实。一个中国和一个台湾的存在也是事实。"1992年9月，彭瑞金自己在《文学台湾》4期上发表《当前台湾文学的本土化理想，已经先期于台湾人的民族解放或政治的独立建国达成》。彭瑞金还认为，台湾文学应该自我期许，去创作"国家文学位格"的文学。

这一段时间里，叶石涛在干什么呢？1992年9月和彭瑞金的《当前台湾文学的本土化与多元化》一起，在《文学台湾》4期上，叶石涛抛出了一篇《台湾文学本土化是必然途径》。1993年11月，他又在《台湾研究通讯》创刊号上抛出了《开拓多种风貌的台湾文学》一文。表面上看来，叶石涛在这两篇文章里不太主张让政治来干扰台湾文学的正常发展，他只注重于"本土化"的问题，甚至鼓吹"台湾文学的本土化应该是台湾统派和独派皆能肯定的道路"。然而，他还是顽固地把中国文化诬蔑为"具有沙文主义色彩的'大汉文化'"、"外来强权文化"、"异质文化",攻击"二战"后当时的中国政府用"威权统治的方式去压迫台湾人接受不同于台湾本土文化的异质文化"。叶石涛看到所谓"新生代"者陈芳明等人已经拉着彭瑞金等人赤膊上阵,以为韬晦时间就要过去,就要撕下假面了,充分亮相了。

应该说,即使怀有这样的心态,叶石涛也毕竟显得老到,在1985年的《没有土地,哪有文学》、1990年的《走向台湾文学》两本书之后,他还是先在《台湾文学的悲情》一书里放出了一个试探气球。这本书是1990年1月由高雄派色文化出版社出版的。这本书,基本上带有"回忆录"的性质,另有少量的评论文字。书中,叶石涛在感慨他50年投入台湾文学"得到的只是'悲情'两字"的时候,特别花力气作了"皇民文学"的翻案文章,此外,就是试探性地鼓吹分离主义、鼓吹"台独"了。比如,他也说,"台湾自古以来是个'移民社会',是'汉番杂居'的多种族多语言的社会","台湾是台湾人的土地",在"几达一个世纪的漫长岁月里","台湾文化""铸造了自立而独特的文化价值系统",等等。

到1995年春,在高雄《台湾新闻报》的《西子湾》副刊上的《台湾文学百问》专栏里一周一篇地发表随笔,叶石涛终于也赤膊上阵了。叶石涛认为,"台湾文学本土化的主张已获取大多数台湾人的认同,政治压力减轻",他可以放肆地鼓吹"政治台独"和"文学台独"了。请看这时候的叶石涛的言论——

　　　　"台湾人属于汉民族却不是中国人,有日本国籍却不是大和民族……'台湾是台湾人的台湾'。"①

　　　　"台湾人既不是日本人也不是中国人,台湾是一个多种族的国家。"②

　　　　"台湾本来是多种族的国家。"③

　　　　"台湾和中国是两个不同的国家,制度不同、生活观念不同、历史境遇和文化内容迥然相异。"④

---

① 叶石涛:《战前台湾新文学的自主意识》,1995年8月5日《台湾新闻报·西子湾》。
② 叶石涛:《新旧文学论争与张我军》,1995年9月2日《台湾新闻报·西子湾》。
③ 叶石涛:《八十年代的母语文学》,1996年8月18日《台湾新闻报·西子湾》。
④ 叶石涛:《战后台湾文学的自主意识》,1995年8月12日《台湾新闻报·西子湾》。

"台湾是主权独立的国家。"①

"陈映真等新民族派作家是……民族主义者，他们是中国民族主义者，并不认同台湾为弱小新兴民族的国家。"②

"只有外省族群所用的普通话一枝独秀，是优秀的语言，正如日治时代的日语是优势语言一样。这当然是外来统治民族强压的语言政策所导致的结果。"③

"不论是战前或战后，不能以台湾文学的创作语文来界定台湾文学是属于中国或日本文学；这好比是以英文创作的美国、加拿大、澳洲、纽西兰等国的文学不是英国文学的亚流一样的道理。同样的，新加坡的华文文学也就是新加坡文学，而不是中国文学。"④

"台湾文学现时仍用中国的白话文（华文）创作。然而随着台湾历史的改变，有一天，台湾文学的创作语文一定会以各种族的母语为主才对，这取决于台湾人自主的确立与否。"⑤

"台湾新文学是独立自主的文学。"⑥

"中国文学与日本、英、美、欧洲文学一样，是属于外国文学的。""这就是90年代的现在，何以许多知识分子极力要求在大学、研究所里设立台湾文学系的原由。台湾文学既是中华民国亦即台湾的文学，当然大学里的中文系应该是属于外国文学，享有日本文学系、美国文学系一样的地位才是。"⑦

"无论在历史上和事实上，台湾的文学，从来都不是隶属于外国的文学。纵令它曾经用日文或中文来创作，但语文只是表现工具，台湾文学的传统本质都未曾改变过。"⑧

"中国新文学对它的影响微不足道，战前的新文学来自日本文学的刺激很大。……战后的台湾文学几乎没有受到任何

---

① 叶石涛：《台湾文学入门、附录③——台湾文学作品应该进入教科书里》，春晖出版社，1997年6月初版，第219页。

② 叶石涛：《台湾文学史上的乡土文学论争（下）》，1995年10月28日《台湾新闻报·西子湾》。

③ 叶石涛：《八十年代的母语文学》，1996年8月18日《台湾新闻报·西子湾》。

④ 叶石涛：《战后台湾文学的自主意识》，1995年8月12日《台湾新闻报·西子湾》。

⑤ 同②。

⑥ 叶石涛：《战前台湾新文学的自主意识》，1995年8月5日《台湾新闻报·西子湾》。

⑦ 叶石涛：《战后台湾文学的自主意识》，1995年8月12日《台湾新闻报·西子湾》。

⑧ 同②。

中国文学的影响，如八十年代以降的后现代主义等文学运动跟中国扯不上任何关系。……中国文学对台湾人而言，是和日本文学或欧美文学一样的外国文学。"①

…………

叶石涛终于用这样一些分裂祖国、分裂祖国文学的言论和行动撕下了多年骗人的假面具。

叶石涛在 1993 年交由皇冠出版的散文集《不完美的旅程》里说："从 1965 年的 41 岁到现在的 68 岁，我的所有心血都投入于建立自主独立的台湾文学运动中。"叶石涛因此而获得了台湾新分离主义的这股"台独"的历史逆流的青睐。1989 年盐分地带文艺营赏给他一个"台湾新文学特别推崇奖"的"文学贡献奖"时，吹捧他是"台湾文学早春的播种者"，"在台湾文学史上，立下新的里程碑"。1994 年、1998 年、1999 年还接二连三地为叶石涛举办了文学研讨会，对他进行犒赏。其中，1998 年在淡水工商管理学院召开的会议，就是由设在张良泽任系主任的那个台湾岛上第一个台湾文学系召开的，会标上就标明，叶石涛文学是"福尔摩沙的瑰宝"。1999 年的会议是"叶石涛文学国际学术研讨会"，由高雄市立中正文化中心管理处倡议主办，"文学台湾基金会"承办，已经有了台湾当局的官方色彩。会上，彭瑞金吹捧叶石涛"领先站在战后台湾文学的起跑线上"，以他的创作提供了"最重要的运动向前的精神动力"。陈芳明则吹捧说，"为台湾文学创造历史并书写历史的叶石涛，正日益显露他重要而深刻的文化意义"。还有一位叫作叶紫琼的，则在会上吹捧"叶石涛的文学旅程，也像是一颗文学巨木"，"是激越昂扬，不吐不快的文学旗手"，叶石涛"确立台湾主体意识"、重建"台湾精神史"，"对他个人和台湾文学史都意义不凡"。会上，更有一个主张日本人和台湾人实行"各种族群'融合'"的日本学者星名宏修，硬是吹捧叶石涛是什么"'台湾文学'理论的指导者"。后来，6 月间，春晖出版社印出会议的论文集时，书名用的又是《点亮台湾文学的火炬》。彭瑞金为论文集写的《代序》，也吹捧"叶石涛文学好比一座丰富的矿藏"。叶石涛"已然是台湾文学建构的

---

① 叶石涛：《台湾文学史上的乡土文学论争（下）》，1995 年 10 月 28 日《台湾新闻报·西子湾》。

一块不能或缺的础石"。

叶石涛垂垂老矣！然而，彭瑞金在这本论文集的《代序》里还殷切地寄望于叶石涛说，"他的文学还在涌上另一个高峰"。彭瑞金还寄希望于后来者，"把叶石涛文学里尚未被发现的文学智慧开发出来，贡献给台湾义学界"。

这"后来者"，最卖气力的还是陈芳明。陈芳明在加紧炮制他的《台湾新文学史》的同时，在90年代末期，又挑起了文坛统、"独"两派的激烈论战。先是在1999年8月，陈芳明在《联合文学》178期上抛出了《台湾新文学史》的第一章《台湾新文学史的建构与分期》，来势汹汹，大肆放言"台独"谬论。陈映真在2000年7月的《联合文学》189期上发表《以意识形态代替科学知识的灾难》一文加以批驳。随后，8月，《联合文学》190期上，陈芳明反扑，抛出了《马克思主义有那么严重吗?》一文。对此，9月的《联合文学》191期上，陈映真再度出击，回敬了一篇《关于台湾"社会性质"的进一步讨论》。跟着，10月，《联合文学》192期上，陈芳明急中跳墙，再抛出一篇《当台湾文学戴上马克思主义面具》，对陈映真施以恐吓和辱骂，以作反扑。12月，《联合文学》194期上，陈映真再批判，发表了《陈芳明历史三阶段论和台湾新文学史论可以休矣!》。后来，陈映真又在2001年《人间思想与创作丛刊》上发表《驳陈芳明论殖民主义的双重作用》，结束争论。

但是树欲静而风不止。《联合文学》上的二陈统、"独"论战虽然告一段落了，然而，世纪之交，新世纪即将到来之际，这样的论争还会进行下去，而且，情势还会更趋尖锐激烈，更形错综复杂。

其中，有一个现象就很值得注意——更年青的一代人中间，有人深受叶石涛、彭瑞金、陈芳明等人毒害，其代表性的论著就是一位博士生的博士论文《台湾文学本土论的兴起与发展》，其基础是他1991年在东吴大学的中国文学硕士论文。

1996年前卫出版社出版这本博士论文著作时，作者在《后记》里虽然表示了他的"台独"立场，表示了他对中国这个"外来文化"的"强权"的莫名的憎恶，并且表示了他毫不含糊地斥统派立场为"反历史、反现实、反实证的唯心论"的急切态度，但是，诚如他本人所言，他毕竟经过了"6年中文系所中国文化的洗礼"。他应该明白，不可割断的中华民族的血脉联系，不可逆转的中国国家必定统一的历史潮流，都证明，他自己已经陷入了"反历史、反现实、反实证"的唯心论的泥坑。还证明，他，还有和他同样误入"台独"歧途的年轻的文学史和文学评论工作者，为"台独"势力殉葬是极其可悲的。他们应该听到，台湾社会、台湾文学的发展，已经向他们发出了喊声："救救孩子！"

四 用"本土化"、"自主性"、"主体论" 对抗中国文学属性

——"文学台独"言论批判之一

赵遐秋　曾庆瑞

1997 年，台湾乡土文学论战 20 周年。10 月 19 日，人间出版社与夏潮联合会在台北主办了一场学术研讨会。会上，陈映真发表了长篇论文《向内战·冷战意识形态挑战——70 年代台湾文学论争在台湾文艺思潮史上划时代的意义》。陈映真说到，经过 1979 年高雄"美丽岛事件"后，台湾战后的资产阶级民主化运动走向了民族分裂的途程。陈映真说：

> 政治上的统"独"争议，反映到台湾文学、文化的领域，就表现为 80 年代台湾文学分离论，即所谓"本土文学"论、和中国文学对立的"台湾文学"论，而有长足的发展。从 80 年代中后开始，叶石涛、王拓、陈芳明、巫永福、宋泽莱、李魁贤和不少原台湾文学的中国性质论者，在没有做任何负责的转向表白条件下，转换了自己的思想和政治方向，从他们原来的原则立场，全面倒退。

回顾这一变化的情景，陈映真还在文章里写道：

> 1987 年，在没有革命、政变，没有对历史和社会的构造性变革条件下，台湾资产阶级由上而下地接续和接受了 1950 年以降旧国民党的权力。随着时日，台湾朝野资产阶级共同继承了国民党尸骸所遗留下来的遗腹儿——反共、亲美亲日、反中、两岸分断的固定化的政治和政策。
> 70 年代达到高潮的、反内战·反冷战意识形态的突破，不旋踵到 80 年代遭逢了全面性的挫折和转折。这是中国指向

的反帝民族解放的本土论创造了它的异己物——反中国的本土论——而异化，抑或内战·冷战意识形态（肯定）与反内战·反冷战意识形态（否定）的对立斗争过程中，由于一些不利的条件（左翼传统的溃绝，进步理论、思想积累的弱质，等等），使否定的否定中挫，无法使否定超克肯定，完成新的肯定（否定的否定）的建设——这虽是有待深化探讨的课题，但小论的作者以为，台湾左翼传统的弱者，和战后台湾左翼在知识、理论——从而在实践上的贫困和极端艰难的处境，是造成80年代以降反动和大倒退的主要原因。

70年代台湾文学论争，在弹指间竟过去20年。环顾今日台湾……相对于70年代强烈的中国指向，80年代兴起全面反中国、分离主义的文化·政治和文学论述，台湾民族主义代替了中国民族主义。反帝反殖民论被对中国憎恶和歧视所取代。民众和阶级理论，被不讲阶级分析的"台湾人"国民意识所取代。

历史给予台湾形形色色的民族分离主义以将近20年的发展时间。但看来70年代论争所欲解决的问题，却不但没有得到解决，反而迎来了全面反动、全面倒退和全面保守的局面。

这是不堪回首之余作出的痛心疾首的总结。科学，精辟，深刻，有力，充满了理性的思辨，而又洋溢着战斗的激情。

就是凭着这种理性的思辨和战斗的激情，陈映真，作为台湾思想界、文学界统派的领军人物，从40岁到60岁，一路战斗着走来，与文学界的形形色色的民族分离主义毫不妥协地斗争了20年，一个回合又一个回合，在台湾新文学思潮史上留下了他光辉的足迹。陈映真和他的战友们批判"文学台独"谬论的历史，就是台湾文学思潮史上统"独"论战的历史。

这里，我们先看他们坚持台湾文学的中国属性，坚决批判"本土化"、"自主性"的"台独"谬论。

第一，论述台湾文学的中国属性。

台湾，作为中国的一个省，它的文学，在自然景观和人文景观上，是具有其独特的属性的，正如江苏、浙江、湖南、湖北等全国其他省的文学一样，都具有这种地方的特性。当然，台湾更有它特殊的方面，被西班牙、荷兰占领过，被日本帝国主义占领50年，1945年回归祖国以后，又被国民党统治了50年，与大陆长期隔绝，所以，台湾文学的特殊性，和全国其他各省的文学相比，自有它复杂的一面。尽管如此，我们同样看到，台湾文学的中国属性，并没有因为这种特殊性而发生质的变化，变化成独立于中国文学之外的台湾文学了。然而，"文学台独"势力片面地夸大台湾文学的特殊性，以至于夸大到了无以复加的地步，甚至于制造出所谓的台湾文学"本土化"、"自主性"以及台湾文学的"主体论"等等谬论。事实上，就文学属性的精神层面的思想内涵来看，台湾文学和其他各省的文学一样，都共同具有中国的属性。

就此而言，在1982年8月《大地》10期以《论强权、人民和轻重》为题的访谈稿中，在回答"台湾文学有没有它独到的文学特点"这个问题时，陈映真说：

> 我想是没有的。我对于怀着台湾意识的（正直的）人们，抱着尊敬和同情的态度。我自己就是台湾人，但不同意那想法。例如，他们强调中国文学与台湾文学的不同。台湾（文学）和中国（文学）并不像英国（文学）和爱尔兰（文学）那样存在着醒目的不同，爱尔兰有他的异族传统，历史发展也迥异于英国。英、爱的文化，各自独立发展了几百年。这种情况，和我们就绝对不一样。

与此同时，针对叶石涛、彭瑞金、郑炯明等人在《文学界》上公开标举"台湾文学"的"自主化"、"自主性"，在4月出刊的《益世杂志》19期上，陈映真发表《消费文化·第三世界·文学》一文，批评叶石涛等人说：

> 我总以为，与其强调台湾文学对大陆中国文学的"自主性"，实在不若从台湾文学、中国文学与第三世界文学的同一性中，主张台湾文学——连带整个第三世界文学——对西欧和东洋富裕国家的自主性，在理论发展上，更来得正确些。

接着，1983年1月的《文季》1卷5期上，陈映真又发表了《中国文学与第三世界文学之比较》一文。8月的《文季》2卷3期上，还发表了《大众消费社会和当前台湾文学的诸问题》一文。前者，是在胡秋原主持下作的一次演讲。演讲中，陈映真将台湾和其他第三世界国家作了社会发展、经济情况的比较，得出一个结论是，"台湾和其他第三世界国家，共同处于被先进国家在资金、技术、市场和文化上的支配地位"，因而，"台湾文学和其他第三世界文学一样，是作为反抗帝国主义、殖民主义的文化启蒙运动之一环节而产生"的。说到"台湾文学相对于中国文学的'独特的特性'论"，陈映真指出：

> 在历史发展和国际分工中，台湾文学的"特性"，和第三世界文学的诸特性比较之下，就无独特可言了。在反帝、反封建、民族主义这些性格上，台湾文学不可辩驳地是中国现代文学的一个组成部分。

陈映真还指出，那些引起标举"台湾文学"的"自主性"的"分离主义"和"企图中国永久分裂的野心家有复杂而细致的关系，而台湾文学的分离运动，其实是这个岛内外现实条件在文学思潮上的一个反映而已"。在后一篇文章里，陈映真则辨析了"台湾文学"这四个字的复杂内容，指出新分离主义者、"台独"势力所说的相对于"中国文学"的"台湾文学"，就是主张台湾文学的"自主性"的。陈映真的批判矛头，仍然指向了叶石涛等人的谬论。

陈映真的主张，后来被他们认定为詹宏志"边疆文学论"之后的"第三世界文学论"，也遭到了新分离主义者、"台独"势力的围攻。陈映真以他的善良和对人的理解及宽容，没有一一反击。但是，他的原则立场却不含糊。在接受有关媒体和人士的采访时，还是要一一表明态度的。

比如，1983 年 8 月，他在美国爱荷华大学的国际写作计划期间，就先后接受过李瀛、苏维济、韦名等人的采访，反复谈到他对台湾文学的看法。其中，韦名的采访，曾以《陈映真的自白——文学思想及政治观》为题，发表在 1984 年 1 月的香港《七十年代》月刊上。当采访者问到"台湾乡土文学是不是'台湾民族意识'的文学"时，陈映真明确地回答说，台湾"乡土文学是台湾的中国文学继承了过去中国民族主义的、现实主义的、干涉生活的传统"。陈映真说：

……什么文学才算是"台湾民族意识"的文学呢？他必须塑造这样一个人物：在生活的斗争中，他逐渐地觉悟到，原来过去的汉人意识是"空想"的，原来他是一个经历400年社会变化后形态的"台湾人"，而这"台湾人"在历史上负有创造一个独立民族和国家的使命。只有当这样的人物和主题出现在过去或现在的台湾乡土文学中，"台湾民族意识"的文学才算诞生。

　　但是纵观几十年来台湾近、现代文学史，这种文学根本不曾存在过。一直到今天也是如此。

1987年5月22日《华侨日报》发表了香港作家彦火访问陈映真的记录稿《陈映真的自剖和反省》。这是1983年11月11日陈映真离开爱荷华前夕，在下榻的五月花公寓，彦火对陈映真的一次深入访谈记录。访谈中，陈映真批判了当时台湾文学的"暗潮"。当彦火说到"台湾本地的文学，应该成为中国文学的组成部分"时，陈映真说：

　　我也是这样想的。台湾文学，如果从写作方式、语言、历史、主题来讲，都是中国近代和现代文学的组成部分，这是毫无异议的。

当彦火问到他"对目下台湾某些人强调的台湾意识文学有什么看法"时，陈映真就此展开了他的批判：

　　台湾文学的发展方向有一个暗潮，是分裂主义的运动和思潮，从北美感染到台湾。有一本文艺杂志，是党外一个战斗的杂志，水平很低，他们把乡土文学拉到台湾人意识的文学，我不同意。我觉得乐观的原因是分裂派的理论说台湾的矛盾，是中国人对台湾人的专政，这不是事实，因为台湾社会里是阶级矛盾，同阶级里面的外省人和本省人好得不得了，不是民族问题。他这个主张和现实不对头，因而他这种主张的文学也不可能是好的，因为很简单，文学是反映现实嘛……

说到所谓的"台湾意识文学"，陈映真还特别分辩说，"从世界的角度看起来"，台湾的乡土派"是反西化的一种文学"，"不是像现代派所讲，是台湾意识反对中国意识的文学。不是，在第三世界都有这个共同普遍的问题"。

1987 年，恰逢乡土文学论战 10 周年。《海峡》编辑部派人特别访问了当年论战的主将陈映真。访问记录以《"乡土文学"论战十周年的回顾》为题，发表在《海峡》1987 年 6 月号上。访谈中，陈映真再一次宣布了他的主张，像黄春明的《莎哟娜拉·再见》、《我爱玛莉》，王祯和的《小林来台北》以及他自己的《贺大哥》等作品：

> 它们都有一个共同点：都有一个中国在里面，都以中国为方向，为思考内容。

第二，分析"自主性"、"主体论"、"台湾意识文学"等谬论出笼的社会原因。

《海峡》编辑部的访问中，陈映真谈到的另一个重要话题就是眼前的"台湾文学"的问题。陈映真分析说，1979 年"美丽岛事件"后——

> 作家是以外省人压迫本省人解释这个政治事件，而不是用更高层次的政治经济学知识去了解；所以心中就产生了悲愤。于是提出"台湾文学"的概念，探讨"台湾人"是什么？"台湾文学"是什么？"台湾"是什么？这种身份认同的问题在台湾引起了广泛的注意。

陈映真说，像这样把"台湾/台湾人"当作问题来讨论，其实在 50 年代就已发其端了，陈映真简要地描述和阐释那一段历史是：

> 50 年代大概是台湾的地主阶级与过去亲日资本家在整个国民党政治结构上争取到发言权，再加上国际势力要使台湾彻底亲美反共，才产生所谓的"台湾分离主义"。这个"台湾分离主义"运动的一个重要纲领就是台湾/台湾人的问题。把台湾从中国分离出来，必须有一些理由，于是有人从国际法

这个层面提出，也有人从民族的观点提出，更有的从台湾的历史来探讨，这些都是为了要取得台湾人为什么要独立于中国之外的论证。可是，我们的理解是当时在全世界范围内分成彼此矛盾的两种政治经济结构，形成对立的两个阵营。而"台独"企图利用两大阵营之间的结构矛盾来夺取国民党的政权，从而为这个反共阵营服务。可是一方面由于国民党取代了"台独"的功能，另一方面由于这种理论没有现实基础——因为台湾内部矛盾，根本上是社会矛盾，而不是什么民族矛盾——因此，它就没有办法取得广泛的认同。

陈映真还分析说：

> 从另一角度看，从50到70年代，海外的台湾籍人士所积极进行的"台湾独立"运动，并没有全面影响台湾当时的知识界。我在绿岛时一直都有"台湾独立"运动的案件被侦破，但主要还是局限于政治运动。然而，"美丽岛事件"以后就不同了。

这"不同"，陈映真指出，就是文学界的卷入。文学界的新分离主义提出了种种"台独"主张。对此，陈映真明确地表示，他持批判态度。陈映真说：

> 最近提出一种相对中国文学的台湾文学论，这个概念不同于日据时代那种相对于日本文学的台湾文学。他们提出台湾人的概念时，是针对于中国人这一概念的。这个理论是将国民党当局40年来在台湾的支配看成一个民族对另一个民族进行殖民统治，所以认为台湾文学是和中国文学相对立的。

这一年，11月的《台北评论》2期上，还发表了蔡源煌对他的访问记录稿《思想的贫困》。这是陈映真在1987年发表的一次重要的谈话，谈话中，关于新分离主义、"台独"势力，有这样一段：

> 台湾分离主义，其实是40年以来台湾在"冷战—安全"

体系下发展的反民族或者非民族之风的一部分。这非民族之风，大约有海内和海外的双重因素。

这因素，陈映真的分析是——从历史上看，1945年台湾光复后在国民党陈仪的恶政下，日据时代台湾抗日解放运动的知识分子、文化人、社会精英，遭到各种打击，而若干汉奸分子却享有了荣华。这忠奸的颠倒，打击了台湾抗日的民族主义。随后，1947年的"二二八"事件，又严重地打击了"祖国——中国"的情感。接下来，1950年冷战结构下的广泛政治肃清，再一次打击了台湾继"二二八"事件后掀起的爱国主义和民族解放主义。从经济上看，1945年光复时，国民党政府全盘接收日本殖民者遗留下来的公私巨大产业，并没有分发下来给台湾资产阶级私营。长期受日本侵略者压抑不得发展的台湾资产阶级失去了在光复后成为快速成长的民族工业资产阶级的机会，失望而致不满，这对台湾的民族和阶级的爱国主义与民族主义的形成，也是沉重的打击。此外，陈映真还谈到，大陆"文革"中"四人帮"的问题，以及极左年代在政策上的一些弊端，使一些台湾人怕谈"统一"。

对此，陈映真则表示："我却不这么想。"他认为，"海峡两岸的人民应该以鲜明的主体性推动各自具有广泛民众基础的民主化"，共同努力，"使民族内部的和平与团结创造最有利的条件"。陈映真说：

在这个意义上，我是个死不改悔的"统一派"。我相信会有越来越多的、好学深思的青年知识分子理解这样一个并不深奥的想法。

面对种种攻击，陈映真还揭露说："有一位远在美国的分离主义理论家，在美国遥遥控制和指挥我们当地的，至少是勇敢的分离主义的青年们，向他们心目中'并吞派'、'统一派'的罪魁陈映真进行攻击，其中，对于发表在《人间》第18期《为了民族之团结与和平》（1987年6月号）我的'二二八'论，尤其深恶痛绝。"回到近一年来对于陈映真的"思想、文学作品的攻击和批评多了起来"的话题，陈映真回答说：

我的不幸，是被看成某种"权威"。有些人绝对错误地高估了我的作用和影响力。在这样一个全面地大众消费社会化的时代，像我这样的一个人，绝对没有什么社会影响的。我成了唐·吉诃德要奋力打击的破风车。

但是，除了在"统独问题"上的不同意无法调和之外，既然被误会成一种（可笑的）"权威"，这实难以理解。我欣赏和注意一切对我的批评，理由有二：（1）大凡世界之所谓"权威"，十之八九，莫不反动混蛋，他们敢于批评权威的精神，在我们的社会，太有必要。只是如果批判的人在知性和思想上更强、更用功的话就好了。（2）虽然被误以为是权威，听一听批评，自私地说，闻者足戒嘛，对我是捡了便宜，应该庆幸，应该谢谢，是不是？

1987 年这一年，应该说，是陈映真批判新分离主义和"文学台独"势力相当活跃的一年。这一年他发表的相关文章还有：

《"台湾"分离主义"知识分子的盲点"》，1987 年 3 月《远望》杂志创刊号；

《关于文学的一岛论——读松永正义〈80 年代的台湾文学〉之后》，1987 年 3 月 7 日《中国时报》副刊《人间》；

《为了民族的和平与团结——写在〈二二八事件：台中风雷〉特集卷首》，1987 年 4 月《人间》杂志 18 期；

《何以我不同意台湾分离主义？》，1987 年 5 月《中华杂志》286 期；

《国家分裂结构下的民族主义——"台湾结"的战后史之分析》，1987 年 12 月《台湾新文化》15 期；

《作为一个作家……》，1987 年 12 月《联合文学》4 卷 2 期；

…………

另外，这一年，他还应邀到香港作了演讲，演讲大纲稿《四十年来台湾文艺思潮之演变》，也于 1987 年 6 月在《中华杂志》287 期发表。

就是在这个演讲里，陈映真对台湾文学界统、"独"两条路线下对立的两种文艺思潮，作了准确的概括：

> "台湾文学自主论" ——强调台湾文学 "独特" 的历史个性及台湾文学对大陆中国文学的分离性的 "文学论" ……
>
> ……主张台湾文学为中国文学之一部分，台湾文学应以包括中国在内的亚洲、第三世界文学的连带而发展的理论和台湾文学自主论形成对立。

第三，呼吁 "统一派" 作家，写作品、比作品，以引导年轻人走上健康的创作道路。

本来，如同蔡源煌在访问时一再说到的，新分离主义和 "台独" 势力，在这一两年加紧了对陈映真的围攻，把自己戏称为 "死不改悔的'统一派'"的陈映真，在 "统'独'问题"上坚持认为 "无法调和"，他是应该猛烈反击的。只是，考虑到要用作品引导年轻人，陈映真早就有自己的想法了。

那还是在1983年，在接受彦火采访的时候，陈映真曾说：

> 我现在有个很要好的朋友黄春明，他批判思想蛮好，他现在搞电影，我不相信他会一帆风顺，可是，至少他是一个健将，我们都同意不要跟台湾分裂主义者吵架，而是写作品、比作品，这样的话，可以引导一些年轻人。

果然，接下来，他创作了中篇小说《铃铛花》、《山路》、《赵南栋》，又写作了大量的随笔、访谈、杂文及书评、序跋文字，终于在1988年3月由人间出版社出版15卷集的《陈映真作品集》。1999年，又握笔创作小说，他还有中篇《归乡》问世。到2000年，还有新作中篇《夜雾》发表。这，都是台湾文学以至整个中国文学的宝贵财富。

第四，建立阵地，创办《人间》杂志。

1985年11月，陈映真在台北创办了《人间》杂志。这是一个 "以图片和文字从事报道、发现、记录、见证和评论的杂志"。他为《人间》写的《发刊词》说，他办《人间》，是要 "让我们的关心苏醒，让我们的希望重新带领我们的脚步，让爱再度丰润我们的生活"，"为什么在这荒枯的时代"，要办《人间》这样一种杂志？陈映真写道：

我们的回答是，我们抵死不肯相信：有能力创造当前台湾这样一个丰厚物质生活的中国人，他们的精神面貌一定要平庸、低俗。我们也抵死不肯相信：今天在台湾的中国人，心灵已经堆满了永不饱足的物质财富欲望，甚至使我们的关心、希望和爱，再也没有立足的余地。不，我们不信！

　　因此，我们盼望透过《人间》，使彼此陌生的人重新热络起来；使彼此冷漠的社会，重新互相关怀；使相互生疏的人，重新建立对彼此生活与情感的理解；使尘封的心，能够重新去相信、希望、爱和感动，共同为了重新建造更适合人所居住的世界；为了再造一个新的、优美的、崇高的精神文明，和睦团结，热情地生活。

　　这，应该就是陈映真在当时的还未"解严"的困难条件下，创办《人间》杂志，以"在台湾的中国人"的意识为中心，从事思想启蒙运动的一份宣言书。除了关注岛内的人间社会，《人间》每一期都有大量的图文，介绍大陆的风土人情、世态人生、中原文化，以图让在台湾的中国人永远心系于这种中原文化。

　　《人间》杂志的创办，还有一个深远的意义是，陈映真通过编辑顾问、作者，注重组织"统派"的战斗队伍了。

　　《人间》杂志停刊后，陈映真又主持出版了《人间思想与创作丛刊》，其中，1998 年出版的《台湾乡土文学·"皇民文学"的清理与批判》，1999 年出版的《噤哑的论争》、《1947—1949 台湾文学问题论议集》，以及 2000 年出版的《复现的星图》等，都是全面批判"文学台独"谬论的。

　　这里，要特别说到，在以后的一段时间里，有一位台湾大学中文系的中年女学者陈昭瑛，挺身而出，站到了批判台湾文学"本土化"、"自主性"谬论的第一线。

　　1998 年，陈昭瑛将她的论文结集为《台湾文学与本土化运动》一书交由台北正中书局出版时，在 3 月 12 日植树节那天写了一篇《自序》。陈昭瑛自认为是 70 年代台湾几所大学里出来的"新儒家青年"中的一个。陈昭瑛说："由于对儒学的感情有增无减，因此在目睹解严以来种种反中国文化的现象都不免产生共同的危机感。"有时朋友们在一起谈到儒学的前途，陈昭瑛曾悲叹："我们会不会成为中国文化在台湾的遗民？"陈昭瑛深情地写道：

> 这本书便是出自一个在 20 岁时志于儒学既不曾改志也终
> 身不会变节的台湾人的心灵。如果有三言两语可以凸显此书
> 重点的话，那便是：中国文化就是台湾的本土文化，在追求
> 本土化的过程中，台湾不仅不应抛弃中国文化，还应该好好
> 加以维护并发扬，如果硬要切断台湾和中国文化的关系，那
> 分割之处必是血肉模糊的。

> 从遥远的明郑时代一路走来，体味着现代的台湾，不免
> 兴"日暮途远，人间何世？"的感喟。眼前所能选择的只有两
> 条路：死去或者拼命。我们的朋友蒋年丰兄勇敢的选择了死
> 亡，而我们这些活下来的人就只好拼命了。这本书便是继
> 1996 年《台湾诗选注》之后又一拼命之作，其中自然有许多
> 不足之处，但从中听得到心跳，摸得到脉搏。

陈昭瑛的《台湾文学与本土化运动》一书，收录的论文是：

第一部分 古典文学与原住民文学——

《台湾诗史三阶段的特色》，《台湾诗选注》，正中书局 1996 年版；

《明郑时期台湾文学的民族性》，《中外文学》，1993 年 9 月第 22 卷第 4 期；

《文学的原住民与原住民的文学——从"异己"到"主体"》，《中央日报》1996 年 6 月，台大文学院主办国际会议"百年来中国文学学术研讨会"论文。

第二部分 新文学、儒学与本土化运动

《论台湾的本土化运动——一个文化史的考察》，节本刊于《中外文学》1995 年 2 月号，全文载于《海峡评论》1995 年 3 月号，原发1994 年 8 月高雄市政府教育局主办之"高雄文化发展史"研讨会；

《追寻"台湾人"的定义——敬答廖朝阳、张国庆两位先生》，《中外文学》1995 年 4 月第 23 卷第 11 期；

《发现台湾真正的殖民史——敬答陈芳明先生》，《中外文学》1996年 9 月 24 卷第 4 期；

《光复初期"台湾文化"的概念》，应王晓波之邀而写，发表于1997 年 2 月 28 日夏潮基金会、台湾史研究会主办之"'二二八事件'

五十周年学术会议";

《当代儒学与台湾本土化运动》，1995 年 4 月 23 日发表于"中研院"文哲所规划、刘述生教授主持之"当代儒学计划"的第三次研讨会，后辑入《当代儒学论集：挑战与回应》，1995 年"中研院"文哲所出版。

这里面，《论台湾的本土化运动》最为重要。

这篇文章，是陈昭瑛有感于 1987 年"解严"以来"本土化"的呼声甚嚣尘上奋笔疾书而成的。而且，这"呼声"中，陈昭瑛还点名批判了李登辉，指出李登辉登上"总统"宝座而达到了"本土化"的高潮，"执政的国民党确实是浩浩荡荡地加入了本土化的队伍"。陈昭瑛为此考察了台湾一百年间的历史，将"本土化"断代为"反日"、"反西化"、"反中国"三个阶段。陈昭瑛将"反中国"阶段划分在 1983 年之后，认为"台独意识"是"中国意识的异化"，是"台湾希望从中国这个母体永远走出来，彻底地异化出来而成为一个主体，反过来与中国这个母体对抗"。由此，她认为，"统一的主张是一种对异化的克服"。陈昭瑛在考察中还对陈芳明的"主体性"谬论给予了尖锐的批驳。陈昭瑛批判的特色，是她鲜明的中国文化的立场。

陈昭瑛的《论台湾的本土化运动》一文发表后，立刻引发"独"派的围攻。《中外文学》在 1995 年 3 月号上发表了廖朝阳的《中国人的悲情：回应陈昭瑛并论文化建构与民族认同》，张国庆的《追寻意识的定位：透视〈论台湾的本土化运动〉之迷思》，4 月号上发表了邱贵芬的《是后殖民，不是后现代》（邱文把陈昭瑛的论文说成是"殖民中心论述"），5 月号上发表了陈芳明的《殖民历史台湾文学研究：读昭瑛〈论台湾的本土化运动〉》。陈昭瑛分别在 4 月号和 9 月号的杂志上刊出《追寻"台湾人"的定义》及《发现台湾真正的殖民史》予以反击。

《追寻"台湾人"的定义》是反击廖朝阳和张国庆的。廖朝阳是陈昭瑛的老师。他用解构主义，把"中国主体性"的"中国"移除，而移入"台湾"，建构"台湾主体性"。廖朝阳对陈昭瑛描述的吴浊流、叶荣钟等人的近似本能的"祖国意识"颇有芒刺在背之感，对此，陈昭瑛表示，她并不奢望"台独"论者能与台湾前辈们的精神世界有什么"血肉的联系"，"只不过希望广大的台湾子弟能对台湾人的这段精神史有一点了解，而这种台湾史知识应该是作为台湾人的起码条件"。对于廖朝阳，陈昭瑛颇有几分大义灭亲的气概，不无悲壮神色地写道：

多日来我始终苦于找寻"对话空间"而不得。当一个吟咏梁启超赠林献堂等人诗句"破碎山河谁料得，艰难兄弟自相亲"就会热泪盈眶的台湾人，遇到了一位以拆解中国、中国文化来演练"理性操作"的解构主义学者，能不形成"鸡同鸭讲"的局面吗？或者更清楚地说，一个浸淫于台湾历史文化中的台湾人，和一个只知有"此时此地"，甚至连"此时此地"，连"台湾"和"人"的意涵都要加以抽离的所谓"台湾人"的空白主体之间，有对话的空间吗？

至于这"台湾人"的话题，陈昭瑛指出，这是 80 年代中期"本土化"运动如火如荼地开展以来一直困扰着住在台湾这块土地上的人的一个老问题了。陈昭瑛以无比犀利的笔触，揭示了"台独"论者拿"台湾人"做文章的秘密——

少数人以他们坚持的标准来筛选大多数人谁是台湾人，谁不是台湾人，于是整个社会仿佛患了精神分裂症，省籍矛盾、族群矛盾可能只是台湾人精神分裂的症状。这个用来为"台湾人"正身的正字标记，虚伪的政客称之为"认同台湾、爱台湾"，但是，毕竟"认同"和"爱"是相当主观的，不易作客观的讨论。于是有担当的政治人物如吕秀莲明快地说："支持台湾独立的人才是台湾人。"这一下隐蔽于意识形态迷雾下的"台湾人"真面目豁然开朗。

陈昭瑛气愤地说，"这种以支持台独与否来判断住在台湾的人是否为'台湾人'，实在是一种泛政治化的做法"，是"历史相对主义（historical relativism）的滥用"，这种历史相对主义的滥用，就使得"台独"论者在台湾史和台湾文学的研究中，受政治立场所克制而使他们的研究"成为其台独意识形态的注脚"。

《发现台湾真正的殖民史》的副标题是"敬答陈芳明先生"。陈昭瑛指出，陈芳明的攻击文章"非常集中的表达了'台独'的基本论点"。陈昭瑛用了三小节的文字加以回应。这三小节的标题是："失忆症的台湾社会"、"欠缺主体内容的'中国'"、"重新检验殖民史"。

在"失忆症的台湾社会"一节里，陈昭瑛指出，陈芳明"恢复的历史记忆只有一百年"。那是因为，一百年前的历史事实他也无法否认，那时的台湾人就是中国人。这种事实，是"与陈芳明的反中国立场背道而驰"的，所以他要继续失忆。而这一百年，他又难以否定20年代之前的古典文学还是属于中国文学，所以他还是要保持失忆。他只能就20年代以后的新文学说话。然而，即使20年代以后的这70年，他也要歪曲历史。陈昭瑛揭露说：

> 陈芳明想利用五〇、六〇年代的白色恐怖，七〇年代的乡土文学来建构反中国论述，套叶石涛的话："那是昧于历史现实的胡扯"。白色恐怖中的左倾思想、乡土文学的本土主义都有强烈的反国民党色彩，但却是亲中国的，同样，被陈芳明利用来建构反中国论述的日据时代作家反的其实是国民党，并不是中国。

有鉴于此，陈昭瑛揭露陈芳明"在台湾人和中国人之间制造了太多莫须有的对立"。

在"反殖民反专制：'中国'的主体内容"里，陈昭瑛指出，她花了那么多篇幅，说明了，历史上，"台湾人"（此处指98%的汉人），曾坚守中国人与中国文化的主体性，对抗外来文化的侵略，自本省人丘逢甲、连横、吴浊流、庄垂胜、陈映真，以至外省人徐复观、胡秋原、尉天骢等等莫不如此，而陈芳明竟说她的"通篇文字里，中国并没有真正的主体内容"。这是为什么？陈昭瑛说："问题恐怕出在陈芳明根本不承认中国会有主体内容。"这里有认识上的问题，也有认同的问题。于是——

> 因为不认同中国，所以只从负面去认知中国，又由于只认知到负面的中国，于是更加强反中国的倾向。

在"发现真正的殖民史：原住民的悲哀"一节里，陈昭瑛批判的是把"台湾作家"与"外省作家"对立起来的陈芳明"不厌其烦虚构出来的外省人对本省人的殖民史……"的虚伪性。陈昭瑛写道：

> 由于被殖民的妄想和受害意识过于根深蒂固，陈芳明无

法发现台湾真正的殖民史，反而是倾向大中国的陈映真能够诚恳的反省这段历史，在为排湾族诗人莫那能诗集《美丽的稻穗》所写的长文中，他跳脱汉人本位，批判汉族政权对原住民的长期压迫，并且指出："如果一定要在台湾生活中找'民族压迫'的问题，那恰好不是什么'中国民族'对'台湾民族'的压迫，而是包括'中国人'的、'台湾人'的汉族对台湾原住民族的压迫。"

陈昭瑛警告陈芳明说：

> 如果一部分台湾人仍要继续以自外于汉族来回避汉族对原住民族的责任，则可以预期的是独立建国的狂热仍将淹没追求合理社会的欲望。

除了《中外文学》，当时，统派人物王晓波主编的《海峡评论》的4月号、5月号和7月号上，也发表了陈映真、王晓波、林书扬的3篇文章，回应了陈昭瑛的文章。对此，那时有人说，围绕着陈昭瑛的《论台湾的本土化运动》一文所展开的论战，是乡土文学论战之后最重要的文化论战。

陈映真的文章，是发表在1995年4月《海峡评论》52期上的《"台独"批判的若干理论问题——对陈昭瑛〈论台湾的本土化运动〉之回应》。

陈映真的文章开篇说：

> 十几年来，岛内"台独"运动有巨大的发展。到了今日，它已经俨然成为一种支配性的意识形态；一种不折不扣的意识形态霸权。在学术界、"中研院"和高等教育领域，"台独"派学者、教授、研究生和言论人，独占各种讲坛、学术会议、教育宣传和言论阵地。而滔滔士林，缄默退避者、曲学以阿世者、谄笑投机者不乏其人。
>
> 在这样的大背景中，读陈昭瑛的《论台湾的本土化运动——一个文化史的考察》，心情不免激动。

对陈昭瑛的论文《论台湾的本土化运动》，陈映真从理论知识和治学议论的风格两个方面肯定了成绩和贡献，充分肯定她"为'台独'批判论和民族团结论留下丰富的思想理论空间"，"开展了重要的视界"。对于陈昭瑛论文中值得商榷的地方，陈映真则展开了讨论。讨论涉及的问题有：（1）关于台湾本土运动的"三阶段"论问题；（2）是"异化"还是"否定的挫折"；（3）关于"中心"（core）和"边陲"（periphery）；（4）"台湾主体性"论的欺罔；（5）批判"以台湾为中心"的意识形态霸权。

值得注意的是，陈映真在这里提出"以台湾为中心"的问题，是有很强的针对性的。陈映真在文章里列举了许多事实后，还指出：

问题在于这几年，朝野上下、学术界、言论界都在极力、全面、不惮强调地侧重两岸民族"分离"、"分立"、"分治"的现实；侧重台湾自己"独自"、"独特"的"共同体"，同时也在全力、众口铄金地拒绝、排斥、否认民族团结和民族统一的展望；拒绝和否认中国大陆和台湾同为中国民族共同体的组成部分；否认、拒绝民族和解与统一的努力，千方百计延长对大陆的猜忌、鄙视和仇恨；千方百计使两岸分断永久化，丝毫没有弥补、发展和恢复两岸人民与民族同质性的意愿和志向。

陈映真固然试图补正陈昭瑛的论文在学理上的部分疏漏之处，却还是要特别对陈昭瑛的反"台独"斗争表示自己的敬意。陈映真写道：

我不能不由衷地对陈昭瑛表示感谢。不仅仅感谢她对我的一些足以自诫的缺点所做的批评，还要感谢她对于我这一代人没有做好，失职失责，以至"台独论"猖狂，民族团结的展望受挫之时，在台大那样一个民族分离派占统治地位的学园，一个人挺身而出，理论和风格上都较好地提出了"台独"批判，很好地继承了台湾历史上光荣的爱国主义、民族主义的知识分子传统。当然，这感谢之情，含着一份对自己的羞惭与自责。

其实，不必羞惭，也无须自责，陈映真展开的新一轮斗争证明，他和他的《人间》派的战友们，仍然是反对思想文化界"台独"逆流的中流砥柱。

这使人想起来，1988 年 1 月 3 日《中国时报》的《人间》副刊上，陈映真发表的《1998 台湾文化新貌》一文。那是一篇预测 10 年以后的文章。陈映真曾经预测，那以后的 10 年，"在两岸文化交互影响下，大陆文学、艺术、文化和学术，将对台湾文化界产生重大影响，从而引发年轻台湾文学、艺术和知识界的省思——再创造的运动"，"1950年，在'冷战—民族分裂'的结构中与全面受到美日文化支配的台湾文化，重新编入中国近现代文化圈。因此台湾分离主义的文化和思想，在 1998 年顷，应趋于弱化"。这实在又是太善良的一种愿望。现在，陈映真看到了"台独"势力的恶性发展，他愤怒了，决心团结战友，组织火力，投入反"台独"的战斗了。

这时，除了陈昭瑛，从 1994 年起，在台湾，也有年轻的学者开始对"台独"派的论述霸权提出了挑战。比如《岛屿边缘》杂志的陈光兴，就在 1994 年 7 月的《台湾社会研究》季刊第 17 期上发表了《帝国之眼：次帝国与国族国家的文化想像》一文，针对杨照在 1994 年 3月 2—4 日《中国时报·人间》副刊上发表的《从中国边陲到南洋的中心：一段被忽略的历史》一文，评判了杨照的"南进论"，并进一步提出台湾资本主义"南进"的"次帝国主义的性质"。又比如，1994 年12 月，同季刊社举办了创社 10 周年学术讨论会，会中，就出现了针对性强烈的批判"台独"派政治、经济、文学论述的论文多篇。对此，陈映真说："敏锐的人们预感到一场论战的风雨欲来，引人关切。"

陈映真新创办的《人间思想与创作丛刊》，在 1998 年冬季，就乡土文学论战 20 周年组织刊发了一个专题《乡土文学论争二十周年》，包括 4 篇论文：

> 施淑的《想像乡土·想像族群》；
> 林载爵的《本土之前的乡土》；
> 申正浩的《回顾之前·再思之后》；
> 曾健民的《民众的与民族的》。

此外，《丛刊》还发表了"文献"——陈正醍的《台湾的乡土文学论战》、田中宏的《与台湾乡土遇合时的种种》、高信疆的《探索与回顾》。两份座谈会的记录：《艰难的路，我们一道走来……》、《情义与文学把一代作家联系在一起》。《丛刊》上另外还发表了两篇批判文章，一篇是曾健民的《反乡土派的嫡传》，一篇是陈映真署名石家驹的《一时代思想的倒退与反动》。

原来，1997 年 10 月 19 日，以曾健民任会长的台湾社会科学研究会在台北举办学术讨论会，纪念乡土文学论争 20 周年。除了前述施淑等 4 篇论文，还有耀亭、黄琪椿、吕正惠、陈映真等人的 4 篇论文。同时，由当局文建会出钱，春风基金会出面主办了另一场研讨会。会上，陈芳明抛出了《历史的歧见与回归的歧路》一文，王拓也抛出了《乡土文学论战与台湾本土化运动》一文。曾健民、陈映真就是分别对陈芳明、王拓的文章展开批判的。

这又是一次对峙，又是一场论战。

施淑等人的论文，重在从 20 年前的论争历史回顾中指出"乡土文学转移本土文学过程"中的核心问题是"国家""祖国"的认同问题，"意识形态的问题"。

两份座谈会的记录，意义是在于，当年参加论争的战友们，陈映真、毛铸伦、周玉山、高准、吴福成、施善继、钱江潮、黄春明、陈鼓应、尉天骢、詹澈、王晓波等人，通过回顾历史，畅叙友情，更加坚定了从事新一轮反"台独"斗争的决心，鼓舞了士气。

这里要说到曾健民。

曾健民在《民众的与民族的》一文里，对于乡土文学论战的精神和 70 年代思潮精神作了新时期的再确认。他从历史的现实主义出发，把乡土文学论战放回到 70 年代的台湾社会结构中来观察，具体分析了它产生的历史性、社会性基础，阐明它在 70 年代的具体的社会状况中的时代意义，标举它在历史的制约与发展中提出了哪些突破性的、进步性的观点，同时，也试图阐明，是怎样的历史与社会的结构性力量，阻挡了它波澜壮阔地向前发展的道路。而这一切，曾健民强调，"应该是回顾乡土文学论战中的现实课题"。

曾健民批判"台独"的战斗精神，特别表现在《反乡土派的嫡传》一文里，这篇文章的副题是"七批陈芳明的《历史的歧见与回归的歧路》"。曾健民的"七批"是：（1）陈文前提的虚假性和内容的虚构性；（2）为当年参战者"穿衣戴帽"的剧情大要；（3）彭歌等人在论战中是

"右派民族主义者"吗？（4）替王拓"改容易面"；（5）改造叶文的观点①；（6）诬蔑陈映真；（7）日据期台湾的左派抗日组织，从来没有一个团体是以中国意识为基础吗？曾健民深刻批判了陈芳明的种种谬论之后，得出的结论是：

> ……陈文的兴趣并不在讨论乡土文学，当然也不在讨论乡土文学论战本身。那么，它的目的是什么？简单地说，就是以避开讨论论战的本体，藉分离主义的两大标准——台湾史观与台湾认同观，来检查乡土文学论战的参战者的思考，扭曲参战者的言论、思想，进而将乡土文学论战虚构成一场以分离主义文学论与民族主义文学论对决为主的论战，这也是陈文的主要策略。其目的在掏空论战的核心、转化论战的本质。虚构乡土文学论战的统独成分，在不著痕迹中伪造分离文学论在乡土文学论战的在场证明，进一步据有论战的历史果实，据此朝向树立分离主义文学论的道统。
>
> 用今日的分离主义的政治观与愿望来任意涂写台湾历史，已是当下分离主义者的历史论述的主要特征，这么做，当然是为了迅速建立新国家的历史想像与认同。在这方面，它与戒严期国民党政府的历史教育作风有异曲同工之妙，所谓历史的嘲讽莫过于此。台湾历史的真相，反复地被重层的权力者以各种不同的方法涂抹，思及此，则不禁怅怅然。
>
> 总之，陈文的性格基本上是否定乡土文学论战的精神、解体乡土文学论战的具体历史的；就这一点来说，它与当年的反乡土派的性格相近。然而，像陈文一样，对论战参与者的言论进行断章取义的变造方面，当年的反乡土派中倒是鲜少见到。以彼等在现实环境中所处的文化霸权地位为靠山，恣意检查乡土派的言论，公然检举乡土派的思想忠诚问题，像这样的作风，两者却颇为类同；只不过，一者是以"反共"为绝对标准，检举乡土派为"中共同路"；另一者，则是以分离主义的史观与认同观为绝对标准，来检举乡土派的民族主义者为"中国的同路人"。两者间的嫡传关系竟如此鲜明，不禁令人深思。

---

① 指叶石涛的《台湾乡土文学史导论》。

陈映真批判王拓，是王拓其人从左翼统一派立场转向多年后，统派第一次对他扮演过一定的理论角色的乡土文学论战，作了评价和结论。陈映真以为，以王拓的《乡土文学论战与台湾本土化运动》一文为分析的批评的对象，"有典型性，也可概及其余'台独'文论"。

陈映真批判了王拓的"文学台独"主张弃却现实主义，放弃乡土文学论的美日帝国主义论，从反帝民族主义立场走向反民族、反中国、亲帝、反共反华的"（台湾）民族论"等等谬论，得出的结论是：

> 如果70年代的乡土文学论是台湾思想史上的一个飞跃，是对反动的冷战和内战意识形态的一次颠覆；是台湾思想史上的第三波民族与阶级解放运动，那么，80年代以迄于今日的"台独"反共、亲美、亲日、民族分裂固定化、脱中国……的思潮，无疑是从70年代乡土派进步思潮的一个倒退、反动、右倾和保守化。从前进的乡土文学论向反动的"本土文学论"的逆转，便是这个政治、意识形态大逆转潮流中的一股波浪。……对自己的民族、民族文化和血肉同胞，是怀抱自豪和深厚的认同与深情厚谊，还是站在殖民者立场对自己的民族、人民和文明抱着鄙视、否定、抹杀甚至憎恶，标志着解放与奴隶化、斗争与臣服、前进和倒退反动的不同价值与立场。
>
> 70年代王拓思想和李乔、宋冬阳、陈树鸿们最大、最尖锐的不同就在于强烈的祖国指向与"祖国丧失白痴化"的不同。因此，李乔、宋冬阳和陈树鸿们不是70年代的王拓思想的什么"延伸"、"发展"、"加强"、"相承"和"纯粹化"而是其反动、断裂和倒退。
>
> 而《乡土文学论战与台湾本土化运动》的王拓，也不是70年代的王拓的"延伸"、"发展"、"加强"、"相承"和"纯粹化"——而是其转向、反动、断裂和倒退！

五 歪曲台湾新文学发展历史
为"台独"寻找根据

——"文学台独"言论批判之二

赵遐秋　曾庆瑞

历史常常被它的不肖子孙肆意篡改。

"文学台独"就是常常用他们的分离主义去诠释台湾新文学史上的重大的史实，从而歪曲真相，给台湾新文学的历史蒙上了一层灰尘。曾健民说过："分离主义者惯用暧昧的没有具体历史与社会内容的话语，来掩盖史实，扭曲历史意义。"① 然而，历史的真面目，任凭它灰尘再厚，也只能被遮掩一时，而无法根本改变。

这里，我们就四个问题，拆穿"文学台独"的谎言。这四个问题是：台湾新文化运动时期政治团体的目标；台湾新文学的源头；30 年代"台湾乡土文学与台湾话文"论争；1947—1949 年在《新生报·桥》上的关于"建设台湾新文学问题"的讨论。至于 70 年代乡土文学论战，"文学台独"论者也多有歪曲，在批判"本土化"、"自主性"、"主体性"时，已有文章予以澄清，这里不再重复。还有一个"皇民文学"的问题，"文学台独"论者更是大做翻案文章，另有文章专门论述。

（一）关于台湾新文化运动时期政治团体的目标

陈芳明在《现阶段台湾文学本土化的问题》一文里说："客观的历史告诉我们，1919 年，林呈禄、蔡培火、王敏川、蔡式谷、郑松筠、吴三连在日本东京筹组'启发会'时，就提出'台湾是台湾人的台湾'之主张。日后的政治团体，如 1927 年的'台湾民党'，便揭示'期望实现台湾人全体之政治的经济的社会的解放'之主张；同年的'台湾民众党'也高举'本党以确立民本政治建设合理的经济组织及改革社

---

① 曾健民：《反乡土的嫡传》，《人间思想与创作丛刊》1998 年冬季号。

会制度之缺陷'之旗帜。这些右翼组织，全然是以追求台湾人的自治为终极目标。至于左翼团体如共产党者，则进一步主张'台湾独立'。"

众所周知，观察、认识历史问题，必须运用历史主义的观点和方法。历史主义要求我们分析、认识问题，一定不要脱离当时的历史条件和环境。现在，我们考察日据时代的台湾民众的组织问题，也不能脱离当时的特定的历史条件。

当时的历史条件是什么？是日本帝国主义占领了台湾。所以，在台湾新文化运动中先后成立的"声应会"、"启发会"、"新民会"、"台湾文化协会"等社团，以及后来成立的"民党"、"民众党"、"共产党"等政党组织，他们反抗斗争的矛头是指向日本殖民主义当局的。他们的阶段性奋斗目标，是推翻日本殖民主义统治，要求台湾从日本殖民统治下解放出来，以求对于日本国的自治和"独立"。这种阶段性的目标，并不意味着他们像今日的陈芳明等"台独"势力一样，反中国，并最终"独立"于中国之外。相反，他们最后是要回归祖国的。

比如，1895年，中日甲午战争中，中国战败，在割让台湾已成定局的情况下，出于抗日的需要，以丘逢甲、唐景崧为首的抗日武装力量成立了台湾人民抗日临时政府"台湾民主国"。他们也不曾割断与祖国的血脉联系。唐景崧在就任"大总统"时即发表宣言说："独立"后之台湾，"仍应恭奉正朝，遥作屏藩；气脉相通，无异中土"[1]。当时发表的《全台湾绅民致中外文告》也说：

> 无天可吁，无人肯援，台民惟有自主，拥戴贤者，权摄台政。事平之后，当再请命中国，作何处理。[2]

很明显，"台湾民主国"的成立只是抗日的权宜之计，抗日并要求回归祖国才是斗争的目的。

又比如，"新民会"成立后，他们先后派遣了蔡惠如、林呈禄等返回祖国大陆，与中国国民党接触，及时吸取了孙中山领导的国民党改革社会的经验。在"新民会"的影响下，返回祖国求学的台湾青年日益增多，而且直接受到大陆学生运动的启迪。在祖国各地读书的台湾

---

① 王晓波编：《台胞抗日文献选编》，台北帕米尔，1985年版。

② 同上。

青年相继组织社团，以求联络同志，积蓄力量，待机返回台湾，和祖国同步反抗日本帝国主义。北平台湾青年会、上海台湾青年会、台湾自治会、台湾同志会、厦门台湾同志会、闽南台湾学生联合会、厦门中国台湾同志会、中国同志会、广东台湾革命青年团，都是这样的团体。

这里要提到一本日本殖民当局出版的《台湾警察沿革志》。它是1932年日本警察当局对日据台湾以来，一切台湾人民抗日运动的分析、研究与总结的书，由台湾总督府警察局编定。这本《沿革志》写道：

> 关于本岛人的民族意识问题，关键在其属于汉民族系统。汉民族向来以五千年的传统民族文化为荣，民族意识牢不可拔。虽已改隶40余年，至今风俗、习惯、语言、信仰等各个方面仍沿袭旧貌，由此可见，其不轻易抛除汉民族意识。且其故乡福建、广东二省又和本岛只有一衣带水之隔，双方交通频繁，且本岛人又视之为父祖茔坟所在，深具思念之情，故其以支那为祖国的情感难以拂拭，乃是不争之事实。……此实为本岛社会运动勃兴之原因，依此检讨，则除归咎其固陋之民族意识外，别无原因。但这亦显示在本岛社会运动的考察上，民族意识问题格外重要。

可见，连日本殖民最高警察当局也承认，台湾岛"社会运动勃兴之原因"，乃是台湾民众"以支那为祖国的情感难以拂拭"。这样的"不争之事实"，到了今日，竟然被"文学台独"势力颠倒黑白，恶意扭曲，以至于完全抹杀了台湾人民抗日斗争的最终指向是回归祖国的目标，这是绝对不容许的。

在这部《台湾警察沿革志》的序文中，日本殖民当局还特别提到邱琮指导下的"台湾光复运动"以及"意图以武力革命使台湾复归支那"的民众党事件，还有和大陆国民党人取得联络，在岛内进行武装起事的"众友会"案，等等。这些连日本警察当局也不敢否认的事实，今日的陈芳明们却矢口否认，这就不是什么文学观念的问题了。

陈芳明们不会不知道1936年轰动台湾的"祖国事件"。那年3月，林献堂随台湾《新民报》赴内地考察，他在上海的欢迎会上的致辞中有"林某归还祖国"的话。5月，《台湾日日新报》"揭发"

了这件事，对林献堂大张挞伐。日本驻台湾军部荻州立兵参谋长唆使日本流氓卖间，于 6 月 17 日在台中公园一个集会上殴打了林献堂，激起了台湾人民的公愤。今天，我们以"祖国事件"为镜子，比照一下陈芳明们，这些中华民族历史的不肖子孙真该羞愧得无地自容才是。比起林献堂这样的前辈先贤的祖国观念来，陈芳明们真该看到，当年日军参谋长不能如愿的企图——割断台湾人民与祖国的血脉，竟然今日能在陈芳明们的身上得逞，这是何等悲哀。

（二）关于台湾新文学的源头①

1984 年到 1987 年，叶石涛在《文学界》上分期刊发和结集出版他的《台湾文学史纲》时还承认："在台湾新文学起步的这个阶段，我们清楚地看到五四运动的影响。""台湾的白话文运动便是在大陆五四运动的刺激下开展的。"他还承认，当时，"拼命地介绍大陆文学革命的内容和理论"的张我军，"把台湾新文学视作整个大陆文学的一环"，"由长远的历史来看"，"有它的道理"。然而，要不了几年，叶石涛要篡改历史了。1996 年，叶石涛在他交由《文学台湾》杂志社出版的《台湾文学入门》一书的《序》里表白说，那本《台湾文学史纲》写成于"戒严时代"，他顾虑于恶劣的政治环境，不得不谨慎下笔，言不由衷，无法把他认定的台湾文学史上曾经产生的强烈的自主意愿阐释清楚。现在，随着"政治压力减轻"，他要"较轻松地表达"自己的台湾文学的"新观念"了。于是，在《台湾文学入门》一书的正文里，叶石涛对他的"新观念"公然作了如下的表达——就"新文学而言，从 20 年代到 90 年代的台湾文学已有 70 多年的历史……中国新文学对它的影响微不足道"。

叶石涛对台湾新文学起步阶段受到五四运动影响的历史结论的篡改和颠覆，受到了他的文坛"台独"同伙的夸奖。1999 年，在"叶石涛文学国际学术研讨会"上，陈芳明就提交了题为《叶石涛的台湾文学史观之建构》的文章，吹捧叶石涛的这一文学史观"正日益显露他重要而深刻的文化意义"。随后，集结讨论会的论文集《点亮台湾文学的火炬》时，《文学台湾》主编彭瑞金，则在文集的《代序》里吹捧叶石涛的文学史观"已然是台湾文学建构的一块不能或缺的础石"。

---

① 详见赵遐秋《台湾文学革命和台湾新文学的诞生》一文。

而陈芳明和彭瑞金，早在1987年7月28日，就对谈过文学史的撰写问题。陈芳明说："台湾没有产生过中国文学。"他明确表示不同意"台湾文学是中国文学的一部分"的主张。彭瑞金则公然认定，这种主张是"带着台湾文学去异化为中国文学"的一种"自我扭曲丑态"。到了1999年8月，陈芳明在《联合文学》第178期上发表他的《台湾新文学史》第一章《台湾新文学史的建构与分期》，就抛出了他对这一段历史的篡改内容了。陈芳明的谎言是，1895年甲午战败台湾割让给日本后，"台湾与中国之间的政经文化联系产生严重的断裂"，"台湾社会的传统汉文思考……逐渐式微，而终至没落"；在这种情况下，"台湾新文学才开始孕育酿造"。他所强调的，仍然是"接受日本殖民者"的影响。

　　现在，在台湾新文学发端的问题上，我们必须拆穿叶石涛、陈芳明、彭瑞金的谎言了。

　　台湾新文学是在五四新文学运动的直接影响下诞生的，这是谁也篡改不了的历史。这篡改不了的历史事实是：

　　第一，1915年开始的大陆的新文化运动，是一个伟大的反帝反封建的革命运动，也是一个以提倡新道德、新文学，反对旧道德、旧文学为根本标志的思想启蒙运动。1918年，在新文化运动继续获得巨大发展的时候，第一次世界大战结束，德国战败。1919年1月18日，战胜国在巴黎召开"和平会议"。北京政府和广州军政府联合组成中国代表团，以战胜国身份参加和会，提出取消列强在华的各项特权，取消日本帝国主义与袁世凯订立的"二十一条"不平等条约，归还大战期间日本从德国手中夺去的山东各项权利等要求。巴黎和会在帝国主义列强操纵下，不但拒绝中国的要求，而且在对德和约上，明文规定把德国在山东的特权，全部转让给日本。北京政府竟准备在"和约"上签字，从而激起了中国人民的强烈反对，引发了划时代的波澜壮阔的反帝反封建的五四爱国运动，最终致使中国代表团于6月28日拒绝在对德和约上签字。于是，风云际会，20世纪最初10～20年的那一代台湾青年，在祖国大陆五四爱国运动的鼓舞下，深受"科学"、"民主"两大口号的启示，也深受"文学革命"的激励，纷纷行动起来，组织起来，掀开了台湾抗日民族运动的新的一页。台湾的新文化运动发生了。

　　1919年秋，在东京的一群中国青年，台湾方面的蔡惠如、林呈禄、蔡培火等，联络内地方面的中华青年会的马伯援、吴有容、刘木琳等，为声援响应五四运动，取"同声相应"的意义，在东京成立了"声应会"，这是台湾留学生组成的第一个民族运动团体。同年年末到1920年1月，林献堂、蔡惠如又先后组织了"启发会"和"新民会"。"新民会"仿照祖国大陆的《新青年》，于1920年7月16日创办了机关刊物《台湾青年》。总编辑林呈禄以笔名"慈舟"发表《敬告吾乡青年》一文，鼓励台湾青年"抖擞精神，奋然猛省"，"考究文明之学识，急起直追，造就社会之良材！"创刊号还有卷头词告白于天下，号召台湾青年奋起赶上新潮流，积极吸取、借鉴新思想，"自新自强"以达到中华民族解放、复兴的目的。这，正是新民会、《台湾青年》指导当年台湾新文化运动的核心思想。

此后的10年里，台湾发生的重大的政治活动，比如1921年10月17日成立的台湾文化协会，1923年2月21日在日本东京成立的台湾议会期成同盟会，以及新台湾联盟、台湾民党、台湾民众党、台湾地方自治联盟等等，都或多或少，直接间接与"新民会"有关系，"新民会"的影响已经深入到台湾民众政治生活的各个层面了。

"声应会"、"启发会"、"新民会"，先后都在日本东京成立，而且"新民会"的总部也设在东京。这是因为，日本殖民统治者严密封闭台湾，控制台湾，而作为国际大都会的东京，当时已经是亚洲政治、经济、文化、思想等各种信息交流中心，台湾青年在那里能够及时地吸取、借鉴外国以及祖国内地的新文化新思想，便于突破殖民统治和祖国进行沟通和交流。这绝不能说明台湾新文化运动的源头来自日本。事实上，一旦时机成熟，台湾新文化运动的指挥中心就转移到台湾本土了。

果然，一年后，1921年10月，在"新民会"林献堂的大力支持下，以蒋渭水为首的"台湾文化协会"在台北成立了。开业医师蒋渭水任专务理事，林献堂任总理，蔡惠如等人为理事。蒋渭水说，他们成立"台湾文化协会"的目的，是"谋台湾文化之向上"，"切磋道德之真髓。图教育之振兴、奖励体育、涵养艺术趣味"。"然而台湾人现在有病了，这病不愈，是没有人才可造的，所以本会目前不得不先着手医治这病根。"蒋渭水还说："我诊断台湾人所患的病，是知识的营养不良症，除非服下知识的营养品，是万万不能愈的。文化运动是对这病惟一的原因疗法，文化协会就是专门讲究并施行原因治疗的机关。"启迪理智，廓清蒙昧，这是五四新文化运动所倡导的真正的民族民主思想启蒙。1921 年 11 月 25 日，台湾文化协会出版了第 1 号《会报》，发行 1200 份，但立即被日本殖民统治者查禁。《会报》上，蒋渭水的别具一格的医生诊断书和处方的形式，具体而形象地表述了文化协会的启蒙主义思想。其中，在"遗传"一项，写的是"明显地具有黄帝、周公、孔子、孟子等血统"。在"素质"一项，写的是"为上述圣贤后裔、素质强健、天资聪颖"。这篇被人称颂的启迪理智、廓清蒙昧的台湾启蒙思想运动的宣言书，分明在宣布：台湾和祖国的血脉，谁也割不断的！

第二，随着台湾新文化运动的开展，作为它的重要组成部分，台湾新文学运动也勃然兴起。20 世纪 20 年代发生在台湾岛上的这场文学革命，大体上经历了先声、发难、较量、建设四个阶段。

先声这个阶段，主要的课题是反对文言文，提倡白话文。

《台湾青年》自 1920 年 7 月 16 日创刊，到 1922 年 2 月 15 日第 4 卷第 2 号止，一共出版了 18 期。虽然刊物上发表的文章集中在政治、社会、经济等方面，但也刊发了 4 篇关于文学的文章。除日人小野村林藏宗的《现代文艺的趋势》之外，其他 3 篇，即创刊号上陈炘的《文学与职务》，3 卷 3 号上甘文芳的《现实社会与文学》，4 卷 1 号上陈端明的《日用文鼓吹论》，都借鉴了祖国的文学革命的经验，提出了问题。比如，陈端明说：

> 今之中国，豁然觉醒，久用白话文以期言文一致。而我台文人墨士，岂可袖手旁观，使万众有意难申乎，切望奋勇提倡，改革文学，以除此弊，俾可启民智，岂不妙乎？

但因文章本身仍然用文言文写成，而且刊物在东京出版，影响还是有限。

1922 年 4 月 1 日，为从青年扩大宣传到一般社会大众，《台湾青年》改名《台湾》，由林呈禄任"主干"，即总编辑。第二年的 1 月号上，黄呈聪发表了《论普及白话文的新使命》一文，黄朝琴发表了《汉文字改革论》，这可以说是台湾新文学运动的先声。

黄呈聪和黄朝琴都是在日本早稻田大学读书的台湾留学生。1922 年 6 月，他们返回祖国大陆作了一次文化、文学之旅。祖国大陆开展的文学革命给了他们深刻的启发，《论普及白话文的新使命》和《汉文字改革论》就是他们把自己在祖国大陆的见闻感想上升为改革台湾书面语言理念的两篇文字。他们不仅论述了白话文代替文言文的重大意义，而且阐明了台湾普及白话文的可能性。黄呈聪就说："这是很容易做的，因为台湾的同胞学过汉文的人很多，并且喜爱看中国的白话小说，只要把这种精神引导去阅读中国新出版的各种科学及思想的书籍，便可以增长我们的见识了。"

第三，台湾文学革命进入到发难阶段，先驱者们开始倡导新文学了。

《台湾》杂志适应潮流，决定增刊发行半月刊《台湾民报》。1923年4月15日，《台湾民报》创刊，并全部采用了白话文。自此，《台湾民报》为台湾岛上的新文学革命做了全方位的准备工作。一是为台湾文学革命提供新的语文、文体形式。二是为台湾文学革命引进祖国大陆文学革命成功的经验，如秀湖的《中国新文学运动的过去现在将来》、苏维霖的《二十年来的中国古文学及文学革命的略述》等文即是。另外就是作品介绍，如中国第一部白话剧本、胡适的《终身大事》，以及《李超传》等。三是开辟了《文艺专栏》，为台湾文学革命、台湾白话文学开辟了园地。事实上，《台湾民报》成了台湾新文学的摇篮。

1924年，正在北京求学的张我军身受"五四"新文化运动的洗礼，痛感台湾的现状必须改变，在《台湾民报》上发表了《致台湾青年的一封信》和《糟糕的台湾文学界》两篇文章，正式拉开了台湾新文学的大幕。

《致台湾青年的一封信》发表在1924年4月21日《台湾民报》2卷7号。这是一篇向台湾的旧思想、旧文化、旧文学的战斗檄言。《糟糕的台湾文学界》发表在1924年11月27日的《台湾民报》2卷27号。这时，张我军已由北京归来，任《台湾民报》编辑。在这篇文章里，他猛烈地批判和讨伐了台湾的旧文学。

张我军的讨伐震撼了台湾的旧文学旧文坛，击中了"击钵吟"的要害。于是，以连雅堂为首的旧文学势力迫不及待地跳出来猖狂地进行了反扑。于是，新旧文学家就在激烈的论争中，展开了你死我活的较量。

第四，和祖国大陆文学革命的历史进程相似，台湾新文学发难之后，也激起旧文学的反扑，激烈的较量不可避免了。一个新的阶段由此开始。

1924 年冬，台湾旧诗领头人连雅堂主编的《台湾诗荟》发表了他为林小眉的《台湾咏诗》写的《跋》，其中，有一段酷似林琴南攻击新文学口吻的文字："今之学子，口未读六艺之书，目未接百家之论，耳未聆离骚乐府之音，而嚣嚣然曰，汉文可废，汉文可废，甚而提倡新文学，鼓吹新体诗，秕糠故籍，自命时髦，吾不知其所谓新者何在？其所谓新者，持西人小说戏剧之余焉，丐其一滴沾沾自喜，是诚埳井之蛙不足以语汪洋之海也噫。"这篇《跋》没有提"张我军"这三个字，实际上就是针对张我军的。

于是，张我军奋笔疾书《为台湾的文学界一哭》一文，发表在1924 年 12 月 11 日的《台湾民报》2 卷 26 号上，对连雅堂的攻击痛加驳斥。其一，声明反对旧文学不等于主张"汉文可废"。文章说："请问我们这位大诗人，不知道是根据什么来断定提倡新文学，鼓吹新体诗的人，便都说汉文可废，便没有读过六艺之书和百家之论、离骚乐府之音；而你反对新文学，都读得满腹文章吗？"其二，揭露那些反对新文学的人而不知道新文学是什么。文章说："他们对于新文学是门外汉，而他的言论是独断、是狂妄，明眼人一定不会被他所欺。""我想不到博学如此公，还会说出这样没道理、没常识的话，真是叫我欲替他辩解也无可辩解了。"有鉴于此，张我军说："我能不为我们的文学界一哭吗？"

半个月后，张我军又写了《请合力拆下这座败草丛中的破旧殿堂》和《绝无仅有的击钵吟的意义》两文，分别在《台湾民报》1925 年 1 月的 3 卷 1 号、2 号发表，深入地阐述了台湾文学革命的意义等问题。

在《请合力拆下这座败草丛中的破旧殿堂》一文里，张我军谈了三个问题：

1. 台湾文学革命的必然趋势

张我军从台湾文学与祖国的关系，指出了台湾文学的走向，文章说：

> 台湾的文学乃中国文学的一支流。本流发生了什么影响、变迁，则支流也自然而然地随之而影响、变迁，这是必然的道理。

文章还指出，"回顾十年前，中国文学界起了一番大革命。新旧的论战虽激烈一时，然而垂死的旧文学"，"连招架之功也没有了"。"旧文学的殿堂，经了这阵暴风雨后，已破碎无遗了。一班新文学家已努力地在那里重建合乎现代人住的""新文学的殿堂"。张我军认为，由于日本占领台湾，中国书籍流通不便，祖国大陆和台湾遂成了两个天地，而且"日深其鸿沟"。于是，"中国旧文学的孽种，暗暗于败草丛中留下一座小小的殿堂——破旧的——以苟延其残喘，这就是台湾的旧文学"。现在，"本流"变了，"支流"必然变化，台湾旧文学殿堂的被"拆"，当然是指日可待之事，本着这种理念，张我军要效仿胡适了。胡适在《沁园春·誓诗》一词说："文学革命何疑！且准备搴旗做健儿。要前空千古，下开百世，收他臭腐，还我神奇。为大中华，造就文学，此业吾曹欲让谁？"现在，张我军也很有使命感地表示：

> 我不敢以文学革命军的大将自居，不过是做一个导路小卒，引率文学革命军到台湾来，并且替它呐喊助攻罢了。

后来，他也一再表示，要"站在文学道上当个清道夫"[①]，于是，他详尽地介绍了陈独秀和胡适的文学革命主张。

2. 台湾文学革命的意义

张我军说："我们今日欲说文学革命，非从胡适的'八不主义'说起不可。"张我军说的这"八不主义"，就是胡适在《文学改良刍议》中说到的"八事"。张我军在详尽解说胡适的这"八不主义"时，阐发了自己的观点。归纳起来，在文学内容方面，张我军认为：

> 中国近世的文人（当然台湾的文人也在内），只一味地在声调字句之间弄手段，既无真挚的情感，又无高远的思想，其不能造出伟大的作品也是当然的。况台湾今日的文学，只能求押韵罢了，哪里顾得到情感和思想。这种文学当痛绝之。

联系台湾文坛实际，张我军还指出："常常有一种人，他明明是在

---

① 张我军：《绝无仅有的击钵吟的意义》，载《台湾民报》1925 年 1 月 3 卷 2 号。

得意的境遇，而他自己也很满意着，但一为诗文，便满纸'蹉跎'、'飘零'、'落魄'等等。还有一种人，每每自负过大，自以为名士才子，实无其力，一味奢求，每不论于自己的地位。所以作诗为文，满口哀怨，好像天下无一知己似的，这都是无病呻吟之例。"由此看来：

> 夫艺术最重要的是诚实，文学也是艺术的一种，所以不说诚实话的文学，至少也可以说不是好的文学。我们应当留意这点，有什么话说什么话，切不可满口胡说，无病呻吟。

更为重要的是，张我军不仅接受了进化论，确认胡适的观点，认为"文学是时代的反映，所以时代有变迁，有进化，则文学也因之而变迁、而进化"，而且在这个前提下还强调"创造是艺术的全部"，摹仿古人是要不得的：

> 一个时代有一个时代的色彩，一个人有一个人的个性，所以欲摹仿某时代，或某人的文学，这是一定不可能的，这是很明白的道理（受感化与摹仿不同，须当分别）。我希望有志文学的人，务要磨练创造之力，切不可一味摹仿他人。须知文学之好坏，不是在字句之间，是在创造力之强弱。

在文学形式方面：

一是不用典。他认为，这方面要具体分析，分别待之。广义用典，多数"皆是取譬方之辞，但以彼喻此，而非以彼代此的"；狭义用典，是说"文人词穷，不能自己铸词造句，以写眼前之景，胸中之意，所以借用或不全切、或全不切的故事、陈言以代之，以图含混过去"。前言是"喻"，后者是"代"，所以多数的广义用典是可取的，主张不用的则是后者的狭义用典。

二是不用套语滥调。他说："我们做诗做文，要紧是将自己的耳目所亲闻亲见，所亲身阅历之事物，个个铸词来形容描写，以求不失真，而求能达状物写意的目的，文学上的技巧这就够了。大凡用套语滥调的人，都是没有创造之才，自己不会铸词状物的。"

三是"不重对偶——文须废骈，诗须废律"。他说："对偶若近于语言的，自然而无牵强刻削之迹，没有字之多寡，或声之平仄，或词之虚实的，这是人类语言的一种特性，我们不必去拘它。然而，'文中之骈，诗中之律'，或被限于字之多寡，声之平仄，词之虚实，或种种牵强刻削，这委实是束缚人的自由的枷锁，和八股试帖是五十步与百步之别罢了。""现代的人，徒知八股之当废，却不知骈文律诗之当废，真是可痛！"

四是"不做不合文法的文学"。他感慨，"文与诗之不讲究文法的在所皆是"，是谓"不通"，这是最浅明的道理，何用详论呢！？

五是"不避俗语俗字"。从中外文学发展的经验出发，张我军力推"白话为文学的正宗"，"我们如欲普遍国民文学，则非绝对的白话不可"。

3. 文章以陈独秀的"三大主义"为结论，这就是"（1）推倒雕琢的阿谀的贵族文学、建设平易的抒情的国民文学；（2）推倒陈腐的铺张的古典文学，建设新鲜的立诚的写实文学；（3）推倒迂晦的艰涩的山林文学，建设明了的通俗的社会文学"。这就是说，号召台湾人民高举三个"打倒"、三个"建设"的大旗，把文学革命进行到底。

《绝无仅有的击钵吟的意义》则是深入论述诗歌革命的问题。这篇文章的意义在于，从理论上讲清楚了诗的本质，诗的内容与形式的关系，为台湾诗界革命提供了理论武器。同时，文章也尖锐地指出台湾诗坛的形式主义错误，为台湾诗界革命扫清道路。

张我军的文章击中了台湾旧诗界的要害，沉重地打击了台湾旧文学。台湾旧文学的势力，像当年林琴南等人反对新文学一样，又进行了"谩骂"式的争辩。在双方激烈论争中，对峙的营垒十分鲜明。

就在张我军的文章见报后的第四天，1925年1月5日，《台湾日日新报》汉文栏刊发了署名"闷葫芦生"的反扑文章《新文学的商榷》，除了"谩骂之词"外，主要论点有两个：（1）关于台湾白话文学，即"台湾之号称白话体新文学，不过就是普通汉文加添几个字，及口边加马、加劳、加尼、加矣，诸字典所无活字，此等不用亦可（不通不）文字"。"夫画蛇添足，康衢大道不行，而欲多用了字又几个（不通不）文字。""怪底写得头昏目花，手足都麻，呼吸困难也"。（2）关于中国新文学，即"今之中华民国之新文学，不过创自陈独秀、胡适之等，陈为轻薄无行，思想危险之人物，姑从别论，胡适之所提倡，则不过藉用商榷的文字，与旧文学家辈虚心讨论"。

第二天，张我军写就那篇著名的反驳文章《揭闷葫芦》，同年1月

21 日在《台湾民报》3 卷 3 号发表。张我军认为，闷葫芦生的《新文学的商榷》完全没有触及新文学的根本问题，"只是信口乱吠罢了"。张我军说，按理，和他理论，不但没有必要，而且还要玷污了自己的笔，然而，最终还是写了此文，那是"欲借此机会多说几句关于新文学的话罢了"，也就是说，他要向台湾文学界进一步宣传新文学。于是，针对闷葫芦生的错误观点，文章论述了两个问题。

1. 为"新文学"定位

文章从四个方面论述。首先，"汉文学即中国文学，凡用中国的文字写作的有韵无韵的诗和文，而含有文学的性质的都是中国文学（以下都是说中国文学，因为说汉文不甚通，中国人也已不用了）"。其次，"所谓新文学，乃是对改革后的中国文学说的。所以说新者，是欲别于旧的。所以我们之所谓新文学，当然是包含于中国文学的范围内。然而台湾的中国文学家大都把新文学摒除于中国文学之外"。接着，张我军生发开去，幽默地打了个比方说："若照他们的意思是说'中国人'才是中国人，而'新中国人'便不是中国人了，若不是中国人是什么？"接下来，笔锋一转，张我军把批判的矛头直指台湾旧文学势力的领军人物连雅堂的谬论："实不知我们之所谓新文学是指'新的中国文学'呢？难怪乎如某大诗人说提倡新文学的人都说'汉文可变'！"再次，中国的新文学"是时势造成的中国公产"，"绝不是陈、胡二人的私产"，只不过他们两人是其"代表"罢了。最后，胡适的"商榷"，"是要留下余地给赞成文学改革的人讨论的"，"是'当如何来改革才好'的'商榷'，而不是'当不当改革'的'商榷'"。所以，十年前中国新文学"商榷"已有定论而且在文学创作上已成气候，如今"顽固、不识时势"的台湾旧文学家的反对，"严厉地指摘了旧文学的坏处"，"揭出台湾旧文学家的劣根性"，当然是"无半点怪异的事"，更扯不上"骂得如杀父仇"之"乱骂"！

2. 新旧文学的区别

张我军认为，"新旧文学的分别不是仅在白话与文言，是在内容与形式两方面的"。在这个大前提下，他着重谈了语体文（白话文）的问题。文章指出，"文学是渐渐进化的"，"今日所用的中国文字不是仓颉一个造的，是几千年来历代的学者文学家造成的。我们欲描写一件事或表一个感情，若没有适当的文字，我们尽可随时随地造出适当的文字来"。中国文字发展到今日，和过去文言相对，称之为"语体文（白话文)"。当今世界，"日本的文学已全用语体文"，"英、美、法、德等诸国"，则早已"没有语体与文言文分别"，也就是早已用了语体文（白话文）了。在世界各国，语言文字为什么会有这种相同的发展趋势？张我军说，这是"语体文较文言文易于普遍，易于活用"。所以说，语言文字的发展，不是"画蛇添足"，更不是在走羊肠小道，而是正在"通衢大道"上前行。

这以后，在台湾文学界，新旧文学的激烈论争愈演愈烈。旧文学方面，郑军我、蕉麓、赤崁王生、黄衫客、一吟友等，以台北《台湾日日新报》等报纸的汉文栏为阵地，写了一批长短不一的文章，谩骂和攻击新文学。新文学方面，更是积极应战，予以反击。他们以《台湾民报》为阵地，连续著文，批驳了旧文学的谬论。后来，随着论战的持续进行，杨云萍、江梦笔创办的杂志《人人》和张绍贤创办的杂志《七音联弹》，也分别在 1925 年 3 月和 10 月问世。论争中有影响的文章，在《台湾民报》上发表的有：3 卷 4 号半新半旧生的《〈新文学的商榷〉之商榷》，3 卷 5、6、7 号的张我军的《随感录》，3 卷 5 号蔡孝乾的《为台湾的文学界续哭》，3 卷 17～23 号的张梗的《讨论旧小说的改革运动》以及赖和的《答复〈台湾民报〉特设五问》等。此外，《七音联弹》创刊号上有张绍贤批评连雅堂的文章，《人人》2 期上有杨云萍批评旧文学写作态度的文章。

张我军在《台湾民报》3 卷 7 号上，声明不再理会旧文学一方的无理谩骂，但双方的论战并未因此而结束。就在论战的高潮将要过去的时候，台湾新文学却要在"立中破"了。于是，台湾新文学运动进入到"建设"的新阶段。

第五，台湾文学革命的第四阶段——建设阶段。

胡适在《建设的文学革命论》一文里说过，提倡文学革命的人，固然不能不从破坏一方面下手。但是，要知道，只能真有价值、真有生气、真可算作文学的新文学起来代替旧文学的时候，旧文学才会自然消灭。所以，"提倡文学革命的人，对于那些腐败的文学，个个都该存一个'彼可取而代也'的心理，个个都该从建设一方面用力"。

当时，在台湾倡导文学革命的先驱，接受了胡适这个理念，按照文学革命的一般进程，在大破旧文学到了一定的时候，也开始了"从建设一方面用力"。1925 年 3 月 1 日，在《台湾民报》3 卷 1 号上发表的《随感录·无名小卒》一文，张我军已清醒地认识到当时的形势。

他说："在一个月之间，差不多有十来起骂我的文字，也有捏作三句半诗的，也有说些不三不四的话的，也有捏造事实的，也有攻击人身的，但却没有一个敢报出名的。我实在觉得也好笑也可怜。""但总之新旧文学之是非已甚明了，我们此后当向建设方面努力。无价值的对骂是无用的努力。"这时的他们，一面仍然以理论为引导，为新文学开花结果开拓道路，另一方面又鼓励人们去作文学实践，去创作各种体裁的新文学作品，从而探索出一条台湾新文学成长、发展的新路。这，就是台湾文学革命的第四阶段——建设阶段。

先看以创作理论为引导。

1925年8月26日，《台湾民报》67号即创立5周年纪念号上发表了张我军的另一篇具有特别意义的文章《新文学运动的意义》。文章宣布：

> 我们现在谈新文学的运动，至少有二个要点：
> 1. 白话文学的建设。
> 2. 台湾语言的改造。

这正是建设台湾新文学的纲领。张我军说，他这两条是从胡适的《建设的文学革命论》一文的"国语的文学、文学的国语""出来"的。张我军引用了胡适自称是该文"大旨"的一段名言，即"我们所提倡的文学革命，只是要替中国创造一种国语的文学。有了国语的文学，方才可有文学的国语。有了文学的国语，我们的国语才可算得真正国语"。接下来，联系台湾文学的实际，张我军谈了他自己的看法。

关于"白话文学的建设"，张我军的意见是：

1. 什么是白话文？"我们主张以后全用白话文做文学的器具，我所说的白话文就是中国的国语文。""国语"，是指汉语言文字在历史上逐步形成的、以北京语音为标准音，以北方方言的词汇、语法为基础的一种现代汉语共同语的语言文字。

2. "何以要用白话文做文学的器具呢？"张我军同意胡适的看法，从中国文学的发展可以看出，"中国的文学凡是有一些价值、有一些生命的，都是白话的或近于白话的"。这一点，张我军直接引用了胡适的文字来加以阐明和确证，即：

"我曾仔细研究：中国这两千年何以没有真有价值、真有生命的

'文言的文学'？我自己回答说：'这都是因为这两千年的文人所做的文学都是死的，都是用已经死了的语言文字做的。死文字绝不能产出活文学。所以中国这两千年只有些死文学，只有些没有价值的死文学'。

"我们为什么爱读《木兰辞》和《孔雀东南飞》呢？因为这二首诗是用白话做的。为什么爱读陶渊明的诗和李后主做的词呢？因为他们的诗词都用白话做的。为什么爱杜甫的《石壕史》、《兵车行》诸诗呢？因为他们都是用白话做的。为什么不爱韩愈的《南山》？因为他用的是死字死话。……简单说来，自从三百篇到于今，中国的文学凡是有一些价值、有一些生命的，都是白话的或是近于白话的。其余的都是没有生气的古董，都是博物院中的陈列品！

"再看近世的文学：何以《水浒传》、《西游记》、《儒林外史》、《红楼梦》可以称为'活文学'呢？因为他们都是用一种活文字做的。若是施耐庵、吴承恩、吴敬梓、曹雪芹都是用了文言做书，他们的小说一定不会有这样的生命，一定不会有这样的价值。

"读者不要误会，我并不是说凡用白话做的书都是有价值有生命的。我说的是：用死了的文言绝不能做出有生命有价值的文学来。这一千多年的文学，凡是有真正文学价值的，没有一种不带有白话的性质，没有一种不靠这'白话性质'的帮助。换言之：白话能产出有价值的文学，也能产出没有价值的文学。可以产出《儒林外史》，也可以产出《肉蒲团》。但是那已死的文言，只能产出没有价值没有生命的文学，绝不能产出有价值有生命的文学，只能做几篇'拟韩退之原道'或'拟陆士衡拟古'，绝不能做出一部《儒林外史》。若有人不信这话，可先读明朝古文大家宋濂的《王冕》传，再读《儒林外史》第一回的王冕传，便可知道死文学和活文学的分别了。"

3. "为什么死文字不能产生活文学呢？"

张我军也赞同胡适的论断，即"这都是由于文学的性质"。他仍然用胡适的文字来阐明这个道理。

"一切语言文字的作用在于达意表情，达意达得妙，表情表得好，便是文学。那些用死文言的人，有了意思，却须把这意思翻成几千年前的典故，有了感情，却须把这感情译成几千年的文言。明明是客子思家，他们须说'王粲登楼'、'钟宣作赋'；明明是送别，他们却须说'阳关三叠'、'一曲渭城'；明明是贺陈宝琛70岁生日，他们却须说是贺伊尹、周公、傅说。更可笑的：明明是乡下老太婆说话，他们却要叫她打起唐宋八家的故腔儿，明明是极下流的妓女说话，他们却要她打起胡天游、洪亮吉的骈文调子！……请问这样做文章如何能达意表情呢？既不能达意，又不能表情，哪里还有文学呢？即如那《儒林外史》里的王冕，是一个有感情、有血气、能生动、能谈笑的活人，这都是因为做书的人能用活言语、活文字来描写他的生活神情。那宋濂集子里的王冕，便成了一个没有生气，不能动人的死人。为什么呢？因为宋濂用了二千年前的死文字来写二千年后的活人，所以不能不把这个活人变作二千年前的木偶，才可合那古文家法。古文家法是合了，那王冕也真'作古'了，因此我说：'死文言绝不能产出活文学'。中国若想有活文学，必须用白话，必须用国语，必须做国语的文学。"

关于"台湾语言的改造"，张我军的陈说也旗帜鲜明。

本来，《新文学运动的意义》一文发表之前，连温卿已经在1924年10月的《台湾民报》2卷19号上发表了《言语之社会性质》一文，提出了语文与其使用民族的处境的关系，认为保护民族独立，自然要保护民族语言。接着，连温卿又写了《将来之台语》一文，发表在同年的《台湾民报》20、21号上。文中，连温卿进一步指出，殖民地统治者的语言政策就是以统治国的语言同化殖民地的语言。所以，在台湾，为了反殖民地统治者的同化，必须保存、整理以至改造台湾语言。至于如何保存、整理和改造，连温卿并没有提出具体方案。

张我军在连温卿这两篇文章的基础上，提出了自己的看法。

1. 改造台湾语言的标准是什么？张我军认为，"我们的新文学运动有带着改造台湾言语的使命。我们欲把我们的土话改成合乎文字的合理的语言。我们欲依傍中国的国语来改造台湾的土语。换句话说，我们欲把台湾人的话统一于中国语，再换句话说，是用我们现在所用的话改成与中国语合致的"。所以，"国语"是其惟一的标准和依据。再说，台湾话是汉民族语言中的一种方言——闽方言的分支，或者是客家话方言，书面语言就是用的整个汉民族的书面语言——汉字，主要的差别只在于语音，所以，以国语改造台湾话是完全可能的。

2. 这样改造的意义在于"我们的文化就得以不与中国文化分断、白话文学的基础又能确立，台湾的语言又能改造成合理的"。张我军说，这"岂不是一举三四得的吗？"

3. 具体做法，张我军说："如果欲照我们的目标改造台湾的语言，须多读中国的以白话文写作的诗文。"在这之前，他专门写了《研究新文学应读什么书》一文，发表在 1925 年 3 月 1 日《台湾民报》3 卷 7 号上。这篇文章特别推荐了祖国大陆的白话文学佳作。新诗集有《女神》、《星空》、《尝试集》、《草儿》、《冬夜》、《西还》、《蕙的风》、《雪潮》、《繁星》、《将来之花园》和《旧梦》；短篇小说集有：《呐喊》、《沉沦》、《玄武湖之秋》、《蔓萝集》、《超人》、《小说汇刊》、《火灾》、《隔膜》等等。此外，还向读者推荐了新文学期刊《创造周报》、《创造季刊》和《小说月报》。

与此同时，张我军还写了《文学革命运动以来》一文，发表在《台湾民报》的 3 卷 6～10 号上，转引了胡适的《五十年来中国之文学》中一节的全文，目的是"欲使台湾人用最简捷的方法来明白文学革命运动的经过"。而张我军的《诗体的解放》一文发表在 1925 年 3 月 1 日至 5 月 3 日 3 卷 7、8、9 号《台湾民报》，也在催促台湾新诗坛"开放几朵灿烂的鲜花"。

和张我军相呼应的是，蔡孝乾在《台湾民报》3 卷 12～16 号上的一篇长文《中国新文学概观》。文章具体地介绍了祖国新文学的发展。此外，《台湾民报》还陆续刊载了祖国大陆新文学的作品，如鲁迅的《故乡》、《狂人日记》、《阿 Q 正传》，郭沫若的《牧羊哀话》、《仰望》、《江湾即景》，冰心的《超人》，西谛的《墙角的创痕》，淦女士的《隔绝》，徐志摩的《自剖》，等等。这，已经成为台湾新文学先驱者们从事创作的重要借鉴了。

再看新文学创作。

在张我军等人的文艺评论文字引导下，在祖国新文坛上"无数金光灿烂的作品"（张我军）[①] 的启示下，台湾新文学终于开花结果了。

还是新诗最早问世。1924 年 5 月 11 日，《台湾民报》2 卷 8 号上，张我军署名"一郎"发表了白话诗《沉寂》和《对月狂歌》。这两首诗写于北京，是台湾新文学史上第一次被刊载的汉语白话新诗。其中，《沉寂》一诗缘自张我军当时暗恋来自湖北黄陂、同在补习班上课、就读于北京尚义女子师范学院的罗文淑的一份情感。当时，在《台湾民报》上发表的新诗还有张我军的《无情的雨》、《烦恼》、《乱都之恋》（其中 7 首），崇五的《误认》、《旅愁》，杨云萍的《这是什么声?》和杨华的《小诗》。1925 年 12 月在《人人》杂志 2 期上也有新诗发表，

---

① 张我军：《随感录·二十一》，载《台湾民报》3 卷 12 号。

有郑岭秋的《我手早软了》，江肖梅的《唐棣梅》，纵横的《乞孩》和泽生的《思念郎》。1925年年底，台湾还出版了新文学的第一部诗集，即张我军的《乱都之恋》。1927年杨华又在狱中写了《黑潮集》。

当然，成绩最为突出的还是小说。1926年《台湾民报》的新年号发表了赖和的《斗闹热》和杨云萍的《光临》。此外，还有赖和的《一杆称仔》，杨云萍的《兄弟》、《黄昏的蔗园》，张我军的《买彩票》、《白太太的哀史》，天游生的《黄莺》，涵虚的《郑秀才的客厅》等，上述作品也都在《台湾民报》上发表。

戏剧方面，则有各种题材的"文化剧"活跃在群众中，只是剧本不多，《台湾民报》上刊载的也是寥寥无几。当时刊登的剧本，有张梗的独幕剧《屈原》和逃尧的独幕剧《绝裾》。

和祖国大陆一样，新文学作品数量最多的还是散文。其中，政论文、杂文、随感等散文体，随着白话文的推广与普及，显得相当繁荣。其中，文学性较强的散文，有赖和发表在1925年8月87号《台湾民报》上的《无题》，蒋渭水发表在1925年3月的《台湾民报》上的《狱中日记》。

这第一批新文学创作的成果，宣告了台湾新文学的诞生，也为台湾新文学今后的发展奠定了坚实的基础。

这个基础，首先就是，从此，白话文学，也就是"国语的文学"成为台湾文坛的主流，进而主宰了台湾文坛。特别值得注意的是，台湾新文学的先驱者要做到这点，要从日语写作和古文写作转换到现代汉语白话文写作上来，并不容易。

这个基础，也表现在，台湾新文学一起步，就高举着五四新文学的反帝反封建的爱国主义大旗，成为反抗日本帝国主义运动的重要的方面军。

这方面，赖和堪称开风气之先的奠基人。

1909年，16岁的赖和考进台湾医学校，1914年毕业时，为自己立下了两条生活戒律：一辈子都穿中国的民族服装；一直坚持用中文写作。这表现的是一种崇高的民族气节。毕业后，先后在台北、嘉义行医，1916年回彰化开设赖和医院。1919年夏天，赖和前往厦门博爱医院任职。这时，恰逢五四运动发生，新文化运动、新文学浪潮风起云涌，赖和体验到了一个新时代的到来。1920年，赖和辞职返回台湾。1921年，他参与组建台湾文化协会，任理事，开始投身台湾新文化运动。1923 年 12 月 16 日凌晨，台湾殖民当局借口违反所谓的"治安警察法"，突然袭击，逮捕了全台湾抗日爱国志士 40 多人，赖和是其中的一个。出狱后，1924 年年末，当台湾展开新旧文学激烈论战的时候，他坚决站在新文学一边，参加了论战。更重要的是，他和张我军、杨云萍等人一起，以文学创作的实绩宣告了台湾新文学的诞生。他以他卓越的成绩和贡献赢得了"台湾新文学之父"的美誉。

赖和的《一杆称仔》写镇西威丽村靠租田耕作谋生的佃农秦得参一家的故事。秦得参受继父的虐待，受业主、制糖会社的残酷榨取，借了几块钱去卖菜，不料，又祸从天降，巡警寻衅找上了他。他不懂市上的"规矩"，觉得穷人的东西就不该白送给巡警，觉得做官的不可以任意凌辱人民，不仅敢和"买"他生菜的巡警论斤两，而且敢于顶撞巡警，敢于顶撞那和巡警狼狈为奸的法官。结果，他宁愿坐监三天，而不愿交出三块钱的罚款。妻子闻讯，拿着卖取金花的三块钱到监狱里赎回了丈夫。秦得参感到十分痛苦，觉得"人不像个人，畜生，谁愿意做。这是什么世间？活着倒不如死了快活"。元旦，他杀死一个夜巡的警吏后，便自杀了。

赖和是怀着深沉的悲愤写完《一杆称仔》的。赖和通过秦得参的口，对"强权行使"的殖民当局发出了抗议。当秦得参"觉悟"到不能再像"畜生"一样任人宰割的时候，他杀死了警吏。这是自发的个人反抗，却表现了中国人民不可侮的民族精神。

赖和在这里表现的是台湾新文学的一个特殊主题。

日本帝国主义占据台湾时，警察是他们实行殖民统治的重要工具。作为鹰犬，警察还兼有辅助行为的职能，每个警察都对生活在台湾的中国人操有生杀予夺的专制大权。开始，警察全是日本人充任，人们讽刺他们叫"查大人"。1898 年后，日本殖民当局又用一些台湾人充当"巡查补"，这就是"补大人"。"查大人"和"补大人"的专制和残暴，使沦亡的台湾人民深受其害。赖和在《一杆称仔》里揭露和控诉了这些走狗，而且写出了秦得参这样的人民对这些走狗的痛恨和反抗。作者说它是个悲剧，但这悲剧里有着壮烈的美。

这个特殊的文学主题，经赖和表现之后，曾经一再为台湾爱国文学家所表现。直到抗日战争胜利之后，台湾光复，作家们还一再重复写这样的题材，表现这样的主题。助纣为虐的殖民走狗，在人们心中留下的罪孽太深重了。

《斗闹热》是描写台湾的旧风俗习惯的。当时，生活在日本殖民统治下的中国作家们，作为抗日的爱国者，同时又是民主思想的启蒙者，在反对日本殖民者及其爪牙和走狗的斗争中，他们也反对形形色色的亡国奴思想。在台湾现实社会中，眼前封建落后的旧思想旧习俗成了台湾人民的精神枷锁。他们在自己的作品中既揭露日本帝国主义统治者对台湾人民的政治压迫和经济剥削，又鞭挞民族败类、汉奸的丑恶思想，同时也表现了台湾人民的穷困生活以及被封建礼教、旧习俗和迷信思想愚弄的痛苦。《斗闹热》的思想意义就在于此。

当时，参与奠基的，还有杨云萍。

1920 年，杨云萍考取台北中学，读书期间又热切地学习祖国的文化遗产。从好友江梦笔那里读到《小说月报》、《诗》、《东方杂志》等期刊，又使杨云萍如饥似渴地见识了祖国大陆的新文学。1925 年 3 月杨云萍和江梦笔合作创办白话文学的《人人》杂志。前面已介绍过，在这个阵地上，他积极提倡新文化，反对旧文化，促进了台湾新文学运动的发展。

1926 年新年号的《台湾民报》上，杨云萍的小说《光临》和赖和的《斗闹热》同时发表。

杨云萍的《光临》写保正林通灵请客的故事。林通灵以为，伊田警部大人能光临他家，是他的无上光荣，仿佛这 K 庄的人民再也没有比他更有信用，更有势力的了！不料，他费了三块多钱，鱼肉酒菜一大堆，全家不亦乐乎一阵忙碌，全部落空，伊田大人没有赏脸，而是跑到一个叫做陈开三的那里喝喜酒去了。林通灵扫兴极了，懊丧极了。杨云萍以不长的篇幅写他的举止，刻画他丑恶的心灵，活脱脱地描绘了他的一副汉奸嘴脸，有力地批判了民族的败类。

向着日本帝国主义开火，向着汉奸的奴才性开火，向着落后的封建思想开火，这正是台湾新文学一起步就开始的现实主义的战斗传统。

台湾新文学的第一批成果，为台湾新文学的发展奠定了坚实基础，还表现在，它一起步，就十分重视作品的文学性。

杨云萍的《光临》证明了这一点。《光临》全文一千多字，只择取"保正"准备宴客的五个生活片段——他非常兴奋地拿着买到的鱼肉回家；吩咐家人和家工"料理"鱼肉，打扫环境，购买烟酒；点灯出门恭候客人；接不着客人而疑虑；因客人到别家吃喜酒而懊丧，借酒消愁。杨云萍的笔墨真是十分简洁了，但那"保正"林通灵的奴颜婢膝的种种丑态却活灵活现地勾勒出来了。还有，《光临》不仅择取了生活的"横截面"①。而且用了"最经济的文学手段"②生动而形象地"描写事实中最精彩的一段"③。比如第一节，从"形"入手，进而深入到"神"的深处，作品就刻画了一个可耻的汉奸的丑恶形象了。

林通灵巴结、讨好"警部大人"以及受宠若惊，扬扬自得，梦想着往上爬的心愿，都描写得十分逼真。质朴的写实中蕴含着的，正是作者的满腔愤恨。

由上可以看出，张我军、赖和、杨云萍等台湾新文学的先驱者们，已开通了台湾新文学创作的阳光大道，后来者就在这条大道上奋然前行了。

这，就是历史。

这历史，已经无可辩驳地证明了，台湾的新文化运动是在祖国大陆新文化运动直接推动下发生的，台湾的新文学是在祖国大陆五四文学革命的催生下揭开了历史的新的一页的。

就新文学而言，无论是发动革命的思潮，还是排除阻力引导新文学诞生之路的理论，还是为新文学诞生而在组织上、思想上、作家队伍和作品阵地的准备，还是一批证实文学革命成功的新文学作品，都已经表明，台湾岛上，这新文学的脐带和血脉，都是连接着大陆新文学的。说什么"影响微不足道"，说什么"不是从中国来"，而是从"日本殖民者"来的，等等，那都是"台独"派在痴人说梦，或者，它所显示的正是历史的不肖子孙对历史的公然篡改。

（三）关于30年代"台湾乡土文学与台湾话文"的论争

1930—1931年发生的"乡土文学和台湾话文"的论争，是一场新文学如何进一步大众化的讨论。讨论是在新文学阵营内部进行的。双方最后虽然没有取得共识，但共同主张的文艺大众化的思想，确实对台湾新文学的发展产生了重大的影响。"文学台独"论者说什么"台湾话文的提出"，"有标明台湾主体性的意义"④，论争显示了"台湾本身逐渐产生和建立自主性文学的意念"⑤，还说什么"1930—1932年经过

---

①②③　胡适：《论短篇小说》，欧阳哲生编《胡适文集》，又《胡适文存》卷一，北京大学出版社，1998年版

④　游胜冠：《台湾文学本土论的兴起与发展》，台北前卫出版社，1996年7月版。

⑤　叶石涛：《台湾文学史纲》，高雄文学界杂志社，1991年1月版。

乡土文学论争、台湾话文论争，台湾文学的本土论终于形成"①。事实
又是怎样的呢？

如实地描述和阐释台湾"乡土文学与台湾话文"的论争，还要从20
年代初期新旧文学论争说起。当时，愈演愈烈的论争，其实已经开始涉
及"乡土文学"与"台湾话文"这个建设台湾新文学的内容与形式的大
问题。只是，由于当时面对的是要"打倒文言文"、"用白话文代替文言
文"这个紧迫的历史任务，"乡土文学"与"台湾话文"的问题，还没
有提到加以解决的日程上来。

早在1923年，黄呈聪在《论普及白话文的使命》②一文里，就涉
及"台湾话文"了。他说：

> 假如我们同胞里面，要说这个中国的白话和我们的白话
> 是不同的，可以将我们的白话用汉文来做一个特别的白话文，
> 岂不是比中国的白话文更好么？我就说也是好，总是我们用
> 这个固有的白话文，使用的区域太少，只有台湾和厦门、泉
> 州、漳州附近的地方而已，除了台湾以外的地方，不久也要
> 用他们自国的白话文，只留在我们台湾这个小岛，怎样会独
> 立这个文呢？我们台湾不是一个独立的国家，背后没有一个
> 大势力的文字来帮助保存我们的文字，不久便受他方面有势
> 力的文字来打消我们的文字了……所以不如再加多少的工夫，
> 研究中国的白话文，渐渐地接近他，将来就会变做一样……

由这段话可以看出，在台湾，是用祖国通用的白话文，还是将台湾话
"用汉文来作一个特别的白话文"，人们是有不同的考虑的。经过比较，
一是考虑使用区域小，使用人数少。二是考虑该"白话文"所代表的
文化势力以及今后的前途，黄呈聪最后还是确认"不如再加多少的工
夫"，普及祖国通用的白话文。

前已说明，1924年10月，连温卿在《台湾民报》发表了《言语之
社会性质》和《将来之台语》两篇文章，从语言与民族与国家的关系
讨论过"台语"。他说，言语和民族的敌忾心是一样的，言语的社会性

---

① 林瑞明：《台湾文学的本土观察》，允晨文化实业股份有限公司，1996年7月版。
② 李南衡主编：《日据下台湾新文学·明集5·文献资料选集》，明潭出版社，1979年版。

质是：一方面排斥其他民族的言语在世界上的优越地位；另一方面则保护民族的独立精神，极力保护自己的民族语言。他又说，近代的政治思想，是把国家的理念和民族的理念视为同一的，同一民族必须服从同一政治权力之理想，同一民族必须使用同一的言语。因此在德国便有一种说法：德国在哪里，哪里就可以听到德国语。所以，无论什么地方，若有民族问题，必有言语问题。连温卿讲了一个实例：荷兰用国民血汗换来的税金，聘请德国人在荷兰大学用德语讲课。由此一个荷兰博士生警告说，消灭荷兰的不是剑，不是铳炮，而是德语。所以，连温卿认为，以统治者的国语同化被统治者的语言，是殖民地当局的语文政策。联系台湾的实际，反抗统治，抵制同化，就要保存台湾语，进行整理，加以改造。至于如何保存，如何整理与改造，遗憾的是，他的《将来之台语》一文只发表了一半就停笔了。我们没能读到他的意见。

1925 年 8 月 5 日，陈福全还从"言文一致"的角度质疑，他在《台南新报》上发表的《白话文适用于台湾否》一文里就说，台湾300 多万的人口中，懂得官话的人万人难求其一，"如果台湾之为白话者"，"观之不能成文，读之不能成声，其故云何？盖以乡谈土音而杂以官话"。所以，"苟欲白话文之适用于台湾者，非统一言语未由也"。

张我军对此也有意见发表。在 1925 年 8 月 26 日发表在《台湾民报》67 号上的《新文学运动的意义》的下篇里，讲得很明白。他说：

> 还有一部分自诩为彻底的人们说："古文实在不行，我们须用白话，须用我们日常所用的台湾话才好。"这话骤看有道理了，但我要反问一句说："台湾话有没有文字来表现？台湾话有文学的价值没有？台湾话合理不合理？"实在，我们日常所用的话，十分差不多占九分没有相当的文字。那是因为我们的话是土话，是没有文字的下级话，是大多数占了不合理的话啦。所以没有文学的价值，已是无可疑的了。所以我们的新文学运动有带着改造台湾言语的使命。我们欲把我们的土话改成合乎文字的合理的语言。我们欲依傍中国的国语来改造台湾的土语。换句话说，我们欲把台湾人的话统一于中国语，再换句话说，是用我们现在所用的话改成与中国语合

致的。这不过我们有种种不得已的事情，说话时不得不使用台湾之所谓"孔子白"罢了。倘能如此，我们的文化就得以不与中国文化分断，白话文学的基础又能确立，台湾的语言又能改造成合理的，岂不是一举三四得的吗？

显然，张我军的这番话是针对"须用我们日常所用的台湾话"而说的，但反驳无力，其原因在于他说得不尽科学：（1）作为闽南方言的台湾话，它的存在，就是合理的，不能用另一种方言为标准去责难它这不合理那不合理，至于它被使用的区域小，或被使用的人口少，那是历史上政治、经济等诸多社会生活因素形成的，不是"合理""不合理"的根据。（2）作为闽方言中的一支次方言的闽南方言的台湾话，和汉语其他方言，如粤语、吴语等一样，都要经过一个提炼的过程，去粗存精，才能成为有价值的文学语言，在台湾话还处于待提炼的状态的时候，不能轻易地否定它，说它没有文学价值。（3）自秦始皇统一中国以后，全国统一了文字，各个方言区，包括使用闽南方言的台湾地区，都采用了统一的方块汉字。不能以此说，没有某方言的文字就是"下级话"。在方言与方言之间，绝没有上、下之别的，有的只是殖民统治者使用的语言歧视被统治者使用的语言之别。而且，在这里用"下级话"，是不是也反映了作为知识分子的张我军也有一些居高临下的味道。再说，张我军恰恰是以祖国通用的白话文为标准去审视台湾话的，所以，他自觉或不自觉地有了上述不尽科学的说法。

但是，从历史发展的必然趋势，从台湾回归祖国的必然前景，从民族文化的归属，从方言与民族共同语发展的关系来考察，张我军的主张——"台湾人的话统一于中国语"，是正确的。张我军也试图从上述四个方面来论述，只是说得不全面、不透彻罢了。另外，从张我军的论述来看，他确实也感到，祖国通用的白话文与台湾话之间是有距离的，要"言文一致"，又如何办呢？为此，他又专门研究"中国国语文法"，探讨解决的办法。1926 年在台南新报社出版的《中国国语文法》的《序言》里，他说："用汉字写台湾土话的，也未尝不可以称作'白话文'。"这表明，张我军也是在设想缩短这种距离的。

除了张我军在探索，赖和等其他台湾新文学先驱也在探讨这个问题。比如，1926 年 1 月 24 日，赖和在《台湾民报》89 号上发表的《读台日报〈新旧文学之比较〉》一文，就是他思索后的认识。在他看来，"新文学运动"的"标的"，"是在舌头和笔尖的合一"，"是要把说话用文字来表现，再稍加剪裁修整，使其合于文学上的美"。在台湾，中国的白话文，还是不能做到"舌头和笔尖的合一"，势必要从台湾话的实际出发，进一步使言文真正做到合一。又比如，1927 年 6 月，郑坤五在《台湾艺苑》上尝试着用台湾话写作，以"台湾国风"为题，连载民歌，并且首先提出了"乡土文学"的口号。

这一切都表明，台湾新文学运动的发展，已经走向深入，要尝试着解决祖国通用的白话文与台湾口语的矛盾，进一步真正做到"言文一致"了。从这一点看，这也就是"乡土文学与台湾话文"论争发生的内因。

30 年代的这场论争发端是黄石辉的文章。

1930 年 8 月 16 日，《伍人报》第 9 号至第 11 号，连载了黄石辉的《怎样不提倡乡土文学》一文。从文艺大众化的思想出发，黄石辉写道：

> 你是要写会感动激发广大群众的文艺吗？你是要广大群众心理发生和你同样的感觉吗？不要呢。那就没有话说了。如果要的，那么，不管你是支配阶级的代辩者，还是劳苦群众的领导者，你总须以劳苦群众为对象去做文艺，便应该起来提倡乡土文学，应该起来建设乡土文学。

显然，在黄石辉看来，他提倡的"乡土文学"是以"劳苦群众为对象"的，是为劳苦大众服务的，这正是当时建设台湾新文学要解决的问题。要为劳苦大众服务，自然要深入劳苦大众的生活，作为台湾作家，自然要深入到台湾劳苦大众的社会生活，所以，文章又写道：

> 你是台湾人，你头戴台湾天，脚踏台湾地，眼睛所看的是台湾的状况，耳孔所听见的是台湾的消息，时间所历的亦是台湾的经验，嘴里所说的亦是台湾的语言，所以你的那支如椽的健笔，生花的彩笔，亦应该去写台湾的文学了。

那么，写台湾劳苦大众的、为台湾劳苦大众服务的"乡土文学"，采用什么语言呢？文言文，他认为是代表旧贵族的，不能用；正在倡导的白话文，"完全以有学识的人们为对象"，与劳苦大众的口语也有相当大的距离，也不能用；于是，黄石辉就倡导：

> 用台湾话做文，用台湾话做诗，用台湾话做小说，用台湾话做歌谣，描写台湾的事物……

这样的倡导，可以说，和当时大陆瞿秋白、鲁迅等人正在倡导的"大众语"不谋而合了。其结果，也就"使文学家趋向于写实的路上跑"了。

此外，用台湾话写成各种文艺，黄石辉认为，要排除用台湾话说不来的或台湾用不着的语言，要增加台湾的特有的土语，如国语的"我们"，在台湾有时用作"咱"，有时用作"阮"。他又主张，"无论什么字，有必要时便读土音"，也就是增加台湾读音。

黄石辉的这篇文章，限于《伍人报》极少的发行量，又因杂志不久被禁，没有刊完，影响有限。即使这样，"却亦曾引起许多人的注意"，"有许多有心人"写信给他"追问详细"，还有几个人找他当面讨论。[①]

一年后，郭秋生站出来响应了。1931 年 7 月 7 日起，郭秋生在《台湾新闻》发表了《建设"台湾话文"一提案》的长文，约 27000 字，连载了 33 回。归纳起来，文章讲了三个问题：

1. 为什么要用"台湾话文"?

郭秋生从日据台湾后，日本人和台湾人所受教育的差别谈起。"台湾人要哪里去呢？出外留学没有能力，在地糊涂了 6 个年头，公学校没有路（录）用，结局台湾人不外是现代知识的绝缘者。不止！连保障自己最低生活的字墨算都配不得了。"于是，台湾患了"文盲症"。为医治这种"文盲症"，用日文吧，郭秋生坚决反对，为的是抵制同化；用汉语文言文呢，10 年之前就反对了；用汉语的白话文也不行，仍然不能做到"言文一致"。郭秋生说，即使用双重功夫去学习汉语的话文，也不能解决台湾语（口语）与汉语白话文（书面语）的距离，自然也就不能解决台湾的文盲症。因此，郭秋生主张"台湾话的文字化"。

---

① 黄石辉:《再谈乡土文学》，1931 年 7 月 24 日《台湾新闻》。

2. 什么叫"台湾话文"？

什么叫"台湾话文"？郭秋生明确地指出，就是"台湾话的文字化"。他认为，这"台湾话文"就是台湾语的书面语言，它的优点是：比较容易学；可以随学随写；较容易发挥其独创性，读者较易了解。总之，每一时代都自有特色，如果没有直接记录该言语的文字，则不能充分地表示意思。

3. 用哪一种文字记录台湾语？

当时，蔡培火等人正在提倡罗马字。早在1922年9月8日《台湾》3卷6号就发表了蔡培火用日文写的《新台湾的建设与罗马字》一文，提出了罗马字的应用问题。1927年1月2日，《台湾民报》又发表了他的另一篇文章《我在文化运动所定的目标》，公开提倡罗马字式台湾白话字。在他看来，台湾话的"欠点"是，"台湾话不能用汉字记写得很多，所以台湾话是仅仅可以口述，而不可以书写的"，如果能够克服这个"欠点"，"台湾的文化运动，就可以一泻千里"。那么，"有什么可以解救台湾话这个欠点"呢？他说："那单单二十四个的罗马字，就可以充分代咱做成这个大工作。唉哟！这小小二十四个的罗马字，在我台湾现在的文化运动上，老实是胜过24万的天兵呵。"实际上，蔡培火的主张只在一部分台湾基督教徒中流行，并未成事。失败的主要原因，是当时从事文化运动的知识分子，均怀有强烈的民族思想，对于非我族类的文字心生排斥。

同样，郭秋生也坚决反对蔡培火的意见。他说：

> 台湾语尽可有直接记号的文字。而且这记号的文字，又纯然不出汉字一步，虽然超出文言文体系的方言的地位，又超出白话文（中华国语文）体系的方言的位置，但却不失为汉字体系的较鲜明一点方言的地方色而已的文字。

他还说，"台湾既然有固有的汉字"，"任是怎样没有气息，也依旧是汉民族言语的记号"，"台湾人不得放弃固有文字的汉字"。这就是说，要以现行的汉字为工具来创造台湾语的书面语言"台湾话文"，而这"台湾话文"正是汉字体系中有鲜明地方色彩的文字。

郭秋生的这个主张，有着深刻的含意。这就是：如果采用汉字，台湾话文最终将和祖国通行的白话文融为一体。这一点，负人（庄垂胜）在 1932 年 2 月 1 日《南音》1 卷 3 号发表的《台湾话文杂驳三》一文中，讲得再清楚不过了。他说：

> 如果台湾话有一半是中国话，台湾话文又不能离开中国话文，那么台湾话文当然给中国人看得懂，中国话文给台湾大众岂不是也是懂得看了吗？如果台湾话是中国的方言，台湾话文又当真能够发达下去的话，还能够有一些文学的台湾话，可以拿去贡献于中国国语文的大成，略尽其"方言的使命"。如果中国话文给台湾大众也看得懂，幼稚的台湾话便不能不尽量吸收中国话以充实其内容，而承其"历史的任务"。这样一来，台湾话文和中国话文岂不是要渐渐融化起来。

在创造"台湾话文"的方法上，郭秋生以为，一方面考据语源，找出适用的文字；另一方面则是利用六书法则，形声、会意、假借等来创造新字。具体的原则，郭秋生提出了五点：（1）首先考据该言语有无完全一致的汉字；（2）如义同音稍异，应届语言而就正于字音；（3）如义同音大异，除既有的成语（如风雨）"呼"字音外，其他应"呼"语言（如落雨）；（4）如字音和语音相同，字义和语义不同，或字义和语义亦同，但惯行上易招误解者，均不适用；（5）要补救这些缺憾，应创造新字以就话。

同年 7 月 24 日，黄石辉在《台湾新闻》上发表《再谈乡土文学》一文，呼应了郭秋生的主张。文章的要点是：（1）进一步指明"乡土文学"和"台湾话文"的关系，"乡土文学是代表说话的，而一地方有一地方的话，所以要乡土文学"。"因为我们所写的是要给我们最亲近的人看的，不是要特别给远方的人看的，所以要用我们最亲近的语言事物，就是要台湾话描写台湾的事物。"（2）为了不使台湾和祖国的交流断绝，不要用表音文字而用汉字。用汉字也尽量采用和祖国通行的白话文有共同性的，台湾独特的用法要压到最低限度。这样，会看台湾话文的人能通晓祖国的白话文，大陆的人也能读懂台湾的话文。他说："台湾话虽然只通行台湾，其实和中国是有连带关系的，如我们以口说的话，他省人固然不懂，但写成文字，他省人是不会不懂的。"（3）用了几乎一半的篇幅，讨论怎样表记台湾语的具体的技术问题。比如文字问题，无字可用的，尽量"采用代字"，然后再考虑"另做新字"。又如，主张删除无字可用的话，即无必要的话。还如，读音上，"要采用字义来读音"，等等。黄石辉还建议，组织乡土文学研究会，商讨有关的问题。

同年 8 月 29 日，郭秋生在《台湾新民报》第 379～380 号上发表了《建设台湾话文》一文，具体地论述了如何建设台湾话文。他说：

> 然而目前这种基础的打建要怎样作去才有实质的效力？我想，打建的地点的确要找文盲层这所素地啦！……
>
> 然而这种理想，在哪一处可见呢？歌谣啦！尤其是现在所流行的民歌啦！所以我想把既成的歌谣及现在流行的民歌（所谓俗歌）整理，为其第一有功效的。……我知道这些民歌的蔓延力，有胜过什么诗、书、文存、集等等几万倍。……
>
> 所以吾辈说，当前的工作，先要把歌谣及民歌照吾辈所定的原则整理，而后再归还"环境不惠"的大多数的兄弟，于是路旁演说的卖药兄弟的确会做先生，看牛兄弟也自然会做起传道师传播直去，所有的文盲兄弟姐妹工余的闲暇尽可慰安，也尽可识字，也尽可做起家庭教师。

由此可见，在郭秋生看来，建设"台湾话文"的关键是深入工农劳苦大众，即"扩建的地点的确要找文盲层这所素地"。其切入点，是按照一定的原则，去整理活在人民大众口头上的民歌民谣。于是，整理后的民歌民谣就成为第一批"台湾话文"的标本，返回到人民大众中，看牛的、卖药的以及所有的文盲兄弟姐妹，都能很快地读懂它们，"文盲症"就可以获得治疗。同年 11 月，郭秋生在《台湾新民报》第 389～390 号上，又发表了另一篇文章《读黄纯青先生的〈台湾话改造论〉》，就台湾话的改造、言文一致、统一读音、讲究语法、整理言语等方面的问题，继续说明了他的观点。

到了 1932 年 1 月 1 日，《南音》杂志创刊，郭秋生就开辟了"台湾白话文尝试栏"，除了发表整理后的民歌民谣、谜语、故事外，还发表若干台湾话文的散文随笔试作，希望能进一步实践。

黄石辉、郭秋生的文章发表后，引发了台湾文坛诸多人士的思考。《台湾新闻》、《台湾新民报》、《南瀛新报》、《昭和新报》等报刊上都展开了不同意见的论争。论争中，赞同黄石辉、郭秋生意见的有郑坤

五、庄垂胜、黄纯青、李献璋、黄春成、擎云、赖和、叶荣钟等人，反对黄石辉、郭秋生意见的有廖毓文、林克夫、朱点人、赖明弘、林越峰等人。

1931 年 8 月 1 日，廖毓文在《昭和新报》上发表《给黄石辉先生——乡土文学的吟味》一文。这是反驳的第一篇公开发表的文章。在"乡土文学"的含义上，廖毓文提出了疑问。他说，从文学史上考察，"乡土文学首倡于 19 世纪末叶的德国 F·Lonhard"。"他们给它叫做 heimathunst（乡土艺术），最大的目标，是在描写乡土特殊的自然风俗和表现乡土的感情思想，事实就是今日的田园文学。""因为它的内容，过于泛渺，没有时代性，又没有阶级性"，所以"到今日完全的声销迹绝了"。廖毓文的言外之意是说，黄石辉、郭秋生两人提倡的"乡土文学"内涵模糊，有田园文学的倾向。由此，他质问黄石辉："一地方要一地方的文学，台湾五州，中国十八省别，也要如数的乡土文学么？"可见，廖毓文是从文学的地方特色这一面，去理解黄石辉、郭秋生提倡的"乡土文学"的内涵的。基于这样的理解，廖毓文认为，今日提倡的"乡土文学"，就是"以历史必然性的社会价值为目的的文学——所谓布尔什维克的普罗文学"。看起来，廖毓文是在反驳黄石辉，实际上，他是在进一步为黄石辉倡导的"乡土文学"给予更明确的诠释，指"乡土文学"的核心是文艺大众化的问题。

林克夫发表在 1931 年 8 月 15 日《台湾新民报》377 号上的《乡土文学的检讨——黄石辉君的高论》一文，则从台湾血缘、文化的归属出发，认为：

> 台湾何必这样的苦心，来造出一种专使台湾人懂得的文学呢？若是能普遍的来学中国白话文，而用中国白话文也得使中国人会懂，岂不是较好的么？因为台湾和中国直接间接有很密切的关系，所以我希望台湾人个个学中国文，更去学中国话，而用中国白话文来写文学。

林克夫还说：

> 若能够把中国的白话文来普及于台湾社会，使大众也懂得中国话，中国人也能理解台湾文学，岂不是两全其美。

朱点人在1931年8月29日发表在《昭和新报》上的《检一检"乡土文学"》一文，也呼应了林克夫，提出了和黄石辉、郭秋生针锋相对的观点，论辩了乡土文学与台湾话文的是非。

归纳起来，廖毓文、林克夫、朱点人等人加以反对，共同的认识是在于：台湾话粗糙，不足为文学的利器；台湾话分歧不一（闽粤相殊，各地有别），无所适从；台湾话文大陆人看不懂。究其深层的文化意识，则不难理解，反对者都是站在台湾与中国一体的立场上来看问题的。他们认为，以台湾话创作乡土文学缺乏普遍性，片面地强调语言形式与题材内涵的本土化，势必会妨碍台湾与祖国大陆的文化交流。他们显然是延续了张我军的观点，认为，无论是从民族、从文化还是从语言、从文学来看，台湾都永远是中国的一部分。

这场论争往后发展，主张台湾话文的一派里，内部也有了论争，其焦点，则是台湾话有音无字的现象所衍生的新字问题。

在论争中，叶荣钟提出了"第三文学"论。叶荣钟当时就这一话题在《南音》杂志上发表的相关文字有四篇，即1932年1月17日1卷2号"卷头语"《"大众文艺"待望》，2月1日1卷3号"卷头语"《前辈的使命》，5月25日1卷8号"卷头语"《"第三文学"提倡》，7月25日1卷9、10合并号上的《再论第三文学》。叶荣钟主张"把民族的契机从'中国'之大，反过来抓'台湾'之大"，待望以"台湾的风土，人情，历史，时代做背景的有趣而且有益的"、"台湾自身的大众文艺"的产生。他所谓的"第三文学"，是立足于台湾"全集团的特性"，在贵族文学与普罗文学之外，描写"现在的台湾人全体共同的生活，感情，要求和解放的"台湾文学，即"超越在阶级意识之上"的台湾"共通的生活状态的生活意识"的文学，偏重在中国文学中台湾地域文化特色的追求。

这场论争，持续了两年多的时间。在当时的条件下，这样的论争自然是不会有结果的，甚至于，达成共识也是不可能的。

回顾这场论争，我们可以得出这样的结论：

第一，这次论争是台湾新文学运动发展的继续，是新文学运动中语文改革的继续。

大家知道，五四文学革命，打倒旧文学，建设新文学，首先就是突破旧的语言形式文言文的束缚，以白话文代替了文言文的。当白话文取得胜利，通行于文坛的时候，新的矛盾又出现了。这就是通行的白话文还是由少数知识层运用、通晓的一种书面语言，与中国广大的人民大众所运用的口语，以及其中包含的方言、土语，有相当大的距离。既然新文学运动要解决的中心问题是为什么人的问题，新文学运动要向前发展，要真正做到为人民大众服务，就必须解决这个新的矛盾。于是，30年代，以上海文坛为中心，展开了"大众文、大众语"的讨论。同样，在台湾，新文学运动的进一步发展，也碰到了和内地一样的问题。白话文虽然主宰了台湾文坛，"言文一致"却并未获得真正的解决，而且，台湾处于日本帝国主义的残酷统治下，与祖国大陆处于隔离状态，这种矛盾更加突现了出来。难怪在论争中，黄石辉会申辩说：

> 台湾是一个别有天地，在政治的关系上，不能用中国话来支配，在民族的关系上，不能用日本的普通话来支配，所以主张适应台湾的实际生活，建设台湾独立的文化。

很明显，这里说的"台湾独立的文化"，并不是被后来"台独"分子诠释的那种分离于祖国的文化"台独"，而是符合台湾实际的文化。郭秋生也一再表白自己的心境说：

> 我极爱中国的白话文，其实我何尝一日离却中国的白话文？但是我不能满足中国的白话文，也其实是时代不许满足的中国白话文使我用啦！既言文一致为白话文的理想，自然是不拒绝地方文学的方言的特色。那么台湾文学在中国白话文体的位置，在理论上应是和中国一个地方的位置同等，然而实质上现在的台湾，要想同中国一地方，做同样白话文体系的方言位置，做得成吗？

因此，我们可以说，这次论争是新文学发展过程中不可避免的一个事件，从这个意义上说，这场论争的性质，乃是新文学阵营内部的一场探讨性的集体研究。

第二，这次论争又是"普罗"文学、文艺大众化思潮的一种必然反应。30年代前后，从苏联开始，席卷世界各地区的左翼文学及其文艺大众化思潮，通过日本共产党，或者说，更主要的是受到大陆"左联"的影响，台湾新文学中的左派人士，也紧随其后地做了起来。所以说，"乡土文学"的本质，就是文艺大众化的思想，这与新文学建设的中心问题又是一致的，相吻合的。当我们知道，黄石辉被当年台湾文坛称为"普罗文学之巨星"时，我们就不会奇怪，在这场论争中，为什么是他打响了第一枪。

第三，论争双方的分歧点，主要在解决新的矛盾的办法上，或者说，采取什么途径来解决新出现的问题上。当时，在大陆，在台湾，同样地都提出了两种方案，而且方案的内容几乎也是一样的。

一种方案是两步走的方案。在大陆，首先提出这种方案的是鲁迅，他首先认同了瞿秋白的看法，这就是，在现今的社会交往中已经有了一种"大众语"。在1934年8月24日至9月10日的《申报·自由谈》上发表的《门外文谈》一文里，他说："现在在码头上，公共机关中，大学校里，确有一种好像普通话模样的东西，大家说话，既非'国语'，又不是京话，各个带着乡音、乡调，却又不是方言，即使说的吃力，听的也吃力，然而总归说得出，听得懂。如果加以整理，帮它发达，也是大众语中的一支，说不定将来还简直是主力。我说要在方言里'加入新的去'，那'新的'来源就在这地方。待到这一种出于自然，又加人工的话一普遍，我们的大众语文就算大致统一了。"在这里，鲁迅提出了帮助大众语"发达"的途径，这就是："启蒙时候用方言，但一面又要渐渐地加入普通的语法和词汇去。先用固有的，是一地方的语文的大众化，加入新的去，是全国的语文的大众化。""加入新的去"，这"新的"正是自然形成的普通话、国语。

黄石辉、郭秋生的意见，正是这种两步走的办法。第一步，以闽南方言的台湾语为基础，提炼加工为台湾话文。但是，在创造台湾语的书面语言——台湾话文的时候，他们坚持（1）采用汉字；（2）没有汉字能表达的，尽力找汉字中可以代替的字；（3）实在无法，就按照创立汉字的六书法则，形声、会意、假借等创造新字。其结果，大陆人、台湾人逐渐地都能看懂，自然而然地进入到第二步，即全国通行的书面语言。应该看到，黄石辉、郭秋生两人坚持用汉字的方案，就预示了"台湾话文"的走向。这也说明，他们追求的是台湾语与台湾话文——最终汇入到鲁迅所说的中国的新的书面语言中去。

另一种方案，即前述林克夫等人的意见，就是"一步到位"式的屈语就文的方案。

实际上，这两种方案是殊途同归的。

第四，评说这次论争，要尊重史实，尊重由史实体现出的思想与主张，切勿以今人的某些主观理念去诠释它，甚至为我所用地断章取义，去歪曲它。从前面的论述，可以看出，黄石辉、郭秋生强调的文艺大众化，看重的是联系台湾的实际，突出的是写实主义，正如大陆吴语地区要联系吴方言的实际、粤语地区要联系粤方言的实际一样，并没有显示出所谓的台湾的"自主性"文学的意念，其文化归属还是明确的。

（四）关于1947—1949年发生在《桥》副刊上的建设"台湾新文学"的论争

1947年2月末，台湾爆发了震惊世人的"二二八"事件。3月初，起义被国民党当局残酷镇压。顿时，全岛陷入白色恐怖之中。就在这一年的夏天，毕业于上海复旦大学新闻系的江西人史习枚，从上海来到台湾，8月1日接任《新生报》副刊主编，并将副刊改名为《桥》，自己以"歌雷"为笔名活跃在台湾文坛上。

从1947年11月到1949年3月，在歌雷主持下，《新生报》副刊《桥》上，进行了一场关于台湾文学问题的热烈论争，计有杨逵、骆驼英等26人共41篇论文，另有相关的文章9篇发表。现在，这些珍贵的史料，已由陈映真、曾健民辑集为《人间思想与创作丛刊》增刊，于1999年9月在台湾人间出版社出版。

这场争论，涉及了哪些问题？

论争的开篇之作是欧阳明的《台湾新文学的建设》一文，他提出了五方面的问题，并阐述了自己的看法。这就是：

第一，台湾新文学的源流归属。欧阳明说："台湾文学始终是中国文学的一个战斗分支，过去50年来事实证明是如此，现在、将来也是如此。""台湾各方面的建设无论军事国防政治经济文化教育也是新中国建设的一部分，绝不可以以任何借口粉饰而片面分离，台湾新文学的建设问题也是如此。""台湾新文学的建设的问题根本就是祖国新文学运动问题中的一个问题，建设台湾新文学，也即是建设中国新文学的一部分。"

第二，台湾新文学的历史。欧阳明认为，台湾文学适应台湾人民抗日斗争的需要，创造出新内容新形式新风格的台湾新文学，"台湾反日民族解放运动使台湾文学急骤地走上了崭新的道路"。所以，赖和、朱点人、蔡愁桐、杨逵、吕赫若等人创作的文学作品，才是台湾新文学的主流，绝不是所谓日据时期在台的日本作家的殖民统治者文学。

第三，台湾新文学的性质和方向。欧阳明认定，台湾新文学的目标，是"继承民族解放革命的传统，完成'五四'新文学运动未竟的主题：'民主与科学'"，而"这目标正与中国革命的历史任务不谋而合地取得一致"。所以，在"人民世纪"的今天，就是"让新的文学走向人民"，创造出"人民所需要的'战斗内容'、'民族风格'、'民族形式'"的"人民大众"的文学。——这是"中国新文学运动的路线"，也是"作为中国新文学运动的一环的台湾新文学建设的方向"。

第四，台湾新文学的语言。欧阳明支持赖明弘用白话文写作的主张，反对黄石辉、郭秋生用台湾方言创作的意见。这是因为：（1）台湾语是中国地方方言之一，如果创设了另一种台湾语文，势必阻碍台湾与祖国思想文化的交流，彼此"越是隔阂"。（2）台湾本来就没有特殊文字，所以提倡白话文，对统一文字有相当大的贡献。当然，在创作时，可以插入一些台湾方言、俗话，以表现文学的乡土气息。文章中，欧阳明引用了赖明弘《台湾文学今后的前进目标》一文的一段话："台湾的文化终不可与中国的文化分离，台湾的民族精神必须经由文学上的联络与祖国的民族精神密切联系在一起。台湾亦由此可以排击日本奴化的政策"来"共同展开对日的民族斗争"。欧阳明确认，"这是一种历史远大的意愿"。

第五，在台湾的省内外作家的团结问题。欧阳明在文章的结尾呼吁："台湾的文学工作者与祖国新文学斗士通力合作，互相勉励，集中眼光朝着一个正确的目标，深入社会，与人民贴近，呼吸在一起，喊出一个声音，继承民族解放革命的传统，完成'五四'新文学运动未竟的主题：'民主与科学'。"

这以后，可以说，直到1949年3月的讨论，都是围绕着这些问题展开的，只是更为具体、更加深入了。其间，关于五四运动的评价、写实主义和浪漫主义、台湾民众在日据时期所受"奴化教育"的评价等问题，都有过热烈的争论。不幸的是，正当这场论争热烈、广泛地进行的时候，1949年4月6日凌晨，国民党反动当局在台北进行大逮捕。反动军警一路去了台大宿舍、师院宿舍。台大学生、参与这场讨论的孙达人、何无感（张光直）被蒙上双眼逮捕下狱。另一路，按黑名单逮捕社会人士，歌雷等人落难。另外，在这场争论中起主导作用，并热心支持当时台大和师院学生进步文化运动、发表了鲜明的民主改革主张和反"台独"、反托管的作家杨逵也同时被捕下狱。风云突变，"《桥》塌陷了"，一场有关台湾文学的争论被迫降下帷幕。

纵观争论的全过程，至少在五个问题上，人们取得了共识。这就是：

第一，台湾新文学的属性。讨论中，"有的因为过于强调了台湾文学的'特殊性'，而忽略了'全体性'。有的因为过于强调了'全体性'而忽略了'特殊性'，这都是一种偏见，是错误的"。"正确地说：'全体性'与'特殊性'都是相互不用分离的东西，都有互相联系的紧密关系，这两个东西，倘若这个离开了那个，必然的社会变成了残废。台湾文学的'特殊性'需要放在这个'全体性'上面才是。这是一个事物的'两面性'。"那么，台湾新文学的"全体性"，也就是其属性，是什么呢？"毫无疑义，台湾是中国的。台湾新文学就是整个中国新文学的一部分，台湾新文学运动也就是整个中国新文学运动的一环。""中国新文学是'反帝反封建'的文学，是'人民'的文学。当然，台湾的新文学，也就是这样性质的文学。"①

第二，台湾新文学的历史。讨论中，许多文章充分地评价了台湾人民以及台湾文学的爱国主义传统，台湾新文学卓越的文学成就。杨逵、萧狄批评了少数省外作家的"优越感"，过低评价了台湾新文学在思想和审美上的成就。

第三，台湾新文学的路线和方向。讨论中，一致同意欧阳明的意见，将"人民的文学"规范为台湾新文学建设的方向。

第四，台湾新文学的语言问题。多数人反对创作台湾方言体文学，要学习国语，推广白话文，与祖国新文学一体，创作出人民的大众的文学。

第五，文艺工作者的团结问题。面对国民党当局的暴政，面对建设台湾新文学的艰巨任务，争论中，绝大多数人都认识到在台湾的文艺工作者团结的重要性。为了加强团结，必须做到：（1）如同萧狄《了解、生根、合作》一文所说，少数大陆来台湾的文艺工作者，必须

---

① 吴阿文（周青）：《略论台湾新文学建设诸问题》，载《人间思想与创作丛刊》增刊，台湾人间出版社，1999年9月版。

"排除""特殊优越感",否则"将是一个很大的阻力"。（2）如同杨逵《"台湾文学"问答》一文所说，促进团结的有效方法是"切实的文化交流"，在交流中彼此"都能够推诚相见"、"推诚相爱"，只有在这样的合作基础上，才能通力合作填平"澎湖沟"。

如今，距离那场争论，52年过去了。52后的今天，我们看那场争论，对它的历史价值与现实意义有了更深切的认识。论争中获得的那些共识，实在是为台湾新文学的发展规定了正确的方向、路线和策略，在文学创作方法上、文学语言上，也从台湾文学实际出发，提出了可供遵循的基本原则。应该说，直到今天，这些共识仍然对台湾当代文学发展具有指导意义。

游胜冠写了一本《台湾文学本土论的兴起和发展》的书，其中，第三章第三部分《建设台湾的还是中国的台湾文学论战》竟然对这场论争下了这样的结论："濑南人与杨逵的论点将台湾文学的本质与未来发展作了清晰的描述，是战后台湾文学本土论的完整呈现。""从这场台湾文学论战，所看到的其实是'二二八'事件后，乃至战后迄今，台湾人调整'中国'在台湾的地位的进程。""战后，台湾人接纳祖国，甚至将祖国放在台湾的上位，这是显而易见的事实，然而，尽管如此，事实上日据时代台湾立场仍被保留下来，所以台湾作家一面强调台湾对祖国的属性，一面其实也对自己不同于中国的自我特性有高度的自觉。在两岸文学的统合过程中，台湾作家或基于民族感情，或慑于压迫性政权的到来，先是将中国放在台湾的上位，视台湾文学为中国文学的一环，立论台湾文学的去路。然而，也因为台湾作家对台湾文学的自我特性保持着高度自觉与自尊，与大陆作家对台湾文学的历史持着无知的蔑视，以政治关系独断地指挥台湾文学的未来走向，台湾作家的台湾文学视野便和大陆作家带来的中国文学视野起了冲突，台湾作家遂调整中国文学本来被安置在台湾文学上的地位，突出一直保留着、自我压抑的台湾文学视野，将台湾文学放在与中国文学对等的地位。"

这是在歪曲历史。显然，游胜冠是以歪曲杨逵、濑南人意见的办法，来达到他"诠释""文学台独"理念的目的的。

事实又是怎样呢？我们看到杨逵先后在《桥》副刊上发表了2篇文章，即：1948年3月29日的《如何建立台湾新文学》，6月25日的《"台湾文学"问答》，又在《中华日报》副刊《海风》上发表了一篇

《现实教我们需要一次嚷》，还有两次发言记录稿《作者应到人民中间去观察 本省与外省作者应当加强联系与合作》、《过去台湾文学运动的回顾——在日本统治下的台湾文学未曾脱离我们民族的观点，在思想上是以"反帝国主义反封建与科学民主"为其主流》。濑南人的文章是 1948 年 6 月 23 日《桥》副刊上的《评钱歌川、陈大禹对台湾新文学运动意见》。

杨逵、濑南人就四个问题，发表了他们的看法。

第一，"重整旗鼓"，建设台湾的新文学。

杨逵首先指出当时台湾文学界的现状："我们目前濒于饥饿，特别是精神上的饥饿，这就因为台湾文艺界不哭不叫，陷于死样的静寂，如果这样的状态再继续下去，我们除掉死灭之外是没有第二条路的。"形成台湾文艺界这种"不哭不叫"的"静寂"的原因，他以为是：其一，"政治条件与政治的变动，致使作者感着不安威胁与恐惧。写作空间受到限制"。但是，他认为，这不是主要的。回顾历史，在日本帝国主义统治之下，"许多先辈为走向地狱与监狱大声呐喊，也有许多先辈因此而真的下狱"，即使是这样，台湾文学也"曾担任着民族解放斗争的任务"。所以，他说："我们不可否认的有一个共同的毛病，即在遇到困难时只看到客观的条件，很少过虑到主观的条件，这一点，今天我们要反省了。我们不要逃避责任，坦白说眼前主观的弱点，是不是我们太消极了？是不是我们太缺乏信心？本来，为要适应一个新的环境而开创我们的新文学运动，当然是困难重重的，然而只要大家把握信心开步走，在共策共勉之下，路还是走得通的。"这是其二。其三，"很多的外省作者在台湾的生活还没有生根，台湾的作者又消沉可怜。以致坐在书房里榨脑汁的文章占大部分。为打开这僵局，我希望各作者到人民中间去，对现实多一点的考察，与人民多一点的接触，本省作者与外省作者应当加强联系与合作"。其四，是在语言上。"10 多年来不允使用被禁绝的中文，今日与我们生疏起来了，以中文就很难充分表达我们的意思了。"杨逵又欣喜地说："这回《桥》主编歌雷先生给我们聚聚谈谈的机会，造成文艺工作者合作的机会，再而为本省作家设法翻译与删改的便宜，这些办法都很可能扫除台湾文艺界消沉之风，希望全省振奋合作，痛痛快快写出我们的心思与人民的苦闷。"于是，杨逵在《如何建立台湾新文学》一文中，反复说：

我们确也想到重整旗鼓，以便"在祖国新文学领域里开出台湾新文学的一朵灿烂的花！"的。

正如范泉先生在光复当初所说："现在的台湾文学，则已进入建设时期的开端，台湾文学站在中国文学的一个部位里，尽它最大的努力，发挥了中国文学的固有传统，从而建立新时代和新社会所需要的，属于中国文学的台湾文学。"①

我由衷地向爱国忧民的工作同仁呼喊，消灭省内外的隔阂，共同来再建，为中国新文学运动之一环的台湾新文学。

由此看来，杨逵是用中国视野去观察、思考台湾新文学的，杨逵认同的台湾意识与认同的中国意识，是互相重叠的，融为一体的。在杨逵这里，分不清哪些是认同台湾的意识，哪些是认同中国的意识，作为中国台湾省人，两者融为一体是天经地义的事。然而，游胜冠一开头，就用"台独"的主观理念，把参加这场论争的人，硬分为"中国意识由中国政权与大陆人士直接带入与支持"的和"怀抱本土意识的台湾文学工作者"，而且说"因认同意识不同"，发生了"论辩"。可见游胜冠歪曲杨逵原意，是人为地在台湾新文学历史上制造分裂。

第二，关于台湾新文学的历史。杨逵的看法是：

在日本帝国主义统治之下，我们是有着新文学运动的历史的……那时候文学却曾担任着民族解放斗争的任务的，它在唤醒台湾人民的民族意识上，确实有过一番成就，也有它不可减的业绩。那些团体、那些刊物，那些担当这重任的角色，真够我们留恋……

在日本帝国主义统治下，台湾文学的发端约在二十多年前，就是第一次世界大战方才结束，民族自决的风潮遍满世界的时候，台湾新文学运动受这种风潮的影响与激动当然是

---

① 范泉，曾任上海《文艺春秋》主编。1946 年元月号大陆刊行的《新文学》发表了范泉的《论台湾文学》，欧阳明、赖明弘、杨逵均引用了范泉此文中的这段话。

很大的，而五四运动的影响也不算小。因此在其表现上所追求的是浅白的大众的形式，而在思想上所标榜的即是"反帝与反封建""民主与科学"。当时为这运动发出先声的是东京留学生组织的《台湾青年》。这《台湾青年》发展到《台湾民报》再发展到《台湾新民报》日刊是台湾人经营的惟一日刊报纸。两个台湾新文学开拓者林幼春先生是《台湾民报》第一代社长，赖和先生当选《台湾民报》副刊主编。此后很多的文艺刊物就前仆后继的出现了。《人人》、《南音》、《晓钟》、《先发部队》、《第一线》、《台湾文艺》、《台湾新文学》等可以说是第一期，就是七七以前刊出的，这时期的特征是以中文或是中日文合编的。但自《台湾新文学》1936年12月中文小说特辑号被查禁而停刊以后，中文在台湾文艺界就不再容许存在了。

第二个时期是在抗战中以《台湾艺术》、《台湾文艺》等极力拉拢台湾作家，也经常发现台湾作家的作品，当然中文作品是完完全全的被排除了。所以这时期的特征可说是完全的日文，但在思想上，台湾作家却未曾完全忘却了"反帝反封建与科学民主"的大主题。虽有些例外，但台湾新文学的主流却未曾脱离我们的民族观点。

文学在台湾曾有相当成就与遗产，虽在日本的统治时期，台湾文学的主流都是反帝反封建的，在民族观点上都表现着向心性的。

由此，可以看出，在回顾、评价台湾新文学历史的时候，杨逵"留恋"的，看重的传统有两点：

一是，"反帝反封建与科学民主"的精神，这也是五四文学革命的精神。即使在台湾全面禁止使用中文的特殊时期，台湾作家不得不用日文创作的时候，也未曾忘却这个"大主题"。杨逵说"虽有些例外"，正是指的这个意思。

二是，中华民族意识。杨逵反复强调台湾新文学"担任着民族解放斗争的任务"，"未曾脱离我们的民族观点"，"在民族观点上都表现着向心性的"，显然，这民族，正是杨逵心目中的中华民族。

可见，游胜冠口口声声说的"本土"、"自主"等等，均与杨逵无关。

第三，台湾新文学的属性。

关于台湾新文学的属性问题，在本质上是台湾文学与中国文学的关系问题。由此在《"台湾文学"问答》一文里，杨逵深入地谈了两个问题。

（1）"台湾文学"、"台湾新文学"称谓的理由。

1948年6月14日，台湾各报都刊载了中央社的报道，表达了钱歌川的一种看法。钱歌川认为"台湾文学"、"台湾新文学"的称谓"略有语病"。"文学之以地域分如南欧文学北欧文学"的原因，都是"以民族气质相异，语言及生活观念又相同，而影响其作风"。既然同属中国文学，"语言统一与思想感情又复相通"，"而谈建设台湾文学某省文学"，实无必要。对这个意见，多数人都不同意。那么，"台湾文学"这个名字是不是说得通？杨逵的回答是肯定的："是通而且需要。""台湾文学"是不是有语病？回答也很干脆："没有什么语病。"既然"语文统一与思想感情又复相通之国内，而谈建设台湾文学某省文学，实难树立其目标"，为什么还要有"台湾文学"的称谓呢？杨逵说：

而独在台湾却有需要，是因为台湾有其特殊性的缘故。

这"特殊性"，在杨逵看来，表现在两个方面：

其一，台湾文学的地方色彩。"即如钱歌川所说：'日本控制台湾半世纪来，文学运动早已停摆，吾人同宜戮力耕耘此一荒芜地带，以图重新积极而广泛展开是项运动，又于推行是项运动时，鼓励于创作中刻画地方色彩及运动适当方言自无不可'。"

其二，有条"隔阂的沟"。"其实在台湾其特殊性岂只有此呢？自郑成功据台湾及满清以来，台湾与国内的分离是多么久，在日本控制下，台湾的自然、政治、经济、社会教育等在生活上的环境改变了多少？这些生活环境使台湾人民的思想感情改变了多少？如果思想感情不仅只以书本上的铅字或官样文章做依据，而要切切实实到民间去认识，那么，这统一后相通的观念，就非多多修正不可了。"他认为，"所谓内外省的隔阂，所谓奴化教育，或是关于文化高低的争辩都是生根在这里的。"他提醒人们："这条澎湖沟（台湾海峡）深得很呢？"

他也感慨地说："这是很可悲叹的事情，但却是无可否认的现实。"然而，这"特殊性"，又绝不会导致"分离"。于是，他明确地指出：

> "台湾是中国的一省，台湾不能切离中国！"这观念是对的，稍有见识的人都这样想，为填这条隔阂的沟努力着。

当然，杨逵也很痛心，惋惜地说："为填这条沟最好的机会就是光复初期的台湾人民的热情，但这很好的机会失了，现在却被不肖的贪官污吏与奸商搞得愈深了。"为此，他呼吁："对台湾的文学运动以至广泛的文化运动想贡献一点的人，他必需深刻地了解台湾的历史，台湾人的生活、习惯、感情，而与台湾民众站在一起，这就是需要'台湾文学'这个名字的理由。"

这样看来，杨逵的意思是很明白的：台湾文学、台湾新文学，与江苏文学等一样，"实难树立其分离的目标"，也"并未想树立其分离目标"，但"可有其不同的目标"，这"不同的目标"正是填平这条隔阂的沟，正因为此，"更需要'台湾文学'这样的一个概念"。有"台湾文学"这个概念、这个称谓，绝不是游胜冠所说的，表现了台湾文学的所谓"本土意识"、"自主意识"，而是为了"在祖国新文学领域里开出台湾新文学的一朵灿烂的花！"

濑南人的看法，与杨逵完全吻合。他说："为了适应台湾的自然的或人文的环境，需要推行台湾新文学的运动，但是建立台湾新文学的目标"，"应该放在构成中国文学的一个成分，而能够使中国文学更得到富有精彩的内容，并且达到世界文学的水准"。

（2）台湾文学和中国文学的关系。

在《"台湾文学"问答》里，杨逵写下了这么一段"对话"：

> 问：那么，你是不是以为台湾新文学可与中国文学、日本文学对立的？
>
> 答：台湾是中国的一省，没有对立。台湾文学是中国文学的一环，当然不能对立。存在的只是一条未填完的沟。如其台湾的托管派或是日本派、美国派得独树其帜，而生产他们的文学的话，这才是对立的。但，这样的奴才文学，我相信在台湾没有它们的立脚点。我们要明白，文学问题不仅是

> 作者问题，也就是读者的问题，读者不能了解同情，甚至爱
> 护的文学，是不能存在的。人民所了解同情、爱护的文学，
> 如果它受着独裁者摧残压迫，也不能消灭，反之，奴才的文
> 学，它虽有主子的支持鼓励，而得天独厚，也不得生存。总
> 有一日人民会把它毁弃而不顾。正如这样，台湾文学是与日
> 本帝国主义文学对立，但与它们的人民文学没有对立的。虽
> 说没有对立，却也不是一样的东西，但在世界文学这个范畴
> 里，都是可以共存的。中国文学有台湾文学之一环，世界文
> 学有中国文学、日本文学等各类，在进步的路线上它们是没
> 有什么对立可言的。虽然各有各的特色与风格。

这里，杨逵讲得很明白，也很深刻。

其一，"台湾文学是中国文学的一环"，当然，台湾文学和中国文学"不能对立"，这"不能对立"，回答得很有内涵。杨逵的意思是说，在台湾当时，已经有一种"对立"的倾向。这一倾向，是前文所说1942 年至 1949 年间国际上某些反华势力欲将台湾从中国分离出去的阴谋在岛内极少数地主士绅阶级中的反映。对这种"对立"的倾向，他的态度是鲜明的，是坚决的——"当然不能对立！"

其二，在台湾，这种"对立"的文学，就是托管派或日本派或美国派所生产的"奴才文学"。他们"独树其帜"，其结果，"在台湾没有它们的立脚点"，"虽有主子的支持鼓励"，"也不得生存"，"总有一日人民会把它毁弃而不顾"。

其三，日本文学中有帝国主义文学与人民文学之分，台湾文学与前者是对立的，与后者是没有对立的，"虽然没有对立，却也不是一样的东西"。

其四，包括台湾文学的中国文学与日本文学，在进步的路线上没有什么对立，只是有各自的特色与风格。

所以，游胜冠说，杨逵要"厘清台湾文学不同于日本文学、中国文学的特殊性"的说法，是歪曲杨逵的原意的。中国文学和日本文学当然可以对等来论说，作为中国文学一环的台湾文学和日本文学，却根本没有对等的可比性。游胜冠偷换概念，移花接木，把不同范畴的"对等"相提并论，硬要把台湾文学的特殊性特殊到无以复加的地步，以至于可以和日本文学相等，是自外于中国文学的一种台湾文学，真

的显得他心术极其不正，手段极其拙劣，文字游戏也做得极其无聊和卑下！

第四，文艺工作者的团结问题。

在讨论中，有人说，外省人说台湾人民奴化，本省人说台湾文化高，杨逵却说："未必外省人通通这样说，本省人更不是个个都夜郎自大。说台湾人民奴化的人与说本省文化高的人都是认识不足。大多数台湾人民没有奴化，已经说过，本省文化更不能说怎样高，这里认识不足是因为澎湖沟隔着，而宪政未得切实保障人民的权利，使台湾人民未能接到国内的很高的文化所致的。"所以，杨逵认为：

> 切实的文化交流是今天在台湾本省外省文化工作者当前的任务，为达到这任务的完成大家须要通力合作，到民间去，去了解他们的生活、习惯、心情，而给它们一点帮忙，这正是做哥哥的人可以得到弟弟了解、敬爱的工作，进而可以成为通力合作的基础。

在杨逵看来，当务之急，仍然是通过文化交流，通过到民间去深入生活，通力合作填平这条隔阂的沟。杨逵一而再，再而三地说：

> 这讨论，这运动，当然不是为的"分离""对立"，更不能也不会是"你争我夺"。

> 不管内地本地的文艺工作者今天需要联一块儿，竭力找寻一条路，发现定当的创作方法。这也就是今天需要一次嚷嚷，需要先来"一套锣鼓"的理由，但却不是，也不能是"标新立异"，也又不是，更不能是把一个东西变成两个东西，怎么会有"一套你争我夺"的道理呢？

读杨逵、濑南人的文章，我们不难得出这样的结论：

其一，杨逵是以一个中国人的眼光去考察、思考台湾新文学的过去、当时和未来的。他强调的是中国的视野、中华民族的意识；他重视的是实事求是地看待台湾文学的特殊性，既要看到它严重地存在着，又要团结起来去设法填平这条隔阂的沟，目标只有一个——"在祖国新文学领域里开出台湾新文学的一朵灿烂的花！"在杨逵的文章里，根本没有什么"本土论"，更说不上"战后台湾文学本土论的完整呈现"！

其二，杨逵的所有论述的深刻意义，在于进一步巩固台湾人民认同台湾的意识和认同中国的意识融为一体的牢固观念，绝非像游胜冠所说的"台湾人民调整'中国'在台湾的地位的过程"。即使要说"调整"，杨逵的用意，也是"调整"到"台湾是中国的一省"的观念上来。

其三，游胜冠多次说，碍于当时的政治环境，许多台湾作家不敢讲真话，言外之意，杨逵的许多言论也是"屈世之言"。"文学台独"派一贯以"屈世之言"的说法，来为他们自己在过去说过、写过大量的有违今日"台独"文论原则的话，来掩饰自己的懦弱、投降主义和机会主义面貌，现在又以"屈世之言"论，来诬蔑杨逵了。写到这里，我们倒是要提醒游胜冠，杨逵是一位顶天立地的无可畏惧的爱国知识分子，"四六"事件中，他和歌雷，以及台大的学生张光直、孙达人等同被投入铁牢。杨逵是一位敢说敢当的人，只是杨逵的说法不合其意，游胜冠就不惜以侮辱他人人格的手法，妄图达到自己为"台独"张目的目的，这就更显得游胜冠人品和文品的并不高尚了。

六　丧失民族气节美化皇民文学
　　为殖民者招魂

——"文学台独"言论批判之三

赵遐秋　曾庆瑞

　　1937 年 7 月 7 日，卢沟桥事变发生，中国人民的抗日民族解放战争掀开了历史的新的一页。举国上下，全民抗战，这使得台湾同胞坚持了 40 多年的反对日本殖民统治的斗争走进了新的历史阶段。广大台湾同胞热望祖国抗战的最后胜利早日到来，企盼着早日结束日本殖民统治，回到祖国怀抱。他们似乎已经看到了胜利的曙光。然而，日本帝国主义走向了覆亡前的疯狂，企图实现"大东亚圣战"美梦的日本侵略者，分别在朝鲜和台湾加紧了殖民统治，疯狂地推行"皇民化运动"，以期建立"战时体制"。台湾，进入了日本殖民统治最黑暗的时期。新文学刚刚赢得的发展新高潮，旋即遭到了极大的挫折。新文学运动进入了极为艰难的发展阶段。

　　从这时起，一直到 1945 年 8 月 15 日日本军国主义战败投降，台湾光复，回归中国，8 年间，台湾新文学走向何处去？历史展示在世人面前的情景是，日本殖民统治者妄图在法西斯高压下使台湾新文学蜕变为服务于日本侵略战争的"皇民文学"；而挺直了民族脊梁的台湾爱国文学家，则守望在台湾新文学的精神家园，为反抗"皇民文学"开展了不屈不挠的斗争。是妥协、投降，摧毁台湾新文学的民族解放的精神，还是反抗、斗争，高举民族解放的旗帜引导台湾新文学走向新的胜利？两种对立的文艺思潮，两条对立的文艺路线，展开了激烈的斗争。

　　不幸的是，这一段历史，在台湾文坛，现在也被篡改了。人们看到，从 20 世纪 70 年代末到 90 年代末，20 年的时间里，文坛"台独"势力丧失民族气节，和日本学术界的右翼势力串通一气，掀起了一波又一波的美化"皇民文学"的浊浪，企图由此而进一步美化日本当年的对台殖民统治，为殖民者招魂，并使"受惠"于这种殖民统治的台湾在政治上、文化上、思想上与祖国分离。

这真是文坛"台独"势力在痴人说梦。无情的历史，在纪念那些为反抗"皇民文学"而坚决斗争的先驱者的时候，也早就把"皇民文学"的炮制者、鼓吹者和推行者钉死在耻辱柱上了。

为了更好地认清文坛"台独"势力美化"皇民文学"的反动本质，我们先来回顾一下历史。

一、战时体制与"皇民化运动"给新文学带来浩劫

"七七"事变之前，日本帝国已经进一步法西斯化了。其中一个重要的事件就是，1936 年 2 月 26 日，皇道派青年将校率领 1400 余人的部队，举兵崛起，杀死了内阁大臣斋藤实、藏相高桥是今、教育总监渡边锭太郎，首相冈田倒是得以幸免。哗变的部队占领了皇宫周边的永田町一带，要求改造国家，由军人执政。冈田内阁总辞职。第二天，东京戒严。29 日，戒严部队开始讨伐，叛军投降。3 月 9 日，广田弘毅内阁上台。7 月 5 日，东京陆军军法会议对"二二六"事件作出判决，17 人被判死刑。7 月 12 日，除矶部、中村外，其余 15 人被执行死刑。"二二六"事件虽然被平息下去，但整个日本帝国的法西斯化进程加快了。比如，7 月 10 日，平野义太郎、山田盛太郎、小林良正等讲座派学者，左翼文化团体的成员，都遭到了逮捕。同时，又加紧了和德国法西斯的勾结。这一年的 11 月 15 日，在柏林，日德两国就签订了共防协定。日本国内，几经动荡之后，1937 年 6 月 4 日，第一次近卫文麿内阁上台，终于完成了全面发动侵华战争的准备。

为了配合这一战争的发动，日本侵略者在台湾加紧了殖民统治。比如，1936 年 6 月 3 日，《台湾拓殖株式会社法》公布。6 月 17 日，在台中公园的始政纪念日的庆祝会上殴辱爱国人士林献堂，制造了"祖国事件"。6 月 23 日，日本政府为大力奖励来台移民，成立了秋津移民村。9 月 2 日，日本海军大将小林跻造继中川健藏任台湾总督，20 日，实施了《米粮自治管理法》，进一步加强了控制。10 月，清水人蔡淑悔以中国国民党身份在台组织众友会，提倡民族主义，也立即遭到镇压。到 1937 年 4 月 1 日，这种殖民地迫害更形疯狂，总督府命令禁止报刊使用中文。《台湾日日新报》、《台湾新闻》、《台南新报》三报停止了中文版，《台湾新民报》中文版则缩减一半，并限定 6 月 1 日全部废

止。"卢沟桥事变"爆发当天，台湾军司令部就发表强硬声明，对台湾民众发出警告，并召开临时部局首长会议，议决设立临时情报委员会，同时下令解散台湾地方自治联盟。8月15日，台湾军司令部进入战时体制。9月，根据日本帝国近卫内阁提出的"国民精神总动员计划"，制定了台湾"皇民化"方针，强迫推行"皇民化运动"。10日，设置了"国民精神总动员本部"，开始强召台湾青年充当大陆战地军夫。接着，9月18日公布《军需工业动员法》，11月1日公布《移出米管理案要纲》，11月2日公布《防空法台湾施行令》。这以后，几年之内，日本帝国政府和台湾殖民当局又采取了一系列措施加紧推进"皇民化运动"。比如，1938年1月23日，台湾总督小林跻造发表关于台民志愿兵制度之实施，声称这一制度是为"皇民化"彻底之同一必要行动。31日，日本内阁议决台湾生产力扩充4年计划。4月1日，日本政府公布在台湾施行《中日事变特别税令》及其他有关法令，横征暴敛。2日，公布《台湾农业义勇队招募纲要》。5月5日，实施国家总动员令。28日，日本政府大肆移民来台。6月20日，台湾银行开始收购民间黄金。7月1日，统制石油类消费。9月17日，公布台湾重要物产调整委员会官制。1939年5月19日，台湾总督小林跻造在赴东京途中对记者发表谈话称，治台重点之"皇民化、工业化、南进三政策，及时开始"。他所说的"南进"，指的是日军南侵以台湾为基地。7月8日，公布《国民征用令》。10月，公布米配给统制规则。12月1日，牛岛中将任台湾军司令官。12月19日，台中州开始所谓"米谷贡献报国运动"，强行征用粮食支援日本帝国的侵略战争。1940年2月11日，公布台湾户口规则修改，规令台民改日本姓名办法。11月25日，国民精神总动员本部公布《台籍民改日姓促进要纲》。1941年2月11日，《台湾新民报》被迫改称《兴南新闻》。3月26日，公布修正台湾教育令，废止小学、公学校，一律改为国民学校。4月19日，日本当局成立"台湾皇民奉公会"，发行宣传杂志《新建设》，为适应战争需要，在台推行"皇民化运动"。12月1日，公布《国民劳动协力令施行规则》。7日，日本偷袭珍珠港，太平洋战争爆发，台湾原住民被秘密编成"高砂义勇队"，派往南洋各地参战。30日，公布《台湾青年少年团设置纲要》。1942年4月，台湾特别志愿兵制度实施，强迫台籍青年参军到南洋战场。1943年1月5日，实施《海军特别志愿兵制度》。6月21日，募得第二批陆军志愿兵共1030人。11月30日，日本政府强召台湾、朝鲜籍留日学生赴前线，在东京日比谷公园举行所谓壮行大会。12 月 1 日，强行抽调学生兵入伍。1944 年 1 月 20 日，公布《皇民炼成所规则》，加强"皇民化运动"。3 月 6 日，公布《台湾决战非常措置实施要纲》。同月，台湾全岛 6 家日报，即台北《日日新报》、《兴南新闻》，台南《台湾日报》，高雄《高雄新报》，台中《台湾新闻》，花莲《东台湾新闻》，合并为《台湾新报》。8 月 20 日，台湾全岛进入战场状态，开始实施台籍民征兵制度。

这是日本在台殖民统治最黑暗的时期。"皇民化运动"的罪恶目的，就是要殖民地台湾向着日本"本土化"，用日本国的"大和文化"全面、彻底地取代中国文化，消灭台湾同胞的民族意识。日本殖民当局把日语定为台湾岛上惟一合法的语言，取缔中文私塾，禁开汉语课程，报纸杂志禁用中文出版，甚至于，在日常生活中，台湾同胞也必须讲日语，比如，在火车上不讲日语就不卖给火车票。强迫台湾同胞将中国人祖传的姓氏一律改换日本人的姓氏，更是阴狠毒辣。当时，对于坚持使用汉人姓氏的，日本殖民当局竟然不给登记户口，不给战时"配给品"，以至开除公职，投入监狱。在改换姓氏同时，日本殖民当局还强制推行了"寺庙神升天"的活动，取缔中国寺庙，捣毁神像，改换家祠中祖先神主和墓碑，强迫台胞奉祀"天照大神"，参拜神社。甚至于，连中国年节的习俗也予取缔，强令台胞按日本习俗过日本人的节日。日本殖民当局这样消灭中国文化，就是要把"日本国民精神""渗透到岛民生活的每一个细节中去，以确实达到'内台一如'的境地"。那臭名昭著的"皇民奉公会"，强制推行"皇民奉公运动"，举凡"米粮自治管理"、"移出米管理"、"米谷供献报国"、"军需工业动员"、"收购民间黄金"、"统制石油类消费"、"国民征用"、"报国公债"、"国防献金"以及"贮蓄报国运动"和"农业义勇队招募"、"增产挺身青年运动"等等，又都使得对于台湾人力、物力的榨取几乎达到了极限。这样"皇民炼成"和"皇民奉公"的结果，就是在"战时体制"下，强召台湾青年为日本侵略战争充当炮灰，也充当帮凶。从 1937 年到 1945 年，8 年间，强召"大陆战地军夫"，强召"义勇队"，实施"特别志愿兵"制度及"海军特别志愿兵"制度，"陆军特别志愿兵"制度，"学生兵入伍"，还有实施"台籍民征兵"制度，其结果是，据陈映真在 1998 年 4 月 2—4 日台北《联合报》副刊上发表《精神的荒废——张良泽"皇民文学"论的批评》一文披露，总共有 27 万余名台湾青年分别以"军属"、"军夫"和"志愿军"战斗员等名目被征调投入战争。战死、病殁、失踪者计5.5万余人，伤残2000余人，其中，因受"皇民化"愚弄摧残，中毒过深者，在南洋、华南战场中误信自己是真皇军而犯下严重屠杀、虐杀罪行，在战后国际战犯审判中被判处死刑者26人，10年以上有期徒刑者147人！

就在"皇民化运动"疯狂推行之时，日本殖民当局对台湾新文学也进行了疯狂的摧残。

前已说明，1937年4月1日，台湾总督府禁用中文，是新文化运动、新文学运动浩劫来临的一个标志。其直接后果，是杨逵主编的中日文并刊的《台湾新文学》接到台湾总督府命令，禁止刊登中文作品，6月，刊行到14期后，宣布停刊。

除了这一年创刊的《风月报》杂志还有中、日并刊到光复才停刊，其他的中文杂志，及至所有的文学杂志，一时间都不见踪影了。

1939年，长期在台的一些日本作家，以西川满为首，集合了滨田隼雄、北原政吉、池田敏雄、中山侑等人筹备成立"台湾诗人协会"。成员中，还包括有台湾作家杨云萍、黄得时、龙瑛宗等人。

日本全面发动侵华战争前，西川满的右翼的、反动的"皇民主义"思想已经明显地表现在他的作品中了。日本学者近藤正已的《西川满札记》就指出："若要想从他的作品中，找出台湾人所处状况之深刻考虑、解释等描写则极为困难。"而他的作品，即使以台湾历史为题材写的片段，我们也可以明白无误地读到他的真实右翼思想。比如，在《赤崁记》里，西川满就写道："在以高度国防建设为国家急务之今日，并非回顾个人自由平等的时候。个人无论如何要坚固职守，继承祖父之遗业，以为社稷。"在《云林记》里，西川满又写道："如果我这一辈无法奉公，那个孩子、或孙子，过了两代、三代，只要是流着我的血，便使之尽皇民之赤诚，为乡土尽力吧！"① 1939年筹组"台湾诗人协会"时的西川满，已经自居于协力日本侵略战争的文化榜首，决心要充任日本"皇民文学"——文学侵略军的司令官了。

9月9日，"台湾诗人协会"正式成立。12月，协会的机关刊物《美丽岛》出刊，西川满、北原政吉任主编。《美丽岛》一共收有63人的作品。卷头言由日本右翼作家火野苇平执笔撰写。《美丽岛》只发行

---

① 近藤正已：《西川满札记》，载《台湾风物》，1980年9月、12月之第33卷3、4期。

了一期。

　　同年 12 月 4 日，西川满拉着黄得时一起作筹备委员，筹备改组"台湾诗人协会"为"台湾文艺家协会"。1940 年 1 月，改组完成，并于 1 月 1 日创刊协会机关杂志《文艺台湾》。西川满把持这一阵地，自任了《文艺台湾》的主编兼发行人。"台湾文艺家协会"共有台、日作家会员 62 人。其中，包括台北帝大、台北高等学校教授，警务局长、情报课长等，殖民统治当局的官方色彩极浓。尤其是，这一年，日本国内成立了"大政翼赞会"之后，"台湾文艺家协会"又因总督府情报部部长、文教局长、文书课长等高官担任顾问，"透过文艺活动，协助文化新体制的建设"的面貌越来越暴露在光天化日之下了。

　　1941 年 2 月，为配合日本帝国主义的侵略体制和响应"皇民化运动"，"台湾文艺家协会"改组。台北帝大教授矢野峰人出任会长，西川满任事务长。矢野峰人虽然是个象征派诗人，但是，和西川满一样，也带有浓厚的殖民者统治意识。他曾以《文艺报国的使命》为题演讲。这"文艺报国"的话题，后来，在 1942 年 6 月由情报局指导在日本东京成立的"日本文学报国会"章程里有明确的阐释：其会目的在于……确实并发扬皇国传统与理想的日本文学，协助宣扬皇道文化。又在同年成立的"大日本言论报国会"那里有了回应。这个"报国会"就宣称，不受外来文化的毒害，确实日本主义的世界观，阐明并完成建设大东亚新秩序的原理，积极挺身于皇国内外的思想战。看来，"台湾文艺家协会"的这次改组，也是有它一定的政治背景的。

　　1941 年 3 月，西川满另行组织"文艺台湾社"，《文艺台湾》改由"文艺台湾社"发行。《文艺台湾》以"台湾文艺家协会"机关刊物的名义刊行了 6 期。改组后，名义上是同仁杂志，其实是由西川满一个人控制的。

　　这一年 5 月，张文环与王井泉、陈逸松、黄得时、中山侑等人组成"启文社"。5 月 27 日，创刊《台湾文学》，成员以台湾作家为主，除张文环外，还有吕赫若、吴新荣、吴天赏、王井泉、黄得时、杨逵、王碧蕉、林博秋、简国贤、吕泉生、张冬芳等。

　　也就是在 1941 年的 12 月 8 日，赖和遭到日本宪兵队和警务局的共同调查，被捕 50 多天。

　　1942 年 6 月，"日本文学报国会"特派久米正雄、菊地宽、中野实、吉川英治、火野苇平等来台湾，在各主要城市巡回举行"战时文艺演讲会"。8月，台湾"皇民奉公会"设置文化部。"台湾文艺家协会"会长矢野峰人就任文艺班班长，"台湾文艺家协会"和"皇民奉公会"公开合流。10月，日本帝国政府在东京召开了"大东亚文学者大会"，妄图把亚洲文学界都拖进"大东亚共存共荣"的罪恶活动中去。返台后，12月间，由"皇民奉公会"作后援，"台湾文艺家协会"组织他们在台北、台中、台南各地巡回举行"大东亚文艺讲演会"，极力鼓吹"皇民文学"。

1943年2月，"皇民奉公会"举行第一届"台湾文学赏"颁奖。西川满的《赤崁记》、滨田隼雄的《南方移民村》和张文环的《夜猿》得奖。2月17日，"日本文学报国会"事业部长户川英雄等来台。3月，成立"统制会社"，由《台湾日日新报》社长担任社长，把电影、戏剧也纳入战时体制。4月，在台湾总督府情报部及"皇民奉公会"各部指使下，成立了"日本文学报国会台湾支部"。其《规程》声称："支部为谋所属会员之亲睦，透过台湾文学奉公会，以实现本会……之目的，努力宣扬皇国文化。"与此同时，"台湾文艺家协会"宣布解散。另外，又成立了"皇民奉公会"管辖下的"台湾文学奉公会"。

11月13日，由"台湾文学奉公会"主办，台湾总督府情报课、"皇民奉公会"中央本部和"日本文学报国会台湾支部"协办，在台北公会堂召开了"台湾决战文学会议"。会议讨论的题目是"确立本岛文学决战态势，文学者的战争协力"。到会的台、日作家60多人。会前，台湾总督府的出版控制机构曾给全台报纸杂志下达提出"申请废刊"的命令。这次会议上，为贯彻这一"申请废刊"的决定，以西川满为代表的"皇民文学"势力，借着决战态势的压力，向张文环的"启文社"的《台湾文学》开刀了。西川满三次发言，表达了"文艺杂志进入战斗配置"的决心，表示愿意把《文艺台湾》奉献给当局，同时还逼迫张文环的《台湾文学》废刊。会上，引发了双方面对面的斗争。

1944年1月1日出刊的《文艺台湾》终刊号上，关于这次会议大致上有这样的记载：首先是西川满的发言。他表示对台湾作家只在表面上装出"总亲和"的态度十分不满。接着，他以献出他所主导的《文艺台湾》杂志给日本决战体制为手段，要求其他文艺杂志也一齐跟着进入"战斗配置"，逼使不积极配合决战态势的文学杂志废刊。这实际上是针对以台湾作家和非法西斯日本作家所组成的《台湾文学》的。

西川满的提议，当场引发了一场针锋相对的斗争：

> 黄得时反驳道："没有必要进行对文学杂志的管制，就像广告一样，愈多愈有人看，杂志也一样愈多愈好。"
>
> 滨田隼雄警告黄得时说："不要把对物质的经济管制和对文化的指导统制混为一谈。"
>
> 杨逵赞成黄得时的意见，说道："抽象的'皇民文学'理论与杂志的统合管制问题，完全是两回事。"
>
> 神川清恼羞成怒地批评杨逵的发言道："观念与具体实践是不可分离的。"并提醒杨逵道："假如在政策上两者分离的话，国家将会灭亡。"
>
> 黄得时再说："我并不反对西川满将《文艺台湾》献出的话，这是他个人的自由；但是其他的杂志并没有跟着配合的义务。"

接着，西川满又提出了动议，要求日本军国殖民主义当局撤销文学结社，把作家全部纳入"台湾文学奉公会"，进行文学管制。西川满甚至还赞同在"台湾文学奉公会"下另设"思想参谋本部"，对台湾作家进行思想控制。

这次会议，在台湾总督府保安课长的讲话中结束。他说："对决战态势无益的都不可要；文学作品也一样，只有对决战态势有益的才可发表。"这等于宣布了——"皇民文学"取代了台湾文学，日本军国殖民体制完全支配了台湾文学界。

会后，日本殖民主义者还继续打压台湾作家。比如，神川清写了《刎颈断肠之言》一文，批判杨逵的发言。他认为，杨逵的发言是本次会议中最不幸的事，这也许是由于杨逵不努力而生的无知；但是，以这样的态度从事文学的人，居然仍然可以在台湾安居筑巢，真是太遗憾了！又比如，河野庆彦写了一篇"决战文学会议"的感言《朝向思想战的集合》，对于台湾作家的"阳奉阴违"的态度，进行了攻击。他写道："从会场的空气中感觉到，（台湾作家们）只是把头探出来，说些诸如'皇民文学'、战斗文学的漂亮话，但双脚依然原地不动。……使人嗅到台湾文学的'体臭'，感觉到泥巴和口水到处乱喷……我非克服这些内含的矛盾不可。……台湾文学已到了非'脱皮'不可的时刻了，不要写在表面上装出总亲和的样子，而是要真正成为一支受统御的思想部队。"①

显然，这一次推进"皇民文学"的会议，就是要使台湾文学"脱皮"成受日本殖民主义当局统御的法西斯思想部队——"皇民文学"部队。

《台湾文学》是在 1943 年 12 月 13 日接到废刊的命令的。吕赫若在这一天的日记里写道："今天当局下达《台湾文学》废刊的命令，真叫人感慨无量……"

《文艺台湾》和《台湾文学》废刊以后，1944 年 5 月，在"台湾文学奉公会"名义下创刊《台湾文学》，同时还刊行了《决战台湾小说集》乾、坤两卷。

1944 年 6 月 15 日，盟军攻陷塞班岛。16 日，由中国基地起飞的美军 B－29 轰炸机第一次轰炸北九州，开始了对日本的总反攻。7 月 21 日，美军登陆关岛。日本本土和台湾处于盟军飞机猛烈轰炸之下，台湾进入"要塞化"时期。日本在台军国殖民当局对台湾文学的指令也由"决战文学"进入了"敌前文学"。为了配合这一形势，《台湾文学》6 月号刊出了"台湾文学界总崛起"的专题。

这中间，为了强制推行"皇民文学"，1943 年还爆发了一场有关"狗屎现实主义"的论战。

从上述战时体制下台湾"皇民文学"发展的过程来看，"皇民文学"势力正是在日本军国殖民体制下由御用日本文人操纵的一股法西斯势力。以西川满为代表，它是通过打压台湾文学而树立起来的。它是日本殖民主义、军国主义在台湾施行的战争总动员体制的一环，是法西斯的"思想部队"。

在"台湾决战文学会议"上，"台湾文学奉公会"会长山本真平曾说："后方战士的责任，是在扩大生产以及昂扬决战意识；亦即与武力战结为有机一体的生产战、思想战……在思想战方面，诸位文学者正是承担着增强国民战力的任务。"关于这"任务"，山本真平说："文学家既蒙皇国庇佑而生活，当然应当与国家的意志结成一体……今天的文学不能像过去一样，只在反刍个人感情，而应该是呼应国家的至上

① 有关"决战文学会议"的记录资料，会后神川清、河野庆彦文章的资料，用的是曾健民的中译本。曾译引用在他的《台湾"皇民文学"的总结算》一文中。文载《人间思想与创作丛刊》1998 年冬季号。

命令的创作活动，当然，文学也一定要贯彻强韧有力、纯粹无杂的日本精神来创作‘皇民文学’。以文学的力量，激励本岛青年朝向士兵之道迈进，以文学为武器，激昂大东亚战争必胜的信念。"① 这就清楚地说明了"皇民文学"的"思想部队"的性质和"思想战"的性格。

对于这种"以文学的力量，激励本岛青年朝向士兵之道迈进，以文学为武器，激昂大东亚战争必胜的信念"的"皇民文学"，西川满、滨田隼雄、神川清等日本殖民者在文学战线上的代表人物，还提出了他们的批评标准。曾健民在 1998 年回过头来清算"皇民文学"的时候，在他的《台湾"皇民文学"的总清算》一文里，摘取了西川满、滨田隼雄、神川清等人文章的一些言论，指出这些批评标准是：

> 文学批评的基准就在日本精神。
> 即使文章的技巧有多好，但是如果忘了忠于天皇之道，如果把作为文人的自觉摆在作为日本人的自觉之上的话，我认为他除了是国贼或不忠者之外，什么都不是。
> 在皇国体的自觉中发现文学的始源，要求贯彻皇国体思想，把作品与国体结合在一起。
> 在终极时的精神燃烧——天皇陛下万岁，是一个文学者的描写可能达到的最高境界。
> 在决战下，我们思想决战阵营的战士们，务必要扑灭"非‘皇民文学’"，要扬弃"非决战文学"。
> 我要为皇民的文臣，文臣之道在用笔剑击倒敌人而后已。

在这样的说教中，"皇民文学"已经明确地被铸定为体现日本法西斯思想的工具了。

当然，"激励本岛青年朝向士兵之道迈进"，"激昂大东亚战争必胜的信念"，也是"皇民文学"对作品题材、主题的一种具体的规范。当时，极少数的台湾作家，丧失了民族的气节，自甘堕落，也的确创作出了这一类的"皇民文学"作品，以效忠于日本殖民统治者，效忠于日本天皇。

---

① 曾健民译文，出处同前。

二、爱国文学家批判殖民者的"狗屎现实主义"论

在日本殖民当局加紧推进"皇民文学"的时候，爱国的台湾文学家，尽量回避日本军国殖民体制的法西斯文艺政策，继续以台湾的现实主义的传统的文学精神，描写台湾人民的生活，以表现台湾社会内部的矛盾和台湾人民不甘于殖民统治的精神苦闷为主题，用文学创作的实践抗拒"皇民文学"派的压力，努力不使台湾文学沦为皇民化、御用化。这种文学精神，这种创作方法，自然成了推进"皇民文学"的一大障碍。

于是，日本殖民当局一方面用召开"决战文学会议"的办法来迫使台湾爱国作家就范；另一方面，决定要对这种文学精神、创作方法进行围剿。

一场关于"狗屎现实主义"① 的争论就此激烈展开。

挑起这场争论的，是滨田隼雄在 1943 年 4 月号的"台湾皇民奉公会"的机关杂志《台湾时报》上发表的《非文学的感想》一文。滨田隼雄年轻的时候曾经是个热情的社会主义者，但是，在"大东亚圣战"时期转向，成了一个狂热的法西斯主义的御用文人。在这篇文章里，他指责台湾文学有两大弊病：其一，是"有太多的文学至上主义的、从而是属于艺术至上主义的，而且充其量只不过是外国的亚流的浪漫主义"；其二，是"无法从暴露趣味的深渊跳脱出来的自然主义的末流"。滨田隼雄在阐说所谓台湾文学的"自然主义的末流"时，指责大部分的"本岛人作家"只会描写"现实的否定面"。而滨田隼雄所说的"现实的否定面"，指的就是爱国的台湾文学家在作品中表现出来的对当时的日本军国殖民体制的"决战态势"的现实采取否定的、不关心的或是逃避的态度。换句话说，就是指责台湾作家对日本的决战体制只采取逃避、不关心或否定的创作态度，只顾描写日本决战现实的负面的台湾社会现实。

---

① 有关这场争论的文章，都是曾健民中译过来的。曾译中文译本，发表在《人间思想与创作丛刊》1999 年秋季号上。为这场争论，曾健民同时还发表有《评论〈狗屎现实主义〉争论》一文。本书书写，多有采用。曾健民文中，对"狗屎现实主义"译名，有如下的说明："原文是'粪リアリズム'"；在日文中，'粪'这字，如果当作形容词用，有轻蔑骂人之意，若当作名词用就与'屎'、'大便'同义，因此译成'狗屎现实主义'比较接近原意。"

随后，西川满上场，在"台湾文学奉公会"成立的那天，5 月 1 日出刊的《文艺台湾》上，发表了一篇《文艺时评》。

在这篇《文艺时评》里，西川满借着推崇日本小说家泉镜花来攻击、辱骂台湾文学的主流是"狗屎现实主义"。泉镜花的主要作品有《高野圣》、《歌行灯》、《妇系图》、《日本桥》等。泉镜花的作品世界与日本的前近代文化以及土俗社会有很深的关联，作品的特色是富有鲜艳的色彩和梦幻性。受年少丧母的影响，由恋母之情转移到文学上对女性情深的描写，一直都是他的作品的重要主题。西川满在这篇《文艺时评》里怎么吹捧泉镜花人们可以不管，但他用吹捧泉镜花来攻击和辱骂台湾文学却令人不能容忍。西川满攻击"向来构成台湾文学主流的'狗屎现实主义'，全都是明治以降传入日本的欧美文学的手法"。"这'狗屎现实主义'，如果有一点肤浅的人道主义，那也还好，然而，它低俗不堪的问题，再加上毫无批判性的生活描写，可以说丝毫没有日本的传统。"西川满讥笑本岛人作家只关注"虐待继子"、"家庭葛藤"的问题，"只描写这些陋俗"，"说他们是'饭桶'！'粗糙'！那还算是客气的话；看看他们所写的'文章'吧！简直比原始丛林还混乱"。辱骂之余，西川满图穷匕首见，立即搬出台湾作家中极少数变节屈从"皇民文学"的人写出的"皇民文学"作品来打压台湾爱国文学家了。他写道，就在台湾主流文学家只描写"陋俗"的时候，"下一代的本岛青年早已在'勤行报国'或'志愿兵'方面表现出热烈的行动了"。以描写这种"热烈行动"的"皇民文学"作家为榜样，西川满质问台湾爱国文学家们说，不是也"应该去创作一些……具有日本传统精神的作品吗？"西川满对台湾爱国文学家发出的威胁和警告是："在东亚战争中，不要成为投机文学，应该力图树立'皇国文学'，如此而已。"

对于滨田隼雄的指责和西川满的辱骂，吕赫若在 5 月 7 日的日记上写道：

> 西川满在《文艺时评》中的低能表现，倏尔惹起各方的责难。总之，由于西川无法用文学的实力压倒别人，才会用那样的手段陷人于奸计，真是一个文学的谋策家。……另外，滨田也是一个恶劣的家伙。

5月10日，《兴南新闻》学艺栏上，刊登了署名"世外民"的《狗屎现实主义与假浪漫主义》一文，大力驳斥了西川满的《文艺时评》。据叶石涛1983年版《文学回忆录》里《日据时期文坛琐忆》一文说，当时，西川满告诉他，这位"世外民"，就是邱炳南，也是台南人，曾就读于日本东京帝大。这邱炳南，也就是邱永汉。"世外民"的文章首先表示了对西川满的愤慨：

> 读了5月号的《文艺台湾》上刊载的西川满的《文艺时评》，它胡说八道的内容真使我惊讶，与其说它率真直言，倒不如说全篇都是丑陋的谩骂；实在让人感受强烈。

针对西川满诬蔑台湾爱国作家创作态度有低俗恶劣的深刻问题，只搞一些毫无批判的生活描写，一点也没有日本的传统精神，等等，"世外民"的文章写道：

> 我以第三者的立场通读了《台湾文学》、《文艺台湾》和《台湾公论》，却很难看出本岛人作家的作品在创作的态度上有比内地人作家的创作态度更无自觉之处。……实际上，作家的创作态度是不容易判定对或不对的；比如，毫无根据地说西川氏的创作态度比张文环氏或吕赫若氏的创作态度还更有自觉，这样的说法是会笑死人的。

说到西川满提出的"创作态度"问题，即文学精神、文学创作方法的问题，"世外民"对西川满指责的"狗屎现实主义"和西川满自己崇尚的浪漫主义，也作出了自己的判断。西川满自称是个"浪漫主义者"、"唯美主义者"。对此，"世外民"说："我承认西川氏的审美式的作品的底流是对纯粹的美的追求。"但是——

> 同时，我也不得不说本岛人作家的现实主义也绝对不是可以任意冠之以"狗屎"之名的，因为它是从对自己的生活的反省以及对将来怀抱希望这一点出发的，这些作品描写了台湾人家族的葛藤，是因为这些现象都是处于过渡期的当今台湾社会的最根本问题。西川对于这样的台湾社会的实情怠

于省察，只陷泥于酬应辞令的表象，专指责别人的不是，这种作为，除了暴露他的小人作风外，别无他。还有，就算是挑语病吧！西川氏指责本岛人作家没有一点日本传统精神，这不禁使人怀疑他到底懂不懂传统的真义；所谓的传统，只有在促进历史或现实的社会进步上起作用的东西才可说是传统；依此而论，现实主义作为现代社会最有力的批判武器，是一点也不容被忽视的。

令人钦佩的是，在如此义正词严地维护台湾爱国作家所坚持的现实主义文学精神和创作方法的同时，"世外民"还毫不留情地批判了西川满的"假浪漫主义"。"世外民"写道：

真正的浪漫主义也应该是在现实主义的根柢贯流的东西，没有明确的理想的浪漫主义，只不过是一种感伤主义罢了，它无自觉的肤浅之处，只不过是单纯的幻想。

我认为，当今台湾的文学最应该努力的地方，还是在要产生有指导性的文学；本来，若能出现具有永恒生命的艺术作品，是最理想不过的，但是以现今台湾的文学的一般水平来看，似乎还未达到这种境界。因此，或许台湾的文学仍处于"狗屎现实主义"的水平也说不定，以这层意义来说，出乎意料，西川氏的《时评》，似乎也说对了；然而，如果真是这样的话，那就不该只指现实主义的"狗屎现实主义"了，包括感伤主义也一样，甚至于只要自称为浪漫主义的，也还是无法免于被指责的"假浪漫主义"吧！的确十分遗憾，台湾的文学毕竟还只是处于这种水平而已。

"世外民"的反驳文章还就"日本文学传统"问题指出了西川满的"假浪漫主义"的根本弱点。西川满在《文艺时评》里提到了《源氏物语》，说什么"夸耀世界的《源氏物语》，绝对不是属于'狗屎现实主义'之流的"。"世外民"就借着这《源氏物语》说话，指出，"《源氏物语》虽然是最优美的文学作品之一，但它毕竟只是表现'万物的情韵'的文学；它所表现的是贵族们的嬉戏，全篇都在描写恋爱的饱足与本能的满足，这也正显示了日本文学在世界文学史上的确有它特殊的表达方式"。然而，"世外民"指出，"为了使日本文学有更健全的发展，除了充分发挥《源氏物语》所固有的美学之外，也应该更进一步在文学上表现出正义的呐喊、建立明确的人生观与世界观等等"。

就是这"正义的呐喊"，就是这"明确的人生观与世界观"，使得"世外民"在文章中表现了当时台湾爱国文学家不屈从"皇民文学"的高贵的民族气节。西川满不是叫嚷着台湾岛上"下一代"的"青年""早已在'勤行报国'或'志愿兵'方面表现出热烈的行动了"吗？不是叫嚷着要台湾文学中的主流作家们不要"无视这种现实"而要"自觉"地描写这种"热烈的行动"，像那些"皇民文学"作家一样去写"皇民文学"作品吗？"世外民"回答说，台湾的爱国作家绝不写那种"虚假的东西"，"绝不降低格调"！"世外民"写道：

> 虚假的效用，虽然在法律上是得以容许之事，但是只要有关于文学，则可有虚假的东西都是不得存在的。作者的虚假即使在作品中暂时得以成立，可是对于挚爱真理、只看重文学的真实性价值的人来说，这种虚伪的作品是一文不值的。因此，任何一部古今不朽的大作，都是作者灵魂的真实吐露；例如福楼贝尔就曾断言："包法利夫人就是我！"托尔斯泰在《战争与和平》的结尾中，也滔滔不绝地论说自己的历史观，没有一部大作不是这样的。荷风也说过："自从对于自己作为一个文学家之事感到莫大的羞耻以来，就自期自己的艺术品位至少要维持在江户作家的水平以上，绝不降低格调。"

"世外民"在这里引出了日本作家永井荷风，认定永井荷风这番话主要是针对文学的真实性经常受到来自社会的制约和左右而发的苛责之言来说的。显然，"世外民"看重或者说推崇永井荷风，就是因为，永井荷风一生特立独行，绝不曲学阿世，而是坚持用自己的作品批判日本现代社会的变化。特别是在日本军国主义崛起的20世纪30年代以后，永井荷风违逆时代风潮，夜夜出没银座浅草等欢乐街，以斜里陋巷的风情来讽刺军国主义，写下了代表作《濹东绮谭》。太平洋战争时期，因为违抗"国策文学"的作风，永井荷风失去了发表作品的园地，但是，这更鞭策了他，鼓舞他更加努力地从事创作。《断肠亭日记》是永井荷风留下来的有名的日记，日记中清楚地记录了他对日本军国主的不满和批判。"世外民"请出永井荷风来批驳西川满，寓意极深，无疑是在正告西川满之流，台湾爱国作家也会像永井荷风那样，"绝不降低格调"以趋时，以迎合并屈服于"皇民文学"。在当时的险恶环境里，能够这样勇敢地抗拒"皇民文学"，真是难能可贵。有感于此，我们再读"世外民"写下的一段话，就无异于是在聆听当年台湾文学家的庄重的宣言了：

> 文学家的使命是为真理而活；如果无法坚持为真理和正义而活，那么文学家情愿要选择与荷风相同的命运呢？还是自甘降低作品的格调呢？毕竟，文学家的生命还是在艺术作品本身；福楼贝尔因为发表了《包法利夫人》而被控以扰乱风俗的罪名，但这反而使他一跃成名；但是作为一个真正的艺术家，他却深恐甚至极端厌恶其他的不纯要素介入艺术，当自己的作品被评为现实主义作品时，他极为愤怒，甚至说："如果有钱的话，一定把《包法利夫人》全部买回来烧掉！"
> 文学作品是在无言之中雄辩地表现作家的价值的……

"世外民"反驳西川满的文章发表后一个星期，在 5 月 17 日的《兴南新闻》的"学艺栏"里，发表了 18 岁的叶石涛的一篇文章，题目叫作《给世外民的公开书》，不顾一切地为西川满辩护，为"皇民意识"、"皇民文学"唱颂歌，进一步辱骂"狗屎现实主义"，并且指名道姓地威胁、恐吓抵制"皇民文学"的台湾爱国作家。

这个叶石涛何以区区 18 岁，身为中国人却站在日本殖民者一边为虎作伥？他怎么就中毒那么深？鉴于叶石涛的欺骗性，我们不得不说一下他写这封《公开书》的背景。

叶石涛是台南的客籍人。在 1983 年版的《文学回忆录》里他曾自豪地说到过他的家世："我家住在台南府城，也算书香门第，拥有沃田几十甲，绝不是泛泛之辈，我自幼过的生活的确也是高人一等的。"在台南二中读书的时候，叶石涛写过两篇小说《妈祖祭》和《征台谭》，分别投稿给当时正由张文环主编的《台湾文学》和由西川满主编的《文艺台湾》，都没有被采用。他觉得自己的文学见解和《文艺台湾》相同，就又写成《林君寄来的信》，投给了《文艺台湾》。1942 年 12 月 13 日，在台南公会堂，西川满等人作"大东亚文艺讲演会"的演讲。叶石涛因为上课没能赶上听讲，只在下课后赶上了"座谈会"。一见面，西川满就告诉叶石涛，《林君寄来的信》已经决定刊登。西川满脱口而出的一番"红颜美少年"的美誉，竟使得叶石涛受宠若惊，以至于，都觉得自己的"来临"，"给座谈会带活力也似的"。在那本《文学回忆录》里，叶石涛还说到了他十分得意的一件事，那就是，当座谈会把话题转到日本作家庄司总一新出版的长篇小说《陈夫人》的时候，叶石涛"鼓起满腔愤怒，慷慨激昂地发言了"。他愤怒什么？那是因为，他认为，小说《陈夫人》"暗暗地主张由'日台通婚'使台湾人皇民化的一厢情愿的企图也就在历史的事实之前变成明日黄花的、日本人殖民地统治失败的记录了"。他发了什么言？他当时是说："我以为庄司的这部小说故意强调台湾人家庭生活邋遢的层面，无视于当局推行皇民化运动改善台湾人家庭的文化状态、卫生习惯的事实！"西川满当即表态："叶君所说的正合吾意。把台湾人的生活丑化，不看传统优美的一面，尽是侮辱和诋毁，强调陋习，这不合皇民化之道。"听了这话，叶石涛说，他"心里很是受用"。当场，西川满聘定叶石涛毕业后到他主持的《文艺台湾》社去帮忙编务工作，月薪 50 元。于是，1943 年 4 月，不满 18 岁的叶石涛带着"一份温热的幻想"，到了西川满身边。叶石涛折服于西川满的"脱俗而充满诗情的作风"和西川满"歌颂岛屿神秘之美的异国情调"。叶石涛又以为，在 18 岁的这个阶段里，自己"的确是一个国际人"。于是，他一再感谢西川满的师恩，奉西川满为"恩师"。他写的第二篇小说《春怨》，副标题就写的是"献给恩师"。小说里，西川满的形象一再被美化。54 年之后，1997 年，叶石涛在写《台湾文学入门》的答问时，还一再表示他钦佩西川满的"坚强的作家灵魂"，感谢西川满在半个多世纪之前"出钱出力建立了日本文学一环的外地文学——台湾文学"。西川满当年也视叶石涛为"入门弟子"。当时，让叶石涛感激不尽的，是西川满每个月还要单独请叶石涛到外面的餐馆吃一次饭。在西川满的影响下，叶石涛也承认，"对我还未能确立坚定的世界观，我的思想里充满着日本军国教育的遗毒"，他在《文艺台湾》里常看到所谓"皇民化文学"，"也并无'深恶痛绝'的感觉"，甚至于后来在 1944 年《台湾文艺》11 月号上，叶石涛还发表了一篇《米机败走》的文章，记述美军飞机被日本军机攻败的实况，形容日军的胜利是"龙卷风一般的万岁"，而留下了这样的文字："……我和绢代先生远远地看见一架战机被击落，翻个筋斗坠落在学校后头的鱼塘，不觉拍手叫呼：'万岁！万岁！'"这就是"皇民文学"时期坚定地和西川满站在同一条战线上的叶石涛！一个"参与了'皇民文学'运动"的叶石涛！①

现在，可以看看叶石涛是怎么向"世外民"反扑的了。

叶石涛一开头就斥责"世外民"引用日本文学作品"刻意为'狗屎现实主义'的信奉者曲意辩护"，是"不但不懂日本文学的传统，甚至还受到外国文学（还是翻译者）毒害，这充分证明他是一个自由主义者"。接着，叶石涛跟在西川满的后面，从三个方面继续打压台湾爱国作家和台湾文学。

第一，继续辱骂台湾文学的优秀传统是"狗屎现实主义"。叶石涛说：

> 以积喜庆、蓄光辉、养正道的建国理想为基础而建立起来的当前的日本文学，现在正是清算自明治以降从外国输入的狗屎现实主义，进而回归古典雄浑的时代的绝好机会。因此，对于装出一副不识时代潮流的嘴脸，得意地叫喊什么"台湾的反省"啦、"深刻的家庭纠纷"啦等等，指出来令人想起十年前的普罗文学的大题目而沾沾自喜的那伙人，给他们一顿当头棒喝一点也不为过。

接下来，叶石涛点了张文环和吕赫若的名，质问张文环的《夜猿》、《阉鸡》中"到底有什么世界观呢"？讽刺吕赫若的《合家平安》、《庙廷》"的确像乡下上演的新剧"。叶石涛说："只要想到这些作品居然会在情面上被称誉为优秀作品，就觉得可笑。"

第二，为西川满辩护。叶石涛写道：

> 我认为，西川满所追求的纯粹的美，是立脚于日本文学传统的；而且他也不是一个所谓浪漫主义者，他的诗作热烈地歌颂了作为一个日本人的自觉……

---

① 这是陈芳明在《左翼台湾》一书里为叶石涛辩护的一种说法。陈芳明等是叶石涛的拜门弟子，"台独"文论的一员大将。《左翼台湾》于1998年出版。

第三，继续鼓吹"皇民意识"、"皇民文学"。叶石涛认为：

> 当今我国国民正处于为实现崇高的理想贯彻伟大的战争
> 的时刻，大家所追求的正是要汲取《万叶》、《源氏物语》的
> 传统并注入新时代的活泼气息的国民文学。

把日本帝国充满侵略野心的"大东亚共荣"美化为"崇高的理想"，把日军的侵华战争和"大东亚圣战"美化为"伟大的战争"，把"皇民文学"美化为"注入新时代的活泼气息的国民文学"，叶石涛的《公开书》散发的正是汉奸的恶臭！在这样的背景中，叶石涛指出"世外民却引《包法利夫人》为例而自鸣得意"，构陷"世外民"与"皇民文学"对抗，公开向日本殖民当局举报"世外民"说："他的思想在哪一边，这是不难想像的。"还说："我十分荣幸得以参加日前举行的'台湾文学奉公会'的成立大会，'世外民呀！你对山本真平会长的训辞以及会员的誓词是怎么看待的呢？'"不仅如此，叶石涛还不放过张文环和吕赫若，要在日本殖民者面前公开加以构陷，包藏祸心地质问：

> "在张（文环）或吕（赫若）的作品中到底有没有像西
> 川满作品中的'皇民意识'呢？"

就这次有关"狗屎现实主义"的论争，叶石涛明确地表态效忠于日本殖民者说：

> "西川满基于悲壮的决意，对本岛人作家发出警告的钟
> 声，这是理所当然的。"

被叶石涛点名质问作品到底有没有"皇民意识"的吕赫若，在5月17日当天的日记里写道：

> 今天早上的《兴南新闻》学艺栏上，有叶石涛者以我和
> 张文环为例评断说本岛人作家没有皇民意识，此文的思想与
> 说理水平不高，不足与论，但是在人身攻击上则令人愤怒。
> 中午，在荣町的杉田书局与金关博士和杨云萍见面，一道在

"太平洋"喝茶，谈到叶石涛之事时，脱口说出了"西川满的○○"的话，大家都愣住了，金关博士也说："西川满是下流的家伙。"自己只要孜孜矻矻地创作就好了，只要写出好的作品，其他只有听天命了！

5月24日的《兴南新闻》学艺栏里，又发表了两篇文章，一是吴新荣的《好文章·坏文章》，一是署名"台南云峰"的《寄语批评家》。

《好文章·坏文章》主要是针对当时刊登在《民俗台湾》、《台湾文学》和《兴南新闻》等杂志报章的一些文章进行的评论。文章的前半段，吴新荣评论了一些好文章，后半段论及坏文章，集中批评了叶石涛的《给世外民的公开书》一文，最后将矛头转向了西川满。吴新荣在批判叶石涛和西川满时，嬉笑怒骂皆成文章，策略巧妙。他不取正面批评的方法，而是充分利用当时"皇民化运动"的逻辑和语言批评，以子之矛攻子之盾，或者，以其人之道还治其人之身。吴新荣指出，"叶石涛把张文环、吕赫若的作品说成好像是用日本语写的外国文学一样"，"这样的故意的蔑视，绝对不是如叶石涛自己所说的'实现远大的理想'的方法，更不是'八纮一宇'的真精神"；而对于张文环的得到了"皇民奉公会"的"台湾文化赏"的作品《夜猿》等，叶石涛还要"质疑它的世界观或它的历史性有这样那样的问题，好像说这些作品是不正常的一样"，可见：

> 很明显的，他的批评已侮辱了"皇民奉公会"的权威；因此，倒是他自身首先应该被质疑到底有没有"皇民意识"。现在的台湾是日本的重要的一部分，过去的台湾也依日本而存在，所以，否定过去的台湾的人也就是否定现在的台湾，不得不说是相当"非国民"的。

吴新荣又从叶石涛攻击张文环的作品说到西川满，带着讽刺意味地指出，"西川满的《赤崁记》等作品同样也是'回不来的梦的故事'"，"如果这《赤崁记》是艺术至上主义的作品的话，我想，现今有像这样的艺术至上主义也并不坏"。不过，笔锋一转，吴新荣愤怒地指出：

然而，我风闻西川满早已不知何时抛弃了"美的追求"，
　而以"悲壮的决意"再出发了！

你看，西川满不是从唯美主义转向了"皇民文学"了吗？

　　"台南云岭"的《寄语批评家》是篇短文，却是直接批评西川满和
叶石涛的。他批评西川满"以说别人的浪漫主义的是非或以说别人的
现实主义的不可取来赞美自己的作品，这种计谋是卑劣的"。还有，
"把现实主义冠以'狗屎'，暗示自己的作品才是真文学，真不愧是一
个度量狭小的人"。他批评叶石涛说："只发表过一二篇作品的人也居
然写起评论，而且还是为了向某一作家尽情分作面子，真把读者当作
傻瓜。""一个有志于文学的人，这种态度是非改不可的！"

　　这场争论的最后，是7月31日出版的《台湾文学》夏季号上，杨
逵署名"伊东亮"发表了《拥护狗屎现实主义》一文。文章共分三个
部分：一、关于"粪便的效用"；二、关于浪漫主义；三、关于现实
主义。

　　杨逵先从"粪便"对农民来说是如何贵重，对于稻米、青菜生长
是如何重要说起，还指出，看重粪便，并非台湾所独有，在日本作家
火野苇平和岛本健作的作品中，也有这样的描述。杨逵说："这正是现
实主义。是完完全全的'狗屎现实主义'。在粪便中是没有浪漫的。"
然而，"看看那浇了粪便后闪耀着艳光的菜叶，那么快速抽长的植物，"
杨逵说，"这不正是丰饶的浪漫吗？"由此，杨逵认定：

　　　　只看到黑暗面，只描写黑暗面，而看不到在黑暗中洋溢
　的希望，看不到在黑暗中郁积的真实，以这样的"虚无主义
　者们"的自然主义式的眼光来看的话，是无法体会到这种浪
　漫的。

而西川满的浪漫主义，杨逵揭露说，就是这种"自然主义式的虚无主
义"。杨逵愤怒地写道：

　　　　如果，西川满所轻蔑的，是这种"自然主义式的虚无主
　义"的话，在这一点上，我也有同感，我们是一样的。但是，
　如果排斥自然主义到连狗屎现实主义也非排除不可的话，不

客气地说，那必然成为海市蜃楼的东西，像沙滩上的楼阁；它与"自然主义式的虚无主义"没什么两样，两者在扼杀写实精神上是一致的。

因为，"自然主义式的虚无主义"者们只会搅弄发臭的东西而悲叹不已。而西川正好相反，他从一开始便把发臭的东西捂盖起来，什么也不愿意看，因此陷入以背脸捂鼻来逃避现实。然而，现实还是现实。

杨逵痛斥这"只不过是痴人之梦"而已。杨逵教训西川满和叶石涛说：

真正的浪漫主义绝不是那样的东西；真正的浪漫主义是从现实出发，对现实怀抱希望的。如果现实是臭的就除去其恶臭；是黑暗的，即使只有一丁点光，也非尽力使其放出光明不可。对于人们背脸捂鼻的粪便，也一定要看到它的价值，要看到它使稻米结实、使蔬菜肥大的效用；要对它寄以希望，珍爱它、活用它。对于社会，不要只迷惑于它的肯定而看不到否定面；也绝不要看到否定面而对于它的肯定面却目光模糊。易言之，我们一定要凝视现实，看透在肯定面中隐藏的否定要素，一心一意去加以克服；同时也一定要培养郁积在否定面中的肯定要素，以自己的力量将否定面转换成肯定面。

这才是一个健全的，而不是荒唐无稽的浪漫主义。

但是，这浪漫主义绝不是与现实主义相对立的，只有站在现实主义的立场，浪漫主义才会是绽开的花朵。如果是非排斥现实主义就无法存在的浪漫主义，那只不过是一种空想、荒唐无稽的东西，是不搭飞机只搭筋斗云的东西，是痴人之梦，只不过是类若与妈祖恋爱的故事而已。

杨逵在这里阐释了浪漫主义，实际上也勾画了现实主义的轮廓。继续深入阐释现实主义，杨逵就从创作实践入手了。文章里，杨逵列举了日本非法西斯作家坂口䙥子的短篇小说《灯》，立石铁臣的随笔《艺能节之日》、《牛车与女学生》，对其现实主义的文学成就一番称赞之后，认定现实主义是要：

立脚于现实的同时，又不泥陷于现实，浪漫主义精神得
到了发挥，有打动我们的内心之处……

又写道：

真正的现实主义，是站在现实上发挥浪漫精神的东西。
我们必须认识到，和"虚无主义的自然主义"不同的真正的
现实主义，没有大爱心是无法表现出来的；在这里，要有坚
毅的决心，在面对任何事物之时仍有不被蒙蔽的锐眼，对任
何事物也要有一点也不含糊的谦恭之心。

由此而说到滨田隼雄、西川满、叶石涛等人对台湾文学中爱国作家们
所坚持的现实主义传统的谩骂和攻击，杨逵反驳他们的指责是"故意
忽视了大多数本岛人作家在描写所谓'否定面'的同时，也仍然表现
了前进的意志这个事实"，"不得不说是可悲的偏见"，是"愚蠢"。面
对日本殖民者及其帮凶的打压，杨逵鼓励爱国的台湾作家说，只要
"现实中依然存在""各种各样西川所不愿看到的现实"，我们就"无
法像西川氏一样可以装出一副事不关己的样子"。杨逵告诫爱国的台湾
作家说：

在否定面中，只要存在着肯定的要素，即使很微小，我
们也要把它振兴起来，因为我们感到有非加以培养不可的责
任，绝对不允许被抹杀；对现实即使只有百分之一的分量，
也非把它加入不可。

这，其实也是抗争"皇民文学"的宣言。文章末了，杨逵还公开表示
了这种愤怒的抗争：

每一个人都像滨田隼雄一样"决心一死"，那就难办了。

80 年代初，叶石涛在回忆他的文学生涯时，在回忆录里指称这场
关于"狗屎现实主义"的斗争是"小小笔仗"，说他自己给"世外民"
写《公开书》是什么"浪漫余烬时而会发作燃烧起来"之时，"不由

自主"地也"心血来潮"地写下的一篇驳斥写实主义的散文。这过于轻描淡写了，也过于掩饰历史、文过饰非了。这是一场十分严重的斗争。它记录了日据末期的台湾文学的真相，它暴露了打压台湾文学的"皇民文学"势力的丑陋嘴脸，也无可辩驳地证明了大部分的台湾作家在日本帝国败亡的前两年，仍然秉持台湾文学的现实主义的精神，继续对抗"皇民文学"势力，以抗拒文学的"皇民化"。曾健民在1999年发表《评介"狗屎现实主义"争论——关于日据末期的一场文学斗争》一文时说得好：

> 这场论争不是一般意义的文学流派之间的论争，而是作为日本军国主义的战争体制的一部分的"皇民文学"势力对不妥协于体制的台湾文学的现实主义传统的攻击；而大部分的台湾作家也并未妥协，奋起驳斥，高声喊出拥护台湾文学的现实主义，予以反击。

三、极少数"皇民文学"作家投靠侵略者助纣为虐

曾健民在《评介"狗屎现实主义"争论——关于日据末期的一场文学斗争》一文里还说：

> 1937年，日本发动全面侵华战争禁止白话文后，台湾作家或以封笔拒绝用日语写作（如赖和、陈虚谷、朱点人等），或远离家乡奔赴大陆（如王诗琅），高度自觉地表达了他们深沉的抵抗；在日本军国殖民体制的高压下以日文写作的台湾作家们，虽然在"皇民化运动"的风暴中，仍然延续着台湾文学的可贵传统，继续以现实主义的文学精神从事创作；这种坚持站在人民的立场，以反映社会真相、揭示社会矛盾、批判统治者来启发社会进步力量的创作方法，本来就是任何统治者都害怕的，何况在日本军国殖民者面临生死关头的"决战期"，作为日本军国殖民体制的"国策文学"的"皇民文学"势力，对台湾文学的现实主义传统展开猛烈的攻击，必欲除之而后快，是可想而知的。

在这种情况下，极少数"皇民文学"作家用他们的汉奸文学作品打压台湾爱国作家的作品，其间的斗争，可以说是相当惨烈的。这里，我们只说日本殖民者唆使极少数变节的文学家炮制的"皇民文学"作品，以便证明"文学台独"势力为"皇民文学"翻案是如何天理难容。

先说周金波的《水癌》和《志愿兵》。

周金波生于 1920 年，出生后不久，母亲带他到了父亲留学的日本东京。6 岁时一度返台，12 岁又去日本读书，学齿科。在东京时，周金波成了《文艺台湾》的同仁，于 1940 年写了《水癌》，发表在《文艺台湾》2 卷 1 号上。1941 年春返台。不久，在西川满的鼓动下，写了《志愿兵》，发表在《文艺台湾》2 卷 6 号上。这使他成为"皇民文学"的代表作家。1942 年，周金波当了"大东亚文学者大会"的台湾代表。

发表《水癌》的时候，《文艺台湾》已经调整了目标，处处表现出来"决心迈向文艺报国之途"的精神，一心要"尽皇国民之本分"，要"成为南方文化之础石"。"水癌"，从牙医学上说，指的是"坏血性口腔炎"。小说《水癌》里的男主角"他"，是一个从东京到台湾的牙科医生。站在"领导阶层"的立场上，这位牙科医生自认为已经实现了自己期待多年的夙愿，于是积极地参与当时殖民地政府正在推动的"皇民炼成"的工作。比如，把旧式的台式房间改造成"和室"，让自己活得像日本人。有一天，有一个妇女带着她患了"水癌"的女儿到他的医院来求治。这个妇女看来没有受过什么教育。检查一番后，牙科医生告诉这个妇女，她孩子病情严重，必须到大医院去治疗。母女两人走后，他和助手谈到这个孩子的病情，还议论这母亲会不会带孩子去大医院治疗。助手就认为，台湾人不太可能带自己的子女去大医院看病，这位牙科医生太高估台湾人了。大约十天之后的一个晚上，这个母亲被便衣警察以好赌的名义抓走了。后来，这个母亲又不愿依照诊疗的秩序，闯进"他"的诊疗室。她舍不得花钱去医治女儿的"水癌"，却想在自己的牙齿上套上金牙。这位牙科医生毅然地把她赶了出去。从此，这位牙科医生更加坚定了自己的决心，要成为自己同胞的心理医生，去净化流在那种女人体内的血液。

平心而论，《水癌》所写，无论题材、故事风格、人物形象，还是艺术构思、技巧及语言表达，都很一般，但是，它迎合了"皇民化运动"的需要。那个身居"领导阶层"的男主角牙科医生，实际上就是周金波本人的化身，而那个没有受过什么教育、没有多少教养的女人分明又是一般台湾民众的代表，"水癌"则是病态社会台湾愚昧、迷信、陋俗和不正民风的象征。周金波在做同胞心理医生的题旨是在寓意，就是要用"皇民化"的理想、抱负、观念来"炼成"皇民，改革台湾，并且期望通过"皇民炼成"的目标来达成他的晋身之道。小说的主题，表现的正是当时日本军国殖民主义者的"国策"。《水癌》，正是不折不扣的"皇民文学"。

《志愿兵》写了三个主要的人物："我"、张明贵和高进六。"我"，8年前就从东京学成返台了。眼前，正在事业和家庭两头忙碌。返台之初，"我"还满怀抱负，一腔热情，想要革除台湾旧弊，破除台湾传统。然而，久而久之，习以为常，现在，已经变得麻木不仁了。小说开始，是"我"去基隆港，迎接内弟张明贵。这张明贵，正留学东京，这次回来过暑假，想看看阔别3年的台湾。张明贵的小学同学高进六，也来到基隆港接他。这个高进六，读完高等科之后，就到了一家日本人的店里工作，在店里学了一口流利的日语，别人都误以为他是日本人了。还是在日本殖民政府强令台湾人改换姓氏之前，他就自称自己是"高峰进六"了。张明贵返台，主要是想亲眼看看当时实施"皇民炼成"、"生活改善运动"、"改姓名"和"志愿兵制度"之后的台湾，是什么面貌。可是，回来以后，张明贵发现，眼前的台湾，还是依然故我。高进六倒是和张明贵不同，要积极加入日台青年一体的皇民炼成团体"报国青年队"，想要体验到"人神合一的尊贵的人之修行"，以此督促台湾的进步。到底怎样做一个日本人呢？于是，张明贵和高进六两人互相争论起来。争论中，张明贵不赞同高进六那种修炼神灵附身的做法。张明贵只希望台湾人经过"皇民炼成"的教育，使台湾人有教养、有训练。不料，在争论发生后10天，报纸上刊登了一条消息说，高进六说服了年老的母亲，写下血书，志愿从军，当了志愿兵了。读到这个消息后，张明贵去向高进六道了歉，并向"我"表了态，认为"进六才是为台湾好，想改变台湾的人。我终究无能为力，不能对台湾有所贡献"。"今后，我会自我检讨。"

其实，就小说的艺术品位来说，这篇《志愿兵》，水平也很低，但是，它十分讨好日本殖民当局。前已说明，日本当局宣布决定在台实施志愿兵制度是在1941年6月20日，也就是过了3个月，到9月，周金波就写出了《志愿兵》。西川满拿到《志愿兵》，立即和日本文人川合三良也以志愿兵为题材的小说《出生》，一起发表。第二年6月，还给《志愿兵》和《出生》发了"文艺台湾奖"。日本殖民当局如此称许周金波的《志愿兵》，当然是因为他这篇小说表现出来的汉奸性的"皇民文学"品格。对此，周金波那时是供认不讳的。1943年12月1日出版的《文艺台湾》上，刊登了一篇"谈征兵制"的座谈会记录，其中有一段周金波的发言："我的小说《志愿兵》写了同一个时代的两种不同的想法，一种是'算计'的想法，另一种是'不说理由的、直接认定自己是日本人了'的想法；代表这个时代的二位本岛青年，到底哪一位走了正确的道路？这就是《志愿兵》的主题。我是相信后者——不说道理的、直接认定自己已是日本人，只有他们才是背负着台湾前途的人。"由此看来，高进六和张明贵这两个人物显示的虽然是怎样炼成"皇民"的方法不同的分歧和争论，但是，周金波触及的仍然是一个身为台湾人如何蜕变成优秀的日本人的问题。

在这方面，陈火泉的《道》也得到了日本殖民当局的高度赏识。

陈火泉是彰化县鹿港人，生于1908年。从台北工业学校毕业后，进入台湾制脑株式会社工作。1934年之后，在台湾总督府专卖局做事。陈火泉的小说《道》发表在1943年6卷3号的《文艺台湾》夏季特别号上。随后，陈火泉又在《文艺台湾》的6卷5号上发表了《张先生》，也不断参加日本殖民者召开的座谈会。1943年年底，《道》被列为西川满的"皇民文学""塾"刊行的"皇民丛书"之一，由日本人大泽贞吉写序文，《道》出版了单行本，其作者陈火泉也改署了日本姓氏"高山凡石"。《道》还入选为当年下半期日本文学大奖"芥川奖"的五篇候选作品之一。陈火泉后来还有作品《峰太郎的战果》发表在《台湾文艺》的1卷6号上。

在前述的"决战文学会议"上，陈火泉曾有《谈"皇民文学"》一文发表。陈火泉说："现在，本岛的六百万岛民正处于皇民炼成的道路上；我认为，描写在这皇民炼成过程中的本岛人的心理乃至言行，进而促进皇民炼成的脚步，也是文学者的使命。"这是我们解读小说《道》的一把钥匙。

小说《道》写了这么几个人物——陈青楠，台湾总督府专卖局直辖的"制脑试验所"的雇员；宫崎武夫，预备役陆军工兵少尉；广田直宪，樟脑技术股长；武田，陈青楠升官的竞争者；稚月女，陈青楠的同事，红粉知己。《道》的故事也很简单。陈青楠一直在致力于灶体的改良，以便提高樟脑的产量。他生活清苦，夫妻、老母和三个孩子一共六个人只能挤在一个四席半大的房间里。三四年前，人们就传言他要升职了。然而，因为他是台湾人，就一直不能如愿以偿。有一次，在酒席上，为了一点小事，日本同事武田欺负了陈青楠。从这以后，他很在意日本人的种种作为。其实，这个陈青楠，自以为已经是个优秀的日本人了。但是，在日本本土的"内地人"和台湾岛上的"本岛人"之间使用日语的语言区隔下，他还是感到非常迷茫。于是，像是一个"漂泊的'思人'"，他常常"冥想"，时时活在一串内省的生活中。比如，武田在什么样的心情下打人？自己的出身有什么问题？为什么他像被迫站在法庭上的被告陈述？为什么本岛人不是人？后来，陈青楠就希望借着通过"皇民"的信仰来解救台湾人的命运了。也就是说，他想明白了。不是具有日本人的血统才是日本人，而是要经由"历史锤炼"表现的人民，才算是日本人。趁着撰写提炼樟脑的新方法的机会，陈青楠决定好好整理一下自己的信念，要写成一篇《步向皇民之道》的文章了。不料，他向广田股长说出了自己的看法之后，反倒叫股长说了一句"不要忘了血缘的问题"，自己的想法又被震碎了。到了1942年6月20日，陈青楠看到"志愿兵制度实施"的报道，兴奋、激动不已，连夜提笔，边流泪边写下了一首《台湾陆军特别志愿兵之歌》。遗憾的是，几天之后，那广田股长又是当头一棒，不但告诉他"升官"无望，而且还不客气地对他说"本岛人不是人啊！"陈青楠几乎崩溃了。眼看过去所建立的一切价值观刹那间就被摧毁了，陈青楠一时陷入了神经衰弱的状态中。半年的日子里，他一直郁郁寡欢。有一天，陈青楠忽然发现，自己的问题是出在自己一直都用台语思考台湾人的想法，如果要做真正的日本人，除了"用国语（指日语）思想，用国语说话，用国语写作"之外，别无他法。想通了这一点，陈青楠又开始振作起来。不久，"太平洋战争"爆发，日本攻陷新加坡的消息传到台湾，陈青楠自告奋勇地志愿从军，期望自己成为"皇民"，能与日本人共同作战，以达成"皇民之道"的任务。这时候的陈青楠，确信自己必能成为第一个高喊天皇陛下万岁而死的人。那位红粉知己稚月女，在陈青楠心目中已然是像"伟大的日本之母"了。决定了从军的陈青楠，对稚月女表明心志说，本岛人若不和内地人面对共同目标、共同的敌人，一起流血、流汗，就不能成为皇民。现在正处于历史的关头，要创造血的历史。陈青楠还嘱咐稚月女，当他战死之时，希望她写下这样的墓碑铭："青楠居士在台湾出生在台湾成长成为日本国民而死"，或是："青楠居士成为日本臣民。居士为天业翼赞而生，居士为天业翼赞而工作，居士为天业翼赞而死。"

这样一个《道》，真是将通往"皇民"之道演绎和发挥得淋漓尽致、无以复加了。难怪，西川满说，读了《道》，他感动得"热泪盈眶"，是"惊人之作"，"希望让每一个人都读到"。也难怪，读了《道》，滨田隼雄夸奖为"最杰出的'皇民文学'"，"独特的'皇民文学'，是从未出现过的如此令人感动的作品"。顺便说一句，《道》发表后，陈火泉不仅在文学上出尽了风头，第二年，他在总督府专卖局的工作，也如愿以偿地升任为"技手"了。

一方面，是西川满、滨田隼雄以及叶石涛等在现实主义文学精神、创作方法上出重拳打压；一方面，是周金波、陈火泉等在小说创作上用作品为殖民体制、"皇民化运动"效劳，树立榜样，继续施压。这就是"战时体制"下，台湾爱国文学家们处在"皇民文学"、"决战文学"、"敌前文学"、"文学管制"的环境中所面对的险恶形势，艰难处境。

四、台湾文坛批判为"皇民文学"翻案的反动逆流

台湾文坛批判"文学台独"为"皇民文学"翻案的反动逆流，经历了两个回合的斗争。第一个回合，发生在70年代末到80年代初；第二个回合，发生在80年代中期到90年代。

先说第一个回合。

1977年5月，叶石涛在他的《台湾乡土文学史导论》一文里，引用张良泽在《钟理和作品中的日本经验与祖国经验》一文结尾处的一句话说："近代中国民族的厄运应该由中国民族自己负责，我们不能全归罪于外来民族。"叶石涛对此加以呼应说："一味苛责日本作家也是不公正的。"

张良泽后来对于自己曾经怀抱中国"民族大义"而批判过"皇民文学"，也是深为"后悔"的。他说：这也是国民党当局"反共爱国"教育的结果。

其实，张良泽并没有真正地批判过"皇民文学"。1979年，正在日本筑波大学协助研究台湾文学的张良泽，在11月5日的日本《朝日夕

刊》上发表了《苦闷的台湾文学——蕴含"三脚仔"心声的谱系·浓郁地反映迂回曲折的历史》一文，用所谓的"三脚仔"精神，来"概括整个从日据时代以迄今的台湾文学的精神"。张良泽说：

> 如果相机的脚架改成两脚，就会倒掉；改成四只脚，则又会因地面的状况而站立不稳。不论如何，脚架还是三个脚的好。至于人，则不论怎么说，两条脚的才是堂然的人。在日本统治时代，两条脚腿的台湾人，以"四脚仔"骂日本人。
>
> 　　不幸的是，我们自小被人呼做"三脚仔"。但这绝不是我们真的比别人多长了一条腿。只因为父母受日本教育，按日本姓氏"改姓名"；为了取得配给物资而使家人说日本话，变成所谓"国语家庭"。当不成"皇民"，驯至成了非人非畜的一种怪物，为"汉人"所笑。

这样的"三脚仔"，张良泽认定是一种"中间人种"。他的解释是：

> 日清战后，台湾割日，其后直至二次大战终结的50年零4个月中，产生了介乎大和"皇民"与中华"汉民"间的中间人种"三脚仔"。
>
> 　　台湾有史40年间，作为汉民族之一支流的台湾人，不断地被逼到夹在异民族的统治和同民族间的对立的情况。为了偷生而百般隐忍，甘于做三脚的怪物，既无蜂起反抗的勇气，又不甘于当"狗"当"猪"，受役于人。三脚人便愈益苦恼了。

在张良泽看来，这"偷生"、"隐忍"，便是介乎"大和'皇民'"与"中华'汉民'"之间日据时期台湾岛上的"中国人种"的"三脚仔"文学的精神。

陈映真在1981年2月22日的《中国时报》副刊《人间》上发表了《思想的荒芜——读〈苦闷的台湾文学〉敬质于张良泽先生》一文，批判了张良泽的"三脚仔"文学论。陈映真首先指出，"若以'三脚仔'精神来概括整个从日据时代以迄今日的台湾文学的精神，就不再是张先生个人研究上的态度和哲学的问题"了，这是必须深入讨论清楚的。陈映真分析说，人类社会史上，"殖民者民族，凭其不知羞耻的暴力，在政治、社会、军事、文化一切生活的诸面上，支配殖民地民族。在心理上，支配者眼中殖民土著，是卑贱、愚蠢、没有人的尊严和价值的"。陈映真写道：

> 正与历史上一切殖民统治的结构一样，在金字塔的顶端，是统治的、少数的异族征服者，而底部则是广泛的被支配的殖民地土著民族。介于二者之间，便是为异民族统治者所豢养、所使用的一小撮土著民。这些人，为了保护自己在征服者未来以前所蓄积的利益，或者为了借征服者的威势在殖民结构中获取利益，背叛了自己的民族，为征服者鹰犬。在生活上和心智上，这些人尽其全力依照殖民者的形象改造自己；学习使用支配民族的语言，吃支配者民族的食物，穿支配者民族的衣着，并且对自己母族的血液、语言、生活习惯和文化，充满了自卑，甚至怨毒的情绪。如果我们回顾日本支配下"满洲"、"南京政府"和台湾的文献，我们可以找到一些被征服者和知识分子疯狂歌颂支配者，对自己民族怀抱着深切的种族自卑，对自己民族的文化和传统，加以酷似于支配者口气的恶骂。

> 这样的少数一些人和知识分子，自然受到民族的卑视。在大陆，他们是"狗腿子"、"汉奸"；在台湾，他们正是介于"两腿"的台湾人和"四脚仔"（日本统治者）之间的，"非人非兽的怪物"，即所说的"三脚仔"。

> "三脚仔"最明白的、约定俗成的意义，就是"汉奸"。以"三脚仔"精神，概括台湾文学精神的一般，即使是一个真正的三脚仔，怕也不便、不敢出口的，何况张先生呢！

陈映真以为，"作为施暴者鹰犬的'三脚仔'族"，如果不再看他们那些无耻的、凶残的"恶疾"，他们也是"日本殖民主义的受害者"，"作为施暴者的鹰犬的'三脚仔'族，也成为被支配者、被施暴者民族的巨大的伤口"，因而，对于"大部分尚苟活甚至于活跃于台湾生活的过去的'三脚仔'族"，他无意"施以严厉的指责"，但是，鉴于张良泽的"三脚仔"论歪曲了台湾文学的精神，他还是要指出这么几点：

（一）所谓"三脚仔"，不是"没有蜂起反抗的"支配殖民的"勇气"，而是不但根本没有反抗的意念，他们认同于殖民者，挖尽心血依照殖民者的形象改造自己，诅咒、怨叹自己身上流的是"下等"的自己民族的血液，而不是统治民族的"高贵"的血液。以自己民族的文化、风俗习惯为耻。在日据时代台湾抵抗文学中常常受到嘲笑的人物，是那些说必蹩脚的日语，穿必和服，食必"味噌汤"的人，这正是所说的"三脚仔"。他们绝不是不甘为"狗"（日本人），正相反，他们是抛却一切廉耻想要当"狗"的人。

（二）张先生似乎想要在"台湾史的400年"中，寻找这样一种人：反对异民族的统治，也厌恶"同民族对立"的，既不认同于殖民者民族，又耻于承认自己和落后的同胞之间的关系的第三种"人种"。从而，张先生引喻失当地把这第三个"人种"名之为"台湾人"，即"三脚仔"！

19世纪发展出来的帝国主义，以无限制的贪欲和残暴攫取殖民地，其目的在掠夺资本主义商品生产的丰富原料，榨取殖民地的劳动，并以广大殖民地为无防卫的、驯服的倾销市场。欲达到此目的，殖民地的资本主义改造……以文明教化泽被蛮夷之名，进行殖民地的建设。特别在教育一项中，无不扬揄殖民母国文明之发达，以促成殖民地人民心灵的殖民母国化（例如日据时代台湾和"满洲"的"改姓名"、"皇民化"）为重要的教育目的，从心灵上消弭殖民地人民的反抗。

在这样的教化之下，受到殖民者教育的殖民地知识分子，便分成两种。其一，对殖民者的进步和文明、高尚，产生无限的崇拜，相对地对自己民族的落后和卑下，产生极深的厌恶。于是他一味要按着统治者的形象改造自己，努力断绝和自己民族的各种关系，并在思想、感情、心灵上认同于统治者民族。其二，殖民者的教育使他开眼，使他能认识到濒于灭绝的自己民族的悲惨命运，洞识殖民体制的榨取结构，从而走上反抗的道路，以寻求自己民族的解放。第一种知识分子，可以说是"三脚"知识分子，厌恶自己民族则有之，反抗异族则绝无；第二种知识分子有强烈的民族主义情感，他对统治者反抗，而这反抗正是以对自己的民族坚定的认同为基础。因此张先生所设定的既反抗异族的统治，又不屑认同自己民族的第三种人种，现实上是不存在的。而以这第三种人种自居的人，往往其对自己民族的憎恶是真，其对统治的异民族之批评或反抗则是假的。例如，在近十几年中，在北美和日本有这理论：台湾400年史，是台湾人在西班牙、荷兰、英国、日本和中国殖民者统治的历史，因此台湾应该从中国分离出来，走自己的路。说这话的人，反华的意识是真，但反西方殖民主义一点，就其运动和东西帝国主义关系之密切言，是欺罔之辞。

（三）有一种台湾史论，动辄以台湾的历史性格为言。从殖民制度的历史，从帝国主义发展史来看，台湾的历史，和一切亚洲、非洲、中南美洲这个幅员广大、历史古老的殖民地的历史，其实并没什么"独特"之处。西班牙占领北台湾、荷兰占领南台湾，以至于英国、法国和日本在19世纪帝国主义疯狂鲸吞包括台湾在内的东方的时代，整个中国、近东、中南半岛、非洲和中南美洲，都遭到同样的命运。帝国主义发展的基本上的共通性——一国资本主义向国际资本主义发展；资本的扩大再生产要求在落后国家开商埠，甚至占领别人的领土，进行经济的、社会的、政治的干涉等等，使日本帝国主义下的台湾，和列强帝国主义下的中国、越南、印度、非洲、朝鲜、近东、中亚，遭受同样的命运。殖民地台湾的历史，在世界殖民地历史的背景中，失去了它所谓"曲折迂回"的、"孤独"的历史特点，反而彰显了帝国主义、殖民地历史中，被压迫民族的共性。台湾人民反抗帝国主义的历史性格，不但和中国人民反抗帝国主义的历史性格有深刻的同一性，也成了全世界被压迫民族抵抗帝国主义历史中的一个篇章。

针对张良泽"三脚仔"的"偷生"、"隐忍"而"甘于做三脚的怪物"的画像，陈映真愤怒地指出：

如果以这三脚人的画像，来界定"50年零4个月"日本帝国主义统治下的台湾人（张先生认识中有别于"大和'皇民'和中华'汉民'"的台湾人），毋宁是一种极大的侮辱。从武力反抗到非武力反抗，50余年的日本统治下，台湾发生过多少壮烈的抵抗，这是治台湾文学史从而治台湾史的张先生，所不应该不认识的。正是从张先生辛劳而可敬的研究工作中，使战后一代的台湾知识分子得以重新去认识到日据时代下台湾文学的宝贵遗产，即先行代日政下台湾文学家如何在巨大的日本帝国主义暴力之下，发出英勇的抵抗主义，对异族殖民者和台湾的三脚仔大加挞伐；如何在被压迫的生活中，怀抱着磅礴的历史格局。这些主题，也应该是研究日本统治时期台湾文学的张先生所熟悉的。以"为了偷生百般隐忍"、"无蜂起反抗的勇气"、"为了取得配给物资"而"改姓名"、组成"国语家庭"的"三脚仔"精神，概括一切的台湾文学，简直是睁着眼睛诬蔑先贤了。

在日本侵略战争体制下，在当时所谓的"决战下"的"台湾文学"中；在日本帝国主义侵略结构下组织起来的"大东亚文学者奉公"中，确确实实地，和所谓"满洲"的汉奸文学家们一样，台湾也出现过这种三脚文学家，和他们的三脚作品（我不忍在此列出人和作品的名字，因为我有这样的认识：他们也和其他受压迫的同胞一样，是日本帝国主义的受害者）。但是，这些作品，却使有良心的日本人——例如以研究殖民地文学著名的尾崎秀树，都不能不在认识到日本人为第一个施暴者的基础上，以沉痛的心情加以批判的。张先生当然更不能以这种文学者和他们的作品为台湾文学的传统了。

说到用"三脚仔"精神来观照日据时期的台湾文学，陈映真还指出：

"偷生"、"隐忍"、不敢向组织性的暴力和压迫说"不！"的人生，是奴隶的人生；"偷生"、"隐忍"、不敢向组织性的暴力和压迫说"不！"的哲学，是奴隶的哲学。放眼世界伟大的文学中，最基本的精神，是使人从物质的、身体的、心灵的奴隶状态中解放的精神。

不论那奴役的力量是罪，是欲望，是黑暗、沉沦的心灵；是社会、经济、政治的力量，还是帝国主义这个组织性的暴力，对于使人奴隶化的诸力量的抵抗，才是伟大的文学之所以吸引了几千年来千万人心的光明的火炬。因为抵抗不但使奴隶成为人，也使奴役别人而沦为野兽的成为人。张先生花费了巨大的心力，为战后世代把日据时代伟大的台湾抵抗家们的作品，从尘封中整理了出来，而使战后的世代感铭不已的，不是奴隶的"三脚仔"的人生和哲学，正相反，是在抵抗中使奴隶提升为人的光明的形象。抵抗使奴隶成为巨人，使日本帝国主义者渺小若草芥。

日据时代台湾文学中的反日本帝国主义精神，有一个明白的基础，那就是以中国祖国为认同主体的民族主义。离开这个民族主义，是无从理解日据下台湾文学的抵抗精神的。从前近代的、迷信的、封建的农民抗日运动，一直到近代的、民族主义的抗日运动，都在这个祖国意识的基础上展开。这是一切殖民地政治的、从帝国主义的辖制中求得祖国的独立、民族的解放，成了各受压迫民族共同的悲愿，也成为殖民地文学共通的主题所在。在日据时代的台湾，从来没有介于"大和'皇民'和中华'汉民'"的"中间"的文学。只有以汉民族的立场寻求民族解放的、反对日本帝国主义的民族主义文学，而在它的对立面，也只有一味想洗清殖民地人"卑贱"的血液、一心一意要改造自己为皇民的"大东亚文学者"们或"决战后台湾文学"的"文学家"们的，真正的"三脚仔"文学。

鉴于张良泽还把这种"三脚仔"论延伸到战后，用以评价战后的台湾文学，陈映真还指出，这正是正派的日本学者尾崎秀树所指出的一种"思想的荒芜"。陈映真说，这使他"感到无限的心的疼痛和悲哀"。陈映真写道：

正如后世之人从赖和、杨逵等抵抗日本帝国主义的台湾作家的存在，看出一小撮"大东亚文学"派和"决战"派文学家们精神的荒芜一样，黄春明在《莎哟娜拉·再见》、王祯和在《小林来台北》、宋泽莱在《糜城之丧》等所表现的中国民族主义意识，照见了张良泽先生和一些文学思想界人士在这个历史中所表现的思考的空疏、荒芜和堕落。而这，与其说是有关张先生的悲哀，毋宁说是一种时代的哀愁吧。

日政下"决战"派和"大东亚文学者"派的喧哗和可悯的闹剧，受到公正的历史的批判而消失。人和包含了加害者与被害者在内的奴隶，乍见都是历史的产物。然而个人对于历史的主观的把握与理解，并以这理解为基石的人生的实践，分开了人和奴隶——奴隶经由抵抗而为人；人经由加害于人而成为另一种奴隶。这是不能不令人悚然而惊的法则。……

据说，在 1963 年，岸信介曾说过这样的话：

"就历史和种族，台湾和大陆均不同……为什么台湾人喜欢日本人，不像韩国人那样反对日本人：这是因为我们在台湾有较好的殖民政策之故。他们易于被统治，因为他们没有很强的民族主义的传统，因此他们比韩国人温和。"（王杏庆：《时报杂志》26 期）

战后时代的台湾文学家，对于这段话，是应该愤怒呢，还是应该流泪？"台湾与大陆不同"，台湾人"没有很强的民族主义的传统"之说，是对于本省人最放胆的侮辱和对台湾抗日历史最无耻的谎言。但，细细一想，这岂不是张先生台湾人三脚仔论的日本版本吗？日本帝国主义者的精神的荒芜，如何可因逃避了严正的批判，而延伸到战后的今日，尾崎秀树氏的预见，不幸言中。张先生以台湾人的身份，在日本从事台湾文学的整理与研究，以他在《苦》文中所表现的思考上的荒芜与空疏，对于日本帝国主义者若岸信介之流的精神的荒芜，会有什么样的影响，难道还不明显吗？

1979 年，张良泽还有一篇《战前在台湾的日本文学——以西川满为例》一文发表。随后，到 1983 年，他又抛出《西川满先生著作书志》，这都是美化西川满、美化"皇民文学"的。对此，陈映真在 1984年 3 月的《文季》1 卷 6 期上发表了《西川满与台湾文学》一文，予以批驳。

这时候的张良泽，如同陈映真所说，真的是"在思想上表现出对日本新旧战争体制万般温存的性格"。他说，他对战后出版的日本文学史冷遇了殖民台湾时期西川满一类的文学家，感到极端的苦闷。张良泽在《战前在台湾的日本文学》一文里写道：

> ……当时日本"臣民"之台湾人作家固无论矣，即活跃在殖民地台湾的日本作家，在这些日本文学史中皆没有记载……对于长时期促进了台湾文学，又为日本文学开拓另一分野的住台日本人作家受到忽视，实在令人感到遗憾。……为什么上述跨越了两个时代、交会在两个文化圈的边境的日本"外地文学"作家们，会受到日本文学史家的忽略呢？他们（译注：即日本"外地作家"）不是在日本文学的延长线上工作的尖兵吗？

由于张良泽以西川满的文学为例，"很不吝于给他高度的评价"，陈映真的批判也就针对着张良泽对西川满的美化来展开。

陈映真首先指出，战后时代的日本文学研究者近藤正己，对于同一个西川满，却有同张良泽先生甚不相同的评价。对于早期的西川满，近藤的《西川满札记》认为，他的作品内容是"没有实体的、西川式的幻想的台湾"。要之，西川满所写的台湾的风土和人物，都是以在台"二世"日本人的心灵为中心而虚构的台湾，除了皮相的异国情调，"引不起台湾人的兴趣"和"评价"，根本缺乏对"台湾人所处状况之深刻考虑和解释"。陈映真说：

> 张良泽先生苦口婆心呼吁日本人重视战时日本殖民地文学之研究的美意，恐怕即连当今最右翼的日本人都会觉得尴尬吧。

接下来，陈映真以"西川满的'台湾意识'"、"西川满的'台湾文学'论"、"压抑还是'促进'了台湾文学"、"头号战争协力文化人西川满""不清算，可以；翻案，不准！"为题，深入展开了批判。

张良泽啧啧推崇说，西川满是把台湾当作他自己的故乡的，是

"爱"台湾的。陈映真批驳说：

> 如果西川满深"爱"着台湾，则毋庸置疑的是，当年许多前来殖民地台湾投资、做官、探险的日本人也深"爱"着台湾的。问题在于：西川之爱，是支配者民族以他自己为本位去理解，去看殖民地台湾，从而投注他的感情。从"第二代"在日本殖民者看来，台湾有南国之美，有古台湾历史的神秘感，充满着叫人向往的"华丽"的异国情调。但是对于殖民地的儿子杨逵，台湾是充满着殖民地内部矛盾，是一个一触即破的脓疮；是疲惫破产的农村；是充满着民族压抑和荒诞支配的地狱。但对于西川和他的老师吉江乔松，台湾是"南方，光之源，赋予我等以秩序、欢喜和华丽"（近藤正已：《西川满札记》）的人间乐土，是精致的个人情趣（例如西川满在台出版的杂志、书刊的封面设计和装帧设计）。西川满的台湾，便是这样一个"人工的、空想的、幻想的"、"二世"殖民者心目中的乐园（近藤正已：前揭书），呻吟在日本帝国主义铁蹄下真实的台湾生活和台湾人民，对于西川满，是视而不见的。至于张良泽先生所顶礼颂赞的西川满小说《台湾纵贯铁道》，据近藤正已先生指出，"可以说是皇民化时代的代表作"，是一部"'二世'（日本）作家以日本人殖民者之原点——1895 年日军侵台作为主题而写的一本小说！"（近藤正已：前揭书）张良泽先生这样没有分析地就断定西川满是一个充满"台湾意识"、热爱"乡土"的人而引为知己，不要说是从中国人立场，即使从所谓"台湾民族"的立场，怕都难于过关吧。

张良泽认为，西川满对台湾文学来说，是意义重大的。其中，特别重大的是，他"在台湾人的心中，坚定地种下了一种叫做'台湾文学'的意识"。张良泽说：

> ……但是在西川氏的杂志或著述中，时常堂堂然使用着类如"台湾文学"、"华丽岛文艺"的词语。尤有进者，西川满也经常对于"台湾文学"的存在，做明确的主张。例如他

在论文《台湾文艺界的展望》中这样说——

"从今而后，再不要胡乱以东方文学为范本吧……南方就是南方，北方就是北方，既然身在明亮澄澈的南国生长，还不时思念着北国阴暗的雪空，这算什么呢？日本终于是要向着南方伸展下去吧。我等携手于文艺道路上的人，若无深刻的自觉，将何以面对我等后世之子孙？以华丽岛文艺，建设应乎南海、擎乎高天的天峰，这就是我们大家的天职啊！"

经由这样的想法，西川满清晰地主张了台湾文学的独自性，从而使台湾觉醒了起来……

对此，陈映真的批判是：

类似"台湾文学"的词语，是因着在不同的历史时代，对于不同的政治、民族立场的人，有不同的内涵的。例如1940年的《华丽岛》诗刊其实是在台湾第二代日本人文学家思有以推展"外地文学"的团体"台湾诗人协会"的机关刊物。而所谓"外地文学"，正是英国的 Colonial literature，是法国的 Littérature Coloniale，译成中文，就是"殖民地文学"。依当时在台湾的殖民地文学家岛田谨二的说法，这所谓"外地文学"，其实是殖民国与殖民地接触，产生"风土、人和社会"的差异，从而产生异于"内地"母国的、有特异性的文学，但一言以蔽之，是殖民者在殖民地写出来的，以不同程度歌颂了扩张中的帝国，讴歌新领地的"华丽"云云的文学。思图在日本南疆殖民地的台湾，为日本文学扩张新的、富有异国情调的文学的西川满的豪言壮语，毕竟是日本人本位——不，是日本帝国主义本位——的语言，非但并不是"主张台湾文学"的"独自性"，其实更是主张附庸于日本文学的，有别于其他领地如朝鲜之朝鲜文学的"台湾文学"的"独自性"吧！令人疑惑不已的是，张良泽先生绝非不知西川满的日本中心的台湾文学观。因为他也知道西川满主张台湾文学"在日本文学史上应占特异地位"，认为西川的努力，是要"把台湾文学作为日本'外地文学'（前指殖民地文学）的一环而加以开拓"，并认为西川对日本文学"新领域"开拓有所贡献。那么，张良泽先生是站在日本帝国主义的立场看台湾文学呢？还是站在台湾文学的立场看问题呢？观乎其文，答案是明白的。

何况，早在 1939 年为日本殖民地文学掌旗的《华丽岛》诗刊和 1940 年为日本侵略体制服务的《文艺台湾》之前，1933 年就有了《台湾文学》，1934 年就有了《台湾文艺》，怎么能说"台湾文学"的概念是西川满坚定地栽种在台湾人的意识中、促成台湾人的觉醒的呢？

张良泽对西川满推崇备至，还有一点是说西川满把"台湾的民间文艺提升到芬芳的文学境界"。张良泽说：

观西川氏之杂志和著作，就知道其内容殆为充斥台湾民间卑俗的故事、传说、风习等，取之为文艺，从而把素来被忽视的素材，因西川满浪漫的情绪和艺术性技巧，一变而升登文学的殿堂。

对此，陈映真批判说：

在殖民地中，对于文化，一贯存在着两个标准。从殖民支配者的文化以观，殖民地的"故事、传说、风习"，莫不"卑俗"。但从被支配民族自身的立场以观，这些故事、传说和风习，尽多优美而堪足自傲之处。即使从更激进的革新的立场去看，殖民地反抗的知识分子固然也在自己的文化中看到其鄙陋、落后之处，并且进一步为了图强而对自己文化中黑暗、落后的成分痛加挞伐，但这又与以日本人立场，以事不干己的态度，从爱殖民地神秘、异国性的趣味，既连腐朽、衰败的东西也大加赞美，两者之间，有迥然不同的意义。

而所谓西川满透过"浪漫的情绪"和"艺术性技巧"所表现的台湾，直如前文所说，是以在台"二世"日本人立场去虚构出来的"人工的、空想的、幻想的"西川满自己的"台湾世界"（近藤正己：《西川满札记》），与日据时代台湾的具体现实之间，自然有巨大距离。根据研究西川满的学者

151

近藤正己先生的意见，西川满的早期作品中的台湾，是没有实体的，西川自己幻想的台湾；他的后期作品中的台湾则多笔记、史料中古台湾的神秘，幻觉为多。而在这样的作品中，人们如果想从中找出西川"对当年台湾人所处状况之深刻思考、解释等描写"，是"极端困难的"。在台湾生活了 30 多年，却永远不能不"以日本人价值观的尺度"来看台湾的生活的"二世"日本人西川满，无从真正深刻地理解台湾的"故事、传说、风习"，自是十分明白之事，则西川满又如何能把这些"卑俗"的台湾"故事、传说"和"风习"，点石成金，"升华"为"芬芳的文学"呢？

张良泽还吹捧西川满确立了台湾文学的地位，培植了台湾作家，昌盛和丰富了台湾的文学。陈映真则针锋相对，用台湾新文学自 20 年代赖和等人以来的文学成就澄清了张良泽的谎言。陈映真说：

> 事实告诉我们随着日本侵略中国的战鼓逐渐昂扬，台湾新文学逐渐受到日本在台湾战争体制的弹压，终至消灭。以西川满为首的日本殖民地文学乃快速地向着战争协力的文学飞跃，代之而兴。西川满的崛起，至于在战争文学的啸喊中享尽荣华，其实是以在西川满协力下蛮横地弹压台湾文学为重大代价的。

接着，陈映真还列举事实，揭露和批判了西川满，以及为西川满歌功颂德的张良泽：

> 1941 年，"台湾文艺家协会"正式编入日本战争体制，西川满出任协会的"事务总长"。1942 年，西川满率团参加"大东亚文学者大会"，年底发表战争协赞的黩武演说"一个决意"。1943 年，抨击抗日的台湾文学主要传统精神现实主义为"狗屎现实主义"。同年 9 月，西川满提议"撤废结社"，废刊《文艺台湾》，翌年并以《皇民学塾》代之，终于将据他自己说比粮食还珍爱的文学，献上战争的祭坛。至此，"浪漫的"、"唯美的"西川满，肆无忌惮地暴露了他原本极右翼、

法西斯的战争性格，在台湾文学仆倒在日本战旗下受到严苛的检举与弹压之同时，西川满却享尽了"皇民战争文学"的荣华。张良泽先生竟何所据而谓西川满昌盛和"丰富"了台湾文学呢？

至于说西川满"提拔"、"培养"了作家，日本在台作家中有几个是西川满所培养的，不得而知。至于台湾作家，除了张良泽一再提及的某评论家，并未列出其他的名字。郑清茂教授向张良泽先生质询：除了某评论家之外，究竟西川满还栽培了哪一个台湾作家时，张良泽先生说那些受到西川满栽培的台湾作家，光复后都"绝笔"了。如果张良泽先生所说的那些作家，是一直跟西川从《台湾日日新报》到大东亚文学奉公会一路鬼混的作家，"绝笔"至少是知所羞恶之表现吧。至于张良泽先生不惮于一再提到的某评论家，除非某评论家自己出来承认是西川满的弟子。否则，事关名节，别人是不便妄评的。

在此，出于不忍之心，陈映真讳隐了"某评论家"叶石涛和"皇民作家"周金波和陈火泉等。再根据日本学者近藤正己的资料，陈映真还列举了西川满的一些文章说：

这些辉煌的记录清晰地说明西川满根本不是在日本战争体制协赞之下从事战争协赞的言行，而是西川满从青年期以来作为二世日本殖民者右翼反动的历史所形成的、真正的西川满性格的表现。

……西川满的极右翼反动性格的发展过程，正好说明了他的所谓唯美主义，他的所谓浪漫主义，其实是虚伪的外观，骨子里嚣狂的皇民军国主义才是西川满的基本的、真实的性格。

在这篇文章的最后，陈映真义正词严地批判了张良泽为西川满翻案、为"皇民文学"张目的"毫无学术、良心和民族立场的态度"。陈映真写道：

回顾日本逐步走向战争的历史时期中，殖民地台湾遭受了多么巨大的精神和物质的伤害。在那个疯狂的时代里，数百万台湾人民固无论矣，即使是加害者日本的侵略当局，也成为他自己所犯的严重罪恶所侵蚀和堕落的被害者。在残酷、严苛的暴力下，多少人的良知和心灵为了隐忍偷生，受到重大的羞辱和伤害。这是人们一直不忍对于即使在日据时代至极明显的协赞日本军事侵略体制的一些台湾作家、文化人加以无情揭发和清算的原因。但是，也正好是在举世屈从于狂恣的淫威的时代，一些敢于坚守原则，不惜以自身的破灭为代价，挺身抗争，敢于为人性的尊严面对施暴者的锋镝的人们，才更值得后世之人格外钦仰和尊敬。张良泽先生那种"谁都不可能不投降"论，是对于正气、公义、原则和勇气最令我遗憾的侮辱。如果张良泽先生还要进一步以这"投降有理"论，去为被一个曾经高踞协力日本侵略战争的文化人榜首的西川满翻案，则即使不站在中华民族的立场，就是站在作为一个有良心的人的立场，也是值得震惊的疯狂罪恶态度吧！

…………

学术研究受到研究者个性、立场、思想的影响，毋宁是自然的事。但像张良泽先生这种毫无学术、良心和民族立场的态度，真是绝无仅有。如果张先生研究的，是绿豆芝麻一类的题目，倒也罢了。不幸的是，张良泽先生是在日本的国际学界，谈论有关台湾文学史和思想，则忝为台湾文学界的一员，就不允对张良泽先生的千古未有之奇的错误，保持缄默，从而有必要提出纠弹，否则整个台湾文学界岂不贻笑于国际士林，对于殖民时代歪扭了历史下歪扭了的人，如何协助日本帝国主义加害者为虐，不加追究，是可以的，因为全体而论，莫不是战争的受害者。但如果有人处心积虑地为奸佞翻案则断断不准！为的是为人间后世留下起码的正气啊！

70年代末和80年代最初几年的这个回合之后，有关"皇民文学"问题的统、"独"之争，似乎暂时平息了下来。然而，前文提到的西川满"栽培"的那位"某评论家"还是于心不甘的。他，叶石涛，也终于还是骨鲠在喉，不吐不快的。于是，人们看到，张良泽之后，叶石涛公开跳出来，再为西川满翻案，也再为"皇民文学"翻案了。

这就到了第二个回合。

最早，是在叶石涛复出文学界之后写他的《文学回忆录》的时候。这回忆录里，他一共有 3 篇相关的文章，即《府城之星，旧城之月——〈陈夫人及其他〉》、《〈文学台湾〉及其周围》、《日据时期文坛琐忆》。前已说明，叶石涛是 1942 年 12 月 13 日在台南公会堂的座谈会上认识西川满的。在回忆那几年的生活时，叶石涛有意美化了西川满和"皇民化运动"、"皇民化文学"。比如，日本文学报国会召开的"大东亚文学者大会"分明是"大东亚战争"的文学动员大会，极具侵略性质，叶石涛却说它"似乎有浓厚的联系感情为主的联谊会性质"。西川满的《文艺台湾》，分明是日本侵略者的工具和喉舌，叶石涛却说"它似乎不是言论统制的机构，而是联络作家感情的联谊会"，它"缺乏符合国策的战争色彩"，而是一个染上西川满个性色彩丰富的"华丽杂志"，"并不排斥有不同文学主张的其他作品"，"尽管杂志的封面以'文章报国的决心'几个大字，表示拥护国策，其实这是蒙混当局的障眼绝招"。至于《文艺台湾》上西川满抛出来的周金波的《志愿兵》、陈火泉的《道》等"皇民化"文学，叶石涛则坦陈："我也并无'深恶痛绝'的感觉。"叶石涛为其辩称："在那战争时代，毫无疑问的一切价值标准都混乱了。在日本人的压迫下，中了日本军国主义教育的毒素很深的某一些台湾作家，他的意识形态自然被扭曲了。30 多年的岁月流逝之后，再来挖掘疮疤似乎并不厚道，好歹这些小说也反映了某一个台湾历史阶段的血迹斑斑的，被压迫的生活事实，我和钟肇政兄的见解相同，希望当作历史性文献或记录留下来，以便后代人能够彻底了解那时代的环境。"当然，叶石涛还美化了西川满，并为西川满和他自己在"狗屎现实主义"的争论中的丑恶历史涂脂抹粉。1983 年，在《文学回忆录》出版时，他用当时发表在《文学界》上的《文学生活的困境》一文代序，还要念念不忘地写道，西川满的《文艺台湾》"色彩较浪漫，据说倾向于皇民化。说它是皇民化吗，刊物的风格却也不太像。它照登了许多跟皇民化拉不上关系的地方色彩浓厚的版画和小说"。

往后，到 1990 年，叶石涛出版了《台湾文学的悲情》，书中涉及"皇民文学"的篇章有《抗战时期的台湾新文学》、《庄司总一的〈陈夫人〉》、《南方移民村》、《四十年代的台湾日本文学》、《"抗议文学"乎？"皇民文学"乎?》、《"皇民文学"》等。在《战争时期的台湾文学》一文里，叶石涛竟宣称："在这个时期里，没有'"皇民文学"'，全是'抗议文学'。"叶石涛还从周金波的《志愿兵》说起，攻击批判"皇民文学"的文学家。叶石涛说："战后完全停止创作的作家周金波，他所写的《志愿兵》等作品，也许算是'皇民文学'吧？但几十位台湾日文作家中，这究竟是不到百分之一的极少数作家。今日，常看到昧于知悉台湾新文学史的少数作家，诬蔑抗战时期的台湾作家为'皇民作家'，这是令人痛心的事情。如今，所有日文作家的小说大多已有中文译本。我希望年轻一代的台湾作家用心地去阅读这些血迹斑斑的作品，根据作品来予以公正的评估：究竟这些作品是不是'皇民文学'。如果不是，该还给这些先辈作家以荣誉，别再给他们戴上茨冠吧。他们是台湾民众中的秀异分子，他们反日、反殖民的民族精神永垂不朽，是我们宝贵的资产。"在《四十年代的台湾日本文学》一文里，叶石涛在继续为《志愿兵》翻案的同时，也为陈火泉的《道》做了翻案文章。叶石涛说："1943 年 7 月，《台湾文艺》上出现了陈火泉的《道》这篇小说，同样描写了台湾人皇民化过程，但是作者所描写的并非抗拒的过程，而是容纳和接收流程中的苦闷、讽刺和幽默，使得这小说减弱了尖锐的批判性。"在《"皇民文学"》一文里，叶石涛又一次为陈火泉的《道》做翻案文章说："陈火泉的《道》，有人咬定的'皇民文学'。但这篇小说，并不是那么容易咬定的。如果你站在作者的立场看，也许这篇小说也可以看作是一个台湾人的抗拒皇民化的心理挣扎的记录。作者用的是诙谐而反讽的笔调，没那么容易下肯定的结论。这篇作品也透露了属于弱小民族的台湾人那心灵的双重结构，一面倾向于统治民族的优势文化，一面又想要保持民族自尊心的那可怜的挣扎。这是篇血迹斑斑的历史性记录，在苛责以前，应该用细腻而同情的眼光去观察。纵令它有损伤民族自尊的地方，但它也的确反映了决战下一部分台湾民众的心灵结构。"叶石涛在《"抗议文学"乎?"皇民文学"乎?》一文里对"皇民化运动"时期的文学断然作出的结论是："没有'皇民文学'，全是'抗议文学'。"

再往后，1995 年，叶石涛在高雄《台湾新闻报》的《西子湾》副刊上发表《台湾文学百问》的随笔时，又在《西川满与〈文艺台湾〉》里，吹捧西川满的"坚强的作家灵魂值得吾人钦佩"，还不惜歪曲历史，吹捧西川满对台湾文学做了"巨大"的"贡献"。叶石涛的吹捧文字是："西川满不仅是一个终生创作不辍的诗人小说家，而且也是在台湾日本人知识分子重要的领导人之一，他应该是台湾日本人作家的龙头。他出钱出力建立了日本文学之一环的外地文学——台湾文学，培养许多日本人作家，也嘉惠台湾人日文作家。虽然他的统治者意识浓厚，遵守日本国策，不得不赞同'大东亚共荣圈'，但他的身份本来就是尊贵的、接近日本贵族阶级的人，这种右派的意识形态难以改变。不过他对台湾文学的贡献有目共睹。他也没有留下迫害台湾人作家的记录，虽然是日治时代台湾人作家的口诛笔伐的对象，如今检讨过去，倒惊讶于他留在台湾文学的巨大足迹。"

对于叶石涛为"皇民文学"翻案、为西川满张目的言论，台湾爱国文学家们本着"听其言观其行"的态度，密切关注着事态的发展。到了1998年，反击"文学台独"势力这种猖獗活动的时机成熟，爱国文学家们重拳出击了。

1998年2月10日的台湾《联合报》副刊上，5月10日的台湾《民众日报》副刊上，6月7日的《台湾日报》副刊上，张良泽连续以《台湾"皇民文学"作品拾遗》为名，辑译刊出了17篇所谓的"台湾'皇民文学'作品"。同时，还发表了3篇表达他对"台湾'皇民文学'"观点的文章。《正视台湾文学史上的难题——关于〈台湾"皇民文学"作品拾遗〉》一文是其代表。针对2月10日《联合报》副刊上的《正视台湾文学史上的难题——关于〈台湾"皇民文学"作品拾遗〉》一文，陈映真在4月2—4日的《联合报》副刊上发表了《精神的荒废——张良泽"皇民文学"论的批评》一文，予以批驳。不料，1977年对台湾乡土文学打过第一记棍子的彭歌，半路上杀了出来，在4月23日的《联合报》副刊上抛出了《醒悟吧！——回应陈映真〈精神的荒废〉》一文。对此，陈映真在7月5日的《联合报》副刊上发表了《近亲憎恶与皇民主义——答复彭歌先生》一文。

1998年，日本右翼学人在台湾岛上利用"皇民文学"问题登台表演，也大有登峰造极的势头。

这一年，垂水千惠的《台湾的日本语文学》由台湾前卫出版社译成中文出版。编者黄英哲，译者涂翠花。垂水千惠其人，出生于1957年，算是日本右翼学人中的新生代。1992年到1994年，她发表了一系列研究日据时期台湾日本语文学，尤其是"皇民文学"的论文。1995

年 1 月，她将这些论文结集为《台湾的日本语文学》一书，交由东京五柳书店出版。

也是在 1998 年，中岛利郎迫不及待地跑到台湾，紧锣密鼓地搞了一连串的活动。先是 3 月下旬，这个日本的右翼学人与旅日"台独"派学者黄英哲共同促成将"皇民作家"周金波生前的笔记和照片捐给台湾的"文资中心"，又编纂《周金波日文作品集》，为周金波"平反"。据 3 月 21 日《联合报》报道，在那个捐赠仪式上，黄英哲说："战后，有人修改以前作的作品，有人努力学中文写作歌颂国民党，可称为'另类'的'皇民化文学'，相较之下，周金波没有改过自己的作品，更值得钦佩。"中岛利郎则说："当年文学界把他归类为'皇民文学'作家，可以转移对其他相同情况作家的注意……周金波是一位爱乡土、爱台湾的作家。"

同年 12 月 25、26 日台大法学院有一个"近代日本与台湾研讨会"。会上，中岛利郎发表了一篇题为《编造出来的"皇民作家"周金波——关于远景出版社的〈光复前台湾文学全集〉》的论文，还散发了另一篇文章《周金波新论》。在头一篇文章里，中岛利郎针对远景出版社 1979 年编辑出版的《光复前台湾文学全集》未将周金波的作品选入之事，大做文章，结论就是，周金波的"皇民作家"名号完全是编造出来的。后一篇文章，通过对周金波的五篇小说的解说，证明周金波不但不是"皇民作家"，而且还是一位不折不扣的"爱乡土、爱台湾"的作家。

值得一提的是，在台大法学院的这个研讨会上，中岛利郎发表论文时作了一个声明说："日本社会文学会是左派的学会，自己坐在这席位上好像场子不对。"针对中岛利郎的表态式的声明，与会的"日本社会文学会"的代表西田胜在闭幕词中说了这么一段话："其实，我在致开会词中也说过了，'日本社会文学会'并不是'日本社会主义文学会'……以前说过不可贴标签的中岛先生，这次竟然给我们贴了标签，真是人生难料……因此，自任为右翼的中岛先生，即使坐在这讲坛上也绝不会是什么场子不对。"

好在，人们已经清楚地看到，这些"自任为右翼"的学人，跑到台湾大肆活动，为"皇民文学"翻案，正是当年日本殖民主义的幽灵徘徊不去的表现。

在这杂语喧哗之中，按捺不住的叶石涛，又在 1998 年 4 月 15 日的

《民众日报》上写有《皇民文学的另类思考》一文。周金波明明是中国的台湾人，文中，叶石涛却歪曲事实，宣称："周金波'日治'时代是日本人，他这样写是善尽作为一个日本国民的责任，何罪之有?"

面对这种情势，陈映真从容组织火力，发动了声势强大的反击。

先是在《人间思想与创作丛刊》的1998年冬季号上，即创刊号上，刊出了特集《台湾"皇民文学"合理论的批判》。特集共刊4篇文章，即编辑部的《台湾"皇民文学"合理论的批判》，陈映真的《精神的荒废——张良泽"皇民文学"论的批评》，曾健民的《台湾"皇民文学"的总清算》，刘孝春的《试论"皇民文学"》。随后，《人间思想与创作丛刊》1999年秋季号，又推出了一辑专题《不许新的台湾总督府"文奉会"复辟!》，发表了陈建忠的《徘徊不去的殖民主义幽灵》和曾健民的《一个日本"自虐史观批判"者的"皇民文学"论》。同时，这一期的《人间》丛刊上，还刊有一辑有关当年"狗屎现实主义"论争的"文献"，为解读这一组资料，曾健民写了一篇《评价"狗屎现实主义"论争》，也是声讨叶石涛、张良泽等"皇民文学论"的战斗篇章。

与此同时，1998年12月25、26日在台大法学院举行的"近代日本与台湾研讨会"上，著名作家黄春明还发言反击日本右翼学人说："日据末期的台湾人口有600万，'皇民作家'只是其中的少数几位，'皇民文学'影响也很小，并不是那么重要；而皇民化运动却影响了全体台湾人，那才是恐怖的，其影响之深远，至今还残留在我们的社会、家庭中，造成各种政治、经济、社会的矛盾……"

1998、1999两年里，陈映真和他主持的《人间》丛刊上所表现出来对于"台独"势力的"皇民文学"论的批判，是从以下几个方面展开的：

第一，揭露并痛斥张良泽的荒唐逻辑和汉奸嘴脸。陈映真在《精神的荒废》一文里指出，张良泽的"皇民文学"论的逻辑是：（1）国民党长年以来的"爱国"主义（中华民族主义）教育，是一切基于（中华）"民族大义"痛批"皇民文学"的根源；（2）然而，在现实上，"日据时代的台湾作家或多或少都写过所谓的'皇民文学'"。（3）因此，"新一代的（台湾文学）研究者，应该扬弃中华民族主义，不可"道听途说就对'皇民作家'痛批他们'忘祖背宗'"；要"将心比心""设身处地"……以"爱与同情"的"认真态度"去解读"'皇民文学'作品"。《人间》编辑部的《台湾"皇民文学"合理论的批判》一文则指出,张良泽的举动,"无非是要为台湾40年代极少数汉奸文学涂脂抹粉"。曾健民的《台湾"皇民文学"的总清算》一文还指出,张良泽的作为与谬说,"掩盖了推动'皇民文学'的日本殖民与军国当局和在台日本人御用文臣的罪行,最终是替当时积极地站在日本当局和日本御用文臣阵营的台湾'皇民作家'们涂脂抹粉,僭取他们在台湾文学史上的正当性"。

第二,揭露并痛斥张良泽的作为与谬说"对台湾文学造成了严重的淆惑与伤害"。曾健民的《台湾"皇民文学"的总清算》指出,张良泽的骗术"误导了一般读者,以为日据末期的台湾文学的内部都与张氏辑译的'皇民文学'一样,充满了歌颂日本大东亚圣战、皇国精神的作品;且误认当时的台湾作家全都屈服在日本的殖民与军国体制下,积极配合日本当局的'皇民文学'政策,曲志而阿权地写了像那样的台湾'皇民文学'。结果,使一般人错认为在日据末期,台湾文学就等于'皇民文学';甚至认为,台湾'皇民文学'就是当时台湾文学的全部"。曾健民认为:"这不但对日据末期的台湾文学造成了甚大的淆惑和伤害,同时对于当时处于日本军事法西斯高压的文学环境下,凭着民族与文学的良知,以各种方式抗拒台湾文学沦为'皇民文学'的台湾前辈作家来说,毋宁是再度的羞辱。"陈映真等人还指出,当年,自甘堕落死心塌地地写"皇民文学"的"作家",也就是周金波、陈火泉等极少数的几个人。针对张良泽把水搅浑的伎俩,陈映真的《精神的荒废》一文还特别澄清说:"从赖和到吕赫若的台湾文学家,即使在压迫最苛酷的年代,都不曾稍露屈服的奴颜媚骨。说到'发表作品',人们也会想起在压迫者严密控制下犹冒险秘密写出反抗的心声,隐而不发,迨敌人溃败后才将作品公之于世的吴浊流。台湾文学史上,不为'活下来'而失节,不为'发表作品'而违背原则、讨好权力的文章的人,比比皆是,而他们又个个都是从艺术上、思想上都能过关的,令后世景仰的真正的作家。"对此,曾健民的《台湾"皇民文学"的总清算》一文还指出,张良泽这样做,"居心""是想把所有的台湾前辈作家都贴上'皇民文学'的标签,来壮大'皇民文学'声势,使所谓的台湾'皇民文学'正当化"。

第三,揭露并痛斥"皇民文学"势力对台湾文学进行镇压的罪行。曾健民的《台湾"皇民文学"的总清算》一文指出,和战时的德国、日本一样，也和日本殖民统治下的朝鲜一样，二战中，台湾岛上的"皇民文化"及一切的"皇民"文学、艺术，都是推进法西斯战争的一种重要手段。为强化这种手段，在台"皇民文学"运动的头号总管西川满，控制"台湾文学奉公会"和"日本文学报国会台湾支部"，利用在台日本御用文臣的报纸杂志及其背后的总督府保安课、情报课、州厅警察高等课、日本台湾军宪兵队等在台军国殖民主义势力，用各种方式打压台湾人民的文学，企图将台湾文学"皇民文学化"。其中，包括禁止用汉文（汉语白话文）写作，迫使当时台湾文学的两大园地《台湾文艺》、《台湾新文学》停刊，迫使一部分失去文学园地的作家背井离乡远赴大陆和南洋。当赖和、杨守愚、陈虚谷和吕赫若、张文环等许多作家顶住这种压力，秉持文学与民族的良知，坚持台湾文学的现实主义传统继续从事创作时，1943 年 5 月，西川满又抛出"狗屎现实主义"对台湾文学进行恶毒的诽谤和攻击。到了这一年年末，眼看日本战局颓败愈为紧迫，西川满又策划召开了"台湾决战文学会议"，逼迫张文环、王井泉、黄得时等人在 1941 年 5 月艰难创办的《台湾文学》季刊废刊，还迫使台湾作家撤销文学结社。到 1944 年，盟军攻陷塞班岛，开始对日本总反攻，日本本土和台湾处于盟军猛烈轰炸之下，台湾进入"要塞化"时期，日本殖民当局对台湾文学的至上指令又由"决战文学"进入"敌前文学"时期。曾健民指出，这样通过打压台湾文学而建立起来的台湾"皇民文学"体制，和日本殖民当局在台推行的军需工业化、强制储蓄运动、"皇民化"运动，军夫、志愿兵运动等等，正是"一物的两面"。

第四，揭露并痛斥"皇民文学"的性格是"战争文宣性格"、"日本法西斯思想性格"、"皇民化性格"。《人间》编辑部的《台湾"皇民文学"合理论的批判》一文指出，"皇民文学"的"特质"是：（一）"在民族上憎厌自己的中华种性，思想和行动上疯狂地要求同化于日本"；（二）以文艺作品去宣传、图解日本殖民者的政治与政策——"支持战争、号召应征为'志愿兵'，充当侵略的尖兵"。陈映真的《精神的荒废》一文指出，"皇民文学"是为"皇民化运动"的目标服务的，它正是"皇民化运动""这邪恶道场的共犯和帮凶"。"从全面看，'皇民文学'是日本对华南、南洋发动全面侵略战争时，作为战争的精神思想动员——'国民精神总动员'机制的组成部分而展开。……目的在集体洗脑，使殖民地人民彻底抛却和粉碎自己的民族语言、文化和认同，从而粉碎自己民族的主体意识，在集体性歇斯底里中幻想自己从'卑污'的台湾人蜕化成为光荣洁白的'天皇之赤子'，在日本侵略战争中'欢欣勇猛以效死'，'以日本国民死'，'为翼赞天业而死'。"曾健民的《台湾"皇民文学"的总清算》一文则把"皇民文学"的性格认定为"战争文宣性格"、"日本法西斯思想性格"、"皇民化性格"。

前述三篇文章，还有刘孝春的《试论"皇民文学"》，陈建忠的《徘徊不去的殖民主义幽灵》，曾健民的《一个日本"自虐史观批判"者的"皇民文学"论》，都揭露和批判了叶石涛和张良泽所美化的周金波、陈火泉的"皇民文学"的作品。他们反映出：周金波的《水癌》用庶民阶级的没有教养的"母亲"来象征台湾，用"水癌"来象征台湾的迷信、陋俗，鼓吹用"皇民化"的观念、理想与抱负来改革台湾，主题表现的正是当时日本军国殖民者的"国策"。周金波的《志愿兵》，写的是一个只有小学毕业、出身平凡、质性素朴的台湾青年高进六（自改姓名为"高峰进六"），对皇民化思想有很深的体会，决心要依所信而活，终于以血书明志，应征为特别志愿兵，歌颂了夺取3万条台湾庶民的性命的"志愿兵"制度。陈火泉的《道》表现了主角陈青楠力争在天皇信仰中把自己转变成日本人时，近于哀号、呻吟的民族自卑、自我憎厌和对于"天业翼赞"的无限忠心和信仰，终于向日本当局提出应征为志愿兵。这样的汉奸文学、文学品质虽然低劣，主题却非常集中——"皇民化"。这是张良泽们篡改不了的。

《人间》的批判还指向了叶石涛、张良泽们在"皇民文学"问题上做文章，和日本反动学者沆瀣一气的面目。

《人间》编辑部的《台湾"皇民文学"合理论的批判》一文指出："美化日帝据台历史、怂恿日本右派不必为侵华战争频频道歉，到下关去为马关割台感谢日本人，仇视、憎恨中国和中国人而必欲将台湾从中国分裂出去的这些理论与行动，和将台湾'皇民文学'免罪，进而加以合法化与合理化的言动，是一个运动、一个倾向的组成部分。"这就揭露和痛斥了张良泽们的言行和"台独"势力与日本军国主义势力之间不可小看的瓜葛。

《人间》编辑部的《台湾"皇民文学"合理论的批判》和《不许新的台湾总督府"文奉会"复辟!》两文还指出，日本的反动学者垂水千惠、中岛利郎和藤井省三们，也有相关的谬说，也都美化日本在台殖民统治，美化"皇民化运动"，美化"皇民文学"。陈建忠《徘徊不去的殖民主义幽灵》专门表达了对于垂水千惠的《台湾的日本语文学》的义愤。曾健民的《一个日本"自虐史观批判"者的"皇民文学"论》则集中火力批判了中岛利郎为"皇民作家"周金波翻案的文章《编造出来的"皇民作家"——周金波》，并揭露这些日本反动学者妄图复辟一个新的"台湾文奉会"的阴谋。

对于这些日本右翼学人，曾健民在《一个日本"自虐史观批判"者的"皇民文学"论》里指出："并不是个人的或孤立的事情，而是近年在日本文化界逐渐兴起的一股右倾化潮流——'自虐史观批判'的一个组成部分。"

什么是"自虐史观批判"？

"自虐史观"是"自我虐待的史观"的简称。所谓"自虐史观批判"是近年在日本文化界逐渐兴起的一股右翼化的潮流。随着日本政界的一系列异常变化，如"日美安保新指针"、"周边事态有事法"、"国歌国旗法制法"、"加入 TMD"等等的出台，日本社会右翼的、保守的势力对有良心的、进步的势力频频发动了攻击。在中日关系上，有一个焦点就是侵华历史的问题。有良心的、进步的日本人，对于过去日帝的侵略历史坚持自我反省和向中国人民道歉谢罪的历史观点。右翼的、保守的势力就把这种正确的历史观点讥评为"自我虐待的史观"，即，把所有日本国内批判日本帝国主义、殖民主义、法西斯主义的历史观点讥称为"自虐史观"，用批判这种自我反省、道歉谢罪的历史观点的办法，来美化日本帝国主义的历史，使其侵略战争正当化、合理化。推动这种倒行逆施的右翼文化潮流的主要团体是"自由主义史观研究会"、"新历史教科书造成会"等等。垂水千惠、藤井省三、中岛利郎等人，就是这股势力的一个组成部分。

只是，如同《人间》编辑部所说，这些日本学者"绝不敢于在韩国或北朝鲜发此狂言暴论，却敢于在台湾肆言无忌，放言恣论"。这是为什么？《人间》编辑部指出，这"是因为台湾内部自有一种'共犯结构'。在政界，有李登辉（笔者注：也包括某新领导人）这样的皇民残余；在民间，有皇民欧吉桑、有皇民学者、有皇民化的台湾资产阶级。在台湾学界，有不少人因反中国、反民族而崇媚日本、美化日本殖民统治"。《人间》编辑部还指出，台湾中学教科书《认识台湾》（历史篇）的出台，生动地说明了，台湾已经将美化日本对台殖民统治的历史观上升到了当权者的主流意识形态的层次。对此，曾健民的《一个日本"自虐史观批判"者的"皇民文学"论》也指出："由于台湾近十年政治、文化、社会意识的急速'亲日化'使台湾成为日本右倾势力合理化、正当化日本殖民历史的重要突破口和模范舞台，日本的'自虐史观批判'者群起游走日台之间，纷纷把'某些台湾人的心声'作为批判日本国内的'自虐史观'的好材料。而台湾'皇民文学'问题更是一个上等的好材料，这就是中岛等人的所有作为的真面目。"

其实这些徘徊不去的日本殖民主义幽灵的猖狂活动，《人间》编辑部指出："他们的书（中译或日本原文）、文章在台湾公开流通。他们的立论有枝节的不同，但有一条说辞是一致的，即他们无批判地夸大日本的对台殖民统治为台湾带来'现代化'（日本人叫'近代化'）。他们将'皇民文学'中台湾人心理的一切伤害和矛盾，都归因于前现代的台湾人面对文明开化的殖民地现代性时的挣扎与苦闷，而与对殖民地心灵、物质深刻加害的、不知以暴力为人间罪行与羞耻的日本殖民地体制毫不相干！对于他们来说，日本对台湾的殖民使台湾迈入世界史的现代，得以文明开化，教育识字率普及，出版品丰富流通，形成'公共空间'，从而形成'台湾民族主义'，是战后台湾经济发展、政治民主化的源头。总之，日本殖民主义是美善的，有利益和恩惠于台湾……帝国主义有理！殖民制度无罪！"这就说明了，这些日本右翼学人为"皇民文学"翻案的目的，是要美化日本当年在台湾的殖民统治！

其实，"皇民文学"的汉奸文学性质，铁证如山，是谁也翻不了案的。针对中岛利郎的歪曲，曾健民在《一个日本"自虐史观批判"者的"皇民文学"论》一文中特别以周金波的作品为例，说明《水癌》就是要用"皇民炼成运动"来"去除迷信、打破陋俗"，就是要用"皇民化"的观念、理想与抱负去改革台湾和台湾人，所颂扬的正是"当时的主题是再鲜明不过的，这是通过张明贵与高进六两个典型来塑造一个台湾志愿兵的样板，颂扬这种人物的思想与行动力，赞美这种典型人物"。曾健民还指出，当年，日本殖民统治在文学上的头号总管西川满，对《水癌》赞誉有加。另外，在1941年6月20日殖民当局宣布决定在台湾实施志愿兵制度之后，9月，西川满一伙就将日本文人川合三良的同是以志愿兵为题材的小说《出生》和《志愿兵》一起，在《文艺台湾》上同时发表了。第二年6月，还给这两篇作品同时奖给了

"文艺台湾奖"。可见，日本殖民当局是十分称许周金波的汉奸文学作品的。在这样的铁的事实面前，怎么能说周金波是个"爱乡土、爱台湾"的作家呢？怎么能说"皇民作家"是战后台湾文坛编造出来的呢？

其实，周金波自己，对于写作《志愿兵》的"皇民化"宗旨是供认不讳的。曾健民查到1943年12月1日出版的《文艺台湾》，那上面刊登了一篇"变征兵制"的座谈会记录。其中，周金波有一段发言是："我的小说《志愿兵》写了同一时代的两种不同的想法，一种是'算计'的想法，另一种是'不说理由的、直接认定自己是日本人了'的想法；代表这个时代的二位本岛青年，到底哪一位走了正确的道路？这就是《志愿兵》的主题。我是相信后者——不说道理的、直接认定自己已是日本人，只有他们才是背负着台湾前途的人。"面对这样的事实，中岛利郎为什么还要千方百计做他的翻案文章呢？不只是为周金波翻案，为陈火泉翻案也是如此。明明铁案难翻，却还是贼心不死，这是为什么？垂水千惠曾经十分狡猾地把翻案文章做在追究周金波、陈火泉等人"非'亲日'不可的动机"上，或者说"非做皇民不可，有什么内在的必然因素"上。陈建忠的《徘徊不去的殖民主义幽灵》一文对此有入木三分的揭露。这就是垂水千惠自己说的："一言以蔽之，就是在近代化过程中，一个人如何和自己的民族认同意识妥协。"或者，是个"不做日本人就活不下去"的问题。这，分明是在美化当年的日本殖民统治！

在《人间思想与创作丛刊》的1998年冬季号上，陈映真的《精神的荒废——张良泽"皇民文学"论的批评》一文的"愤怒的回顾"一节中，列举了"皇民化运动"给台湾人造成了20万余人的生命损失之后，写下了这样一段文字："1945年，战败的日本拍拍屁股走人，在台湾留下满目心灵和物质的疮痍。驱策台湾青年奔赴华南和南洋，成为日本侵略战争的加害者——和被害者的主凶，当然主要是日本帝国主义残暴的权力。但是，对于殖民地台湾出身的少数一些文学家，在那极度荒芜的岁月中，认真鼓励鄙视自己民族的主体性，鼓动青年'作为日本人而死'，从而对屠杀中国同胞和亚洲人民而狂奔的行为，后世之我辈，应该怎样看待？"陈映真向读者推介了日本学者尾崎秀树。

尾崎秀树的《旧殖民地文学之研究》，是怀着对日本战争责任的深刻反省和"自责之念"而敢于仗义执言的力作。在评论陈火泉的《道》

的时候，尾崎秀树有这样沉痛的感慨："陈火泉那切切的呐喊，毕竟是对着什么发出的啊！所谓皇民化、作为一个日本臣民而生、充当圣战的尖兵云云，不就是把枪口对着中国人民、不也就是对亚洲人民的背叛吗？"由此，重读陈火泉的"皇民"小说之余，尾崎有这样痛苦的呻吟："当我再读这生涩之感犹存的陈火泉的力作时，感觉到从那字里行间渗透出来的作者的苦涩，在我的心中划下了某种空虚而又令人不愉快的刻痕，无从排遣。"有鉴于此，尾崎秀树发出了这样的疑问："对于这精神上的荒废，战后台湾的民众可曾以全心的愤怒回顾过？而日本人可曾怀着自责之念凝视过？只要没有经过严峻的清理，战时中的精神荒废，总要和现在产生千丝万缕的关系。"

陈建忠的《徘徊不去的殖民主义幽灵》一文，也提到尾崎秀树在《战时的台湾文学》一书中提到的类似的思考，陈建忠说，这使人想到了后殖民理论家法农（Fanon）在《大地之不仁》里写下的一段名言。法农在评论西方殖民主义对殖民地的影响时，写道："当最后的白人警察离开和最后一面欧洲旗除下时也不完结。"陈建忠有感于此，在他的《徘徊不去的殖民主义幽灵》一文中就说："日本殖民主义政权在战后虽然退出了台湾，但是殖民体制在政治、经济、文化各方面的意识形态残留却未得到充分的清理；换言之，即未达意识形态上的'去殖民'状态。"基于这种正确的判断，陈建忠提出，"我们要解读战争期的文学，正不妨仔细去辨识并清理在台日文作家、台湾作家文本中的殖民思想残留"。

有了这样的解读，人们就不难理解近年来在台湾围绕着"皇民文学"问题出现的怪现象了。这种怪现象，曾健民的《一个日本"自虐史观批判"者的"皇民文学"论》的描述是："在日据末期极少数人搞的、影响也不大的'皇民文学'，而且具有全世界都唾弃的法西斯文学性格的'皇民文学'，连日本人也不敢去碰触的日本法西斯国策文学的一组成部分的'皇民文学'，近年来，在台湾却异常热门，成为一批高举'台湾意识文学'大旗的文学界人士和几位日本的右翼学者联手炒作的对象，他们互为唱和，用各种谬论企图替'皇民文学'翻案。有人在报纸上大幅重刊'皇民文学作品'，指说当时几乎每个台湾作家都写'皇民文学'、都是皇民作家，夸大'皇民文学'，好像'皇民文学'就等同于台湾文学一样；有人说'没有"皇民文学"，全是抗议文学'；有人说某'皇民作家'是光复后才被捏造出来的，某'皇民作家'的作品其实是'爱乡土、爱台湾'的；也有人以所谓的'内在必然性'、'近代性'来解读'皇民文学'作品，把'皇民文学'合理化。"

在这样的历史闹剧中，我们看到，外国右翼势力和"台独"势力正在狼狈为奸。"台独"分子需要日本右翼学人，是需要他们为"台独"张目；日本右翼学人需要"台独"分子，是需要他们继续讴歌日本殖民统治。曾健民引用一位日本朋友的话说："其目的在使日本的侵略历史免罪，同时，在使台湾在政治上、文化上、思想上与中国大陆分离。"

1943年，日本扩大对华南与南太平洋地区的侵略时，是台湾殖民当局的总督府和"皇民奉公会"（简称"皇奉会"）所属的文艺团体"台湾文学奉公会"（简称"台湾文奉会"）与"日本文学报国会"台湾支部，共同在台湾推进以暴力扭曲和摧残台湾人民灵魂深部的"皇民文学"的。现在，日本右翼学人与台湾"文学台独"势力狼狈为奸，无异于一个新的"台湾文奉会"在复辟。《人间》编辑部说："和这新的日帝文奉会进行坚决的斗争，是一切有自尊心的台湾文学工作者无可旁贷的责任。"其实，这不只是台湾《人间》派同仁和全台湾爱国的、维护祖国统一的文学工作者，也是中国大陆和海外的华人文学工作者的无可旁贷的责任。

当然，对于台湾来说，如同陈映真在《精神的荒废》一文里指出的，"触目皆是的，在文化、政治、思想上残留的'心灵的殖民化'"，一定要认真地清理，日本殖民主义的残留影响一定要肃清。人们会十分赞赏并完全支持陈映真发自肺腑而又振聋发聩的呼吁和警策："久经搁置、急迫地等候解决的、全面性的'战后的清理'问题，已经摆到批判和思考的人们的眼前。"

陈映真、曾健民和他们的《人间》的批判，发出的呼吁和警策，还涉及了另一个问题，这就是，面对"文学台独"势力的翻案逆流，人们应该怎么办？比如，现在张良泽对于他自己在过去曾以中华"民族大义"批判过"皇民文学"深感"后悔"当初之"无知"，所以，要来为"皇民文学"的"汉奸"品格翻案了。人们看到，《人间》的战士们也愤而起来加以批判和进行清算斗争了。而那些"自命真正爱台湾的人"呢，又都到哪里去了？曾健民的《台湾"皇民文学"的总清算》一文说得好："面对张氏如此淆惑与伤害台湾文学的尊严的作为，平日开口'台湾文学的尊严'，闭口'台湾文学的主体性'的所谓'台湾意识文学'论者，怎么都鸦雀无声了呢？是不是所谓的尊严或主体性只对中国有效，而对日本军国殖民者或其嵒从者无效呢？"

七 妄图在语言版图上制造分裂
为"台独"造舆论

——"文学台独"言论批判之四

赵遐秋 曾庆瑞

　　文学领域里的"台独"势力还有一个言论是，台湾文学是"多语言的文学"。其险恶用心是，在这"多语言文学"的幌子下，扭曲台语，把原本属于汉语方言的台湾话说成是独立的"民族语言"，在语言版图上制造分裂，利用语言的分裂来鼓吹文学的独立。陈芳明在1999年8月的《联合文学》第178期上发表《台湾新文学史》的第一章《台湾新文学史的建构与分期》就说："台湾沦为殖民地之后，作家的语言选择变成很大的困惑。究竟是使用古典汉语还是中国的白话文，或是台湾本地母语，或是日本殖民者的语言？从新文学发轫之后，就可发现作家各自采取不同的语言从事文学创作。谢春木使用日本语，张我军选择中国白话，赖和借助台湾母语，构成了殖民文化的混杂现象。"

　　这种利用语言问题做"台独"文章的势头，早在20世纪80年代初期就开始了。当时，在海外讨论了几年的"台语"书面化言论基础上，洪哲胜站了出来。洪哲胜1958年毕业于台南一中，进了成功大学土木系。1967年到美国，在科罗拉多州立大学攻读博士学位。1971年离校到新泽西州专职进行"台独"活动。1975年回校完成学位攻读。1979年又辞去波士顿一家公司的职位，前往纽约市，再度从事"台独"运动的专门工作，曾任"台湾独立联盟"副主席。1984年退出这个"台独联盟"，筹组"台湾革命党"，并任"建党委员会"召集人，继续从事"台独"活动。

　　1983年6—7月，洪哲胜利用在美国出版的《台湾与世界》总1、2期的版面，抛出了《台话发展史巡礼》一文。文章里，洪哲胜别有用心地对"台语"作了一个"界定"。他说："台语有3/4的人口使用着'台湾福建话'。人们并不啰里啰嗦地称呼它'台湾福建话'，而简要地、约定俗成地把它叫做'台语'。于是，'台语'歌曲、'台语'电影，及'台语'歌仔戏等用法，就经常出现在人们的口语中。这个多数台湾人的母语，被外来的日本殖民政权歧视打击了50年；接着，又被外来的国民党当做眼中钉加以排拒摧残。然而，它却越来越拥有丰富的内容、瑰丽的成分，以及旺盛的生命力！"他还说："台语当中，从中国福建跟随着汉人移民横洋过海移植来台湾的语言成分，至今仍然是构成台语的主干。三四百年来，台语有了多样的发展，但基本上，还是从这个主干上生长出来的，与原来有所不同的枝叶花果。虽然如此，台语当中已经有很多成分是原来甚至当今的福建话所没有的。这就是为什么我一开始就把台语称做'台湾福建话'的原因。"针对人们把台湾话叫做"闽南话"的叫法，洪哲胜危言耸听地指责说："这样做，不但犯了把台语和福建话等同起来的错误，而且是对操用这种语言的人一种歧视！"洪哲胜还歪曲历史，把"二战"之后收复台湾行使国家主权的当时的国民党政权也叫作"外来政权"，说它和殖民地荷兰、西班牙、日本等外来政权一样，"危临台湾"，"一个一个都在台语当中留下了或深或浅的痕迹"。洪哲胜蛊惑人心地说："给台湾的发展历史作了如上的巡礼后，我们不难同意，台语是以福建话为主干发展出来的语言。但是，它绝不等同于福建话。福建话的古老和典雅，它有。福建的外来成分，它也有。然而它还有产生在台湾这个美丽岛屿的独特风土上面的瑰丽的成分。而且，在三四百年的独特历史中，它还吸收并发展了自己的丰富的内容。同时，它越来越有旺盛的生命力。终有一天，它要嘲笑那些想要把它灭绝，而最后自己先消失的所有的外来野心家，骂他们一声'瘾头'！"

《台湾与世界》的总1期上，还有一篇署名"陶冰"的短文《台语迫切需要书面化》呼应了洪哲胜，也认定台湾话是台湾人的母语，甚至还说，这"也是台湾人争取生存权的武器"，"必须珍惜它，发扬它"，而"要使其发扬光大，台湾话必须书面化"。

1983年8月，邱文宗在《台湾与世界》的8月号（总3期）上发表《关于台语书面化的一些概况——兼作转载有关苏新闽南语研究引言部分序言》一文，就海内外对"台语书面化"问题的讨论情况作了一番归纳。关于台语有无必要书面化的问题，邱文宗说："持正面一方的说法大致可分为：（一）台语乃中国闽南方言之一支，是中国汉语的'次方言'，在中国闽南、南洋一带华侨以及台湾，使用人数众多，书面化实有必要；（二）遭受日据时代日人"皇民化运动"的压迫，兼尝台湾'国府'歧视台语的感受之后，由政治上引起的反抗意识反映到语言的层次上来，认为需以'汉学'或台语书面化运动进行所谓'文化对抗'；（三）从事文艺活动的工作者，基于想如实反映当地群众生活的需要，认为应有一套较完整的书面化台语，以便运用。当然，持反面看法的文章也不少，其主要论点可分为：（一）已经有了'国语'，台语书面化足以影响甚至阻碍其'国语'的推行；（二）极可能因而产生'台独'或'分离'的衍生意识。"至于如何体现书面化的问题，邱文宗说："如何体现台语书面化，也就是说采用何种媒介的问题，归纳起来，大体也有下列四种主张：（一）全部采用汉字；（二）采用罗马拼音字；（三）汉罗混合运用；（四）另创一种新符号。"邱文宗对此未置可否。倒是在文章后面摘录了苏新的《闽南语研究引言》，用以表态。苏新的《引言》虽然说到了闽南话和普通话的差异，但是，他强调的是，"闽南话和普通话都是'汉语'语系，用的也都是'汉字'"，他是维护语言文字的统一的。不过，到这一年的11月，这本杂志的总6期上，署名"道章"的《台湾语文追踪序幕》一文，还是说："台湾教会的罗马拼音圣经已奠定了台语拉丁化的基础。但它缺乏科学化和系统化，且有不少没有母音的词汇，如果能略加改进就可使台语拉丁化更完善。那么我的台语追踪法也就可以从此顺利进行。首先，把在台湾和世界上其他使用汉文地区的所有汉字分别用拉丁字母拼出，其次比较所有的同字异音的台湾汉文，再次比较汉字与其他地区汉字发音之异同，然后归纳出一些语音变化的公式。最后就是利用这些公式来找一般认为有音无字的台湾字。果真无字，则该创造新字来使用。"

事情到了1984年。这时，台湾文艺杂志社出版了一本《台湾语言问题论集》，收集了1973年到1983年间台湾岛内发表的一些主张发展台湾"母语"，以求"语言自由"的文章30多篇。胡不归于这一年的3月，在《台湾与世界》上发表了一篇《读〈台湾语言问题论集〉有感》。文章说："这个国语的概念，本来就是站在沙文主义上的，有了这种错误思想，才会引起种种政治问题来。过去日据时期台湾总督府所施行的国语政策如此，现在国民政府所推行的国语政策还是如此。要是脑子里头不存些什么歪念头想占人家便宜，语言问题是好谈的，没有什么解决不了的。人人有生存的权利，当然就有权利使用自己最方便的语言，这是天经地义的道理。这种权利是人最起码的权利之一，谁都犯不了，除了他们自愿放弃。所以有两种或者两种以上的语言相处时，只要大家能互相尊重对方的语言，大家就应该可以相安无事的。不过遗憾的是实际上常常无法做到这样。"他就鼓吹，对于国民党政权的语言政策，台湾人"都应该会感觉委屈，感觉气愤，甚至怒不可遏而叫起来才对"。文章还鼓动台湾人"为了母语的书面化而多卖些力气"。

这一年10月，胡莫在《台湾与世界》总15、16期上发表了《台语书面化之路》一文，继续鼓吹："台湾人讲的是台湾话，台湾人当然也可以按照台湾话来书写自己的语体文。"这一类文章，还有这本杂志同年11月号上发表的道章的《台语文的音与字》，1985年10月号上发表的道章的另一长文《〈台语之古老与古典〉评介及衍析》。

1987年4月号的《台湾与世界》上，王晓波发表了《台湾最后的河洛人——巫著〈风雨中的长青树〉读后感》一文，像是对以上种种的杂语喧哗作了一个总结性的回应。文章借着台湾本土著名诗人巫永福的大作，指出了台湾人、台湾话与大陆中原文化的割不断的联系。王晓波借巫永福之口说："巫老极言今日闽系台湾人即河洛人，其语言即河洛话，并且才是唐、宋以前的汉语。"他引用巫永福的话说：

> 河洛语系文化系统的福建、广东与台湾河洛人、客家人，都是纯粹黄帝子孙为中心的汉民族，他们的祖籍都在河洛地区，故他们的祖坟都明记河洛祖籍以示不忘。以我巫姓而言，祖籍为山西平阳，依族谱记载于永嘉之乱时，经山东、浙江避难至福建。之后又有移往广东潮汕地区成为广东河洛人。再后又移往嘉应州梅县成为客家人，而后部分移往台湾。继承着丰富的河洛语系文化的河洛语言、诗经、唐诗、论语、南北管音乐及演剧、布袋戏、皮猴戏、创作歌仔戏，比北京语系文化的京戏、京韵大鼓、铁板书丰富得多。且诗经、唐诗以河洛语来吟韵律才会好听外，其字义的解释更需借重河洛语，很多古书也是一样。因为河洛语系汉民族统治中国的历史较悠久，其文雅的语文及词汇的丰富更是北京语文所不能及。

为什么今天台湾还能保持这些河洛古语呢？王晓波仍然引用巫永福的

话说：

> 这些中国的古语音河洛话——台湾话为何在福建、台湾能保持其古音的完整呢？第一，福建多山贫瘠，交通不方便，较不易受外来的影响且原住民的势力小。第二，台湾隔着台湾海峡成为海外孤岛，海上交通不发达，虽然满清260年的统治却被视为化外，自然地台湾人的语言文化仍然保持其固有的特色，不受满清的语言的影响。而日本虽统治台湾50年，时间不算长，日本语的影响不多，故其原来的语音风格仍无变化。

王晓波的文章，还针对陈芳明在《岛屿文学的丰收》一文里的所谓"在50年代以后出生的一代，可以说是向中国经验正式告别的第一代"的言论，指出：

> 如果台湾青年知识分子不能回到自己的历史，而变成向河洛人告别的一代，我怕，巫老将会变成台湾知识分子中最后一个河洛人了；巫老一生在这动乱时代中的文化奋斗，也可能只能成就自己为河洛人的孤臣孽子了。
>
> 不过，我更相信台湾人强韧的民族力，台湾的老百姓，仍然会一代又一代的，把自己民族的烙印勒刻在死后的石碑上，和书写在自己的族谱上。所以，只要孤臣孽子犹在，河洛人的香火仍得不绝如缕，巫老的心血终究是不会白费的。

然而，这样的批判阻扼不住"文学台独"势力拿语言当稻草的努力。而到了90年代，这同一个巫永福也转向，成为"台独"派，背离了自己原来的民族和思想立场。而且，这以后，还进入了一个实质性的阶段，叶石涛等人直接由"台语"而鼓吹"台语文学"，以图分裂了。

先是叶石涛在1985年开始发表的《台湾文学史纲》里，叶石涛先认定，张我军主张的"白话文学的建设，台湾语言的改造"，跟"殖民地台湾的现实状况背道而驰"。到了30年代的"台湾话文和乡土文学"的论争，其实质分明是个文学如何"大众化"的问题，叶石涛却硬要说，那"是台湾话文的构想"的"萌芽"。说到80年代的台湾文学，叶石涛又说："在台湾新文学开展的初期阶段，已经出现了台湾话文、乡土文学等论争。台湾话文尽管是主张为了渗透民间的方便起见，创作语文应用台湾话文去书写，排除用日文写作的途径，但它也同时认为，以北京官话为准的白话文不适用台湾民众，跟大陆的大众语运动互相呼应，要建立更符合民众生活的日常性语文——台湾话文。"从此，"以北京官话为准的白话文不适用台湾民众"，成了"文学台独"势力鼓吹"台湾文学"同大陆文学分离的纲领。

1995年，叶石涛在高雄《台湾新闻报》上写他的专栏文章《台湾文学百问》时，进一步宣传了这些主张，比如，在《新旧文学论争与张我军》一篇里说："张我军的'白话文学的建设，台湾语言的改造'主张，其实是一条行不通的路。台湾人既不是日本人也不是中国人，台湾是一个多种族的国家。后来在30年代，黄石辉、郭秋生等作家主张'台湾话文'，但1937年以后变成清一色的日文文学，台湾的历史性遭遇使得台湾的语文环境变得很复杂，这也许是张我军做梦也没料到的事。"至于，说到80年代的台湾文学，叶石涛则胡说台湾是一个"国家"，诬蔑汉语普通话的推行是"外来统治民族强压的语言政策所导致的结果"。他的诬蔑性言辞是："台湾本来是多种族的国家。先说属于古代南岛语族的山地原住民和平埔族，就有将近20种互不相通的族群母语。然而除去东部噶玛兰族人还保存有噶玛兰话之外，其余平埔族已被汉人同化，母语已经死灭。山地原住民除老一代还能操母语之外，年轻一代的母语能力低落，而且山地原住民九族的所谓母语里掺杂有相当多的日语。汉人中的福佬、客家族群，年轻一代的母语能力也不佳，只有外省族群所用的普通话一枝独秀，是优势的语言，正如日治时代的日语是优势语言一样。这当然是外来统治民族强压的语言政策所导致的结果。虽然在日治时代的1930年代初期，黄石辉和郭秋生掀起台湾话文运动，极力主张回归母语，抗争中国白话和日文，且留下赖和、黄石辉、郑坤五、蔡愁洞等作家少数的台湾话文作品。但由于战前、战后有关母语的标记法认知不同，今天去读黄石辉等人的台湾话文作品，令人感到相当吃力。用母语来创作是天赋人权，不可剥夺的人权之一。统治者用政治力量来宰制文学及民众的日常语言，是最法西斯的强暴手段。"叶石涛还夸大一些作家在作品里使用方言词语的情形，硬说"战后许多客家系作家，如吴浊流、钟肇政、李乔、钟理和等，把客家母语甚至日语带进作品里。福佬话即由王祯和带进作品里，成为保存母语韵味的崭新的‘文学语言’"。说到"母语"的标记法的问题，叶石涛又说："就母语的标记而言，长老教教会有漫长的罗马字拼音的福佬话标记法，通行几十年。有关母语标记法各研究家中难免有些争执，互不相让，从连雅堂到王育德都有不同的看法。战后给母语文学带来不同标记法的专家，先后有许成章、郑良伟、洪惟仁、庄永明、陈冠学、罗肇锦、许极燉、陈修等人。"在这篇文章里，叶石涛还认为："母语文学的未来奠基于各族群的认同和共识，这不是任何一个种族可以决定的重要课题。"

1996 年 5 月，叶石涛在中正大学"台湾文学与生态环境"研讨会上发表论文《台湾文学未来的新方向》一文时，又说："随着台湾的民主、自由化，社会的多元化和多样化，各族群重视自己族群的历史、文化的倾向不可避免。台湾文学经过 70 年的波折和发展以后，各族群以母语来创作应该是理直气壮的。河洛人发展台语文学，客家人写客语文学，原住民用各族群母语的古代南岛语来写作，这应该是符合台湾多种族社会，取得和谐时代潮流。"怎样处理这"多种族"的语言问题呢？叶石涛的意见是独尊"台语文学"。他说："多种族的台湾面对这分歧的母语文学必须拥有共同的语文来化解。当然依照民主方式的各数决而言，占有多数的河洛话文学也就是台语文学，应该成为台湾文学的创作语文是天经地义的。"

跟在叶石涛之后的是彭瑞金。彭瑞金在 1991 年 3 月出版他的《台湾新文学运动四十年》一书时也纠缠在"母语文学"问题上有意制造分裂。他在说到 1980 年以后的《本土化实践与演变》时，特别写了一节《从方言文学到母语文学》。彭瑞金说：台湾新文学发轫以来，寻求合理的台湾文学语言，一直是严肃的课题，不但内部沿路争议不休，而且受到政权更迭的干扰、禁制。"接下来，彭瑞金说到 20 年代新旧文学语言的争论，指责了张我军的"依傍中国的国语来改造台湾的土话"的主张。说到 30 年代黄石辉的主张，彭瑞金又恣意歪曲说，那是"明确概括台湾文学内涵、具有台湾意识的台湾文学语言观点，其后，因迭遭 1937 年的汉文废止政策，1943 年的皇民文学以及国民政府来台后的‘国语’政策，以政治力贯彻外来语的压迫，使得台湾文学语言历经重大冲击，始终处在不能归位的状态。因此，捍卫台湾语文，重振发扬台湾语文，建设台语文学，这样的文学与语言纠葛不清的现象，不但成为台湾作家在埋首创作之外，一项困惑不已的创作梦魇，台湾人说不得台湾话，也是台湾社会政治运动奋斗不懈的目标，日据时期有作家因为进入日文创作时期而放弃文学，战后又有人因为无法跨越语言的障碍而放弃创作，足堪列为世界文学史上的奇观"。60年代，他又加以歪曲，把王祯和等乡土文学作家的作品说成是"方言文学"或"文学方言"作品。一直到80年代，彭瑞金说，才有了一个"强势的母语文学运动"。他说，这"强势的母语文学运动，实际是因应着台湾文学的自主性、本土化之台湾意识的觉醒成长运动而产生的"。彭瑞金说："80年代台湾语文学运动最大的特色是站在台湾文学正当性出发的；带动台语文学者认为台湾作家以台湾语创作是天经地义的事，不再以方言文学的心态乞求宽容的存在，同时也跳过台湾话到底有没有台湾文字的忧虑。"为了说明这种运动的"成就"，彭瑞金引录了林宗源的《台湾诗选》的代序《沉思与反省》中，用"台语"写下的一段话，即"台湾作家家己的语言不在家，精神有分也无在厝，食到七老八老犹不断乳，无自信无觉悟无反省，讲的拢是三天地外的中国遗产，写的拢是半仿仔的北京话，莫怪予人准做是边疆文学。台湾作家为何不责问家己……不去深深反省，实实在在创作家己的文学，犹咧相杀讲啥物台湾话文的好恶，著不著，该不该写。"然而，对这样的"台语文学"，彭瑞金似乎也信心不足。所以，他又不得不写下了这样一段文字："台湾语文发展的最大疑题，在于台湾话文字的长期荒疏，自不容否认，林宗源主张写了再讲，也自有道理，毕竟台湾话并非原本没有文字，当然断绝那么久的台湾话与台湾文的接续工作，不是一蹴可及的，而且所谓台湾话者还有福佬、客家、原住民、平埔族人及1949年大陆来台人士带来的各地语族之区别，即使福佬话也有漳、泉、南、中、北部腔调之别，客家话亦有海陆、四县、饶平之分，原住民则不仅九族各有语属，还缺乏文字。因此，80年代的台语文学运动，固然是结合了语言学家与作家，出自自觉的文学运动，先后有许成章、郑良伟、洪惟仁、庄永明、陈冠学、罗肇锦（客语）等人投入台语之整理、研究工作，有林宗源、宋泽莱、向阳、林央敏、黄树根、黄劲运、柯旗化、林双不、黄恒秋（客语）、杜潘芳格（客语）等人投入台湾诗文的创作，但距离台语文学时代的到来，还有一段长路要走。"除了林宗源用"台语"写诗，彭瑞金还提到了宋泽莱、林央敏用母语写诗之外，也尝试以台语写小说，作散文。写台语诗的，还有一个向阳。

和彭瑞金把"台语文学"看作是"台湾文学的自主化、本土化的一环"一样，林瑞明也是把"台语文学"当作"台独"文学的一个重要方面来对待的。

林瑞明在1996年出版的《台湾文学的历史考察》一书里写有一篇《现阶段台语文学之发展及其意义》。

林瑞明以"文学本土化"的发展为"内在逻辑"对"母语创作"作了一番回顾之后，又指出林宗源、向阳、宋泽莱等以"台语"创作作品"掀起了台语创作的高潮"。再加上，郑良伟、洪惟仁、许极炖、陈冠学、林继雄等热衷于研究台语，"各种台语辞典如雨后春笋，台语教学班也相继成立"，"更有台湾语文学会的正式成立"，"凡此种种都有助于台语文学的向前迈进"。林瑞明还特别提出了1991年以林宗源、向阳、黄劲连、林央敏、李勤岸、胡民祥等20人组成的"番薯诗社"。这是台湾有史以来的第一个台语诗社。他们鼓吹的"宗旨"是"1. 本社主张用台湾本土语言创造正统的台湾文学。2. 本社鼓吹台语文学、客语文学参加台湾各先住民母语文学创作。3. 本社希望现阶段的台湾文学作品会当达著下面几个目的：（1）创造有台湾民族精神特色的新台湾文学作品。（2）关怀台湾及世界，建设有本土观、世界观的诗、散文、小说。（3）表现社会人生、反抗恶霸、反映被压迫者的艰苦大众的生活心声。（4）提升台语文学及歌诗的品质。（5）追求台语的文字化及文学化"。林瑞明对此自有一番"高论"："以母语思考、创作，原是文学基本出发点，但从台湾新文学发展的历史来看，80年代解严之后，台湾意识已全然表面化，被官方长期抑制的台语热闹登场，具有颠覆国语的政治性格，对于长期以来，以日文、中文创作的台湾作家亦加以挑战，有些人认为这全属于被殖民文学，只是不明言而已。"林瑞明举例说，"番薯诗社"社长林宗源就是这么认为的。他引用了林宗源的一段话："台湾侬用统治者的语文阁唔反省觉醒，无气节兼奴性，那有啥物台湾精神咧！……台湾侬凡是用唔是个的族群的母语来写，一定无算是台湾文学。道理直简单，有啥物款的侬则有啥物款的语言，有啥物款的语言则有啥物款的文化及文学。"用普通话翻译，这段话是说："台湾人用统治者的语言而又不反省觉醒，无气节且奴性，那有什么台湾精神呢！……台湾人凡不是用他们的族群的母语来写，一定不算是台湾文学。道理真简单，有什么样的人即有什么样的语言，有什么样的语言即有什么样的文化及文学。"林瑞明对于90年代台湾"台语"文学的发展是感到兴奋的。他说："台湾文学界面临了来自于母语的核心革命!"他甚至断言:"台语文学的发展,将更加无可限量。"

陈芳明也不甘寂寞。

1999 年 8 月,陈芳明在《联合文学》上发表《台湾新文学史的建构与分期》一文,一开始就说道:"台湾文学经历了战前日文书写与战后中文书写的两大历史阶段。在这两个阶段,由于政治权力的干预,以及语言政策的阻挠,使得台湾新文学的成长较诸其他地区文学还来得艰难。"此文遭到陈映真的批判之后,陈芳明又在 2000 年 8 月的《联合文学》190 期上发表了《马克思主义有那么严重吗?》一文,又老调重弹说:"台湾新文学运动者自始就是以日文、中国白话文、台湾话三种语言从事文学创作。"其中,用台湾话书写致使台湾"与中国社会有了极大的隔阂"。陈芳明还说:"国民政府在台湾'不仅继承'了'甚至还予以系统化、制度化'了'日本殖民者对台湾社会内部语言文化进行高压制与排斥'的'荒谬的国语政策'。依赖于这种'国语政策',中国的'强势的中原文化才能够透过宣传媒体、教育制度与警察机构等等管道而建立了霸权论述'。而这种存在于台湾的霸权论述,与日据时期的殖民论述'正好形成了一个微妙的共犯结构'。"

应该说,陈芳明上阵之前,除了一些有识之士指出"台语"书面化、"台语文学"创造之不可能,对于利用语言问题发出的"文学台独"的言论,维护国家和文学统一的爱国思想家、作家,还没有正面展开过批驳。陈芳明出来后,陈映真先后写了《以意识形态代替科学知识的灾难》、《关于台湾"社会性质"的进一步讨论》、《陈芳明历史三阶段论和台湾新文学史论可以休矣!》,分别发表在 2000 年 7 月、9 月、12 月的《联合文学》上,对陈芳明的谬论予以批驳。

陈映真指出,陈芳明所说的受"歧视"的台湾话,其实是指"中国国语"对台湾地区的"闽南"、"客家"两种汉语方言的"压迫",从而暴露了陈芳明妄图把通行于台湾地区的汉语闽南方言、客家话方言说成是和汉语、日语一样独立的民族语言,以证明台湾是分离于中国之外的"独立""国家"的阴谋。现在,不仅中国方言的研究,连全世界的方言学研究都公认,闽南方言、客家话是汉语的方言,不是与汉语对等的民族语言。陈芳明反其道而行之,既不尊重事实,也不尊重语言科学,除了表现他的无知,只能说明他别有用心。在《关于台湾"社会性质"的进一步讨论》一文中,陈映真还旁举法国、日本、韩国之例，证明各国为了维护"国语的中央集权的统一"，普遍强制推进某些针对方言的特殊的文化政策。国民党政府在台湾当权之后，采用语文标准教科书，推行国语字（词）典，还有注音符号、语文考试制度等，也是推行这种文化政策的体现。这种世界各现代民族国家都做的事情，"二战"之后，当时的中国政府在台湾地区也做了，怎么能说是"殖民统治"的"语言文化的歧视"呢？其实，陈芳明面壁虚构出一种"台湾话"来，真实目的是要把"台湾的/台湾话语"和"中国的/白话文"看作是一种绝对对立的斗争的双方，进而证明这种对立的斗争，不仅是语言的，而且还是文学的，乃至民族的、国家的对立的斗争。这种心机，当然是白费。

　　针对叶石涛、彭瑞金、林瑞明、陈芳明等人对台湾新文学历史的歪曲，陈映真说："台湾陷日后，台民拒绝接受公学校日语教育，以汉语文'书塾'形式继续汉语文教育，截至 1898 年，台湾有书塾 1700余所，收学生近 3 万人。"那时，没有作家用日文创作。1920 年年初，受大陆"五四"文学革命影响，台湾也爆发了白话取代古文的斗争，白话文开始推行，台湾新文学都是"以汉语白话，或文白参半的汉语'书写'的"。"直到 1937 年，日本统治者强权全面禁止使用汉语白话之前，日据时代文学作家和台湾社会启蒙运动基本上坚持了汉语白话的书写，是不争的事实。""即使是被迫使用日语的作家如杨逵，也以日语形象地表达了他那浩气长存的抵抗。"杨逵自己在 1948 年的《台湾文学运动回顾》里也说，1937 年后日文变成创作语言，但他们从来没有忘却"反帝反封建"、"民主与科学"的口号仍为台湾新文学主流，他们从来没有脱离中华民族的观点。关于"台湾话"，陈映真指出："除了采集台湾民谣、童谣的作品，日据时代基本不存在完全以'台湾语文书写的'文学创作。""不曾产生重要的、伟大的、普受评价的'台湾语文（实为闽南语）'写成的文学作品这个事实本身，说明了日据下以'台湾语文''书写'文学作品之不存在。"即使是像赖和这样的作家，"在作品中比较多、比较成功有效地吸收了闽南语伟大作家"，他的作品的语言，仍然主要是以汉语普通话的白话文为叙述框架。陈映真还指出："近 10 年间，陈芳明一派的人大谈'台湾话'，以'台湾话'写论文，写诗，大谈'台湾话'之'优秀'，结果都知难而止，无疾而终。"这说明，要想把闽南方言、客家话这样的汉语方言歪曲为独立的民族语言，甚至使它变成一种"文学语言"，用来进行文学创作，只是陈芳明等"台独"势力一厢情愿的幻想而已。

这期间，为了给所谓的"台湾话"搞出一套文学来，"台独"势力还在汉语拼音方案上做起了手脚，用一个所谓的"通用拼音法"来抵制和反对使用祖国大陆的汉语拼音方案，妄图彻底割断台湾和大陆的文化纽带。其实，采用什么样的拼音系统、方案来拼写台湾岛上称之为"国语"的现代汉语普通话，在台湾，一直是个争论不休的问题。罗马拼音、威妥玛式拼音、邮政拼音、汉语拼音方案，还有近年出台的通用拼音，都被混杂使用，各县、市甚至各人，都可以自行其是，以致人名、地名、街巷名、商家字号名的音标标注或音译译写，十分混乱。1999 年 7 月 26 日，台湾当局的"行政院"曾召开教育改革会议，通过了以汉语拼音方案作为台湾中文音译系统的决定。2000 年 6 月，台北市的有关部门向台湾"教育部"提出报告，建议用汉语拼音来规范街名的注音译写。不料，10 月 7 日，台湾"教育部"里一个叫作什么"国语推行委员会"的机构，决议采用南部高雄正在使用的"通用拼音法"，将祖国大陆通行了 40 余年而又获得了广泛的国际承认和使用的汉语拼音方案弃置不用。对此，正在推广使用汉语拼音方案的台北市，强烈不满，斥责"新政府"推翻原有共识，无视与世界接轨的需要，完全是出于政治考虑。"市政府"还主持召开了一次座谈会。会上，以中文译音系统对交通服务设施的冲击问题为话题，到会的学者和观光业者纷纷发言、表态。10 月底的台湾《中时电子报》以《支持汉语拼音 座谈会一面倒》为题，报道这次座谈会说，与会者"几乎一面倒支持汉语拼音"。与此同时，一大批教育专家、语言学家、作家，还有一些政界人士，也都对此展开了激烈的争论。论战中，绝大多数学者专家和作家都支持采用汉语拼音方案，只有一些有着危险政治倾向的政客拥护采用"通用拼音法"。身为语言学家的台湾当局新任"教育部长"曾志朗，倒是汉语拼音方案的支持者。从专业角度和世界接轨需要加以考量，作出了"教育部"的决定，采用汉语拼音方案。到此为止，人们满以为，这场争论可以结束了。不料，教育部门的这个报告，被当局的"行政院"退回，否决。

其实，弃置汉语拼音方案，采用"通用拼音法"，不光是一个使用什么拼音的问题。那个所谓的"国语推行委员会"，原本就给"通用拼音"戴上了"本土化"、"自主性"、"认同感"的大帽子，愚弄民众，蛊惑人心，还妄图通过"通用拼音"为拼写所谓的"台湾话"、"造台湾字"做准备。所以，拼音问题的要害是在于，从语言文字版图、文学版图、文化版图上制造分离，以求地理版图、政治版图的分裂、独立阴谋得逞。

冰冻三尺，非一日之寒。事实上，"台独"势力把"语言"当"稻草"，是新分离主义者从80年代后期以来一直都在兴风作浪的一种表现，正是"文化台独"的一翼。十几年来，当社会生活中，有人用讲"台湾话"还是讲"国语"来对人们画线排队，以至于像某大航空公司那样，非操"台湾话"者坚决不录用的时候，在文学界，就有人用一些生造的怪字来拼写"台湾话"，堂而皇之印出书来，美其名曰"台湾话语文学"作品，摆在书店里招摇过市了。

什么是"台湾话"？说穿了，"文化台独"里的"台湾话"，就是现代汉语里闽方言的一支闽南话。把今日汉族民族语言汉语里的一种方言闽方言的一支闽南话，人为地扭曲变形为一个通行地区的、独立在其所属的民族语言之外的虚拟的"民族语言"，这是十分愚蠢的，非常荒谬的。

对于围绕着"语言"问题发出来的种种荒谬言论，《人间思想与创作丛刊》2001年秋季号上，发表了一篇童伊的长文《文化台独把"语言"当"稻草"，荒谬!》，作了全面的、深刻的清理与批判。

童伊的文章共分四个部分，即"'文化台独'捞起了'语言'的'稻草'"、"方言脱离不了民族共同语言"、"现代汉语方言的闽南次方言"、"割断历史就是对民族的背叛"。

文章开篇，童伊就指出：

　　"台独"势力在另一个战场上又演出他们分裂祖国的闹剧了！
　　这个战场就是文化、文学和教育领域。
　　这一类的闹剧，正在台湾岛内滋生一种"文化台独"。其危害不可小看。

在第一部分里，童伊指出：

　　台湾80年来的新文学，分明是在大陆"五四"新文学影响下用汉语白话文作为语言文字载体和书写工具的文学，近来，"台独"势力却偏偏制造谎言，说什么台湾新文学是一种"多语言的文学"，"一开始就是用台湾话、中国话、日本话写作的文学"。在这样的谬论里，"台独"势力把闽南话说成是独立的和中国话、日本话对等的"台湾话"，妄图从"语言"上割断台湾和大陆的血脉。

说到方言脱离不了民族共同语言的关系，童伊首先说明，"'文化台独'妄想把闽南话从汉语中脱离出来，独立起来，那是要让一种方言脱离它所从属的民族共同语言，真说得上是一厢情愿！"什么是民族共同语言？童伊的文章从学理上作了说明，指出："民族共同语言（national common language），指的是一个民族内部最重要的交际工具，共同使用的语言。民族共同语言是民族的特征之一。它有一个形成和发展的过程，随着民族的产生而产生，随着民族的发展而发展，这种发展和变化受民族的社会条件的影响和制约。所以，一部民族语言史总是同一部民族史紧密联系在一起的。民族共同语言在一定程度上反映着使用这种语言的民族对客观世界的认识，凝聚着这个民族的人们在物质生产实践、精神生产实践和人的自身的生产实践等一切社会实践领域里长期实践所获得的知识。从民族共同语言，人们可以看到，使用这种语言的民族，基于共同的地域、共同的经济生活、共同的文化生活、共同的心理素质而形成的，历史的和现时的社会的种种特点。同时，民族共同语言的发展，也不只是依赖于使用这种语言的民族的发展，反过来，这种语言的发展还会对民族的发展产生重要的影响，发挥重要的作用。这不仅是说没有民族共同语言人们就不可能形成一个统一的民族，还意味着，没有本民族语言的使用，这个民族的历史文化遗产的继承和发展，这个民族当下和今后的发展，都将是不可能的。"童伊的文章还指出："民族共同语言在历史发展的过程中，会在内部形成或存在不同的殊方异语。这殊方异语就是方言，或者，是民族共同语言的地域性的变体，是民族共同语的地方形式。"所以，要问什么是方言，我们可以说，方言是民族共同语言的继承或支裔，一个方言具有异于其他亲属方言的某些语言特征。但是，它无论怎么特殊，在一个特定的历史时期内，都还是从属于民族共同语言的。这所谓的历史时期，会是一个相当漫长的历史时期，往往不是几年、几十年、几百年能够计算的。

针对"文学台独"势力把闽南话说成是"独立的语言"的谬论，童伊又从学理上讲明了民族共同语言发展的规律，其间的方言变化情景。童伊写道：

　　　　民族共同语言发展的基本运动形式是分化和整合。
　　　　历史上，一个民族内部，人群会因为躲避战乱，或者武装侵略，或者人口增殖过多，原有土地不能承载不得不分散栖息，或者转移出去和平垦殖，而不断地发生集体迁移的事情。这时，民族共同语言会随着使用者的分离而走上分化的道路。还有，这个民族在地理版图上本来就分布面积过大，距离过远，古代交通不便，社会交往不甚发达，山河的阻隔也会使各地区的居民形成为相对独立或半独立的生活群体，相同的民族语言也会在不同的地区发生这样那样的变化。这也是一种民族共同语言的分化。这些分化，就是方言的形成和发展。从理论上说，在特定的历史条件下，当然，这不会是在一个统一民族内部少数人违背历史发展潮流人为地扭曲和变异某些条件的情况下，有的方言也可能发展为独立的语言。
　　　　不过，这种极端性的分化式的发展，只在古代社会有可能发生。而事实上，我们还不知道有这样的事情发生过。现代社会，随着人们生存条件和社会生活的巨大变化，交通工具的极大改进，沟通手段的极大变化，原来发生阻隔作用的地理因素，不再发生作用了。这使得不同的方言彼此之间大大接近，使得民族共同语言的发展由分化转变为整合。
　　　　民族共同语言就在这种分化和整合的过程中，以它的某一个方言为基础，形成一种标准语。
　　　　事实上，这种标准语，早于现代时期，地球上的不同民族，都在各自的历史条件下，在几百年前，甚至一两千年前，都逐渐形成了。
　　　　这种标准语，一旦形成，就会有统一的民族内部各地人民都必须遵循的标准和规范，有它口头的、书面文字的统一形式，有它的文学语言。这种标准语，有利于民族内部的交流和民族的发展，内容无限丰富，对它内部的各种方言具有无比巨大的约束力。由于这种标准语是在长期的历史发展过程中发展形成的，因而具有难以估量的巨大的稳定性。它自身的再发展，只是显示了"古代"、"近代"和"现代"意义上的不同形态而言，在这种情况下，只凭着少数人的微不足道的力量，出于某种权势野心的驱使，想要人为地改变共同语和方言的关系，人为地制造方言独立的神话，是绝不可能的。在人类历史上，古往今来，中国和外国，要使方言脱离一个强大的共同语而独立，梦幻成真，还不曾发生过。

　　这就告诉我们，"台独"势力要使闽南话脱离汉语的阴谋，是绝不可能得逞的。

当然，语言界限同民族界限，在绝大多数情况下是一致的，即，同一民族使用统一的一种语言，不同的民族使用不同的语言。但是，也有不同的民族使用同一种语言的，如中国的回族和满族，现在使用汉语；一部分畲族、土家族，也使用汉语，裕固族使用东部裕固语和西部裕固语。另外，民族共同语和政治法统上的国家概念也不能混为一谈。使用同一民族语言的也可以是不同的国家，如原来的民主德国、联邦德国，现在的朝鲜和韩国，还有汉语也在新加坡、马来西亚流通。"文学台独"势力有时候也想从这些事实中捞取稻草，以图支撑他们的"台独"谬论，童伊也明确指出：

　　然而，这都帮不了"台独"势力的忙。所有这些情况都和台湾不同。那都是历史上因为民族的融合或战争以及移民侨居造成的特殊情况。台湾，无论从地理、人文、行政建制、国家法统等等各个方面来看，从来都是中国的不可分割的一部分，跟上边各种情况没有任何可比性。台湾岛上的闽南话，作为现代汉语的方言的一种，怎么可能支撑得住"台独"势力制造出一个"独立"的"国家"来呢？"台独"势力硬要违背人类历史上语言发展的规律，要想改变这种规律以求一逞，真是螳臂当车，不自量力！

考虑到"文学台独"势力在"闽南话"上做了不少文章，对于岛上的年轻人有一定的欺骗性，童伊的长文对现代汉语方言的闽南次方言也作了学理性的说明。童伊说：

断定闽南话难以脱离现代汉语这一民族共同语独立成"台湾话"，从语言自身说，还因为，这闽南话，原本只是属于闽方言的一个次方言。

什么是闽南次方言？童伊先从汉语说起："从全世界范围看，独立的民族语言之多，难有精确的数字。一种估计是 2500～5000 种，还有一种估计是 4000～8000 种。按照近代运用最为广泛的一种语言分类方法——谱系分类法，汉语属于汉藏语系中的四大语族之首的汉语族，是这个语系里的最主要的语言。按《中国大百科全书》1988 年提供的数字，当时，以汉语为母语的人，大约有 9.4 亿。10 多年后的今天，这个数字显然大大突破。除了中国大陆和台湾省，汉语还分布在新加坡和马来西亚，以及世界五大洲华人移民侨居的各个国家和地区。汉语的标准语，是 600 多年来以北方方言为基础方言逐渐形成的。它的标准音是北京音。汉语的标准语，在中国大陆叫'普通话'，在台湾叫'国语'，在新加坡、马来西亚叫'华语'，在其他华人侨居国和地区叫'汉语'、'中文'或'华语'。经过了漫长而又复杂的历史发展过程，到现代汉语这个阶段，汉语方言有七大方言，即北方方言、吴方言、湘方言、赣方言、客家方言、粤方言、闽方言。其中闽方言具有异于其他方言的突出的特点，内部分歧也很大。按其语言特色，闽方言大致上又可以划分为 5 个次方言，或者 5 个方言片，即闽南次方言、闽东次方言、闽北次方言、闽中次方言、莆仙次方言。"说到闽方言，童伊介绍其使用情况说："据《中国大百科全书》1988 年提供的统计资料，在中国（含台湾省），通行闽方言的县市约有 120 个以上。除了福建 54 个县市、广东东部 12 个县市、海南岛 14 个县市、雷州半岛 5 个县市、台湾 21 个县市、浙江省南部 7 个县市之外，主要通行粤方言的中山、阳江、电白等县市也有部分区、乡说闽方言，江西东北角的玉山等县、广西中南部的桂平等县、江苏宜兴等县市，也有少数地方说闽方言。另外，散居南洋群岛、中南半岛的华侨、华裔，数百万人祖祖辈辈也以闽方言为'母语'。现在，以闽方言为'母语'的侨民，还分布到了欧、美及东亚乃至大洋洲、非洲各地。使用人口，则在 4000 万以上。"

接着，童伊说到了闽南次方言的使用情况："闽南次方言，是闽方言中使用人口最多、通行范围最广的一种次方言。它覆盖了福建省内的厦门、漳州、泉州三市为中心的 24 个县市。福建省以外各地通行的闽方言，基本上都是闽南次方言。闽南次方言以厦门话为代表。潮州话、文昌话，也分别在广东东部和海南岛有较大的影响。在台湾，21个县市中，除了约占人口2%的高山族地区说高山话、台北、彰化之间的中坜、竹东、苗栗、新竹和南部屏东、高雄等县市，以及东部花莲、台东的部分地区，通行客家方言外，其余各地的汉族居民，都说闽南次方言。人口约占全省总人口的3/4以上。"

针对"文学台独"势力歪曲闽方言形成的历史，童伊介绍了汉语方言史的有关情况。文章写道："人们认为，从闽方言区的历史来看，据史籍和许多巨姓族谱稽考，使用这一方言的人民是古代或因避乱，或因'征蛮'，陆续从中原迁移过来的。在周代，闽有7个部落。秦汉开始，中原人开始迁移入闽。秦始皇命王翦统大兵定江南后立了四郡，四郡之一的闽中，就是现在的福建。又，秦时发兵50万屯南岭，将领史禄把家属留在揭阳，又部下大多留寓潮州。汉武帝时使路德博平南越，置九郡，中有珠崖、儋耳两郡，就在现在的海南岛。三国时，孙吴经营江东、江南，汉族居民又由会稽经浦城入闽，集中分布于闽北、闽中一带。公元304年到439年的'五胡乱华'时期，北方汉人大量南逃，大江东西，五岭南北，闽、粤等地，成了他们避难落户之据。晋代永嘉之乱，有所谓'衣冠八族'移居到闽地。唐武后时，又有大批人自光州固始县随着陈政、陈元光父子'征蛮'到了福建。到五代，王潮、王审知率兵南下，占山为王，据闽称帝，又带来了一大批的中原居民。再到宋代，金、元先后迫境，中原大地复又动荡不安。其时，皇室人员相率避乱南下。不少北方的军政人员，力图保驾御敌，也随从南来。1276年，宋端宗在福州即位，后为元兵所迫，奔走于泉州、潮州、惠州等地，最后死在崖山。端宗死后，帝昺立，又逢元兵从海上来犯，应战不敌，投海而死。跟着赵宋王室南来的一大批军政人员，眼看中原沦于异族，大都不愿北返而留在了闽、赣、粤等地，作为宋室遗民，定居在了现在闽方言区的福州、泉州、漳州、潮洲等地。最后，明朝末年，郑成功据守台湾抗清，又从福建带了不少人东渡去台。抗清失败后，除了留住台湾，又有不少人从台湾散居到了南洋群岛各地。在这漫长的历史过程中，闽方言形成于何时，我们至今还难以找到确切的记载。但从闽方言跟中古隋代陆法言等人所编《切韵》音系及汉语其他方言作历史比较语言学的研究，人们也可以看出一点消息，就是闽方言直接沿续了上古汉语的声母系统而没有经历中古时期的两种重要的语音变化。而这两种重要的语音变化，在闽方言以外的所有汉语方言中都已经发生了。这两种语音变化就是，唇音和舌音的分化。上古汉语没有轻唇音。《切韵》中唇音还没有分化。而唐季沙门宋温的三十六字母系统里，唇音已经分化为重唇音和轻唇音两类声音了。重唇，有了'帮滂并明'；轻唇，有了'非敷奉微'。同样，上古汉语没有舌上音。《切韵》已有了舌头、舌上之别，除了'端'、'透'、'定'，还有'知'、'彻'、'澄'。这，至少可以说明，不同于其他的方言，闽方言的一些特点，在唐代已经开始表现出来。另外，钟独佛曾说，唐时已有'福佬'之称。这，也许可以作为唐代已经渐渐形成闽方言的一个旁证。"

就台湾使用闽南次方言的情况，童伊写道：

　　台湾自古以来就是中国的领土，古称夷洲。秦汉以来与大陆间的交往有不少的记载见于各种史传。南宋时，澎湖隶属于福建省晋江县。1292—1294 年，元朝在澎湖设巡检司，管辖澎湖、台湾民政，隶属福建省泉州同安县（今厦门）。1624 年荷兰侵占台湾，1661 年郑成功率众驱逐侵略者，收复台湾。到 1683 年，清置台湾府，属福建省。1885 年改建台湾省。1895 年，日本占领台湾。1945 年，抗日战争胜利，中国收复台湾。从这一段历史也可以看出来，台湾岛上通行的汉语闽方言里的闽南次方言，是随大陆人尤其是闽地人入台而去的。

　　闽南次方言内部，由于历史、地理等等原因而有不同程度的分歧，似乎还可以分为福建南部、潮汕、海南、浙南几个小方言片。台湾省的闽南话，跟以厦门为中心的闽南话基本一致，属于第一个小方言片。

　　尽管如此，闽南次方言分布地区虽广，却一向没有断绝彼此之间的来往，各地说话还可以互相通晓。方音的差异，掩盖不了共同的来源。

　　不仅如此，闽南次方言虽属殊方异语，却割断不了和它所属的汉民族共同语的标准语普通话之间的血脉关系。仅仅从比较语言学的角度看，我们就可以找到闽南次方言的语音和普通话的北京音之间的一些重要的对应关系。比如，在声母方面，有：1. 闽南音未经颚化的 k—k'—h—相当于北京音的 tɕ—tɕ'—ɕ—，源于古"见"系三四等和开口二等；2. 闽南音部分 ts—ts'—s—l—相当于北京音一部分 tʂ—tʂ'—ʂ—ʐ—，源于古正齿音"照"组和"日"母，又闽南音部分 t—t'—相当于北京音另一部分的 tʂ—tʂ'—，源于古舌上音"知"组；3. 闽南音部分 b—l—相当于北京音 m—n—；4. 闽南音的 g—相当于北京音的零声母和 n—；5. 闽南音读白话音 p—和 p'—（一部分）和读书音 h—的相当于北京音 f—。此外，在韵母方面，还有不少对应，比如，一部分 u 相当于 ɿ，一部分 i、u 或 e 相当于 ʅ，一部分 u 相当于 y，舌尖前音后面的 ia、舌根音后的 o 相当于 ɤ，ik 也相当于一部分 ɤ，唇音后面的 ik 相当于 o，ue（少数 e）相当于 ei、ui（uei），读书音 ɔ、白话音 au（泉州话 io）相当于 ou，ɔ 相当于 u，带—m 尾的韵母 am，iam，im 相当于 an，ian，in，还有，入声韵的对应是：ap—a、ia、ɤ，iap—ie、ɤ，ip—i、ɤ，at—a、ia、ie、ɔ，iat—ie、ɔ，it—i、ʅ，ut—u、y、o，uat—o、uo、ye、ie，ak—o、uo、ye，ɔk—u、o、uo，iɔk—ye、yu，ik—i、ʅ 等等。当然，声调的调类及调值也有整齐的对应。而在语言系统中处于最稳固的语法方面，无论词法还是句法，闽南次方言就更难以脱离它所属的汉民族共同语言了。就是最为活跃的词汇，除了"秋千"叫"千秋"、"蔬菜"叫"菜蔬"、"母鸡"叫"鸡母"、"上面那个"叫"顶个"以及"桌仔"、"戏仔"、"戆仔"还有其他一些小异，"大同"也仍然是万变不离其宗的。这中间，还有一个很重要的原因，就是汉语，自秦始皇"书同文"以来，就有一个共同的书面形式——汉字，在紧紧地维护着民族语言的统一，使得它自古至今没有发生任何分裂。就是这样一种"不离其宗"的闽南次方言，或者闽南话，今日台湾岛上之"台独"势力，硬要说成是不同于汉民族共同语言之"宗"的一种独立的"民族"的乃至于"国家"的语言，除了说明他们对于民族、历史、语言、方言等等的无知，就是他们由政治阴谋驱使而堕落到数典忘祖的可悲境地了。

童伊长文的最后一个问题，是针对台湾岛上有关汉语拼音问题的闹剧而写的。童伊说：

> 时下，台湾岛上的"台独"势力弃置汉语拼音方案不用，而采用"通用拼音法"，并生造一些怪字拼写实为"闽南话"的"台湾话"，还用来创作"台湾文学"……这表明，"台独"势力碍于岛内、大陆及国际上的种种压力，一时还不敢于公开宣布台湾"独立"，就改变策略，而在众多领域其中包括文化、文学和教育领域，割断台湾和祖国大陆的血脉和纽带，由政治上的"明独"衍生出了文化、文学和教育领域里的"暗独"。不可为，而执意为之，如此一意孤行，还说明，他们根本就不屑于记取历史的教训。

> 人类社会史上，即使是统一的国家里，不同的民族语文拥有自己的书写符号——文字，实属正常。而同一民族的语言，在已有的文字之外再造一种文字，以示分裂为二，却没有先例可循。事实上，也不可能有这样的先例。至于，汉语发展的历史上，倒有借用汉字形式另造文字以示分裂国家之独立的，也有另造别的文字用以译写口头上活的汉语的，可惜都没有成功，都生命短促而没有存活下来。这样的历史，"台独"势力不应该忘记！

> 至于汉语拼音，"台独"势力同样不应该忘记历史。

为还历史以本来面目，童伊在文章里回顾了汉语拼音问题的历史过程。童伊写道："在中国，在历史上，利用拼音的方法阅读并译写汉字，有三个方面的任务，即进行识字教育、扫除文盲以便普及教育；推行以北京语音为标准音的'官话'，以便统一语言；进行汉字改革和汉字拼音化的研究与试验工作。制订拼音方案是这中间的一项最主要的任务。最早，是在 17 世纪初叶，明代万历年间，来华的西方传教士开始用罗马字母拼注汉字读音，酝酿出了中国最早的拉丁字母拼音方案。留传下来的，有意大利耶稣会士利玛窦（Matteo Ricci）和法国耶稣会士金尼阁（Nicolas Trigault）的方案。利玛窦只残留下 4 篇注音文章，1605 年在北京出版的《西字奇书》一书已经失传。罗常培根据这些文章里的 387 个不同音的注音字给他归纳出一个方案。金尼阁的方案，保存在他 1626 年于杭州出版的《西儒耳目资》一书里。国内学者方以智、杨选杞、刘献廷、龚自珍等人都受他们影响对拼音文字进行了研究。18 世纪早期，清雍正年间，闭关政策妨碍了第一批拼音方案的传播。一百多年之中，用拉丁字母给汉字注音的工作一度沉寂下来。到了 1840 年鸦片战争失败以后，海禁大开，西方列强势力步步深入，较之明末清初，通商传教都要频繁得多。在传教活动中，一些基督教和天主教的传教士们，陆续把《圣经》译成各地口语，一部分地区的译语就用罗马字母拼写出来。这些用罗马字母拼音的方言文字就是所谓的'教会罗马字'。当时，在南北各地，这一类'教会罗马字'都曾大量出现。与此同时，专为外国人学习汉语的华语课本和华语字典也大量出版，其拼音法式进一步尝试了汉语拼音的方案。随后，在甲午战争前后的进一步半封建半殖民化的社会发展过程中，从 1892 年到 1911 年，即清朝的最后 20 年，发生了一场'切音字'运动。这'切音字'运动，就是汉字改革和汉语拼音运动。1892 年，卢戆章在厦门出版了《一目了然初阶（中国切音新字厦腔）》，揭开了这个运动的序幕，出现了第一种切音字方案。这方案，恰恰就是拼写闽南次方言的方案。此后，在'言文一致'和'统一语言'两大口号的驱动下，出现了 28 种（现存 27 种）拼音的方案。这一阶段的最后一种，是郑东湖在 1910 年出版的《切音字说明书》。28 种方案中，比较著名的还有蔡锡勇的《传音快字》，陈虬的《新字瓯文七音铎》，刘孟扬的《中国音标书体》，马体乾的《串音字声韵谱》，沈学的《盛世元音》，王炳耀的《拼音字谱》，杨琼、李文治的《形声通》，田廷俊的《数目代字诀》，朱文熊的《江苏新字母》，王照的《官话合声字母》，劳乃宣的《简字谱录》等。这中间，用拼音方案拼注什么语音，人们曾经作了不懈的探索。卢戆章曾主张把南京音作为'各省之正音'，把拼写南京话的切音字作为全国'通行之正字'。章炳麟还曾主张'以江汉间为正音'，用武汉话作为南北通行的话。此外，王炳耀拼写粤东话，陈虬拼写温州话，朱文熊拼写苏州话，倒也提出了最后以拼写北京话为目的的思想。当然，更多的人已经明确地要求推广北京语音了。其中，王照是制订和推行'官话'拼音方案的一员主将。'国语'一名，就是他在《官话合声字母》的 1903 年重印本里提出来的。首先响应王照的是吴汝纶。1902 年他从日本回国后就写信给管学大臣张百熙建议推行这个方案。而贡献最大的是劳乃宣。他在理论和实践上都有贡献。1910 年的资政院议员会议上，庆福等人联名呈送的《陈请资政院颁行官话简字说帖》，江宁、程先甲等45人的《陈请资政院提议变通学部筹备清单官话传习所办法用简字教授官话说帖》，也都建议推行这一方案。1911年，'中央教育会议'终于议决《统一国语办法案》。拼写方言的方案终于有了法统的地位。在28种方案中，人们还在拼音方法和拼音字母形体上作了多种实验。在拼音方法中，'双拼制'较之'三拼制'、'音素制'影响更大，占了绝对优势。而字母形体，在拉丁字母、速记符号、汉字笔画、数码及自造其他符号四大类中，则以汉字笔画式方案成为主流。"

随后，进入了现代汉语拼音方案的制订过程。童伊继续介绍说："1913年教育部召开'读音统一会'，卢戆章、王照等人都参加了会议。会议通过了以章炳麟方案为基础的'注音字母'。1918年11月，这一方案由教育部正式公布。此后的40年里，这套'注音字母'对统一汉字读音、推广'国语'、普及拼音知识发挥了相当大的作用。这是清末20年'切音字'运动的直接发展和继续。然而，这套'注音字母'，拼写符号形体及拼写方法都还难以与世界接轨，不利于国际交流。一班志士仁人复又继续努力探索新的方案。其间，包括30年代瞿秋白的巨大努力，40、50年代吴玉章等人的巨大努力。其结果，便是1958年2月11日，经全国人民代表大会批准，颁布执行《汉语拼音方案（Chinese Phonetic System）》。这套汉语拼音方案的制订，也经历了一个相当长的时间。先是1949年10月，成立了民间团体'中国文字改革协会'，会中设立'方案研究委员会'，讨论采用什么字母的问题。1952年2月，政务院文化教育委员会成立'中国文字改革研究委员会'，会中设立并提出'中国文字拼音方案'的'拼音方案组'。这个组，几年内拟订了好几种以汉字草书笔画为字母的民族形式拼音方案。1954年12月，国务院成立'中国文字改革委员会'，由吴玉章、胡愈之任正副主任，以黎锦熙、罗常培、丁西林、韦悫、王力、陆志韦、林汉达、叶籁士、倪海曙、吕叔湘、周有光为委员，在民族形式字母方案之外，研究制订采用拉丁字母的方案，最后确定拼音方案用拉丁字母。1956年2月，这个方案的第一个草案发表。经过征求全国意见和国务院'汉语拼音方案审订委员会'审订，1957年10月，拼音方案委员会又提出了修正案。这就是今天的汉语拼音方案。这一方案经全国人民代表大会公布后，立即推广执行。1977年9月7日，联合国在希腊雅典召开第三届地名标准化会议，认为汉语拼音方案在语言学上是完善的，推荐用这个方案作为中国地名罗马字母拼写的国际标准。1979年6月15日，联合国秘书处发出通知，以'汉语拼音'的拼写方法作为在各种拉丁字母中转写中国人名和地名的国际标准。1982年8月1日，国际标准化组织发布国际标准ISO7098《文献工作——中文罗马字母拼写法》，规定拼写汉语要以汉语拼音为国际标准。"

回到眼前，针对台湾当局导演的拼音方案闹剧，童伊写道：

> 现在台湾岛上少数人，硬是将汉语拼音方案中的"q"、"x"、"zh"三个声母改为"ci"、"si"、"jh"，故意制造差异。比如，把"秦、肖、朱"三姓的"qin、xiao、zhu"的拼写改为"cin、siao、jhu"的拼写。这造成了不同于拼音方案的10%的相异之处，衍生出大量词汇拼音的差异，造成大量的混乱。结果，弄出一个怪怪的"通用拼音"来，让全中国的人读不懂，也让外国人接受不了。还让台湾在信息资料转换和搜寻上无法与国际社会沟通。甚至采用了汉语拼音方案的世界各国，都会因护照上拼写姓名之混乱而拒绝台湾的部分民众入境。这真是十分愚蠢的。
>
> 其实，纵观汉语汉字长期发展过程中的历史风云，汉语拼音方案制订和颁行的漫长的历史道路，台湾岛上把"语言"问题当作救命"稻草"来搞"台独"的少数人，应该清醒地认识到，他们少数人自作聪明的种种伎俩，都是难以和漫长的历史岁月中一代又一代人的努力相匹敌的。试问，古往今来，哪有在语言文字问题上，乃至其他文化问题上，改变了历史，也推翻并改变了国际社会的现状的？如若不信，孤注一掷，岂不成了蚍蜉撼大树！
>
> 奉劝"台独"诸公切记，割断闽南话和汉民族共同语言的血脉，妄图用"台湾话"取代"国语"，割断闽南话的拼写和汉语标准语拼写的血脉，妄图给"台湾话"另造文字，都是历史已经证明完全行不通的一条死路。既如此，还要如此割断历史，除了证明诸公之冥顽不化，就只有一个结论了，那就是，诸公割断历史，就是彻头彻尾地背叛了我们中华民族。

八 在构建台湾新文学的体系中
为"台独"张目

——"文学台独"言论批判之五

赵遐秋 曾庆瑞

近20年来，"文学台独"的分裂主义言论和行动，又一个集中的表现，是在构建台湾新文学史的体系中为"台独"张目。

文学史是什么？文学史是有关文学发展历史的科学。就台湾新文学的发展历史而言，对其做科学的研究，将研究成果体现于一部科学的史著，其衡定的标准，应该是：在大量真实、有史学意义的各种史料的综合运用的基础上，尽可能真切地描述台湾新文学发展的历史情景，尽可能正确地阐释台湾新文学发展过程中的各种现象，尽可能准确地揭示台湾新文学发展中的各种规律，尽可能清晰地预见台湾新文学发展的前景。这种描述、阐释、揭示和预见，既是历史的，又是当代的；既是客观的，又是主观的；既是理智的，又是情感的；既是科学的，又是艺术的。其间，生气灌注的是主体——文学史家的主体精神和当代意识。它表现在，史著中，写什么不写什么，写多写少，这样写而不那样写，写成这样而不是那样。其实质，乃是谁来写，用什么观点来写，用什么方法来写，写成什么样。这是什么？这首先是文学史观、文学史方法论和文学史价值判断标准的问题。

鉴于此，"文学台独"势力一直都在抢占这个领域和阵地，企图建构一个为"台独"张目的台湾新文学史的体系。

让我们先看在构建台湾新文学史问题上，"文学台独"的恶性发展。

最早，还是叶石涛发表于1977年的那篇《台湾乡土文学史导论》。叶石涛在文章里谈了五个问题，即"台湾的特性和中国的普遍性"、"台湾意识"、"帝国主义和封建主义下的台湾"、"台湾乡土文学中的现实主义道路"、"台湾文学中反帝、反封建的历史传统"。这是叶石涛对于台湾新文学发展史所作的一个纲领性的思考。除了把整个台湾新文学都叫作"台湾乡土文学"，叶石涛掩藏在其中的文学史观念，就是新分离主义，即，他一边迫于当时的形势，不得不承认"始终给台湾带来重大影响的是一衣带水的中国大陆的中华民族"，一边又强调和中国大陆文化交流的"断绝"，强调台湾"异于汉民族正统文化的地方"。叶石涛说："由于台湾孤悬海外，有时与中国大陆的文化交流断绝，因此，难免在汉民族为主的文化里，搀和着历代各种遗留下来的文化痕迹。如果我们仔细考察台湾的社会、经济、文教、建筑、绘画、音乐、传说，便处处不难发现富于异国情趣，有异于汉民族正统文化的地方。在这孤立的情况下，则各种文化熔于一炉的过程中，台湾本身建立了不同于中国大陆文化的浓厚乡土风格。……当我们回顾台湾乡土文学史的时候，我们不得不考虑到它的根源以及特殊的种族、风土、历史等的多元性因素。毫无疑问，这种多元性因素也给台湾乡土文学带来跟大陆不同的浓烈色彩，朴实的风格，丰富的素材，以及海中岛屿特有的，来自遥远国土的，像黑潮一样汹涌地流进来的崭新异国思潮影响。"还要指出的是，叶石涛在这里说的"来自遥远国土的，像黑潮一样汹涌地流进来的崭新异国思潮影响"，是暗指"日本文学"影响的。在这篇文章里，叶石涛把对于"不同于中国大陆文化的"、"有异于汉民族正统文化"的认同，叫作"台湾意识"。后来，这"乡土"到"本土"，"台湾意识"到"本土意识"，直到"本土化"、"主体性"、文学"独立"，便成了"文学台独"势力的纲领。

如前所述，叶石涛这篇《台湾乡土文学史导论》立即遭到了陈映真的批判。陈映真的批判文章《"乡土文学"的盲点》，阐释的正是"统派"的文学史观。陈映真在指出叶石涛的文学史观是"用心良苦的，分离主义的议论"的同时，指出：

> 是的。放眼望去，在19世纪资本帝国主义所侵凌的各弱小民族的土地上，一切抵抗的文学，莫不带有各别民族的特点，而且由于反映了这些农业的殖民地之社会现实条件，也莫不以农村中的经济底、人底问题，作为关切和抵抗的焦点。"台湾""乡土文学"的人性，便在全亚洲、全中南美洲和非洲殖民地文学的个性中消失，而在全中国近代反帝、反封建的个性中，统一在中国近代文学之中，成为它光辉的，不可切割的一环。台湾的新文学，受影响于和中国五四启蒙运动

有密切关联的白话文学运动，并且在整个发展的过程中，和中国反帝、反封建的文学运动，有着绵密的关系；也是以中国为民族归属之取向的政治、文化、社会运动的一环。

这中国文学的"光辉的，不可切割的一环"，作为科学的台湾新文学史的文学史观，此后便一直与"文学台独"势力的分裂主义文学史观对峙了 20 余年。

陈映真批判了《台湾乡土文学史导论》之后，1978 年 11 月 1 日，叶石涛在高雄左营接待彭瑞金、洪毅来访，张良泽列席，话题是"从乡土文学到三民主义文学"，谈的就是台湾文学的历史。看来，这是叶石涛在为写文学史做准备。他甚至用 10 年作一个阶段划分了台湾新文学史的分期。从这以后，直到 80 年代最初几年，他都是在做准备。比如，在《文学回忆录》里，他分段回忆了有关的事件、刊物、作家、作品，有了诸如《日据时期文坛琐忆》、《〈文艺台湾〉及其周围》、《论 1980 年的台湾小说》之类的篇章。

1984 年和 1985 年，叶石涛用两个夏季写成了《台湾文学史纲》。尽管还顾虑于时局而不得不谨慎下笔，但是，在《文学界》上先行发表时，叶石涛还是强烈地表现了他分离主义的台湾文学史观。如前所述，叶石涛反复强调的是"跟大陆分离达 51 年之久的台湾，难免对大陆的近代文化有疏离感和隔膜"，"在 300 多年来的跟异民族抗争的血迹斑斑的历史里养成的坚强的本土性格……是无可否认的事实"，它获得了"异族的文化形态"，"希望台湾文学扎根于台湾的特殊性，建立自主性的文学"，等等。我们在前面已经说过，叶石涛在 1985 年 12 月为这本书写的《序》里就说，台湾文学"在跟大陆完全隔离的状态下吸收了欧美文学和日本文学的精华，逐渐有了较鲜明的自主性性格"。叶石涛还说："现代台湾文学的重要课题之一，便是如何在传统民族风格的文学中，把西方前卫文学的技巧熔为一炉，建立具有台湾特性及世界性视野的文学。我发愿写台湾文学史的主要轮廓（outline），其目的在于阐明台湾文学在历史的流动中如何地发展了它强烈的自主意愿，且铸造了它独异的台湾性格。"

这时，1985 年 8 月，陈映真应邀到香港作了一次演讲，讲题是《四十年来台湾文艺思潮的演变》。针对台湾文学史构建活动中出现的叶石涛等人的分离主义言论和活动，陈映真指出，以 1975 年为起点，集结在《台湾政论》周围的"中生代党外资产阶级政治运动开始发展"。动荡中,"长年来依赖美国、依赖西方的思潮开始动摇,右翼爱国情绪和台湾分离运动中'革新保台'以抗共防共的思想有了新的发展。保钓爱国运动鼓起民族主义情感,也激起改革图存的知识分子运动。但这运动又因体制派改革论、分离派改革论与民族统一论间的龟裂而相互抵消"

随后,到80年代,又有重大变化。陈映真说:

> 随着香港问题的解决,美国与中共关系的缓和与发展,台湾地位问题日趋敏感。统一、独立的问题,虽然无法完全公开讨论,但在暗中形成了一种日重的焦虑,也等比例地反应在台湾文学思想界。
>
> 在文学上,一向处于暗流的素朴的现实主义传统,在80年代涌现为表流,并与党外运动产生比过去更显著的结合。"台湾文学自主论"——强调台湾文学"独特"的历史与个性及台湾文学对大陆中国文学的分离性的"台湾文学论",自此以比较公开的方式提出。
>
> 另外,主张台湾文学为中国文学之一部分,台湾文学应以包括中国在内的亚洲、第三世界文学的连带而发展的理论,和台湾文学自主论形成对立。
>
> 此外,与台湾大众消费社会的发展相应,一种新的通俗文学也逐渐发展,使通俗文学与纯文学间的界限,显得模糊化了。
>
> 最后,由于长时期以来台湾在文化与思潮上的贫困,使台湾文学的发展因为这内容的贫乏化而受到严酷的阻碍。处于重大转变前期的台湾,也因为思想的贫困,使党外运动也一如文学一样,无法提供结构性、前瞻性的指导作用。无力感、焦虑、不安、不动员症,成为当前台湾文学的一个重要的问题点。

应该说,指出了这两种台湾文学观、台湾文学史观的公开对立,是陈映真对于台湾新文学史的构建工作做出的一大贡献。

鉴于叶石涛在《台湾新文学运动的展开》一章之后,分别以40年代、50 年代、60 年代、70 年代、80 年代为一段，弄出了个台湾新文学史的分章结构体系，陈映真尽力把它校正为 6 个阶段，即：（1）1945年以前；（2）1945—1950 年；（3）1950—1960 年；（4）1960—1970年；（5）1970~1980 年；（6）1980 年以后。而在方法上，则以"世界大事"、"台湾大事"、"一般性思潮"、"文艺期刊和团体"、"文艺思潮"为序，力图科学地构建台湾新文学史的体系。陈映真解释说：

> 一时代的思潮，就是一时代共同精神在思维上的表现，这思潮在表面上常常是由一个或几个人主倡，由一个或几个杂志、文化或文艺团体提倡，终至蔚为潮流。但究其实，一时代的思潮，受到当时社会、经济、国内外政治形势所制约。人和杂志，只不过是一时代社会、经济等条件上建立的上层结构的表现工具而已。此外，思潮有主要的潮流，也有次要的潮流。要全面理解一时代的思潮，就要兼顾主要的方面，也要注意次要的方面。

这，也是他就文学史观、方法论表明的观点和态度。

陈映真的演讲稿，是 1987 年 6 月发表在《中华杂志》上的。不久，7 月间，以陈芳明为中心，新生代的"文学台独"势力又一次聚集，全面地宣布了他们有关台湾新文学史体系构建的观点。这就是我们在前面说到过的，陈芳明与郑炯明、李敏勇、彭瑞金等人在美西夏令会上的会见。

会见中，陈芳明与彭瑞金就文学史的撰写问题作了一次长时间的对谈。对谈的记录，前已说明，以《台湾文学的局限与延长》为题，于 1987 年的《台湾时报》、《文学界》和美国的《台湾公论报》上发表。记录分为 10 个问题加以整理，即：（1）乡土文学论战之后的台湾文学；（2）台湾文学与中国文学；（3）台湾意识与中国意识；（4）台湾文学不是边疆文学；（5）台湾母语运动与母语振兴；（6）文学与政策；（7）写文学史厘清文学的发展；（8）写一部没有政策阴影的台湾文学史；（9）台湾文学史的分期；（10）文学和时代环境一起运动。1988 年 2 月，陈芳明在《自立早报》上发表他的另一篇文章《是撰写台湾文学史的时候了》，回忆这次会见和对谈的时候，曾说，有人以为，那对谈就是他"要撰写文学史的基本构架"。陈芳明解释说："在那次对谈中，其实只在厘清整个长期遭到误解、混淆的观念而已。"

陈芳明和彭瑞金"厘清"了什么样的"长期遭到误解、混淆的观念"呢？从他们的对谈来看，无非是：

一、鼓吹用"台湾意识"对抗"中国意识"

陈芳明认为，所谓"台湾意识"问题，"是对既有作品的不同解释态度而已，我个人认为这些纯出于不同的政治信仰，文学作品的本身是非常清楚的"。在他看来，这"台湾意识"，就是台湾"乡土意识"，就是"台湾本土意识"。他认为，"乡土文学中带有乡土意识也是本已有之的，不是外人、后来之人硬加上去的。台湾本土意识的文学早已存在，远在日据时代就有了，它是台湾文学的传统。只是战后数十年来台湾客观环境下，它受到了压抑，不得彰显而已。批评家本身可能由于勇气不够，警觉性不够，不敢表达，没有注意到，无论如何却不能说它不存在"。针对陈映真等人提出的"中国意识"，陈芳明攻击说："我们便应该回到作品本身看看它的内容是什么，精神是什么，我们绝不能霸道地宣布作家都是使用中文的，所以这些作品都朝向中国。"

彭瑞金对此是一唱一和的。彭瑞金说，他"个人的台湾意识"就是"纯粹是读台湾文学，更精确地说，是读台湾小说提炼出来的"。他以为，这种"台湾意识"，在"一代接一代的作家间"，有一种"一脉相承的精神承传可寻"。这种意识的文学，"始终以不同的形式、不同的形态延续着"。彭瑞金不无得意地说："当我找到了这样的台湾人文学脉流之后，不但对台湾文学的发展历程了然于胸，也坚定了我个人的台湾意识。"

二、鼓吹"台湾文学不是边疆文学"，不是"中国文学的一部分"

陈芳明抓住"边疆文学"这个说法大做反对"以中原为中心"的文章，大做反对陈映真等人"站在中国文学的立场发言"的文章，声称："台湾没有产生过中国文学。"陈芳明说："要讨论台湾文学与中国文学的关系，我不同意以'台湾文学是中国文学的一部分'这样的主张来搪塞。除非证明，台湾社会的生活、政治、经济、历史的条件与中国完全相同，才有可能在台湾产生中国文学。"

由此而说到移居台湾的先民的文化传统，陈芳明更有谬论说："从17世纪以来，便陆续不断地有中国人移民到台湾来，这些移民到台湾来的目的何在？为求自己的生根立命？还是为了'中国人'开疆拓土？答案是非常明显的。中国移民到了台湾以后，无不是以全新的台湾人心态在开垦、生活的，他们的经济、生活方式逐渐因地域、环境的条件与中国隔离而形成他们的特色，他们从有移民的念头，到如何在这块地方活下去，我相信没有一样是受到北京政府的指导、保护吧！"

对此，彭瑞金也持一个腔调。彭瑞金说："语言、血统与生活习惯、残留的文化痕迹，主张台湾文学是中国文学一支流，往往还振振有词地指出，吴浊流、钟理和、杨逵，甚至巫永福、陈火泉等台湾人的作品里都提到了'祖国'，是为台湾文学具有中国意识的佐证。这是又一个证明中国意识论者霸道不讲理的地方，台湾跟旧中国社会的渊源并不需要否认，重要的是我们在行事、思考上以哪里做基准？我们以什么标准衡量台湾文学的创作？台湾作家以台湾人的立场写作，对中国人、对父祖所从来的地方加以描写、臧否，就算是关心、期待好了，这是台湾人意识呢？还是中国意识？台湾是移民社会，移民虽有先后期之分，但显然肯自承自己是台湾人的移民少有捞一票就跑的打算，他们开垦土地、立家结社，无不朝长居久住的方向去经营，除非我们的文学看不见他们，看不见这个多数，否则怎么可能没有台湾意识呢？倒是文学的统治者，诚如你刚才谈的清朝官僚的情形，哪一个不是存在随时准备走路的心态？各期的统治者给台湾人的感觉都是这种流亡、流放的心态。做为官方宣传工具的应声筒，文人做这种表态，我并不觉得奇怪；然而竟有土生土长的台湾人，以台湾的代言人、思想导师自居的姿态，带着台湾文学去异化为中国文学或边疆文学，其自我扭曲之丑态，令人难过。"彭瑞金在这里攻击的"土生土长的台湾人"，显然是影射陈映真的。不只如此，随后，他还恣意谩骂陈映真和他的朋友们是"伪冒的中国意识论者"，恣意攻击陈映真的"不看作品、不肯诚实地从作品找证据，却栽赃说台湾意识就是分离主义，下面他们不敢公开说分离主义就是台独，然而这种暗示却一再重复，我不知道这是向哪一方面表功"。

三、肆意歪曲台湾新文学史上一些重要的史实

比如，彭瑞金说，"乡土文学的出现是台湾文学界寻求多元化，至

少要求有第二种声音的渴求下出现的文学运动"；陈芳明说，"乡土文学论战的价值，在于厘清了官方和民间对文学的不同立场"，"有人正视'台湾意识'的问题，应该也是乡土文学论战不可抹杀的功劳"。

在这次对谈中，出于为"文学台独"张目的需要，陈芳明和彭瑞金都说到了要写文学史的问题。彭瑞金就说："台湾文学的发展其实还处于相当混沌的情况中，似乎极需要有人出来用史的观点来厘清它过去发展的脉络，让它有个较清晰的面目示人。因此，我想目前台湾文学史的写作应该是很急切的工作，否则以目前台湾文学支离破碎的面貌，许多讨论显得隔靴搔痒。"陈芳明也说："台湾新文学运动从日据时代开始，到现在已经超过60年了，60年来台湾文学业已相当成熟，其间的演变也有许多值得我们思考、整理的问题。此时此刻台湾文学史的撰写，不仅是应该有，还应该是迫切需要的。"

基于这样的要求，陈芳明和彭瑞金对叶石涛的《台湾文学史纲》作了最"会心"的解读，最"知己"的吹捧。

陈芳明说，他第一次听说叶石涛在写《台湾文学史纲》，"内心有说不出的高兴"。他说："台湾意识的出现，台湾文学史料的出土，都是非常重要的。叶石涛做这项工作，价值在于他是第一个有眼光去做这项工作的人，让新一代的台湾人了解台湾的文学传统之外，也让外人知道，台湾岛不仅只是一个岛而已。在中国的统治者看来，台湾不过是它在海上的堡垒而已；在西方的列强看来，台湾不过是不错的贸易据点，其他的就不是他们肯关心的了。《台湾文学史纲》却证明了台湾有文学、有文化，提醒这些外人：他们只看到台湾的外表，没有看到台湾的心。这是第一点。第二点，有不少一般人注意不到的作品、作家，他将它整理出来了，让我们看到更具体的台湾文学内容。另外，过去陈少廷写过《台湾新文学运动简史》。很可笑的是，这本书是抄自黄得时的文章，黄得时还给他写序，台湾人竟能容忍这样的作品那么久。叶氏的文学史纲可说是对这类作品做了一项无言的批判，以具体、结实的内容告诉世人，这才是台湾文学。到目前为止，叶氏这本史纲出现，值得台湾人引以为荣、引以为傲……我不知道叶石涛本人对这本书的看法是怎样，我觉得他应引以为傲才是。"

彭瑞金也说："可以看得非常清楚的是，台湾人要想拥有一部不被歪曲、不失立场的自己的文学史，一定是要自己动手来，不必期待官方或外人做，我想叶先生应该是在这样的觉悟下，毅然做了这件吃力不讨好的工作。据我所知，叶先生本人曾经许愿要在有生之年完成台湾文学史的撰写，虽然文学史纲的写作，他本人也不很满意，实在是客观的条件太缺乏了，纯非作者之罪，正面的价值仍然是不容否定的。"

对谈中，陈芳明和彭瑞金还专门表示，要"写一部没有政治阴影的台湾文学史"。陈芳明一边诬蔑大陆学者研究台湾文学、出版台湾文学史的"目的"，"是在宣传和统战"，一边声称："我们台湾人整理台湾文学史，目的不在政治。"事实证明，这是谎言。比如，陈芳明攻击说："中国对台湾文学的研究，差不多都以政治为中心做研究，并不是以台湾人的感情去思考。一般人研究文学必然注意到它的内容，看它表达什么。中共研究台湾文学，先把结论放前面，他先认定'台湾文学是中国文学的一支流'这一结论再去找证据。很有趣的是，在台湾我们也听到这样的语言——'台湾文学是中国文学的一支或一部分'、'台湾文学具有祖国意识'。所以，基本上要研究台湾文学，一定要先把政治意识去除掉，以台湾人做中心来看文学，我们不能带着自己的政治信仰来解释文学。"不要"中国文学的一支或一部分"，不要"祖国意识"，他要什么？他不就是要的"台湾意识"、"台湾独立"吗？这是什么？这不就是政治吗？

好，说到这里，陈芳明亮出他的台湾文学史观来了。请看："写文学史一定要掌握住史观，要弄清楚你以什么观点，什么立场来看台湾文学。我们今天要写台湾文学；要将台湾文学当台湾文学，不是写中国人观点的台湾文学。什么是台湾文学？就是台湾作家受到台湾的土地、经济、历史、社会所形成的文化环境影响而写出来的作品。这种作品表现了台湾人的生活、精神、思想、价值观、人生观，这就是台湾文学。既然如此，哪些是真的台湾文学，哪些是有价值的台湾文学，便不难检验了。既然是靠台湾这块土地生活写出作品来的就是台湾作家，我们不必问他是早期移民还是后期移民。……我们如果明白台湾文学是以台湾人民做中心，描写台湾人民的喜怒哀乐，我们便能清楚地看出台湾文学历史的演变。史观确立之后，再来看政治、历史、社会、文学的演变，都是一目了然。"

这一点，彭瑞金心领神会，也呼应说："史观确立了，一切都好办。没有史观的历史著作只是史料的堆积，根本就失去著作的意义。如果我们想把台湾文学史往上延伸，想想看，从明代、清朝到今天，台湾文人创作的心态变化差异有多大？不先确定史观怎么面对其间的驳杂。"

至于对谈中，陈芳明、彭瑞金谈到的文学史分期问题，其意义并不在于如何分期。他们是在讨论分期的幌子下，强调用"台湾意识"去改写台湾文学的历史。

比如"皇民文学"的问题，陈芳明就说："皇民文学的问题也一样，硬要活生生地否定他们生活的世界、现实，而拿起中国的民族主义来清算他们，这公平吗？为什么我们不用台湾人的立场，不用那个时代台湾人的心情评价他们？要知道他们进入那样的时代过那样的生活，是被逼的，不是他们自愿选择的。他们生活在那个时代一点也没有中国民族的困扰，今天有人受到中国民族主义的洗礼，反过来把自己这一套去削前人的脚，合自己的鞋子，才发生皇民文学的问题。你如果不能放下这个后出的民族主义的枷，只好一再地扭曲日据时代的台湾新文学了。"陈芳明还说："伤痕就是伤痕，我相信没有一个作家故意存心去写作称作'皇民文学'的东西，有的只是被逼迫的。所以即使没有中国民族主义，我们就不能去碰这些东西吗？我们要知道台湾新文学的演变过程极端曲折，我们不可能因为自己主观的愿望，希望自己是极端的中国主义而否定这些作品存在的事实，而拒绝碰触。"对此，彭瑞金完全赞成。彭瑞金还攻击对"皇民文学"持批判态度的爱国文学家："近日有年轻一辈的文学工作者摆出秉公办理的法曹心态，着意清理这段文学公案，我想你这段话，对他们颇有及时雨的参考价值。"

对谈中，从陈少廷的《台湾新文学运动史》主张的"台湾文学是从中国文学来"的观点，陈芳明还对"民族主义"问题大放厥词。陈芳明说："其实，台湾作家并没有民族主义，因为台湾新文学作家完全出生在日据时代，并不发生民族主义问题。何谓民族主义？必须彼此共同生活、共生死，才知道何谓民族主义，假使彼此在命运都不相同，都不了解，算什么民族主义？有人在嘴里叫祖国，或者说祖国为什么还不来救我？那不是有意识，那是梦。就像有人说，台湾为什么不成为美国的一州，这能算是美国意识吗？这是梦，美国梦想。要把这种梦扭曲为祖国意识、中国意识，是非常痛苦的事，因为根本没有这个事实。"

1987 年夏天在美国的这次聚会，还是一次台湾文学界分离主义势力撰写文学史的策划会。按陈芳明在他那篇《是撰写台湾文学史的时候了》的文章里的说法，他们要写台湾文学史，目的之一，就是要针对大陆的学者的。陈芳明对大陆学者的台湾文学研究工作肆意歪曲，说什么"他们关切的是，台湾文学是不是符合他们的政策？他们特别强调'思乡'的作品，也着重作品中的'抗日'与中国的'抗日'的相通性。他们的解释，刻意突出台湾作家的'爱国'精神，他们更偏爱把台湾文学解释成为'中国文学的支流'，甚至'一国两制'的论点，'和平统一'的语言，都可以成为文学批评的术语。使我们心惊的是，他们凭恃了这样的成绩与精神，就对外宣称要撰写台湾文学史。他们的解释、他们的观点，几乎可想而知"。陈芳明还别有用心地煽动说："面对中国的宣传攻势，海外文学的工作者是忧心忡忡的。这倒不是担心中国的研究会定于一尊，我们感到焦虑的是，台湾人本身并没有急起直追。如果我们不开始考虑动手，那么有一天台湾文学的发言权，就要拱手让给中国了。这种事，并不是不可能发生。"于是，陈芳明和张良泽、林衡哲、郑炯明、李敏勇、彭瑞金共同商讨决定，要"以团队精神来完成文学史的撰写"，分工是：张良泽分担明、清以前，许达然分担明、清时期，叶石涛分担日据时期，张恒豪分担战后至50年代，彭瑞金分担60—70年代，陈芳明分担乡土文学论战以后。不过，事后，许达然表示他不便参加，张恒豪也不能决定，只剩下张良泽、彭瑞金、叶石涛和陈芳明兴致还高。

陈芳明没有想到的是，这个计划至今还没有实现。只不过，这以后，倒是有几本分离主义的"台湾意识"主宰的台湾文学史出台了。

先是彭瑞金的《台湾新文学运动四十年》。初版由台北《自立晚报》社文化出版部编入《台湾经验四十年》丛书于1991年3月印出，1997年8月又由高雄春晖出版社印行新版。彭瑞金在新版的《自序》里说："台湾，无论作为一个民族，或是作为一个国家，绝对不能没有自己的主体文化，并且还应该优先被建构起来。76年前，台湾新文学发轫伊始，台湾先哲便著文呼吁，台湾人要想成为世界上伟大之民族，首先一定要有自己的文学，盖文学乃一个民族之灵魂，我们有充分的理由怀疑，灵魂空白的民族可以是伟大的民族，甚至怀疑其存在的可能。"请大家注意，早在1997年，鼓吹"文学台独"的彭瑞金就把台湾说成是一个"国家"了。他所谓的"主体文化"，就包括文学在内。他认为，"崛起于20年代的台湾新文学运动，可以说长期处在外来殖民政权的殖民文化政策底下游移，既缺乏自由伸展的空间，也无法进入台湾的中心。因此，让台湾文学成为台湾人的文学，不仅是艰巨的文化工程，更是艰困的心灵工程。但我发现，自日治时代以来，无论面临多大的艰险时刻，台湾作家中都不乏肩挑起文学香火承传重任的文学勇者，把台湾新文学创发的初衷延续下来。在形式上，它就是台湾文学的本土精神、台湾意识的传承，代代相承，也就形成了台湾文学本土化绵长的运动历程。诚然，作为台湾文学主体之台湾意识的复归过程中，曾经出现十分低迷、脆弱的时刻，或许也曾经迷航。但台湾文学能绵延到今天，证明文学的台湾精神不曾死亡，这也是身为台湾作家过去奋斗的目的，更是未来奋斗的方向"。他说他撰写这本书的目的就是希望自己"能在这样的汩汩前行的文学巨流中"贡献他自己的力量。

于是，他在书中设置的六章，全都以"台湾意识"的"复归"为主线，恣意曲解历史。其中，第五章《回归写真与本土化运动》写70年代的乡土文学论争，第六章《本土化的实践与演变》写80年代以后的文学，都把台湾文学的历史描摹成走向"文学台独"的历史了。其中的第二节《台湾结与中国结》，则放肆地攻击了陈映真提出的"台湾文学是中国近代文学的一个支流、一个部分"的理论，放肆地攻击了《夏潮论坛》发动的对宋冬阳即陈芳明的"台湾意识文学论"的批判。

彭瑞金也在"文学台独"的歧路上越走越远了。他在这篇新版《自序》里就说："台湾文学本土化所要追求的台湾精神回归，是要重新唤回整体台湾人、台湾文化的台湾主体意识。从教育到文化、从教科书到课程、从学校到社会，我认为，不仅要让以台湾人民和土地为主体的意识回到文学创作、文学思考、一切文学活动的正位上来，还应该让本土化完成的文学作品，进入普通台湾人民的生活、心灵里去，和台湾生活融为一体。"可见，他的心志不只是在于文学。为此，他还提出一个具体的建议，即，设立所谓的"台湾文学系"。他说："近年来，我们不断思索，促使台湾的大学设立台湾文学系，让台湾子弟的语文教科书教授台湾作家的作品，使台湾人创造的文化资源回归台湾人心灵生活的途径。我以为这也是台湾文学本土化运动的延长，除非台湾文学全面回到台湾人的生活中来，本土化便需要继续运动下去，推动台湾文学本土化的工程，台湾文学本土论的建构工程，仍然是台湾作家持续奋斗的目标。"果然，事实上，早在1995年，"台独"势力的团体"台湾笔会"就带头发起了在台湾各高校建立"台湾文学系"的倡议,并在1996年由张良泽率先在淡江工商管理学院实施。1999年6月,成功大学获准筹设台湾文学研究所。到2000年8月间,台湾的"教育部"就通令19所大学,鼓动他们筹建"台湾文学系"或"台湾文学研究所"了。最近,中兴大学成立了台湾文学系,清华大学台湾文学系的筹设,正在加紧进行。据报载,2001年开始,有关"台湾文学研究所"要招收博士生。

1995年,叶石涛在高雄《台湾新闻报》上发表《台湾文学百问》,其实也是一份"台湾文学史话"。那57篇的"史话"文章里,也贯穿着一条分离主义的黑线。除了极力宣传"台独"主张,其重要的手法就是肆意歪曲台湾文学的历史,几乎所有的台湾文学史上的重大事件、重要现象、重要作家和作品,叶石涛全都纳入了他所划定的"自主意识"、"台湾意识"、"本土文学"的范围之内。他的目的,正如1997年结集出版时的《序》里说到的,就是要用这样一部"没有"被歪曲了的台湾文学史著作"证明台湾人这弱小民族不屈不挠的追求自由和民主的精神如何地凝聚而结晶在文学上"。

1996年7月,台南成功大学历史系教授林瑞明,在允晨文化实业股份有限公司出版了两本书《台湾文学的本土观察》和《台湾文学的历史考察》。这两本书,虽是论文集的样子,却重在观察和考察20世纪20年代以来台湾文学发展史的几个重要面向。

一是鼓吹台湾新文学"来源"的"多元化",从源头上割断和大陆新文学的血脉关系。

二是鼓吹台湾文学的历史发展即"本土论"的发展。林瑞明描述这个发展过程是:"1930—1932年经过乡土文学论争、台湾话文论争,台湾文学的本土论终于形成。简言之,在30年代初,台湾文学的整体概念第一次成立,但身处异民族的统治之下,1937年禁用汉文,根本没有进一步发展的机会;战后,在中原正统主义绝对的优势之下,一直被矮化为地方文学,或称'乡土文学',或称'本土文学',直到80年代后期始取得台湾文学正名。两次台湾文学概念的成立,相隔半个世纪,历经不同的政权,这是观察台湾文学的发展,首先必须注意的面向。"

三是攻击大陆学者的台湾文学史观。他说,这些学者有关台湾文学史的著作,"林林总总,皆把台湾当成中国文学的一部分、一支流来处理；而忽视了日据时代展开的台湾新文学，在不同阶段挣扎过程中有中原意识、台湾意识、日本意识的种种纠葛，有相当的特殊性，文学作品与理论。总的来说，一则反映了殖民地民众的苦楚，一则也有弱小民族自求解放的概念（台湾话文派反对中国话文派强调不顾及台湾实际的语言情况，用中国白话文写作是'事大主义'即是一例）。中国大陆出版了那么多专书，文学史观几乎没有差别。"

四是攻击台湾岛内坚持台湾新文学是中国新文学的一环的观点的文学史工作者。他说："对于日据时代台湾新文学通常仅以受了五四新文学的影响这样简单的概念来展开，这一点类同于中国大陆的学者，亦即中原正统主义完全盖住了台湾观点，台湾意识被视为仅是地方意识，稍稍强调台湾意识即视为分离主义。本来中文学界以现代文艺作为升等论文困难，更何况深入研究台湾文学，有张良泽的前例作为借鉴。这种保守的心态，即使解严之后，依然存在，主要还是在于学术生态。因之尽管对于民间学者叶石涛的《台湾文学史纲》（文学界，1987 年 2 月）、彭瑞金《台湾新文学运动四十年》（自立报系，1991 年 3 月），迭有批评，但尚无人以别于叶石涛、彭瑞金的史观写出严谨的专书，仿佛借用中国大陆学者有关台湾文学史的论著，即能指责叶、彭两人充满地方意识、视野狭窄。"

五是鼓吹台湾文学不算中国文学。他说："台湾文学之整体性概念，从 30 年代确立，到决战时期，从主轴上来观察是极为明确的，未曾变动。当时环境，台湾人是日本国民，但内在台湾人则是被视为"本岛人"以相对于"内地人"。这种情况下发展的台湾文学，是"无法被归纳为中国文学的。"

在宣扬这些"文学台独"主张的《台湾文学的历史考察》一书的《国家认同冲突下的台湾文学研究》一文里，林瑞明其实是公开鼓吹"两国论"的。他鼓吹在"政治属性"上"也不必然就朝中国统一"，"不必然就认同""政治中国"。

再就是 1996 年 7 月游胜冠的《台湾文学本土论的兴起和发展》了。

游胜冠将 70 多年的台湾新文学发展的历史全部归结为"本土论"的兴起和发展的历史，而以"发轫"、"式微"、"再兴"、"建构"划分其发展阶段，相对于此前诸公的鼓噪，也算有过之而无不及了。

他为什么要这样做？在该书的《绪论》里，游胜冠说到他研究的动机与目的，首先从台湾意识、中国意识说起。他说："当台湾社会因为特殊历史因缘，分裂为'台湾'、'中国'两种不同意识形态时，台湾文学的'台湾'自我——本土论与'中国'文学论的对话就一直在相应的时机出现，争执谁才是台湾文学的真正自我。……我们觉得台湾文学'台湾立场'与'中国立场'之争，带给台湾文学负面的影响终究要多于正面的，立足点的游疑不定，一直都是台湾文学不能扎根本土，厚厚茁壮的主因。"游胜冠以为，这种"论争虽然涉及诸多议题，但却可以归结到'台湾文学的定位'这个母题之上，而'台湾文学'如何定位之所以迟疑不决，难以形成文学界的共识，则台湾与中国分离的历史经验，以及目前独立于中国之外的台湾何去何从，这个台湾前途问题之上。面对诡谲多舛历史命运的台湾人，一直以不同立场、不同期待，追问'台湾往何去？台湾人的出路在哪里？'的问题。不同的解答来自一定的历史意识、现实考虑，以及对未来的期待，也形成了意向不同的台湾文学观。既然同是台湾的一分子，谁都有权表达对自己的未来的意见……站到文学立场来看，所谓的中国立场相较于台湾立场来说，是偏离了台湾现实，此处所谓的'台湾现实'，意谓：（1）台湾与中国大陆分离的现实；（2）所谓'中国'已有中国大陆作为代表的现实；（3）台湾文学只反映了台湾社会的现实。从这三种'现实'考虑，本土论以台湾定位台湾文学是符合台湾历史现实的做法，不管台湾未来是不是与中国统一，台湾文学作为台湾社会的产物，既然现实上台湾独立于中国之外，台湾当然就是台湾文学惟一的立足点，也惟有'台湾'可以概括它，以眼前台湾现实上掌握不到，而事实上中国大陆又取得代表权的'中国'支配台湾文学的发展，我们觉得是并不切合现实"。由此，游胜冠说，他作这种研究，是要"在台湾前途不定、台湾文学定位不明的迷乱中，以前人的经验智能结晶，厘清台湾文学的走向。限于个人时间、能力、兴趣及论文的篇幅，本文只能以台湾文学本土论作为关照台湾文学的起点，本文，除了致力追溯战前台湾新文学运动推动以来，台湾文学本土论的兴起发展历程，从两结（著者按，即'中国结'与'台湾结'）的文学论争的探讨中，呈现本土论的理论内容外，也希望能进一步剖析，台湾文学本土论与台湾日据后翻覆乖舛的历史，台湾人寻求台湾出路的构想之间的关系"。

可见，他是十分自觉地把"文学台独"的文学史建构工作和政治上的"台独"联系在一起，要为政治"台独"张目的。

游胜冠对"台湾文学"、"本土论"还作出了自己的理论界定。什么是"台湾文学"？游胜冠说："为与大陆的'中国文学'有所分别而提出的'台湾文学'，既是分别两岸文学而提出，除了是以地理上的'台湾'来指称此地产生的文学，当然也肯定台湾文学，在台湾与中国分离的特殊历史经验中，已发展出不同于中国文学的特殊性，而且也承认台湾新文学是日据台湾新文学推动以来，在台湾这个社会进行的文学活动的总称。因为台湾文学与中国文学是两个内涵不同的范畴，所以，以'台湾文学'这个概念指称台湾的文学。"

　　什么是"本土论"？游胜冠说："本土论是伴随文学本土化运动而来的文学论。文学受一定时空条件的制约，是在'本土'进行的文学活动就应该呈现一定的'本土性'。'本土化'是相对'外来化'而成立的，也就是说，一地的文学若是自然发展，文学的'本土性'应该不虞匮乏，当然也没有刻意强调'本土性'的必要。但若在外来文学强势冲击下，丧失对本土文化的信心，使得本土文学'外来化'，减损了应有的'本土性'。那么，经过一定历程的摸索、觉醒、寻找文学本土自我，反外来文化帝国主义支配的'本土化'动向，就会随着本土意识的觉醒而兴起。'本土化'常常是殖民地或第三世界国家，作为反殖民、反支配运动的一环而兴起的。"

　　什么是"台湾文学本土论"呢？游胜冠的荒唐解说是："伴随文学本土化动向而来的本土论，是反外来文化的支配，对文学本土化相关命题的申论。台湾文学因为社会内部认同意识的分歧，自日据时代新文学运动开展以来，即存在回归'中国'或'台湾'本土的争执，战后，文学界经过几次台湾文学论战，大致上，是以本土化论专指站在台湾立场进行的文学本土化运动，至于民族主义站在中国统一立场所倡导的台湾文学论，虽也强调反帝的本土化走向，但因台湾目前独立于中国之外，民族文学论回归的是和台湾相对立的中国，台湾现实上并无'中国'可回归，所以本文，不将统派民族文学论的反帝本土论，视为台湾文学的本土论。另一方面，因为日据以后的台湾历史，一直有两岸政权及中国民族主义者主张两岸统一，在这种政治意识形态的宰制下，民族文学论乃将中国立场绝对化，视台湾文学为中国文学的支流，并据以支配台湾文学走向，这些论调，在本土论者看来，也是一种文化帝国主义，'中国'事实上也成为台湾本土化所要对抗的对象，所以，台湾文学本土论所谓的'本土文学'、'本土化'除了相对于日本、西方等外来文学而成立之外，主要也是相对海峡对岸的'中国文学'而言的。"

走在这样一条"文学台独"的歧路上，游胜冠研究台湾新文学发展的历史，只能得出极其荒谬的结论。游胜冠在全书的《结论》部分就说："从台湾内部多族群的角度来看，所谓'台湾意识'、'中国意识'的纠葛，其实只是汉移民的问题，对岛内的原住民来说，并无这种意识纠结的困扰。但因为台湾的历史，一直在汉移民的汉人中心意识主导下发展，所以，'台湾立场'与'中国立场'的对抗，一直贯穿整个台湾文学的发展史，即使'多族群互为主题'的台湾立场提出后的90年代，中国文学论者仍然在汉人中心意识的作用下，以'中国立场'对抗本土论者的'多元主体的台湾立场'，既然这是个历史事实，也是目前仍未解决的问题，所以，我们还是必须考察这段历史过程，探究两种意识形态所以从台湾社会产生的缘由，以及从台湾与中国分离的这个现实来考量，在哪一种意识形态的主导下发展，能带给台湾社会最大利益，对台湾文学最有助益。考察台湾文学的发展史，台湾新文学运动自推动以来，曾兴起两次文学本土化运动，为什么战前、战后一再兴起文学的本土化运动？战前的日本同化政策、战后因国民党依附美帝，西方外来文化强势侵入，使得台湾文学丧失了民族性、自主性，固然是本土论兴起的主因。然而，更耐人寻味的是，在本土论者眼中，'中国文化帝国主义'却是使台湾文学失去主体性主要的力量，在回归台湾社会现实的本土立场中，通常倾向与'中国'分离，建立自主的台湾文学。回顾台湾文学的发展，我们可以看到台湾文学本土化运动所遭遇最大的阻力，反而不是随着帝国主义势力入侵的日本、西方文化，却往往是台湾作家的'中国意识'与'中国立场'。从台湾割让日本，台湾在近代思潮的冲击下，台湾人开始安置台湾的地位、规划台湾的前景，台湾人心中重叠的'台湾'——'中国'认同意识，就开始他们焦不离孟、孟不离焦的论争。战后，台湾短暂地在中国安置了4年，又因中共取代了国民党政府在中国的地位，来台的国民党政府因为坚持中国正统意识，使台湾被固定在中国的内战结构中，与中国又对峙了40年。虽然国民党与中共互争中国代表权，在台湾力求中国意识的普及，但"二二八"事件后，台湾又陷入不知以'台湾'或'中国'自我定位的不安定状态中，'台湾化'与'中国化'的争议，几乎就没有停止过，也从没有得到过永久性的结论。"

应该指出的是，游胜冠是十分张狂的。在这《结论》里，他公然叫嚷"台湾明明已独立在中国之外成为一个'主权国家'，却要受'中国'这个名义的支配、剥削，面对这样荒谬的历史处境，岛内台湾意识高涨，台湾人民反'中国'支配，反'中国'对台湾的价值剥削，企求自己掌握自己的命运的意向当然越来越强烈"。他甚至公然煽动分离主义者们说："一世纪来台湾与中国分多合少，台湾几乎是独立发展于中国之外。打从日据时代开始，台湾在与祖国隔绝的环境中，接受近代民族、民主、政治、社会进步思潮的洗礼的台湾知识分子，开始解脱祖国意识的羁绊，追求政治上、文化上台湾的独立自主，'中国'就是台湾走向独立、自主最难摆脱也最难克服的障碍。……'中国'因此变成台湾各种本土化运动所要对抗的'中国文化帝国主义'、'中国霸权'，成为台湾、台湾文学追求自主、独立历程中挥之不去的梦魇。"

"文学台独"在构建台湾文学史问题上的这种恶性发展，终于引发了 20 世纪最后一两年的新一轮的统、"独"大论战。

下面谈"二陈统、独论战"。

这一轮的大论战，是由陈芳明的挑衅引爆的。

原来，随着台湾的领导人在对"一个中国"原则问题上不断玩弄各种手法，台湾局势更加复杂严峻。台湾文坛有关台湾文学的性质、源流、归宿、地位问题之争，随着时局和政坛的变化，也云谲波诡，变幻不止。争论中，总有那么一些人，把"乡土文化"、"本土化"蜕变为脱离统一的中国文学而"独立"的"台湾文学"，为"台独"张目。就在这股逆流里，沉渣泛起，陈芳明着手炮制一部《台湾新文学史》，放言"中国社会与台湾社会的分离"和"台湾文学与中国文学的分离"，并在 1999 年 8 月的《联合文学》第 178 期上发表了它的第一章《台湾新文学史的建构与分期》，全文 1.5 万字。不久，陈映真在《联合文学》2000 年 7 月的第 189 期上发表了 3.4 万字的长文《以意识形态代替科学知识的灾难》，对陈芳明的《台湾新文学史的建构与分期》作了严正的批判。8 月，陈芳明又在《联合文学》的第 190 期发表一篇 1.1 万字的狡辩与反扑的文字《马克思主义有那么严重吗?》，再一次宣扬了分离的主张。对此，陈映真在 9 月的《联合文学》第 191 期上回敬他一篇 2.8 万字的长文《关于台湾"社会性质"的进一步讨论》，继续对陈芳明的分离主张给予了科学的剖析和严厉的声讨。10

月，陈芳明在《联合文学》第 192 期上再抛出一篇 1.8 万字的《当台湾文学戴上马克思面具》，再作反扑。12 月，陈映真在《联合文学》第 194 期上再发表 3.5 万字的长文《陈芳明历史三段论和台湾新文学史论可以休矣!》，再予陈芳明以痛击。人们把这叫作"二陈统、'独'论战"。

"二陈统、'独'论战"，首先围绕着台湾的"社会性质"问题展开。陈芳明在《台湾新文学史的建构与分期》一文中提出这个问题，并且强调为"一个重要议题"，显然是经过精心谋划的。他称自己的观点是"后殖民史观"，其要点是：（1）"台湾社会是属于殖民地社会的"，它"穿越了殖民时期、再殖民时期与后殖民时期等三个阶段"。（2）1895—1945 年的"日本帝国主义的统治时期"，是"殖民社会"。其时，"台湾与中国之间的政经文化联系产生严重断裂"。（3）1945—1987 年，从国民政府"接收台湾"到国民党台湾当局"戒严体制的终结"，是"再殖民时期"。其间，1950 年之后，发生了"中国社会与台湾社会的分离"。（4）1987 年 7 月解除戒严令之后，是"后殖民时期"。其中，1986 年民进党建党是一个标志，它高举的是台湾脱离中国的"复权"旗帜。

陈映真的《以意识形态代替科学知识的灾难》和《关于台湾"社会性质"的进一步讨论》两文，把马克思主义理论同一些国家尤其是中国、中国台湾地区的社会历史发展结合起来，对陈芳明的"离奇的社会性质论"的无知、混乱与黑白颠倒作了全面、深刻、彻底的揭露和批判。陈映真指出，陈芳明的逻辑，就是一种"台独派逻辑"，其用意十分明白，即"1945 年以后，'中国人外来政权国民党集团对台湾的殖民统治'使台湾'再'次沦为'殖民地社会'。这苦难的'中国帝国主义'下的台湾，至台湾人李登辉继蒋家担任台湾'总统'为分界线，在没有任何台湾人的民族解放斗争的条件下，使台湾从'中国帝国主义'下解放，结束了'再殖民'社会阶段!"

在这里，陈芳明把"二战"之后国民政府根据《开罗宣言》收复日本占领的国土台湾看作是一个"外国"的国家政府的再一次殖民地占领，完全是颠倒黑白、歪曲历史。脚踏中国的土地，姓着中国人的姓，叫着中国人的名字，说着中国人的汉语，用中国汉字写文章，在中国的大学里教中国学生学中国文学，按中国人的方式和习俗生活，为什么这个陈芳明就不把自己看成是中国人，而是把中国人看成是外国人，把当时的中国政府看成是外国政府呢？陈映真指出：

> 基于他自己关着门炮制的"台湾社会是属于殖民地社会"的"史观"，陈芳明"建构"了一个把台湾社会史——从而是台湾新文学史——分割成"殖民时期"[1895（新文学则始于1921）—1945]；"再殖民时期"（1945—1987）和"后殖民时期"（1987年迄今）这么一个三阶段论。前提既错，在这错误前提上"建构"起来的全"史观"的谬之千里，是自然的了。

陈映真还指出：

> 陈芳明把他的"史识"与"史观"，不无得意地标榜为"后殖民"史观。查文化思想概念上的后殖民论，一言以蔽之，是对于旧殖民地历史，以及旧殖民历史在"殖民后"社会中的文化遗毒，以及战后新的文化殖民主义对前殖民地社会和文化的为害，加以反省、纠弹、批判的思想。陈芳明的"后殖民""史观"、美化日本殖民统治，谓带来高度资本主义；通篇无一字涉及美帝国主义的新殖民统治；以冷战词语说"中国帝国主义"对台湾的统治：把美国学园对台湾思想文化的支配说成自由化和多元化……把这样的洋奴"史观"说成"后殖民史观"，其实是对真正的后殖民主义的侮慢了，并且尖锐地表现出的"台独"论的后殖民意义。
>
> 陈芳明在开宗明义中说："任何一种历史解释，都不免带有史家的政治色彩。史家如何看待一个社会，从而如何评价一个社会中所产生的文学，都与其意识形态有着密切的关系。"
>
> 旨哉斯言！马克思主义经济学和资产阶级的新自由主义的经济学，确是各有各的"政治色彩"和"意识形态"。而我们关于台湾各阶段社会性质以及相应的文学的性质，也与陈芳明在"政治色彩"与"意识形态"上南辕北辙、针锋相对。然而，理论问题毕竟主要地要通过知识的对错、逻辑的真伪，以及具体实践的合格检验。"政治色彩"和"意识形态"毕竟

不能取代科学知识，否则就是一场知识上的灾难了。

试问：陈芳明赖以"建构""台湾新文学史"的地基——台湾社会性质论，既是一片松软的沙渚，则他所要"建构"的"台湾新文学史"大厦，又如何能免于根本倾覆、土崩瓦解的灾难呢？

论战中，陈映真对陈芳明在"多语言文学"问题上的种种谬说，以及由此而发生的对 30 年代有关"台湾话文"的争论的歪曲，等等，也作了有力的批驳。

尤其是，陈芳明歪曲历史说，战后，既然是外来的中国对台湾实行"再殖民统治"了，语言也分离了，社会也分离了，当然，1950 年之后，"台湾文学与中国文学的分离"，"无论是自愿或被迫"，也就"成为无可动摇的历史事实"了。针对这一谬说，陈映真在自己的两篇文章里以大量历史事实对陈芳明的这种无知和谎言作了揭露。

第一，战后，1945—1949 年间，在民间层次上，台湾的省内和省外文化界知识分子的确"进行过热情洋溢的脱殖民论说"。比如，有一位后来"仆倒在'二二八'事变血泊中的杰出的台湾人思想家"宋斐如，在《人民导报》1946 年元旦的《发刊词》和元月 6 日的《如何改进台湾文化教育》一文中，提出要改变日据台湾时的"文化畸形发展"局面，"教育台胞成为中国人"，"随祖国的进步而进步"。对于她，还有苏新、赖明弘、王白渊等思想界战士来说，要克服日据殖民地文化的影响，就是"复归中国"，"做主体的中国人"。

第二，1947—1949 年，台湾《新生报》的《桥》副刊发生过一场"如何建设台湾新文学"的争论。从某种意义上说，这"也是一场重要的脱殖民论说"。争论中，欧阳明、杨逵、林曙光、田兵，包括后来态度发生重大变化的叶石涛，都强调了建设台湾新文学的课题和建设中国新文学的课题相关相联，强调台湾文学始终是"中国文学的战斗的分支"，台湾文学工作者是中国新文学工作者的"一个战斗队伍"，其使命和目标一致。"台湾既（因光复）为中国的一部分，则台湾文学绝不可以任何借口分离。"这一主张，受到了参与争论的人几乎众口一词的支持。比如，杨逵就是寄希望于光复之初，"重整旗鼓"，以便"在祖国新文学领域里开出台湾新文学的一朵灿烂的花！"正是在这样的共识前提下，他们才就人民的文学、新现实主义、台湾文学的特殊性等问题展开了热烈的争论。

第三，即使到了 70 年代乡土文学论战时期，叶石涛等人，也还没有改变这种看法。陈映真举例说，叶石涛那时就迭次宣说"台湾文学是中国文学的一环"；王拓说，"作为反映台湾各个不同时代的历史与社会的（台湾）文学，也自属于中国文学的一部分"，而作家则是"台湾的中国作家"；李魁贤也说，"当然台湾文学是属于中国文学的一部分"。陈映真还特别揭露说："即使陈芳明自己，也要等到乡土文学论战前后才与中国'诀别'。"

第四，"杨逵在《桥》副刊上的文艺争论上，以及在 1949 年发表的《和平宣言》中，迭次疾言反对台湾独立和台湾托管论。"

陈芳明对台湾新文学所作的三大历史阶段九个历史时期的分期建构中，把 1979—1987 年划分为第八个时期，即"思想解放时期"。他在《台湾新文学史的建构与分期》里说，在这个时期，和社会变化同时，"文学界也正在进行一场'中国意识'与'台湾意识'之间的论战。这场论战，也就是坊间所说的统、'独'论战，基本上是乡土文学论战的延续"。他还说，"统、'独'论战"的最大意义，"就在于使台湾文学获得正名的机会"，"通过这场辩论之后，台湾文学终于变成共同接受的名词"；然后，到 1987 年以后的多元蓬勃时期，就有了从容的空间"重建台湾文学"。

陈芳明要的是一个什么样的"正名机会"呢？他声称：其一，"70年代回归本土"的声音中，"对陈映真、尉天骢等作家而言，本土应该是指中国；但是对叶石涛、李乔等人而言，本土则是指此时此地的台湾"。

其二，1987 年解严后，"台湾意识文学的崛起在于批判傲慢的中原沙文主义"、"抗拒汉人沙文主义"。

陈映真义正词严地揭露和斥责了这种"正名"的"台独"实质。他指出，70 年代从现代诗论战到乡土文学论战中，文学上左右论争的实质，即陈芳明所说的"台湾意识文学"对所谓"中原沙文主义"、"汉人沙文主义"的"抗拒"，实际上乃是"台独文论"和"在台湾的中国文学"论的斗争。这种斗争在延续到 80 年代以后，即使花样不断翻新，实质上也没有改变。

陈映真的揭露和批判，重创了陈芳明的"台独"主张。陈芳明沉不住气了。在《马克思主义有那么严重吗?》一文里，他指责陈映真对他的批判是"在宣泄他的中国民族主义情绪",用马克思主义"做为面具,来巧饰他中国民族主义的统派意识形态",虚掩其"统派立场"。他终于公开把自己放到了陈映真所坚持的"圣洁的中国民族主义"的对立面上,"统派"的对立面上。这正是陈芳明"台独"面目赤裸裸的自我暴露!论战中,陈映真还严肃地批判了陈芳明在社会性质和中国社会史论说中违背事实的反科学的谬论,批判了他美化日本对台殖民统治和日据时期"皇民文学"的谬论,揭露了他歪曲台湾社会历史和台湾文学历史的伎俩,斥责了他错乱的伪科学的文学史建构史观和分期说法。陈芳明显然感觉到他的"文学台独"言论所面对的挑战和可悲的下场,于是把这种批判一概辱骂成"汉人沙文主义"!

要说辱骂,写《当台湾文学戴上马克思面具》一文,陈芳明更是撕下自己"文学史家"的"学者"面具,对陈映真破口大骂,其面目之狰狞,言辞之肮脏,气焰之张狂,用心之不善,令人不堪卒读。

对此,陈映真在《陈芳明历史三段论和台湾新文学史论可以休矣!》一文里再作了一次有力的批驳。针对陈芳明的政治辱骂和人身攻击,陈映真作了令人深为感佩的回答。陈映真写道:

> 1968年我的投狱、1979年10月我遭情治机关留置36小时,虽然在台湾新民主主义运动史上算是芝麻小事,但许我谦卑地说,对于反对台湾法西斯的民主主义斗争,我是有绵薄贡献的,至少比起机会主义地"流亡"在没有警备总部的海外的"在地左派"和"革命家"们,贡献应该大一些吧。有一点贡献,我就有权利发言。虽然我们追求的民主自由并不止于资产阶级票选制的民主自由,而是广泛生产者讨论和决定共同命运的那种民主与自由。
>
> 我一贯主张民族的分裂使民族残缺化和畸形化。反对外国干涉,促进民族的统一和富强,是台湾左派为之斗争的历史旗帜;增进民族团结,共同建设新的中国,是40年代杨逵先生以来台湾前进的知识分子的重责大任。对这主张,我至今没有动摇过,没有掩饰过。
>
> 至于我的"中华民族主义"立场,我自少及今,立场一贯,不曾动摇。有些人,到了30多岁的1978年还在说:"第一,《龙族》同仁能肯定地把握住此时此地的中国风格;第

二，诚诚恳恳地运用中国文字表达自己的思想……"，还热情洋溢地呐喊过："龙，意味着一个深远的传说，一个永恒的生命，一个崇敬的形象。想起龙，总想起这个民族，想起中国的光荣和屈辱。如果以它作为我们的名字，不也象征着我们任重道远的使命吗？"今日，当陈芳明回看在他而立之年的"中华沙文主义"的"病态民族主义"之"虚伪"、"落空"的话语，不知如何自处？在台湾新文学史上，有一条任何意识形态所不能抹杀的传统，即伟大的中华民族主义传统，表现为日据台湾新文学大部分坚持汉语白话作品和一部分以日语写成的文学作品中光辉磅礴的反帝中华民族主义，表现为赖和、杨逵孜孜不倦、坚毅不拔的反日爱国主义斗争，表现为简国贤、朱点人、吕赫若、蓝明谷、徐渊琛的地下斗争和英雄的牺牲，表现为杨逵在战后奋不顾身的合法斗争和长期投狱，表现为以中华民族认同批判外来现代主义文学要求建立民族和大众文学的乡土文学论争。我自觉地以忝为台湾文学这爱国主义、民族民主斗争的伟大传统中微小的一员，感到自豪。以戒严时代的、腐朽反动的词语扣我通北京、通共产党的帽子，随着大陆崛起的不可遏止的形势，随着大陆发展的实相渐为反动派所不能遮天，陈芳明的反共煽动终竟是徒劳的。

对于见诸《联合文学》的这场"二陈统、'独'论战"，陈映真在《陈芳明历史三段论和台湾新文学史论可以休矣!》一文写下了这样的结论：

一、陈芳明有关日据以降"殖民地"社会——"再殖民"社会——"后殖民"社会"三大社会性质"推移的"理论"，既完全不合乎陈芳明不懂而又硬装懂得的，马克思主义历史唯物主义有关社会生产方式性质（＝社会性质）理论和原则，也禁不起一般理论对知识、方法论、逻辑等要素的即便是最松懈的考验。因此，不能不说，陈芳明"历史三大阶段"论，所谓"后殖民史观"不论从马克思主义的生产方式论，或其他一般理论的基本要求看，都是破产的理论和史观。

二、因此以破产的、知识上站不住脚的"三阶段"去"建构"和"书写"的、他的"台湾新文学史"之破灭，也是必然之事。

三、格于战后台湾的思想历史的极限，这次的论争，从台湾马克思主义思想发展历程上看，大都只围绕在马克思主义最基本的政治经济学概念上打转，许多问题都是30—40年代一个用功的中学生可以解决的问题，层次不高。这当然是与争议的一方陈芳明在马克思主义和一般历史社会科学知识理论水平之低下密切相联系的。

四、因此争论中由我们提出的比较重要理论课题，尤其是台湾资本主义性质问题、日据以来台湾各阶段生产方式的推移问题，以及与之相应的台湾新文学思潮、创作方法和文学作品的关系等亟须深入、反复讨论的问题，没能产生更深的展开。这自然也和陈芳明的水平之低下有密切关系，只能期待后之俊秀起来接续这些台湾左派当面核心问题的讨论。

五、遗憾的是，这次争论中还是时代错误地出现了企图以反共反华的恫吓，例如类似说我亲共通共的手段，与戒严时代的几次争论中国民党文特的伎俩如出一辙，使争论留下污点。"台独"式反华反共的民粹主义咒语，和戒严时代反共防谍的罗织，无论如何，是无法以之替代真理的。

六、因此，从陈芳明对于我们的批判所做的全部回应，已经明白宣告了他的"历史三阶段论"的破产。为了不必使陈芳明硬撑的"歹戏"连连"拖棚"，浪费《联合文学》珍贵的篇幅和我们的笔墨，今后陈芳明如果没有提出相关的重要理论课题，如果还是喋喋不休地以无知夹缠不已，我们就把论争的是非留给今世和后之历史去公断，不再回应了。当然，如果今后将陆续公刊的陈芳明的"台湾新文学史"中出现重大谬误，不得已之下，还要讨教商榷一番的。

陈芳明的"台独"派御用的《台湾新文学史》正在炮制之中，何时、以何种面目出笼，陈映真等思想家、理论家、作家，还有我们大家，都将拭目以待。

结束语

赵遐秋　曾庆瑞

简要地介绍了 20 多年来"文学台独"恶性发展的历史，并在五个方面对"文学台独"的主要言论和活动展开了初步批判之后，我们不胜感慨的是，海峡两岸维护祖国统一的文学工作者，真的不能对"文学台独"问题掉以轻心了。

解决台湾问题，实现祖国完全统一，关系到国家主权和领土完整，关系到中华民族的民族感情，是中华民族的根本利益所在，是全中国人民的共同心愿和神圣职责，是我们这一代中国人必须完成的历史使命。而解决台湾新文学领域里的分离主义思潮和活动的问题，制止"文学台独"势力的阴谋而使之断难得逞，以维护中国新文学的统一，使中国新文学的一个组成部分的台湾新文学得以正常发展，则关系到中国新文学以至整个新文化的完整性不被割裂，同样也关系到我们中国文学工作者、传播者和读者的民族感情，以至于整个中华民族的感情，同样也是中华民族的根本利益所在，也是全中国人民的共同心愿和神圣职责，也是我们这一代中国人必须完成的历史使命。

有了这样的庄严的历史使命感，我们就会有一种神圣的社会责任感。要认真清理"文学台独"的思潮和活动，严正批判"文学台独"的种种谬论，坚决遏制"文学台独"的继续发展，彻底肃清"文学台独"的贻害和流毒，以维护中国新文学的完整和统一，大力促进作为中国新文学一环的台湾新文学正常发展，真的是"舍我其谁"了。

鉴于台湾问题不能允许无限期地拖延下去，"文学台独"问题也不能放任不管。"文学台独"还在恶性发展，还在混淆视听，还在兴风作浪，还在危害社会，危害祖国统一的伟大事业。近日台湾教育当局加速，加强在高教领域中的台湾文学系、所的创设，使"台独"派台湾文学研究全面占领了台湾文学教育阵地，形势进一步严重了。我们还要加强斗争的紧迫感，以只争朝夕的精神把这项工作做好。

"文学台独"势力是披着文学和文学史论研究工作的外衣从事分裂

祖国的活动的。有时候，有某些方面，它会有一定的欺骗性，会有一定的煽动性。所以，批判"文学台独"，政治性、政策性固然很强，文学性、科学性也很强。要做好这项工作，必须了解台湾的历史，熟悉台湾的现状，明了两岸关系发展的形势，认真学习和掌握对台方针政策，还必须了解台湾新文学发展的历史，熟悉台湾新文学的现状，明了两岸新文学发展的总体态势，其中，尤其要详尽地掌握"文学台独"恶性发展的历史情形，熟知其代表人物、代表论著的分裂思想和活动，熟知台湾统派思想家、文学家多年来艰苦卓绝地反对"文学台独"的斗争的方方面面的详尽情况。

鉴于多年的隔绝，我们大陆的台湾文学研究者特别需要做好调查研究工作，把这项斗争性、学理性都很强的批判"文学台独"的工作做细，做深，做好，做出成效来。

加强批判"文学台独"的工作，我们还更寄希望于台湾思想界、文化界、文学界，更寄希望于坚决维护国家统一的思想家、文学家、教育工作者、文化工作者、出版工作者，更寄希望于广大读者。一定要帮助那些一时还看不清"文学台独"本质的年轻人，甚至少数深受"文学台独"影响误入歧途的年青一代文学工作者，使他们认清"文学台独"的分离主义本质和分裂祖国的祸心，而迷途知返。

实现祖国统一是历史的趋势，是海峡两岸全体中国人民的民心所向，这是任何人也改变不了的。维护中国新文学的统一也是历史的趋势，也是海峡两岸全体文学工作者和广大读者的民心所向，也是任何人改变不了的。台湾分裂势力，其中包括"文学台独"势力和某些外国反华势力阻挠祖国和平统一，制造文学分裂的图谋，一定会遭到最终的彻底的失败。中国完全统一的一天一定会到来。一个统一的完整的中国新文学一定不会被割裂。

看今日"文学台独"之甚嚣尘上，猖獗一时，再看包括台湾文学在内的中国新文学日益繁荣昌盛，我们要说：

"沉舟侧畔千帆过，病树前头万木春。"

辑二

《台湾新文学思潮史纲》节选

《台湾新文学思潮史纲》① 绪论

赵遐秋

我们，海峡两岸从事台湾新文学史研究和教学工作的同仁，试图重新构建台湾新文学思潮发展史这一学科的体系，合作撰写了这部《台湾新文学思潮史纲》。

这是一部什么样的书？我们今天为什么要写这样一部书？这样一部书又该怎样来写？

就这样一些问题，我们从以下三个方面谈谈看法。

一、《台湾新文学思潮史纲》的性质、内容和撰写目的；

二、台湾新文学思潮的发展历史阶段和本书的篇章结构处理；

三、描述和阐释台湾新文学思潮的学术原则。

（一）

《台湾新文学思潮史纲》是一部描述和阐释 20 世纪 20 年代以来的台湾新文学思潮发展历史的著作。

就文学史门类来看，这部书是地区性的文学史，它研究的对象是台湾地区文学思潮在一个特定的历史时期里发生和发展的情况和其中的问题。这部书又是一部各体文学史，它不包括文学史学科体系中的其他各体文学史，如小说史、诗歌史、散文史、报告文学史、戏剧文学史等。这部书还是一部断代史，它不包括台湾古典文学的思潮，它

---

① 由两岸学者共同合作，撰写一部《台湾新文学思潮史纲》的想法，是在 2000 年 7 月的黄山之旅中提出的，当即获得同行诸人的赞同与支持，并随即由赵遐秋和吕正惠大略商定分章的大架构。黄山之旅结束后，共同商定撰写者分工，即：绪论、第一章、第二章赵遐秋（中国人民大学教授）；第三章、第九章，曾庆瑞（中国传媒大学教授）；第四章，曾健民（台湾社会科学研究学会会长）；第五章、第七章，樊洛平（郑州大学教授）；第六章，斯钦（古继堂）（中国社会科学院文学研究所研究员）；第八章、结束语，吕正惠（台湾清华大学教授）。

描写和阐释的范围只是20世纪20年代以来的台湾新文学思潮。这部书也是一种单一性的"文学"学科里面的思潮史，它不包括台湾新文艺思潮中的"文学"以外的其他文艺思潮。所以说，这部《台湾新文学思潮史纲》是一部地区性的、各体的、断代的、单一"文学"范围的思潮史。

就文学思潮涵盖的内容来看，这部书在勾勒台湾新文学思潮发展的历史轮廓和线索的框架下，重点描述和阐释的是各个文学发展历史阶段的主要文学思潮，也就是文学主潮。文学主潮之外的其他文学思想现象，一般说来，是从略的。还有，仅就这种文学思想的主潮流而论，尽管不足一百年，其内容也是非常丰富的。我们不可能在有限的篇幅里去详尽地加以铺陈，而只能提纲挈领地作一些勾勒点染。所以，这部书显得是一种"纲要"的样子，又具有"纲要"的特点。这就是把它定名为《台湾新文学思潮史纲》的原因。

应该说，在中国新文学思潮的研究领域里，在台湾新文学的研究领域里，迄今为止，还没有一部有关台湾新文学思潮史的较为完备的著作。这种状况，当然应该改变。这不仅是因为，一种完备的文学史学科研究，是不能只有小说、诗歌、散文、戏剧文学等等各体文学样式的历史描述和阐释，而没有文学思潮的历史描述和阐释的；还因为，思潮，作为文学家从事文学创作活动以至文学作品产生和发展的人文生态环境，还作为对文学家的文学创作活动、文学作品面貌、文学作品的产生和发展，所进行的理论思考，都在全方位和深层次的意义上，影响了整个文学事业的发展，都会推动或者阻滞整个文学事业的发展，因而显得极其重要，不能有意无意地冷落了它，忽视了它。

从这个意义上说，这部《台湾新文学思潮史纲》所要描述和阐释的主要内容是：

（一）引发文学思潮的社会生活情况、普遍的社会思潮中和文学思潮相关的种种现象，文学思潮产生和发展的社会人文环境；

（二）台湾新文学思潮和大陆文学思潮的关系，以及所受世界文学思潮的影响；

（三）台湾新文学思潮发生和发展中的新文学团体和新文学报刊，还有重要的人物；

（四）在此期间所发生的重大事件，其中包含重大活动，不同主张乃至不同文学思潮之间的矛盾和斗争；

（五）这种种的文学思潮对文学创作发生的重大影响；

（六）台湾新文学思潮发生和发展过程所显示的规律，以及人们能够认识到的经验教训，能够感悟到的重要的启示。

这种重要性，这样的内容规范和期待，也就激励着我们现在要来撰写这部《台湾新文学思潮史纲》。

当然，为什么现在要来撰写，还有一个重要的原因是，在海峡两岸的台湾新文学思潮及其史论研究中，都有一个"盲点"，那就是：台湾文学界里，有一股分离主义势力，20多年来，炮制和鼓吹了一整套台湾文学"独立""台湾文学和大陆文学是'两国'文学"的谬论。这种"文学台独"，遮蔽了台湾新文学思潮发生和发展的事实，错误地解说了台湾新文学思潮发生和发展的情况，严重地欺骗了想要了解台湾新文学思潮产生和发展历史的人们。这是不能不认真地加以辨析的，不能不还历史以本来面目的。而这一切，偏偏在过去的研究中，在已有的相关著述里，被忽视了。这也是要改变的。

比如，这种"文学台独"的谬论，说什么台湾新文学诞生之初，就是一种"多源头、多语言、多元化的文学"，其中，"中国新文学的影响远不如日本等外国文学影响大"，甚至于，张我军受祖国大陆"五四"文学革命影响而提出的"白话文学的建设"，是一条"行不通的路"。这是要从源头上割断台湾新文学和大陆新文学的血缘关系。还说什么，台湾新文学的历史发展，就是文学中的"乡土意识"向着"本土意识""台湾意识""台湾文学主体论"的发展。其间，30年代初的台湾乡土文学和台湾话文的论争，40年代的《新生报·桥》副刊上有关台湾文学属性的讨论，70年代乡土文学的论争等，所有重要的文学现象，全都被篡改了历史，扭曲变形，被歪曲了本质。另外，与这种"源""流"的分裂割断相呼应，"文学台独"论者还和日本右派学者一起，美化"皇民文学"，为"皇民文学"招魂。甚至于，为"独立"的"台湾文学"寻找"独立"于中国统一的汉语言文字之外的语言文字书写工具，肆意抹煞历史，歪曲事实，反科学、反文化地将台湾普遍使用的汉语闽南次方言和客家方言说成是独立的"台语"，鼓吹"台语"书面化，鼓吹另造"台语文字"，以便创作"台语文学"。

还要特别说到的是，为了使"文学台独"得到文学史论著作的学理支撑，某些人又特别鼓吹用分离主义的文学史观和方法，构建和写作以"台独意识"对抗"中国意识"的"台湾文学史"。

这样的言论和活动，已经造成了严重的危害和后果。对此我们不能掉以轻心，而要加以认真的辨析。这样的辨析，自然有益于台湾新文学日后的发展。

（二）

说到怎样来写这部《台湾新文学思潮史纲》，我们首先会碰到全书体例上的篇章结构的问题。这其实是传统意义上"治史"的划分历史阶段的问题。

我们研究或撰写台湾新文学思潮史，为什么要划分历史阶段呢？

和任何事物的发展过程一样，文学的发展过程，也是客观地、自然而然地呈现出阶段性的某些特点的。这种阶段性的特点，是由事物、由文学发展过程的矛盾及本质决定的。台湾新文学思潮史也不例外。我们只有把握好这文学思潮发展的一个又一个不同阶段不同特点，把它们总汇起来，放在台湾新文学思潮发展的历史长河里，加以比较研究，描述它的真实面貌，阐释清楚其中的种种问题，才能寻找到其中的一些规律，得到一些有益的启示，并以此作为今日台湾新文学进一步发展的历史借鉴。总结过去，是为了今天和明天的发展。

我们知道，在事物的一个相应的发展过程里，它的根本矛盾，以及由根本的矛盾所规定的这个发展过程的本质，不到这个过程完结之日，是不会消灭的，不会改变的。这是从全过程的本质来说的。

就台湾新文学思潮的发展而言，从20世纪20年代以来，80多年间的全过程里，其本质是什么呢？我们以为，可以作如下的认定：

在思想倾向上，它是一种进行人性、阶级性和民族精神启蒙的、反思传统文化、构建新的中华民族包括台湾民众在内的文化的思潮；是反对帝国主义、封建主义，争取人民大众获得民主、自由、平等的幸福生活的思潮。

在文学精神和创作方法上，它是兼容现实主义、浪漫主义、现代主义的发展，而又在相当多的历史阶段，以真实地反映社会生活的现实主义文学为主潮流的文学思潮。

在文学的艺术形式上，虽然呈现出不同的审美追求和趣味，有着不同的艺术风格和流派，显现了缤纷的色彩。但其共同点是在于——

对于古代文学的传统来说，它是十足的现代文学形态；在外国文学面前，它又是地道的中国文学形态。

还有，在文学的语言文字工具上，书写符号载体上，它通用的是汉民族共同语及其文字。即或有一点闽南语客家话的介入，仍不失和大陆汉语言文字相同的规范。

这些本质的特征，80多年来，并没有根本性的变化。这是这一时期的"根本矛盾"的性质所决定的。这"根本矛盾"就是：台湾文学以及它的文学思潮，从内容到形式，都要随着社会生活一起现代化，而文学的外部和内部，又都总有这样那样的力量在阻碍它实现真正的现代化。

不过，从80多年的全过程来看，这个本质虽然并没有发生根本的变化，而从这个全过程的发展来看，被根本矛盾所规定或影响的许多大小矛盾中，还是处在变化之中的。有些是激化了，有些是暂时地或局部地解决了，或者缓和了，又有些是新发生了，因此，过程就显现出阶段性来。于是，尽管过程的本质非到过程完结之日是不会消灭的，不会改变的，但是事物发展的过程中的各个发展的阶段，情形又往往互相区别了。

比如，20世纪20年代初，台湾文学发展的主要矛盾是旧的语言形式束缚了新的内容。于是，借鉴大陆"五四"文学革命的经验，打倒旧文学，建设新文学，首先就是突破旧的语言形式文言文的束缚，以白话文代替了文言文，进而革新了文学的内容，开创了具有彻底的反帝反封建的台湾新文学。可以说，20年代台湾文学发展过程的这一阶段性，呈现得十分清楚。台湾新文学进入到30年代，当白话文取得胜利，通行文坛的时候，新的矛盾又出现了。这就是，通行的白话文还是由少数知识精英通晓、运用的一种书面语言，与广大的人民大众所运用的口语，有相当大的距离。既然新文学运动要解决的中心问题是"为什么人"的问题，新文学要向前发展，要真正做到为人民大众服务，就必须解决这个新的矛盾。而且，台湾处于日本帝国主义的高压统治之下，与大陆处于隔离状态，这种"言文"并未获得真正"一致"的矛盾，更加凸现了出来。如何解决这一问题呢？于是，就出现了"乡土文学和台湾话文"的论争。台湾新文学发展到30年代，这一阶段性的特点也呈现得十分清楚了。

所以，研究台湾新文学思潮发展的历史，要是不去注意它在发展过程中的阶段性，就无法把握住它发展的连续性，也就无法从整体上把握住它的发展中的某些规律。这样看来，对台湾新文学思潮史客观存在的发展阶段性，在理论的表述形态上加以划分，作出表述和处理，确实不是任何文学史家的主观意愿所能回避得了的。

接下来，就有一个如何划分的问题。首先又是用什么标准亦即依据什么去划分的问题。

我们主张，文学发展阶段的历史划分应以文学自身发展的特点为依据。就台湾文学思潮史来说，台湾新文学思潮发展过程中所呈现出的阶段性以及阶段性的特点，就是这门学科划分历史阶段的标准和依据。所以，史学家能否科学地认识和把握台湾新文学思潮发展过程中客观存在的阶段性及其特点，是这门学科划分历史阶段恰当与否、科学与否的关键。

也许，有人问，文学思潮是随着社会的发展而变化的，为什么不依据社会的分期而分期呢？这种看法有偏颇。其一，社会与文学是两个范畴，两者不能等同起来，社会的发展不能等同文学的发展；其二，社会的发展确实对文学，其中包括文学思潮，有很大的影响，甚至有时还可能是决定性的影响，但是，这种影响，只有在文学、文学思潮发展中发生了作用，并通过文学、文学思潮自身的发展，呈现出某些特点以至于显现了阶段性的时候，才能说明这种社会影响的存在。文学、文学思潮发展过程中所呈现的阶段性及其特点，包含了社会发展影响的因素。因此，我们不仅不排斥社会发展影响的因素，而且还特别重视社会对文学、文学思潮的影响，这表现在我们特别重视发现、认识、把握整个社会的影响，作用于文学、文学思潮以后，文学、文学思潮自身发生的变化。

比如，1945 年以前的日据时期，日本的殖民统治，第一次世界大战后民族自决思想的张扬，大陆"五四"爱国运动以及"五四"文学革命，还有世界范围的无产阶级有关文学大众化思想的传播，对台湾文学的发展，都有着重大的影响。这种影响作用于台湾文学、台湾文学思潮以后，台湾文学思潮的发展，先后呈现出三个阶段性来。正如前面说到的第一个阶段，台湾发生了文学革命，进而革新了文学内容，台湾新文学诞生了。第二个阶段，旧的矛盾解决了，新的矛盾又出现了。研究、探寻如何解决这新的矛盾，是这个阶段的主要特点。第三个阶段，1937 年后，台湾新文学遭到"皇民文学"全面的摧残，于是，抗拒、批判"皇民文学"就成了台湾新文学发展的极为重要的主题。这样看来，绝不能因为1945年以前是日据时期，台湾新文学也就要相应地划分为一个历史阶段了。

也许，还有人说，何不把社会因素与文学因素结合起来，去进行历史阶段的划分呢？

问题在于，两者的结合点在哪里？文学发展的历史告诉我们，社会的影响，作用于文学以后，文学自身所呈现出来的阶段性特点，正是这两者的结合点。在这里，我们强调的是，从文学的外部去考察，是永远不可能发现、认识、把握文学发展的阶段性的，看到的只是文学外部的表层现象。事实上，只有深入到文学自身去考察、研究，才能把握住其阶段性的本质特点。台湾新文学思潮发展史，当然也不例外。比如，前面说到，20世纪30年代，国际性的无产阶级文学大众化的思想传入到台湾新文学文坛，光从这个台湾新文学的外部因素去考察，是很难准确把握这个阶段文学思潮的本质特点的。但是，当我们看到，台湾新文学自身发展这时所产生的新矛盾，以及在解决这新矛盾时，又与文学大众化思想两者相吻合，都在催促刚刚诞生的台湾新文学走向深入工农大众的道路了，这样，我们也就准确地把握住"乡土文学与台湾话文"论争应运而生的来龙去脉了。

按照上述的标准和依据，本书将台湾新文学思潮发展的历史，划分为如下的八个阶段：

第一个阶段：**20世纪20年代，台湾文学革命和台湾新文学的诞生。**

第二个阶段：**20世纪30年代初、中期，台湾乡土文学和台湾话文的论争。**

第三个阶段：**1937—1945年，在"皇民文学"压迫下的爱国、反抗的现实主义文学思潮。**

第四个阶段：**1945—1950年，建设人民的现实主义的台湾新文学。**

第五个阶段：**20世纪50年代，反现实主义的反共"战斗文艺"逆流。**

第六个阶段：**20世纪60年代，台湾现代派文学思潮的兴起。**

第七个阶段：**20世纪70年代，乡土文学的思潮。**

第八个阶段：**20世纪80年代至21世纪初，后现代主义文学思潮以及分离主义引发的文坛统、"独"大论战。**

前七个阶段，本书将有七章分别描述和阐释，第八个阶段，则分两章描述和阐释。

（三）

全书在重新构建台湾新文学思潮发展史的学科体系上，追求科学性和现实性。为此，要坚持以下的学术原则：

第一，在论述台湾新文学思潮发展历史的时候，不能孤立地就文学思潮谈文学思潮，应该紧密地结合台湾社会的发展状态去研究并展开论述和阐释。

第二，这种文学思潮的描述和阐释，还要把台湾和大陆紧密地结合起来，尤其要注意大陆文学思潮对台湾文学思潮所发生的直接的、间接的影响。

第三，这种文学思潮的描述和阐释，还要和文学创作实践联系起来，注意两者的互相影响，其中包括两者的互动关系。

第四，在描述和阐释台湾新文学思潮发展的史实时，在有关史料的运用上，必须坚持真实和精选的原则。

第五，在评论有关的问题时，必须坚持历史主义的原则。这就是要把问题〈放在一定的历史条件下去加以评判。

第六，在分辨是非时，既要有鲜明的倾向性，又要坚持摆事实、讲道理、以理服人的科学态度。

下面，就坚持历史主义原则的问题，作一些说明。

在台湾新文学思潮史这门学科里，像任何其他历史科学一样，都有一个历史事件或历史现象的评价问题。我们都会面对着历史的是非和功过，而不得不表明自己的褒贬和毁誉。

要害在于我们把握什么样的原则。

比如，关于"皇民文学"问题。1977 年 5 月，叶石涛在《台湾乡土文学史导论》[①] 一文里，首肯了张良泽在《钟理和作品中的日本经验与祖国经验》一文结尾处的看法，即"近代中国民族的厄运，应该由中国民族自己负责，我们不能全归罪于外来民族"。叶石涛呼应他说：

---

① 叶石涛：《台湾乡土文学史导论》，载《夏潮》第 14 期，1977 年 5 月 1 日。

230

"一味苛责日本作家也是不公正的。"到了1990年，叶石涛出版了《台湾文学的悲情》一书。书中涉及"皇民文学"的篇章有《抗战时期的台湾新文学》、《庄司总一的〈陈夫人〉》、《南方移民村》、《40年代的台湾日本文学》、《"抗议文学"乎？"皇民文学"乎？》、《皇民文学》等，就毫不掩饰地为"皇民文学"翻案了，千方百计为西川满的《文艺台湾》涂脂抹粉了。显然，这已经不是一般的学术领域里的是非问题，而是在为日本殖民统治张目。这种只凭着顽固的"皇民"立场来作结论的原则，当然是不可取的。

如果我们要做出真正的学术性的评价，就是一个能不能坚持历史主义的原则问题。

历史主义的原则，是马克思主义研究历史现象的一个重要的原则。世界上没有什么孤立的现象，每一种现象都和其他现象有联系，只有从各种现象、事件、事物的相互联系、相互作用中去观察，才能够了解这些现象、事件和事物。就历史的现象而言，就是要根据现象、事件、事物所借以产生的具体历史条件，从现象、事件、事物的发生和发展中对它们进行研究。

坚持这样的历史主义原则，在台湾新文学思潮史的领域里，我们首先要坚持从具体的历史条件出发，作历史的具体研究。

比如，20世纪50年代后期，在反共的"战斗文艺"的反现实主义逆流之外，出现了一种怀乡文学。这是大陆赴台军民"怀乡病""失根症"心态的一种反映，它显现出的是一种乡愁意识。对这种怀乡文学，我们既不应该把它和当时以"反攻大陆"为题材的"战斗文艺"一概而论，一律申斥，也不应该对它不作具体分析而全盘肯定。当时出现的这种怀乡文学，有两类：一类含有强弱不一的"反攻倒算"的意识；一类则是侧重开掘和宣泄人性人情和故园乡土之情，如谢冰莹的《故乡》，张秀亚的《三色菫》、《怀念》等，这类创作一直延续到60年代初期，如林海音的《城南旧事》，聂华苓的《失去的金铃子》，於梨华的《梦回青河》等等。后一类，正是20世纪70年代以后出现的"寻根文学"的先河。我们对它们的毁誉态度当然是不同的。

其次，坚持历史主义的原则，还要注意把问题提到一定的历史范围之内去考虑。我们判断历史的功绩，不是根据历史活动家没有提供现代所要求的东西，而是根据他们比他们的前辈提供了什么新的东西。在这方面，是不应该苛求于历史的。

比如，张我军，是他首先拉开了台湾文学革命的大幕，是他和其他台湾新文学的先驱者共同开创了台湾新文学。这正是他的历史功绩，正是他和前辈相比所"提供"的"新的东西"。台湾新文学发展中，旧的矛盾解决了，新的矛盾又产生了。不能因为他还没有找到解决新矛盾的途径，就否定他，说他提出的"白话文学的建设"是行不通的。

又比如，20世纪60年代，被50年代的白色恐怖所窒息的台湾新文学，在中西论战中向西方现代派寻求出路，一时，现代派文学思潮主宰了台湾文坛。现代派文学思潮，冲破了反共"战斗文艺"的僵化束缚，打破了"反共八股"文学一统文坛的局面，给文坛带来了生气。这是它的历史功绩，但是，它倡导的全盘"西化"的思想，导致台湾新文学仍然脱离生活，脱离人民群众，于是乡土文学思潮崛起，高举起现实主义的大旗挑战现代派文学，批判全盘"西化"的思想。这也是历史对现代派文学思潮的又一公正的评判。当然，我们也不能由此而否定现代派文学思潮早期曾经有过的贡献。

还有，坚持历史主义原则，在当前，要特别注意，坚决反对某些人以"台独"意识去肆意歪曲历史，诠释历史，以"历史"为"台独"所用。

20多年来，"文学台独"惯用的正是这种手法。当历史事实和他们的理念相左时，他们先歪曲历史，进而按"文学台独"的理念去诠释历史。这方面，我们将在正文里，逐一地加以辨析，这里就从略了。

其实，一切历史潜文本的史学表述，都是当代史，即当代视野之下的历史，都有当代文化性质，当代文化品格。历史的事实，一旦作为历史学的对象，进入了历史研究的范畴，被史学家们所把握，所认识，所描述和揭示，也就被当代文化所同化了，因而确定无疑地当代化了。文学史，文学思潮史，也都如此。

就此而言，涉及的是史家的文学史观、方法论、价值判断标准，即主体意识的表现。我们决不讳言这一点，但是，我们自信，从台湾新文学思潮史的事实出发，我们的文学史观、方法论和价值判断标准，我们坚持的上述学术原则，是正确的，合理的，科学的。

台湾文学革命和台湾新文学的诞生

——《台湾新文学思潮史纲》第一章

赵遐秋

20 世纪 20 年代，台湾的新文学运动伴随着新文化运动而产生，由此，台湾进入一个抗日民族民主运动的崭新阶段。从大环境讲，整个运动受到俄国革命和美国总统威尔逊民族自治原则的影响；从渊源讲，这一运动又直接受到大陆五四新文化、新文学运动的启迪。本文将追溯这一运动的发展过程、它的思想特质，并说明这一特质和大陆新文学观念的关连，以及台湾新文学进入建设期的概况；如实地描述台湾新文学发展期的基本面貌。

第一节 "五四"新文化运动影响下的台湾新文化运动

看台湾新文学运动的兴起，要从台湾新文化运动说起。而说到台湾新文化运动，又要先来考察一下台湾的抗日民族运动。

大体上说，台湾的抗日民族运动，经历了两个发展阶段。

第一个阶段，从 1895 年到 1915 年，是武力反抗的阶段。1895 年，中日甲午战争中，中国战败。在割让台湾已成定局的情况下，以丘逢甲、唐景崧为首，临时成立了战时行营式的"台湾民主国"，揭开了台湾义军抗战的序幕。从 1895 年到 1902 年，面对兵力达 7 万多人并拥有40 多艘军舰的日寇，台湾义军进行了长达 7 年的艰苦卓绝的游击战争。战争中，涌现出像北部简大狮、中部柯铁虎、南部林少猫这样的"三猛"义军首领，威震台湾大地。在林少猫牺牲以后，台湾人民被迫暂时收起了义旗。5 年后，受大陆同盟会和辛亥革命的激励，从 1907 年到 1915 年，台湾人民再次揭竿而起。其中，光是 1912 年到 1915 年的 3年时间里，武装起义就爆发了将近 10 次。罗福星率领的苗栗起义，余清芳领导的噍吧哖暴动，都惊天地，泣鬼神，谱写了一曲曲抗击强虏的悲壮战歌。尤其是噍吧哖暴动，西来庵住持余清芳以"斋教"为掩护，号召台湾同胞"奋勇争先，尽忠报国，恢复台湾"，起义者抛头颅，洒热血，开展了台湾近代史上一次大规模的武装抗日斗争，用热血书写了台湾近代史最为光辉的一页。

不幸的是，余清芳领导的武装抗日斗争最后也遭致失败。

这时，随着在台湾的殖民统治逐步确立，日本侵略者又交替使用剿抚并用的殖民策略。日资大量涌入台湾，经济掠夺日趋严重的同时，各种同化政策纷纷出台，日本侵略者妄图从民族认同的根基上，摧毁台湾人民与大陆人民的血脉联系。面对抗日的新形势新特点，台湾抗日民族运动也就转换了斗争方式，进入了非武力反抗的第二个阶段。在这个阶段里，首先兴起的就是 20 世纪 20 年代初期的台湾新文化运动。

台湾，面临着又一个重要的历史关头了。

这时，1917 年，阿芙乐尔舰上一声炮响，列宁领导工农大众推翻沙皇统治，俄国爆发了震惊世界的"十月革命"。这个革命，把世界各地的民族、民主革命推向了新的高潮。1918 年，第一次世界大战结束，美国总统威尔逊在 14 条和平条约里宣扬的民族自决的原则又广为传播。民主的浪潮波及全世界，东方被压迫民族的民族意识有了新的觉醒。

于是，台湾的有识之士，开始思考"台湾向何处去"了。比如，大战末期，一些台湾知识分子就多次集会，讨论了台湾向何处去这个令人热血沸腾的问题。其中，1918 年夏，林献堂在日本东京神保町中华第一楼宴请台湾留学生，各方代表二十余人出席，就以"对于台湾应当如何努力"为题，展开了热烈的讨论。

本来，甲午之后的台湾，就不曾割断与大陆的血脉联系。即使是出于抗日需要而不得已成立了"台湾民主国"，也不打算割断这种联系。比如，唐景崧在就任大总统时即发表宣言说，"独立"后之台湾，"仍应恭奉正朔，遥作屏藩；气脉相通，无异中土"①。又比如，当时发表的《全台湾绅民致中外文告》也说："无天可吁，无人肯援，台民惟有自主，拥戴贤者，权摄台政。事平之后，当再请命中国，作何处理。"② 很明显，"台湾民主国"的成立只是抗日的权宜之计，抗日并求

---

① 王晓波编：《唐景崧就任大总统宣言》，载《台胞抗日文献选编》，台北帕米尔书店，1985 年 7 月版。

② 同上。

回归祖国才是斗争的目的。

就是凭着这样的"中国意识""中国情结",台湾岛上,那些用非武力反抗日本殖民统治的先驱者们,在发动台湾新文化运动的时候,首先感受到了1919年朝鲜"3·1"民族独立大暴动的刺激,随后,毫不犹豫地迎面走向了大陆的五四新文化运动。

1915年开始的大陆的新文化运动,是一个伟大的反帝反封建的革命运动,也是一个以提倡新道德、新文学,反对旧道德、旧文学为根本标志的思想启蒙运动。

原来,1914年7月,第一次世界大战爆发,西方列强无暇东顾,日本帝国主义趁机对德宣战,出兵山东,强占青岛和胶济铁路。1915年1月18日,日本帝国主义又进一步向袁世凯提出企图灭亡中国的"二十一条"。5月7日,日本帝国主义竟向中国政府发出最后通牒,限48小时内承认"二十一条"。一心想当皇帝的袁世凯,竟在9日几乎全部接受了日本帝国主义的无理要求。日本帝国主义加紧了对中国的侵略。这时,历史复杂化了。由于西方帝国主义列强全面卷入战争,居然使中国的民族资本争取到了发展自己的有利条件。以棉纺织业、面粉工业、火柴工业为主,中国民族工业在大战期间有了较快的发展,整个民族资本主义经济有了一时的繁荣。随着这种繁荣,民族资产阶级的力量不断成长壮大。他们要求相应的政治地位和精神领地,以保护自己在经济上的发展,开始向着封建势力争取自己的权利和地位,以至个性的解放了。

和这种经济、政治变化同时发生的,就是思想文化的新变化。这种新变化,遭到了北洋军阀政府的阻遏。配合军阀政府对资产阶级的镇压,文化复古派又掀起逆流,猖狂反扑。于是,以"科学""民主"为口号,为挽救民族危亡,振兴民族和国家,解放人性,复苏民族意识,一个彻底反帝反封建的新文化运动就应运而生了。其标志就是,1915年9月15日,倡导新文化运动的主要刊物《青年杂志》在中国最大城市上海发刊。一年后,第2卷改名《新青年》,并将出版地点迁到当时新文化运动的中心北京。

《新青年》的创办者、编辑人陈独秀(1880—1942),是这场新文化运动的主将。在他主持下,《新青年》高举"民主"和"科学"两面大旗,提倡新道德,反对旧道德,提倡尊重现实、尊重科学,反对鬼神迷信,打倒一切偶像崇拜;还把这种思想宣传和社会制度改革联系起来。这是一场启迪理智、廓清蒙昧的思想启蒙运动，它在文学上的内容，就是创刊号上提出的"打倒旧文章"的革命口号，倡导打倒旧文学，提倡新文学。随后，1915 年年底，陈独秀又在《青年杂志》上发表《通信》，主张中国文艺今后趋向写实主义，以挽今日浮华颓败之恶风。

和陈独秀的呐喊相呼应的，首先是李大钊（1889—1927）和由他担任总编辑的《晨钟报》。1916 年春天，他在日本写成《青春》一文。8 月 15 日，又在《晨钟报》创刊号上发表《"晨钟"之使命》一文，副题"青春中华之创造"。文中，他呼唤，以"新文艺"为"先声"，催促"新文明之诞生"，又呼唤敢"犯当世之不韪"的"哲人"起来发出"自我觉醒之绝叫"，以促使"新文艺之勃兴"。他还呼吁："海内青年，其有闻风兴起者乎？甚愿执鞭以从之矣。"

随后，这场文学革命的先锋胡适（1891—1962）上阵。在 1915、1916 两年间，胡适和美国东部的中国留学生任叔永、唐钺、杨杏佛（诠）、梅光迪、陈衡哲等，热烈讨论了中国文学的改革问题。争辩中，胡适借鉴欧洲文艺复兴时期但丁、路德等人的文学改革的经验，形成了一个观念。他认为，一整部中国文学史只是一部文字形式即文学工具新陈代谢的变迁历史，只是"活文学"随时起来代替了"死文学"的历史。文学的生命全靠能用一个时代的活工具来表现一个时代的情感与思想。工具僵化了，必须另换新的、活的，这就是"文学革命"。这个观念是非参半，只是有限的真理。尽管如此，最重要的还是胡适认识到中国文学不是一个一成不变的东西，敢于正式承认中国当时需要的文学革命是用白话文代替古文的革命，是用活的工具代替死的工具的革命。后来，在《谈新诗》一文里，他重申了他从欧洲文学史实中悟出的这个道理，认定文学革命的运动，不论古今中外，大概都从"文的形式"一方面下手，大概都是先要求语言文字文体等方面的大解放。1916 年 7 月 19 日，胡适写信给朱经农，提出了新文学要点的"八事"。同月，又告知陈独秀文学革命的八个条件，希望能在《新青年》上展开讨论。10 月 5 日，陈独秀希望胡适"切实作一改良论文"。11 月，胡适写了《文学改良刍议》，复写两份，一份给《留美学生季报》发表，一份寄给《新青年》。1917 年 1 月 1 日，《新青年》2 卷 5 号刊出胡适的《文学改良刍议》一文，终于正式揭起了文学革命的大旗。这是中国现代文学史上一个值得纪念的日子。

《文学改良刍议》开篇即予宣布，文学改良须从八事入手。这八事是："一曰，须言之有物。二曰，不摹仿古人。三曰，须讲求文法。四曰，不作无病之呻吟。五曰，务去滥调套语。六曰，不用典。七曰，不讲对仗。八曰，不避俗字俗语。"这八条中，三、五、六、七、八等五条是侧重于形式的。这表明，从外国和中国文学历史的经验里，胡适确实已经深切地体会到，旧的语言形式对新的文学内容已经成了严重的束缚。他明确指出，形式上的束缚，使精神不能自由发展，使良好的内容不能充分表现。摆脱这种束缚的出路，就在于首先打破那些束缚精神的枷锁镣铐。只有这样，才能将丰富的材料，精密的观察，高深的理想，复杂的感情表现出来。这是1917年文学革命比晚清白话文运动和文学改良运动高明得多的地方。

《文学改良刍议》的指导思想是进化论。胡适说，文明进化的一个公理，就是："文学者，随时代而变迁者也。一时代有一时代之文学。"从这个公理，胡适引导出来的结论是："今日之中国，当造今日之文学。"这种文学，在形式上，就是采用俗语俗字的活文字的活文学。他把白话文学尊为中国文学之正宗，将来文学必用之利器。这样，文学革命发难伊始，他就铺设了反对文言文，提倡白话文的轨道。这诚然是《刍议》一文的重要的历史功绩。《文学改良刍议》也不忽视文学内容上的革新。早在《文学改良刍议》发表之前，1916年10月写给陈独秀的信上，胡适就把"文胜质"看作是当时文学堕落腐败的因由了。所谓文胜质，他说是有形式而无精神，貌似而神亏。救此文胜质之弊病，胡适指出的办法是注重言中之意，文中之质，躯壳内之精神。《文学改良刍议》发表时，胡适已经将八事的秩序做了变动，把有关内容提到了首要的地位。他后来在《〈中国新文学大系·建设理论集〉导言》里说过，他最初提出的"八事"和陈独秀提出的"三大主义"，都顾及形式和内容的两方面，他说他提到的"言之有物""不摹仿古人""不作无病之呻吟"，都是文学内容的问题。归纳起来，这涉及文学内容的意见是：（1）认为文学之灵魂是情感，文学以有思想而益贵。既无高远之思想，又无真挚之情感，即言之无物，是文学衰微的大因，近世文学之大病。欲救此弊，就要言之有物。（2）主张真正的文学只能是实写今日社会之情状的文学。（3）强调值此国之多患，凡病国危时的作者，都应摒弃亡国之哀音，不发牢骚之音，感喟之文，不作无病之呻吟。(4) 批评亡国之哀音的流弊之所至，是在读者中养成一种暮气，不思奋发有为，服劳报国。他实际上是在坚持文学要重视社会效果。

胡适《文学改良刍议》发表后一个月，主将出山。1917年2月1日，《新青年》2卷6号发表了陈独秀的《文学革命论》一文。这是文学革命的一篇纲领性文献，其中洋溢着强烈的战斗激情，深含着进取的革命理论，充满了鲜明的号召力量。（1）他庄严宣布："文学革命之气运，酝酿已非一日。其首举义旗之急先锋，则为吾友胡适。余甘冒全国学究之敌，高张'文学革命军'大旗，以为吾友之声援。"他还宣布："吾国文学界豪杰之士，有自负为中国之虞哥、左喇、桂特郝、卜特曼、狄铿士、王尔德者乎？有不顾迂儒之毁誉，明目张胆以与十八妖魔宣战者乎？予愿拖四十二生的大炮，为之前驱！"这是表明了坚决的革命态度。（2）他强调革命就是革故更新，文艺复兴以来，欧洲能够新兴而进化，达于庄严灿烂之今日，都是革命之赐。中国政治界虽经三次革命，而黑暗未尝稍减，大部分原因是盘踞在人们精神界根深蒂固的伦理、道德、文学、艺术各方面，莫不黑幕层张，垢污深积。"今欲革新政治，势不得不革新盘踞于运用此政治者精神界之文学。"这是阐明了文学革命的伟大意义。（3）他分析中国文学历史发展进程中的革命和进化事实，抨击文以载道和代圣贤立言的文学观念，指出明代李梦阳、何景明等前七子和李攀龙、王世贞等后七子，以及八家文派的归有光、方苞、刘大櫆、姚鼐，是尊古蔑今、咬文嚼字、称霸文坛、阻遏近代白话文学以致其流产的十八妖魔，攻打他们的文学无一字有存在的价值，攻打悉承前代之弊的今日中国文学是委琐陈腐的贵族文学、古典文学、山林文学。他还历数这些文学的弊病是"藻饰依他，失独立自尊之气象"；"铺张堆砌，失抒情写实之旨"；"深晦艰涩，自以为名山著述，于其群之大多数无所裨益"。"其形体则陈陈相因，有肉无骨，有形无神，乃装饰品而非实用品；其内容则目光不越帝王权贵，神仙鬼怪，乃其个人之穷通利达。所谓宇宙，所谓人生，所谓社会，举非其构思所及。"这是解剖了文学革命的对象，同时也阐明了新文学在形式和内容方面的特点。（4）他郑重宣布文学革命的纲领，即革命三大主义："曰，推倒雕琢的阿谀的贵族文学，建设平易的抒情的国民文学；曰，推倒陈腐的铺张的古典文学，建设新鲜的立诚的写实文学；曰，推倒迂晦的艰涩的山林文学，建设明了的通俗的社会文学。"

比起胡适来，陈独秀始终抱着不退让、不妥协的态度，对于自己的主张绝对坚持，不容反对者有讨论之余地。这种态度，对于文学革命的发展，无疑有着重大的作用。

胡适和陈独秀的发难文章开始突破旧形式对新文学的束缚，进而改革了文学内容，兴起了文学革命的高潮。随后，《新青年》刊发的胡适、刘大白、刘半农的早期白话诗，鲁迅等人的随感录式的杂文，陈衡哲的白话小说《一日》，特别是1918年鲁迅的白话小说《狂人日记》的问世，以及胡适的话剧文学、周作人等人的美文，标志着五四文学革命开始开花结果，宣告了五四文学革命的胜利。

也就在新文化运动继续获得巨大发展的1918年，第一次世界大战结束，德国战败。1919年1月18日，战胜国在巴黎召开"和平会议"。北京政府和广州军政府联合组成中国代表团，以战胜国身份参加和会，提出取消列强在华的各项特权，取消日本帝国主义与袁世凯订立的"二十一条"不平等条约，归还大战期间日本从德国手中夺去的山东各项权利等要求。巴黎和会在帝国主义列强操纵下，不但拒绝中国的要求，而且在对德和约上，明文规定把德国在山东的特权，全部转让给日本。北京政府竟准备在"和约"上签字，从而激起了中国人民的强烈反对，引发了划时代的波澜壮阔的反帝反封建的五四爱国运动，最终使中国代表团于6月28日拒绝在对德和约上签字。

于是，风云际会，20世纪最初一二十年的那一代台湾青年，在俄国革命和美国威尔逊民族自决原则的鼓舞下，主要在大陆五四爱国运动的影响下，深受"科学""民主"两大口号的启示，也深受"文学革命"的激励，纷纷行动起来，组织起来，掀开了台湾抗日民族运动的新的一页。台湾的新文化运动产生了。

1919年秋，在东京的一群中国青年，台湾方面的蔡惠如、林呈禄、蔡培火等，联络大陆方面中华青年会的马伯援、吴有容、刘木琳等，为声援响应五四运动，取"同声相应"的意义，在东京成立了"声应会"，这是台湾留学生组成的第一个民族运动团体。后来，因会员不多而流动性也大，组织不久就不再活动了。同年岁末，林献堂、蔡惠如等台湾在东京的留学生，深感台湾政治社会改革的需要，又组织了"启发会"。"启发会"的会员有郑松筠、罗万俥、蔡玉麟、谢溪秋、谢星楼、彭华英、林仲澍、王敏川、黄呈聪、黄周、吴三连、王金海、黄登洲、吕磐石、吕灵石、陈昆树、刘明朝、庄垂胜、林攀龙、蔡培火等。不幸，终因组织不健全，种种经费纠纷，也渐渐地自动解散了。

然而，对于"启发会"的似有似无，蔡惠如并不甘心，仍然执意重新组织团体，以适应台湾开展政治活动的迫切需要。于是，1920年1月8日，蔡惠如在神田中华第一楼，邀请了原"启发会"中的11位同仁，举行了协商会，会议一致同意重整旗鼓，采纳蔡惠如的意见，取《大学》篇中"作新民"之义（这同时也受到梁启超《新民说》的影响），将重组的团体定名为"新民会"。三天之后，1月11日在东京涩谷蔡惠如的寓所，举行了"新民会"的成立大会。林献堂、蔡惠如任正、副会长。

　　成立大会一致通过了《新民会章程》[①] 和三个行动措施。其中最重要的有：第一，明确规定"新民会"的总任务是："专为研讨台湾所有应予革新之事项，以图谋文化之向上为目的。"第二，确定"新民会"的性质是："以台湾岛民协力前条之目的而具有贯彻之热诚者组织之。"第三，要有健全的组织。"新民会"总部设在东京，各地逐步建立支部。第四，制定了三项行动目标：（1）深入开展台湾的政治革新和社会改革运动；（2）为启迪民智，加强宣传，决定创办机关刊物；（3）加强和祖国有关组织的联络与合作。

　　这是一座走向新时代的路标。这也是一面迎接新时代的大旗。这又是一个反帝反封建的战斗堡垒。从这里开始，台湾的新文化运动，就在"新民会"的组织和推动下，轰轰烈烈地开展起来了。

　　总括说来，"新民会"做了三件大事。

　　其一，1920年10月，台湾留学生200多人，在东京举行了撤废"六三法"示威集会。"六三法"是1896年日本占据台湾第二年在台湾实施的。"六三法"赋予台湾总督委任立法权，使台湾总督成为拥有立法、司法、行政三权于一身的"土皇帝"，成了台湾一切恶法的来源。撤废"六三法"，在当时，成了削弱总督专制权力、争取台湾民族民主权利的一场重要的斗争。早在"启发会"时期，留日爱国学生中就有了"六三法撤废期成同盟"的组织。到1920年冬，"六三法案"面临法令的时限，需要再交日本帝国议会讨论其存废问题。撤废问题又提起。不过，随着五四爱国运动的日益深入的影响，"新民会"同仁认识到"六三法撤废"运动并没有跳出"日台一体"的政治框架，"新民

---

　　① 《新民会章程》，叶荣钟：《日据下台湾政治社会运动史》（上），台中晨星出版有限公司，2000年8月版，第104～105页。

会"的创会干部林呈禄就提出了由台湾民众选举民意代表，组成议会，牵制总督，用"台湾议会设置请愿运动"取代撤废"六三法"运动。"新民会"提醒人们，要抵抗日本的"同化主义"，争取民族自治、自决和自主的斗争。这个"台湾议会设置请愿运动"被喻为"非武装抗日运动的外交攻势"，一直持续了15年。

此后10年里，台湾发生的重大的政治活动，比如1921年10月17日成立的台湾文化协会，1923年2月21日在日本东京成立的台湾议会期成同盟会，以及新台湾联盟、台湾民党等等，都或多或少，直接间接与"新民会"有关系，"新民会"的影响已经深入到台湾民众政治生活的各个层面。

其二，"新民会"仿照大陆的《新青年》，于1920年7月16日创办发行了机关刊物《台湾青年》。总编辑林呈禄以笔名"慈舟"发表《敬告吾乡青年》一文，鼓励台湾青年发扬时代精神，说："当此世界革新之运，人权发达之秋，凡我岛之有心青年，极宜抖擞精神，奋然猛省，专心毅力，考究文明之学识，急起直追，造就社会之良材！"创刊号卷头词告白于天下的是：

> 是空前而且可能是绝后的世界大战乱，已经成为过去的历史了。几千万的生灵，为了战乱而流血，为了战乱而为枯骨，何等惨绝！人类的不幸，还有比这种不幸来得更大吗？
>
> 从这种绝大的不幸当中，能得保全性命的全人类，业已由既往的惰眠觉醒了。觉醒了讨厌黑暗，追慕光明，觉醒了反抗横暴，服从正义；觉醒了摈除利己的、排他的、独尊的野蛮生活，企图共存的，牺牲的文化运动。你看！国际联盟的成立，民族自决的尊重，男女同权的实现，劳资协调的运动等，没有一项不是大觉醒所赐与的结果。台湾的青年呀！高砂岛的健儿呀，还可以不奋起吗？不理解这大运动的真义，不跟这大运动共鸣的人，这种人的做人的价值，简直等于零……
>
> 很不幸，我台湾在地理上位为偏陬的绝海，面积也很狭小。因此，吾人在这世界文化大潮流中，已经成为落伍者。想起来，多么痛心呀！诸君！我们因为成为落伍者的结果，假如除了只影响三百万的同胞之外，再也不会影响到别的，

那还可以。万一，因为吾人的缺陷，致使岛中失去了平衡，并且破坏了世界和平的基石，那种罪恶，真是可怕的。吾人应该三省四省。吾人应该以爱护和平为前提，讲究自新自强的途径才对。

吾人深思熟虑的结果，终于这样觉醒了。即广泛地侧耳听取内外的言论，应该摄取的，则细大不漏地摄取，作为自己的营养分。而且把所养得的力量，尽情向外放注。这正是吾人的理想，也是吾人所迈进的目标。我所敬爱的青年同胞们！一齐站起来！一齐前进吧！[①]

这表明，在分析了第一次世界大战后的新形势新潮流以后，《台湾青年》热诚地号召台湾青年奋起赶上新潮流，积极吸取、借鉴新思想，"自新自强"以达到民族解放的目的。这，正是"新民会"、《台湾青年》指导当年台湾新文化运动的核心思想。先后出版了18期的《台湾青年》，将以其光荣的业绩永载中华文化复兴的史册！

其三，先后派遣了蔡惠如、林呈禄等返回大陆，与中国国民党接触，及时地吸取了孙中山领导的国民党改革社会的经验。与此同时，在"新民会"的影响下，返回大陆求学的台湾青年日益增多（由1915年的19人增加到1923年的273人），而且受到大陆学生运动的影响。在大陆各地读书的台湾青年相继组织社团，以求联络同志，积蓄力量，待时返回台湾，进一步开展斗争。比如，北平台湾青年会，上海台湾青年会，台湾自治会，台湾同志会，厦门台湾同志会，闽南台湾学生联合会，厦门中国台湾同志会，中台同志会，广东台湾革命青年团，等等。

回顾历史，我们可以清楚地看到，"新民会"的宗旨、指导思想以及实际的活动，都说明，在台湾发端的新文化运动一开始就是把矛头指向日本殖民统治的，它无疑是台湾抗日民族运动的新发展。

需要说明的是，"声应会""启发会""新民会"，先后都在日本东京成立，而且"新民会"的总部也设在东京，这是因为，日本殖民统治者严密封闭台湾，控制台湾，而作为国际大都会的东京，当时已经

---

① 李南衡编：《日据下台湾新文学·明集5》（文献资料选集），台北明潭出版社，1979年3月版，第1~2页。

是亚洲政治、经济、文化、思想等各种信息交流中心，台湾青年在那里能够及时地吸取、借鉴外国以及大陆的新文化新思想，便于突破殖民统治和大陆进行沟通和交流。这不能说明台湾新文化运动的影响来自日本。事实上，一旦时机成熟，台湾新文化运动的指挥中心就转移到台湾本土了。

果然，一年后，1921 年 10 月，在"新民会"林献堂的大力支持下，以蒋渭水为首的"台湾文化协会"在台北成立了。开业医师蒋渭水任专务理事，林献堂任总理，蔡惠如等人为理事。

蒋渭水说，他们成立"台湾文化协会"的目的，是"谋台湾文化之向上"，"切磋道德之真髓。图教育之振兴，奖励体育、涵养艺术趣味"。蒋渭水认为，台湾人负有世界和平、人类幸福的使命，"台湾文化协会"就是为了"造就遂行这使命的人才而设的"。"然而台湾人现在有病了，这病不愈，是没有人才可造的，所以本会目前不得不先着手医治这病根。"蒋渭水还说："我诊断台湾人所患的病，是知识的营养不良症，除非服下知识的营养品，是万万不能愈的。文化运动是对这病惟一的原因疗法，文化协会就是专门讲究并施行原因治疗法的机关。"启迪理智，廓清蒙昧，这是真正的民族民主思想启蒙的新文化运动。1921 年 11 月 25 日，台湾文化协会出版了第 1 号《会报》，发行1200 份，但立即被日本殖民统治者查禁。《会报》上，蒋渭水以别具一格的医生诊断病症，开出药方。在"遗传"一项，写的是"明显地具有黄帝、周公、孔子、孟子等血统"；在"素质"一项，写的是"为上述圣贤后裔、素质强健、天资聪颖"。在"既往症"一项里，写有：

　　幼年时（郑成功时代），身体颇为强壮，头脑明晰，意志坚强、品性高尚、身手矫健。自入清朝，因受政策毒害，身体逐渐衰弱，意志薄弱，品性卑劣、节操低下。转居日本帝国后，接受不完全的治疗，稍见恢复，唯因慢性中毒长达二百年之久，不易霍然而愈。

在"现症"一项里，写有：

　　道德颓废，人心浇薄，物欲量盛，精神生活贫瘠，风俗丑陋，迷信深固，顽迷不悟，罔顾卫生，智虑浅薄，不知永久大计，只图眼前小利，堕落怠惰，腐败、卑屈、怠慢、虚荣、寡廉鲜耻，四肢倦怠，惰气满，意志消沉，了无生气。

明眼人一读就清楚，在"既往症"和"现症"里，蒋渭水的意思是：第一，清朝的长期的封建主义统治，毒害了台湾人民，致使民众在体格、意志、品性、节操诸多方面患有重病。第二，日本帝国主义占领台湾后，民众聚义抗争，"稍见恢复"，但终于因为中毒达二百年之久，精神界之陋习难以"霍然而愈"。而台湾民众主观并不觉悟，仅仅感到日本殖民当局的经济剥削难以忍受。所以，在"主诉"一项里，写有"头痛、眩晕、腹内饥饿感……"。接着，蒋渭水激愤地写下了：

　　诊断：世界文化的低能儿。
　　原因：知识的营养不良。
　　经过：慢性疾病，时日颇长。

但是，蒋渭水深知，台湾人民还是具有中华民族的光荣传统的，他还是极有信心，明确地指出了"治"与"不治"的两种前景：

　　预断：因素质纯良，若能施以适当疗法，尚可迅速治疗。
　　反之，若疗法错误，迁延时日，有病入膏肓、死亡之虞。

而蒋渭水开出的"处方"是最精彩的了：

　　疗法：原因疗法，即根本治疗法。
　　处方：
　　正规学校教育　最大量
　　补习教育　最大量
　　幼稚园　最大量
　　图书馆　最大量
　　读报社　最大量

最后，又提出了"20 年内根治"的目标，即"若能调和上述各剂，迅速服用，可以20年内根治"①。

显然，这是一篇启迪心智、廓清蒙昧的台湾启蒙思想运动的宣言书，比起《台湾青年》创刊号的卷头词，它更为具体更为深入了。

"台湾文化协会"拥有1320名会员，培养了一大批台湾政治社会运动的骨干，在全岛各地深入地进行着启蒙工作，进而展开了抗日爱国的民族运动。可以说，"台湾文化协会"的成立标志着台湾新文化运动的进一步深入发展。

有了这样的新文化运动做思想启蒙的工作，台湾岛上的新文学运动，很快地勃然兴起了。陈独秀、李大钊、胡适等文学革命先驱者的思想、言论和实际活动，也果然在台湾新文学运动中发生了重要的深远的影响了。

第二节　白话文运动的先驱者为建设新文学而斗争

随着新文化运动的开展，作为它的重要组成部分，台湾新文学运动也勃然兴起。20世纪20年代发生在台湾的这场文学革命，大体上经历了先声、发难、较量、建设四个阶段。这一节，我们先看前三个阶段。

先声。

这个阶段，历史的主要课题是反对文言文，提倡白话文。

前已说明，《台湾青年》自1920年7月16日创刊，到1922年2月15日第4卷第2号止，一共出版了18期。虽然刊物上发表的文章集中在政治、社会、经济等方面，但也刊发了4篇关于文学的文章。除日人小野村林藏宗的《现代文艺的趋势》之外，其他3篇，即创刊号上陈炘的《文学与职务》，3卷3号上甘文芳的《实社会与文学》，4卷1号上陈端明的《日用文鼓吹论》，分别就文学的内容与形式反省了台湾文学的现状。

在文学内容方面，甘文芳的《实社会与文学》指出，台湾当时的文学已经远离时代，远离现实。战后的中国文学已渐渐被介绍给欧美，

---

① 蒋渭水：《临床讲义》，转引自庄永明：《台湾百人传》，台北时代文化出版公司，2000年版，第31~34页。

245

而且又有以青年为中心的新文学运动正在展开中，这实在是很可喜的现象。在这迫切的时代要求和现实生活的重围下，已不需要那种有闲的文学——风流韵事、茶前酒后的玩物了。这里所说的"风流韵事、茶前酒后的玩物"，显然是在抨击旧文学。陈炘的《文学与职务》指出，封建科举制度造成一种"死文学"，专门追求华美的辞藻，"矫揉造作、抱残守缺"，只有漂亮的"外观"而无灵魂和思想。这种"死文学"是无法完成文学的使命——去传播文明思想、改造现实社会的。

在文学的语言形式方面，陈端明的《日用文鼓吹论》则明确宣布："日用文宜以简便为旨。"这里的"日用文"是指与口语相应的书面语言，"简便"的"日用文"，自然是指正在大陆倡导的白话文了。为此文章严肃批评了文言文的弊病是：第一，不能充分表达思想；第二，数千年来，古人所遗留的杂言巧话不胜枚举，学之既难，又不普及，形成文化停滞之原因；第三，墨守古文则阻碍进取精神，形成国民元气沮丧之源。由此，陈端明提出了"改革文字，以除此弊"的呼吁：

> 今之中国，豁然觉醒，久用白话文，以期言文一致。而我台文人墨士，岂可袖手旁观，使万众有意难申乎，切望奋勇提唱（倡），改革文字，以除此弊，俾可启民智，岂不妙乎？①

上述三篇文章，虽然借鉴大陆的文学革命的经验，初步提出了一些问题，但因文章本身仍然用文言文写成，而且刊物是在东京出版，影响还是有限。

1922年4月1日，为从青年扩大宣传到一般社会大众，《台湾青年》改名《台湾》，由林呈禄担任"主干"（总编辑）。这一年的1月号上，黄呈聪发表了《论普及白话文的新使命》一文，黄朝琴发表了《汉文改革论》一文，这可以说是台湾新文学运动的先声。

黄呈聪和黄朝琴都是在日本早稻田大学读书的台湾留学生。1922年6月，他们返回大陆作了一次文化、文学之旅。大陆开展的文学革命给了他们深刻的启发，《论普及白话文的新使命》和《汉文改革论》就

---

① 李南衡编：《日据下台湾新文学·明集5》（文献资料选集），台北明潭出版社，1979年3月版，第4页。

是他们把自己见闻感想上升为改革台湾书面语言理念的两篇文字。他们的主张是：

第一，论述了白话文代替文言文的重大意义。黄呈聪说：

> 回想我们台湾的文化，到如今犹迟迟没有活动，也没有进步的现象，原因是在哪儿呢？我要回答说，是在我们社会上没有一种普遍的文，使民众容易看书、看报、写信、著书，所以世界的事情不晓得，社会的里面暗黑，民众变成愚昧，故社会不能活动，这就是不进步的原因了。于是我很感觉普及这种的文字，使我们同胞共同努力，普及这个文做一个新的使命，是很要紧的。①

就这"新的使命"而论，"白话文是文化普及运动的急先锋"，因此，"自今以后，要从这个很快的方法来普及，使我们的同胞晓得自己的地位和应当做的，就可以促进我们的社会了"②。

第二，阐明了台湾普及白话文的可能性。黄呈聪说：

> 我看我们的社会，从前和现在多数的人，都喜欢看那个《红楼梦》、《水浒传》等的白话小说，所以已经有普及一部分在社会上，若是将这个扩大做一般民众的使用就好了。我想普及这个文在我们的社会是没有什么难的。③

第三，呼吁人人从"我"做起，立即采取行动。黄朝琴提出，对台湾同胞不写日文信；写信全部用白话文；用白话文发表文章。他一再表态，他自愿担任白话文讲习会的教师，为在台湾普及白话文而献出一点力量。

显然，这两篇文章，着重点是在论述白话文与文化的发展、社会改革的关系，但也透露出一个重要的信息：台湾文学界已经受到胡适等先驱者的影响，认识到作为新文化的重要方面军，新文学也要从语言形式突破文言文的束缚，去进行全面革命了。

---

①②③　李南衡编：《日据下台湾新文学·明集5》（文献资料选集），台北明潭出版社，1979 年 3 月版，第6~7页、第18 页、第15 页。

发难。

这个阶段，先驱者们发难，倡导新文学了。

在黄呈聪、黄朝琴提倡白话文的新主张影响下，《台湾》杂志适应潮流，决定增刊发行半月刊《台湾民报》，由林呈禄担任主干兼编辑人，黄呈聪为出版发行人。1923 年 4 月 15 日，《台湾民报》创刊。林呈禄在创刊词中写道："这回新刊本报，专用平易的汉文，满载民众的智识，宗旨不外欲启发我岛的文化，振起同胞的元气，以谋台湾的幸福，求东洋的和平而已。"① 自此，《台湾民报》为台湾岛上的新文学革命做了全方位的准备工作。

第一，为台湾文学革命提供新的语言、文体形式。

文学是语言的艺术。大陆的文学革命经验已经告诉人们，当旧的语言和文体形式严重束缚新内容的表达时，文学革命首先要从语言、文体方面突破。《台湾民报》自创刊号开始，就全部采用了白话文。这是自觉的行动。早在《台湾》杂志为《台湾民报》增刊发出预告时，就在《预告文》里，明确表态说：

> 用平易的汉文，或是通俗白话，介绍世界的事情，批评时事，报道学界的动态，内外的经济，提倡文艺，指导社会，联络家庭与学校……与本志并行，启发台湾的文化。②

《台湾民报》发刊后，还由黄朝琴主持开设专栏《应接室》，讨论并研究如何推广白话文。另外，在《台湾民报》的倡导下，当时还成立了"白话文研究会"，负责在民间推广白话文。事实上，《台湾民报》已经成为倡导和普及白话文的主要根据地了。

第二，为台湾文学革命引进成功的经验。

这时，大陆的文学革命已经取得决定性的胜利，正在向着纵深发展。引进并借鉴这一成功的经验，已成为台湾文学界的自觉的迫切的要求。《台湾民报》适应了这一历史的需要，做了两种介绍工作。

一种是评述文字。比如许乃昌署名秀湖发表在 1 卷 4 号上的《中国新文学运动的过去现在和将来》一文，在评述汉民族五千年文化中的

---

① 李南衡编：《日据下台湾新文学·明集 5》（文献资料选集），台北明潭出版社，1979 年 3 月版，第 37 页。

② 转引自陈少廷：《台湾新文学运动简史》，台北联经出版公司，1977 年版，第 17 页。

"守旧性"以后，着重介绍了近几年中国文化的进步，特别是白话文学的发展趋势，胡适《文学改良刍议》和陈独秀《文学革命论》的主要观点以及当时出现的白话文学的作家作品。文章的用意分明是，这一切，就是台湾文学发展的方向。又比如苏维霖发表在2卷10号上的《二十年来的中国古文学及文学革命的略述》一文，是根据胡适的《中国五十年来之文学》中的数据资料，结合作者的读后心得写成的，实质上也是说明，白话文学是中国文学发展的必然趋势，作为中国文学一环的台湾文学也不例外。

另一种是作品介绍。比如，1卷2号有中国第一部白话剧本胡适的《终身大事》，1卷3号有法国都德的《最后一课》，1卷4号有《李超传》，3卷1号有英国吉卜宁的《百愁门》，3卷3号有法国莫泊桑的《三渔夫》（均为胡适翻译），等等。这为台湾白话文学的创作引了路。

第三，为台湾文学革命、台湾白话文学作品开辟了园地。

《台湾民报》自创刊号起，开辟了《文艺专栏》，专门发表文艺论文和文学作品。台湾新文学早期的重要论文和作品都是发表在这个专栏上的。可以说，台湾文学革命就在这里发难，台湾白话文运动就在这里向全岛发展，直至主宰台湾的文坛。《台湾民报》成了台湾新文学的摇篮。

这时，台湾新文学史上的一个重要人物登场了。

1924年，正在北京求学的张我军受到五四新文化运动的洗礼，痛感台湾的现状必须改变，在《台湾民报》上发表了《致台湾青年的一封信》和《糟糕的台湾文学界》两篇文章，正式拉开了台湾新文学的大幕。

台湾新文学的急先锋张我军（1902—1955），原名张清荣，笔名除张我军外，还用过一郎、迷生、MS、野马、以斋、剑华、四光、大胜、老童生等。他出生在台湾台北县板桥，自幼家境清寒，父亲又早逝，小学毕业后就到一家日本人经营的鞋店当了学徒。后来转进新高银行当勤杂工，一年后升为雇员。他业余自修，利用夜间到台北成渊学校补习了中学课程，又在大稻埕跟一位老秀才赵一山学习了中国古典文学。不久，新高银行在厦门开办分行，19岁的张我军调往供职。这使他有机会接触了祖国的文化，见识了新文学汹涌澎湃的动人景象。1923年7月银行关门，他用遣散费于初冬时节经上海到了北平，进了北平高等师范学校附设的升学补习班。

《致台湾青年的一封信》于 1924 年 4 月 21 日发表在《台湾民报》2 卷 7 号上。这是一篇向台湾的旧文化、旧思想、旧文学宣战的战斗檄言。首先，文章分析了台湾社会改革运动的现状："自从世界动乱以来，往日的文明已宣告破产，而各种新道德、新思想、新制度等等方在萌芽之时，诸君也根据民族自决与其他的理由，做了种种运动，提出种种的要求，想把台湾的社会也使其经过一番的改造。当时诸君未尝不勇敢酣战，然而诸君的运动经了一挫再挫，有的人已是丢盔舍甲而逃，有的虽还站在那里呐喊助战，但是心中却已是吓得半点的气力也没有了。当日参加运动的人，演了这幕的悲戏，后来再要参加的人，胆子也就寒了。"其结论是："运动的势力，日见衰微，到现在不但未曾收效，且受了许多的困苦。"张我军指出，面对台湾社会改革运动受阻，台湾青年本应拿起"一种最厉害的武器"，即"团结、毅力、牺牲"，去坚持斗争。然而在种种困难面前，除少数人外，相当一部分人，有的失去信心，有的自暴自弃，有的甚至倒向，嘲笑、陷害坚持斗争的人。于是，张我军大声疾呼："希望诸君能够觉悟青年之于社会上所处的地位，出来奋斗，不断地勇进，才有达到目的一日！"张我军还指出，台湾青年必须批判上古时代"不知不识，顺帝之则"的愚民政策；必须确立自己解放自己的世界观。"所谓改造社会，不外乎求众人的自由和幸福，而这自由和幸福是要由众人自己挣得的，才是真正而确固的，决不会从天外飞来，或是由他人送来的。"要如此，台湾青年必须多读书多接受新思想，彻底批判旧文学的毒害。文章激愤地写道：

> 诸君怎的不读些有用的书，来实际应用于社会，而每日只知道做些似是而非的诗，来做诗韵合解的奴隶，或讲什么八股文章，替先人保存臭味（台湾的诗文等，从不见过真正有文学价值的，且又不思改革，只在粪堆里滚来滚去，滚到百年千年，也只是滚得一身臭粪）。想出出风头，竟然自称诗翁、诗伯，闹个不休。[1]

---

① 李南衡编：《日据下台湾新文学·明集 5》（文献资料选集），台北明潭出版社，1979 年 3 月版，第 55～57 页。

《糟糕的台湾文学界》发表在 1924 年 11 月 27 日的《台湾民报》2卷 27 号上。这时，张我军已由北平归来，在《台湾民报》担任编辑工作。在这篇文章里，他猛烈地批判和讨伐了台湾的旧文学。

当时，台湾文学界是旧诗人的天下。本来，台湾文人为保存汉民族文化，抵抗日本同化政策，成立诗社，写作旧诗，开展汉学运动，曾是台湾抗日民族运动的一部分。但是，随着台湾封建势力与日本殖民当局的合流，除少数有骨气的仁人志士坚持以汉诗为反日的斗争武器以外，相当一部分人已经卵翼在殖民政府了。他们以台北的《台湾日日新报》、台中的《台湾新闻》和台南的《台南新报》汉文栏目为园地，每天沉醉在击钵吟与应酬诗中，吟风弄月，无病呻吟，弄得台湾文坛乌烟瘴气。不批判这种风靡全台的"击钵吟"，就不可能建设台湾的新文学。所以，张我军开篇就痛斥了这种状况："这几年台湾的文学界要算是热闹极了！差不多是有史以来的盛况。试看各地诗会之多，诗翁、诗伯也到处皆是，一般人对于文学也兴致勃勃。这实在是可羡可喜的现象。那么我们也应能从此看出许多的好作品，而且趁此时机，弄出几个天才来为我们的文学界争光，也是应该的。如此才不负盛况，方不负我们的期望，而黯淡的文学史也许能借此留下一点光明。然而创诗会的尽管创，做诗的尽管做，一般人之于文学尽管有兴味，而不但没有产出差强人意的作品，甚至造出一种臭不可闻的恶空气来，把一班文士的脸丢尽无遗，甚至埋没了许多有为的天才，陷害了不少活泼泼的青年，我们于是禁不住要出来叫嚷一声了。"这"一声"是：

> 还在打鼾酣睡的台湾的文学，却要永被弃于世界的文坛之外了。台湾的一班文士都恋着垄中的骷髅，情愿做个守墓之犬，在那里守着几百年前的古典主义之墓。
>
> …………
>
> 现在台湾的文学，如站在泥窟里的人，愈挣扎愈沉下去，终于要溺死于臭泥里了啊！[①]

然而"一般斯文气满面的文士，只顾贪他们的旧梦，不思奋起也来革

---

① 李南衡编：《日据下台湾新文学·明集 5》（文献资料选集），台北明潭出版社，1979 年 3 月版，第 63~65 页。

新一下，致使我文学界还是暗无天日，愁云黯淡，百鬼夜哭，没有一些活气，与现代的世界的文坛如隔在另一个世界似的"。张我军悲愤地写道："这是多么可痛的事啊！"

张我军还批判了"拿文学来做游戏"、把艺术"降格至于实用品之下，或拿来做沽名钓誉，或拿来做迎合势力之器具"等错误的文学观。对此，他热诚地呼吁：

> 我的朋友，我的兄弟，快来协力救他，将他从臭泥窟救
> 出来吧！新文学的殿堂，已预备着等我们去住啊！

为了引导人们进入新文学的殿堂，张我军还向文学界朋友"敬告"两事：

> 1. 多读关于文学原理和文学史的书；
> 2. 多读中外的好的文学作品（诗、剧、小说等）。
> ①可以明白文学是什么，方不走入与文学不相关之途。知道文学的趋势，方不死守僵尸而不知改革。
> ②可以养成丰富的思想，而磨炼表现手段。①

显然，张我军这一声怒吼，震撼了台湾的旧文学旧文坛，击中了"击钵吟"的要害。于是，以连雅堂为首的旧文学势力迫不及待跳出来猖狂地进行了反扑，新旧文学家就在激烈的论争中，展开了你死我活的较量。

较量。

和大陆文学革命的历史进程相似，台湾新文学发难之后，也曾激起旧文学的反扑，较量是不可避免的。

1924 年冬，台湾旧诗领头人连雅堂主编的《台湾诗荟》发表了他为林小眉的《台湾咏诗》写的《跋》，其中，有一段酷似林琴南攻击新文学口吻的文字："今之学子，口未读六艺之书，目未接百家之论，耳未聆离骚乐府之音，而嚣嚣然曰，汉文可废，汉文可废，甚而提倡新

---

① 李南衡编：《日据下台湾新文学·明集 5》（文献资料选集），台北明潭出版社，1979 年 3 月版，第 65 ~ 66 页。

文学，鼓吹新体诗，秕糠故籍，自命时髦，吾不知其所谓新者何在？其所谓新者持西人小说戏剧之余，丐其一滴沾沾自喜，是诚埳井之蛙不足以语汪洋之海也噫。"① 这篇《跋》没有提"张我军"这三个字，实际上就是针对张我军的。

于是，张我军奋笔疾书《为台湾的文学界一哭》一文，发表在1924 年 12 月 11 日的《台湾民报》2 卷 26 号上，对连雅堂的攻击痛加驳斥。其一，声明反对旧文学不等于主张"汉文可废"。文章说："请问我们这位大诗人，不知道是根据什么来断定提倡新文学，鼓吹新体诗的人，便都说汉文可废，便没有读过六艺之书和百家之论、离骚乐府之音。而你反对新文学的人，都读得满腹文章吗？"其二，揭露那些反对新文学的人而不知道新文学是什么。文章说："他对于新文学是门外汉，而他的言论是独断，是狂妄，明眼人一定不会被他所欺。""我想不到博学如此公，还会说出这样没道理、没常识的话，真是叫我欲替他辩解也无可辩解了。"有鉴于此，张我军说："我能不为我们的文学界一哭吗？"

半个月后，张我军又写了《请合力拆下这座败草丛中的破旧殿堂》和《绝无仅有的击钵吟的意义》两文，分别在《台湾民报》1925 年 1 月 1 日的 3 卷 1 号、2 号发表，深入地阐述了台湾文学革命的意义等问题。

在《请合力拆下这座败草丛中的破旧殿堂》一文里，张我军谈了三个问题：

第一，台湾文学革命的必然趋势。

张我军从台湾文学与中国文学的关系，指出了台湾文学的走向，文章说：

> 台湾的文学乃中国文学的一支流。本流发生了什么影响、变迁，则支流也自然而然地随之而影响、变迁，这是必然的道理。②

---

① 转引自廖汉臣《新旧文学之争》，李南衡编：《日据下台湾新文学·明集 5》（文献资料选集），台北明潭出版社，1979 年 3 月版，第 416 页。

② 李南衡编：《日据下台湾新文学·明集 5》（文献资料选集），台北明潭出版社，1979 年 3 月版，第 81 页。

文章还指出，"回顾十年前，中国文学界起了一番大革命。新旧的论战虽激烈一时，然而垂死的旧文学"，"连招架之功也没有了"。"旧文学的殿堂——经了这阵暴风雨后，已破碎无遗了。一班新文学家已努力地在那里重建合乎现代人性的""新文学的殿堂"。张我军认为，由于日本占领台湾，中国书籍流通不便，大陆和台湾遂成了两个天地，而且"日深其鸿沟"。于是，"中国旧文学的孽种，暗暗于败草丛中留下一座小小的殿堂——破旧的——以苟延其残喘，这就是台湾的旧文学"。现在，"本流"变了，"支流"必然变化，台湾旧文学殿堂的被"拆"，当然是指日可待之事，本着这种理念，张我军要效仿胡适了。胡适在《沁园春·誓诗》一词说："文学革命何疑！且准备搴旗作健儿。要前空千古，下开百世，收他臭腐，还我神奇。为大中华，造新文学，此业吾曹欲让谁？"现在，张我军也很有使命感地表示：

> 我不敢以文学革命军的大将自居，不过是做一个导路小卒，引率文学革命军到台湾来，并且替它呐喊助攻罢了。①

后来，他也一再表示，要"站在文学道上当个清道夫"，于是，他详尽地介绍了陈独秀和胡适的文学革命主张。

第二，台湾文学革命的意义。

张我军说："我们今日欲说文学革命，非从胡适的'八不主义'说起不可。"张我军说的这"八不主义"，就是胡适在《文学改良刍议》中说到的"八事"。张我军在详尽解说胡适的这"八不主义"时，阐发了自己的观点。归纳起来，在文学内容方面，张我军认为：

> 中国近世的文人（当然台湾的文人也在内），只一味地在声调字句之间弄手段，既无真挚的情感，又无高远的思想，其不能造出伟大的作品也是当然的。况台湾今日的文学，只能求押韵罢了，哪里顾得到情感和思想。这种文学当痛绝之。②

---

① 李南衡编：《日据下台湾新文学·明集5》（文献资料选集），台北明潭出版社，1979年3月版，第82页。

② 李南衡编：《日据下台湾新文学·明集5》（文献资料选集），台北明潭出版社，1979年3月版，第83页。

联系台湾文坛实际，张我军还指出，"常常有一种人，他明明是在得意的境遇，而他自己也很满意着，但一为诗文，便满纸'蹉跎'、'飘零'、'落魄'等等。还有一种人，每每自负过大，自以为名士才子，实无其力，一味奢求，每不论于自己的地位。所以作为诗文，满口哀怨，好像天下无一知己似的，这都是无病呻吟之例"。由此看来：

> 夫艺术最重的是诚实，文学也是艺术的一种，所以不说诚实话的文学，至少也可以说不是好的文学。我们应当留意这点，有什么话说什么话，切不可满口胡说，无病呻吟。[①]

更为重要的是，张我军不仅接受了进化论，确认胡适的观点，认为"文学是时代的反映，所以时代有变迁、有进化，则文学也因之而变迁、而进化"，而且在这个前提下还强调"创造是艺术的全部"，摹仿古人是要不得的：

> 一时代有一时代的色彩，一个人有一个人的个性，所以欲摹仿某时代，或某人的文学，这是一定不可能的，这是很明白的道理（受感化与摹仿不同，须当分别）。我希望有志文学的人，务要磨炼创造之力，切不可一味摹仿他人。须知文学之好坏，不是在字句之间，是在创造力之强弱。[②]

在文学形式方面：

一是不用典。他认为，这方面要具体分析，分别待之。广义用典，多数"皆是取譬方之辞，但以彼喻此，而非以彼代此的"；狭义用典，是说"文人词穷，不能自己铸词造句，以写眼前之景，胸中之意，所以借用或不全切，或全不切的故事，陈言以代之，以图含混过去"。前者是"喻"，后者是"代"，所以多数的广义用典是可取的，主张不用的则是后者的狭义用典。

二是不用套语滥调。他说："我们做诗做文，要紧是能将自己的耳

---

①② 李南衡编：《日据下台湾新文学·明集5》（文献资料选集），台北明潭出版社1979年3月版，第83页。

目所亲闻、亲见，所亲身阅历之事物，个个自己铸词来形容描写，以求不失真，而求能达状物写意的目的，文学上的技巧这就够了。大凡用套语滥调的人，都是没有创造之才，自己不会铸词状物的。"

三是"不重对偶——文须废骈诗须废律"。他说："对偶若近于语言的，自然而无牵强刻削之迹，没有字之多寡，或声之平仄，或词之虚实的，这是人类语言的一种特性，我们不必去拘它。"然而，"'文中之骈，诗中之律'，或被限于字之多寡，声之平仄，词之虚实，或种种牵强刻削，这委实是束缚人的自由的枷锁，和八股试帖是五十步与百步之别罢了。现代的人，徒知八股之当废，却不知骈文律诗之当废，真是可痛！"

四是"不作不合文法的文字"。他感慨，"文与诗之不讲究文法的在所皆是"，是谓"不通"，这是最浅明的道理，何用详论呢?!

五是"不避俗语俗字"。从中外文学发展的经验出发，张我军力推"白话为文学的正宗"，"我们如欲普遍国民文学，则非绝对的用白话不可"。

第三，文章以陈独秀的"三大主义"为结论，这就是"1. 推倒雕琢的阿谀的贵族文学，建设平易的抒情的国民文学；2. 推倒陈腐的铺张的古典文学，建设新鲜的立诚的写实文学；3. 推倒晦涩、艰涩的山林文学，建设明了的通俗的社会文学"。这就是说，号召台湾人民高举三个"打倒"、三个"建设"的大旗，把文学革命进行到底。

《绝无仅有的击钵吟的意义》[①] 则是深入论述诗歌革命的问题。这篇文章的意义在于：

第一，从理论上讲清楚了诗的本质，诗的内容与形式的关系，为台湾诗界革命提供了理论武器。

张我军总结了中外文学大家的创作经验，写道：

> 德国的大诗人歌德说："是诗来做我的，不是我去做诗的。"……
>
> 诗序说："……情动于中，而形诸言。言之不足，故嗟叹之。嗟叹之不足，故咏歌之。咏歌之不足，不知手之舞之，足之蹈之也"……

---

① 李南衡编：《日据下台湾新文学·明集5》（文献资料选集），台北明潭出版社，1979年3月版，第89~92页。

朱熹更推扩说："……人生而静，天之性也。感于物而动，性之欲也。夫既有欲矣，则不能无言。既有言矣，则言之所不能尽，而发于咨嗟咏叹之余者，必有自然之音响节族（音奏）而不能已焉，此诗之所以作也……"

由此可见，"不是故意勉强去找诗作，是他的感情达到高潮时，虽欲忍也无可再忍了，那时才尽着所感吐露出来"。"都是有所感于心，而不能自已"，"自然而然地写出来，决不是故意勉强去找诗来作的"。所以，诗的本质是感情的结晶。

而思想感情是属于内容范畴的，"彻底的人生观和真挚的感情——内容"是首要的，但是，形式或技巧，对内容也有其反作用，"文学有内容而更有技巧，其作品便愈加上动人的魔力。没有好的内容，只在技巧上弄工夫，这样弄出来的作品，若工夫愈老练，则作品也随之而愈坏"。

第二，尖锐地指出台湾诗坛的形式主义错误，为台湾诗界革命扫清道路。

张我军认为，"台湾的文人把技巧看得太重"，"甚至造出许多的形式来束缚说话的自由"，时下流行的所谓击钵吟正是这种恶劣诗风最集中的表现，"他们是故意去找诗来作的，他们还有许多的限制：（1）限题，（2）限韵，（3）限体，（4）限时间，有时还要限首数"。其结果，写出来的诗，"有形无骨"。严重的是，恰恰是这种"有形无骨"的所谓击钵吟独霸了台湾的文坛。

当然，张我军也认为，击钵吟确实有两个小美点，一是可以"养成文学的趣味"，二是"可以磨炼表现工夫"。但是，这是以正确的创作原则为前提的，反之，"得来的文学的趣味和表现的工夫，不是有益于真正的文学的，反而有害于真正的文学的"。

所以，张我军大声疾呼："我们如果欲扫除刷清台湾的文学界，那么非先把这诗界的妖魔打杀，非打破这种恶习惯风潮不可。"

张我军的文章击中了台湾诗界的要害，沉重地打击了台湾旧文学。台湾旧文学的势力，像当年林琴南等人反对新文学一样，又进行了"谩骂"式的争辩。在双方激烈论争中，对峙的营垒十分鲜明。

就在张我军的文章见报后的第四天，1925 年 1 月 5 日，《台湾日日新报》汉文栏刊发了署名"闷葫芦生"的反扑文章《新文学的商榷》，除了"谩骂之词"外，主要论点有两个：（1）关于台湾白话文学，即"台湾之号称白话体新文学，不过就是普通汉文加添几个字，及口边加马、加劳、加尼、加矣，诸字典所无活字，此等不用亦可（不通不）文字"。"夫画蛇添足，康衢大路不行，而欲多用了字又几个（不通不）文字。""怪底写得头昏目花，手足都麻，呼吸困难也"。（2）关于中国新文学，即"今之中华民国新文学，不过创自陈独秀、胡适之等，陈为轻薄无行，思想危险人物，姑从别论。胡适之所提倡，则不过藉用商榷的文字，与旧文学家辈虚心讨论，不似吾台一二青年之乱骂"①。

第二天，张我军写就那篇著名的反驳文章《揭闷葫芦》，同年1月21日在《台湾民报》3卷3号发表。张我军认为，闷葫芦生的《新文学的商榷》完全没有触及新文学的根本问题，"只是信口乱吠罢了"。张我军说，按理，和他理论，不但没有必要，而且还要玷污了自己的笔。然而，最终还是写了此文，那是"欲借此机会多说几句关于新文学的话罢了"，也就是说，他要向台湾文学界进一步宣传新文学。于是，针对闷葫芦生的错误观点，文章论述了两个问题。

第一，为"新文学"定位。

文章从四个方面论述。首先，"汉文学即中国文学，凡用中国的文字写作的有韵无韵的诗或文，而含有文学的性质的都是中国文学（以下都说中国文学，因为说汉文学不甚通，中国人也已不用了）"。其次，"所谓新文学，乃是对改革后的中国文学说的。所以说新者，是欲别于旧的。所以我们之所谓新文学，当然是包含于中国文学的范围内。然而台湾的中国文学家大都把新文学摒除于中国文学之外"。接着，张我军生发开去，幽默地打了个比方说："若照他们的意思是说'中国人'才是中国人，而'新中国人'便不是中国人了，若不是中国人是什么？"接下来，笔锋一转，张我军把批判的矛头直指台湾旧文学势力的领军人物连雅堂的谬论："实不知我们之所谓新文学是指'新的中国文学'呢！难怪乎如某大诗人说提倡新文学的人都说'汉文可废'！"再次，中国的新文学"是时势造成的中国的公产"，"决不是陈、胡二人的私产"，只不过他们两人是其"代表"罢了。最后，胡适的"商

---

① 转引自廖汉臣《新旧文学之争》，李南衡编：《日据下台湾新文学·明集5》（文献资料选集），台北明潭出版社，1979年3月版，第419～420页。

权"，"是要留下余地给赞成文学改革的人讨论的"，"是'当如何来改革才好'的'商榷'，而不是'当不当改革'的'商榷'"。所以，十年前中国新文学"商榷"已有定论而且在文学创作上已成气候，如今对于"顽固、不识时势"的台湾旧文学家的反对，"我严厉地指摘了旧文学的坏处，揭出台湾旧文学家的劣根性，这是无半点怪异的事，而你却嫌我骂得如杀父之仇。少见多怪，到底是谁不虚心？"

第二，新旧文学的区别。

张我军认为，"新旧文学的分别不是仅在白话与文言，是在内容与形式两方面的"。在这个大前提下，他着重谈了语体文（白话文）的问题。文章指出，"文字是渐渐进化的"，"今日所用的中国文字不是仓颉一个人造的，是几千年来历代的学者文学家造成的。我们欲描写一件事物或表一个感情，若没有适当的文字，我们尽可随时随地造出适当的文字来"。中国文字发展到今日，和过去文言文相对，称之为"语体文（白话文）"。当今世界，"日本的文学已全用语体文"，"英、美、法、德等诸国"，则早已"没有语体与文言之分别"，也就是早已用了语体文（白话文）了。在世界各国，语言文字为什么会有这种相同的发展趋势呢？张我军说，这是"语体文较文言文易于普遍，易于活用"。所以说，语言文字的发展，不是"画蛇添足"，更不是在走羊肠小道，而是正在"通衢大道"上前行。

这以后，在台湾文学界，新旧文学的激烈论争愈演愈烈。旧文学方面，郑军我、蕉麓、赤崁王生、黄衫客、一吟友等，以台北《台湾日日新报》等报纸的汉文栏为阵地，写了一批长短不一的文章，谩骂和攻击新文学。新文学方面，更是积极应战，予以反击。他们以《台湾民报》为阵地，连续著文，批驳了旧文学的谬论。后来，随着论战的持续进行，杨云萍、江梦笔创办的杂志《人人》和张绍贤创办的杂志《七音联弹》，也分别在1925年3月和10月问世。论争中有影响的文章，在《台湾民报》上发表的有：3卷4号半新半旧生的《〈新文学的商榷〉之商榷》，3卷5、6、7号的张我军的《随感录》，3卷5号蔡孝乾的《为台湾的文学界续哭》，3卷17～23号的张梗的《讨论旧小说的改革运动》以及赖和的《答复〈台湾民报〉》等。此外，《七音联弹》创刊号上有张绍贤批评连雅堂的文章，《人人》2期上有杨云萍批评旧文学写作态度的文章。

张我军在《台湾民报》3卷7号上，声明不再理会旧文学一方的无理谩骂，但双方的论战并未因此而结束。就在论战的高潮将要过去的时候，台湾新文学却要在"立中破"了。于是，台湾新文学运动进入到"建设"的新阶段。

第三节　大力开通台湾新文学创作实践的阳光大道

胡适在《建设的文学革命论》一文里说过，提倡文学革命的人，固然不能不从破坏一方面下手。但是，要知道，只有当真有价值、真有生气、真可算作文学的新文学起来代替旧文学的时候，旧文学才会自然消灭。所以，"提倡文学革命的人，对于那些腐败文学，个个都该存一个'彼可取而代也'的心理，个个都该从建设一方面用力"。

当时，在台湾倡导文学革命的先驱，接受了胡适这个理念，按照文学革命的一般进程，在大破旧文学到了一定的时候，也开始了"从建设一方面用力"。1925 年 3 月 1 日，张我军在《台湾民报》3 卷 1 号上发表的《随感录·无名小卒》一文，已清醒地认识到当时的形势。他说："在一个月之间，差不多有十来起骂我的文字，也有捏作三句半诗的，也有说些不三不四的话的，也有捏造事实的，也有攻击人身的，但却没有一个敢报出名的。我实在觉得也好笑也可怜。""但总之新旧文学之是非已甚明了，我们此后当向建设方面努力。无价值的对骂是无用的努力。"这时的他们，一面仍然以理论为引导，为新文学开花结果开拓道路，另一方面又鼓励人们去做文学实践，去创作各种体裁的新文学作品，从而探索出一条台湾新文学成长、发展的新路。这，就是台湾文学革命的第四阶段——建设阶段。

先看以创作理论为引导。

1925 年 8 月 26 日，《台湾民报》67 号即创立五周年纪念号上发表了张我军的另一篇具有特别意义的文章《新文学运动的意义》。①

文章宣布：

我们现在谈新文学的运动，至少有二个要点：

---

① 李南衡编：《日据下台湾新文学·明集 5》（文献资料选集），台北明潭出版社，1979 年 3 月版，第 99～103 页。

1. 白话文学的建设

2. 台湾语言的改造

这正是建设台湾新文学的纲领。张我军说，他这两条是从胡适的《建设的文学革命论》一文的"国语的文学、文学的国语""出来"的。张我军引用了胡适自称是该文"大旨"的一段名言，即"我们所提倡的文学革命，只是要替中国创造一种国语的文学。有了国语的文学，方才可有文学的国语。有了文学的国语，我们的国语才可算得真正国语"。接下来，联系台湾文学的实际，张我军谈了他自己的看法。

关于"白话文学的建设"，张我军的意见是：

第一，什么是白话文？"我们主张以后全用白话文做文学的器具，我所说的白话文就是中国的国语文。""国语"，是指汉语言文字在历史逐步形成的以北京语音为标准音，以北方方言的词汇、语法为基础的一种现代汉语共同语的语言文字。

第二，"何以要用白话文做文学的器具呢？"张我军同意胡适的看法，从中国文学的发展可以看出，"中国的文学凡是有一些价值、有一些生命的，都是白话的或是近于白话的"。这一点，张我军直接引用了胡适的文字来加以阐明和确证：

"我曾仔细研究：中国这两千年何以没有真有价值、真有生命的'文言的文学'？我自己回答说：'这都是因为这两千年的文人所作的文学都是死的，都是用已经死了的语言文字做的。死文字决不能产出活文学。所以中国这两千年只有些死文学，只有些没有价值的死文学。'

"我们为什么爱读《木兰辞》和《孔雀东南飞》呢？因为这两首诗是用白话做的。为什么爱读陶渊明的诗和李后主做的词呢？因为他们的诗词都用白话做的。为什么爱杜甫的《石壕吏》、《兵车行》诸诗呢？因为他们都是用白话做的。为什么不爱韩愈的《南山》？因为他用的是死字死话。……简单说来，自从三百篇到如今，中国的文学凡是有一些价值、有一些生命的，都是白话的或是近于白话的。其余的都是没有生气的古董，都是博物院中的陈列品！

"再看近世的文学：何以《水浒传》、《西游记》、《儒林外史》、《红楼梦》可以称为'活文学'呢？因为他们都是用一种活文字做的。若是施耐庵、吴承恩、吴敬梓、曹雪芹都是用了文言做书，他们的小说一定不会有这样的生命，一定不会有这样的价值。

"读者不要误会，我并不是说凡用白话做的书都是有价值有生命的。我说的是：用死了的文言决不能做出有生命有价值的文学来。这一千多年的文学，凡是有真正文学价值的，没有一种不带有白话的性质，没有一种不靠这'白话性质'的帮助。换言之：白话能产出有价值的文学，也能产出没有价值的文学。可以产出《儒林外史》，也可以产出《肉蒲团》。但是那已死的文言，只能产出没有价值没有生命的文学，决不能产出有价值有生命的文学，只能做几篇'拟韩退之原道'或'拟陆士衡拟古'，决不能做出一部《儒林外史》。若有人不信这话，可先读明朝古文大家宋濂的《王冕传》，再读《儒林外史》第一回的王冕传，便可知道死文学和活文学的分别了。"

　　第三，"为什么死文字不能产生活文学呢？"

　　张我军也赞同胡适的论断，即"这都是由于文学的性质"。他仍然用胡适的文字来阐明这个道理。

　　"一切语言文字的作用在于达意表情，达意达得妙，表情表得好，便是文学。那些用死文言的人，有了意思，却须把这意思翻成几千年前的典故，有了感情，却须把这感情译为几千年前的文言。明明是客子思家，他们须说'王粲登楼'、'仲宣作赋'；明明是送别，他们却须说'阳关三叠'、'一曲渭城'；明明是贺陈宝琛70岁生日，他们却须说是贺伊尹、周公、傅说。更可笑的：明明是乡下老太婆说话，他们却要叫她打起唐宋八家的故腔儿，明明是极下流的妓女说话，他们却要她打起胡天游、洪亮吉的骈文调子！……请问这样做文章如何能达意表情呢？既不能达意，又不能表情，哪里还有文学呢？即如那《儒林外史》里的王冕，是一个有感情、有血气、能生动、能谈笑的活人，这都是因为作书的人能用活言语、活文字来描写他的生活神情。那宋濂集子里的王冕，便成了一个没有生气，不能动人的死人。为什么呢？因为宋濂用了两千年前的死文字来写两千年后的活人，所以不能不把这个活人变作两千年前的木偶，才可合那古文家法。古文家法是合了，那王冕也真'作古'了！因此我说：'死文言决不能产出活文学。'中国若想有活文学，必须用白话，必须用国语，必须作国语的文学。"

　　关于"台湾语言的改造"，张我军的陈说也旗帜鲜明。

　　本来，《新文学运动的意义》一文发表之前，连温卿已经在1924年10月的《台湾民报》2卷19号上发表了《言语之社会性质》一文，提出了语言与其使用民族的处境的关系，认为保护民族独立，自然要保护民族语言。接着，连温卿又写了《将来之台语》一文，发表在同年的《台湾民报》20、21 号上。文中，连温卿进一步指出，殖民地统治者的语言政策就是以统治国的语言同化殖民地的语言。所以，在台湾，为了反殖民地统治者的同化，必须保存、整理以至改造台湾语言。至于如何保存、整理和改造，连温卿并没有提出具体方案。

张我军在连温卿这两篇文章的基础上，提出了自己的看法。

第一，改造台湾语言的标准是什么？张我军认为，"我们的新文学运动有带着改造台湾言语的使命。我们欲把我们的土话改成合乎文字的合理的语言。我们欲依傍中国的国语来改造台湾的土语。换句话说，我们欲把台湾人的话统一于中国语，再换句话说，是用我们现在所用的话改成与中国语合致的"。所以，"国语"是其惟一的标准和依据。再说，台湾话是汉民族语言中的一种方言——闽方言的分支，或者是客家话方言，书面语言就是用的整个汉民族的书面语言——汉字，主要的差别只在于语音，所以，以国语改造台湾话是完全可能的。

第二，这样改造的意义在于"我们的文化就得以不与中国文化分断，白话文学的基础又能确立，台湾的语言又能改造成合理的"。张我军说，这"岂不是一举三四得的吗？"

第三，具体做法，张我军说："如果欲照我们的目标改造台湾的语言，须多读中国的以白话文写作的诗文。"在这之前，他专门写了《研究新文学应读什么书》一文，发表在 1925 年 3 月 1 日《台湾民报》3 卷 7 号上。这篇文章特别推荐了大陆的白话文学佳作。新诗集有《女神》、《星空》、《尝试集》、《草儿》、《冬夜》、《西还》、《蕙的风》、《雪潮》、《繁星》、《将来之花园》和《旧梦》；短篇小说集有：《呐喊》、《沉沦》、《玄武湖之秋》、《蔓萝集》、《超人》、《小说汇刊》、《火灾》、《隔膜》等等。此外，还向读者推荐了新文学期刊《创造周报》、《创造季刊》和《小说月报》。

与此同时，张我军还写了《文学革命运动以来》一文，发表在《台湾民报》的 3 卷 6～10 号上，转引了胡适的《五十年来中国之文学》中一节的全文，目的是"欲使台湾人用最简捷的方法来明白文学革命运动的经过"。而张我军的《诗体的解放》一文发表在 1925 年 3 月 1 日至 5 月 3 日 3 卷 7、8、9 号《台湾民报》，也在催促台湾新诗坛"开放几朵灿烂的鲜花"。

和张我军相呼应的是，蔡孝乾在《台湾民报》3 卷 12～16 号上的一篇长文《中国新文学概观》。文章具体地介绍了大陆新文学的发展。此外，《台湾民报》还陆续刊载了大陆新文学的作品，如鲁迅的《故乡》、《狂人日记》、《阿 Q 正传》，郭沫若的《牧羊哀话》、《仰望》、《江湾即景》，冰心的《超人》，西谛的《墙角的创痕》，淦女士的《隔绝》，徐志摩的《自剖》，等等。这，已经成为台湾新文学先驱者们从事创作的重要借鉴了。

再看新文学创作。

在张我军等人的文艺评论文字引导下，在大陆新文坛上"无数金光灿烂的作品"① 的启示下，台湾新文学终于开花结果了。

还是新诗最早问世。1924 年 5 月 11 日，《台湾民报》2 卷 8 号上，张我军署名"一郎"发表了白话《沉寂》和《对月狂歌》。这两首诗写于北平，是台湾新文学史上第一次被刊载的汉语白话新诗。其中，《沉寂》一诗缘自张我军当时暗恋来自湖北黄陂、同在补习班上课、就读于北平尚义女子师范学院的罗文淑的一份情感。当时，在《台湾民报》上发表的新诗还有张我军的《无情的雨》、《烦闷》、《乱都之恋》（其中 7 首）、崇五的《误认》、《旅愁》，杨云萍的《这是什么声？》和杨华的《小诗》。1925 年 12 月在《人人》杂志 2 期上也有新诗发表，有郑岭秋的《我手早软了》，江肖梅的《唐棣梅》，纵横的《乞孩》和泽生的《思念郎》。1925 年年底，台湾还出版了新文学的第一部诗集，即张我军的《乱都之恋》。1927 年杨华又在狱中写了《黑潮集》。

当然，成绩最为突出的还是小说。1923 年，第一篇中文小说无知的《神秘的自制岛》发表。1926 年《台湾民报》的新年号发表了赖和的《斗闹热》和杨云萍的《光临》。此外，还有赖和的《一杆"称仔"》，杨云萍的《弟兄》、《黄昏的蔗园》，张我军的《买彩票》、《白太太的哀史》，天游生的《黄莺》，涵虚的《郑秀才的客厅》等，上述作品也都在《台湾民报》上发表。

戏剧方面，则有各种题材的"文化剧"活跃在群众中，只是剧本不多，《台湾民报》上刊载的也寥寥无几。当时刊登的剧本，有张梗的独幕剧《屈原》和逃尧的独幕剧《绝裾》。

和大陆一样，新文学作品数量最多的还是散文。其中，政论文、

---

① 张我军：《随感录·二十一》，1925 年 4 月 21 日《台湾民报》3 卷 12 号。

杂文、随感等散文体，随着白话文的推广与普及，显得相当繁荣。其中，文学性较强的散文，有赖和发表在 1925 年 8 月 87 号《台湾民报》上的《无题》，蒋渭水发表在 1925 年 3 月的《台湾民报》上的《狱中日记》。

这第一批新文学创作的成果，宣告了台湾新文学的诞生，也为台湾新文学今后的发展奠定了坚实的基础。

这个基础，首先就是，从此，白话文学，也就是"国语的文学"成为台湾文坛的主流，进而主宰了台湾文坛。特别值得注意的是，台湾新文学的先驱者要做到这点，要从日语写作和古文写作转换到现代汉语白话文写作上来，并不容易。

这个基础，也表现在，台湾新文学一起步，就高举着五四新文学的反帝反封建的大旗，成为反抗日本帝国主义运动的重要的方面军。

这方面，赖和堪称开风气之先的奠基人。

赖和（1894—1943），本名赖河，又名赖葵河，笔名懒云、甫三、走街先、灰、安都生等，曾自署"硬骨汉"，台湾客籍彰化人。1909年，16 岁的赖和考进台湾医学校，1914 年毕业时，为自己立下了两条生活戒律：一辈子都穿中国的民族服装；一直坚持用中文写作。这表现的是一种崇高的民族气节。毕业后，先后在台北、嘉义行医，1916年回彰化开设赖和医院。1919 年夏天，赖和前往厦门博爱医院任职。这时，恰逢五四运动发生，新文化运动、新文学浪潮风起云涌，赖和体验到了一个新时代的到来。1920 年，赖和辞职返回台湾。1921 年，他参与组建台湾文化协会，任理事，开始投身台湾新文化运动。1923年 12 月 16 日凌晨，台湾殖民当局借口违反所谓的"治安警察法"，突然袭击，逮捕了全台湾抗日志士 40 多人，赖和是其中的一个。出狱后，1924 年年末，当台湾展开新旧文学激烈论战的时候，他坚决站在新文学一边，参加了论战。更重要的是，他和张我军、杨云萍等人一起，以文学创作的实绩宣告了台湾新文学的诞生。他以他卓越的成绩和贡献赢得了"台湾新文学之父"的美誉。

赖和的《一杆"称仔"》写镇西威丽村靠租田耕作谋生的佃农秦得参一家的故事。秦得参受继父的虐待，受业主、制糖会社的残酷榨取，借了几块钱去卖菜，不料，又祸从天降，巡警寻衅找上了他。他不懂市上的"规矩"，觉得穷人的东西就不该白送给巡警，觉得做官的不可以任意凌辱人民，不仅敢和"买"他生菜的巡警论斤两，而且敢于顶撞巡警，敢于顶撞那和巡警狼狈为奸的法官。结果，他宁愿坐监三天，而不愿交出三块钱的罚款。妻子闻讯，拿着卖取金花的三块钱到监狱里赎回了丈夫。秦得参感到十分痛苦，觉得"人不像个人，畜生，谁愿意做。这是什么世间？活着倒不如死了快活"。元旦，他杀死一个夜巡的警吏后，便自杀了。

赖和是怀着深沉的悲愤写完《一杆"称仔"》的，并通过秦得参的口，对"强权行使"的殖民当局发出了抗议："难道我们的东西，该白送给他的吗？""什么？做官的就可任意凌辱人民吗？"当秦得参"觉悟"到不能再像"畜生"一样任人宰割的时候，他杀死了警吏。这是自发的个人反抗，却表现了中国人民不可侮的民族精神。

赖和在这里表现的是台湾新文学的一个特殊主题。

日本帝国主义占据台湾时，警察是他们实行殖民统治的重要工具。作为鹰犬，警察还兼有辅助行为的职能，每个警察都对生活在台湾的中国人操有生杀予夺的专制大权。开始，警察全是日本人充任，人们讽刺他们叫"查大人"。1898年后，日本殖民当局又用一些台湾人充当"巡查补"，这就是"补大人"。"查大人"和"补大人"的专制和残暴，使沦亡的台湾人民深受其害。赖和在《一杆"称仔"》里揭露和控诉了这些走狗，而且写出了秦得参这样的人民对这些走狗的痛恨和反抗。作者说它是个悲剧，但这悲剧里有着壮烈的美。

这个特殊的文学主题，经赖和表现之后，曾经一再为台湾文学家所表现。直到抗日战争胜利之后，台湾光复，作家们还一再重复写这样的题材，表现这样的主题。助纣为虐的殖民走狗，在人们心中留下的罪孽太深重了。

《斗闹热》是描写台湾的旧风俗习惯的。当时，生活在日本殖民统治下的台湾作家，作为抗日志士，同时又是民主思想的启蒙者，在反对日本殖民者及其爪牙和走狗的斗争中，他们也反对形形色色的封建思想。在台湾现实社会中，眼前封建落后的旧思想旧习俗成了台湾人民的精神枷锁。他们在自己的作品中既揭露日本帝国主义统治者对台湾人民的政治压迫和经济剥削，同时也表现了台湾人民被封建礼教、旧习俗和迷信思想愚弄的实况。《斗闹热》的思想意义就在于此。

当时，参与奠基的，还有杨云萍。

杨云萍，本名杨友濂，笔名云萍、云萍生等。1906年生于台湾台北士林。1920年，考取台北中学，读书期间又热切地学习中国的文化

266

遗产。从好友江梦笔那里读到《小说月报》、《诗》、《东方杂志》等期刊，又使杨云萍如饥似渴地见识了大陆的新文学。1925年3月杨云萍和江梦笔合作创办白话文学的《人人》杂志。前面已介绍过，在这个阵地上，他积极提倡新文化，反对旧文化，促进了台湾新文学运动的发展。

1926年新年号的《台湾民报》上，杨云萍的小说《光临》和赖和的《斗闹热》同时发表。

杨云萍的《光临》写保正林通灵请客的故事。林通灵以为，伊田警部大人能光临他家，是他的无上光荣，仿佛这K庄的人民再也没有比他更有信用、更有势力的了！不料，他费了三块多钱，鱼肉酒菜一大堆，全家不亦乐乎地一阵忙碌，全部落空，伊田大人没有赏脸，而是跑到一个叫作陈开三的那里喝喜酒去了。林通灵扫兴极了，懊丧极了。杨云萍以不长的篇幅写他的举止，刻画他丑恶的心灵，活脱脱地描绘了他的嘴脸，有力地批判了民族的败类。

向着日本帝国主义开火，向着民族败类的奴才性开火，向着落后的封建思想开火，这正是台湾新文学一起步就开始的现实主义的战斗传统。

台湾新文学的第一批成果，为台湾新文学的发展奠定了坚实基础，还表现在，它一起步，就十分重视作品的文学性。

杨云萍的《光临》证明了这一点。《光临》全文一千多字，只择取"保正"准备宴客的五个生活片段——他非常兴奋地拿着买到的鱼肉回家；吩咐家人和家工"料理"鱼肉，打扫环境，购买烟酒；点灯出门恭候客人；接不着客人而疑虑；因客人到别家吃喜酒而懊丧，借酒消愁。杨云萍的笔墨真是十分简洁了，但那"保正"林通灵的奴颜婢膝的种种丑态却活灵活现地勾勒出来了。还有，《光临》不仅择取了生活的横截面，而且用了最经济的文学手段，生动而形象地描写事实中最精彩的一段。比如第一节，从"形"入手，进而深入到"神"的深处，作品就刻画了一个可耻的丑恶形象了。

林通灵巴结、讨好"警部大人"以及受宠若惊，扬扬自得，梦想着往上爬的心愿，都描写得十分逼真。质朴的写实中蕴含着的，正是作者的满腔愤恨，《光临》的结尾，也别具一格。作者写道："他连续把老红酒喝了好几杯，悲壮地苦笑着说：'费了三块好多！——但是却不打紧的。'"心疼这三块多的破费，转而一想，"却是不打紧的"，次日仗着日本主子的势力，去老百姓身上多搜刮一点，也就补上这个损失了。再说，要巴结日本主子，花费这一点点又何足挂齿呢！

建设期的另一重要小说家是杨守愚，他的作品大多描写农民，既反映农民生活的艰苦与穷困，也批评他们的封闭与保守。

由上可以看出，张我军、赖和、杨云萍、杨守愚等台湾新文学的先驱者们，已开通了台湾新文学创作的阳光大道，后来者就在这条大道上奋然前行了。

这，就是历史。

这历史，已经无可辩驳地证明了，台湾的新文化运动是在大陆新文化运动直接推动下发生的，台湾的新文学是在大陆五四文学革命的催生下揭开了历史的新的一页的。

就新文学而言，无论是发动革命的思潮，还是排除阻力引导新文学诞生之路的理论，还是为新文学诞生而在组织上、思想上、作家队伍和作品阵地的准备，还是一批证实文学革命成功的新文学作品，都已经表明，在台湾，这新文学的脐带和血脉，都是鲜明地连接着大陆新文学的。

台湾乡土文学论争与台湾话文运动

——《台湾新文学思潮史纲》第二章

赵遐秋

1927—1937 年的 10 年间，台湾抗日民族民主运动有一个突出的特点是：政治运动从蓬勃发展转向低落，进而陷入低潮；而新文学运动却步入了活跃的发展阶段，进而趋向成熟，并获得了丰硕的成果。其间，1930—1931 年发生的"乡土文学和台湾话文"的论争，是一场新文学如何进一步大众化的讨论。讨论是在新文学阵营内部进行的。双方最后虽然没有取得共识，但共同主张的文艺大众化的思想，确实对台湾新文学的发展产生了重大的影响。现在，有人用"台独"思想去诠释这段历史，说论争显示了"台湾本身逐渐产生和建立自主性文学的意念"①，"台湾话文的提出"，"有标明台湾主体性的意义"②，"文学台独"有意给这段历史蒙上一层迷雾，混淆视听。本文将从各个方面分析这一论争，以还历史的真面目。

第一节　抗日民族运动的曲折和文艺大众化的思潮

"乡土文学和台湾话文"的论争，在 1930—1931 年发生，绝非偶然。当时，台湾抗日民族民主政治运动的低落，向文学战线提出了深入人民群众，继续以笔为武器进行斗争的历史和时代的要求。于是，台湾新文学怎样深入工农大众，就成为首要要解决的问题了。同时，世界各地左翼文学思潮的冲击，特别是祖国大陆文艺大众化思潮的影响，也催促着台湾新文学要思考、研究、讨论这个新的课题了。

下面，我们从两个方面来考察。

---

① 叶石涛：《台湾文学史纲》，高雄文学界杂志社，1991 年 1 月版，第 28 页。
② 游胜冠：《台湾文学本土论的兴起与发展》，台北前卫出版社，1996 年 7 月版，第 47 页。

先看台湾抗日民族民主运动的发展。

1927—1930 年，台湾抗日民族民主政治运动的发展，由高潮走向低落，情况复杂。

一开始，抗日民族民主运动的队伍就经历了再分化和重新组合的变化。

1927 年，台湾文化协会分裂为三派。一派以林献堂、蔡培火为代表，坚持以和平请愿的方式，实现在日本统治下的"地方自治"；一派以蒋渭水为代表，主张效仿孙中山领导的国民党，开展以农工阶级为基础的民族民主运动；另一派以连温卿、王敏川为代表，主张开展阶级斗争，彻底推翻日本在台湾的殖民统治。同年 1 月 3 日，台湾文化协会在台中公会堂举行临时大会，会上，林献堂、蔡培火、蒋渭水宣布退出文化协会，"文协"由连温卿、王敏川主持工作，后人称之为"新文协"。"新文协"的主要干部，多数是从上海大学读书归来、后来成为共产党员的蔡孝乾、翁泽生、洪朝宗、王万得、潘钦信、庄春火、周天启等人。

"新文协"成立后，王敏川与郑明禄、王万得一起退出《台湾民报》，于 1928 年 3 月创办"大众时报社公司"。同年 5 月 7 日，《大众时报》创刊号问世。同年 7 月 9 日出版第 10 期后，《大众时报》被迫停刊。"新文协"发动了多次激烈的斗争以反抗殖民当局，比如，1927 年 5 月的"台中一中事件"，1927 年 11 月 3 日的"新竹事件"，1928 年 6 月 13 日的"台南墓地事件"，1928 年 11 月 29 日的"台中师范事件"，等等。其间，"新文协"的领导和骨干也多次被捕。由于环境险恶，"新文协"在 1931 年被强行停止了活动。

蒋渭水、林献堂、蔡培火等人退出台湾文化协会以后，立即着手筹建民众党。1927 年 7 月 10 日，民众党在台中聚英楼举行了成立大会，并宣布创党的目的是"提高台湾人民之政治地位，安固其经济的基础，改善其社会的生活"。原先，民众党筹备时，曾在蒋渭水是否参加的问题上，掀起轩然大波。蒋渭水曾被日本殖民当局警告是民族主义者，若他参加民众党，当局难以容忍，必会遭到解散。但是，绝大多数人，意志坚决，宁可玉碎，决心与日本统治者斗争到底，议决让蒋渭水参加。蒋渭水成了民众党的实际领导人。1929 年民众党的创立大会发表宣言说，民众党要"与社会之进步，时势之要求，民众之希望同其步骤"①。随后，随着工农运动的发展，蒋渭水又进一步提出"以农工为中心进行全民联合的民族革命斗争"的新纲领。赖和、康道乐等作家都是民众党党员，积极支持新纲领，广泛开展了农工斗争。蒋渭水的农工政策，引发了与林献堂、蔡培火的严重分歧，林、蔡两人终于在1930年8月脱离民众党，另行组织了"台湾地方自治同盟"。该同盟于1937年自行解散。

与此同时，在大陆，1928年4月15日，由日本共产党在上海组织成立了"台湾民族支部"。这一年的4月18日，"台湾民族支部"在上海举行了第一次中委会，出席会议的有林木顺、谢雪红、蔡孝乾、潘钦信、林日高、洪朝宗、庄春火、翁泽生和陈来旺。

从此，台湾共产党和"新文协"一起，进一步在台湾传播马克思主义、社会主义思想。②

在这段时间里，台湾的农民运动、工人运动都有过较大的发展。

1925年6月28日，彰化县二林蔗农组合③举行了成立大会，人数约500人。大会选出李应章等十人为理事，谢党等六人为监事。这是台湾农民的第一个组织。同年9月27日到10月23日，二林农民组合领导了二林蔗农抗议日本制糖会社残酷剥夺的斗争，遭到血腥镇压，一时风声鹤唳，震动全岛。赖和满怀悲愤，当天挥毫写下了他的第一首新诗《觉悟的牺牲》，副标题就是"寄二林事件的战友"。1926年，台共产党员简吉等人联合了各地的农民组合，组织了台湾农民统一的组织"台湾农民组合"，于同年6月28日在高雄凤山举行了成立大会，选举了简吉等人组成的领导机构。杨逵被选为中央常务委员，指导政治、组织、教育方面的工作，杨逵夫人叶陶任妇女部长。

"台湾农民组合"先后领导了500多次农民的抗缴、开垦耕地以及收回耕地的斗争。其中，"第一次中坜事件"、"第二次中坜事件"就带有鲜明的抗日民族斗争的特点。随着农民觉悟的提高，"台湾农民组合"不断地提出了"打倒国际帝国主义"、"打倒田中反动内阁"、"抗议田中内阁出兵侵略中国"以及"支持祖国工农革命"等等斗争口号，

① 《民众党宣言》，转引自叶荣钟：《日据下台湾政治社会运动史》（下），台中晨星出版公司，2000年8月版，第419页。

② 1926.8—1927.2，《台湾民报》120～143号，在陈逢源、许乃昌、蔡孝乾等的论战中，即已相当程度地介绍了马克思的社会思想理论，新文协和台共则进一步加以普及。

③ 即农民协会。

从单纯的经济斗争发展为政治斗争。1931 年，台湾共产党和台湾农民组合先后遭到镇压，但是，前仆后继的部分地区农民仍然坚持斗争。

与农民斗争相呼应，这时工人运动也曾高涨。

1921 年，台湾印刷工人成立了第一个工会组织以后，引发了台湾 20 多万产业工人以及手工业工人纷纷组织起来，建立了自己的工友会。1928 年 2 月 19 日，在蒋渭水的领导下，由 29 个工会团体统一组成"工友总联盟"，会员总数 6000 余人。一年后，"工友总联盟"发展成拥有 40 多个工会团体，会员达 14000 多人的组织。总联盟第二次大会的宣言明确宣布："我们殖民地的工人，是处在受民族、阶级两重的榨取和压迫的地位，所以需要解放之情，加倍迫切，其运动之扩展益趋激烈，而其团结性之富与斗争性之强，实非其他阶级所能企及的。""所以殖民地的工人一旦觉醒起来"，则"能够做弱小民族解放的先锋"。"工友总联盟"除了指导各地劳资争议事件，还先后提出了八小时工作时间、生活标准、失业薪俸偿付法、工场法、最低工资法、保护女工童工法以及撤废日台人员工资的差别等要求。此外，"新文协"连温卿等人于 1928 年 3 月组成台北机械工友会，并筹组"台湾总工会"；1930 年，参加罢工等斗争的工友为 17000 多人；1931 年，"台湾交通运输工会"成立，并着手组建"台湾赤色统一工会"等，也是这时工运高涨的一个组成部分。只是，眼看高涨的工人运动不利于日本殖民统治的巩固，日本殖民当局进行镇压了。1931 年，大批台共党员和工会干部被捕，台湾民众党蒋渭水等 16 人也于同年 2 月 18 日在台北党本部开会时当场被捕，殖民当局下令强制解散民众党。对此，日本殖民当局即坦陈缘由说："这种以民族运动为中心，附带实行阶级斗争的政治结社，若当局再予宽容，则将违反我台湾统治的根本方针，并有妨碍日台融和，甚至严重且明显地影响到维持本岛统治之虞。"这以后，工人运动也被迫转入地下的、分散的、自发性的斗争了。

应该特别说到可歌可泣的 1930 年的雾社起义。

海拔 1149 米的雾社是南投县仁爱乡的中心，日据时期属于台中能高郡。雾社原住民是高山族的一个分支泰雅人中的谢塔喀群，也有少数汉族人长年居住在这里。当时，雾社共有 11 个社，508 户，2178 人。其中，迈勃、钵子仑、荷戈、塔罗湾、罗多夫、斯库六个社的 1236 人，全部参加了雾社起义。

雾社起义的组织者和领导者莫那·鲁道，生于 1882 年，1910 年任迈勃社首领。他先后在 1920 年、1924 年和 1925 年计划大规模开展抗日活动，均被日警发觉未能如愿。荷戈社的比荷·瓦利斯和比荷·沙坡两人也是起义的核心人物。比荷·瓦利斯 1900 年生，全家其他六口均在 1911 年日警烧屋时被活活烧死。1930 年 6 月他被日警拘留后，妻子义悲愤自尽。比荷·沙坡 1900 年出生的当年，他的父亲就被日警杀死。他们和六社的民众都满怀对日本统治者的深仇大恨，终于揭竿而起，发出了民族抗争的怒吼！

1930 年 10 月 24 日夜间，起义指挥中心决定于 10 月 27 日举行起义。这一天，日本殖民当局要为被击毙的侵台罪首举行"台湾神社祭"。雾社公学校要举行联合的学艺会和运动会。雾社上司能高郡的日本官吏都来参观。当天早晨 8 点前，起义武装先切断了所有的电话线，拆毁了铁路桥梁，再攻克雾社周围的警察所，夺取了武器弹药，武装了起义人员，最后奔赴雾社运动场，用了不到一小时的时间，消灭了日寇 136 人，夺得枪械 180 支、弹药 2.3 万发、黑色火药 24 包。

起义发生后，日本统治者惊恐万状，立即调兵遣将，派台湾守备队司令官镰田亲自率领军队赶往雾社镇压。起义民众始终誓死抵抗。11 月 18 日，殖民当局竟然冒天下之大不韪，违反国际公约，丧心病狂，下令施放毒气弹和燃烧弹，毒死烧死大批起义战士。最后，终因寡不敌众，起义失败了。莫那·鲁道一家宁死不屈，全都壮烈地自尽。雾社起义的 1200 多民众，最后只剩下老弱病残 298 人，他们也被强制流放到了川中岛。赖和也为此写了新诗《南国哀歌》。

雾社起义失败后，日本殖民当局加强了对抗日民族民主运动的血腥镇压。1931 年 3 月到 6 月，发生了全岛性的大检举、大搜查、大逮捕。台湾文化协会、台湾共产党、台湾民众党、台湾农民组合、台湾各种工友会，均遭到取缔，抗日民族民主政治运动由此转向了低潮。

然而，台湾人民反抗日本帝国主义的斗争并没有停止。抗日的政治运动虽然被镇压了，抗日的文学运动却活跃地发展着，艰难而又生气勃勃地在前进。

怎样来看这种政治运动日渐低落对文学运动产生的逆向影响呢？

应该说，这种逆向影响，还是来自抗日民族民主斗争的需要。一是，政治战线被迫暂时以积蓄力量待机再发为任务，人们必然更加重视文学这条战线，重视以笔为武器去与殖民当局斗争了。二是，政治运动处于低潮时，更需要以文学为武器，去团结民众、教育民众，振奋斗志，坚持战斗。事实上，直接参加工农运动的作家，像赖和、杨逵等，都及时地把主要精力投入了文学创作，他们是新文学前进的最牢靠的基础。

追溯这段高涨的抗日政治运动，我们还应当看到，台湾新文学事实上一直和它同步在发展，文学创作继续取得了喜人的成绩。其中，一个重要的原因，是《台湾民报》适应斗争的需要，迁回台湾了。

1927 年 8 月 1 日，《台湾民报》不仅从东京迁回台湾，而且由旬刊改为周刊。1930 年 3 月《台湾民报》改名为《台湾新民报》，1932 年又改周刊为日报。这为文学创作开辟了更多的发表园地。每期文艺专栏都发表一到两篇作品。《台湾民报》迁回台湾 5 年，发表了台湾作者的小说 70 多篇，其中有不少佳作，比如，赖和的《不如意的过年》、《丰作》、《可怜她死了》，杨云萍的《秋菊的半生》，陈虚谷的《他发财了》、《无处申冤》、《荣归》，杨守愚的《过年》、《一群失业的人》，郭秋生的《鬼》，蔡愁洞的《保正伯》，朱点人的《岛都》，等等。

1930 年 8 月 2 日开始，《台湾新民报》开辟了《曙光栏》，专门刊登新诗，一时新诗创作激增，出现了一批优秀的诗作。比如杨守愚的《长工歌》、赖和的《流离曲》、陈虚谷的《诗》、林克夫的《失业的时代》以及杨华的《小诗十二首》，等等。

当政治运动日益低落，新文学战线的任务愈益加重的时候，新文学面临的首要课题，就是如何进一步为抗日民族民主运动服务了。其中，关键的问题是深入生活，深入工农大众的问题。所以，1930—1931年，在新文学阵营内部发生的关于"乡土文学和台湾话文"的论争，正是时代的需要，正是新文学发展的必然。

当然，这场论争之所以在这个时候发生，还有另一个重要的原因是，受到当时席卷世界的普罗文学思潮和祖国大陆左翼文学的影响。

左翼文学是一股世界性的文学思潮，是一种国际化的文学现象。它开始于 19 世纪中叶的欧洲工人运动，随着马克思主义的诞生和发展，到了 20 世纪 20—30 年代形成高潮，其影响波及欧亚美非四大洲。

"十月革命"的胜利，在苏联，为左翼文学的发展提供了土壤和条件，使苏联成为左翼文学真正的发祥地和中心。世界各国各民族的革命文学都以苏联为榜样，发展自己的文学，于是，形成了一种历史性的潮流。

"十月革命"以后，在苏联形成了无产阶级文化派，它的代表组织就是俄罗斯无产阶级作家联合会，简称"拉普"①。无产阶级文化派的出现，是一种历史的必然。这是因为，随着无产阶级运动的发展、壮大，无产阶级要求自己解放自己，以至解放全人类，做社会的主人，其中，也包括要做文化、文学艺术的主人。

现在看来，处在当时复杂的历史条件下，受时代局限，"拉普"在组织路线上犯有宗派主义、关门主义的错误以外，在文学理论上也有稚嫩的或错误的思想，甚至在某些重大理论问题上也犯有严重的错误，影响极为不好。但是，在文学走向大众这个问题上，"拉普"的主张，还是对国际无产阶级文学运动产生了好的影响的。比如，作为"拉普"的纲领通过的罗多夫的报告《当前时刻与无产阶级文学的任务》就指出，在文学战线上，无产阶级的首要任务是"建立自己的阶级文学，从而建立自己的作为对群众感情教育起着深刻影响的强大工具的文学"。这种文学，除了要"把工人阶级和广大劳动群众的心理和意识组织起来"而且"越来越影响社会的其他阶级"，还要"在形式方面"，"在广大无产阶级群众中进行系统、深入的宣传工作"。"作品的形式也要力求尽可能地宽阔、简洁和不滥用艺术手段"。又比如，俄共（布）中央 1925 年 6 月 18 日决议《关于党在文学方面的政策》也说："群众文化成长的一部分是新文学的成长——首先是无产阶级和农民的文学的成长，从它的尚在萌芽状态的但同时在范围方面却空前广泛的形式（工人通讯、农村通讯、壁报及其他）起，直到思想性很强的文学作品为止。"还说："党应当强调必须创造给真正广大的读者——工人和农民读者阅读的文学作品，应当更大胆和坚决地打破文学上的贵族偏见，并且在利用旧技巧的一切成就的同时，要创造出千百万人所能理解的适当形式。"这表明，文艺大众化的思想在当时已初现端倪了。

这种文艺大众化的思想，首先在日本得到了呼应。在日本，左翼文学运动从 20 年代初《播种人》杂志问世，经过《文艺战线》、无产阶级艺术联盟（简称"纳普"），到 1933 年无产阶级文化联盟（简称"克普"）解散，有了长足的进步，具有相当的规模。总结这十多年的左翼文学运动，其特点之一，就是极为重视文艺大众化的问题。比如，无产阶级作家联盟作为"纳普"的核心组织，在它的七条行动方针中

---

① 关于"拉普"的叙述部分，参考了李辉凡：《"拉普"初探》，《苏联文学史论文集》，北京外语教学与研究出版社，1982 年 9 月版。

的第一条就写道："必须把创作植根在大众之中，作家不屈地磨炼艺术技巧和深入群众生活，是绝对必要的。"后来，接受无产阶级文艺理论家藏原惟人的提议，无产阶级作家联盟，还专门作出《关于艺术大众化的决议》。决议涉及艺术运动的布尔什维克化，大众化作品应以无产阶级的意识形态为内容，大众化艺术的对象，采用什么形式以及形式和内容的关系，新形式和旧形式的关系，创造新形式所必须依据的标准，等等。①

在中国，"为什么人"而写作的问题，是新文学建设的中心问题。创造社开始提倡革命文学的时候，成仿吾在《从文学革命到革命文学》②一文中就说："我们要使我们的媒质接近农工大众的用语，我们要以农工大众为我们的对象。"1929年刊行的《大众文艺》杂志以及"左联"，一开始就把"大众化"当作文艺运动的中心。1930年，鲁迅写的《文艺的大众化》③一文，就全面论述了这个问题。他写道："在现下的教育不平等的社会里，仍当有种种难易不同的文艺，以应各种程度的读者之需。不过应该多用为大众设想的作家，竭力来作浅显易解的作品，使大家能懂，爱看，以挤掉一些陈腐的劳什子。但那文字的程度，恐怕也只能到唱本那样。"由此，鲁迅确认，"多作或一程度的大众化的文艺"，"是现今的急务"。1931年11月"左联"执行委员会的决议《中国无产阶级革命文学的新任务》中《大众化问题的意义》④一项写道："为完成当前的迫切的任务，中国无产阶级革命文学必须确定新的路线，首先第一个重大的问题，就是文学的大众化。大众化的问题，以前亦曾一再提起，但目前我们要切实指出：文学大众化问题，在目前意义的重大，尚不仅在它包含了中国无产阶级革命文学目前首重的一些任务，如工农兵通信员运动等等，而尤在此问题之解决实为完成一切新任务所必要的道路。在创作，批评，到目前其他诸问题，乃至组织问题，今后必须执行彻底的正确的大众化，而决不容许再停留在过去所提起的那种模糊忽视的意义中。"该决议中《创作问题——题材、方法及形式》一项也写道："作品的体裁，也以简单明了，容易为工农大众所接受为原则。现在我们必须研究，并且批判地

---

① 以上材料源于刘柏青编：《日本无产阶级文艺运动简史》，时代文艺出版社，1985年10月版。
② 《创造月刊》第1卷9期，1928年2月1日。
③ 《鲁迅全集》第7卷《集外集拾遗》，人民文学出版社，1981年版，第349页。
④ 《文学导报》第1卷第8期，1931年11月15日。

采用中国本有的大众文学，西欧的报告文学，宣传艺术，墙头小说，大众朗读诗等等体裁。"

当时，在宣传、贯彻"文学大众化"的方针中，文坛上也有不同的意见。苏汶就说，"左联""要作家们去写一些有利的连环图画和唱本来给劳动者看"，"这样低级的形式还生产得出好的作品吗?"可笑的是，有些人竟然以为文言文该重新上台，像懋祖就写了《禁习文言与强令读经》一文，反而提倡起文言文了。于是，各刊物就展开了"文言—白话—大众语"的讨论。鲁迅、瞿秋白、周起应（周扬）等都撰文，积极地发表了自己的意见。

讨论中"大众语"是个焦点。

瞿秋白在《大众文艺的问题》一文中认为，文学大众化的问题，重在"用什么话写"的问题。他说："现在绅士之中有一部分欧化了，他们创造了一种欧化的新文言；而平民，仍旧只能够用绅士文字的渣滓。平民群众不能够了解所谓新文艺的作品，和以前的平民不能够了解诗、古文、词一样。新式的绅士和平民之间，还是没有'共同的言语'。既然这样，那么，无论革命文学的内容是多么好，只要这种作品是用绅士的言语写的，那就和平民群众没有关系。"因此，他主张继续完成五四文学革命关于"语文改革"的未竟的工作。在和止敬讨论"大众语"的一篇《再论大众文艺答止敬》里，他主张大众文艺应该用"真正的现代中国语"。瞿秋白设想，"在五方杂处的大都市里面，在现代化的工厂里面，他们的言语事实上已经在产生着一种中国的普通话（不是官僚的所谓国语）……这种大都市里，各省人用来互相谈话演讲说书的普通话，才是真正的现代中国语"。

而鲁迅则一贯主张"从活人的嘴上，采取有生命的词汇，搬到纸上看"①，因为，"警句或炼话，讥刺和滑稽，十之九是出于下等人之口的"②。所以，这次讨论，他旗帜鲜明，是主张大众语的。

鲁迅首先认同了瞿秋白的看法，这就是，在现今的社会交往中已经有了一种"大众语"。在《门外文谈》一文里，他说："现在在码头上，公共机关中，大学校里，确有一种好像普通话模样的东西，大家

---

① 《鲁迅全集》第6卷《且介亭杂文二集·人生识字糊涂始》，人民文学出版社，1981年版，第297页。

② 《鲁迅全集》第6卷《且介亭杂文·答戏周刊编者集》，人民文学出版社，1981年版，第146页。

说话，既非'国语'，又不是京话，各各带着乡音、乡调，却又不是方言，即使说得吃力，听得也吃力，然而总归说得出，听得懂。如果加以整理，帮它发达，也是大众语中的一支，说不定将来还简直是主力。我说要在方言里'加入新的去'，那'新的'来源就在这地方。待到这一种出于自然，又加人工的话一普遍，我们的大众语文就算大致统一了。"① 在这里，鲁迅提出了帮助大众语"发达"的途径，这就是："启蒙时候用方言，但一面又要渐渐地加入普通的语法和词汇去。先用固有的，是一地方的语文的大众化；加入新的去，是全国的语文的大众化。"②

鲁迅还指出，"倘要中国文化一起向上，就必须提倡大众语，大众文"。同时，他又谈到汉字改革的问题。他认为，汉字的繁难，乃是大众语文的根本障碍。由此，他主张"书法更必须拉丁化"。

瞿秋白、鲁迅之外，当时还有蔡元培等500余人也发表了关于拉丁化新文字的意见，认为，就时间金钱两方面来看，新文字是普及大众教育的最经济的文学工具。

文学大众化，除了语言文字以外，还有文学内容和艺术形式的大众化问题。当时，冯雪峰在《论民主革命的文艺运动》一文里，发表了他的看法。他说："在左联的态度上，是并没有将一般小说、诗、戏剧的新文艺形式的创作，和大众文艺创作对立起来的，因为一方面认为可以有种种不同的作品，以供应种种不同的读者，一方面是企图从作家生活的大众化而使所有新文艺形式的作品都大众化，即创造那内容为大众的广阔的生活和革命的意识思想所充实，而形式是大众性的坚强的作品。这是那时认为统一的观点。"③ 这一段话，说明了两点：一是，"为大众的广阔的生活和革命的意识思想"，也就是为工农大众的思想，是文学大众化的内容。二是，通过作家生活大众化，去创作大众性的艺术形式。后面一点，鲁迅在《论"旧形式的采用"》一文，讲得更透彻了。他认为，"旧形式的采用"，是"很有意义的"，因为，"新形式的探求不能和旧形式的采用机械地分开"。为什么呢？"这是一个新思想（内容），由此而在探求新形式，首先提出的是旧形式的采取，这采取的主张，正是新形式的发端，也就是旧形式的蜕变"。在鲁

---

① 《鲁迅全集》第6卷《且介亭杂文·门外文谈》，人民文学出版社，1981年版，第98页。
② 同上，第98页。
③ 转引自王瑶：《中国新文学史稿》上册，新文艺出版社，1953年7月版，第177页。

迅看来，这并没有"将内容和形式机械地分开"。他还说："旧形式的采取，必有所删除，既有删除，必有所增益，这结果是新形式的出现，也就是变革。"

总之，文学大众化，其实就是文学作品的普及问题，而语言文字又是文学形式的中心话题。在实现文学大众化的过程中，首先碰到的自然是语言文字的问题。这都表现了人民大众在文学上作主的意愿和权利。事实上，它和人民大众的民族民主斗争是一体的。后来，1937年"七七"卢沟桥事变，全民抗战以后，"文章下乡"、"文章入伍"，文学大众化运动，更是抗日民族斗争的不可缺少的一个部分了。应该说，作为文艺大众化的一种大的历史语境，国际上的（特别是日本的），大陆的有关这个问题的思考和讨论，应该都对台湾新文学界发生了一定的、积极的影响。至少，台湾的争论是这一现象的平行发展。

第二节　乡土文学与台湾话文论争的过程及其特点

如实地描述和阐释台湾"乡土文学与台湾话文"的论争，还要从20年代初期新旧文学论争说起。当时，愈演愈烈的论争，其实已经开始涉及"乡土文学"与"台湾话文"这个建设台湾新文学的内容与形式的大问题。只是，由于当时面对的是要"打倒文言文"、"用白话文代替文言文"这个紧迫的历史任务，"乡土文学"与"台湾话文"的问题，还没有提到加以解决的日程上来。

早在1923年，黄呈聪在《论普及白话文的使命》一文里，就涉及"台湾话文"了。他说：

假如我们同胞里面，要说这个中国的白话和我们的话是不同的，可以将我们的白话用汉文来作一个特别的白话文，岂不是比中国的白话文更好么？我就说也是好，总是我们用这个固有的白话文，使用的区域太少，只有台湾和厦门、泉州、漳州附近的地方而已，除了台湾以外的地方，不久也要用他们自国的白话文，只留在我们台湾这个小岛，怎样会独立这个文呢？我们台湾不是一个独立的国家，背后没有一个大势力的文字来帮助保存我们的文字，不久便受他方面有势力的文字来打消我们的文字了……所以不如再加多少的工夫，研究中国的白话文，渐渐接近他，将来就会变做一样。[①]

由这段话可以看出，在台湾，是用大陆通用的白话文，还是将台湾话"用汉文来作一个特别的白话文"，人们是有不同的考虑的。经过比较，一是考虑使用区域小，使用人数少。二是考虑该"白话文"所代表的文化势力以及今后的前途，黄呈聪最后还是确认"不如再加多少的功夫"，普及大陆通用的白话文。

《台湾文学革命和台湾新文学的诞生》一文中已经说过，到了1924年10月，连温卿在《台湾民报》发表了《言语之社会的性质》和《将来之台语》两篇文章，从语言与民族和国家的关系来讨论"台语"。他说，言语和民族的敌忾心是一样的，言语的社会性质是：一方面排斥其他民族的言语在世界上的优越地位；另一方面则保护民族的独立精神，极力保护自己的民族语言。他又说，近代的政治思想，是把国家的理念和民族的理念视为同一的，同一民族必须服从同一政治权力之理想，同一民族必须使用同一的言语。因此在德国便有一种说法：德国在哪里，哪里就可以听到德国语。所以，无论什么地方，若有民族问题，必有言语问题。连温卿讲了一个实例：荷兰用国民血汗换来的税金，聘请德国人在荷兰大学用德语讲课。由此一个荷兰博士生警告说，消灭荷兰的不是剑，不是铳炮，而是德语。所以，连温卿认为，以统治者的国语同化被统治者的语言，是殖民地当局的语言政策。联系台湾的实际，反抗统治，抵制同化，就要保存台湾语，进行整理，加以改造。至于如何保存，如何整理与改造，遗憾的是，他的《将来之台语》一文只发表了一半就停笔了。我们没能读到他的意见。

1925年8月5日，陈福全还从"言文一致"的角度质疑，他在《台南新报》上发表的《白话文适用于台湾否》一文里就说，台湾300多万的人口中，懂得官话的人万人难求其一，"如台湾之谓白话者"，"观之不能成文，读之不能成声，其故云何？盖以乡土音而杂以官话"。所以，"苟欲白话文之适用于台湾者，非先统一言语未由也"[②]。

---

① 李南衡编：《日据下台湾新文学·明集5》（文献资料选集），台北明潭出版社，1979年3月版，第15页。
② 转引自廖毓文：《台湾文字改革运动史略》，李南衡编：《日据下台湾新文学·明集5》（文献资料选集），台北明潭出版社，1979年3月版，第469页。

张我军对此也有意见发表。在 1925 年 8 月 26 日发表在《台湾民报》67 号上的《新文学运动的意义》的下篇里，讲得很明白。他说：

> 还有一部分自诩为彻底的人们说："古文实在不行，我们须用白话，须用我们日常所用的台湾话才好。"这话骤看有道理了，但我要反问一句说："台湾话有没有文字来表现？台湾话有文学的价值没有？台湾话合理不合理？"实在，我们日常所用的话，十分差不多占九分没有相当的文字。那是因为我们的话是土话，是没有文字的下级话，是大多数占了不合理的话啦。所以没有文学的价值，已是无可疑的了。所以我们的新文学运动有带着改造台湾言语的使命。我们欲把我们的土话改成合乎文字的合理的语言。我们欲依傍中国的国语来改造台湾的土语。换句话说，我们欲把台湾人的话统一于中国语，再换句话说，是用我们现在所用的话改成与中国语合致的。这不过我们有种种不得已的事情，说话时不得不使用台湾之所谓"孔子白"罢了。倘能如此，我们的文化就得以不与中国文化分断，白话文学的基础又能确立，台湾的语言又能改造成合理的，岂不是一举三四得的吗？①

显然，张我军的这番话是针对"须用我们日常所用的台湾话"而说的，但反驳无力，其原因在于他说得不尽科学：（1）作为闽南方言的台湾话，它的存在，就是合理的，不能用另一种方言为标准去责难它这不合理那不合理，至于它被使用的区域小，或被使用的人口少，那是历史上政治、经济等诸多社会生活因素形成的，不是"合理""不合理"的根据。（2）作为闽南方言的台湾话，和汉语其他方言，如粤语、吴语等一样，都要经过一个提炼的过程，去粗存精，才能成为有价值的文学语言，在台湾话还处于待提炼的状态的时候，不能轻易地否定它，说它没有文学价值。（3）自秦始皇统一中国以后，全国统一了文字，各个方言区，包括使用闽南方言的台湾地区，都采用了统一的方块汉字。不能以此说，没有某方言的文字就是"下级话"。在方言与方言之间，绝没有上下之别的，有的只是殖民统治者使用的语言歧

---

① 张光正编：《张我军全集》，台海出版社，2000 年 8 月版，第 56~57 页。

视被统治者使用的语言之别。而且，在这里用"下级话"，是不是也反映了作为知识分子的张我军也有一些居高临下的味道。再说，张我军恰恰是以大陆通用的白话文为标准去审视台湾话的，所以，他自觉或不自觉地有了上述不尽科学的说法。

但是，从历史发展的必然趋势，从台湾回归中国的必然前景，从民族文化的归属，从方言与民族共同语发展的关系来考察，张我军的主张——"台湾人的话统一于中国语"，是正确的。张我军也试图从上述四个方面来论述，只是说得不全面、不透彻罢了。另外，从张我军的论述来看，他确实也感到，大陆通用的白话文与台湾话之间是有距离的，要"言文一致"，又如何办呢？为此，他又专门研究"中国国语文法"，探讨解决的办法。1926 年在台南新报社出版的《中国国语文法》的《序言》里，他说："用汉字写台湾土话的，也未尝不可以称作'白话文'。"这表明，张我军也是在设想缩短这种距离的。

除了张我军在探索，赖和等其他台湾新文学先驱也在探讨这个问题。比如，1926 年 1 月 24 日，赖和在《台湾民报》89 号上发表的《读台日纸的〈新旧文学之比较〉》一文，就是他思索后的认识。在他看来，"新文学运动"的"标的"，"是在舌头和笔尖的合一"，"是要把说话用文字来表现，再稍加剪裁修整，使其合于文学上的美"。在台湾，中国的白话文，还是不能做到"舌头和笔尖的合一"，势必要从台湾话的实际出发，进一步使言文真正做到合一。又比如，1927 年 6 月，郑坤五在《台湾艺苑》上尝试着用台湾话写作，以"台湾国风"为题，连载民歌，并且首先提出了"乡土文学"的口号。

这一切都表明，台湾新文学运动的发展，已经走向深入，要尝试着解决大陆通用的白话文与台湾口语的矛盾，进一步真正做到"言文一致"了。从这一点看，这也就是"乡土文学与台湾话文"论争发生的内因。

30 年代的这场论争发端是黄石辉的文章。

1930 年 8 月 16 日，《伍人报》第 9 号至第 11 号，连载了黄石辉的《怎样不提倡乡土文学》一文。从文艺大众化的思想出发，黄石辉写道：

> 你是要写会感动激发广大群众的文艺吗？你是要广大群众心理发生和你同样的感觉吗？不要呢，那就没有话说了。

> 如果要的，那么，不管你是支配阶级的代辩者，还是劳苦群
> 众的领导者，你总须以劳苦群众为对象去做文艺，便应该起
> 来提倡乡土文学，应该起来建设乡土文学。

显然，在黄石辉看来，他提倡的"乡土文学"是以"劳苦群众为对象"
的，是为劳苦大众服务的，这正是当时建设台湾新文学要解决的问题。
要为劳苦大众服务，自然要深入劳苦大众的生活，作为台湾作家，自
然要深入到台湾劳苦大众的社会生活，所以，文章又写道：

> 你是台湾人，你头戴台湾天，脚踏台湾地，眼睛所看的
> 是台湾的状况，耳孔所听见的是台湾的消息，时间所历的亦
> 是台湾的经验，嘴里所说的亦是台湾的语言，所以你的那枝
> 如"椽"的健笔，生蕊的彩笔，亦应该去写台湾的文学了。

那么，写台湾劳苦大众的、为台湾劳苦大众服务的"乡土文学"，采用
什么语言呢？文言文，他认为是代表旧贵族的，不能用；正在倡导的
白话文，"完全以有学识的人们为对象"，与劳苦大众的口语也有相当
大的距离，也不能用；于是，黄石辉就倡导：

> 用台湾话做文，用台湾话做诗，用台湾话做小说，用台
> 湾话做歌谣，描写台湾的事物……①

这样的倡导，可以说，和当时大陆瞿秋白、鲁迅等人正在倡导的"大
众语"不谋而合了。其结果，也就"使文学家趋向于写实的路上
跑"了。

此外，用台湾话写成各种文艺，黄石辉认为，要排除用台湾话说
不来的或台湾用不着的语言，要增加台湾的特有的土语，如国语的
"我们"，在台湾有时用作"咱"，有时用作"阮"。他又主张，"无论
什么字，有必要时便读土音"，也就是增加台湾读音。

黄石辉的这篇文章，限于《伍人报》极少的发行量，又因杂志不

---

① 以上三段文字均转自廖毓文：《台湾文字改革运动史略》，李南衡编：《日据下台湾新文学·
明集5》（文献资料选集），台北明潭出版社，1979年3月版，第488~489页。

久被禁，没有刊完，影响有限。即使这样，"却亦曾引起许多人的注意"，"有许多有心人"写信给他"追问详细"，还有几个人找他当面讨论。①

一年后，郭秋生站出来响应了。1931年7月7日起，郭秋生在《台湾新闻》发表了《建设"台湾话文"一提案》的长文，约27000字，连载了33回。归纳起来，文章讲了三个问题：

第一，为什么要用"台湾话文"？

郭秋生从日据台湾后，日本人和台湾人所受教育的差别谈起。"台湾人要哪里去呢？出外留学没有能力，在地糊涂了六个年头，公学校没有路（录）用，结局台湾人不外是现代知识的绝缘者。不止！连保障自己最低生活的字墨算都配不得了。"于是，台湾患了"文盲症"。为医治这种"文盲症"，用日文吧，郭秋生坚决反对，为的是抵制同化；用汉语文言文呢，10年之前就反对了；用汉语的白话文也不行，仍然不能做到"言文一致"。郭秋生说，即使用双重功夫去学习汉语的话文，也不能解决台湾语（口语）与汉语白话文（书面语）的距离，自然也就不能解决台湾的文盲症。因此，郭秋生主张"台湾话的文字化"。

第二，什么叫"台湾话文"？

什么叫"台湾话文"？郭秋生明确地指出，就是"台湾话的文字化"。他认为，这"台湾话文"就是台湾语的书面语言，它的优点是：比较容易学；可以随学随写；较容易发挥其独创性，读者较易了解。总之，每一时代都自有特色，如果没有直接记录该言语的文字，则不能充分地表示意思。

第三，用哪一种文字记录台湾语？

当时，蔡培火等人正在提倡罗马字。早在1922年9月8日《台湾》3卷6号就发表了蔡培火用日文写的《新台湾的建设与罗马字》一文，提出了罗马字的应用问题。1927年1月2日，《台湾民报》又发表了他的另一篇文章《我在文化运动所定的目标》，公开提倡罗马字式台湾白话字。在他看来，台湾话的"欠点"是，"台湾话不能用汉字记写得很多，所以台湾话是仅仅可以口述，而不可以书写的"，如果能够克服这个"欠点"，"台湾的文化运动，就可以一泻千里"。那么，"有什么可

---

① 黄石辉：《再谈乡土文学》，吴守礼：《近五十年来台语研究之总成绩》，台湾大立出版社，1955年版，第54页。

以解救台湾话这个欠点"呢？他说："那单单 24 个的罗马字，就可以充分代咱做成这个大工作。唉哟！这小小 24 个的罗马字，在我台湾现在的文化运动上，老实是胜过 24 万的天兵啊。"实际上，蔡培火的主张只在一部分台湾基督教徒中流行，并未成事。失败的主要原因，是"当时从事文化运动的知识分子，均怀有强烈的民族思想，对于非我族类的文字心生排斥"①。

同样郭秋生也坚决反对蔡培火的意见。他说：

> 台湾语尽可有直接记号的文字。而且这记号的文字，又纯然不出汉字一步，虽然超出文言文体系的方言的地位，但却不失为汉字体系的较鲜明一点方言的地方色而已的文字。②

他还说，"台湾既然有固有的汉字"，"任是怎样没有气息，也依旧是汉民族言语的记号"，"台湾人不得放弃固有文字的汉字"。这就是说，要以现行的汉字为工具来创造台湾语的书面语言"台湾话文"，而这"台湾话文"正是汉字体系中有鲜明地方色彩的文字。

郭秋生的这个主张，有着深刻的含意。这就是：如果采用汉字，台湾话文最终将和祖国通行的白话文融为一体。这一点，负人（庄垂胜）在 1932 年 2 月 1 日《南音》1 卷 3 号发表的《台湾话文杂驳三》一文中，讲得再清楚不过了。他说：

> 如果台湾话有一半是中国话，台湾话文又不能离开中国话文，那么台湾话文当然给中国人看得懂，中国话文给台湾大众岂不是也懂得看了吗？如果台湾话是中国的方言，台湾话文又当真能够发达下去的话，还能够有一些文学的台湾话，可以拿去贡献于中国国语文的大成，略尽其"方言的使命"。如果中国话文给台湾大众也看得懂，幼稚的台湾话便不能不尽量吸收中国话以充实其内容，而承其"历史的任务"。这样一来，台湾话文和中国话文岂不是要渐渐融化起来。③

---

① 廖祺正：《三十年代台湾乡土话文运动》，台湾成功大学史语所硕士论文，1990 年，第 38 页。
② 转引自廖毓文：《台湾文字改革运动史略》，李南衡编：《日据下台湾新文学·明集 5》（文献资料选集），台北明潭出版社，1979 年 3 月版，第 491 页。
③ 《南音》1 卷 3 号，第 7 页（东方文化书局影印本）。

在创造"台湾话文"的方法上，郭秋生以为，一方面考据语源，找出适用的文字；另一方面则是利用六书法则，形声、会意、假借等来创造新字。具体的原则，郭秋生提出了五点：（1）首先考据该言语有无完全一致的汉字；（2）如义同音稍异，应屈语言而就正于字音；（3）如义同音大异，除既有的成语（如风雨）"呼"字音外，其他应"呼"语言（如落雨）；（4）如字音和语音相同，字义和语义不同，或字义和语义亦同，但惯行上易招误解者，均不适用；（5）要补救这些缺憾，应创造新字以就话。

同年7月24日，黄石辉在《台湾新闻》上发表《再谈乡土文学》[①]一文，呼应了郭秋生的主张。文章的要点是：（1）进一步指明"乡土文学"和"台湾话文"的关系，"乡土文学是代表说话的，而一地方有一地方的话，所以要乡土文学"。"因为我们所写的是要给我们最亲近的人看的，不是要特别给远方的人看的，所以要用我们最亲近的语言事物，就是要台湾话描写台湾的事物。"（2）为了不使台湾和大陆的交流断绝，不要用表音文字而用汉字。用汉字也尽量采用和中国通行的白话文有共同性的，台湾独特的用法要压到最低限度。这样，会看台湾话文的人能通晓大陆的白话文，大陆的人也能读懂台湾的话文。他说："台湾话虽然只通行台湾，其实和中国是有连带关系的，如我们以口说的话，他省人固然不懂，但写成文字，他省人是不会不懂的。"（3）用了几乎一半的篇幅，讨论怎样表记台湾语的具体的技术问题。比如文字问题，无字可用的，尽量"采用代字"，然后再考虑"另做新字"。又如，主张删除无字可用的话，即无必要的话。还如，读音上，"要采用字义来读音"，等等。黄石辉还建议，组织乡土文学研究会，商讨有关的问题。

同年8月29日，郭秋生在《台湾新民报》第379～380号上发表了《建设台湾话文》，具体地论述了如何建设台湾话文。他说：

> 然而目前这种基础的打建要怎样做去才有实质的效力？
> 我想，打建的地点的确要找文盲层这所素地啦！……

---

① 关于此文，参阅李南衡编：《日据下台湾新文学·明集5》（文献资料选集），台北明潭出版社，1979年3月版，第489～490页；以及吴守礼：《近五十年来台语研究之总成绩》，台湾大立出版社，1955年版，第54页。

然而这种理想，在哪一处可见呢？歌谣啦！尤其是现在所流行的民歌啦！所以我想把既成的歌谣及现在流行的民歌（所谓俗歌）整理，为其第一有功效的。……我知道这些民歌的蔓延力，有胜过什么诗、书、文存、集等等几万倍……

　　所以吾辈说，当前的工作，先要把歌谣及民歌照吾辈所定的原则整理，而后再归还"环境不惠"的大多数的兄弟，于是路旁演说的卖药兄弟的确会做先生，看牛兄弟也自然会做起传道师传播直去，所有的文盲兄弟姊妹工余的闲暇尽可慰安，也尽可识字，也尽可做起家庭教师。[①]

　　由此可见，在郭秋生看来，建设"台湾话文"的关键是深入工农劳苦大众，即"扩建的地点的确要找文盲层这所素地"。其切入点，是按照一定的原则，去整理活在人民大众口头上的民歌民谣。于是，整理后的民歌民谣就成为第一批"台湾话文"的标本，返回到人民大众中，看牛的、卖药的以及所有的文盲兄弟姐妹，都能很快地读懂它们，"文盲症"就可以获得治疗。同年 11 月，郭秋生在《台湾新民报》第389～390 号上，又发表了另一篇文章《读黄纯青先生的〈台湾话改造论〉》，就台湾话的改造、言文一致、统一读音、讲究语法、整理言语等方面的问题，继续说明了他的观点。

　　到了 1932 年 1 月 1 日，《南音》杂志创刊，郭秋生就开辟了《台湾白话文尝试栏》，除了发表整理后的民歌民谣、谜语、故事外，还发表若干台湾话文的散文随笔试作，希望能进一步实践。

　　黄石辉、郭秋生的文章发表后，引发了台湾文坛诸多人士的思考。《台湾新闻》、《台湾新民报》、《南瀛新报》、《昭和新报》等报纸上都展开了不同意见的论争。论争中，赞同黄石辉、郭秋生意见的有郑坤五、庄垂胜、黄纯青、李献璋、黄春成、擎云、赖和、叶荣钟等人，反对黄石辉、郭秋生意见的有廖毓文、林克夫、朱点人、赖明弘、林越峰等人。

　　1931 年 8 月 1 日，廖毓文在《昭和新报》上发表《给黄石辉先生——乡土文学的吟味》一文。这是反驳的第一篇公开发表的文章。在"乡土文学"的含义上，廖毓文提出了疑问。他说，从文学史上考

---

① 《台湾新民报》379 号，1931 年 8 月 29 日（东方文化书局影印本）。

察，"乡土文学首倡于 19 世纪末叶的德国 F. Lonhard"。"他们给它叫做 heimathunst（乡土艺术），最大的目标，是在描写乡土特殊的自然风俗和表现乡土的感情思想，事实就是今日的田园文学。""因为它的内容，过于泛渺，没有时代性，又没有阶级性"，所以"到今日完全的声销迹绝了"。廖毓文的言外之意是说，黄石辉、郭秋生两人提倡的"乡土文学"内涵模糊，有田园文学的倾向。由此，他质问黄石辉："一地方要一地方的文学，台湾五州，中国十八省别，也要如数的乡土文学么？"可见，廖毓文是从文学的地方特色这一面，去理解黄石辉、郭秋生提倡的"乡土文学"的内涵的。基于这样的理解，廖毓文认为，今日提倡的"乡土文学"，就是"以历史必然性的社会价值为目的的文学——即所谓布尔什维克的普罗文学"。看起来，廖毓文是在反驳黄石辉，实际上，他是在进一步为黄石辉倡导的"乡土文学"给予更明确的诠释，指出"乡土文学"的核心是文艺大众化的问题。

林克夫发表在 1931 年 8 月 15 日《台湾新民报》377 号上的《乡土文学的检讨——读黄石辉君的高论》一文，则从台湾血缘、文化的归属出发，认为：

> 台湾何必这样的苦心，来造出一种专使台湾人懂得的文学呢？若是能普遍地来学中国白话文，而用中国白话文也得使中国人会懂，岂不是较好的么？因为台湾和中国直接间接有很密切的关系，所以我希望台湾人个个学中国文，更去学中国话，而用中国白话文来写文学。

林克夫还说：

> 若能够把中国的白话文来普及于台湾社会，使大众也懂得中国话，中国人也能理解台湾文学，岂不是两全其美。①

朱点人在 1931 年 8 月 29 日发表在《昭和新报》上的《检一检"乡土文学"》一文，也呼应了林克夫，提出了和黄石辉、郭秋生针锋相对的观点，论辩了乡土文学与台湾话文的是非。

---

① 以上两则引文见《台湾新民报》377 号，1931 年 8 月 15 日（东方文化书局影印本）。

归纳起来，廖毓文、林克夫、朱点人等人加以反对，共同的认识是在于：台湾话粗糙，不足为文学的利器；台湾话分歧不一（闽粤相殊，各地有别），无所适从；台湾话文大陆人看不懂。究其深层的文化意识，则不难理解，反对者都是站在台湾与中国一体的立场上来看问题的。他们认为，以台湾话创作乡土文学缺乏普遍性，片面地强调语言形式与题材内涵的本土化，势必会妨碍台湾与大陆的文化交流。他们显然是延续了张我军的观点，认为，无论是从民族、从文化还是从语言、从文学来看，台湾都永远是中国的一部分。

　　这场论争往后发展，主张台湾话文的一派里，内部也有了论争，其焦点，则是台湾话有音无字的现象所衍生的新字问题。

　　在论争中，叶荣钟提出了"第三文学"论。叶荣钟当时就这一话题在《南音》杂志上发表的相关文字有四篇，即1932年1月17日1卷2号"卷头语"《"大众文艺"待望》；2月1日1卷3号"卷头语"《前辈的使命》；5月25日1卷8号"卷头语"《"第三文学"提倡》；7月25日1卷9、10合并号上的《再论"第三文学"》。叶荣钟主张"把民族的契机从'中国'之大，反过来抓'台湾'之大"，待望以"台湾的风土、人情、历史、时代做背景的有趣而且有益的"、"台湾自身的大众文艺"的产生。他所谓的"第三文学"，是立足于台湾"全集团的特性"，在贵族文学与"普罗"① 文学之外，描写"现在的台湾人全体共同的生活、感情、要求和解放的"台湾文学，即"超越在阶级意识之上"的台湾"共通的生活状态的生活意识"的文学，偏重在中国文学中台湾地域文化特色的追求。

　　这场论争，持续了两年多的时间。在当时的条件下，这样的论争自然是不会有结果的，甚至于，达成共识也是不可能的。

　　回顾这场论争，我们可以得出这样的结论：

　　第一，这次论争是台湾新文学运动发展的继续，是新文学运动中语文改革的继续。

　　大家知道，五四文学革命，打倒旧文学，建设新文学，首先就是突破旧的语言形式文言文的束缚，以白话文代替了文言文的。当白话文取得胜利，通行于文坛的时候，新的矛盾又出现了。这就是通行的

---

　　① 即"无产阶级文学"。"普罗"是法文 Prolétariat，英文 Proletariat（普罗列塔利亚）译音的缩写。普罗文学是中国第二次国内革命战争时期为避免反动派注意而采用的译名，旨在马克思主义指导下，宣传无产阶级革命思想，为无产阶级革命事业服务的文学。

白话文还是由少数知识层运用、通晓的一种书面语言，与中国广大的人民大众所运用的口语，以及其中包含的方言、土语，有相当大的距离。既然新文学运动要解决的中心问题是"为什么人"的问题，新文学运动要向前发展，要真正做到为人民大众服务，就必须解决这个新的矛盾。于是，30年代，以上海文坛为中心，展开了"大众文、大众语"的讨论。同样，在台湾，新文学运动的进一步发展，也碰到了和内地一样的问题。白话文虽然主宰了台湾文坛，"言文一致"却并未获得真正的解决，而且，台湾处于日本帝国主义的残酷统治下，与大陆处于隔离状态，这种矛盾更加凸现了出来。难怪在论争中，黄石辉会申辩说：

> 台湾是一个别有天地，在政治的关系上，不能用中国话来支配，在民族的关系上，不能用日本的普通话来支配，所以主张适应台湾的实际生活，建设台湾独立的文化。①

很明显，这里说的"台湾独立的文化"，并不是被后来"台独"分子诠释的那种分离于祖国的"台独"文化，而是符合台湾实际的文化。郭秋生也一再表白自己的心境说：

> 我极爱中国的白话文，其实我何尝一日离却中国的白话文？但是我不能满足中国的白话文，也其实是时代不许满足的中国白话文使我用啦！既言文一致为白话文的理想，自然是不拒绝地方文学的方言的特色。那么台湾文学在中国白话文体系的位置，在理论上应是和中国一个地方的位置同等，然而实质上现在的台湾，想要同中国一地方，做同样白话文体系的方言位置，做得成吗？②

这段话最清楚地表明，"在日本人的统治下，台湾人不得不选择'台湾

---

① 转引自廖毓文：《台湾文字改革运动史略》，李南衡编：《日据下台湾新文学·明集5》（文献资料选集），台北明潭出版社，1979年3月版，第495页。

② 郭秋生：《建设"台湾话文"一提案》，《台湾新民报》380号，1931年9月7日（东方文化书局影印本）。

话文'的用心"①。因此，我们可以说，这次论争是新文学发展过程中不可避免的一个事件，从这个意义上说，这场论争的性质，乃是新文学阵营内部的一场探讨性的集体研究。

第二，这次论争又是"普罗"文学、文艺大众化思潮的一种必然反映。30年代前后，从苏联升始，席卷世界各地区的左翼文学及其文艺大众化思潮，通过日本共产党，或者说，也受到大陆"左联"的影响，台湾新文学中的左派人士，也紧随其后地做了起来。所以说，"乡土文学"的本质，就是文艺大众化的思想，这与新文学建设的中心问题又是一致的，相吻合的。当我们知道，黄石辉被当年台湾文坛称为"普罗文学之巨星"时，我们就不会奇怪，在这场论争中，为什么是他打响了第一枪。

第三，论争双方的分歧点，主要在解决新的矛盾的办法上，或者说，采取什么途径来解决新出现的问题上。当时，在大陆，在台湾，同样地都提出了两种方案，而且方案的内容几乎也是一样的。

一种方案是两步走的方案。在大陆，首先提出这种方案的是鲁迅，他说："启蒙时期用方言，但一面又要渐渐地加入普通的语法和词汇去，先用固有的，是一地方的语文大众化，加入新的②去，是全国的语文的大众化。"黄石辉、郭秋生的意见，正是这种两步走的办法。第一步，以闽南方言的台湾语为基础，提炼加工为台湾话文。但是，在创造台湾语的书面语言——台湾话文的时候，他们坚持：（1）采用汉字；（2）没有汉字能表达的，尽力找汉字中可以代替的字；（3）实在无法，就按照创立汉字的六书法则，形声、会意、假借等创造新字。其结果，大陆人、台湾人逐渐地都能看懂，自然而然地进入到第二步，即全国通行的书面语言。应该看到，黄石辉、郭秋生两人坚持用汉字的方案，就预示了"台湾话文"的走向。这也说明，他们追求的是台湾语与台湾话文——最终汇入到鲁迅所说的中国的新的书面语言中去。

另一种方案，即前述林克夫等人的意见，就是"一步到位"式的屈语就文的方案。

实际上，这两种方案是殊途同归的。

第四，评说这次论争，要尊重史实，尊重由史实体现出的思想与

---

① 吕正惠：《日据时代"台湾话文"运动平议》，《台湾的社会与文学》，中正大学中文系主编，台北，东大图书公司，1995年11月版，第19页。

② 前文已说明，这"新的"正是自然形成的普通话、国语。

主张，切勿以今人的某些主观理念去诠释它，甚至为我所用地断章取义，去歪曲它。从前面的论述可以看出，黄石辉、郭秋生强调的文艺大众化，看重的是联系台湾的实际，突出的是写实主义，正如大陆吴语地区要联系吴方言的实际、粤语地区要联系粤方言的实际一样，并没有显示出叶石涛所谓的台湾的"自主性文学的意念"，其文化归属还是明确的。

第三节　在高压下的台湾新文学运动开始走向成熟

从 1931 年起，台湾抗日民族民主政治运动开始低落。到了 1937 年，就全部进入低潮。这期间，世界形势发生了重大变化。1932 年，德国纳粹党开始掌权。1935 年，他们重整军备。在日本，则加快了侵略中国的步伐。1931 年"九一八"事变后，日本帝国主义接着在 1932 年策划了"一二八"事变。1935 年 11 月在冀东成立伪政府。1936 年 2 月 26 日本爆发"二二六"事件。11 月德日签下协定。1937 年 7 月 7 日，爆发了"卢沟桥事变"，中国进入全面抗战时期。在台湾，日本殖民当局也加强了法西斯的残酷统治。1932 年 11 月 18 日，殖民当局下令禁止开设汉文书房，台湾人民不能再公开学习汉文。1937 年 4 月 1 日，他们又进一步下令禁止一切报纸杂志使用中文。然而，台湾新文学运动就在日本帝国主义的高压政策下，在台湾政治运动陷入低潮的逆境中，坚持发展，开始走向成熟。这表现在：一、台湾新文学运动有了自己独立的作战阵地和队伍。二、台湾新文学运动进一步密切了与人民大众的联系，文艺大众化的思想开始开花结果。三、台湾新文学运动自觉地学习民间文学，吸取民间文学的思想艺术的营养，使台湾新文学更具有了民族特性和地方色彩。

先说一。

台湾新文学运动在初期，和大陆五四文学革命的开端时候一样，是和政治运动、文化运动融为一体的，即，有一支共同的队伍，成立共同的社团，拥有共同的阵地，《青年》、《新青年》、《台湾青年》、《台湾》等杂志就是这种性质的综合性刊物，《台湾民报》和《台湾新民报》也是如此。而文学事业的发展，总是迫切地需要有自己的阵地以及拥有一批专门的队伍的。于是，这时，在台湾，独立的文学期刊、文学社团就应运而生了。主要的报刊、团体有：

《台湾新民报·学艺栏》：1932 年 4 月 15 日发行日刊后，开辟《学艺栏》，提供作品发表的园地，鼓励先进作家，连载长篇小说，奖赏小说，促进了文学的创作。

"南音社"和《南音》半月刊：1931 年秋天，台北和台中的一些作家，共同组织了"南音社"。第二年，1932 年 1 月 1 日创刊文艺杂志《南音》半月刊，而且以重金征集小说、戏曲、诗歌、春联等。在文学评论方面，开辟了《台湾话文尝试栏》，郭秋生发表了随笔《粪屑船》和童话，以证明"台湾话文"是行得通的。

"台湾艺术研究会"和《福尔摩沙》杂志：1931 年 3 月 25 日，在日本东京的文学爱好者王白渊、林新丰、林兑、叶秋木、吴坤煌等人商议组织文艺团体"台湾艺术研究会"，这是台湾组织的第一个文艺团体。他们主张"以文化形体，使民众理解民族革命"，第一步先发行文化消息。于是由吴坤煌于 8 月 13 日编发了《台湾文艺》创刊号，共 70本，只是第二期就夭折了。1932 年 3 月 20 日，吴坤煌、王白渊再一次和在东京的苏维熊、魏上春、张文环、吴鸿秋、巫永福、黄坡堂、刘捷等人，另行组织了一个"台湾艺术研究会"，以"台湾文学及艺术的向上为目的"，并创刊了文艺杂志《福尔摩沙》。因为经济困难，《福尔摩沙》只出版了三期，后来，它的一些成员参加了《台湾文艺》月刊的编辑工作。

"台湾文艺协会"和《先发部队》、《第一线》：1932 年 11 月 8 日，《南音》半月刊出版了第 1 卷第 12 号后被迫停刊。这年的 10 月成立了"台湾文艺协会"，主要成员有廖毓文、郭秋生、黄得时、林克夫、朱点人、蔡德音、陈君玉、徐琼二、吴逸生、黄青萍、林月珠等。1934年 7 月 15 日《先发部队》创刊号问世。创刊号发表了宣言并刊登了郭秋生以芥舟为笔名写的序诗《先发部队》。诗中写道："烽火发了，/为跃进而跃进的烽火，/出发了，先发部队！/在这样紧张与光明的氛围里出发了，/冲天的意气，/不挠的精神，/荆棘算什么？/顽石朽木……/炽烈的足迹过处，/只有焦赤的印痕，/留在后方的焦赤的连续，/分明是小小的步道跃然。"诗的最后，热情地呼吁："莫迟疑，别彷徨，/来！赶快齐集于同一战线，/把海洋凝固，/把大山迁移，/动起手来，/直待，实现我们待望的世界！"半年后，1935 年 1 月 6 日，《先发部队》出版第 2 期，改名为《第一线》，数量增加了，篇幅增至

162 页，比第 1 期多一倍。质量也有长足的进步。只是迫于殖民当局的法令，增加了部分日文稿件。

"台湾文艺联盟"和《台湾文艺》月刊：从 1931 年到 1934 年的 3 年间，"南音社"、"台湾艺术研究会"、"台湾文艺协会"先后成立，《南音》、《福尔摩沙》、《先发部队》、《第一线》等文艺杂志问世，都为台湾文学界创立统一的组织，做好了组织上的、阵地上的准备。瓜熟蒂落，水到渠成，经过充分的酝酿与筹备，1934 年 5 月 6 日"台湾文艺联盟"在台中市小西湖酒家宣布成立了。会场布置得充满文学气氛，却又情绪异常紧张。开会以前日本统治者已派大批警察人员从事戒备，在会场内有几张标语被撕下。"台湾文艺联盟"的委员，北部有黄纯青、黄得时、林克夫、廖毓文、吴逸生、赵栎马、吴希圣、徐琼二；中部有赖庆、赖明弘、赖和、何集璧、张深切；南部有郭水潭等两人。赖和、赖庆、赖明弘、何集璧、张深切为常务委员，又推选赖和为常务委员长，赖和坚辞，改推张深切为常务委员长。1934 年 11 月 5 日创刊了《台湾文艺》，到 1936 年 8 月 28 日被迫停刊，共出 15 期，是台湾创办的文艺杂志中寿命最长、团结作家最多、影响力最大的一份杂志。"台湾文艺联盟"与《台湾文艺》于 1936 年 8 月被迫停止活动。

《台湾新文学》：由杨逵、叶陶夫妇创办的《台湾新文学》，从 1935 年 12 月 28 日创刊始，到 1937 年 6 月 15 日被迫停刊止，共出版了 14 期，另有《文学月报》2 期。1936 年 8 月《台湾文艺》停刊前，《台湾新文学》是与《台湾文艺》并肩作战的，从第 10 期开始，《台湾新文学》单独负起了发展新文学的重任。最初，杨逵参加了"台湾文艺联盟"并担任了《台湾文艺》的编辑，只因在办刊的具体问题上发生了分歧，杨逵"经过了千思万虑"，"为了台湾的作家、为了读书人，迫切需要着适应台湾的现实的文学机关"，他才下了决心，用他们夫妇两人的微薄工资，创办了第 1 期的《台湾新文学》[①]。编辑部成员有赖和、杨守愚、黄病夫、吴新荣、郭水潭、王登山、赖明弘、赖庆、李祯祥、杨逵。营业部成员有庄明当、林越峰、庄松林、徐玉书、谢顿登、叶陶。

从上面所介绍的文学组织及文学期刊的章程、宣言、檄文、发刊

---

① 见林载爵访问手稿，转引自陈少廷：《台湾新文学运动简史》，台北联经出版公司，1978 年版，第 131 页。

词、刊头语等等的内容来看，我们可以看出：

第一，组织独立的文学社团，开辟独立的文学阵地，是适应了时代的需要的。比如，《先发部队》第 1 期的《宣言》告知人们："台湾的凡有分野，都已是碰进了极端之壁，无论是政治生活、经济生活、社会生活、个人生活，而呼改造之声，久已炽热，同时待望于真挚有力，为改造的先驱与动力的文艺的出现也算非一日了。"可是，"台湾新文学，时至今日，还在荒凉不堪，而甚至荆棘丛生着的。也别说其有无和时代的水准并行，与曾否应过时代民心的渴仰"。之所以如此，《宣言》指出：

> ……散漫的自然发生期的行动，也许不失为原因之一。……从散漫趋向集约，由自然发生期的行动而之本格的建设的一步前进，必是自然演进的行程，同时是台湾新文学所碰壁以教给我们转向的示唆。
> 我们以为唯其如此的行动，始足以约束新的划期的发展到来，与期望得台湾新文学运动的实际化。……进而应付时代的要求，做起当来的凡有生活分野的先驱和动力……①

又比如，赖明弘和张深切在回忆"台湾文艺联盟"成立的文章里，都说到建立独立的文学组织的意义。赖明弘说，他和南北部几位朋友谈起台湾文学如何发展时，他们"获得一个明确的结论，那就是举行一次集全岛界同好的文艺大会，以创设一个强有力的文学团体，进而展开文学运动"②。张深切在自传《里程碑》里也谈道，1934 年，赖明弘和几位朋友劝他"组织一个文艺团体来代替政治活动"，他说到他当时的想法是：

> 我看左翼组织已经被摧毁，自治联盟也陷于生死浮沉的田地，生怕台湾民众意气消沉，不得不决意承担这个带有政治性的文艺运动。……在这文艺启蒙时期，与其说是一跃要建立文坛，不如说是要建设文艺运动的基础，来代替政治运

---

① 李南衡编：《日据下台湾新文学·明集 5》（文献资料选集），台北明潭出版社，1979 年 3 月版，第 141～142 页。
② 同上，第 379 页。

动较为恰切。

> 这次标榜的文艺运动，骨子里是带有政治性的，所以我们不愿意轻易放弃这一运动的领导权。①

政治运动陷入低潮了，文学运动就要推向高潮，台湾新文学运动中的这些先行者头脑太清醒了，认识太正确了，行动也太自觉了。当然，这里说的独立的文学组织、独立的文学阵地，只是从政治运动中剥离出来，在"组织"、"阵地"意义上的独立。实际上，在独立的文学组织和阵地出现后，在抗日民族民主的运动中，新文学运动就更加实现了它的生力军的作用了。这，的确标志着新文学运动在走向成熟。

第二，继续担当起启蒙的任务。

《南音》半月刊的《发刊词》在分析了台湾当时的形势后，表述了《南音》同仁有一点小小的"野心"是：

> 要想提高一点点台湾的文化，向上我们的生活……期待它能做个思想知识的交换机关，尽一点微力于文艺的启蒙运动。②

而"台湾艺术研究会"在《福尔摩沙》创刊号的《檄文》里，在总结了以前的政治运动、文化运动的成败得失、经验教训后，也表达了相同的看法：

> 今天我们《福尔摩沙》杂志的同仁，却抱着不死心，依然想和故乡各文艺斗士协力，靠着团体的力量，着手恢复这被人家久困不顾的文艺运动，而提高台湾同胞的精神生活。③

原先，台湾的新文学运动是和政治运动、文化运动融为一体地进行思想启蒙的，现在，这些"文艺斗士"的态度表明，这思想启蒙的重大的使命已经由新文学运动独立地来承担了。这，不能不说也是台湾新

---

① 转引自陈少廷：《台湾新文学运动简史》，台北联经出版公司，1978 年版，第 110～111 页。

② 李南衡编：《日据下台湾新文学·明集 5》（文献资料选集），台北明潭出版社，1979 年 3 月版，第 117 页。

③ 陈少廷：《台湾新文学运动简史》，台北联经出版公司，1978 年版，第 89～90 页。

文学运动走向成熟的一种表现。

虽然"乡土文学与台湾话文"的论争双方，没有取得共识，以台湾话文尝试写作的试验也因政治原因而被迫中断，但论争双方共同张扬的文艺大众化思想，写实的创作方法，却还是留下了深远的影响的。

首先，文学团体与文学期刊都确定了文艺大众化的指导方针。

比如《南音》半月刊，就大力推行思想和文艺的普遍化和大众化。它的《发刊词》宣布的两个使命的第一个使命就是"怎样才能使思想、文艺普遍化"。《发刊词》说：

> 谁都知道从来的思想、文艺是一极小部分的人们才能够享受它的恩泽的，因而所谓社会的文化自然也不得不偏倚一方了。这是多么不公平、不经济的事情啊！希求整个社会的进步发达，已是现代的潮流，何况像台湾这样，文化程度较低的地方，自然要比别处痛感其有普遍化的必要。所以本志应当期待充做个研究，"怎样才能够使多数人领纳得思想和文艺的生产品"的机关，换句话讲，就是有什么方法或是用什么工具和形式来发表，才能够使思想、文艺浸透于一般民众的心田，这是本志应当努力的一个使命。①

比如，"台湾文艺联盟"成立大会时，墙上的标语就是：

> 推翻腐败文学，实现文艺大众化。

该会成立的《宣言》共五条，其中三、四两条都谈到文艺大众化的问题。第三条是说文学创作，谈了三点意见：（1）要积极努力发表"能够暗示大众前进的创作"。（2）要创作"富有特异性的作品"，"拿到大众里头去"。（3）创作的作品要针对"大众眼前的各种问题"，"必须使大众能够饱受一种新的刺激"，从而"得着大众的支持"。第四条强调"站在大众旗下努力的我们"，"再进一步去奋斗，去把作品介绍到民间"。

---

① 李南衡编：《日据下台湾新文学·明集5》（文献资料选集），台北明潭出版社，1979 年 3 月版，第 117 页。

比如，《台湾文艺》创刊号的 11 条标语，其中一条就是：

　　我们希望把这本杂志办到能够深入识字阶级的大众里头去。

《台湾文艺》2 卷 2 期发表的张深切的文章《对台湾新文学路线的一提案》及 2 卷 4 期发表的续篇《再提案》，把台湾过去的文学路线分为中国文学路线和日本（亦即欧美）的文学路线，进行了分析、比较、批评以后，也强调要贯彻一条"真实"的路线。他说：

　　台湾固自有台湾特殊的气候、风土、生产、经济、政治、民情、风俗、历史等，我们要把这些事情，深切地以科学的方法研究分析出来——察其所生、审其所成、识其所形、知其所能——正确地把握于思想，灵活地表现于文字，不为先入为主的思想所束缚，不为什么不纯的目的而偏袒，只为了贯彻"真、实"而努力尽心，只为审判"善、恶"而研钻工作。这样做去，台湾文学自然在于没有路线之间，而会筑出一条正确的路线。
　　总而言之，我所要主张的，是台湾文学不要筑在于既成的任何路线之上，要筑在于台湾的一切"真、实"（以科学分析）的路线之上，以不即不离，跟台湾的社会情势进展而进展，跟历史的演进而演进。[①]

显然，张深切是要求台湾新文学从台湾的实情出发，与"乡土文学与台湾话文"讨论的一切从台湾社会的主体——劳苦大众的实际出发，是一致的。
　　其次，在文学创作上也体现了文艺大众化的思想。
　　在创作题材上，多数作品都在写下层劳苦大众的生活；在创作内容上，集中表现了人民大众反帝反封建的意愿；在创作风貌上，突出了台湾特有的风土人情等地方色彩；在创作语言上，有意识地择取有

---

　　① 李南衡编：《日据下台湾新文学·明集5》（文献资料选集），台北明潭出版社，1979 年 3 月版，第 184~185 页。

表现力的台湾地区方言话语，或补充白话文在表达台湾生活之不足，或增添作品的乡土韵味，等等。我们以小说为例，可以看到这种真实的情景。这段时间里，《南音》发表的有赖和的《归家》、《惹事》，一吼的《老成党》，赤子的《擦鞋匠》；《台湾文艺》发表的有赖和的《善讼的人的故事》，张深切的《鸭母》，林越峰的《到城市去》、《好年光》、《红萝卜》，杨华的《一个劳动者的死》、《薄命》，王锦江的《青春》、《没落》，蔡德音的《补运》，廖毓文的《玉儿的悲哀》，绘声的《秋儿》、《像我秋华的一个女郎》，谢万安的《老婆到手苦事临头》、《五谷王》，李泰国的《分家》、《细雨霏霏的一天》，秋洞的《兴兄》、《理想乡》、《媒婆》，村老的《难兄难弟》，张庆堂的《鲜血》等。杨华的《薄命》、杨逵的《送报夫》和吕赫若的《牛车》，还同时被选入上海文化生活出版社 1936 年 4 月出版的小说集。后两篇的译者是胡风。特别要提到的是，《台湾新文学》第 1 卷第 12 期 12 月号上，杨逵编了"汉文创作特辑"，有赖贤颖的《稻热病》，尚未央的《老鸡母》，马木历的《西北雨》，朱点人的《脱颖》，洋的《鸳鸯》，废人的《三更半暝》，王锦江的《十字路》，一吼的《旋风》等八篇，竟遭日本政府禁止发行。1934 年，李献璋编辑了台湾第一本中文小说选集，收录有赖和的《前进》、《棋盘边》、《辱》、《惹事》、《赴了春宴回来》，杨云萍的《光临》、《弟兄》、《黄昏的蔗园》，张我军的《诱惑》，一村的《荣归》，杨守愚的《扉鱼》，芥舟的《兔》，朱点人的《蝉》，王锦江的《没落》、《十字路》等，前有杨云萍写的《序》。后因"全书内容欠妥"，也就是说这本小说选有抗日色彩，最后被禁止刊行。上列这些作品，或整体，或语言形式，或内容，或人物形象等，在某个方面，都有着文艺大众化思想的深刻印记。这表明，新文学运动和人民大众的密切关系，已经深入到作品里，得到了形象的表现了。

还应该特别说到的是，随着文艺大众化思想的传播，随着新文学运动日益深入人民大众，当时，在台湾，人们开始重视民歌民谣、民间文学，并开始整理歌谣民间故事了。

1931 年 1 月 1 日《台湾新民报》第 345 号，就发表了醒民的《整理歌谣的一个提议》，他说：

> 我们提倡整理台湾歌谣的动机，虽然非常单纯，但其意义却是很重大的。歌谣的整理，普通可以举出两种目的，而

在像台湾这样特殊的情形，更另有一种目的，即是保存日益废颓的固有文化。而所谓两种目的，一是学术的，二是文艺的。我们认为，在当前的台湾，有关民俗的研究和改良是一种很有意义的工作。现在英、美、法、德、意均设有专门研究的机构，就是中国，7～8年前北大也创设过研究会。歌谣与民俗有密切的关系；歌谣可以说是民俗学上一种重要的资料。在许多歌谣中，一定也有不少富有文艺价值的。意大利的卫太尔曾说："根据在这些歌谣之上，根据在人民的真实感情之上，一种新的民族的诗也许能产生出来。"所以这种工作如果成功了，说不定可以使我们忧郁成性的民族，激起民族诗的发展。[1]

在这篇文章里，醒民还引述了赖和给他的信中的一段话：

讲要把民间故事和民谣整理一番，这是很有意义的工作，我是大赞成。若不早日着手，怕再有几年，较有年岁的人死尽了，就无从调查。现时一般小孩子所唱的，岂不多是日本童谣吗？想着了还是早想方法才是。[2]

这里说到的是，整理歌谣在台湾还有它特殊的紧迫性。于是，《台湾新民报》从第346号起，每期增设了《歌谣》专栏，向台湾各地区征集民歌民谣，整理后在专栏里陆续发表。

1932年3月，"台湾艺术研究会"的《檄文》里，也特别要求："去整理研究从来便微弱的文艺作品，来吻合于大众脍炙的歌谣传说等乡土艺术。"

1936年1月6日的《第一线》，刊出的是"台湾民间故事特辑"。卷头语是黄得时写的《民间文学的认识》，他说：

"在欧洲对于民间文学的认识，很是彻底。无论搜集方面，或研究方面，均富有很大的历史和不少的收获。在中国，除起所谓'采风'以外，对于民间文学的关心很是薄弱。就是'采风'自身，也不外乎

---

① 转引自陈少廷：《台湾新文学运动简史》，台北联经出版公司，1978年版，第57页。
② 转引自陈少廷：《台湾新文学运动简史》，台北联经出版公司，1978年版，第78页。

'先王以是经夫妇、成孝敬、原人伦、美教化、移风俗'等的所谓'劝善惩恶'之伦理观做动机的。一直到了'五四运动'以后，由纯文学的立场，才举个民间文学的猛烈运动。关于这方面的书籍，亦已陆续出版，可见其业绩的不小了。

"在台湾呢？对于民间文学的认识，完全不彻底。甚至有人说，台湾是绝海的孤岛，没有什么民间文学值得我们的一顾。这不外乎一种怠慢的口实而已。民间文学的种子，早已播在眼前我们的园地了。而我们偏要闭着眼睛，不欲去下了一番的刈获。不但对于民间文学这样，就是文学以外的我们应研究的种种重要问题，也甘心委诸人家去研究。这岂非是个很大的耻辱吗？

"今也，大家自觉起来了！已有许多人举了台湾研究的烽火了。可是我们尚且嫌其时机的过迟，尤其是在民间文学这一方面。由来民间文学，没有写在文献上，大家只用口口相传。是以如无从早搜罗整理起来，不久之间，就要消踪灭迹。况兼在这个新旧思潮交流的过渡时代之台湾。

"记得《新民报》在周刊时代，也曾募集近百篇的歌谣，后来也有募集过传说故事。可惜应募的仅仅数篇而已。其次《南音》和《三六九小报》也有登载这方面的作品，仍是歌谣占大部分，民间故事依然寥寥没有几篇。本志鉴及这点，对传说故事方面，再下了一番的努力。所得的结果，全部发表在本号。

"这样，我们的民间文学，在歌谣方面，似乎有了相当的成绩，在传说故事方面，堪说一丈尚缺九尺九寸。今后大家要共同协力来搜罗才是。至于整理和比较研究乃是属于第二期的问题。

"要之，我们应知道祖先传来的遗产之民间文学的搜罗整理和研究，是我们后代人该做的义务之一啦！"[①]

《第一线》的编辑《后记》还说："我们祖先的遗产，只有台湾的民间文学算得是最为纯粹，我们不但在文学上有保存它的义务，在民俗学上也有整理它的必要。"

这个专辑，收录了15篇民间传说故事，涉及的地方几乎遍及全台湾，即毓文的《顶下郊拼》，黄琼华的《莺歌庄的传说》，一骑的《新

---

① 李南衡编：《日据下台湾新文学·明集5》（文献资料选集），台北明潭出版社，1979年3月版，第170~172页。

庄陈华成，下港许超英》，一吼的《鹿港憨光义》，沫儿的《台南邱蒙舍》，李献璋的《过年的传说》，一平的《领台轶事》，描文的《贼头儿曾切》，陈锦荣的《水流观音王四老》和蔡德音的《碰舍龟》、《洞房花烛的故事》、《圆缘汤岭》、《离缘和崩崁仔山》。

1936 年 6 月，李献璋主编的《台湾民间文学集》也出版了。这，在当时新文学界确实是一件令人极为高兴的事。这部作品集动员了几乎所有的著名作家参与了采集、整理、加工的工作。全书 570 多页，包括了民歌民谣谜语故事等各种体裁，卷首有赖和的序文，内附有插图，是一部集台湾民间文学之大成的作品总集。读该书的出版消息《台湾人全体的心血的记录，埋葬着未开拓的先民的遗产》，人们就会感受到当时那种兴奋的情绪。这则消息写的是：

"如所周知，每一民族的歌谣与传说，都是其国民的生活之写照，情感的记录，又是其智能的积累，同时是其行动的支配者。

"所以《台湾民间文学集》可谓台湾人全体的诗的想像力的总合，是应占有文艺园地头一页的美丽的花朵，是先民的思想所结晶的金字塔，其中有台湾人应该知道的初民的宇宙观、宗教思想、道德标准、重要史料及对于自然界的认识等等。

"台湾人究竟是功利的，还是勤勉的民族？是信天还是信神？或是信天神合一？白鹭与水牛在相思树下戏游着，而我们的妇女会不会唱恋爱的情歌？……

"住在台湾而不知真的台湾，台湾人而不知台湾人之真面目，这是何等的耻辱。

"献璋君素以台湾研究莫不委诸外人之手为恨，耗了三个年的光阴，穷精竭力搜罗台湾民间材料，现在把它付梓以贡献学界。

"愿诸有心的人士来看这新开拓的宝库呀！"①

所有这些事实都证明了：

第一，台湾新文学界对整理民间文学的重大意义，已经有了共识。这就是：（1）民间文学是人民大众的口头文学创作，它蕴藏着人民的智慧和优良的精神传统。整理并保存它，就是在承袭民族的文化遗产，在当时日据时期，就具有抵制、反抗同化的时代意义。（2）整理、研究民间文学的过程，是作家向人民大众学习，向民间文学吸取思想、

────────

① 转引自陈少廷：《台湾新文学运动简史》，台北联经出版公司，1978 年版，第 138～139 页。

艺术营养的过程，也是民间文学提炼、加工、升华的过程。这种互动促进的关系，正是发展台湾新文学的重要途径。（3）整理、研究民间文学，一方面可以促使固有的作家文艺大众化，另一方面又可引导人民大众参与文学创作，进而从人民大众中涌现出一批文学新人来。这是培养创作队伍的好方法。

第二，关于整理民间文学的工作，经过宣传，开始采集、加工，到报刊选载，开辟专栏，直到1936年编辑成册出版，这不能不说是这个阶段的一大成绩。

第三，更深层的意义是，这一切都标志着台湾新文学运动，已经开始真正地扎根到人民大众中去了，这是特别值得大书特书的。

可以说，如果不是中日战争全面爆发以后，日本殖民政府实行高压统治政策，台湾新文学一定会有更蓬勃的发展。

在"皇民文学"压迫下的现实主义思潮

——《台湾新文学思潮史纲》第三章

曾庆瑞

1937年7月7日，卢沟桥事变发生，中国人民的抗日民族解放战争掀开了历史的新的一页。这使得台湾同胞坚持了40多年的反对日本殖民统治的斗争走进了新的历史阶段，广大台湾同胞热切地注视着抗战情势的发展。然而，日本帝国主义走向了灭亡前的疯狂，企图实现"大东亚圣战"美梦的日本侵略者，分别在朝鲜和台湾加紧了殖民统治，疯狂地推行"皇民化运动"，以期建立"战时体制"。台湾，进入了日本殖民统治最黑暗的时期。新文学刚刚赢得的发展新高潮，遭到了极大的挫折。新文学运动进入了极为艰难的发展阶段。

从这时起，一直到1945年8月15日日本军国主义战败投降，台湾光复，回归中国，八年间，台湾新文学向何处去？历史展示在世人面前的情景是，日本殖民统治者妄图在法西斯高压下使台湾新文学蜕变为服务于日本侵略战争的"皇民文学"；而挺直了民族脊梁的台湾作家，则守望在台湾新文学的民族精神家园，为反抗"皇民文学"开展了不屈不挠的斗争。是妥协、投降，摧毁台湾新文学的民族解放的精神，还是反抗、斗争，高举民族解放的旗帜引导台湾新文学走向新的胜利？两种对立的文艺思潮，两条对立的文艺路线，展开了激烈的斗争。

不幸的是，这一段历史，在台湾文坛，现在也被篡改了。人们看到，从20世纪70年代末到90年代末，20年的时间里，文坛"台独"势力和日本学术界的右翼势力串通一气，掀起了一波又一波的美化"皇民文学"的浊浪，企图由此而进一步美化日本当年的对台殖民统治，并使"受惠"于这种殖民统治的台湾在政治上、文化上、思想上与中国分离。

第一节 "战时体制"与"皇民化运动"给 新文学带来浩劫

"七七"事变之前，日本帝国已经进一步法西斯化了。其中一个重要的事件就是，1936年2月26日，皇道派青年将校率领1400余人的部队，举兵崛起，杀死了内阁大臣斋藤实、藏相高桥是清、教育总监渡边锭太郎，首相冈田倒是得以幸免。哗变的部队占领了皇宫周边的永田町一带，要求改造国家，由军人执政。冈田内阁总辞职。第二天，东京戒严。29日，戒严部队开始讨伐，叛军投降。3月9日，广田弘毅内阁上台。7月5日，东京陆军军法会议对"二二六"事件做出判决，17人被判死刑。7月12日，除矶部、中村外，其余15人被执行死刑。"二二六"事件虽然被平息下去，但整个日本帝国的法西斯化进程加快了。比如，7月10日，平野义太郎、山田盛太郎、小林良正等讲座派学者，左翼文化团体的成员，都遭到了逮捕。同时，又加紧了和德国法西斯的勾结。这一年的11月15日，在柏林，日、德两国签订了"共防协定"。日本国内，几经动荡之后，1937年6月4日，第一次近卫文麿内阁上台，终于完成了全面发动侵华战争的准备。

为了配合这一战争的发动，日本侵略者在台湾加紧了殖民统治。比如，1936年6月3日，《台湾拓殖株式会社法》公布。6月17日，在台中公园的始政纪念日的庆祝会上殴辱爱国人士林献堂，制造了"祖国事件"。6月23日，日本政府为大力奖励来台移民，成立了秋津移民村。9月2日，日本海军大将小林跻造继中川健藏任台湾总督，20日，实施了《米粮自治管理法》，进一步加强了控制。10月，台中清水人蔡淑悔以中国国民党员身份在台组织众友会，提倡民族主义，也立即遭到镇压。到1937年4月1日，这种殖民地迫害更加疯狂，总督府命令禁止报刊使用中文。《台湾日日新报》、《台湾新闻》、《台南新报》三报停止了中文版，《台湾新民报》中文版则缩减一半，并限定6月1日全部废止。卢沟桥事变爆发当天，台湾军司令部就发表强硬声明，并对台湾民众发出警告，禁止所谓"非国民之言动"。11日到15日，台湾总督府发表关于"中日事变"之文告，并召开临时部局首长会议，议决设立临时情报委员会，同时下令解散台湾地方自治联盟。8月15

日，台湾军司令部进入战时体制。9月，根据日本帝国近卫内阁提出的"国民精神总动员计划"，制定了台湾"皇民化"方针，强迫推行"皇民化运动"。10日，设置了"国民精神总动员本部"，开始强召台湾青年充当大陆战地军夫。接着，9月18日公布《军需工业动员法》，11月1日公布《移出米管理案要纲》，11月2日公布《防空法台湾施行令》。这以后，几年之内，日本帝国政府和台湾殖民当局又采取了一系列措施加紧推进"皇民化运动"。比如，1938年1月23日，台湾总督小林跻造发表《关于台民志愿兵制度之实施》，声称这一制度是为"皇民化"彻底之同一必要行动。31日，日本内阁议决台湾生产力扩充四年计划。4月1日，日本政府公布在台湾施行《中日事变特别税令》及其他有关法令，横征暴敛。2日，公布《台湾农业义勇队招募纲要》。5月5日，实施国家总动员令。28日，日本政府大肆移民来台。6月20日，台银开始收购民间黄金。7月1日，统制石油类消费。9月17日，公布台湾重要物产调整委员会官制。1939年5月19日，台湾总督小林跻造在赴东京途中对记者发表谈话称，治台重点之"皇民化、工业化、南进三政策，及时开始"。他所说的"南进"，指的是日本南侵以台湾为基地。7月8日，公布《国民征用令》。10月，公布米配给统制规则。12月1日，牛岛中将任台湾军司令官。12月19日，台中州开始所谓"米谷贡献报国运动"，强行征用粮食支援日本帝国的侵略战争。1940年2月11日，公布台湾户口规则修改，规令台民改日本姓名办法。11月25日，台湾国民精神总动员本部公布《台籍民改日姓促进要纲》。1941年2月11日，《台湾新民报》被迫改称《兴南新闻》。3月26日，公布修正台湾教育令，废止小学、公学校，一律改为国民学校。4月19日，日本当局成立"台湾皇民奉公会"，发行宣传杂志《新建设》，为适应战争需要，在台推行"皇民化运动"。12月1日，公布《国民劳动协力令施行规则》。7日，日本偷袭珍珠港，太平洋战争爆发，台湾原住民被秘密编成"高砂义勇队"，派往南洋各地参战。30日，公布《台湾青少年团设置纲要》。1942年4月，台湾特别志愿兵制度实施，强迫台籍青年参军到南洋战场。1943年1月5日，实施《海军特别志愿兵制度》。6月21日，募得第二批陆军志愿兵共1030人。11月30日，日本政府强召台湾、朝鲜籍留日学生赴前线，在东京日比谷公园举行所谓壮行大会。12月1日，强行抽调学生兵入伍。1944年1月20日，公布《皇民炼成所规则》，加强"皇民化运动"。3月6日，公布《台湾决战非常措置实施要纲》。本月，台湾全岛六家日报，即台北《日日新报》、《兴南新闻》，台南《台湾日报》，高雄《高雄新报》，台中《台湾新闻》，花莲《东台湾新闻》，合并为《台湾新报》。8月20日，台湾全岛进入战场状态，开始实施台籍民征兵制度。

这是日本在台殖民统治最黑暗的时期。"皇民化运动"的罪恶目的，就是要殖民地台湾向着日本"本土化"，用日本国的"大和文化"全面、彻底地取代中国文化，消灭台湾同胞的民族意识。日本殖民当局把日语定为台湾岛上惟一合法的语言，取缔中文私塾，禁开汉语课程，报纸杂志禁用中文出版，甚至于，在日常生活中，台湾同胞也必须讲日语，比如，在火车站不讲日语就不卖给火车票。强迫台湾同胞将中国人祖传的姓氏一律改换日本人的姓氏，更是阴狠毒辣。当时，对于坚持使用汉人姓氏的，日本殖民当局竟然不给登记户口，不给战时"配给品"，以至开除公职，投入监狱。在改换姓氏同时，日本殖民当局还强制推行了"寺庙神升天"的活动，取缔中国寺庙，捣毁神像，改换家祠中祖先神主和墓碑，强迫台胞奉祀"天照大神"，参拜神社。甚至于，连中国年节的习俗也予取缔，强令台胞按日本习俗过日本人的节日。日本殖民当局这样消灭中国文化，就是要把"日本国民精神"渗透到岛民生活的每一个细节中去，以确实达到"内台一如"的境地。那臭名昭著的"皇民奉公会"，强制推行"皇民奉公运动"，举凡"米粮自治管理"、"移出米管理"、"米谷供献报国"、"军需工业动员"、"收购民间黄金"、"统制石油类消费"、"国民征用"、"报国公债"、"国防献金"，以及"贮蓄报国运动"和"农业义勇队招募"、"增产挺身青年运动"等等，又都使得对于台湾人力、物力的榨取几乎达到了极限。这样"皇民炼成"和"皇民奉公"的结果，就是在"战时体制"下，强召台湾青年为日本侵略战争充当炮灰，也充当帮凶。从1937年到1945年的八年间，强召"大陆战地军夫"，强召"义勇队"，实施"特别志愿兵"制度及"海军特别志愿兵"制度，"陆军特别志愿兵"制度，"学生兵入伍"，还有实施"台籍民征兵"制度，其结果是，据陈映真在1998年4月2—4日台北《联合报》副刊上发表《精神的荒废——张良泽"皇民文学"论的批评》一文披露，总共有20.7万余名台湾青年分别以"军属"、"军夫"和"志愿军"战斗员等名目被征调投入战争。战死、病殁、失踪者计5.5万余人，伤残2000余人，其中，因受"皇民化"愚弄摧残，中毒过深者，在南洋、华南战场中误信自己是真皇军而犯下严重屠杀、虐杀罪行，在战后国际战犯审判中被判处死刑者 26 人，10 年以上有期徒刑者 147 人！

就在"皇民化运动"疯狂推行之时，日本殖民当局对台湾新文学也进行了疯狂的摧残。

前已说明，1937 年 4 月 1 日，台湾总督府禁用中文，是新文化运动、新文学运动浩劫来临的一个标志。其直接后果，是杨逵主编的中日文并刊的《台湾新文学》接到台湾总督府命令，禁止刊登中文作品，6 月，刊行到 14 期后，宣布停刊。

除了这一年创刊的《风月报》杂志还用中、日文并刊到光复才停刊，其他的中文杂志，及至所有的文学杂志，一时间都不见踪影了。1939 年，长期在台的一些日本作家，以西川满为首，集合了滨田隼雄、北原政吉、池田敏雄、中山侑等人筹备成立"台湾诗人协会"。成员中，还包括有台湾作家杨云萍、黄得时、龙瑛宗等人。

西川满，1908 年出生在日本上流社会的一个家庭，是豪门秋山家之后，祖父做过会津若松市长。3 岁时，跟他的父母来台湾。他父亲西川纯是来经营煤矿的，为"昭和炭矿"社长，是台湾的煤矿王，属于日本殖民地的技术支配者，也是台北市会议员。14 岁从台北一中（建国中学）毕业后，西川满回日本求学。1926 年，试场失意的西川满，回台湾任基隆税关监吏，做了殖民者官僚。1929 年回早稻田读法国文学，在那里参加了当时日本的右翼团体"国体科学联盟"，最早表现出了他的右翼思想倾向。1933 年，西川满学成返台，任职《台湾日日新报》，主编学艺栏副刊，兼任主编《爱书》刊物，另外，还自己出资刊行文艺杂志《妈祖》，创办"日孝山房"出版社，发刊多种限定本作品。1939 年筹组"台湾诗人协会"时的西川满，已经自居于协力日本侵略战争的文化榜首，决心要充任日本"皇民文学"——文学侵略军的司令官了。

9 月 9 日，"台湾诗人协会"正式成立。12 月，协会的机关刊物《华丽岛》出刊，西川满、北原政吉任主编。《华丽岛》一共收有 63 人的作品。卷头言由日本右翼作家火野苇平执笔撰写。《华丽岛》只发行了一期。

同年 12 月 4 日，西川满拉着黄得时一起作筹备委员，筹备改组"台湾诗人协会"为"台湾文艺家协会"。1940 年 1 月，改组完成，并于 1 月 1 日创刊协会机关杂志《文艺台湾》。西川满把持这一阵地，自任了《文艺台湾》的主编兼发行人。台湾作家任编委的有邱炳南（邱永汉）、龙瑛宗、张文环、黄得时。"台湾文艺家协会"共有台、日作家会员62人。其中，包括台北帝大、台北高等学校教授，警务局长、情报课长等"在台官民有志一同"，殖民统治当局的官方色彩极浓。尤其是，这一年，日本国内成立了"大政翼赞会"之后，"台湾文艺家协会"又因总督府情报部部长、文教局长、文书课长等高官担任顾问，"透过文艺活动，协助文化新体制的建设"的面貌越来越暴露在光天化日之下了。这个协会，台湾作家参加的则有：王育霖、王碧蕉、郭水潭、邱淳恍、邱永汉、黄得时、吴新荣、周金波、庄培初、张文环、水荫萍、杨云萍、蓝荫鼎、龙瑛宗、林精谬（芳年）、林梦龙等人。

1941年2月，为配合日本帝国主义的侵略体制和响应"皇民化运动"，"台湾文艺家协会"改组。台北帝大教授矢野峰人出任会长，西川满任事务长。矢野峰人虽然是个象征派诗人，但是，和西川满一样，也带有浓厚的殖民者统治意识。他曾以《文艺报国的使命》为题演讲。这"文艺报国"的话题，后来，在1942年6月由情报局指导在日本东京成立的"日本文学报国会"章程里有明确的阐释是："本会目的在于……确实并发扬皇国传统与理想的日本文学，协助宣扬皇道文化。"又在同年成立的"大日本言论报国会"那里有了回应。这个"报国会"就宣称："不受外来文化的毒害，确实日本主义的世界观，阐明并完成建设大东亚新秩序的原理，积极挺身于皇国内外的思想战。"看来，"台湾文艺家协会"的这次改组，也是有它一定的政治背景的。

1941年3月，西川满另行组织"文艺台湾社"，《文艺台湾》改由"文艺台湾社"发行。《文艺台湾》以"台湾文艺家协会"机关刊物的名义刊行了6期。改组后，名义上是同仁杂志，杨云萍、黄得时、龙瑛宗、周金波、水荫萍也仍然列为同仁，其实，是由西川满一个人控制的。

这一年的5月，张文环与王井泉、陈逸松、黄得时、中山侑等人组成"启文社"。5月27日，创刊《台湾文学》，成员以台湾作家为主，除张文环外，有吕赫若、吴新荣、吴天赏、王井泉、黄得时、杨逵、王碧蕉、林博秋、简国贤、吕泉生、张冬芳等。

也就是在1941年的12月8日，赖和遭到日本宪兵队和警务局的共同调查，被捕50多天。

1942年6月，"日本文学报国会"特派久米正雄、菊地宽、中野实、吉川英治、火野苇平等来台湾，在各主要城市巡回举行"战时文艺演讲会"。8月，台湾"皇民奉公会"设置文化部。"台湾文艺家协会"会长矢野峰人就任文艺班班长，"台湾文艺家协会"和"皇民奉公会"公开合流。10月，日本帝国政府在东京召开了大东亚文学大会，妄图把亚洲文学界都拖进"大东亚共存共荣"的罪恶活动中去。台湾皇民奉公会派日本作家西川满、滨田隼雄和台湾作家张文环、龙瑛宗等参加。返台后，12月间，由"皇民奉公会"作后援，"台湾文艺家协会"组织他们在台北、台中、台南各地巡回举行"大东亚文艺讲演会"，极力鼓吹"皇民文学"。

1943年2月，"皇民奉公会"举行第一回"台湾文学奖"颁奖。西川满的《赤崁记》、滨田隼雄的《南方移民村》和张文环的《夜猿》得奖。2月17日，"日本文学报国会"事业部长户川英雄等来台。3月，成立"统制会社"，由《台湾日日新报》社长担任社长，把电影、戏剧也纳入战时体制。4月，在台湾总督府情报部及皇民奉公会各部指导与支援下，成立了"日本文学报国会台湾支部"。其《规程》声称："支部为谋所属会员之亲睦，透过台湾文学奉公会，以实现本会……之目的，努力宣扬皇国文化。"与此同时，"台湾文艺家协会"宣布解散。另外，又成立了"皇民奉公会"管辖下的"台湾文学奉公会"。

11月13日，由"台湾文学奉公会"主办，台湾总督府情报课、"皇民奉公会中央本部和日本文学报国会台湾支部"协办，在台北公会堂召开了"台湾决战文学会议"。会议讨论的题目是"确立本岛文学决战态势，文学者的战争协力"。到会的台、日作家60多人。会前，台湾总督府的出版控制机构曾给全台报纸杂志下达提出"申请废刊"的命令。这次会议上，为贯彻这一"申请废刊"的决定，以西川满为代表的"皇民文学"势力，借着决战态势的压力，向张文环的"启文社"的《台湾文学》开刀了。西川满三次发言，表达了"文艺杂志进入战斗配置"的决心，表示愿意把《文艺台湾》奉献给当局，同时还逼迫张文环的《台湾文学》废刊。会上，引发了双方面对面的斗争。

1944年1月1日出刊的《文艺台湾》终刊号上，关于这次会议的记录，相关部分，大致上有这样的记载：首先是西川满的发言，他表示对台湾作家只在表面上装出"总亲和"的态度十分不满，接着，他以献出他所主导的《文艺台湾》杂志给日本决战体制为手段，要求其他文艺杂志也一齐跟着进入"战斗配置"，逼使不积极配合决战态势的文学杂志废刊。这实际上是针对以台湾作家和非法西斯日本作家所组成的《台湾文学》的。西川满的提议，在会议当场引发了一场针锋相对的斗争——

> 黄得时起身反驳道："没有必要进行对文学杂志的管制，就像广告一样，愈多愈有人看，杂志也一样愈多愈好。"
>
> 滨田隼雄警告黄得时说："不要把对物质的经济管制和对文化的指导统制混为一谈。"
>
> 杨逵赞成黄得时的意见，说道："抽象的皇民文学理论与杂志的统合管制问题，完全是两回事。"
>
> 神川清愤慨地批评杨逵的发言道："理念与具体实践是不可分离的。"并提醒杨逵道："假若在政策上两者分离的话，国家将会灭亡。"
>
> 黄得时再起身说："我并不反对西川满将《文艺台湾》献出的话，这是他个人的自由；但是其他的杂志并没有跟着配合的义务。"①

接着，西川满又提出了动议，要求日本军国殖民主义当局撤销文学结社，把作家全部纳入"台湾文学奉公会"，进行文学管制。西川满甚至还赞同在"台湾文学奉公会"下另设"思想参谋本部"，对台湾作家进行思想控制。

这次会议，在台湾总督府保安课长的讲话中结束。他说："对决战态势无益的都不可要；文学作品也一样，只有对决战态势有益的才可发表。"这等于宣布了——"皇民文学"取代了台湾文学，日本军国殖民体制完全控制了台湾文学界。

会后，日本殖民主义者还继续打压台湾作家。比如，神川清写了《刎颈断肠之言》一文，批判杨逵的发言。他认为，杨逵的发言是本次会议中最不幸的事，这也许是由于杨逵不努力而生的无知；但是，以这样的态度从事文学的人，居然仍然可以在台湾安居筑巢，真是太遗

---

① 有关"决战文学会议"的记录资料，用的是曾健民的中译，见曾著《台湾"皇民文学"的总清算》，载《清理与批判》（人间思想与创作丛刊），台北人间出版社，1998年12月版，第29页。

憾了!① 又比如，河野庆彦写了一篇"决战文学会议"的感言《朝向思想战的集合》，对于台湾作家的"阳奉阴违"的态度，进行了攻击。他写道："从会场的空气中感觉到，（台湾作家们）只是把头探出来，说些诸如皇民文学、战斗文学的漂亮话，但双脚却依然原地不动。……使人嗅到台湾文学的'体臭'，感觉到泥巴和口水到处乱喷……我们非克服这些内含的矛盾不可。……台湾文学已到了非'脱皮'不可的时刻了，不要写在表面上装出总亲和的样子，而是要真正成为一支受统御的思想部队。"②

这一次推进"皇民文学"的会议，就是要使台湾文学"脱皮"成受日本殖民主义当局统御的法西斯思想部队——"皇民文学"。

《台湾文学》是在1943年12月13日接到废刊的命令的。吕赫若在这一天的日记里写道："今天当局下达《台湾文学》废刊的命令，真叫人感慨无量……"③

《文艺台湾》和《台湾文学》废刊以后，1944年5月，在"台湾文学奉公会"名义下创刊《台湾文学》，同时还刊行了《决战台湾小说集》乾、坤两卷。

1944年6月15日，盟军攻陷塞班岛。16日，由中国基地起飞的美军B-29轰炸机第一次轰炸北九州，开始了对日本的总反攻。7月21日，美军登陆关岛。日本本土和台湾处于盟军飞机的猛烈轰炸之下，台湾进入"要塞化"时期。日本在台军国殖民当局对台湾文学的指令也由"决战文学"进入了"敌前文学"。为了配合这一形势，《台湾文艺》6月号刊出了"台湾文学界总崛起"的专题。

这中间，为了强制推行"皇民文学"，1943年还爆发了一场有关"狗屎现实主义"的论战。

从上述战时体制下台湾"皇民文学"发展的过程来看，"皇民文学"势力是在日本军国殖民体制下由御用日本文人操纵的一股法西斯势力。以西川满为代表，它是通过打压台湾文学而树立起来的。它是

---

① 有关"决战会议"的记录资料，会后神川清、河野庆彦文章、吕赫若日记的资料，用的是曾健民的中译，见曾著《台湾"皇民文学"的总清算》，载《清理与批判》（人间思想与创作丛刊），台北人间出版社，1998年12月版，第29~30页。

② 有关"决战会议"的记录资料，会后神川清、河野庆彦文章、吕赫若日记的资料，用的是曾健民的中译，见曾著《台湾"皇民文学"的总清算》，载《清理与批判》（人间思想与创作丛刊），台北人间出版社，1998年12月版，第29~30页。

③ 同上。

日本殖民主义、军国主义在台湾施行的战争总动员体制的一环，是法西斯的"思想部队"。

在"台湾决战文学会议"上，"台湾文学奉公会"会长山本真平曾说："后方战士的责任，是在扩大生产以及昂扬决战意识；亦即与武力战结为有机一体的生产战、思想战……在思想战方面，诸位文学者正是承担着增强国民战力的任务。"关于这"任务"，山本真平说："文学家既蒙皇国庇佑而生活，当然应当与国家的意志结成一体……今天的文学不能像过去一样，只在反刍个人感情，而应该是呼应国家的至上命令的创作活动，当然，文学也一定要贯彻强韧有力、纯粹无杂的日本精神来创作皇民文学。以文学的力量，激励本岛青年朝向士兵之道迈进，以文学为武器，激昂大东亚战争必胜的信念。"① 这就清楚地说明了"皇民文学"的"思想部队"的性质和"思想战"的性格。对于这种"以文学的力量，激励本岛青年朝向士兵之道迈进，以文学为武器，激昂大东亚战争必胜的信念"的"皇民文学"，西川满、滨田隼雄、神川清等日本殖民者在文学战线上的代表人物，还提出了他们的批评标准。曾健民在1998年回过头来清算"皇民文学"的时候，在他的《台湾"皇民文学"的总清算》一文里，撷取了西川满、滨田隼雄、神川清等人文章的一些言论，指出这些批评标准是：

> 文学批评的基准就在日本精神。
>
> 即使文章的技巧有多好，但是如果忘了忠于天皇之道，如果把作为文人的自觉摆在作为日本人的自觉之上的话，我认为他除了是国贼或不忠者之外，什么都不是。
>
> 在皇国体的自觉中发现文学的始源，要求贯彻皇国体思想，把作品与国体结合在一起。
>
> 在终极时的精神燃烧——天皇陛下万岁，是一个文学者的描写可能达到的最高境界。
>
> 在决战下，我们思想决战阵营的战士们，务必要扑灭"非皇民文学"，要扬弃"非决战文学"。

---

① 曾健民译文，见曾著《台湾"皇民文学"的总清算》，载《清理与批判》（人间思想与创作丛刊），台北人间出版社，1998年12月版，第32～33页。

我等为皇民的文臣、文臣之道在用笔剑击倒敌人而后已。①

　　在这样的说教中，"皇民文学"已经明确地被铸定为体现日本法西斯思想的工具了。

　　当然，"激励本岛青年朝向士兵之道迈进"，"激昂大东亚战争必胜的信念"，也是"皇民文学"对作品题材、主题的一种具体的规范。当时，极少数的台湾作家如周金波，丧失了民族的气节，自甘堕落，也的确创作出了这一类的"皇民文学"的作品，以效忠于日本殖民统治者，效忠于日本天皇。

第二节　爱国文学家批判"皇民文学""狗屎现实主义"论

　　在日本殖民当局加紧推进"皇民文学"的时候，爱国的台湾文学家，尽量回避日本军国殖民体制的法西斯文艺政策，继续以台湾的现实主义的传统的文学精神，描写台湾人民的生活，以表现台湾社会内部的矛盾和台湾人民不甘于殖民统治的精神苦闷为主题，用文学创作的实践抗拒"皇民文学"派的压力，努力不使台湾文学沦为"皇民化"、御用化。这种文学精神，这种创作方法，自然成了推进"皇民文学"的一大障碍。

　　于是，日本殖民当局一方面用召开"决战文学会议"的办法来迫使台湾爱国作家就范；另一方面，决定要对这种文学精神、创作方法进行围剿。

　　一场关于"狗屎现实主义"②的争论就此激烈展开。

　　这场争论的序幕，是滨田隼雄在1943年4月号的"台湾皇民奉公

---

　　① 曾健民译文，见曾著《台湾"皇民文学"的总清算》，载《清理与批判》（人间思想与创作丛刊），台北人间出版社，1998年12月版，第34页。

　　② 有关这场争论的文章，都是曾健民中译过来的。曾译中文译本，发表在《喑哑的论争》（人间思想与创作丛刊），台北人间出版社，1999年9月版。为这场争论，曾健民同时还发表有《评介"狗屎现实主义"争论》一文。本章书写，多有采用。曾健民文中，对"狗屎现实主义"译名，有如下的说明："原文是'粪リアリズム'；在日文中，'粪'这字，如果当作形容词用，有轻蔑骂人之意，若当作名词用就与'屎'、'大便'同义，因此译成'狗屎现实主义'比较接近原意。"

会"的机关杂志《台湾时报》上发表了《非文学的感想》一文。滨田隼雄年轻的时候曾经是个热情的社会主义者，但是，在"大东亚圣战"时期转向，成了一个狂热的法西斯主义的御用文人。在这篇文章里，他指责台湾文学有两大弊病：其一，是"有太多的文学至上主义的，从而是属于艺术至上主义的，而且充其量只不过是外国的亚流的浪漫主义"；其二，是"无法从暴露趣味的深渊跳脱出来的自然主义的末流"①。滨田隼雄所谓台湾文学的"艺术至上主义"，暗指的是张文环；而他所谓的"自然主义的末流"，则指吕赫若，这从下文就可以看出来。

随后，西川满上场，在"台湾文学奉公会"成立的那天，5月1日出刊的《文艺台湾》上，发表了一篇《文艺时评》。②

在这篇《文艺时评》里，西川满借着推崇日本小说家泉镜花来攻击、辱骂台湾文学的主流是"狗屎现实主义"。泉镜花，生于1873年，殁于1939年，主要作品有《高野圣》、《歌行灯》、《妇系图》、《日本桥》等。泉镜花的作品世界与日本的前近代文化以及土俗社会有很深的关联，作品的特色是富有鲜艳的色彩和梦幻性。受年少丧母的影响，由恋母之情转移到文学上对女性情深的描写，一直都是他的作品的重要主题。西川满在这篇《文艺时评》里怎么吹捧泉镜花人们可以不管，但他用吹捧泉镜花来攻击和辱骂台湾文学却令人不能容忍。西川满攻击"向来构成台湾文学主流的'狗屎现实主义'，全都是明治以降传人日本的欧美文学的手法"。"这'狗屎现实主义'，如果有一点肤浅的人道主义，那也还好，然而，它低俗不堪的问题，再加上毫无批判性的生活描写，可以说丝毫没有日本的传统。"西川满讥笑本岛人作家只关注"虐待继子"、"家庭葛藤"的问题，"只描写这些陋俗"，"说他们是'饭桶'！'粗糙'！那还算是客气话；看看他们所写的'文章'吧！简直比原始丛林还混乱"。辱骂之余，西川满图穷匕首见，立即搬出台湾作家中极少数变节屈从"皇民文学"的人写出的"皇民文学"作品来打压台湾爱国文学家了。他写道，就在台湾主流文学家只描写"陋俗"的时候，"下一代的本岛青年早已在'勤行报国'或'志愿兵'方面表现出热烈的行动了"。以描写这种"热烈行动"的"皇民文学"

---

① 《喑哑的论争》，台北人间出版社，1999年9月版，第112页。
② 《文艺时评》的译文，台北人间出版社，1999年9月版，第124～125页。

作家为榜样，西川满质问台湾爱国文学家们说，不是也"应该去创作一些……具有日本传统精神的作品吗？"西川满对台湾爱国文学家发出的威胁和警告是："在东亚战争中，不要成为投机文学，应该力图树立'皇国文学'，如此而已。"

对于滨田的指责和西川满的辱骂，吕赫若在5月7日的日记上写道：

> 西川满在《文艺时评》中的低能表现，倏尔惹起各方的责难。总之，由于西川无法用文学的实力压倒别人，才会用那样的手段陷人于奸计，真是一个文学的谋策家。……另外，滨田也是一个恶劣的家伙。①

5月10日，《兴南新闻》学艺栏上，刊登了署名"世外民"的《狗屎现实主义与假浪漫主义》② 一文，大力驳斥了西川满的《文艺时评》。

据叶石涛1983年版《文学回忆录》里《日据时期文坛琐忆》一文说，当时，西川满告诉他，这位"世外民"，就是邱炳南，也是台南人，曾就读于日本东京帝大。这邱炳南，也就是邱永汉。

"世外民"的文章首先表示了对西川满的愤慨：

> 读了5月号的《文艺台湾》上刊载的西川满的《文艺时评》，它胡说八道的内容真使我惊讶，与其说它率真直言，倒不如说全篇都是丑陋的谩骂，实在让人感受强烈。

针对西川满诬蔑台湾爱国作家创作态度有低俗恶劣的深刻问题，只搞一些毫无批判的生活描写，一点也没有日本的传统精神等，"世外民"的文章写道：

> 我以第三者的立场通读了《台湾文学》、《文艺台湾》和《台湾公论》，却很难看出本岛人作家的作品在创作的态度上

---

① 见曾健民：《评介"狗屎现实主义"争论》，载《喑哑的论争》（人间思想与创作丛刊），台北人间出版社，1999年9月版，第113页。

② 此文中译，同上，127～130页。

有比内地人作家的创作态度更无自觉之处。……实际上，作家的创作态度是不容易判定对或不对的；比如，毫无根据地说西川氏的创作态度比张文环氏或吕赫若氏的创作态度还更有自觉，这样的说法是会笑死人的。

说到西川满提出的"创作态度"问题，即文学精神、文学创作方法的问题，"世外民"对西川满指责的"狗屎现实主义"和西川满自己崇尚的浪漫主义，也作出了自己的判断。西川满自称是个"浪漫主义者"、"唯美主义者"。对此，"世外民"说："我承认西川氏的审美式的作品的底流是对纯粹的美的追求。"但是——

> 同时，我也不得不说本岛人作家的现实主义也绝对不是可以任意冠之以"狗屎"之名的，因为它是从对自己的生活的反省以及对将来怀抱希望这一点出发的，这些作品描写了台湾人家族的葛藤，是因为这些现象都是处于过渡期的当今台湾社会的最根本问题。西川满对于这样的台湾社会的实情怠于省察，只陷泥于酬应辞令的表象，专指责别人的不是，这种作为，除了暴露他的小人作风外，别无他。还有，就算是挑语病吧！西川氏指责本岛人作家没有一点日本传统精神，这不禁使人怀疑他到底懂不懂传统的真义；所谓的传统，只有在促进历史或现实的社会进步上起作用的东西才可说是传统；依此而论，现实主义作为现代社会最有力的批判武器，是一点也不容被忽视的。

令人钦佩的是，在如此义正词严地维护台湾爱国作家所坚持的现实主义文学精神和创作方法的同时，"世外民"还毫不留情地批判了西川满的"假浪漫主义"。"世外民"的反驳文章还就"日本文学传统"问题指出了西川满的"假浪漫主义"的根本弱点。西川满在《文艺时评》里提到了《源氏物语》，说什么"夸耀世界的《源氏物语》，绝对不是属于'狗屎现实主义'之流的"。"世外民"就借着这《源氏物语》说话，指出，"《源氏物语》虽然是最优美的文学作品之一，但它毕竟只是表现'万物的情韵'的文学；它所表现的是贵族们的嬉戏，全篇都在描写恋爱的饱足与本能的满足，这也正显示了日本文学在世界文学史上的确有它特殊的表达方式"。然而，"世外民"指出，"为了使日本文学有更健全的发展，除了充分发挥《源氏物语》所固有的美学之外，也应该更进一步在文学上表现出正义的呐喊、建立明确的人生观与世界观等等"。

就是这"正义的呐喊"，就是这"明确的人生观与世界观"，使得"世外民"在文章中表现了台湾爱国文学家不屈从"皇民文学"的高贵的民族气节。西川满不是叫嚷着台湾岛上"下一代"的"青年""早已在'勤行报国'或'志愿兵'方面表现出热烈的行动了"吗？不是叫嚷着要台湾文学中的主流作家们不要"无视这种现实"而要"自觉"地描写这种"热烈的行动"，像那些"皇民文学"作家一样去写"皇民文学"作品吗？"世外民"回答说，台湾的爱国作家绝不写那种"虚假的东西"，"绝不降低格调！""世外民"写道：

> 虚假的效用，虽然在法律上是得以容许之事，但是只要有关于文学，则可有虚假的东西都是不得存在的。作者的虚假即使在作品中暂时得以成立，可是对于挚爱真理、只看重文学的真实性价值的人来说，这种虚伪的作品是一文不值的。因此，任何一部古今不朽的大作，都是作者灵魂的真实吐露；例如福楼贝尔就曾断言："包法利夫人就是我！"托尔斯泰在《战争与和平》的结尾中，也滔滔不绝地论说自己的历史观，没有一部大作不是这样的。荷风也说过："自从对于自己作为一个文学家之事感到莫大的羞耻以来，就自期自己的艺术品位至少要维持在江户作家的水平以上，绝不降低格调。"

"世外民"在这里引出了日本作家永井荷风，认定永井荷风这番话主要是针对文学的真实性经常受到来自社会的制约和左右而发的苛责之言来说的。显然，"世外民"看重或者说推崇永井荷风，就是因为，永井荷风一生特立独行，绝不曲学阿世，而是坚持用自己的作品批判日本现代社会的变化。特别是在日本军国主义崛起的20世纪30年代以后，永井荷风违逆时代风潮，夜夜出没银座浅草等欢乐街，以斜里陋巷的风情来讽刺军国主义，写下了代表作《濹东绮谭》。太平洋战争时期，因为违抗"国策文学"的作风，他失去了发表作品的园地，但是，这更鞭策了他，鼓舞他更加努力地从事创作。《断肠亭日记》是永井荷风留下来的有名的日记，日记中清楚地记录了他对日本军国主义的不满和批判。"世外民"请出永井荷风来批驳西川满，寓意极深，无疑是在正告西川满之流，台湾爱国作家也会像永井荷风那样，"绝不降低格调"以趋时，以迎合并屈服于"皇民文学"。在当时的险恶环境里，能这样勇敢地抗拒"皇民文学"，真是难能可贵。有感于此，我们再读"世外民"写下的一段话，就无异于是在聆听当年台湾文学家的庄重的宣言了：

> 文学家的使命是为真理而活；如果无法坚持为真理和正义而活，那么文学家情愿要选择与荷风相同的命运呢？还是自甘降低作品的格调呢？毕竟，文学家的生命还是在艺术作品本身；福楼贝尔因为发表了《包法利夫人》而被控以扰乱风俗的罪名，但这反而使他一跃成名；但是作为一个真正的艺术家，他却深恐甚至极端厌恶其他的不纯要素介入艺术，当自己的作品被评为现实主义作品时，他极为愤怒，甚至说："如果有钱的话，一定把《包法利夫人》全部买回来烧掉！"
> 文学作品是在无言之中雄辩地表现作家的价值的……

"世外民"反驳西川满的文章发表后一个星期，在 5 月 17 日的《兴南新闻》的"学艺栏"里，跳出来一个 18 岁的叶石涛，抛出了一篇文章，题目叫作《给世外民的公开书》，不顾一切地为西川满辩护，为"皇民意识""皇民文学"唱颂歌，进一步辱骂"狗屎现实主义"，并且指名道姓地威胁、恐吓抵制"皇民文学"的台湾爱国作家。

1925 年出生的叶石涛，是台南人。叶石涛在 1983 年版的《文学回忆录》里自豪地说到过他的家世在台南府城也算是书香门第，拥有沃田几十甲，绝不是泛泛之辈。他说他自幼过的生活的确也是高人一等的。在台南二中读书的时候，叶石涛写过两篇小说《妈祖祭》和《征台谭》，分别投稿给当时由张文环主编的《台湾文学》和由西川满主编的《文艺台湾》，都没有被采用。他觉得自己的文学见解和《文艺台湾》相同，就又写成《林君寄来的信》，投给了《文艺台湾》。1942 年 12 月 13 日，在台南公会堂，西川满等人作"大东亚文艺讲演会"的演讲。叶石涛因为上课没能赶上听讲，只在下课后赶上了"座谈会"。一面见，西川满就告诉叶石涛，《林君寄来的信》已经决定刊登。西川满脱口而出的一番"红颜美少年"的美誉，竟使得叶石涛受宠若惊，以至于，都觉得自己给座谈会带来活力似的。在那本《文学回忆录》里，叶石涛还说到了他十分得意的一件事，那就是，当座谈会把话题转到日本作家庄司总一新出版的长篇小说《陈夫人》的时候，叶石涛"鼓起满腔愤怒"，慷慨激昂地发言。他认为小说《陈夫人》暗暗地主张的由"日台通婚"使台湾人皇民化的一厢情愿的企图也就在历史的事实之前变成明日黄花的、日本人殖民地统治失败的记录了。他以为，庄司的这部小说故意强调台湾人家庭生活邋遢的层面，无视于当局推行皇民化运动改善台湾人家庭的文化状态、卫生习惯的事实！西川满当即表态，认为叶石涛的话正合他的意思，把台湾人的生活丑化，不看传统优美的一面，尽是侮辱和诋毁，强调陋习，这不合皇民化之道。听了这话，叶石涛说，他心里很是受用。当场，西川满聘定叶石涛毕业后到他主持的《文艺台湾》社去帮忙编务工作，月薪 50 元。于是，1943 年 4 月，不满 18 岁的叶石涛到了西川满身边。叶石涛折服于西川满的所谓脱俗而充满诗情的作风和西川满所谓歌颂岛屿神秘之美的异国情调。叶石涛又以为，在 18 岁的这个阶段里，自己的确是一个所谓的国际人。他一再感谢西川满的师恩，奉西川满为"恩师"。他写的第二篇小说《春怨》，副标题就写的是"献给恩师"。小说里，西川满的形象一再被美化。1954 年之后，1997 年，叶石涛在写《台湾文学入门》的答问时，还一再表示他钦佩西川满的所谓坚强的作家灵魂，感谢西川满在半个多世纪之前出钱出力建立了日本文学一环的外地文学——台湾文学。西川满当年也视叶石涛为"入门弟子"。当时，叶石涛还感激不尽的是西川满每个月还要单独请他到外面的餐馆吃一次饭。在西川满的影响下，叶石涛也承认，他的思想里充满着日本军国教育的遗毒，他在《文艺台湾》里常看到所谓"皇民化文学"，也并无深恶痛绝的感觉，甚至于后来在 1944 年《台湾文艺》11 月号上，叶石涛还发表了一篇《米机败走》的文章，记述美军飞机被日本军机击败的实况，形容日军的胜利是"龙卷风一般的万岁"，而留下了这样的文字："……我和绢代先生远远地看见一架战机被击落，翻个筋斗坠落在学校后头的鱼塘，不觉拍手欢呼：'万岁！万岁!'"这就是"皇民文学"时期坚定地和西川满站在一条战线上的叶石涛！一个"参与了'皇民文学’的运动”的叶石涛![①]

现在，可以看看叶石涛是怎么向"世外民"反扑的了。

叶石涛一开头就斥责"世外民"引用日本文学作品"刻意为'狗屎现实主义'的信奉者曲意辩护"，是"不但不懂日本文学的传统，甚至还受到外国文学（还是翻译的）毒害，这充分证明他是一个自由主义者"。接着，叶石涛跟在西川满的后面，从三个方面继续打压台湾爱国作家和台湾文学。

第一，继续辱骂台湾文学的优秀传统是"狗屎现实主义"。叶石涛说：

> 以积喜庆、蓄光辉、养正道的建国理想为基础而建立起来的当前的日本文学，现在正是清算自明治以降从外国输入的狗屎现实主义，进而回归古典雄浑的时代的绝好机会。因此，对于装出一副不识时代潮流的嘴脸，得意地叫喊什么"台湾的反省"啦、"深刻的家庭纠纷"啦等等，抬出令人想起十年前的普罗文学的大题目而沾沾自喜的那伙人，给他们一顿当头棒喝一点也不为过。

接下来，叶石涛点了张文环和吕赫若的名，质问张文环的《夜猿》、《阉鸡》中"到底有什么世界观呢？"讽刺吕赫若的《合家平安》、《庙庭》"的确像乡下上演的新剧"。叶石涛说："只要想到这些作品居然会在情面上被称誉为优秀作品，就觉得可笑。"

第二，为西川满辩护。叶石涛写道：

> 我认为，西川（满）所追求的纯粹的美，是立脚于日本文学传统的；而且他也不是一个所谓的浪漫主义者，他的诗作热烈地歌颂了作为一个日本人的自觉……

第三，继续鼓吹"皇民意识"、"皇民文学"。叶石涛认为：

---

① 这是陈芳明在《左翼台湾》一书里为叶石涛辩护的一种说法。陈芳明是叶石涛的拜门弟子，"台独"文论的一员大将。《左翼台湾》于1998年出版。

> 当今我国国民正处于为实现崇高的理想贯彻伟大的战争的时刻，大家所追求的正是要汲取《万叶》、《源氏物语》的传统并注入新时代的活泼气息的国民文学。

把日本帝国充满侵略野心的"大东亚共荣"美化为"崇高的理想"，把日军的侵华战争和"大东亚圣战"美化为"伟大的战争"，把"皇民文学"美化为"注入新时代的活泼气息的国民文学"，叶石涛的《公开书》散发的正是这样的恶臭！在这样的背景中，叶石涛指出"世外民却引《包法利夫人》为例而自鸣得意"，构陷"世外民"与"皇民文学"对抗，公开向日本殖民当局举报"世外民"说：

> 他的思想在哪一边，这是不难想像的。

还说：

> 我十分荣幸得以参加日前举行的"台湾文学奉公会"的成立大会，"世外民呀！你对山本真平会长的训辞以及会员的誓词是怎么看待的呢？"

不仅如此，叶石涛还不放过张文环和吕赫若，要在日本殖民者面前公开加以构陷，险藏祸心地质问：

> 在张（文环）或吕（赫若）的作品中到底有没有像西川（满）作品中的"皇民意识"呢？

就这次有关"狗屎现实主义"的论争，叶石涛则明确地表态效忠于日本殖民者说：

> 西川（满）基于悲壮的决意，对本岛人作家发出警告的钟声，这是理所当然的。

被叶石涛点名质问作品到底有没有"皇民意识"的吕赫若，在5月17日当天的日记里写道：

今天早上的《兴南新闻》学艺栏上，有叶石涛者以我和张文环为例评断说本岛人作家没有皇民意识，此文的思想与说理水平不高不足与论，但是在人身攻击上则令人愤怒。中午，在荣町的杉田书局与金关博士和杨云萍见面，一道在"太平洋"喝茶，谈到叶石涛之事时，脱口说出了"西川满的○○"的话，大家都愣住了，金关博士也说："西川满是下流的家伙。"自己只要孜孜矻矻地创作就好了，只要写出好的作品，其他只有听天命了！①

5月24日的《兴南新闻》学艺栏里，又发表了两篇文章，一是吴新荣的《好文章·坏文章》，一是署名"台南云岭"的《寄语批评家》。

《好文章·坏文章》② 主要是针对当时刊登在《民俗台湾》、《台湾文学》和《兴南新闻》等杂志报章的一些文章进行的评论。文章的前半段，吴新荣评论了一些好文章，后半段论及坏文章，集中批评了叶石涛的《给世外民的公开书》一文，最后将矛头转向了西川满。

吴新荣在批判叶石涛和西川满时，嬉笑怒骂皆成文章，策略巧妙。他不取正面批评的方法，而是充分利用当时"皇民化运动"的逻辑和语言批评，以子之矛攻子之盾，或者，以其人之道还治其人之身。

吴新荣指出，"叶石涛把张文环，吕赫若的作品说成好像是用日本语写的外国文学一样"，"这样的故意的蔑视，绝对不是如叶石涛自己所说的'实现远大的理想'的方法，更不是'八纮一宇'的真精神"；而对于张文环的得到了"皇民奉公会"的"台湾文化奖"的作品《夜猿》等，叶石涛还要"质疑它的世界观或它的历史性有这样那样的问题，好像说这些作品是不正当的一样"，可见：

很明显的，他的批评已侮辱了"皇民奉公会"的权威；
因此，倒是他自身首先应该被质疑到底有没有"皇民意识"。

---

① 见曾健民：《评介"狗屎现实主义"争论》，载《喑哑的论争》（人间思想与创作丛刊），台北人间出版社，1999年9月版，第115~116页。

② 见《喑哑的论争》（人间思想与创作丛刊），台北人间出版社，1999年9月版，第134~135页。

现在的台湾是日本的重要的一部分①，过去的台湾也依日本而存在，所以，否定过去的台湾的人也就是否定现在的台湾，不得不说是相当"非国民"的。

吴新荣又从叶石涛攻击张文环的作品说到西川满，带着讽刺意味地指出，"西川满的《赤崁记》等作品同样也是'回不来的梦的故事'"，"如果这《赤崁记》是艺术至上主义的作品的话，我想，现今有像这样的艺术至上主义也并不坏。"不过，笔锋一转，吴新荣愤怒地指出：

> 然而，我风闻西川满早已不知在何时抛弃了"美的追求"，而以"悲壮的决意"再出发了！

你看，西川满不是从唯美主义转向了"皇民文学"了吗？

"台南云岭"的《寄语批评家》是篇短文，却是直接批评西川满和叶石涛的。他批评西川满"以说别人的浪漫主义的是非或以说别人的现实主义的不可取来赞美自己的作品，这种计谋是卑劣的"。还有，"把现实主义冠以'狗屎'，暗示自己的作品才是真文学，真不愧是一个度量狭小的人"。他批评叶石涛说："只发表过一二篇作品的人也居然写起评论，而且还是为了向某一作家尽情分作面子，真把读者当做傻瓜。""一个有志于文学的人，这种态度是非改不可的！"②

这场争论的最后，是7月31日出版的《台湾文学》夏季号上，杨逵署名"伊东亮"发表了《拥护"狗屎现实主义"》③一文。文章共分三个部分：一、关于"粪便的效用"；二、关于浪漫主义；三、关于现实主义。

杨逵先从"粪便"对农民来说是如何贵重，对于稻米、青菜生长是如何重要说起，还指出，看重粪便，并非台湾所独有，在日本作家火野苇平和岛木健作的作品中，也有这样的描述。杨逵说："这正是现实主义。是完完全全的'狗屎现实主义'。在粪便中是没有浪漫的。"

---

① 这是吴新荣一种反讽手法，台湾自古以来就是中国领土。

② 见曾健民：《评介"狗屎现实主义"》争论，载《噤哑的论争》（人间思想与创作丛刊），第117页。

③ 《噤哑的论争》（人间思想与创作丛刊），台北人间出版社，1999年9月版，第136~141页。

然而，"看看那浇了粪便后闪耀着艳光的菜叶，那么快速抽长的植物"，杨逵说，"这不正是丰饶的浪漫吗?"由此，杨逵认定：

> 只看到黑暗的面，只描写黑暗面，而看不到在黑暗中洋溢的希望，看不到在黑暗中郁积的真实，以这样的"虚无主义者们的"自然主义式的眼光来看的话，是无法体会到这种浪漫的。

而西川满的"浪漫主义"，杨逵揭露说，就是这种"自然主义式的虚无主义"。杨逵愤怒地写道：

> 如果，西川满所轻蔑的，是这种"自然主义式的虚无主义"的话，在这一点上，我也有同感。我们是一样的。但是，如果排斥自然主义到连狗屎现实主义也非排除不可的话，不客气地说，那必然成为海市蜃楼的东西，像沙滩上的楼阁；它与"自然主义式的虚无主义"没什么两样，两者在扼杀写实精神上是一致的。
> 因为，"自然主义式的虚无主义"者们只会搅弄发臭的东西而悲叹不已。而西川（满）正好相反，他从一开始便把发臭的东西捂盖起来，什么也不愿意看，因此陷入以背脸捂鼻来逃避现实。然而，现实还是现实。

杨逵痛斥这"只不过是痴人之梦"而已。杨逵教训西川满和叶石涛说：

> 真正的浪漫主义绝不是那样的东西；真正的浪漫主义是从现实出发，对现实怀抱希望的。如果现实是臭的就除去其恶臭；是黑暗的，即使只有一丁点光，也非尽力使其放出光明不可。对于人们背脸捂鼻的粪便，也一定要看到它的价值，要看到它使稻米结实、使蔬菜肥大的效用；要对它寄以希望，珍爱它、活用它。对于社会，不要只迷惑于它的肯定面而看不到否定面；也决不要看到否定面而对于它的肯定面却目光模糊。易言之，我们一定要凝视现实，看透在肯定面中隐藏的否定要素，一心一意去加以克服；同时也一定要培养郁积

在否定面中的肯定要素，以自己的力量将否定面转换成肯定面。

这才是一个健全的，而不是荒唐无稽的浪漫主义。

但是，这浪漫主义绝不是与现实主义相对立的，只有站在现实主义的立场，浪漫主义才会是绽开的花朵。如果是非排斥现实主义就无法存在的浪漫主义，那只不过是一种空想、荒唐无稽的东西，是痴人之梦，只不过是类若与妈祖恋爱的故事而已。

杨逵在这里阐释了浪漫主义，实际上也勾画了现实主义的轮廓。继续深入阐释现实主义，杨逵就从创作实践入手了。文章里，杨逵列举了日本非法西斯作家坂口襗子的短篇小说《灯》，立石铁臣的随笔《艺能节之日》、《牛车与女学生》，对其现实主义的文学成就一番称赞之后，认定，现实主义是要：

立脚于现实的同时，又不泥陷于现实，浪漫主义精神得到了发挥，有打动我们的内心之处……

又写道：

真正的现实主义，是站在现实上发挥浪漫精神的东西。我们必须认识到，和"虚无主义的自然主义"不同的真正的现实主义，没有大爱心是无法表现出来的；在这里，要有坚毅的决心，在面对任何事物之时仍有不被蒙蔽的锐眼，对任何事物也要有一点也不含糊的谦恭之心。

由此而说到滨田隼雄、西川满、叶石涛等人对台湾爱国作家们所坚持的现实主义传统的谩骂和攻击，杨逵反驳他们的指责是"故意忽视了大多数本岛人作家在描写所谓'否定面'的同时，也仍然表现了前进的意志这个事实"，"不得不说是可悲的偏见"，是"愚蠢"。

面对日本殖民者及其帮凶的打压，杨逵鼓励爱国的台湾作家说，只要"现实中依然存在""各种各样西川（满）所不愿看到的现实"，我们就"无法像西川氏一样可以装出一副事不关己的样子"。杨逵告诫爱国的台湾作家说：

> 在否定面中，只要存在着肯定的要素，即便很微小，我
> 们也要把它振兴起来，因为我们感到有非加以培养不可的责
> 任，绝对不允许被抹杀；对现实即使只有百分之一的分量，
> 也非把它加入不可。

这，其实也是抗争"皇民文学"的宣言。文章末了，杨逵还公开表示
了这种愤怒的抗争：

> 每一个人都像滨田隼雄一样"决心一死"，那就难办了。

80年代初，叶石涛在回忆他的文学生涯时，在回忆录里指称这场
关于"狗屎现实主义"的斗争只是什么小小笔仗，他自己给"世外民"
写《公开书》只是什么浪漫余烬时而会发作燃烧起来之时，不由自主
地也心血来潮地写下的一篇驳斥写实主义的散文。这，过于轻描淡写
了，也过于掩饰历史、文过饰非了。这是一场十分严重的斗争。它记
录了日据末期的台湾文学的真相，它暴露了打压台湾文学的"皇民文
学"势力的丑陋嘴脸，也无可辩驳地证明了大部分的台湾作家在日本
帝国败亡的前两年，仍然秉持台湾文学的现实主义的精神，继续对抗
"皇民文学"势力，以抗拒文学的"皇民化"。曾健民在1999年发表
《评介"狗屎现实主义"争论——关于日据末期的一场文学斗争》一文
时说得好：

> 这场论争不是一般意义的文学流派之间的论争，而是作
> 为日本军国主义的战争体制的一部分的"皇民文学"势力对
> 不妥协于体制的台湾文学的现实主义传统的攻击；而大部分
> 的台湾作家也并未妥协，奋起驳斥，高声喊出拥护台湾文学
> 的现实主义，予以反击。[①]

这样的斗争，表现在创作实践中，也是壁垒分明的。

---

① 见《喑哑的论争》（人间思想与创作丛刊），台北人间出版社，1999年9月版，第120页。

第三节　守望台湾新文学的精神家园反抗"皇民文学"

曾健民在《评介"狗屎现实主义"争论——关于日据末期的一场文学斗争》一文里还说：

> 1937年，日本发动全面侵华战争禁止白话文后，台湾作家或以封笔拒绝用日语写作（如赖和、陈虚谷、朱点人等），或远离家乡奔赴大陆（如王诗琅），高度自觉地表达了他们深沉的抵抗；在日本军国殖民体制的高压下以日文写作的台湾作家们，虽然在"皇民化运动"的风暴中，仍然延续着台湾文学的可贵传统，继续以现实主义的文学精神从事创作；这种坚持站在人民的立场、以反映社会真相、揭示社会矛盾、批判统治者来启发社会进步力量的创作方法，本来就是任何统治者都害怕的，何况在日本军国殖民者面临生死关头的"决战期"，作为日本军国殖民体制的"国策文学"的"皇民文学"势力，对台湾文学的现实主义传统展开猛烈的攻击，必欲除之而后快，是可想而知的。①

在这种情况下，极少数"皇民文学"作家用他们的汉奸文学作品打压台湾爱国作家的作品，台湾作家守望在台湾新文学的家园用自己的创作反抗"皇民文学"，其间的斗争，可以说是相当惨烈的。

我们先看日本殖民者唆使极少数变节的文学家炮制的"皇民文学"作品。

先说周金波的《水癌》和《志愿兵》。

周金波生于1920年，出生后不久，母亲带他到了父亲留学的日本东京。6岁时一度返台，12岁又去日本读书，学齿科。在东京时，周金波成了《文艺台湾》的同仁，于1940年写了《水癌》，发表在《文艺台湾》2卷1号上。1941年春返台。不久，在西川满的鼓动下，写

---

① 曾健民文章，见《喑哑的论争》（人间思想与创作丛刊），台北人间出版社，1999年9月版，第119～120页。

了《志愿兵》，发表在《文艺台湾》2卷6号上。这使他成为"皇民文学"的代表作家。1943年，周金波当了"大东亚文学学者大会"的台湾代表。

发表《水癌》的时候，《文艺台湾》已经调整了目标，处处表现出来"决心迈向文艺报国之途"的精神，一心要"尽皇国民之本分"，要"成为南方文化之础石"。"水癌"，从牙医学上说，指的是"坏血性口腔炎"。小说《水癌》里的男主角"他"，是一个从东京回到台湾的牙科医生。站在"领导阶层"的立场上，这位牙科医生自认为已经实现了自己期待多年的夙愿，于是积极地参与当时殖民地政府正在推动的"皇民炼成"的工作。比如，把旧式的台式房间改造成"和室"，让自己活得像日本人。有一天，一个妇女带着她患了"水癌"的女儿到他的医院来求治。这个妇女看来没受过什么教育。检查一番后，牙科医生告诉这个妇女，她孩子病情严重，必须到大医院去治疗。母女两人走后，他和助手谈到这个孩子的病情，还议论这母亲会不会带孩子去大医院治疗。助手就认为，台湾人不太可能带自己的子女去大医院看病，这位牙科医生太高估台湾了。大约十天之后的一个晚上，这个母亲被便衣警察以好赌的名义抓走了。后来，这个母亲又不愿依照诊疗的秩序，闯进"他"的诊疗室。她舍不得花钱去医治女儿的"水癌"，却想在自己的牙齿上套上金牙。这位牙科医生毅然地把她赶了出去。从此，这位牙科医生更加坚定了自己的决心，要成为自己同胞的心理医生，去净化流在那种女人体内的血液。

平心而论，《水癌》所写，无论题材、故事风格、人物形象，还是艺术构思、技巧及语言表达，都很一般，但是，它迎合了"皇民化运动"的需要。那个身居"领导阶层"的男主角牙科医生，实际上就是周金波本人的化身，而那个没有受过什么教育、没有多少教养的女人分明又是一般台湾民众的代表，"水癌"则是病态社会台湾愚昧、迷信、陋俗和不正民风的象征。周金波在做同胞心理医生的题旨里的寓意，就是要用"皇民化"的理想、抱负、观念来"炼成"皇民，改革台湾，并且期望通过"皇民炼成"的目标来达成他的晋身之道。小说的主题，表现的正是当时日本军国殖民主义者的"国策"。《水癌》，正是不折不扣的"皇民文学"。

《志愿兵》写了三个主要的人物："我"、张明贵和高进六。"我"，八年前就从东京学成返台了，眼前，正在事业和家庭两头忙碌。返台之初，"我"还满怀抱负，一腔热情，想要革除台湾旧弊，破除台湾传统。然而，久而久之，习以为常，现在，已经变得麻木不仁了。小说开始，是"我"去基隆港，迎接内弟张明贵。这张明贵，正留学东京，这次回来过暑假，想看看阔别三年的台湾。张明贵的小学同学高进六，也来到基隆港接他。这个高进六，读完高等科之后，就到了一家日本人的店里工作，在店里学了一口流利的日语，别人都误以为他是日本人了。还是在日本殖民政府强令台湾人改换姓氏之前，他就自称自己是"高峰进六"了。张明贵返台，主要是想亲眼看看当时实施"皇民炼成"、"生活改善运动"、"改姓名"和"志愿兵制度"之后的台湾，是什么面貌。可是，回来以后，张明贵发现，眼前的台湾，还是依然故我。高进六倒是和张明贵不同，要积极加入日台青年一体的皇民炼成团体"报国青年队"，想要体验到"人神合一的尊贵的人之修行"，以此督促台湾的进步。到底怎样做一个日本人呢？于是，张明贵和高进六两人互相争论起来。争论中，张明贵不赞同高进六那种修炼神灵附身的做法。张明贵只希望台湾人经过"皇民炼成"的教育，使台湾人有教养、有训练。不料，在争论发生后十天，报纸上刊登了一条消息说，高进六说服了年老的母亲，写下血书，志愿从军，当了志愿兵了。读到这个消息后，张明贵去向高进六道了歉，并向"我"表了态，认为"进六才是为台湾好，想改变台湾的人。我终究无能为力，不能对台湾有所贡献"。"今后，我会自我检讨。"

其实，就小说的艺术品位来说，这篇《志愿兵》，水平也很低，但是，它十分讨好日本殖民当局。前已说明，日本当局宣布决定在台实施志愿兵制度是在1941年6月20日，也就是过了三个月，到9月，周金波就写出了《志愿兵》。西川满拿到《志愿兵》，立即和日本文人川合三良也以志愿兵为题材的小说《出生》，一起发表。第二年6月，还给《志愿兵》和《出生》发了"文艺台湾奖"。日本殖民当局如此称许周金波的《志愿兵》，当然是因为他这篇小说表现出来的汉奸性的"皇民文学"品格。对此，周金波那时是供认不讳的。1943年12月1日出版的《文艺台湾》上，刊登了一篇"谈征兵制"的座谈会记录。其中，有一段周金波的发言就是："我的小说《志愿兵》写了同一个时代的两种不同的想法，一种是'算计'的想法，另一种是'不说理由的、直接认定自己是日本人了'的想法；代表这个时代的两位本岛青年，到底哪一位走了正确的道路？这就是《志愿兵》的主题。我是相信后者——不说道理的、直接认定自己已是日本人，只有他们才是背负着台湾前途的人。"由此看来，高进六和张明贵这两个人物显示的虽然是怎样炼成"皇民"的方法不同的分歧和争论，但是，周金波触及的仍然是一个身为台湾人如何蜕变成优秀的日本人的问题。

在这方面，陈火泉的《道》也得到了日本殖民当局的高度赏识。

陈火泉是彰化县鹿港人，生于1908年。从台北工业学校毕业后，进入"台湾制脑株式会社"工作。1934年之后，在台湾总督府专卖局做事。陈火泉的小说《道》发表在1943年6卷3号的《文艺台湾》夏季特别号上。随后，陈火泉又在《文艺台湾》的6卷5号上发表了《张先生》，也不断参加日本殖民者召开的座谈会。1943年年底，《道》被列为西川满的"皇民文学塾"刊行的"皇民丛书"之一，由日本人大泽贞吉写序文，《道》出版了单行本，其作者陈火泉也改署了日本姓氏"高山凡石"。《道》还入选为当年下半期日本文学大奖"芥川奖"的五篇候选作品之一。陈火泉后来还有作品《峰太郎的战果》发表在《台湾文艺》的1卷5号上。

在前述的"决战文学会议"上，陈火泉曾有《谈皇民文学》一文发表。陈火泉说："现在，本岛的六百万岛民正处于皇民炼成的道路上；我认为，描写在这皇民炼成过程中的本岛人的心理乃至言行，进而促进皇民炼成的脚步，也是文学者的使命。"① 这是我们解读小说《道》的一把钥匙。

小说《道》写了这么几个人物——陈青楠，台湾总督府专卖局直辖的"制脑试验所"的雇员；宫崎武夫，预备役陆军工兵少尉；广田直宪，樟脑技术股长；武田，陈青楠升官的竞争者；稚月女，陈青楠的同事，红粉知己。《道》的故事也很简单。陈青楠一直在致力于灶体的改良，以提高樟脑的产量。他生活清苦，夫妻、老母和三个孩子一共六个人只能挤在一个四席半大的房间里。三四年前，人们就传言他要升职了。然而，因为他是台湾人，就一直不能如愿以偿。有一次，在酒席上，为了一点小事，日本同事武田欺侮了陈青楠。从这以后，他很在意日本人的种种作为。其实，这个陈青楠，自以为他已经是个优秀的日本人了。但是，在日本本土的"内地人"和台湾岛上的"本

---

① 转引自曾健民：《台湾"皇民文学"的总清算》，载《清理与批判》（人间思想与创作丛刊），台北人间出版社，1998年12月版，第35页。

岛人"之间使用日语的语言区隔下，他还是感到非常迷茫。于是，像是一个"漂泊的'思人'"，他常常"冥想"，时时活在一连串内省的生活中。比如，武田在什么样的心情下打人？自己的出身有什么问题？为什么他像被迫站在法庭上的被告陈述？为什么本岛人不是人？后来，陈青楠就希望借着通过"皇民"的信仰来解救台湾人的命运了。也就是说，他想明白了。不是具有日本人的血统才是日本人，而是要经由"历史锤炼"表现的人民，才算是日本人。趁着撰写提炼樟脑的新方法的机会，陈青楠决定好好整理一下自己的信念，要写成一篇《步向皇民之道》的文章了。不料，他向广田股长说出了自己的看法之后，反倒叫股长说了一句"不要忘了血缘的问题"，自己的想法又被震碎了。到了1942年6月20日，陈青楠看到"志愿兵制度实施"的报道，兴奋、激动不已，连夜提笔，边流泪边写下了一首《台湾陆军特别志愿兵之歌》。遗憾的是，几天之后，那广田股长又是当头一棒，不但告诉他"升官"无望，而且还不客气地对他说"本岛人不是人啊!"陈青楠几乎崩溃了。眼看过去所建立的一切价值观刹那间就被摧毁了，陈青楠一时陷入了神经衰弱的状态中。半年的日子里，他一直郁郁寡欢。有一天，陈青楠忽然发现，自己的问题是出在自己一直都用台语思考台湾人的想法，如果要做真正的日本人，除了"用国语（指日语）思想，用国语说话，用国语写作"之外，别无他法。想通了这一点，陈青楠又开始振作起来。不久，"太平洋战争"爆发，日本攻陷新加坡的消息传到台湾，陈青楠自告奋勇地志愿从军，期望自己成为"皇民"，能与日本人共同作战，以达成"皇民之道"的任务。这时候的陈青楠，确信自己必能成为第一个高喊天皇陛下万岁而死的人。那位红粉知己稚月女，在陈青楠心目中已然是像"伟大的日本之母"了。决定了从军的陈青楠，对稚月女表明心志说，本岛人若不和内地人面对共同目标、共同的敌人，一起流血、流汗，就不能成为皇民。现在正处于历史的关头，要创造血的历史。陈青楠还嘱咐稚月女，当他战死之时，希望她写下这样的墓碑铭："青楠居士在台湾出生在台湾成长为日本国民而死"，或是："青楠居士成为日本臣民。居士为天业翼赞而生，居士为天业翼赞而工作，居士为天业翼赞而死。"

这样一个《道》，真是将通往"皇民"之道演绎和发挥得淋漓尽致、无以复加了。难怪，西川满说，读了《道》，他感动得"热泪盈眶"，是"惊人之作"，"希望让每一个人都读到"。也难怪，读了

《道》，滨田隼雄夸奖为"最杰出的皇民文学"，"独特的皇民文学，是从未出现过的如此令人感动的作品"。顺便说一句，《道》发表后，陈火泉不仅在文学上出尽了风头，第二年，他在总督府专卖局的工作，也如愿以偿地升任为"技手"了。

不过，如果"反过来"读，从《道》中我们仍然可以看出，日本人对台湾人的深刻歧视，日本人所谓的"内台一体"也不过是一个冠冕堂皇的谎言罢了。

后来，在回顾这一段历史时，曾健民在《台湾"皇民文学"的总清算》一文对这些作品作了十分准确的评论：

> 这些作品的主题，大致都在表现殖民地台湾的知识分子如何积极地自我锻炼成标准皇民的心理与言行；所谓"皇民炼成"，简单地说就是战争期间的"皇民化运动"，也就是在文学上表现如何抛弃台湾人的汉民族语言、习俗、价值观，彻底地成为与"内地人"有同样神经感觉的日本人……然而，这里所指的"日本人"的内涵并非一般意义的日本人，而是在这特殊的历史时期，日本军国法西斯体制所要求的标准的日本人"样板"；它有着热烈的日本法西斯思想，有狂热的为皇国殉身为大东亚圣战奉公的决心，是具有这样的成分的所谓"日本精神"的日本人。这与德国法西斯所要求的，具有德意志精神的标准日耳曼人一样，都是法西斯体制下的样板人。①

一方面，是西川满、滨田隼雄以及叶石涛等对现实主义文学精神、创作方法出重拳打压；一方面，是周金波、陈火泉等在小说创作上用作品为殖民体制、"皇民化运动"效劳，树立榜样，继续施压。这就是"战时体制"下，台湾文学家们处在"皇民文学"、"决战文学"、"敌前文学"、"文学管制"的环境中所面对的险恶形势，艰难处境。

令台湾新文学骄傲的是，和周金波等少数人不同，"绝大部分的台湾前辈作家，有人拒绝写作，有人凭良知抵抗，有人虚与委蛇，总之，都以各种方式表现维系台湾文学气脉的可贵精神"。在创作上，他们虽

---

① 《清理与批判》（人间思想与创作丛刊），台北人间出版社，1998 年 12 月版，第 35～36 页。

然在高压下艰难前行，也表现出了难得的成就。

比如吕赫若。吕赫若本名吕石堆，1914年生于台湾台中县丰源镇潭子。1934年毕业于台中师范。1939年到日本东京学习声乐，曾在"日剧"和"东宝"剧团度过一年多的舞台生涯。1942年返台后，先进张文环主持的《台湾文学》杂志社工作，兼任《兴业新闻》记者。1943年，进入"兴业"电影公司，一边工作，一边创作。

除少量随笔和文学杂感，吕赫若主要写小说。最初，他的作品重视社会正义，主要描写台湾农村社会的困境，也写男女情感和恩怨。"皇民化运动"时期，他转入了对台湾社会生活中传统的封建观念的批判。这一时期的主要作品，有1942年的《财子寿》、《庙庭》、《风水》、《邻居》；1943年的《月夜》、《合家平安》、《柘榴》、《玉兰花》；1944年的《清秋》和《山川草木》等。

吕赫若关注社会生活中封建观念的批判，常常是写一个农村家庭里人们之间的矛盾、摩擦、倾轧，还写家庭与外部世界的种种联系，以及社会变化所带来的深远的影响。比如《风水》，写周长乾老人想替入土15年之后的老父亲的遗骨洗骨，遭到弟弟长坤的阻挠，兄弟二人反目为仇。兄长善良诚实，要尽孝道，弟弟狡猾自私，不让挖动，以致大打出手。等到长坤家厄运接踵而至，他又怪罪于老母风水不佳，以致掘墓开棺，把刚埋5年尸骨未烂的母亲遗体挖出来，暴尸棺外。这是发生在"制糖公司的大烟囱附近"的一幕人间惨剧。吕赫若如此鞭挞封建迷信对人性的戕害，坚持的仍然是民族的自尊心和台湾文学的现实主义传统。这种关注，表现在妇女命运的描写上，同样显示了台湾文学现实主义原则的威力。像《月夜》，描写女主人公翠竹遭丈夫毒打谩骂和婆婆小姑的虐待。逃回娘家，想要离婚，又遭深受封建道德影响的父亲拒绝。被迫回到婆家后，不堪凌辱的翠竹只有投河自尽，以死喊出自己的冤屈和不平。《财子寿》则对这种封建家庭的腐败和罪恶有更深的揭露。为了这些反封建小说，吕赫若遭到滨田隼雄、西川满和叶石涛的批判，正如张文环一样。

吕赫若在受到批判以后，曾在他的日记中记述他企图改变风格的思索过程。不过，他一点也没有想要向"皇民文学"妥协，而是想隐晦地表达民族风格。在此之后，他所创作的第一篇小说《柘榴》，谈的是"传宗接代"的"继子"问题，似乎有所寓意。在《清秋》里，他表面呼应"志愿兵"运动，但却在小说中塑造了一个人格高尚、充满汉学素养的祖父。而小说中志愿兵的欢送场景，又描写成台湾人心中隐藏着一个共同面对艰困时局的"契合感"。在《山川草木》里，他塑造了一个孤高的少女，坚忍地、勇敢地面对自己的命运。所有这些都表明，吕赫若在"皇民文学"的重压下，争取在夹缝中表达自己心声的努力。[①]

我们还可以说到龙瑛宗。

龙瑛宗本名刘荣宗，1911 年生，台湾新竹县北埔人。毕业于台湾商工学校，在台湾银行南投分行做事。1940 年 1 月，加入台湾文艺家协会，在《文艺台湾》做编委。1941 年辞掉银行差事，进入《日日新报》当编辑。1937 年，处女作《植有木瓜树的小镇》在日本《改造》杂志发表。这个时期里，发表的作品，有 1937 年的《夕照》，1939 年的《黑妞》、《白鬼》，1940 年的《村姑逝矣》、《黄昏月》、《黄家》、《邂逅》，1941 年的《午前的悬崖》、《白色的山脉》、《貘》，1942 年的《不知道的幸福》、《死于南方》、《一个女人的记录》、《青云》，1943 年的《崖上的男人》、《龙舌兰与月》、《连雾的庭院》，1944 年的《涛声》、《年轻的海》、《哄笑的清风馆》，1945 年的《歌》、《婚姻奇谈》等，另有中篇小说《赵夫人的戏画》在 1939 年出版。

龙瑛宗和张文环等人一样，在"战时体制"下独处，异常苦闷。像《午前的悬崖》里的人物一样，有时他似乎脱离了历史背景，表现出逃避主义的倾向，有的只是对社会价值的怀疑，对时局的无奈。但是，"皇民化运动"来了，面对日本殖民当局的强大压力，像《不知道的幸福》那样，明知"这不是幸福的生活"，他也只好强调为生存而活的勇气。当然，也有《植有木瓜树的小镇》中的陈有三和《黄昏月》中的彭英坤那样的人物，脆弱、堕落，沉思多于行动，还带有世纪末的颓废，那样的知识分子形象，也折射了龙瑛宗本人不幸的生活遭遇和苦闷、彷徨、颓丧的心态吧！

值得注意的是，在文学精神上，龙瑛宗似乎倾向于浪漫和唯美。这，其实也不难理解。龙瑛宗后来回忆说，他之所以参加《文艺台湾》，最大的动机是："我以为殖民地生活的苦闷，至少可以从文学领

---

① 关于吕赫若在日记中所记录的自我反省过程，参阅吕正惠《"皇民化"与"决战"下的追索》一文（见陈映真等著《吕赫若作品研究》，联合文学，1997 年版）。关于吕赫若在《清秋》中所试图表现的战争时期台湾人民心情的隐晦面，参阅吕正惠《吕赫若与战争末期台湾的"历史现实"》一文，北京社科院、全国台联合办"吕赫若作品研讨会"论文，1998 年。

域上自由的作幻想飞翔来抚平。现实越是惨痛，幻想也就华丽。与此相同，落脚于殖民地的日本人诸氏也想看到在煞风景的台湾，开出一种日本文学的变种花来吧！"①

今天看来，龙瑛宗的小说，就算情况复杂，但是，他坚守台湾文学的阵地，坚持自己的小说创作而不与"皇民文学"同流合污，就应该肯定。他，毕竟是在"皇民文学"的高压下艰难前行的台湾文学家中的一员。何况，他的小说创作，正如他自己所说，"根本性的问题在于提高我们居住土地的文化"②。

除了吕赫若、龙瑛宗，这一时期，杨逵还在1937年发表了《模范村》，1942年发表了《无医村》、《泥娃娃》、《鹅妈妈出嫁》、《萌芽》，在1944年发表了《增产之背后》等作品。诸如《模范村》、《泥娃娃》和《鹅妈妈出嫁》等作品，杨逵在战后的中文版中都加以增添，并表明当时他无法畅所欲言。我们如果比较日文原版和增添的中文版，就更可了解杨逵如何在高压的政治下努力要表达的隐晦之意。即使以"应命"而作的《增产之背后》来说，我们现在也很难分得清楚，杨逵是在歌颂"增产报国"，还是在歌颂无产者的劳动精神。

吴浊流也值得注意。《台湾新文学》被禁之后，他再也没有作品发表。不过，从1943年到1945年，他在日本殖民当局的暴虐统治下，冒着生命的危险，秘密写作了长篇小说《亚细亚的孤儿》。作品的主角胡太明，是一个台湾的知识分子，他无法认同日本，反对"皇民化"，他认同的只是自己的祖国。这，应该是在"皇民文学"的高压下，台湾作家守望在台湾文学的精神家园里，艰难前行，坚持用文学进行民族反抗斗争最具有象征意义的事件。

这些坚持民族气节的台湾作家靠着什么精神和信念在支撑着自己呢？也许，杨逵在战后版的《模范村》里通过阮新民的嘴说出的，正是他们的心声："日本人奴役我们几十年，但他们的野心愈来愈大，手段愈来愈辣，近年来满洲又被它占领了，整个大陆也许都免不了同样的命运。这不是个人的问题，是整个民族的问题。我父亲这种作风确是忘祖了。他不该站在日本人那边，这是不对的。我们应该协力把日本人赶出去，这样才能开拓我们的命运！"

① 参见罗成纯：《龙瑛宗研究》，《龙瑛宗集》，台北前卫出版社，1992年版。
② 转引自叶石涛：《台湾文学的悲情》，高雄派色文化公司，1979年1月版。（关于龙瑛宗战后的反省，可以参看下一章。）

在这种情况下，把1937—1945年的台湾文学命名为"皇民文学时期"是不对的。除了极少数例外，台湾作家都不甘于写作"奉军国主义之命"的"皇民文学"。如果又扭曲历史地把他们一律称为"皇民文学作家"，那真是对他们人格最大的侮辱。一个人侮辱自己还不算，甚至还要"拖"别人下水，以为自己开脱，那我们就不知道如何去责备这样一个人了。

新分离主义引爆的文坛统独大论战

——《台湾新文学思潮史纲》第九章

曾庆瑞

陈映真在《向内战·冷战意识形态挑战》① 一文里论述 20 世纪 70 年代台湾乡土文学论战在台湾文艺思潮史上划时代的意义时，写下了一句充满历史的沧桑感的名言：

历史给予台湾形形色色的民族分离主义以将近 20 年的发展时间。

陈映真的感慨是有根据的。本来，20 世纪 70 年代的台湾乡土文学论战中，随着论争的深入发展和复杂演化，就有了强烈的"中国指向"。现在，弹指间 20 年过去，环顾今日之台湾，人们不能不面对的现实，如同陈映真所说，乃是："70 年代论争所欲解决的问题，却不但没有得到解决，反而迎来了全面反动、全面倒退和全面保守的局面。"从 80 年代开始，兴起了"全面反中国、分离主义的文化、政治和文学论述。台湾民族主义代替了中国民族主义。反帝反殖民论被对中国憎恶和歧视所取代。民众和阶级理论，被不讲阶级分析的'台湾人'国民意识所取代。"

就陈映真而言，二十年如一日，他密切注视这一变化，锲而不舍地和形形色色的民族分离主义展开毫不妥协的斗争，堪称今日台湾思想文化战线上以坚决维护祖国统一为己任的最出色的战士了。然而，以他的睿智和预见力，大概连他也不会想到，事态的发展，比他在那篇文章里说到的还要严重得多。叶石涛、张良泽、彭瑞金、陈芳明等人不仅 20 余年间一直顽固地鼓吹"文学台独"，而且还在年轻的文学研究者中找到了少数的后继者。还有，连当年曾经并肩战斗的王拓都

---

① 1997 年 10 月 19 日在台北人间出版社与夏潮联合会主办的乡土文学论战 20 周年研讨会上发表的长篇论文。

转向了。

连王拓都转向了，可见，文坛的统、"独"之斗争，多么尖锐复杂，又是多么惨烈悲壮！

不过，这就是历史，就是不以人的意志为转移的无情的历史。

在台湾新文学发展的岁月长河里，把这段历史记录下来，人们将可以从中看到，今日文坛"台独"势力的其势汹汹，不过是一阵阵和一串串的泡沫而已。

第一节　"解严"前后的台湾政局和新分离主义的逆流

第二次世界大战结束，日本战败，台湾光复，回归祖国，对于要把台湾从中国分离出去、让台湾独立的种种阴谋来说，应该画上句号了。然而，树欲静而风不止。外国帝国主义势力和台湾本岛的新老分离主义分子，并不就此罢休。

美国有关"台独"的主张，起自太平洋战争爆发后远东战略小组的提议。美国国防部军事情报总部台湾问题专家柯乔治所著《被出卖的台湾》一书又说，"台独"，是在 1942 年年初诞生在他的脑袋中的。他说，他的这一"创见"，是从美国人的利益出发的。为了保障美国在台湾的利益，柯乔治主张让台湾自治独立，或由美国托管再举行公民投票自决。考虑到当时的国际形势，美国国务院没有接受柯乔治的提议。美国国防部的远东战略小组也在 1942 年春建议麦克阿瑟，从日本手中夺取台湾后，由美国军队暂时接管台湾，战后再进行"台湾民族自决"或成立"台湾共和国"，并着手培训一批"接管"台湾的行政人员。

不过，1945 年 1 月 14 日，日本投降前夕，美国代理国务卿罗威特向总统杜鲁门呈送的备忘录，还是说道："如果中国共产党企图违背台湾人民之意愿，以武力犯台，或者台湾人民本身起事反对中国统治，联合国将可以台湾局势已对和平造成威胁，或以台湾实质地位问题为根据，有正当理由采取干预行动。"① 罗威特还说："国务院充分认识到，如果台湾要免予沦陷入共党控制，或许美国必须采取军事行

---

① 这里引用的美国人的有关备忘录、建议书、报告，都是美国政府已经解密的档案。

动。……它或许仍有可能鼓励中国人成立一个非共的地方政府，自己促成台湾免予沦陷入共党控制。同时，美国亦应准备，一旦上述措施均告失败，必要时即以武力干预。美方之军事干预……宜以国际上可受支持之原则，即台湾人民自决之原则，进行干预。这就牵涉到鼓励台湾自主运动。如果岛上中国政府明显地已无力阻止台湾陷共，则台湾自主运动即可全面发动。"罗威特说的"台湾自主运动"，就是"台独"运动。只是，罗威特备忘录提出不久，战争结束，"台独"之议，又一次作罢。

1947年3月初，当台湾爆发"二二八"事件后，美国驻台北总领事馆向华盛顿提出了"台湾地位未定论"和"联合国托管方案"，表明美国对台政策发生变化。随后，1948年11月24日，中国国内解放战争迅猛发展，蒋家王朝就要覆亡之际，美国有关官员开始主张调整美国对台政策。美国参谋长联席会议主席海军上将李海又提出了《台湾的战略重要性》的备忘录，重提了美国政府应该推动"台独"的议题。再往后，1949年1月15日，美国国务院远东司司长巴特沃思在一封绝密信中说："我们国务院所有的人都强烈感到我们应该用政治的和经济的手段阻止中国共产党政权取得对（台湾）岛的控制。"1月19日，美国国家安全会议在一份报告中表明了美国政府推动"台独"的立场。8月，美国根据中国国内形势的发展做出决定："我们应该运用影响，阻止大陆的中国人进一步流向台湾，美国还应谨慎地与有希望的台湾当地的领袖保持联系，以便将来有一天在符合美国利益时利用台湾自治运动。""扶植台湾自主分子，俾使其发动台湾独立时，可含美国之利益。"

虽然美国政府推动"台独"的政策没有敢于公开实施，但是，1951年的旧金山《对日和约》，1952年台北的《中日和约》，还有1954年的《中美协防条约》，又都炮制了一个"台湾地位未定"的谬论。事实证明，美国反华势力一直阻挠中国解决台湾问题。直至1979年1月中美建交后，美国对台湾问题的政策的本质也并未改变，仍然扶植"台独"，阻挠中国完全统一。

正是这样的背景下，"台独"势力以美国为基地，在海外发展组织，大肆从事分裂中国的活动，一直得到了美国政府的庇护。

从历史看，日本帝国势力也是"台独"的始作俑者。1951年，"台独"分子就在日本建立了组织。到60年代中期，日本成了海外

"台独"势力的大本营。在众多的"台独"组织中，以廖文毅为首的"台湾共和国临时政府"最具有代表性。直到1972年中日建交之后，"台独"活动的重心才由日本转到了美国。

而由台湾本岛的人提出"独立"主张，并将分裂活动付诸实行，却是从一小撮日据时期的日本"皇民"开始的。他们在光复前后的分裂活动，得到了日本右翼势力的鼓励、支持和呼应、配合，不过，很快就遭到挫败。

此后，在日本活动的老"台独"分子有廖文毅、王育德、史明等人。

等到80年代，台湾岛上的新分离主义势力①终于走到了前台。

这要从"解严"前后的台湾政局说起。

1979年6月29日，桃园县长许信良，经"监察院"以擅离职守、参加非法游行、签署诬蔑政府文件提出弹劾，"公惩会"决予休职二年处分。台湾政局，山雨欲来风满楼了。

果然，1979年12月10日，以《美丽岛》杂志为名，串联全岛反对运动的人士，集合两万余人，在高雄市举行"世界人权纪念日"演讲游行活动。国民党政府派出"镇暴"军警镇压，200余人受伤，事后又进行大规模的搜捕，包括在任"立法"委员黄信介和作家王拓、杨青矗在内，共有160余人被捕，酿成轰动全台湾的"美丽岛事件"。

1980年2月底，被捕省议员林义雄的母亲、女儿，白天被杀死在家中，又引发"林宅血案"。7月，还有留美学人陈文成伏尸台大校园的命案。

1984年5月20日，蒋经国连任第七任"总统"，李登辉登上了"副总统"的宝座。

还是在1972年，蒋经国出任"行政院长"的时候，面对内外各种危机，为了应变求存，就开始在政治上作出一些调整，推出了一系列"革新保台"、"在台生根"的措施。1975年4月5日蒋介石辞世之时，蒋经国接班主政以后，又一直采取"革新保台"方针。这时，台湾取得了较高速度的经济发展。从1964年到1973年的10年，平均年增长率高达11.1%，被称为"起飞的年代"。这样的经济成长，意味着具有相当社会力量的中产阶级已经形成。这时，1979年元旦，中美两国正

---

① "新"分离主义势力之所谓"新"，是相对于50年代的"老"的分离主义势力而言的。

式建立外交关系，美国断绝与台湾的正式外交关系，台湾在国际上日益孤立，投资意愿日益低落，影响了人心安定，波及了政治局势，引发了社会动荡。经济改革也面临重重困难了。从政治上说，蒋经国的"革新保台"方针，也面临着日益强大的人民民主运动和分离主义反对派的挑战，面临着"法统"危机、继承危机，开放党禁、报禁以及解除"戒严法"等政治难题，也面临着大陆提出的"一国两制"、和平统一祖国的一系列政策挑战，而不得不做出若干开明的、进步性的改革措施。比如，逐步实现领导权力结构的过渡和转型，以否定蒋氏"家天下"体制，向"非蒋化"过渡，取代老年化，向年轻化转型，否定个人独裁，向集体领导转型，由大陆人主政向"台湾化"过渡，等等。李登辉就是在这种情况下上台的。

在此期间，社会动荡不安，人心涣散。一连串的由自然环境、生存权利引发的运动，不停顿地冲击当局的戒严体制，加以国民党外的政治团体、党派活动强渡关山，越来越大的压力，终于导致了国民党台湾当局在 1987 年 7 月 15 日宣布"解严"，终止了长达 38 年的戒严体制。接着，党禁、报禁也被解除。

其实，"解严"之前，这种冲击已经显示了分离主义的倾向了。进入 80 年代以后，台湾反对势力进一步发展。在党外运动中，有些人主张统一，有些人主张"台独"。"台独"分子披着"争民主"的外衣，打着"民主"的口号，进行分裂祖国的活动，形势变得复杂起来。

这种分离主义的活动，不久便发展为"台独"政党的建党组党活动。比如，1984 年年初，"台湾独立联盟"美国本部，任主席长达 10 年的张灿鍙，改任"世界台独联盟"主席之后，美国本部主席由陈南天继任。很快，4 月 17 日，在纽约，洪哲胜领着 20 个人，公开联名发表声明，脱离"台湾独立联盟"，又发表声明，由他做召集人，出笼了一个"台湾革命党"的"建党委员会"，筹建"台湾革命党"，声称这个党的宗旨是"推动台湾人民独立建国"。随后，洪哲胜在接受《台湾与世界》杂志特约记者邱庆文专访时，竟然公开叫嚣"中华人民共和国相当于列强"，"台湾革命是一场民族解放运动"。1985 年元旦，这个"台湾革命党"宣告成立。除洪哲胜担任总书记，时任洛杉矶刊行的《美丽岛周报》社长的许信良做了第一副总书记。1986 年 5 月 1 日，"美丽岛事件"后流亡美国 7 年的许信良在美国纽约宣布，他成立了由 100 多位"建党委员"组成的台湾民主党建党委员会，将在 8 月以前在海外成立"台湾民主党",并在年底前迁党回台湾,以突破国民党的党禁。不料,局势由此而急剧发展。这一年的9月28日,代表党外行使提名权的党外选举后援会在圆山饭店举行推荐大会,由"立法委员"费希平、"监察委员"尤清动议讨论了建党的问题,包括费希平、尤清及谢长廷、张俊雄等人在内的"建党工作小组"当场发动建党发起人签署工作,获得135人签署,并在当天下午决定组织"民主进步党",宣布正式成立。跟着,许信良在美国决定,取消台湾民主党建党委员会,取消台湾民主党的建党工作,并宣称将其改为"民主进步党海外支部"。许信良等人,也将"迁党回台"改为"回台入党"。分离主义的"台独"势力就这样以政党的形式登上了台湾的政治舞台。

在这样一个动荡的政治局势里,从意识形态、文化思想来说,这种分离主义的论述,是从"台湾结"与"中国结"、从"台湾意识"与"中国意识",也就是"独立"与"统一"的争论开始的。这场统、"独"争论的触发点,是1983年的两件事情。一件是,外省人第二代韩韩、马以工创办《大自然季刊》,以他们认定的方式去爱台湾。另一件是,另一个外省人的第二代,以创作《龙的传人》一曲成名的校园民歌手侯德健,赴大陆以圆回归祖国之梦。由此,而引爆了统、"独"意识的公开论战。

这一年的6月11日出版的《前进周刊》第11期报道了侯德健赴北京进修的消息,还发表了杨祖珺的文章《巨龙、巨龙,你瞎了眼》。文章中,杨祖珺说侯德健是"爱国的孩子","'龙的传人'只是侯德健在学生时代,辗转反侧深思不解的中国,'龙的传人'是他揣测、希望、担忧的中国"。杨祖珺还说,中国虽然是从书本上、宣传上得来的,但毕竟是在深深地困扰着台湾的年轻的知识分子的问题。一个星期以后,6月18日,《前进周刊》第12期上,又有两篇相关的文章刊出。其中,陈映真的《向着更宽广的历史视野》一文,面对《龙的传人》这首歌广为流传的热烈而又动人的情景,首先深情地倾诉了他心中缘于"中国情结"而迸发的爱国激情。陈映真写道:"这首歌整体地唱出了深远、复杂的文化和历史上一切有关中国的概念和情感。这种概念和情感,是经过几千年的发展,成为一整个民族全体的记忆和情结,深深地渗透到中国人的血液中,从而远远地超越了在悠远的历史中只不过一朝一代的任何过去的和现在的政治权力。"针对少数分离主义者有关"空想汉族主义"的荒唐指责,有关"台湾社会的矛盾,是

'中国人'民族对'台湾人'民族的殖民压迫和剥削"的谬论，陈映真明确地指出："组织在资本主义台湾社会的所谓'中国人'与'台湾人'之间的关系，绝不是所谓'中国人＝支配民族＝支配阶级'对'台湾人＝被支配民族＝被压迫·剥削阶级'的关系。"陈映真呼吁，无论是批判右的还是批判左的台湾分离主义，人们都会"心存哀矜的伤痛"，"而如果把这一份哀矜与伤痛，向着更宽阔的历史视野扩大，历代政治权力自然在巨视中变得微小，从而，一个经数千年的年代，经过亿万中国人民所建造的、文化的、历史的中国向我们显现。民族主义，是这样的中国和中国人的自觉意识；是争取这样的中国和中国人之向上、进步、发展、团结与和平；是努力使这样的中国和中国人对世界与其他民族的和平、发展和进步做出应有的贡献的这种认识"。

陈映真的《向着更宽广的历史视野》一文发表后，6月25日，《前进周刊》第13期发表了3篇文章，进行攻击。这三篇文章是：蔡义敏的《试论陈映真的"中国结"——"父祖之国"如何奔流于新生的血液中？》，陈元的《"中国结"与"台湾结"》，梁景峰的《我的中国是台湾》。这3篇文章，集中攻击了陈映真的"中国结"，主张"台湾、台湾人意识"。

7月2日，《前进周刊》第14期又发表了陈映真的《为了民族的团结与和平》一文。从蔡义敏等人的攻击，陈映真认为，少数人，即"左翼台湾分离主义"者，把当前台湾地区内部的省籍矛盾歪曲成了"中国人"民族与"台湾人"民族的矛盾。针对分离主义者攻击爱国的"中国结"是"汉族沙文主义"、"爱国沙文主义"、"中国民族主义"，陈映真指出，"希望台湾的政治有真实的民主和自由，社会有正义，是绝大多数在台湾的本省人、大陆人共同一致的愿望"。鉴于分离主义者无视这一事实，歪曲这一事实，激于民族义愤的陈映真发出了这样的质问："为什么凡是要台湾更自由、更民主、更有社会正义的人，就非说自己不是中国人不可呢？……为什么……我们以中国人为荣，以中国的山川为美，以中国的瓜分为悲愤，一定是可耻、可笑呢？……为什么凡是自然地以自己为中国人，并以此为荣的人，党外民主运动都不能容纳？"针对分离主义者破坏民族团结的言行，陈映真写道："让一切追求民主、自由与进步的本省人和大陆人有更大的爱心、更大的智慧，互相拥抱，坚决反对来自国民党和左的、右的台湾分离论者破坏人民的民族团结。"陈映真还指出，这种"于历史中仅为一时的台湾分离主义，其实是中国近代史上黑暗的政治和国际帝国主义所生下来的异胎"。这真是一种远见卓识，真知灼见。

现在，论争一经展开，很快就激化起来。

1983年7月，《牛根》杂志刊出陈树鸿的《台湾意识——党外民主运动的基石》一文，极力维护了陈映真所深刻揭露和批判过的标举分离主义的"台湾意识"。陈树鸿的文章还有一点值得注意，那就是，他把"中国意识"等同于不民主，主张为了民主必须排除"中国意识"。这个论点，倒是说破了新分离主义者的一种策略。他们是有意把自己的分离主义的"台独"活动和反对国民党统治下的"不民主"画上等号的。到往后的90年代，我们常常可以看到，"台独"派在重复地使用这一论证。不过，这其实不是他们这些党外新生代的发明。早在五六十年代，台湾一些西化派自由主义者反中国文化时，也是在民主不民主问题上做文章的。

8月底，陈映真应聂华苓主持的美国爱荷华大学国际写作计划邀请，到美国作短期访问。9月28日，在爱荷华市诗人吕嘉行家，和正在美国加州柏克莱大学做访问学者的旅日华人教授戴国辉做了一次对谈。吕嘉行和评论家谭嘉、《台湾与世界》杂志发行人叶芸芸列席。对谈的话题，就是台湾岛上刚刚发生的"台湾人意识"、"台湾民族"与"中国人意识"、"中华民族"，或者说"台湾结"与"中国结"的问题。叶芸芸后来将对谈整理成文，先后发表在美国纽约出版的《台湾与世界》1984年2月号、3月号和在岛内出版的《夏潮论坛》1984年3月号上。对谈中，陈、戴二人的共识是，"台湾结"是"恐共"、反共的表现，实质是"以台籍中产阶级为核心"的分离主义的"台独"势力对大陆的抗拒，其背后的暗流"乃是国际政治关系的动荡不安"；"台湾独立的理念"是"60年代中兴起的台湾资产阶级"的理念，"这实在是阶级的问题，而不是什么'民族'的问题"。

陈映真和戴国辉的对谈，带有1983年最初论战的小结的意识，到1984年，转战于《夏潮论坛》和《台湾年代》之后，论争趋于白热化了。《夏潮论坛》在1984年3月的12期上编发了《台湾的大体解剖》专辑，专辑中，除了前述陈、戴对谈的记录稿，还发表了戴国辉的《研究台湾历史经验谈》，吴德山的《走出"台湾意识"的阴影：宋冬阳台湾意识文学论的批判》，还有赵定一（陈映真）的《追究"台湾一千八百万人"论》。这些文章或谴责"台独"意识为"恐共"，或视

"台湾意识"为"阴影"，尖锐地批评了分离主义。

这里说到的宋冬阳，就是陈芳明。陈芳明的长文《现阶段台湾文学本土化的问题》，发表在1984年1月的《台湾文艺》86期上。陈芳明从台湾文学切入，回顾了80年代以来台湾思想界、文学界有关台湾意识的论战，对陈映真等人的主张进行了攻击。《夏潮论坛》上的《台湾的大体解剖》专辑，就是由陈芳明的文章引发的，也是针对陈芳明的长文的。

与《夏潮论坛》针锋相对，同月月底，《台湾年代》1卷6期推出了《台湾人不要"中国意识"》专辑，除社论《台湾人不要"中国意识"》外，还有5篇文章是：郑明哲的《台独运动真的是资产阶级运动吗?》，黄连德的《洗掉中国热昏症的"科学"妆吧》，林浊水的《〈夏潮论坛〉反"台湾人意识"论的崩解》，高伊哥的《台湾历史意识问题》，秦绮的《神话与历史、现在与未来》。4月，《80年代》1卷6期上，又有罗思远的《故土呼唤已渐遥远——论"台湾意识"与"中国意识"的争辩》一文，加入了《台湾年代》对于《夏潮论坛》的攻击。这些文章，除了继续鼓吹"台湾意识"、排除"中国意识"以制造分离，还有一点值得注意的是，这些持有分离主义思想的党外新生代，都借口日本在台湾的现代化开发而对日本在台湾的殖民统治感恩。于是，把"崇日"包容到分离主义的思想体系里来，成了一个新的动向。

需要说明的是，就在这场"台湾结"与"中国结"、"台湾意识"与"中国意识"激烈论争的时候，在美国出版的《美丽岛周报》等分离主义势力杂志，先后发表了《注视岛内一场"台湾意识"的论战》及《台湾向前走》、《岛内外统派余孽猬集〈夏潮论坛〉/戴国辉陈映真热情拥抱在一起》、《"统一左派"对上"台湾左派"》，在鼓吹"独立建国"的滥调中，对《夏潮》及陈映真等人进行政治诬陷。陈映真写了《严守抗议者的操守——从海内外若干非国民党刊物联手对〈夏潮〉进行政治诬陷说起》一文，发表在1984年4月的《夏潮论坛》13期上，对《美丽岛周报》的"法西斯的、造谣、诬陷的本来面目"无情地予以揭露，并重申，《夏潮》的立场正是"中国民族主义"，"对于中国历史、文化和人民抱着极深的认同和感情"，"愿意跳出唯台湾论的岛气，学习从全中国、全亚洲和世界的构图中去凝视中国（连带地是台湾）的出路"。

这场争论延续到"解严"之后，激烈程度减退。"台独"势力的新分离主义，又进入了一个新的阶段。

这又和台湾政局变化有关。

1988 年 1 月 13 日，蒋经国去世，李登辉开始执掌党政大权，台湾进入"李登辉时代"。1990 年 5 月，李登辉宣布开始"宪政改革"，对旧"法统"进行改造。此后，从 1990 年到 1997 年，台湾当局进行了四次"修宪"，包括终止"动员戡乱时期"、废除"临时条款"；"总统"由台湾地区人民直接选举产生；冻结台湾"省长"、"省议会"选举，虚化"台湾省政府"功能；等等。台湾的政治格局、国民党内部的权力结构以及台湾当局对大陆政策和对外政策都发生了重大的变化。其中，最为突出的是国民党政权迅速"本土化"，标榜实行西方民主制度，谋求"两个中国"的政策日益明朗化，分裂祖国的势力愈益煽动仇视大陆的情绪，"台独"活动更形猖狂。

民主进步党，即民进党成立之初，本来还是各种反国民党势力的复杂组合，但领导权基本上被"台独"分子把持，"台独"思潮在该党内严重泛滥，民进党一大通过的党纲，即主张台湾前途由台湾全体居民决定。以后，该党又陆续通过一些决议，宣称"台湾人民有主张台湾独立的自由"、"台湾国际主权独立"等等。1988 年以后，在台湾当局的姑息与纵容下，海外公开的"台独"组织加强向岛内渗透，在美国的最大的"台独"组织"台独联盟"迁回台湾，以后集体加入了民进党。1991 年 10 月，民进党召开五大，公然在党纲里写下了"建立主权独立自主的台湾共和国暨制定新宪法，应交由台湾人以公民投票方式选择决定"。1992 年 5 月，"立法院"修改"刑法"，废除"刑法第100 条"和"国安法"，使鼓吹和从事非暴力的"台独"活动合法化。从此，台湾当局实际上已经不再禁止"台独"活动。各种"台独"组织进行了名目繁多的分裂活动。直到 1999 年，李登辉抛出"两国论"的"台独"言论。到 2000 年的"总统"选举，民进党陈水扁、吕秀莲竟当选正、副"总统"，结束了国民党当政的时代。陈水扁、吕秀莲一上台，便公开抛弃了"一个中国"的原则。

在这样的政治格局里，从意识形态来说，作为"台独"的文化标签，"台湾意识"逐步被"台湾主体性"所取代了。

本来，早在 1962 年，史明以日文撰成《台湾四百年史》，就已经把"台湾人意识"和"中国人意识"对立起来了。1964 年，"台独"派的王育德也在日本出版了《台湾：苦闷的历史》，在史明所炮制的

"台湾民族论"架构下，把台湾史描绘成"台湾民族"受到外族压抑的历史。这种"台湾民族"论，是用"民族性"来定义台湾的特殊性。宋泽莱在《民进报》46、47、48 期上发表《跃升中的"台湾民族论"》也依台湾在血统、语言、文字、生活习惯上的共性，将生活在岛上的群体定位为"台湾民族"。相对于此，谢长廷在 1987 年 5 月的《台湾新文化》8 期上发表《新的台湾意识和新的台湾文化》一文，认为，"相对于中国大陆的'台湾住民'意识"，已经"形成彼此命运一体，息息相关的共同体意识"。他把这种住民意识叫作"新的台湾意识或台湾岛命运共同体的意识"。1988 年 4 月 24 日，李乔在《自由时报》上发表《台湾文化的渊源》一文，提出来用"台湾人"来称呼台湾的住民，以避免强调族性而激化社会内部的族群对立。1989 年 7 月 26 日、27 日，李乔在《首都早报》上发表《台湾运动的文化困局与转机》一文，继续阐释了这种观点。不管台湾民族论、台湾人论对台湾性的定位及对"中国"定义有什么不同，却都是为了构筑"台独"的理论基础而提出的。不满于立论的局限性，进入 90 年代之后，"台独文化"开始反省台湾内部多族群如何统合的问题。立足于这种反省，张炎宪在《台湾史研究的新精神》一文里，提出了"多元族群"的观点，认为台湾内部的福佬人、客家人、外省人、原住民都是台湾历史的主体，他们的活动都是台湾历史的一部分，各族群在台湾的历史活动中的主体地位都应该得到确认。而这种"台湾的主体性"，只有在去除了汉人的中心意识之后，才能获得。这一史观，成了 90 年代台湾主体论的主要史观。

1991 年，陈芳明的《朝向台湾史观的建立》一文，在台湾史领域建构了"台湾主体性"的概念，并在台湾文学中同时建构了"台湾主体性"的概念。1992 年，陈芳明在四七社议论集《改造与重建》一书的序言《注视世纪的地平线——四七社与台湾历史意识》一文中，又以"相对于整个中国"的"命运共同体"的台湾为主体，他是要用"多元主体论"来消弭社会内部的对立，凝聚台湾"独立"建国的能量。

90 年代，这种新分离主义的思潮，在文学领域里得到了恶性的膨胀，形成了一股反民族、反中国的"台独"文艺思潮。这股"台独"文艺思潮，从 80 年代延伸而来，到 90 年代变本加厉，又理所当然地激化了台湾新文学思潮领域里的统、"独"大论战。

第二节 从乡土向本土转移抛出了台湾文学主体论

1965 年，复出文坛的叶石涛在《文星》发表了《台湾的乡土文学》一文，重新提出了从理论上解释"乡土文学"概念的问题。1977年 5 月 1 日，台湾文坛乡土文学论战正在激烈展开之时，叶石涛在《夏潮》第 14 期上发表了《台湾乡土文学史导论》一文，再一次对"乡土文学"做了新的阐释。叶石涛把 1697 年从福建来到台湾的郁永河的《裨海纪游》到吴浊流的小说之间的台湾重要作家作品都包罗进去，把近、现代的至少是 1945 年前的台湾地区的中国文学，全都看作是"乡土文学"，又从"乡土"衍生出了一个"台湾立场"的问题。叶石涛说，台湾从陷日前的半封建社会进入日据时代的资本主义社会之后，在资本主义社会形成过程之中，近代都市兴起，集结在这些近代都市中的，是一批和过去的、封建的台湾毫无联系的市民阶级。他们在感情上、思想上和农村的、封建的台湾的传统没有关系，从而也就与农村的、封建的台湾之源头——中国，脱离了关系。一种近代的、城市的市民阶级文化，相应于日本帝国对台湾之资本主义改造过程，相应于这个过程中新近兴起的市民阶级而产生。于是，一种新的意识——"台湾人意识"产生了。进一步，叶石涛将这"台湾人意识"推演到了所谓的"台湾的文化民族主义"，说什么，台湾人虽然在民族学上是汉民族，但由于上述的原因，发展了和中国分离的、台湾自己的"文化的民族主义"。

叶石涛的《台湾乡土文学史导论》遭到了陈映真的批判。陈映真在 1977 年 6 月《台湾文艺》革新 2 期上发表了《"乡土文学"的盲点》一文，一针见血地指出："这是用心良苦的，分离主义的议论。"陈映真还指出，日据时代的台湾，仍然是农村经济而不是城市经济在整个经济中起着重大作用。而农村，正好是"中国意识"最顽强的根据地。即使是城市，中小资本家阶级所参与领导的抗日运动，也都"无不以中国人意识为民族解放的基础"，所以，"从中国的全局去看，这'台湾意识'的基础，正是坚毅磅礴的'中国意识'了"。由此，陈映真断言："所谓'台湾乡土文学史'，其实是'在台湾的中国文学史'。"

也许是忧虑于叶石涛炮制的这种文学分离主义的恶性传播，陈映真接着又在 1977 年 7 月 1 日的《仙人掌杂志》5 期上发表《文学来自社会反映社会》一文，强调"台湾新文学在表现整个中国追求国家独立、民族自由的精神历程中，不可否认地是整个中国近代新文学的一部分"。他在随后，同年 10 月的《中华杂志》171 期上又发表《建立民族文学的风格》一文，强调"30 年来在台湾成长起来的中国文学"的作家们，"使用了具有中国风格的文字形式、美好的中国语言，表现了世居在台湾的中国同胞的具体社会生活，以及在这生活中的欢笑和悲苦；胜利和挫折……这些作家也以不同的程度，挣脱外国的堕落的文学对他们的影响，扬弃了从外国文学支借过来的感情和思想，用自己民族的语言和形式，生动活泼地描写了台湾——这中国神圣的土地，和这块土地上的民众。正是他们的文学……在台湾的中国新文学上，高高地举起了中国的、民族主义的、自立自强的鲜明旗帜！"陈映真还热忱地呼吁："一切海内外中国人，因为我们在对于台湾的中国新文学共同的感受、共同的喜爱、共同的关切的基础上，坚强地团结起来！"再往后，他又在 1978 年 8 月《仙人掌杂志》2 卷 6 号上发表《在民族文学的旗帜下团结起来》一文，在 1980 年 6 月《中华杂志》203 期上发表《中国文学的一条广大出路》一文，反复地展开了这样的论述。然而，这种善良的愿望已经阻挡不住文学领域里新分离主义的逆流了。

叶石涛在 1982 年 1 月中，拉着郑炯明、曾贵海、陈坤仑、施明元等人一起在高雄创办了《文学界》杂志。叶石涛说，他和《文学界》的愿望就是要整合本土的、传统的、外来的文学潮流，建立有自主性的台湾文学。1983 年 4 月，叶石涛在台北远景出版社出版了自己的《文学回忆录》。1984 年，叶石涛得到郑炯明等人的资助，还有《文学界》其余同仁提供的资料，开始写作《台湾文学史大纲》，到 1985 年夏天写成，并分别在当年 11 月和第二年 2 月、8 月的《文学界》12、13、15 集上先行发表。等到林瑞明完成《台湾文学年表》，辑入书中，就在 1987 年 2 月，改名《台湾文学史纲》，交由《文学界》杂志社出版。1991 年 9 月，印行了新版。

历史又给了叶石涛一个玩弄骗术的机会。在《文学回忆录》里，他写《台湾小说的远景》和《论台湾文学应走的方向》，还信誓旦旦地说什么"台湾文学是居住在台湾岛上的中国人建立的文学"①,"在台湾的中国文学,以其历史性的渊源而言,毫无疑义的,是整个中国文学的一环,也可以说是一支流……台湾文学始终是中国人的文学,它并没有因时代社会的蜕变,或暂时性的分离而放弃了民族性,也没有否定了根本性中国民族的传统文化"②。说到台湾新文学的发生,还白纸黑字地写着:"台湾的新文学运动深受第一次世界大战弱小民族的自决的思想解放和中国大陆五四文学革命的影响。"③ 讲到"来自祖国大陆的承传",还振振有词地表演说:"所有台湾作家都因台湾文学是构成中国文学的一个重要环节而觉得骄傲与自负。我们在台湾文学里看到的是中国文学不灭的延续。"④ 至于他在 1977 年讲到的"乡土",他也乔装打扮一番,改口说:"这些乡土色彩基本上乃属于中国的。"⑤

然而,叶石涛的伪装难以持久。和"台独"势力的大肆活动及新分离主义思潮的恶性泛滥相呼应,叶石涛纠合一些人创办《文学界》时,就显得他是不甘寂寞的"两面人"了。叶石涛在《〈文学界〉创刊号编后记》里就说:"这三十多年来的台湾文学的确产生了许多值得纪念的作品,然而我们仍然觉得台湾文学离开'自主化'的道路颇有一段距离。我们希望台湾作家的作品能够有力地反映台湾这一块美丽的土地的真实形象,而不是执著于过去的亡灵以忘恩负义的心态来轻视孕育你、供给你乳汁与蜜的土地与人民。那些站在空洞的神话架构上来号令叱咤的文学,只是损害勤朴人民心灵的毒素,它是一种可怕的公害。"

叶石涛和《文学界》的这一表态立即得到了海外"台独"势力的夸奖。比如,1983 年 4 月 13 日,陈芳明就在美国洛杉矶写了一篇《拥抱台湾的心灵——〈文学界〉和〈台湾文艺〉出版的意义》,发表在 4 月 16 日出版的《美丽岛周报》上。陈芳明按捺不住他的万分激动,欣喜若狂地欢呼,经历了 1977 年乡土文学论战和 1979 年高雄事件之后,"中国精神"已"后继无人",台湾本土文学与"本土政治结合起来",终于迈入了"新的里程"。对于《文学界》上叶石涛所发表的那一段声

---

① 叶石涛:《文学回忆录》,台北远景出版事业公司,1982 年 4 月初版,第 106 页。

② 同上,第 110 页。

③ 同上,第 112 页。

④ 同上,第 115 页。

⑤ 同上,第 118 页。

明，陈芳明说，那是在"肯定台湾文学的本土性、自主性"，这种强调，"在文学史上是极为重要的发展"。由此，陈芳明还异想天开地预言："台湾民族文学的孕育诞生乃是必然的。"就是在这篇文章里，陈芳明还公开宣扬了他的"文学台独"主张："把台湾文学视为中国文学的一部分，是错误的。"

顺便说一句，陈芳明在为叶石涛和他的《文学界》叫好的时候，还提到了另一个杂志《台湾文艺》。《台湾文艺》是在1964年4月由吴浊流独资出版的，维持到53期时，1976年10月，吴浊流不幸去世，改由钟肇政、钟延豪父子接办，但一直经费不足，最后依靠远景出版社扶助。1983年1月15日，《台湾文艺》从80期开始，由医师陈永兴接办，李乔主编。这以后，从100期到1987年1月104期由李敏勇负责，105期到120期由台湾笔会接办，主编有杨直矗、黄劲连等人。陈芳明称《台湾文艺》80期是重新出发。他提到《台湾文艺》在重新出发时发表的一篇"宣言"——《拥抱台湾的心灵，拓展文艺的血脉》。那"宣言"说："《台湾文艺》是台湾历史上具有特殊意义的一本文艺杂志，从创办以来，它就一直代表着台湾同胞的心声，扎根在台湾宝岛的土地上，反映出台湾社会实际的面貌。"出版后，编者又强调要"站在民间的立场，传达出本土的、自主的、自尊的斯土斯民心声"。陈芳明也十分看重《台湾文艺》的这一表态，吹捧它所肯定的"台湾文学的本土性、自主性"，"必然铸造作家的意识和思考模式"。

从陈芳明的文章开始，台湾岛内外的新分离主义者，"台独"势力，已经尊奉叶石涛为提出台湾文学"本土化"、"自主性"第一人了。

叶石涛也就在"文学台独"的歧路上越走越远了。

开始，是在他的《文学回忆录》里，尽管还有"中国文学"的外衣，也还是在回忆他和西川满、《文艺台湾》的关系时，在《府城之星，旧城之月》、《〈文艺台湾〉及其周围》、《日据时期文坛琐忆》等篇章里，宣泄了他对后来的人们批判"皇民文学"的不满，为他自己日后大翻"皇民文学"之案埋下了伏笔。

随后，就是《台湾文学史纲》了。1996年7月7日，叶石涛在高雄左营老家为他的《台湾文学入门》一书写《序》时说，他"从青年时代就有一个梦想，那就是完成一部台湾文学史，来记录台湾这块土地几百年来的台湾人的文学活动，以证明台湾人这弱小民族不屈不挠地追求自由和民主的精神如何地凝聚而结晶在文学上"。于是，他写了

《台湾文学史纲》。只不过，叶石涛写的时候，有难言之隐。这"难言之隐"，在1996年的这篇《序》里，叶石涛说是："《台湾文学史纲》写成于戒严时代，顾虑恶劣的政治环境，不得不谨慎下笔。因此，台湾文学史上曾经产生的强烈的自主意愿以及左翼作家的思想动向也就无法阐释清楚。……各种的不利因素导致《台湾文学史纲》只聊备一格。"①

其实，即使是碍于台湾国民党当局的戒严体制而不能放肆地宣扬自己的强烈的分离主义和"台独"主张，叶石涛还是在《台湾文学史纲》一书里顽固地表现了自己。1985年12月，他在《台湾文学史纲》初版本的《序》里就说："台湾历经荷兰、西班牙、日本的侵略和统治，它一向是'汉番杂居'的移民社会，因此，发展了异于大陆社会的生活模式和民情。特别是日本统治时代的50年时间和光复后的40年时间，在跟大陆完全隔离的状态下吸收了欧美文学和日本文学的精华，逐渐有了较鲜明的自主性性格。"叶石涛还说："我发愿写台湾文学史的主要轮廓（outline），其目的在于阐明台湾文学在历史的流动中如何地发展了它强烈的自主意愿，且铸造了它独异的台湾性格。"② 果然，叶石涛还是在这部《台湾文学史纲》里喋喋不休地阐明了他所谓的台湾新文学的"鲜明的自主性性格"和"强烈的自主意愿"。

比如，说到30年代初有关"台湾话文"和"乡土文学"的论争，叶石涛偏偏要说，在论争中除了受大陆白话文运动的影响之外，"台湾本身逐渐产生和建立自主性文学的意念"；在甲午战败割让台湾后30余年社会发展的背景下，"台湾新文学必须走上自主性的道路"，这是"正确而不可避免的途径"③。

说到二战之后，光复了的台湾，在1947年《新生报》的《桥》副刊上展开的"台湾文学"向何处去的讨论，叶石涛又曲成己见，硬说省籍作家杨逵、林曙光、濑南人等"希望台湾文学扎根于台湾的特殊性，建立自主性的文学"。由此，叶石涛还借题发挥说，围绕这"自主性"问题而存在的省外作家与省籍作家中的见解的对立，"犹如甩不掉的包袱，在台湾文学发展的历史性每一阶段里犹如不死鸟（phoenix）

---

① 叶石涛：《台湾文学入门·序》，载《台湾文学入门》，高雄春晖出版社，1997年6月初版，第1~2页。

② 叶石涛：《台湾文学史纲》，高雄《文学界》杂志社，1991年版，第1~2页。

③ 同上，第28页。

再次出现，争论不休。在 70 年代的乡土文学论争里，历史又重演，到了 80 年代更有深度的激化"。叶石涛还说，台湾文学"在三百多年来的跟异民族抗争的血迹斑斑的历史里养成的坚强本土性格"，乃是"无可否认的事实"①。

说到 60 年代的台湾文学，叶石涛指出，在《笠》和《台湾文艺》这"两种本土性很强的刊物里"，人们可以看到，"由于台湾民众与大陆隔绝几达 80 多年的时间，台湾实际也发展了具有地方性特色的文学倾向；因此，主张台湾文学应有自主性，建立自己的文学，发展自己文学特性的主张也广为流行"②。对于 1966 年由尉天骢、陈映真、黄春明、王祯和、施叔青、七等生等作家创办的《文学季刊》上发表的黄春明的《莎哟娜拉·再见》，王祯和的《小林来台北》，王拓的《庙》和《炸》等作品，叶石涛则加以攻击，指责他们有意要"迈向新的'在台湾的中国文学'路程"，可是，"这些新一代的作家不太认识台湾本土意识浓厚的日据时代新文学运动的传统"，却偏偏要去"着重思考"什么"整个中国的命运"③。

写到第六章 70 年代的台湾文学时，叶石涛所谓戒严时代的"谨慎下笔"也顾不了许多了。他以为，"乡土文学"的发展，70 年代已经"变成名正言顺的台湾文学"，而且"构成台湾文学的主流"④。

在描述 70 年代的作家作品的情景时，叶石涛又编造了一个神话说，"70 年代的文学作品"，是"努力去统合台湾在三百多年的历史中带来的不同文化价值系统"，而这"三百多年被殖民的历史"，"每一阶段"都使台湾获得了"异族的文化形态"⑤。叶石涛还吹捧了《这一代》杂志，称赞它"强烈地主张本土为重的意识"⑥。

《台湾文学史纲》最后说到了 80 年代最初几年的情景。随着台湾政局日渐发生变化，"人们可以看到"，叶石涛终于按捺不住内心的激动和兴奋说，"在政治体制上"，80 年代的"大陆"，对于台湾，已经不是"日据时代的'祖国'"了。叶石涛指名攻击陈映真等人说，70

① 叶石涛：《台湾文学史纲》。高雄《文学界》杂志社，1991 年版，第 118 ~ 119 页，123，138 页。

② 同上，第 118 ~ 119 页。第 123 页。

③ 同上，第 118 ~ 119 页。第 123 页。

④ 同上，第 138 页。

⑤ 同上，第 151 页。

⑥ 同上，第 153 页。

年代乡土文学的论争中"有人……指出乡土文学有分离主义的倾向"，那是"杞人忧天"。叶石涛说："事实上，台湾新文学从日据时代以来，一直在与大陆的隔绝下，孤立地发展了60多年，有许多实质的问题是无法以流派、主义的名称去解决的。""进入了80年代的初期，台湾作家终于成功地为台湾文学正名。"① 究竟是哪些"许多实质的问题"？还有，"成功地为台湾文学正名"又是什么意思？"正名"以后的"台湾文学"该是一种什么样的文学呢？叶石涛没有明说。也许，叶石涛还是不得不考虑他身处戒严时代，所以还是要有所收敛。然而，要不了多久，时局再变化，叶石涛就会肆无忌惮地说明白了。

即使如此，历史仍然表明，还在"解严"前夕，在台湾文学界，两种文学思潮斗争已经是壁垒分明了。那就是，以陈映真为代表的"中国文学之一环论"和以叶石涛为代表的"台湾文学本土论"或"台湾文学主体性、主体论"的严重对立。后者的立场，是反中国的。

除了叶石涛，这几年，竭力宣扬台湾文学"本土论"、"主体论"的，还另有人在。

紧跟叶石涛的是彭瑞金。1947年出生的新竹人氏彭瑞金，毕业于高雄师范国文系。1980年12月，他在《台湾文艺》70期上发表《80年代的台湾写实小说》一文，对70年代以来写实小说的发展趋向"工具化"、"现实化"提出了批评，展示了他的传统本土论者的文学本位立场。其实，彭瑞金这篇文章是替叶石涛来回应陈映真对于《台湾乡土文学史导论》的批判的。彭瑞金在文章里攻击了陈映真的民族文学论，有意肯定了五六十年代作家的本土创作，实际上是在延续70年代的陈映真、叶石涛的论争。

那是1981年1月，詹宏志在《书评书目》93期上发表了《两种文学心灵——评两篇〈联合报〉小说得奖作品》一文。文章里，詹宏志把台湾放在中国视野里考察和评价，认为台湾文学是中国文学的"旁支"，或者，如同小说家东平所说的，是相对于"中国的中心"的"边疆文学"。文学"旁支"和"边疆文学"之说，或许过于简单，容易引发误会，但是，詹宏志的中国立场却是不容置疑的，这实际上又是陈映真的中国立场的延伸。这一年10月，第二届"巫永福评论奖"评审会召开，陈映真和叶石涛都是评审人，詹宏志、彭瑞金都是候选人。

---

① 叶石涛：《台湾文学史纲》，高雄《文学界》杂志出版社，1991年版，第172页。

会上，叶石涛支持彭瑞金，陈映真力举詹宏志，争辩激烈，双方相持不下，评审会因此延期，最后不得不另选其他作品颁奖。

詹宏志的文章发表后，招来了分离主义者的攻击。先是高天生在5月的《台湾文艺》72期上发表了《历史悲运的顽抗》一文，强调"台湾文学的独特性"。接着，《台湾文艺》杂志社邀请詹宏志与本土作家巫永福、钟肇政、赵天仪、李魁贤等人对谈，话题是"台湾文学的方向"。这个座谈会的记录，发表在这一年7月的《台湾文艺》73期上。同一期的《台湾文艺》还刊出了应邀参加但没有出席的李乔（壹阐提）的书面意见稿——《我看"台湾文学"》，还有宋泽莱对于詹宏志的响应文章《文学十日谈》。9日，《台湾文艺》74期还刊出了彭瑞金的《刀子与模子》一文。

座谈会上，詹宏志补充说明了自己的观点。他说，他并不否认台湾文学的成就及其特殊性，他要肯定和强调的是，如果在政治上台湾要成为中国的一部分的时候，在文学上，台湾文学势必要成为中国文学的一部分。当然，詹宏志还是坚持说，站在中国全局来看台湾文学，台湾势必成为边疆文学。

会上会下，反对者对詹宏志的文章发难，还是表现在用所谓的"台湾结"来对抗"中国结"。

比如高天生。这个被叶石涛吹捧为"最有成就的""评论家"的人，就反对将台湾文学"当做中国文学的亚流"，强调要面对台湾文学的"独特的历史性格、文学特色等，将之视为一独立的文学史对象来加以处理，就如我们独立处理台湾史一样"。高天生还指责詹宏志将台湾文学"置放于整个中国文学中去定位"，"是一种迷失历史方向后的错乱"，是在"动辄用大汉族沙文主义来诽谤文学前辈"。又比如宋泽莱。这个1952年才出生在云林县的年轻人，自称是受到"美丽岛事件"的"再启蒙"的人。日后"台独"立场日益顽固的宋泽莱，在攻击詹宏志的《文学十日谈》一文里，以台湾为中心，提出了台湾文学的"三个传统"，然后归纳出台湾文学"自足的价值"，气势汹汹地质问："台湾文学有她的独特经验……有哪一个人胆敢宣称台湾文学是一种'支脉的'、'附属品的'文学呢？"宋泽莱的特殊之处在于，他称台湾人为"弱小民族"，而不是"中华民族"；他又把台湾文学放在第三世界文学的位置，与中国文学是对等的位置，从而排斥了中国文学对台湾文学的任何作用。再比如李乔。他本名李能棋，1933年生于苗栗，客家人。李乔的父母是抗日志士，备受日本殖民者的欺凌和摧残。他本人也是自幼贫苦，在重压下生长。不幸，李乔也走上了分离主义的歧途。针对詹宏志的主张，他强调了两岸的分离阻隔。他说："虽然'中国文学'被原乡人携带来台，但是整个文学原野被斩断了，文学泉源被阻塞了。"

再就是彭瑞金。他攻击詹宏志，是说詹宏志预设了"中国统一"的政治立场。彭瑞金说，文学的"价值与政权的变化压根儿扯不上关系，台湾文学自有从文学出发的价值评定，和中国统一与否不发生影响"。他是从文学和政治分离而论的手法，排除了中国文学对台湾文学发生的作用。

陈芳明也对詹宏志的主张作了攻击。他在稍后的 1984 年 1 月，在《台湾文艺》82 期上，发表了《现阶段台湾文学本土化的问题》，指责詹宏志不是"从它本身固有的历史背景和本身立足的现实环境出发"，而是"站在台湾岛屿以外的土地上来观察台湾文学"。陈芳明说："詹宏志的彷徨与无助，再次暴露了'以中国为中心'的矛盾与缺漏。"陈芳明攻击这"以中国为中心"的情结，只不过是知识分子自我缠绕的一个情结，在一般台湾人心中并不存在。"在他们的观念里，并非是'以中国为中心'的，他们的中心其实是他们立足的土地。"

在这次较量里，从陈芳明、彭瑞金等人的言论来看，已经显示了台湾文学"本土化"、"自主性"的一种浓厚的"去中国中心化"的色彩。

这时候，随着台湾政局的变化，思想界、文化界有关"台湾意识"的论争十分激烈，台湾文学"本土化"、"自主性"的浊浪也有了进一步的汹涌。那是以《文学界》创刊为起点的。

还是叶石涛，前已说明，在《文学界》的创刊号上的《编后记》里，标举了"自主化"的口号，还发表了《台湾小说的远景》，正式打出了"自主性（originality）"的旗号。而且，在《编后记》里，还谈到了"邀请认真凝视台湾文学未来发展的评论家执笔继续发表此类文章"。随后，1982 年 4 月的《文学界》2 集上，彭瑞金发表了《台湾文学应以本土化为首要课题》，呼应了叶石涛的"自主化"、"自主性"的主张，鼓吹台湾文学要认同台湾，以台湾为中心的自主化为发展方向。

这时，1982 年 3 月，旅美作家陈若曦应《台湾时报》之邀回台，主持南北作家座谈会，试图化解两派之间的歧见。其实，这已经不可能了。1983 年 1 月和 9 月，叶石涛又在《文学界》5 集和 8 集上发表了《再论台湾小说的提升和净化》及《没有土地，哪有文学》。这一年的 7 月 15 日，林梵在《台湾文艺》83 期上发表了《从迷惘到自主——第一代到第四代的文学历程》一文。8 月 22 日，叶石涛还在《台湾时报》发表了《我看台湾小说界》一文。再就是陈芳明在 1984 年 1 月发表的那篇《现阶段台湾文学本土化的问题》了。在这期间，1983 年 4 月，叶石涛出版了《文学回忆录》。1985 年 6 月，他又出版了论文集《没有土地，哪有文学》。1985 年 10 月 21、30、31 日，叶石涛还在《自立晚报》上发表了《走过纷争岁月，迈向多元世代——香港文学的回顾与前瞻》。这些文章，把"自主化"谬论推向了极致，其中，有一个背景就是，《文学界》标举了叶石涛、彭瑞金的"自主化"、"自主性"主张后，陈映真发表了一系列的批判文章。

还是那个彭瑞金，在《台湾文学应以本土化为首要课题》一文中，对"台湾文学"下了一个定义说："只要在作品里真诚地反映在台湾这个地域上人民生活的历史与现实，是根植于这块土地的作品，我们便可以称之为台湾文学。"初看起来，这个界定似是而非，然而，彭瑞金强调的是"认同台湾这块土地"的意识，是针对陈映真等人的"中国文学论"而发的，他突出的是台湾与中国已经不是一体的现实，所以，文章里，他还攻击了"生于斯，长于斯，在意识上并不认同于这块土地"的"中国文学之一环论"者，把他们的文学排斥在"台湾文学"之外。彭瑞金的"台湾认同意识"还是叶石涛《台湾乡土文学史导论》中的"台湾立场"、"台湾意识"的延伸。彭瑞金的发展则是在于他去掉了"台湾乡土文学"中的"乡土"，只留"台湾"，正是"去中国中心化"的结果。由"本土化"出发，彭瑞金把"自主化"更加引向"文学台独"了。

有了彭瑞金、陈芳明等人的呼应，叶石涛虽然还处在戒严时代，也显得迫不及待了。他在《我看台湾小说界》一文里有意突出的是台湾和中国分离并非一体的"现实"，是台湾文学的"自主"发展。他说，日据时代，台湾是与中国大陆分开独自挣扎着求生存的。光复后，除去短暂的 45 年曾经与祖国大陆保持接触之外，其余"漫长时间都是自主地发展下来"。"简言之，从 1895 年的台湾割让直到现在——1983 年，大约有 80 年的时间，台湾被迫不得不在事实上与大陆分裂的状态下独自求生存"。于是，台湾文学也"有丰富的自主性表现"。在《没有土地，哪有文学》一文里，也说台湾文学要"发展富于自主性"的文学。

到此为止，可以说，"解严"之前，分离主义的文学思潮延续到"本土化"、"自主化"，其"台独"本质已经成形了。

随后的发展，首先发生的，是"台湾作家定位"的问题。

1986 年 8 月，《中国时报》在德国莱圣斯堡主办了一个名为"中国文学的大同世界"的国际性中国文学研讨会。会议结束后，主办人刘绍铭发言指出："只要是用中文写作的文学，不论是在世界上的哪个角落，都应算是中国现代文学的一部分。"① 这是莱圣斯堡会议的主旋律。另外，德国与会的教授顾彬批评了台湾的现代诗，贬责了郑愁予的诗作。到会的台湾作家李昂认为这是西方学者重视中国文学而轻视台湾文学的偏见，而和顾彬起了冲突。再加上，李昂听说，不久前在联邦德国举办的一次盛大的中国文学会议上，应邀与会的白先勇、陈若曦也受到了歧视，没有被安排和中国大陆作家一起出席盛大的官方晚宴，由此，李昂认定，这也是因为台湾不被承认为代表中国的政权，所以台湾文学也不被认为是中国文学主流，而导致台湾文学家在国际会议上受到歧视。回到台湾后，李昂就在 8 月 21 日的《中国时报》上发表了《台湾作家的定位——记"现代中国文学大同世界"》一文，对台湾作家所受到的不公平的待遇提出了抗议。李昂的文章引发了一些台湾作家的愤慨，以及对台湾作家国际地位的关注。

比如，先是洛夫，在 9 月 25 日的《中国时报》上发表了《怒读〈台湾作家的定位〉》一文，发出了不平之鸣。10 月 22 日，旅居海外的叶维廉也发表了《愤怒之外——"现代中国文学大同世界"会议的补述》一文，提到，这是国际社会"政治舞台上的一些怪现象"。11 月 1 日，《远见》杂志邀请李昂、郑愁予两位当事人对谈，探讨"台湾文学为什么得不到公平待遇"的原因。到 1987 年 1 月，《台湾文艺》104 期推出了《台湾作家的定位》的专辑。专辑里，发表了 5 篇文章，即李敏勇的《台湾作家的再定位——对角色和功能的思考》，向阳的《文学、土地、人——"台湾作家的定位"之我见》，羊子乔的《在转折点

---

① 引自凌琪：《大同世界的余波——刘绍铭眺望中国文学的大同世界》一文的报道，载 1986 年 9 月 17 日《中国时报》。

上，先确立坐标》，刘天风的《从台湾劳动群众的立场出发》，林宗源的《沉思与反省》。这些本土作家强调的还是台湾作家认同台湾、写出台湾特殊面貌的重要性。随后，4 月 27 日，龙应台在《中国时报》发表《台湾作家哪里去?》一文，认为台湾作家在国际社会备受歧视，绝大部分的责任是在国民党政府的外交关系及中国正统观，把问题的焦点定在了台湾的"国家定位"上。这，引起了台湾新分离主义意识严重的作家的重视。借此契机，他们又就"台湾国际地位"问题响应了"中国立场"的挑战。5 月 13 日，《台湾文艺》邀请了洛夫、李昂、郭枫、向阳、李敏勇等人，举办了"台湾作家哪里去"的座谈会。7 月，《台湾文艺》106 期刊登了座谈会的记录。座谈会上，李昂就台湾的"国家定位"问题说："台湾文学劣势一定存在，因为台湾在国际上一直是'名不正、言不顺'。台湾作家以后要用什么称呼去打国际地位，这恐怕是我们政府、文化官员，乃至作家应当思考的一个问题。"这，已经涉及并刺激了分离主义势力趋向"台独"的问题了。又是顽固地坚持"台独"立场的陈芳明，在 10 月的《台湾新文化》13 期上，抛出了《跨过文学批评的禁区》一文，把"台湾文学"、"台湾作家定位"的问题和台湾前途问题纠结在一起，进一步认定"台湾文学"反映台湾这个"经济生活共同体"实质和"中国定位"格格不入，断言台湾文学中的"中国"的"虚构性与虚伪性"。

到此为止，人们可以看到，"解严"之前，与政治本土化运动一步一步地冲破国民党的政治禁忌的同时，在"台湾独立"的政治主张主宰下，文学"独立"的种种谬论，已经一一被提了出来。到了 1987 年 7 月 15 日"解严"之后，这种种的谬论又有了恶性的发展。其中，80 年代末到 90 年代，这种恶性的发展则又随着政治上"台独"势力的猖獗而到了登峰造极的地步。

就在"解严"前夕，1987 年 7 月 7 日，所谓新生代的文坛"台独"势力在美国有一次聚会。当时，北美洲的台湾文学研究会邀请郑炯明、李敏勇访美。同时，彭瑞金也获得台湾基金会的补助，赴美收集战后初期台湾文学的资料。旅美的陈芳明、张良泽、林衡哲和他们相遇于加州海岸的美洲夏令会。陈芳明说，这一次聚首，让他感到"多少喜悦悲愁齐涌胸头"。7 月 28 日，陈芳明在圣荷西自己家中，与彭瑞金对谈了"文学史"的撰写事宜。对谈的记录，整理后，以《台湾文学的局限与延长》为题，发表在当年 10 月 26 日至 11 月 2 日的《台湾时报》和 11 月的台湾《文学界》24 期和 11—12 月的美国《台湾公论报》上。就同一话题，1988 年 1 月 8 日，陈芳明又写了一篇《是撰写台湾文学史的时候了》一文，随后发表在 2 月 13—14 日的台湾《自立早报》上。5 月 7 日，《民进报》革新版第 9 期又发表了陈芳明的《在中国的台湾文学与在台湾的中国文学》一文。在这之前，1987 年 11 月，陈芳明还在《台湾文化》第 15 期上发表了《心灵的提升与再造——乡土文学论战与中坜事件十周年》一文。这之后，1988 年 5 月 14 日，陈芳明还在《民进报》上发表了《文化上的称霸与反霸——旁观杨青矗与张贤亮的笔战》一文。凡此种种，都显得陈芳明想要在叶石涛之后为"文学台独"执牛耳了。

1989 年 11 月，台湾前卫出版社印出了一本吴锦发写的书《做一个新台湾人》。书中，有一篇吴锦发对陈芳明的采访记录《故人迟迟归——访旅美作家陈芳明》。陈芳明对吴锦发说，他自己在"二二八"事件之后，又接触到台湾立场强烈的《台湾政论》，还"受到台湾民主运动的冲击"，觉悟到了一个道理，就是："不能只在文学上努力，只有文学，绝对解决不了台湾的问题。"陈芳明说："我关心台湾，不能只满足于关心文学历史，还得关心政治事物，可是关心政治事物，又不能不了解历史文化……我得到一个结论：'台湾知识分子不能不关心政治！'因为政治才是解决台湾问题最直接的途径。"

就在上述的几篇文章里，借着谈论文学史的编写问题，陈芳明除了继续鼓吹"台湾没有产生过中国文学"，攻击"台湾文学是中国文学的一部分"的统派主张，就是不遗余力地在文学领域里贩卖政治上的"台独"谬论，再以政治上的"台独"为依据，回过头来兜售台湾文学与中国大陆文学分离和独立的谬论。比如，陈芳明说，台湾是移民社会，中国移民到了台湾以后，无不是以全新的"台湾人心态在开垦、生活的，他们的经济、生活方式逐渐因地域、环境的条件与中国隔离而形成他们的特色，他们从有移民的念头，到如何在这块地方活下去，我相信没有一样是受到北京政府的指导、保护吧！"陈芳明又说："基本上台湾一直是殖民地社会，殖民地社会的语言必然受到统治者的语言压迫，以官方的命令要殖民地人民放弃自己的母语，而使用统治者的语言。……在台湾，语言在日据时代便发生过紧张关系……国民政府迁台之后，也同样造成了语言的政治紧张气氛。"这表明，陈芳明已经把台湾看作是一个移民社会、殖民地社会。早年的大陆移居台湾的中国人被认定为外国异民族的移民，国民党政府在 40 年代末的败走台湾被认为是外国殖民统治者的占领了。陈芳明一再宣称的是，"政治运动者与文学运动者，对岛屿命运的思考，果然都得到相同的答案与相同的结论"。他把"文学中的本土意识"与"政治里的草根精神"看作是"追求岛屿命运过程中的双璧"。陈芳明是在用自己一时还不敢公开标举的"两国"论提醒文学界的新分离主义者和"台独"势力，要拿起政治上的"台独"武器了。

其实，陈芳明一时还不敢公开标举却分明具有的"两国"论的"台独"主张，早在 1984 年就抛头露面了。那一年 1 月，陈芳明署名宋冬阳在《台湾文艺》86 期上发表的那篇《现阶段台湾文学本土化的问题》里就公开说过："客观的历史告诉我们，1919 年，林呈禄、蔡培火、王敏川、蔡式谷、郑松筠、吴三连在日本东京筹组'启发会'时，就提出'台湾是台湾人的台湾'之主张。日后的政治团体，如 1927 年的'台湾民党'，便揭示'期望实现台湾人全体之政治的经济的社会的解放'之主张；同年的'台湾民众党'也高举'本党以确立民本政治建设合理的经济组织及改革社会制度之缺陷'之旗帜。这些右翼组织，全然是以追求台湾人的自治为终极目标。至于左翼团体如台湾共产党者，则进一步主张'台湾独立'。"

陈芳明在 1987 年 7 月"解严"后鼓吹文学"台独"要和政治"台独"结合，也是有它的社会基础的。

当他提出文学"台独"要首先走向政治"台独"的主张后，立即得到了呼应。

首先就是彭瑞金。彭瑞金被认为是传统的本土论者。他在美国加州圣荷西陈芳明家中和陈芳明对话时，也赞成把台湾看作是外国移民的"移民社会"和殖民社会，赞成说"台湾语文充满移民和被殖民的痕迹"。不久，彭瑞金开始撰写《台湾新文学运动 40 年》。这本书，于 1991 年 3 月由自立晚报社文化出版部出版，1992 年印了第二次，1997 年 8 月又由春晖出版社印行新版。叙述这 40 年的台湾新文学运动，彭瑞金的归宿就是上述陈芳明早在 1984 年就借"历史"说出来的"台湾独立"。彭瑞金在这本书的新版《自序》里说得明白："台湾，无论作为一个民族，或是作为一个国家，绝对不能没有自己的主体文化，并且还应该优先被建构起来。76 年前，台湾新文学发轫伊始，台湾先哲便著文呼吁，台湾人要想成为世界上伟大之民族，首先一定要有自己的文学。"在《自序》里，彭瑞金提到了1922年来到台湾的日本人贺川丰彦对文化协会成员说的一句话，即，"赶快建立属于台湾的文化吧！有了自己的文化，便不愁民族不能自决、民族不能独立"。彭瑞金说，这段史料，对于他的文学思考，"点亮了一盏明灯"。在《自序》里，彭瑞金还提到，要"促使台湾的大学设立台湾文学系"①。

彭瑞金在这篇《自序》里还说到了"台湾民族文学"的问题。这个以"台湾民族"概念建立的"台湾民族文学"，也是"解严"后"台独"势力叫嚷得很厉害的一种论调。比如，1988年5月3、4日的《台湾时报》上，林央敏发表《台湾新民族文学的诞生》一文；7月9日至11日的《台湾时报》上，他又发表了《台湾新民族文学补遗——台湾文学答客问》一文。宋泽莱则在1988年5月15日由前卫出版社出版的他的论文集《台湾人的自我追寻》一书里，抛出了《"台湾民族"三讲》和《跃升中的"台湾民族论"》两篇文章。他们提出"台湾民族文学"，就是为了和"中国文学"划清界限，"最后的目标就是建立一个优良的新民族文化"。而这种"新民族文化"、"新民族文学"，又是"与台湾岛的命运完全切合"的。所以，"台湾民族文学论"就是为了"独立建国"的政治目标而提出的。

彭瑞金在这篇《自序》里提到的"设立台湾文学系"，就是要将大学里原有的中文系视同外国文学系。这是新分离主义者、"台独"势力从"乡土"、"本土"最后走向"独立的台湾文学论"的一个信号。

当然，彭瑞金抛出这"独立的台湾文学"的谬论，也是早就有人在那里叫嚷了。1992年9月，彭瑞金自己在《文学台湾》4期上发表《当前台湾文学的本土化与多元化》一文也说："80年代的台湾文学多元化业已证明台湾文学的本土化理想，已经先期于台湾人的民族解放或政治的独立建国达成。"彭瑞金还认为，台湾文学应该自我期许，去创作"国家文学位格"的文学。

这一段时间里，叶石涛在干什么呢？他当然不甘寂寞。1992年9月和彭瑞金的《当前台湾文学的本土化与多元化》一起，在《文学台湾》4期上，叶石涛抛出了一篇《台湾文学本土化是必然途径》。1993年11月，他又在《台湾研究通讯》创刊号上抛出了《开拓多种风貌的台湾文学》一文。表面上看来，叶石涛在这两篇文章里不太主张让政

<hr>

① 彭瑞金：《台湾新文学运动40年》，高雄春晖出版社，1994年8月初版，第5~7页。

治来干扰台湾文学的正常发展，他只注重于"本土化"的问题，甚至鼓吹"台湾文学的本土化应该是台湾统派和独派皆能肯定的道路"。然而，他还是顽固地把中国文化诬蔑为"具有沙文主义色彩的'大汉文化'"、"外来强权文化"、"异质文化"，攻击二战后当时的中国政府用"威权统治的方式去压迫台湾人接受不同于台湾本土文化的异质文化"。叶石涛看到所谓"新生代"者陈芳明等人已经拉着彭瑞金等人赤膊上阵，以为韬晦时间就要过去，就要撕下假面了，充分亮相了。

应该说，即使怀有这样的心态，叶石涛也毕竟显得老到，在1985年的《没有土地，哪有文学》、1990年的《走向台湾文学》两本书之后，他还是先在《台湾文学的悲情》一书里放出了一个试探气球。这本书是1990年1月由高雄派色文化出版社出版的。这本书，基本上带有"回忆录"的性质，另有少量的评论文学。书中，叶石涛在感慨他50年投入台湾文学"得到的只是'悲情'两字"的时候，特别花力气做了"皇民文学"的翻案文章，此外，就是试探性地鼓吹分离主义、鼓吹"台独"了。比如，他也说，"台湾自古以来是个'移民社会'，是'汉番杂居'的多种族多语言的社会"①，"台湾是台湾人的土地"，在"几达一个世纪的漫长岁月里"，"台湾文化""铸造了自主而独特的文化价值系统"②，等等。

到1995年春，在高雄《台湾新闻报》的《西子湾》副刊上的《台湾文学百问》专栏里一周一篇地发表随笔，叶石涛终于赤膊上阵。叶石涛以为，"台湾文学本土化的主张已获取大多数台湾人的认同，政治压力减轻"，他可以放肆地鼓吹政治"台独"和文学"台独"了。请看这时候的叶石涛的言论——

> "台湾人属于汉民族却不是中国人，有日本国籍却不是大和民族……'台湾是台湾人的台湾'。"③
>
> "台湾人既不是日本人也不是中国人，台湾是一个多种族的国家。"④

---

① 叶石涛：《台湾文学的悲情·台湾文学里的"放逐"主题》，高雄派色文化出版社，1990年1月版，第149页。

② 同上，第114页。

③ 《战前台湾新文学的自主意识》，载1995年8月5日《台湾新闻报·西子湾》。

④ 《新旧文学论争的张我军》，载1995年9月2日《台湾新闻报·西子湾》。

"台湾本来是多种族的国家。"①

　　"台湾和中国是两个不同的国家，制度不同、生活观念不同、历史境遇和文化内容迥然相异。"②

　　"台湾是主权独立的国家。"③

　　"陈映真等新民族派作家是……民族主义者，他们是中国民族主义者，并不认同台湾为弱小新兴民族的国家。"④

　　"只有外省族群所用的普通话一枝独秀，是优势的语言，正如日治时代的日语是优势语言一样。这当然是外来统治民族强压的语言政策所导致的结果。"⑤

　　"不论是战前或战后，不能以台湾文学的创作语文来界定台湾文学是属于中国或日本文学；这好比是以英文创作的美国、加拿大、澳洲、纽西兰等国的文学不是英国文学的亚流一样的道理。同样的，新加坡的华文文学也就是新加坡文学，而不是中国文学。"⑥

　　"台湾文学现时仍用中国的白话文（华文）创作。然而随着台湾历史的改变，有一天，台湾文学的创作语文一定会以各种族的母语为主才对，这取决于台湾人自主的确立与否。"⑦

　　"台湾新文学是独立自主的文学。"⑧

　　"中国文学与日本、英、美、欧洲文学一样，是属于外国文学的。""这就是90年代的现在，何以许多知识分子极力要求在大学、研究所里设立台湾文学系的原由。台湾文学既是中华民国亦即台湾的文学，当然大学里的中文系应该是属于外国文学，享有日本文学系、美国文学系一样的地位才是。"⑨

　　"无论在历史上和事实上，台湾的文学，从来都不是隶属于外国的文学。纵令它曾经用日文或中文来创作，但语文只

---

① 《八十年代的母语文学》，1996年8月18日《台湾新闻报·西子湾》。

② 《战后台湾文学的自主意识》，1995年8月12日《台湾新闻报·西子湾》。

③ 叶石涛：《台湾文学入门·附录③——台湾文学作品应该进入教科书里》，高雄春晖出版社，1997年6月初版，第219页。

④ 《台湾文学史的乡土文学论争》（下），1995年10月28日《台湾新闻报·西子湾》。

⑤ 《80年代的母语文学》，1996年8月18日《台湾新闻报·西子湾》。

⑥ 《战后台湾文学的自主意识》，1995年8月12日《台湾新闻报·西子湾》。

⑦ 同上。

⑧ 《战后台湾新文学的自主意识》，1995年8月5日《台湾新闻报·西子湾》。

⑨ 同①。

是表现工具，台湾文学的传统本质都未曾改变过。"①

"中国新文学对它的影响微不足道，战前的新文学来自日本文学的刺激很大。……战后的台湾文学几乎没有受到任何中国文学的影响，如80年代以后的后现代主义等文学运动跟中国扯不上任何关系。……中国文学对台湾人而言，是和日本文学或欧美文学一样的外国文学。"②

…………

叶石涛终于用这样一些分裂祖国、分裂祖国文学的言论和行动撕下了多年骗人的假面具。

叶石涛在1993年交由皇冠出版的散文集《不完美的旅程》里说："从1964年的41岁到现在的68岁，我的所有心血都投入于建立自主独立的台湾文学运动中。"叶石涛因此而获得了台湾新分离主义的这股"台独"的历史逆流的青睐。1989年盐分地带文艺营赏给他一个"台湾新文学特别推崇奖"的"文学贡献奖"时，吹捧他是"台湾文学早春的播种者"，"在台湾文学史上，立下新的里程碑"。1994年、1998年、1999年还接二连三地为叶石涛举办了文学研讨会，对他进行犒赏。其中，1998年在淡水工商管理学院召开的会议，就是由设在张良泽任系主任的那个台湾岛上第一个"台湾文学系"召开的，会标上就标明，叶石涛文学是"福尔摩沙的瑰宝"。1999年的会议是"叶石涛文学国际学术研讨会"，由高雄市立中正文化中心管理处倡议主办，"文学台湾基金会"承办，已经有了台湾当局的官方色彩。会上，彭瑞金吹捧叶石涛"领先站在战后台湾文学的起跑线上"，以他的创作提供了"最重要的运动向前的精神动力"。陈芳明则吹捧说，"为台湾文学创造历史并书写历史的叶石涛，正日益显露他重要而深刻的文化意义"。还有一位叫作叶紫琼，则在会上吹捧"叶石涛的文学旅程，也像是一棵文学巨木"，"是激越昂扬，不吐不快的文学旗手"，叶石涛"确立台湾主体意识"、重建"台湾精神史"，"对他个人和台湾文学史都意义不凡"。会上，更有一个主张日本人和台湾人实行"各种族群'融合'"的日本学者星名宏修，硬是吹捧叶石涛是什么"'台湾文学'理论的指

---

① 《八十年代的母语文学》，1996年8月18日《台湾新闻报·西子湾》。
② 《战后台湾文学的自主意识》，1995年8月12日《台湾新闻报·西子湾》。

导者"。后来，6 月间，春晖出版社印出会议的论文集时，书名用的又是《点亮台湾文学的火炬》。彭瑞金为论文集写的《代序》，也吹捧"叶石涛文学好比一座丰富的矿藏"，叶石涛"已然是台湾文学建构的一块不能或缺的础石"。

叶石涛垂垂老矣！然而，彭瑞金在这本论文集的《代序》里还殷切地寄望于叶石涛说，"他的文学还在涌上另一个高峰"。彭瑞金还寄希望于后来者，"把叶石涛文学里尚未被发现的文学智慧开发出来，贡献给台湾文学界"。

这后来者，最卖气力的还是陈芳明。陈芳明在加紧炮制他的《台湾新文学史》的同时，在 90 年代末期，又挑起了文坛统、"独"两派的激烈论战。先是在 1999 年 8 月，陈芳明在《联合文学》178 期上抛出了《台湾新文学史》的第一章《台湾新文学史的建构与分期》，来势汹汹，大肆放言"台独"谬论。陈映真在 2000 年 7 月的《联合文学》189 期上发表《以意识形态代替科学知识的灾难》一文加以批驳。随后在 8 月《联合文学》190 期上，陈芳明反扑，抛出了《马克思主义有那么严重吗？》一文。对此，9 月的《联合文学》191 期上，陈映真再度出击，回敬了一篇《关于台湾"社会性质"的进一步讨论》。跟着，在 10 月《联合文学》192 期上，陈芳明急中跳墙再抛出一篇《当台湾文学戴上马克思面具》，对陈映真施以恐吓和辱骂，以作反扑。12 月，《联合文学》194 期上，陈映真再批判，发表了《陈芳明历史三阶段论和台湾新文学史论可以休矣！》，以示结束争论。

但是树欲静而风不止。《联合文学》上的二陈统、"独"论战虽然告一段落了，然而，世纪之交，新世纪即将到来之际，这样的论争还会进行下去，而且，情势还会更趋尖锐激烈，更形错综复杂。

其中，有一个现象就很值得注意——更年青的一代人中间，有人深受叶石涛、彭瑞金、陈芳明等人毒害，走上了"文学台独"的歧路。其代表性的论著就是一位文学博士的博士论文《台湾文学本土论的兴起与发展》。

1996 年前卫出版社出版这本著作时，作者在《后记》里虽然表示了他的"台独"立场之坚定，表示了他对中国这个"外来文化"的"强权"的莫名的憎恶，并且表示了他毫不含糊地斥统派立场为"反历史、反现实、反实证的唯心论"的急切态度，但是，诚如他本人所言，他毕竟经过了"6 年中文系所中国文化的洗礼"。他应该明白，不可割断的中华民族的血脉联系，不可逆转的中国国家必定统一的历史潮流都证明，他自己已经陷入了"反历史、反现实、反实证"的唯心论的泥坑。还证明，他，还有和他同样误入"台独"歧途的年轻的文学史和文学评论工作者，为"台独"势力殉葬是极其可悲的。他们应该听到，台湾社会、台湾文学的发展，已经向他们发出了喊声："救救孩子!"

第三节　坚持台湾文学的中国属性批判自主性谬论

1997 年，台湾乡土文学论战 20 周年。10 月 19 日，人间出版社与夏潮联合会在台北主办了一场学术研讨会。会上，陈映真发表了长篇论文《向内战·冷战意识形态挑战——70 年代台湾文学论争在台湾文艺思潮史上划时代的意义》。陈映真说到，经过 1979 年高雄"美丽岛事件"后，台湾战后的资产阶级民主化运动走向了民族分裂的途程。陈映真说：

> 政治上的统"独"争议，反映到台湾文学、文化的领域，就表现为 80 年代台湾文学分离论，即所谓"本土文学"论和中国文学对立的"台湾文学"论，而有长足的发展。从 80 年代中后期开始，叶石涛、王拓、陈芳明、巫永福、宋泽莱、李魁贤和不少原台湾文学的中国性质论者，在没有做任何负责任的转向表白条件下，转换了自己的思想和政治方向，从他们原来的原则立场，全面倒退。

回顾这一变化的情景，陈映真还在文章里写道：

> 1987 年，在没有革命、政变，没有对历史和社会的构造性变革条件下，台湾资产阶级由上而下地接续和接受了 1950 年以后旧国民党的权力。随着时日，台湾朝野资产阶级共同继承了国民党尸骸所遗留下来的遗腹儿——反共、亲美亲日、反中国、两岸分断的、固定化的政治和政策……
> 70 年代台湾文学论争，在弹指间竟过去了 20 年。环顾今

日台湾……相对于 70 年代强烈的中国指向，80 年代兴起全面反中国、分离主义的文化、政治和文学论述，台湾民族主义代替了中国民族主义。反帝反殖民论被对中国憎恶和歧视所取代。民众和阶级理论，被不讲阶级分析的"台湾人"国民意识所取代。

历史给予台湾形形色色的民族分离主义以将近 20 年的发展时间。但看来 70 年代论争所欲解决的问题，却不但没有得到解决，反而迎来了全面反动、全面倒退和全面保守的局面。

这是不堪回首之余作出的痛心疾首的总结。科学，精辟，深刻，有力，充满了理性的思辨，而又洋溢着战斗的激情。

就是凭着这种理性的思辨和战斗的激情，陈映真作为台湾思想界、文学界统派的领军人物，一路战斗着走来，与文学界的形形色色的民族分离主义毫不妥协地斗争了 20 余年，一个回合又一个回合，在台湾新文学思潮史上留下了他光辉的足迹。陈映真和他的战友们批判文学"台独"谬论的历史，就是台湾文学思潮史上统、"独"论战的历史。

这一节，我们先看他们坚持台湾文学的中国属性，坚决批判"本土化"、"自主性"的"台独"谬论。

上一节说到的詹宏志在 1981 年的《两种文学心灵》一文，曾经因为他以中国为中心，视台湾文学为边疆文学、支流文学，而招来了彭瑞金、宋泽莱、李乔、高天生等人的围攻，引发了所谓的"边疆文学论战"。论战中，以叶石涛、彭瑞金为代表，"本土论"者为排除中国文学的影响，提出了"本土化"、"自主性"的主张。这时，陈映真接受了香港《亚洲周刊》社驻台记者琳达·杰文的采访。1982 年 2 月 5 日的《亚洲周刊》刊出了魏如风汉译的访问的摘要稿《论权利与人民》。4 月，第 3 期的《暖流》，还有《明报月刊》也都曾译载。对这份摘要稿，陈映真发现有重要的不实之处，又于 6 月 15 日致函《亚洲周刊》要求更正。8 月，《大地》10 期以《论强权、人民和轻重》为题，重刊访谈稿，并附录刊出陈映真的更正函。在这次采访中，在回答"台湾文学有没有它独到的文学特点"这个问题时，陈映真说：

我想是没有的。我对于怀着台湾意识的（正直的）人们，抱着尊敬和同情的态度。我自己就是台湾人，但不同意那想法。例如，他们强调中国文学与台湾文学的不同。台湾（文学）和中国（文学）并不像英国（文学）和爱尔兰（文学）那样存在着醒目的不同，爱尔兰有他的异族传统，历史发展也迥异于英国。英、爱的文化，各自独立发展了几百年。这种情况，和我们就绝对不一样。

这，显然是对彭瑞金等人围攻詹宏志的一种回应。

与此同时，针对叶石涛、彭瑞金、郑炯明等人在《文学界》上公开标举"台湾文学"的"自主化"、"自主性"，在4月出刊的《益世杂志》19期上，陈映真发表《消费文化·第三世界·文学》一文，批评叶石涛等人说：

> 我总以为，与其强调台湾文学对大陆中国文学的"自主性"，实在不若从台湾文学、中国文学与第三世界文学的同一性中，主张台湾文学——连带整个第三世界文学——对西欧和东洋富裕国家的自主性，在理论的发展上，更来得正确些。

接着，1983年1月的《文季》1卷5期上，陈映真又发表了《中国文学与第三世界文学之比较》一文。8月的《文季》2卷3期上，还发表了《大众消费社会和当前台湾文学的诸问题》一文。前者，是在胡秋原主持下作的一次演讲。演讲中说到"台湾文学相对于中国文学的'独特的特性'论"，陈映真指出：

> 在历史发展和国际分工中，台湾文学的"特性"，和第三世界文学的诸特性比较之下，就无独特可言了。在反帝、反封建、民族主义这些性格上，台湾文学不可辩驳地是中国现代文学的一个组织部分。

陈映真还指出，那些引起标举"台湾文学"的"自主性"的"分离主义"，和"企图中国永久分裂的野心家有复杂而细致的关系，而台湾文学的分离运动，其实是这个岛内外现实条件在文学思潮上的一个反映而已"。在后一篇文章里，陈映真则辨析了"台湾文学"这四个字的复杂内容，指出"台独"势力所说的相对于"中国文学"的"台湾文学"，就是主张台湾文学的"自主性"的。

陈映真的主张，后来被他们认定为詹宏志"边疆文学论"之后的"第三世界文学论"，也遭到了"台独"势力的围攻。陈映真以他的善良和对人的理解及宽容，没有一一反击。但是，他的原则立场却不含糊。在接受有关媒体和人士的采访时，还是要一一表明态度的。

比如，1983 年 8 月 17 日，他应聂华苓邀请参加美国爱荷华大学的国际写作计划，在那里就先后接受过李瀛、苏维济、韦名等人的采访，反复谈到他对台湾文学的看法。其中，韦名的采访曾以《陈映真的自白——文学思想及政治观》为题，发表在 1984 年 1 月的香港《七十年代》月刊上。当采访者问到"台湾乡土文学是不是'台湾民族意识'的文学"时，陈映真明确地回答说，台湾"乡土文学是在台湾的中国文学继承了过去中国民族主义的、现实主义的、干涉生活的传统"。

1985 年 11 月，陈映真在台北创办了《人间》杂志。这是一个"以图片和文字从事报道、发现、记录、见证和评论的杂志"。他为《人间》写的《发刊词》说，他办《人间》，是要"让我们关心苏醒：让我们的希望重新带领我们的脚步，让爱再度丰润我们的生活"。"为什么在这荒枯的时代"，要办《人间》这样一种杂志？陈映真是要在当时的还未"解严"的困难条件下，以"在台湾的中国人"的意识为中心，从事思想启蒙运动。除了关注岛内的人间社会，《人间》每一期都有大量的图文，介绍祖国大陆的风土人情、世态人生、中原文化，以图让在台湾的中国人永远心系于这种中原文化。

《人间》杂志的创办，还有一个深远的意义是，陈映真通过编辑顾问、作者，注重组织了统派的战斗队伍。

本来，在美国爱荷华"国际写作计划"期间，香港作家彦火，还曾于 1983 年 11 月 11 日陈映真离开爱荷华前夕，在下榻的五月花公寓对陈映真作了一次深入的访问。考虑到陈映真当时在台湾的处境，彦火没有实时发表访问的记录稿。现在，眼看叶石涛、彭瑞金、陈芳明等人鼓吹台湾文学"自主性"的"台独"气焰日盛，1987 年 5 月 22 日的《华侨日报》上，这次访问的记录稿以《陈映真的自剖和反省》为题公诸世人了。访谈中，陈映真尤其批判了当时台湾文学的"暗潮"。当彦火说到"台湾本地的文学，应该成为中国文学的组成部分"时，陈映真说：

我也是这样想的。台湾文学，如果从写作方式、语言、历史、主题来讲，都是中国近代和现代文学的组成部分，这是毫无异议的。

当彦火问到他"对目下台湾某些人强调的台湾意识文学有什么看法"时，陈映真就此展开了他的批判：

台湾文学的发展方向有一个暗潮，是分裂主义的运动和思潮，从北美感染到台湾。有一本文艺杂志，是党外一个战斗的杂志，水平很低，他们把乡土文学拉到台湾人意识的文学，我不同意。……分裂派的理论说台湾的矛盾，是中国人对台湾人的专政，这不是事实，因为台湾社会里是阶级矛盾，同阶级里面的外省人和本省人好得不得了，不是民族问题。他这个主张和现实不对头，因而他这种主张的文学也不可能是好的，因为很简单，文学是反映现实嘛。

说到所谓的"台湾意识文学"，陈映真还特别分辩说：

台湾的乡土派不是写台湾，从世界的角度看起来，是反西化的一种文学。

不是像现代派所讲，是台湾意识反对中国意识的文学。

发表这个谈话记录稿的 1987 年，恰逢乡土文学论战 10 周年。《海峡》编辑部派人特别访问了当年论战的主将陈映真。访问记录以《"乡土文学"论战十周年的回顾》为题，发表在《海峡》1987 年 6 号上。访问中，陈映真谈到了当年那场论战的背景，近因和远因，论战的话题，论战的结果和意义，特别说到，那次论战使"启蒙成为文学的大前提"。这"启蒙"之一，在文学作品上充分体现出来，陈映真说，像《莎哟娜拉·再见》、《我爱玛莉》、《小林来台北》，还有他个人对越战讨论的一些作品那样，"它们都有一个共同点：都有一个中国在里面，都以中国为方向，为思考内容"。访问中，陈映真谈到的另一个重要话题就是眼前的"台湾文学"的问题。陈映真分析说，1979 年"美丽岛事件"后——

有些台湾作家是以外省人压迫本省人解释这个政治事件，而不是用更高层次的政治经济学知识去了解；所以心中就产生了悲愤。于是提出"台湾文学"的概念，探讨"台湾人"是什么？"台湾文学"是什么？"台湾"是什么？这种身份认同的问题在台湾引起了广泛的注意。

陈映真说，像这样把"台湾/台湾人"当作问题来讨论，其实在50年代就已发其端了，陈映真简要地描述和阐释那一段历史是：

50年代大概是台湾的地主阶级与过去亲日资本家在整个国民党政治结构上争取到发言权，再加上国际势力要使台湾彻底亲美反共，才产生所谓的"台湾分离主义"。这个"台湾分离主义"运动的一个重要纲领就是台湾/台湾人的问题。把台湾从中国分离出来，必须要有一些理由，于是有人从国际法这个层面提出，也有人从民族的观点提出，更有的从台湾的历史来探讨，这些都是为了要取得台湾人为什么要独立于中国之外的论证。可是，我们的理解是当时在全世界范围内分成彼此矛盾的两种政治经济结构，形成对立的两个阵营。而"台独"企图利用两大阵营之间的结构矛盾来夺取国民党的政权，从而为这个反共阵营服务。可是一方面由于国民党取代了"台独"的功能，另一方面由于这种理论没有现实基础——因为台湾内部矛盾，根本上是社会矛盾，而不是什么民族矛盾——因此，它就没有办法取得广泛的认同。

陈映真还分析说：

从另一角度看，从50到70年代，海外的台湾籍人士所积极进行的"台湾独立"运动，并没有全面影响台湾当时的知识界。我在绿岛时一直都有"台湾独立"运动的案件被侦破，但主要还是局限于政治运动。然而，"美丽岛事件"以后就不同了。

这"不同"，陈映真指出，就是文学界的卷入。文学界的新分离主义提出了种种"台独"主张。对此，陈映真明确地表示，他持批判态度。陈映真说：

> 最近提出一种相对中国文学的台湾文学论，这个概念不同于日据时代那种相对于中国文学的台湾文学。他们提出台湾人的概念时，是针对于中国人这一概念的。这个理论是将国民党当局40年来在台湾的支配看成一个民族对另一个民族进行殖民统治，所以认为台湾文学是和中国文学相对立的。

早在1983年与戴国辉在爱荷华对谈时，就在座的叶芸芸提出的"乡土文学"与"台湾人意识"的问题，陈映真就曾指出，"绝不能说台湾乡土文学是'台湾人意识'的一种表现，而不属于中国文学的一支"。现在，4年后，当叶石涛等人在《乡土文学论战十年》等文章里还在歪曲乡土文学论战中提倡台湾乡土的文学就是提倡本土化色彩和台湾意识的台湾文学时，陈映真不得不再一次特别加以澄清说："在乡土文学运动时，台湾文学是以在台湾的中国文学这样的概念提出的。1977、1987年时的文学界在公之于世的文字上，并没有提倡目前这种强烈台湾意识的台湾文学。"

陈映真就台湾乡土文学运动十周年向《海峡》的采访者发表的谈话，实在是对"台独"势力的种种"本土化"、"自主性"文学"台独"言论的深刻、有力的批判。

这一年11月的《台北评论》2期上，还发表了蔡源煌对他的访问记录稿《思想的贫困》。这是陈映真在1987年发表的一次重要的谈话。关于"台独"势力，陈映真说："台湾分离主义，其实是40年以来台湾在'冷战—安全'体系下发展的反民族或者非民族之风的一部分。这非民族之风，大约有海内和海外的双重因素。"这因素，陈映真的分析是——从历史上看，1945年台湾光复后在国民党陈仪的恶政下，日据时代台湾抗日解放运动的知识分子、文化人、社会精英，遭到各种打击，而若干汉奸分子却享有了荣华。这忠奸的颠倒，打击了台湾抗日的民族主义。随后，1947年的"二二八"事件，又严重地打击了"祖国——中国"的情感。接下来，1950年冷战结构下的广泛政治肃清，再一次打击了台湾继"二二八"事件后掀起的爱国主义和民族解放主义。从经济上看，1945 年光复时，国民党政府全盘接收日本殖民者遗留下来的公私巨大产业，并没有分发下来给台湾资产阶级私营。长期受日本侵略者压抑不得发展的台湾资产阶级失去了在光复后成为快速成长的民族工业资产阶级的机会，失望而致不满，这对台湾民族阶级性的爱国主义与民族主义的形成，也是沉重的打击，此外，陈映真还谈到，大陆"文革"中"四人帮"的问题，以及极左年代在政策上的一些弊端，使一些台湾人怕谈统一。然而，陈映真自己却宣布："我是个死不改悔的'统一派'。我相信会有越来越多的、好学深思的青年知识分子理解这样一个并不深奥的想法。"

1987 年这一年，是陈映真批判新分离主义和"文学台独"势力相当活跃的一年。这一年他发表的相关文章还有：

《"台湾"分离主义"知识分子的盲点"》，1987 年 3 月《远望》杂志创刊号；

《关于文学的一岛论——读松永正义〈80 年代的台湾文学〉之后》，1987 年 3 月 7 日《中国时报》副刊《人间》；

《为了民族的和平与团结——写在〈二二八事件：台中风雷〉特集卷首》，1987 年 4 月《人间》杂志 18 期；

《何以我不同意台湾分离主义?》，1987 年 5 月《中华杂志》286 期；

《国家分裂结构下的民族主义——"台湾结"的战后史之分析》，1987 年 12 月《台湾新文化》15 期；

《作为一个作家……》，1987 年 12 月《联合文学》4 卷 2 期；

…………

另外，这一年，他还应邀到香港作了演讲，演讲大纲稿《四十年来台湾文艺思潮之演变》，也于 1987 年 6 月在《中华杂志》287 期发表。

就是在这个演讲里，陈映真对台湾文学界统、"独"两条路线下对立的两种文艺思潮，做了准确的概括：

> "台湾文学自主论"——强调台湾文学"独特"的历史个性及台湾文学对大陆中国文学的分离性的"文学论"……
>
> ……主张台湾文学为中国文学之一部分，台湾文学应以包括中国在内的亚洲、第三世界文学的连带而发展的理论和

台湾文学自主论形成对立。

这以后的一段时间里，有一位台湾大学中文系的中年女学者陈昭瑛，挺身而出，站到了批判台湾文学"本土化"、"自主性"谬论的第一线。

陈昭瑛，1957 年生，父亲是嘉义民雄人，母亲是台南市人，台大中文系学士，哲学所硕士，外文所博士，毕业后在中文系任教，现任教授。1998 年，陈昭瑛将她的论文结集为《台湾文学与本土化运动》一书交由台北正中书局出版时，在 3 月 12 日写了一篇《自序》。陈昭瑛自认为是 70 年代台湾几所大学里出来的"新儒家青年"中的一个。陈昭瑛说："由于对儒学的感情有增无减，因此在目睹'解严'以来种种反中国文化的现象都不免产生共同的危机感。"有时朋友们在一起谈到儒学的前途，陈昭瑛曾悲叹："我们会不会成为中国文化在台湾的遗民？"陈昭瑛深情写道：

> 这本书便是出自一个在二十岁时志于儒学既不曾改志也终身不会变节的台湾人的心灵。如果有三言两语可以凸显此书重点的话，那便是：中国文化就是台湾的本土文化，在追求本土化的过程中，台湾不仅不应抛弃中国文化，还应该好好加以维护并发扬，如果硬要切断台湾和中国文化的关系，那分割之处必是血肉模糊的。

陈昭瑛的《台湾文学与本土化运动》一书，收录的论文是：
第一部分　古典文学与原住民文学——
《台湾诗史三阶段的特色》，《台湾诗选注》，正中书局 1996 年版；
《明郑时期台湾文学的民族性》，《中外文学》，1993 年 9 月第 22 卷第 4 期；
《文学的原住民与原住民的文学——从"异己"到"主体"》，《中央日报》1996 年 6 月，台大文学院主办国际会议"百年来中国文学学术研讨会"论文。
第二部分　新文学、儒学与本土化运动
《论台湾的本土化运动——一个文化史的考察》，节本刊于《中外文学》1995 年 2 月号，全文载于《海峡评论》1995 年 3 月号，原发

1994 年 8 月高雄市政府教育局主办之"高雄文化发展史"研讨会；

《追寻"台湾人"的定义——敬答廖朝阳、张国庆两位先生》，《中外文学》1995 年 4 月第 23 卷第 11 期；

《发现台湾真正的殖民史——敬答陈芳明先生》，《中外文学》1996 年 9 月 24 卷第 4 期；

《光复初期"台湾文化"的概念》，应王晓波之邀而写，发表于 1997 年 2 月 28 日夏潮基金会、台湾史研究会主办之"'二二八事件'五十周年学术会议"；

《当代儒学与台湾本土化运动》，1995 年 4 月 23 日发表于"中研院"文哲所规划、刘述生教授主持之"当代儒学计划"的第三次研讨会，后辑入《当代儒学论集：挑战与响应》，1995 年"中研院"文哲所出版。

这里面，《论台湾的本土化运动》最为重要。

这篇文章，是陈昭瑛有感于 1987 年"解严"以来"本土化"的声浪甚嚣尘上奋笔疾书而成的。而且，这"呼声"中，陈昭瑛还点名批判了李登辉，指出李登辉登上"总统"宝座而达到了"本土化"的高潮，"执政的国民党确实是浩浩荡荡地加入了'本土化'的队伍"。陈昭瑛为此考察了台湾一百年间的历史，将"本土化"断代为"反日"、"反西化"、"反中国"三个阶段。陈昭瑛将"反中国"阶段划分在 1983 年之后，认为"台独意识"是"中国意识的异化"，是"台湾希望从中国这个母体永远地出走，彻底地异化出来而成为一个主体，反过来与中国这个母体对抗"。由此，她认为，"统一的主张是一种对异化的克服"。陈昭瑛在考察中还对陈芳明的"主体性"谬论给予了尖锐的批驳。陈昭瑛批判的特色，是她鲜明的中国文化的立场。

陈昭瑛的《论台湾的本土化运动》一文发表后，立刻引发"独派"的围攻。《中外文学》在 1995 年 3 月号上发表了廖朝阳的《中国人的悲情：回应陈昭瑛并论文化建构与民族认同》；张国庆的《追寻意识的定位：透视〈论台湾的本土化运动〉之迷思》；4 月号上发表了邱贵芬的《是后殖民，不是后现代》（邱文把陈昭瑛的论文说成是"殖民中心论述"）；5 月号上发表了陈芳明的《殖民历史台湾文学研究：读昭瑛〈论台湾的本土化运动〉》。陈昭瑛分别在 4 月号和 9 月号的杂志上刊出《追述"台湾人"的定义》及《发现台湾真正的殖民史》予以反击。

《追述"台湾人"的定义》是反击廖朝阳和张国庆的。廖朝阳是陈昭瑛的老师。他用解构主义，把"中国主体性"的"中国"移除，而移入"台湾"，建构"台湾主体性"。廖朝阳对陈昭瑛描述的吴浊流、叶荣钟等人的近似本能的"祖国意识"颇有芒刺在背之感。对此，陈昭瑛表示，她并不奢望"台独"论者能与台湾前辈们的精神世界有什么"血肉的联系"，"只不过希望广大的台湾子弟能对台湾人的这段精神史有一点了解，而这种台湾史知识应该是作为台湾人的起码条件"。对于廖朝阳，陈昭瑛颇有几分大义灭亲的气概，不无悲壮神色地写道：

> ……多日来我始终苦于找寻"对话空间"而不得。当一个吟咏梁启超赠林献堂等人诗句"破碎山河谁料得，艰难兄弟自相亲"就会热泪盈眶的台湾人，遇到了一位以拆解中国、中国文化来演练"理性操作"的解构主义学者，能不形成"鸡同鸭讲"的局面吗？或者更清楚地说，一个浸淫于台湾历史文化中的台湾人，和一个只知有"此时此地"，甚至连"此时此地"，连"台湾"和"人"的意涵都要加以抽离的所谓"台湾人"的空白主体之间，有对话的空间吗？

至于这"台湾人"的话题，陈昭瑛指出，这是80年代中期"本土化"运动如火如荼地开展以来一直困扰着住在台湾这块土地上的人的一个老问题了。陈昭瑛以无比犀利的笔触，揭示了"台独"论者拿"台湾人"做文章的秘密——

> 少数人以他们坚持的标准来筛选大多数人谁是台湾人，谁不是台湾人，于是整个社会仿佛患了精神分裂症，省籍矛盾、族群矛盾可能只是台湾人精神分裂的症状。这个用来为"台湾人"正身的正字标记，虚伪的政客称之为"认同台湾、爱台湾"，但是，毕竟"认同"和"爱"是相当主观的，不易做客观的讨论。于是有担当的政治人物如吕秀莲明快地说："支持台湾独立的人才是台湾人。"这一下隐蔽于意识形态迷雾下的"台湾人"真面目豁然开朗。

陈昭瑛气愤地说，"这种以支持'台独'与否来判断住在台湾的人是否为'台湾人'，实在是一种泛政治化的做法"，是"历史相对主义（historical relativism）的滥用"，这种历史相对主义的滥用，就使得

"台独"论者在台湾史和台湾文学的研究中，受政治立场所克制而使他们的研究"成为其'台独'意识形态的注脚"。

《发现台湾真正的殖民史》的副标题是"敬答陈芳明先生"。陈昭瑛指出，陈芳明的攻击文章"非常集中地表达了'台独'的基本论点"。陈昭瑛用了三小节的文字加以响应。这三小节的标题是："失忆症的台湾社会"、"欠缺主体内容的'中国'"、"重新检验殖民史"。在"失忆症的台湾社会"一节里，陈昭瑛指出，陈芳明"恢复的历史记忆只有一百年"。那是因为，一百年前的历史事实他也无法否认，那时的台湾人就是中国人。这种事实，是"与陈芳明的反中国立场背道而驰"的，所以他要继续失忆。而这一百年，他又难以否定20年代之前的古典文学还是属于中国文学，所以他还是要保持失忆。他只能就20年代以后的新文学说话。然而，即使20年代以后的这70年，他也要歪曲历史。陈昭瑛揭露陈芳明是"在台湾人和中国人之间制造了太多莫须有的对立"。在"反殖民反专制：'中国'的主体内容"里，陈昭瑛指出，她花了那么多篇幅，说明了，历史上，"台湾人"（此处指百分之九十八的汉人），曾坚守中国人与中国文化的主体性，对抗外来文化的侵略，自本省人丘逢甲、连横、吴浊流、庄垂胜、陈映真，以至外省人徐复观、胡秋原、尉天骢等莫不如此，而陈芳明竟说她的"通篇文字里，中国并没有真正的主体内容"。这是为什么？陈昭瑛说："问题恐怕出在陈芳明根本不承认中国会有主体内容。"这里有认识上的问题，也有认同的问题。"因为不认同中国，所以只从负面去认知中国，又由于只认知到负面的中国，于是更加强反中国的倾向。"

在"发现真正的殖民史：原住民的悲哀"一节里，陈昭瑛批判的是把"台湾作家"与"外省作家"对立起来的陈芳明"不厌其烦虚构出来的外省人对本省人的'殖民史'"的虚伪性。

除了《中外文学》，当时，统派人物王晓波主编的《海峡评论》的4月号、5月号和7月号上，也发表了陈映真、王晓波、林书扬的三篇文章，回应了陈昭瑛的文章。对此，那时有人说，围绕着陈昭瑛的《论台湾的本土化运动》一文所展开的论战，是乡土文学论战之后最重要的文化论战。

陈映真的文章，是发表在1995年4月《海峡评论》52期上的《"台独"批判的若干理论问题——对陈昭瑛〈论台湾的本土化运动〉之回应》。陈映真的文章开篇说：

十几年来，岛内"台独"运动有巨大的发展。到了今日，它已经俨然成为一种支配性的意识形态；一种不折不扣的意识形态霸权。在学术界、"中研院"和高等教育领域，"台独"派学者、教授、研究生和言论人，独占各种讲坛、学术会议、教育宣传和言论阵地。而滔滔士林，缄默退避者、曲学以阿世者、谄笑投机者不乏其人。

在这样的大背景中，读陈昭瑛的《论台湾的本土化运动——一个文化的考察》，心情不免激动。

这时，除了陈昭瑛，从 1994 年起，在台湾，也有年轻的学者开始对"台独"派的论述霸权提出了挑战。比如，《岛屿边缘》杂志的陈光兴，就在 1994 年 7 月的《台湾社会研究》季刊第 17 期上发表了《帝国之眼：次帝国与国族国家的文化想象》一文，针对杨照在 1994 年 3 月 2 日、4 日《中国时报·人间》副刊上发表的《从中国边陲到南洋的中心：一段被忽略的历史》一文，评判了杨照的"南进论"，并进一步提出台湾资本主义"南进"的"次帝国主义的性质"。又比如，1994 年 12 月，《台湾社会研究》季刊举办了创社十周年学术讨论会，会中，就出现了针对性强烈的批判"台独"派政治、经济、文学论述的论文多篇。对此，陈映真说："敏锐的人们预感到一场论战的风雨欲来，引人关切。"

对陈昭瑛的论文《论台湾的本土化运动》，陈映真从理论知识和治学议论的风格两个方面肯定了成绩和贡献，充分肯定她"为'台独'批判论和民族团结论留下丰富的思想理论空间"，"开展了重要的视界"。对于陈昭瑛论文中值得商榷的地方，陈映真则展开了讨论。讨论涉及的问题有：一、关于台湾本土运动的"三阶段"论问题；二、是"异化"还是"否定的挫折"；三、关于"中心"（core）和"边陲"（periphery）；四、"台湾主体性"论的欺罔；五、批判"以台湾为中心"的意识形态霸权。

值得注意的是，陈映真在这里提出"以台湾为中心"的问题，是有很强的针对性的。陈映真在文章里列举了许多事实后，还指出：

问题在于这几年，朝野上下、学术界、言论界都在极力、全面、不惮强调地侧重两岸民族"分离"、"分立"、"分治"

的现实；侧重台湾自己"独自"、"独特"的"共同体"，同时也在全力、众口铄金地拒绝、排斥。否认民族团结和民族统一的展望；拒绝和否认中国大陆和台湾同为中国民族共同体的组成部分；否认、拒绝民族和解与统一的努力，千方百计延长对大陆的猜忌、鄙视和仇恨；千方百计使两岸分断永久，丝毫没有弥补、发展和恢复两岸人民与民族同质性的意愿和志向。

陈映真固然试图补正陈昭瑛的论文在学理上的部分疏漏之处，却还是要特别对陈昭瑛的反"台独"斗争表示自己的敬意。陈映真写道：

> 我不能不由衷地对陈昭瑛表示感谢。不仅仅感谢她对我的一些足以自诫的缺点所作的批评，还要感谢她对于我这一代人没有做好，失职失责，以至"台独论"猖狂，民族团结的展望受挫之时，在台大那样一个民族分离占统治地位的学园，一个人挺身而出，理论和风格上都较好地提出了"台独"批判，很好地继承了台湾历史上光荣的爱国主义、民族主义的知识分子传统。当然，这感谢之情，含着一份对自己的羞惭与自责。

其实，不必羞惭，也无须自责，陈映真展开的新一轮斗争证明，他和他的《人间》派的战友们，仍然是反对思想文化界"台独"逆流的中流砥柱。

陈映真新创办的《人间思想与创作丛刊》，在 1998 年冬季，就乡土文学论战 20 周年组织刊发了一个专题《乡土文学论争 20 周年》，包括 4 篇论文：

施淑的《想像乡土·想像族群》；

林载爵的《本土之前的乡土》；

申正浩的《回顾之前·再思之后》；

曾健民的《民众的与民族的》。

此外，《丛刊》还发表了"文献"——陈正醍的《台湾的乡土文学论战》，田中宏的《与台湾乡土遇合时的种种》，高信疆的《探索与回顾》。两份座谈会的记录：《艰难的路，我们一道走来……》、《情义与文学把一代作家联系在一起》。《丛刊》上另外还发表了两篇批判文章，一篇是曾健民的《反乡土派的嫡传》，一篇是陈映真署名石家驹的《一时代思想的倒退与反动》。

原来，1997 年 10 月 19 日，以曾健民任会长的台湾社会科学研究会在台北举办学术讨论会，纪念乡土文学论争 20 周年。除了前述施淑等 4 篇论文，还有耀亭、黄琪椿、吕正惠、陈映真等人的 4 篇论文。同时，由当局文建会出钱，春风基金会出面主办了另一场研讨会。会上，陈芳明抛出了《历史的歧见与回归的歧路》一文，王拓也抛出了《乡土文学论战与台湾本土化运动》一文。曾健民、陈映真就是分别对陈芳明、王拓的文章展开批判的。

这又是一次对峙，又是一场论战。

施淑等人的论文，重在从 20 年前的论争历史回顾中指出"乡土文学转移本土文学过程"中的核心问题是"国家"、"祖国"的认同问题，"意识形态的问题"。

两份座谈会的纪录，意义是在于，当年参加论争的战友们，陈映真、毛铸伦、周玉山、高准、吴福成、施善继、钱江潮、黄春明、陈鼓应、尉天骢、詹澈、王晓波等人，通过回顾历史，畅叙友情，更加坚定了从事新一轮反"台独"斗争的决心，鼓舞了士气。

这里要说到曾健民。

曾健民在《民众的与民族的》一文里，对于乡土文学论战的精神和 70 年代思潮精神做了新时期的再确认。他从历史的现实主义出发，把乡土文学论战放回到 70 年代的台湾社会结构中来观察，具体分析了它产生的历史性、社会性基础，阐明它在 70 年代的具体社会状况中的时代意义，标举它在历史的制约与发展中提出了哪些突破性的、进步性的观点，同时，也试图阐明，是怎样的历史与社会的结构性力量，阻挡了它波澜壮阔地向前发展的道路。而这一切，曾健民强调，"应该是回顾乡土文学论战中的现实课题"。

曾健民批判"台独"的战斗精神，特别表现在《反乡土派的嫡传》一文里。这篇文章的副题是"七批陈芳明的《历史的歧见与回归的歧路》"。曾健民的"七批"是：一、陈文前提的虚假性和内容的虚构性；二、为当年参战者"穿衣戴帽"的剧情大要；三、彭歌等人在论战中是"右派民族主义者"吗？四、替王拓"改容易面"；五、改造叶文的观点；六、诬蔑陈映真；七、日据期台湾的左派抗日组织，从来没有一个团体是以中国意识为基础吗？曾健民深刻批判了陈芳明的种种谬论之后，得出的结论是：

> ……陈文的兴趣并不在讨论乡土文学，当然也不在讨论乡土文学论战本身。那么它的目的是什么？简单地说，就是以避开讨论论战的本体，藉分离主义的两大标准——台湾史观与台湾认同观，来检查乡土文学论战的参战者的思考，扭曲参战者的言论、思想，进而将乡土文学论战虚构成一场以分离主义文学论与民族主义文学论对决为主的论战，这也是陈文的主要策略。其目的在掏空论战的核心、转化论战的本质。虚构乡土文学论战的统'独'成分，在不著痕迹中伪造分离主义文学论在乡土文学论战的在场证明，进一步据有论战的历史果实，据此朝向树立分离主义文学论的道统。
>
> 用今日的分离主义的政治观与愿望来任意涂写台湾历史，已是当下分离主义者的历史论述的主要特征，这么做，当然是为了迅速建立新国家的历史想像与认同。在这方面，它与戒严期国民党政府的历史教育作风有异曲同工之妙，所谓历史的嘲讽莫过于此。台湾历史的真相，反复地被重层的权力者以各种不同的方法涂抹，思及此，则不觉怅怅然。

陈映真批判王拓，是王拓其人从左翼统一派立场转向多年后，统派第一次对他扮演过一定的理论角色的乡土文学论战，做了评价和结论。陈映真以为，以王拓的《乡土文学论战与台湾本土化运动》一文为分析的批评的对象，"有典型性，也可概及其余'台独'文论"。

陈映真批判了王拓的"文学台独"主张弃却现实主义，放弃乡土文学论的美日帝国主义论，从反帝民族主义立场走向反民族、反中国、亲帝、反共反华的"（台湾）民族论"等等谬论，得出的结论是：

> 如果70年代的乡土文学论是台湾思想史上的一个飞跃，是对反动的冷战和内战意识形态的一次颠覆；是台湾思想史上的第三波民族与阶级解放运动，那么，80年代以迄于今日的"台独"反共、亲美、亲日、民族分裂固定化、脱中国……的思潮，无疑是从70年代乡土派进步思潮的一个倒退、

反动、右倾和保守化。从前进的乡土文学论向反动的"本土文学论"的逆转，便是这个政治、意识形态大逆转潮流中的一股波浪。

陈映真以为，80年代以后台湾文学思潮从进步的乡土论向着反动倒退的"本土论"发展，表现的正是一种"祖国丧失症的扩大"。

在这篇论文里，陈映真提到了，1947年到1949年的"台湾新现实主义文学论争"，还提到了"文学台独"派没有"皇民文学"，只有"抗议文学"、"皇民文学"应该另行重新评价的问题，那都是陈映真和他的《人间》战友，在1998年至2000年间从事反"台独"斗争的大事。我们留待下文述评。

第四节 勾结日本反动学者美化"皇民文学"自掘坟墓

在八九十年代的"文学台独论"中，最令人不可思议的现象是对"皇民文学"的"平反"，即翻案。这主要以张良泽和叶石涛为代表。

1979年，正在日本筑波大学协助研究台湾文学的张良泽，在11月5日的日本《朝日夕刊》上发表了《苦闷的台湾文学——蕴含"三脚仔"心声的谱系·浓郁地反映迂回曲折的历史》一文，用所谓的"三脚仔"精神，来"概括整个从日据时代以迄今的台湾文学的精神"。张良泽说："如果相机的脚架改成两脚，就会倒掉；改成四只脚，则又会因地面的状况而站立不稳。不论如何，脚架还是三个脚的好。至于人，则不论怎么说，两条脚的才是堂然的人。在日本统治时代，两条脚腿的台湾人，以'四脚仔'骂日本人。不幸的是，我们自小被人唤作"三脚仔"。但这决不是我们真的比别人多长了一条腿。只因为父母受日本教育，按日本姓氏'改姓名'；为了取得配给物资而使家人常说日本话，变成所谓'国语家庭'。当不成'皇民'，驯至成了非人非畜的一种怪物，为'汉人'所笑。"

这样的"三脚仔"，张良泽认定是一种"中间人种"。他的解释是："日清战后，台湾割日，其后直至二次大战终结的50年零4个月中，产生了介乎大和'皇民'与中华'汉民'间的中间人种'三脚仔'。台湾有史四百年间，作为汉民族之一支流的台湾人，不断地被逼到夹在异民族的统治和同民族间的对立的情况。为了偷生而百般隐忍，甘于做三脚的怪物，既无蜂起反抗的勇气，又不甘于当'狗'当'猪'，受役于人。三脚人便愈益苦恼了。"

在张良泽看来，这"偷生"、"隐忍"，便是介乎"大和'皇民'"与"中华'汉民'"之间日据时期台湾岛上的"中间人种"的"三脚仔"文学的精神。

陈映真在1981年2月22日的《中国时报·人间》副刊上发表了《思想的荒芜——读〈苦闷的台湾文学〉敬质于张良泽先生》一文，批判了张良泽的"三脚仔"文学论。陈映真首先指出，"若以'三脚仔'精神来概括整个从日据时代以迄今的台湾文学的精神，就不再是张先生个人研究上的态度和哲学的问题"了，这是必须深入讨论清楚的。陈映真分析说，人类社会史上，"殖民者民族，凭其不知羞耻的暴力，在政治、社会、军事、文化和一切生活的诸面上，支配殖民地民族。在心理上，支配者眼中殖民地土著，是卑贱、愚蠢、没有人的尊严和价值的"。陈映真写道：

> 正与历史上一切殖民统治的结构一样，在金字塔的顶端，是统治的、少数的异族征服者，而底部则是广泛的被支配的殖民地土著民族。介于二者之间，便是为异民族统治者所豢养、所使用的一小撮土著民。这些人，为了保护自己在征服者未来以前所蓄积的利益，或者为了借征服者的威势在殖民结构中获取利益，背叛了自己的民族，为征服者的鹰犬。在生活上和心智上，这些人尽其全力依照殖民者的形象改造自己；学习使用支配者民族的语言，吃支配者民族的食物，穿支配者民族的衣着，并且对自己母族的血液、语言、生活习惯和文化，充满了自卑，甚至怨毒的情绪。如果我们回顾日本支配下"满洲"、"南京政府"和台湾的文献，我们可以找到一些被征服者和知识分子疯狂歌颂支配者，对自己民族怀抱着深切的种族自卑，对自己民族的文化和传统，加以酷似于支配者口气的恶骂。
>
> 这样的少数一些人和知识分子，自然受到民族的卑视。在大陆，他们是"狗腿子"、"汉奸"；在台湾，他们正是介于

"两脚"的台湾人和"四脚仔"（日本统治者）之间的，"非人非兽的怪物"，即所说的"三脚仔"。

"三脚仔"最明白的、约定俗成的意义，就是"汉奸"。以"三脚仔"精神，概括台湾文学精神的一般，即使是一个真正的"三脚仔"，怕也不便、不敢出口的，何况张先生呢？

陈映真以为，"作为施暴者鹰犬的'三脚仔'族"，如果不再看他们那些无耻的、凶残的"恶疾"，他们也是"日本殖民主义的受害者"，"作为施暴者的鹰犬的'三脚仔'族"，也成为"被支配者、被施暴者民族的巨大的伤口"，因而，对于"大部分尚苟活甚至于活跃于台湾生活的过去的'三脚仔'族"，他无意"施以严厉的指责"，但是，鉴于张良泽的"三脚仔"论歪曲了台湾文学的精神，鉴于张良泽对"三脚仔"的"偷生"、"隐忍"而"甘于做三脚的怪物"的画像，陈映真愤怒地指出：

> 如果以这三脚人的画像，来界定"五十年零四个月"日本帝国主义统治下的台湾人（张先生认识中的有别于"大和'皇民'和中华'汉民'"的"台湾人"），毋宁是一种极大的侮辱。从武力反抗到非武力反抗，五十余年的日本统治下，台湾发生过多少壮烈的抵抗，这是治台湾文学史从而治台湾史的张先生，所不应该不认识的。正是从张先生辛劳而可敬的研究工作中，使战后一代的台湾知识分子得以重新认识到日据时代下台湾文学的宝贵遗产，即先行代日政下台湾文学家如何在巨大的日本帝国主义暴力之下，发出英勇的抗议，对异族殖民者和台湾的"三脚仔"大加挞伐；如何在被压迫的生活中，怀抱着磅礴的历史格局。这些主题，也应该是研究日本统治时期台湾文学的张先生所熟悉的。以"为了偷生百般隐忍"、"无蜂起反抗的勇气"、"为了取得配给物资"而"改姓名"、组成"国语家庭"的"三脚仔"精神，概括一切的台湾文学，简直是睁着眼睛诬蔑先贤了。

说到用"三脚仔"精神来观照日据时期的台湾文学，陈映真还指出：

日据时代台湾文学中的反日本帝国主义精神，有一个明白的基础，那就是以中国祖国为认同主体的民族主义。离开这个民族主义，是无从理解日据下台湾文学的抵抗精神的。从前、近代的、迷信的、封建的农民抗日运动，一直到近代的、民族主义的抗日运动，都在这个祖国意识的基础上展开。这是一切殖民地政治的、文化的抵抗运动中的共同特质。在中国、朝鲜，以及一切殖民地，从帝国主义的辖制中求得祖国的独立、民族的解放，成了各受压迫民族共同的悲愿，也成为殖民地文学共通的主题所在。在日据时代的台湾，从来没有介于"大和'皇民'和中华'汉民'"的"中间"的文学。只有以汉民族的立场寻求民族解放的、反对日本帝国主义的民族主义文学，而在它的对立面，也只有一味想洗清殖民地人"卑贱"的血液、一心一意要改造自己为皇民的"大东亚文学者"们或"决战下台湾文学"的"文学家"们的，真正的"三脚仔"文学。

鉴于张良泽还把这种"三脚仔"论延伸到战后，用以评价战后的台湾文学，陈映真还指出，这正是正派的日本学者尾崎秀树所指出的一种"思想的荒芜"。陈映真说，这使他"感到无限的心的疼痛和悲哀"。陈映真写道：

> 据说，在 1963 年，岸信介曾说过这样的话：
> "就历史和种族，台湾和大陆均不同……为什么台湾人喜欢日本人，不像韩国人那样反对日本？这是因为我们在台湾有较好的殖民政策之故。他们易于被统治，因为他们没有很强的民族主义的传统，因此他们比韩国人温和。"（王杏庆：《时报杂志》二六期）
> 战后时代的台湾文学家，对于这段话，是应该愤怒呢，还是应该流泪？"台湾与大陆不同"，台湾人"没有很强的民族主义的传统"之说，是对于本省人最放胆的侮辱和对台湾抗日历史最无耻的谎言。但，细细一想，这岂不是张先生台湾人三脚仔论的日本版本吗？日本帝国主义者的精神的荒芜，如何可因逃避了严正的批判，而延伸到战后的今日，尾崎秀

树氏的预见，不幸言中。张先生以台湾人的身份，在日本从事台湾文学的整理与研究，以他在《苦》文中所表现的思考上的荒芜与空疏，对于日本帝国主义者若岸信介之流的精神的荒芜，会有什么样的影响，难道还不明显吗？

1979 年，张良泽还有一篇《战前在台湾的日本文学——以西川满为例》一文发表。随后，到 1983 年，他又抛出《西川满先生著作书志》，这都是美化西川满、美化"皇民文学"的。对此，陈映真在 1984 年 3 月的《文季》1 卷 6 期上发表了《西川满与台湾文学》一文，予以批驳。

由于张良泽以西川满的文学为例，"很不吝于给他极高度的评价"，陈映真的批判也就针对着张良泽对西川满的美化来展开。陈映真首先指出，战后时代的日本文学研究者近藤正已，对于同一个西川满，却有同张良泽先生甚不相同的评价。对于早期的西川满，近藤的《西川满札记》认为，他的作品内容是"没有实体的，西川满式的幻想的台湾"，根本缺乏对"台湾人所处状况之深刻考虑和解释"。陈映真说："张良泽先生苦口婆心呼吁日本人重视战时日本殖民地文学之研究的美意，恐怕即连当今最右翼的日本人都会觉得尴尬吧。"接下来，陈映真以"西川满的'台湾意识'"、"西川满的'台湾文学'论"、"压抑还是'促进'了台湾文学"、"头号战争协力文化人西川满"、"不清算，可以；翻案，不准!"为题，深入展开了批判。针对张良泽推崇西川满是"爱"台湾的，陈映真批驳说：

> 西川（满）之爱，是支配者民族以他自己为本位去理解，去看殖民地台湾，从而投注他的感情。……西川满的台湾，便是这样一个"人工的、空想的、幻想的"、"二世"殖民者心目中的乐园（近藤正已：前揭书），呻吟在日本帝国主义铁蹄下真实的台湾生活和台湾人民，对于西川满，是视而不见的。

张良泽认为，西川满对台湾文学来说，是意义重大的。其中，意义特别重大的是，他"在台湾人的心中，坚定地种下了一种叫做'台湾文学'的意识"。张良泽说："西川满清晰地主张了台湾文学的独自性，从而使台湾觉醒了起来。"对此，陈映真的批判是：

……思图在日本南疆殖民地的台湾，为日本文学扩张新的、富有异国情调的文学的西川满的豪言壮语，毕竟是日本人本位——不，是日本帝国主义本位——的语言，非但并不是"主张台湾文学"的"独自性"，其实更是主张附庸于日本文学的，有别于其他领地如朝鲜之朝鲜文学的"台湾文学"的"独自性"吧！令人疑惑不已的是，张良泽先生绝非不知西川的日本中心的台湾文学观。因此他也知道西川主张台湾文学"在日本文学史上应占特异地位"，认为西川的努力，是要"把台湾文学作为日本'外地文学'（即前指殖民地文学）的一环而加以开拓"，并认为西川（满）对日本文学"新领域"开拓有所贡献。那么，张良泽先生是站在日本帝国主义的立场看台湾文学呢？还是站在台湾文学的立场看问题呢？观乎其文，答案是明白的。

张良泽对西川满推崇备至，还有一点是说西川满"把台湾的民间文艺提升到芬芳的文学境界"；张良泽还吹捧西川满确立了台湾文学的地位，培植了台湾作家，昌盛和丰富了台湾文学。陈映真针锋相对，一一做了批驳。特别是，陈映真列举事实，揭露和批判了西川满，以及为西川满歌功颂德的张良泽：

1941 年，"台湾文艺家协会"正式编入日本战争体制，西川满出任协会的"事务总长"。1942 年，西川率团参加"大东亚文学者大会"，年底发表战争协赞的黩武演说"一个决意"；1943 年，抨击抗日的台湾文学主要传统精神现实主义为"狗屎的现实主义"；同年 9 月，西川提议"撤废结社"，废刊《文艺台湾》，翌年并以《皇民学塾》代之，终于将据他自己说比粮食还珍爱的文学，献上战争的祭坛。至此，"浪漫的"、"唯美的"西川满，肆无忌惮地暴露了他原本极右翼、法西斯的战争性格，在台湾文学仆倒在日本战旗下受到严苛的检举与弹压之同时，西川满却享尽了皇民战争文学的荣华。张良泽先生竟何所据而谓西川满昌盛和"丰富"了台湾文学呢？

在这篇文章的最后，陈映真义正词严地批判了张良泽为西川满翻案、为"皇民文学"张目的"毫无学术、良心和民族立场的态度"。陈映真写道：

> 张良泽先生那种"谁都不可能不投降"论，是对于正气、公义、原则和勇气最令人遗憾的侮辱。如果张良泽先生还要进一步以这"投降有理"论，去为被一个曾经高踞协力日本侵略战争的文化人榜首的西川满翻案，则即使不站在中华民族的立场，就是站在作为一个有良心的人的立场，也是值得震惊的疯狂罪恶态度吧！

70年代末和80年代最初几年的这个回合之后，有关"皇民文学"问题的统、"独"之争，似乎暂时平息了下来。然而，人们看到，紧随张良泽之后，叶石涛还是公开再为西川满翻案，也再为"皇民文学"翻案了。

最早，是在叶石涛写他的《文学回忆录》的时候。这回忆录里，他一共有三篇相关的文章，即《府城之星，旧城之月——〈陈夫人及其他〉》、《〈文学台湾〉及其周围》、《日据时期文坛琐忆》。在回忆那几年的生活时，叶石涛有意美化了西川满和"皇民化运动"、"皇民化文学"。比如，日本文学报国会召开的"大东亚文学者大会"分明是"大东亚战争"的文学动员大会，极具侵略性质，叶石涛却说它"似乎有浓厚的联系感情为主的联谊会性质"。西川满的《文艺台湾》，分明是日本侵略者的工具和喉舌，叶石涛却说"它似乎不是言论统制的机构，而是联络作家感情的联谊会"，它"缺乏符合国策的战争色彩"，而是一个染上西川满个性色彩丰富的"华丽杂志"，"并不排斥有不同文学主张的其他作品"，"尽管杂志的封面以'文章报国的决心'几个大字，表示拥护国策，其实这是蒙混当局的障眼绝招"。至于《文艺台湾》上西川满抛出来的周金波的《志愿兵》、陈火泉的《道》等"皇民化"文学，叶石涛则坦陈："我也并无'深恶痛绝'的感觉。"叶石涛为其辩称："在那战争时代，毫无疑问的一切价值标准都混乱了。在日本人的压迫下，中了日本军国主义教育的毒素很深的某一些台湾作家，他的意识形态自然被扭曲了。三十多年的岁月流逝之后，再来挖掘疮疤似乎并不厚道。"往后，到1990年，叶石涛出版了《台湾文学的悲情》，书中涉及"皇民文学"的篇章有《抗战时期的台湾文学》、

《庄司总一的〈陈夫人〉》、《南方移民村》、《40 年代的台湾日本文学》、《"抗议文学"乎?"皇民文学"乎?》、《"皇民文学"》等。在《战争时期的台湾文学》一文里,叶石涛竟宣称:"在这个时期里,没有'皇民文学',全是'抗议文学'。"再往后,1995 年,叶石涛在高雄《台湾新闻报》的《西子湾》副刊上发表《台湾文学百问》的随笔时,又在《西川满与〈文艺台湾〉》里,吹捧西川满的"坚强的作家灵魂值得吾人钦佩",还不惜歪曲历史,吹捧西川满对台湾文学作了"巨大"的"贡献"。

叶石涛这些文章都是以随笔的方式一篇一篇地发表,再集结成书,因此没有引起公众较大的注意。但实际上,它的无形影响,恐怕还要超过张良泽。我们只要对照第三章所述西川满和叶石涛在攻击有气节的台湾作家们表现的专横态度,就自然可以拆穿叶石涛的谎言,并对他以表面温和的随笔口吻企图掩盖历史真相的做法,为之不耻。

1998 年 2 月 10 日的台湾《联合报》副刊上,5 月 10 日的台湾《民众日报》副刊上,6 月 7 日的《台湾日报》副刊上,张良泽连续以《台湾"皇民文学"作品拾遗》为名,辑译刊出了 17 篇所谓的"台湾'皇民文学'作品"。同时,还发表了 3 篇表达他对"台湾'皇民文学'"观点的文章。《正视台湾文学史上的难题——关于〈台湾"皇民文学"作品拾遗〉》一文是其代表。针对 2 月 10 日《联合报》副刊上的《正视台湾文学史上的难题——关于〈台湾"皇民文学"作品拾遗〉》一文,陈映真在 4 月 2 日至 4 日的《联合报》副刊上发表了《精神的荒废——张良泽"皇民文学"论的批评》一文,予以批驳。不料,1977 年对台湾乡土文学打过第一记棍子的彭歌,半路上杀了出来,在 4 月 23 日的《联合报》副刊上抛出了《醒悟吧!——回应陈映真〈精神的荒废〉》一文。对此,陈映真在 7 月 5 日的《联合报》副刊上发表了《近亲憎恶与皇民主义——答复彭歌先生》一文。

1998 年,日本右翼学人在台湾岛上利用"皇民文学"问题登台表演,也大有登峰造极的势头。这一年,垂水千惠的《台湾的日本语文学》由台湾前卫出版社译成中文出版。垂水千惠其人,出生于 1957 年,是日本右翼学人中的新生代。她在书中公开称赞周金波,因为周金波乐于接受进步的日本近代化(实即"皇民化"),她严厉质疑吕赫若,为什么在这一点上迟疑不决。也是在 1998 年,中岛利郎迫不及待地跑到台湾,紧锣密鼓地搞了一连串的活动。先是 3 月下旬,这个日本的右翼学人与台湾出身的黄英哲共同促成将"皇民作家"周金波生前的笔记和照片捐给台湾的"文资中心"，又编纂《周金波日文作品集》，专门为周金波平反。据3月21日《联合报》报道，在那个捐赠仪式上，黄英哲说："战后，有人修改以前作的作品，有人努力学中文写作歌颂国民党，可称为'另类'的'皇民化文学'，相较之下，周金波没有改过自己的作品，更值得钦佩。"中岛利郎则说："当年文学界把他归类为'皇民文学'作家，可以转移对其他相同情况作家的注意……周金波是一位爱乡土、爱台湾的作家。"同年12月25、26日，台大法学院有一个"近代日本与台湾研讨会"。会上，中岛利郎发表了一篇题为《编造出来的"皇民作家"周金波——关于远景出版社的〈光复前台湾文学全集〉》的论文，还散发了另一篇文章《周金波新论》。在头一篇文章里，中岛利郎针对远景出版社1979年编辑出版的《光复前台湾文学全集》未将周金波的作品选入之事，大做文章，结论就是，周金波的"皇民作家"名号完全是编造出来的。后一篇文章，通过对周金波的五篇小说的解说，证明周金波不但不是"皇民作家"，而且还是一位不折不扣的"爱乡土、爱台湾"的作家。人们已经清楚地看到，这些"自任为右翼"的学人，跑到台湾大肆活动，为"皇民文学"翻案，正是当年日本殖民主义的幽灵徘徊不去的表现。

在这杂语喧哗之中，按捺不住的叶石涛，又在1998年4月15日的《民众日报》上写有《"皇民文学"的另类思考》一文。周金波明明是中国的台湾人，文中，叶石涛却歪曲事实，宣称："周金波在'日治'时代是日本人，他这样写是善尽作为一个日本国民的责任，何罪之有？"

面对这种情势，陈映真从容组织火力，发动了声势强大的反击。

先是在《人间思想与创作丛刊》的1998年冬季号上，即创刊号上，刊出了特集《台湾"皇民文学"合理论的批判》。特集共刊4篇文章，即编辑部的《台湾"皇民文学"合理论的批判》，陈映真的《精神的荒废——张良泽"皇民文学"论的批评》，曾健民的《台湾"皇民文学"的总清算》，刘孝春的《试论"皇民文学"》。随后，《人间思想与创作丛刊》1999年秋季号，又推出另一专题《不许新的台湾总督府"文奉会"复辟!》，发表了陈建忠的《徘徊不去的殖民主义幽灵》和曾健民的《一个日本"自虐史观批判"者的"皇民文学"论》。同时，这一期的《人间》丛刊上，还辑有一辑有关当年"狗屎现实主义"

论争的"文献",为解读这一组资料,曾健民写了一篇《评价"狗屎现实主义"论争》,也是声讨叶石涛、张良泽等"'皇民文学'论"的战斗篇章。

与此同时,1998年12月25、26日的那个台大法学院举行的"近代日本与台湾研讨会"席上,著名作家黄春明还发言反击日本右翼学人说:"日据末期的台湾人口有六百万,'皇民作家'只是其中的少数几位,'皇民文学'影响也很小,并不是那么重要;而皇民化运动却影响了全体台湾人,那才是可怕的恐怖的,其影响之深远,至今还残留在我们的社会、家庭中,造成各种政治、经济、社会的矛盾……"

1998年、1999年两年里,陈映真和他主持的《人间》丛刊上所表现出来对于"台独"势力的"皇民文学"论的批判,是从以下几个方面展开的:

第一,揭露并痛斥张良泽的荒唐逻辑和汉奸气味。陈映真在《精神的荒废》一文里指出,张良泽的"'皇民文学'论"的逻辑是:(一)国民党长年以来的"爱国"主义(中华民族主义)教育,是一切基于(中华)"民族大义"痛批"皇民文学"的根源。(二)然而,在现实上,"日据时代的台湾作家或多或少都写过所谓的'皇民文学'"。(三)因此,"新一代的(台湾文学)研究者,应该扬弃中华民族主义,不可道听途说就对'皇民作家'痛批他们'忘祖背宗'";要"将心比心"、"设身处地"……以"爱与同情"的"认真态度"去解读"'皇民文学'作品"。《人间》编辑部的《台湾"皇民文学"合理论的批判》一文则指出,张良泽的举动,"无非是要为台湾40年代极少数汉奸文学涂脂抹粉"。曾健民的《台湾"皇民文学"的总清算》一文还指出,张良泽的作为与谬说,"掩盖了推动'皇民文学'的日本殖民与军国当局和在台日本人御用文臣的罪行,最终是替当时积极地站在日本当局和日本御用文臣阵营的台湾'皇民作家'们涂脂抹粉,僭取他们在台湾文学史上的正当性"。

第二,揭露并痛斥张良泽的作为与谬说"对台湾文学造成了严重的淆惑与伤害"。曾健民的《台湾"皇民文学"的总清算》指出,张良泽的骗术"误导了一般读者,以为日据末期的台湾文学的内容都与张氏辑译的'皇民文学'一样,充满了歌颂日本大东亚圣战、皇国精神的作品;且误认当时的台湾作家全都屈服在日本的殖民与军国体制下,积极配合日本当局的'皇民文学'政策,曲志而阿权地写了像那样的台湾'皇民文学'。结果，使一般人错认为在日据末期，台湾文学就等于'皇民文学'；甚至认为，台湾'皇民文学'就是当时台湾文学的全部。"曾健民认为："这不但对日据末期的台湾文学造成了甚大的淆惑和伤害，同时对于当时处于日本军国法西斯高压的文学环境下，凭着民族与文学的良知，以各种方式抗拒台湾文学沦为'皇民文学'的台湾前辈作家来说，毋宁是再度的羞辱。"陈映真等人还指出，当年，自甘堕落死心塌地地写"皇民文学"的"作家"，也就是周金波、陈火泉等极少数的几个人。针对张良泽把水搅浑的伎俩，陈映真的《精神的荒废》一文还特别澄清说："从赖和到吕赫若的台湾文学家，即使在压迫最苛酷的时代，都不曾稍露屈服的奴颜媚骨。说到'发表作品'，人们也会想起在压迫者严密控制下犹冒险秘密写出反抗的心声，隐而不发，迨敌人溃败后才将作品公诸于世的吴浊流。台湾文学史上，不为'活下来'而失节，不为'发表作品'而写违背原则、讨好权力的文章的人，比比皆是，而他们又个个都是从艺术上、思想上都能过关的，令后世景仰的真正的作家。"对此，曾健民的《台湾"皇民文学"的总清算》一文还指出，张良泽这样做，"居心""是想把所有的台湾前辈作家都贴上'皇民文学'的标签，来壮大'皇民文学'声势，使所谓的台湾'皇民文学'正当化"。

第三，揭露并痛斥"皇民文学"势力对台湾文学进行镇压的罪行。曾健民的《台湾"皇民文学"的总清算》一文指出，和战时的德国、日本一样，也和日本殖民统治下的朝鲜一样，二战中，台湾岛上的"皇民文化"及一切的"皇民文学"、艺术，都是推进法西斯战争的一种重要手段。为强化这种手段，在台"皇民文学"运动的头号总管西川满，控制"台湾文学奉公会"和"日本文学报国会台湾支部"，利用在台日本御用文臣的报纸杂志及其背后的总督府保安课、情报课、州厅警察高等课、日本台湾军宪兵队等在台军国殖民主义势力，用各种方式打压台湾人民的文学，企图将台湾文学"皇民文学"化。其中，包括禁止用汉文写作，迫使当时台湾文学的两大园地《台湾文艺》和《台湾新文学》停刊，迫使一部分失去文学园地的作家背井离乡远赴大陆和南洋。当赖和、杨守愚、陈虚谷和吕赫若等许多作家顶住这种压力，秉持文学与民族的良知，坚持台湾文学的现实主义传统继续从事创作时，1943年5月，西川满又抛出"狗屎现实主义"，对台湾文学进行恶毒的诽谤和攻击。到了这一年年末，眼看日本战局颓败愈为紧迫，西川满又策划召开了"台湾决战文学会议",逼迫张文环、王井泉、黄得时等人在 1941 年 5 月艰难创办的《台湾文学》季刊废刊,还迫使台湾作家撤销文学结社。到 1944 年,盟军攻陷塞班岛,开始对日本总反攻,日本本土和台湾处于盟军猛烈轰炸之下,台湾进入"要塞化"时期,日本殖民当局对台湾文学的至上指令又由"决战文学"进入"敌前文学"时期。曾健民指出,这样通过打压台湾文学而建立起来的台湾"皇民文学"体制,和日本殖民当局在台推行的军需工业化、强制储蓄运动、"皇民化运动",军夫、志愿兵运动等等,正是"一物的两面"。

第四,揭露并痛斥"皇民文学"的性格是"战争文宣性格"、"日本法西斯思想性格"、"皇民化性格"。《人间》编辑部的《台湾"皇民文学"合理论的批判》一文指出,"皇民文学"的"特质"是:"(一)在民族上憎厌自己的中华种性,思想和行动上疯狂地要求同化于日本;(二)以文艺作品去宣传、图解日本殖民者的政治与政策——支持战争、号召应征为'志愿兵',充当侵略的尖兵。"陈映真的《精神的荒废》一文指出,"皇民文学"是为"皇民化运动"的目标服务的,它正是"皇民化运动""这邪恶道场的共犯和帮凶"。"从全面看,'皇民文学'是日本对华南、南洋发动全面侵略战争时,作为战争的精神、思想动员——'国民精神总动员'机制的组成部分而展开。……目的在集体洗脑,使殖民地人民彻底抛却和粉碎自己的民族语言、文化和认同,从而粉碎自己民族的主体意识,在集体性歇斯底里中幻想自己从'卑污'的台湾人蜕化成为光荣洁白的'天皇之赤子',在日本侵略战争中'欢欣勇猛以效死','以日本国民死','为翼赞天业而死'。"曾健民的《台湾"皇民文学"的总清算》一文则把"皇民文学"的性格认定为"战争文宣性格"、"日本法西斯思想性格"、"皇民化性格"。

《人间》编辑部的《台湾"皇民文学"合理论的批判》和《不许新的台湾总督府"文奉会"复辟!》两文还指出,日本的反动学者垂水千惠、中岛利郎和藤井省三们,也有相关的谬说,也都美化日本在台殖民统治,美化"皇民化运动",美化"皇民文学"。

对于这些日本右翼学人,曾健民在《一个日本"自虐史观批判"者的"皇民文学"论》里指出:"并不是个人的或孤立的事情,而是近年在日本文化界逐渐兴起的一股右倾化潮流——'自虐史观批判'的一个组成部分。"

什么是"自虐史观批判"?

"自虐史观"是"自我虐待的史观"的简称。这是近年在日本文化界逐渐兴起的一股右翼化的潮流。随着日本政界的一系列异常变化，如"日美安保新指针"、"周边事态有事法"、"国歌国旗法制化"、"加入TMD"等等的出台，日本社会右翼的、保守的势力对有良心的、进步的势力频频发动了攻击。在中日关系上，有一个焦点就是侵华历史的问题。有良心的、进步的日本人，对于过去日帝的侵略历史坚持自我反省和向中国人民道歉谢罪的历史观点。右翼的、保守的势力就把这种正确的历史观点讥评为"自我虐待的史观"，即，把所有日本国内批判日本帝国主义、殖民主义、法西斯主义的历史观点讥称为"自虐史观"，用批判这种自我反省、道歉谢罪的历史观点的办法，来美化日本帝国主义的历史，使其侵略战争正当化、合理化。推动这种倒行逆施的右翼文化潮流的主要团体是"自由主义史观研究会"、"新历史教科书造成会"等等。垂水千惠、藤井省三、中岛利郎等人，就是这股势力的一个组成部分。

　　其实，"皇民文学"的汉奸文学性质，铁证如山，是谁也翻不了案的。针对中岛利郎的歪曲，曾健民在《一个日本"自虐史观批判"者的"皇民文学"论》一文中特别以周金波的作品为例，说明《水癌》就是要用"皇民炼成运动"来"去除迷信、打破陋俗"，就是要用"皇民化"的观念、理想与抱负去改革台湾和台湾人，它所颂扬的正是"当时日本军国殖民者的'国策'"。至于周金波的《志愿兵》，曾健民也说："小说的主题是再鲜明不过的，就是通过张明贵与高进六两个典型来塑造一个台湾人志愿兵的样板，颂扬这种人物的思想与行动力，赞美这种典型人物。"曾健民还指出，当年，日本殖民统治在文学上的头号总管西川满，对《水癌》赞誉有加。另外，在1941年6月20日殖民当局宣布决定在台湾实施志愿兵制度之后，9月，西川满一伙就和日本文人川合三良的同是以志愿兵为题材的小说《出生》和《志愿兵》一起，在《文艺台湾》上同时发表了。第二年6月，还给这两篇作品同时颁发了"文艺台湾奖"。可见，日本殖民当局是十分称许周金波的汉奸文学作品的。在这样的铁的事实面前，怎么能说周金波是个"爱乡土、爱台湾"的作家呢？怎么能说"皇民作家"是战后台湾文坛编造出来的呢？

　　只是，如同《人间》编辑部所说，这些日本"学者""绝不敢于在韩国或北朝鲜发此狂言暴论，却敢于在台湾肆言无忌，放言恣论"。

这是为什么？《人间》编辑部指出，这"是因为台湾内部自有一种'共犯结构'。在政界，有李登辉（笔者注：也包括某些新领导人）这样的皇民残余；在民间，有皇民欧吉桑、有皇民学者、有皇民化的台湾资产阶级。在台湾学界，有不少人因反中国、反民族而崇媚日本、美化日本殖民统治"。《人间》编辑部还指出，台湾中学教科书《认识台湾》（历史篇）的出台，生动地说明了，台湾已经将美化日本对台殖民统治的历史观上升到了当权者的主流意识形态的层次。对此，曾健民的《一个日本"自虐史观批判"者的"皇民文学"论》也指出："由于台湾近十年来政治、文化、社会意识的急速'亲日化'，使台湾成为日本右倾势力合理化、正当化日本殖民历史的重要突破口和模范舞台，日本的'自虐史观批判'者群起游走日台之间，纷纷把'某些台湾人的心声'作为批判日本国内的'自虐史观'的好材料。而台湾'皇民文学'的问题更是一个上等的好材料，这就是中岛等人的所有作为的真面目。"

在这样的历史闹剧中，我们看到，外国右翼势力和"台独"势力正在狼狈为奸。"台独"分子需要日本右翼学人，是需要他为"台独"张目；日本右翼学人需要"台独"分子，是需要他们继续讴歌日本殖民统治。曾健民引用一位日本朋友的话说："其目的在使日本的侵略历史免罪，同时，在使台湾在政治上、文化上、思想上与中国大陆分离。"陈映真在《精神的荒废》一文里指出，"触目皆是的，在文化、政治、思想上残留的'心灵的殖民化'"，一定要认真地清理，日本殖民主义的残留影响一定要肃清。人们会十分赞赏并完全支持陈映真发自肺腑而又振聋发聩的呼吁和警策："久经搁置、急迫地等候解决的、全面性的'战后的清理'问题，已经摆到批判和思考的人们的眼前。"

第五节　在多语言文学的幌子下扭曲台语制造分裂

文学领域里的"台独"势力还有一个谬论是，台湾文学是"多语言的文学"。其险恶用心是，在这"多语言文学"的幌子下，扭曲台语，把原本属于汉语方言的台湾话说成是独立的"民族语言"，在语言版图上制造分裂，利用语言的分裂来鼓吹文学的独立。陈芳明在1999年8月的《联合文学》第178期上发表《台湾新文学史》的第一章

《台湾新文学史的建构与分期》就说："台湾沦为殖民地之后，作家的语言选择变成很大的困惑。究竟是使用古典汉语还是中国的白话文，或是台湾本地母语，或是日本殖民者的语言？从新文学发轫之后，就可发现作家各自采取不同的语言从事文学创作。谢春木使用日本语，张我军选择中国白话，赖和借助台湾母语，构成了殖民文化的混杂现象。"

这种利用语言问题做"台独"文章的势头，早在20世纪80年代初期就开始了。当时，在海外讨论了几年的台语书面化言论基础上，洪哲胜站了出来。

1983年6、7月份，洪哲胜利用在美国出版的《台湾与世界》（总1、2期）的版面，抛出了《台语发展史巡礼》一文。文章里，洪哲胜别有用心地对"台语"做了一个"界定"。他说："台湾有四分之三的人口使用着'台湾福建话'。人们并不啰里啰嗦地称呼它'台湾福建话'，而简要地、约定俗成地把它叫做'台语'。于是，'台语'歌曲、'台语'电影及'台语'歌仔戏等用法，就经常出现在人们的口语中。这个多数台湾人的母语，被外来的日本殖民政权歧视打击了50年；接着，又被外来的国民党当做眼中钉加以排拒摧残。然而，它却越来越拥有丰富的内容、瑰丽的成分，以及旺盛的生命力！"他还说："台语当中，从中国福建跟随着汉人移民横洋过海移植来台湾的语言成分，至今仍然是构成台语的主干。三四百年来，台语有了多样的发展，但基本上，还是从这个主干上生长出来的，与原来有所不同的枝叶花果。虽然如此，台语当中已经有很多成分是原来甚至当今的福建话所没有的。这就是为什么我一开始就把台语称做'台湾福建话'的原因。"针对人们把台湾话叫作"闽南话"的叫法，洪哲胜危言耸听地指责说："这样做，不但犯了把台语和福建话等同起来的错误，而且是对操用这种语言的人一种歧视！"洪哲胜还歪曲历史，把二战之后收复台湾行使国家主权的当时的国民党政权也叫作"外来政权"。说它和殖民地荷兰、西班牙、日本等外来政权一样，"危临台湾"、"一个一个都在台语当中留下了或深或浅的痕迹"。洪哲胜蛊惑人心地说："给台湾的发展历史做了如上的巡礼后，我们不难同意：台语是以福建话为主干发展出来的语言。但是，它绝不等同于福建话。"

《台湾与世界》总1期上，还有一篇署名"陶冰"的短文《台语迫切需要书面化》呼应了洪哲胜，也认定台湾话是台湾人的母语，甚至还说，这"也是台湾人争取生存权的武器"，"必须珍惜它、发扬它"，而"要使其发扬光大，台湾话必须书面化"。

1983 年 8 月，邱文宗在《台湾与世界》的 8 月号（总 3 期）上发表《关于台语书面化的一些概括——兼作转载有关苏新闽南语研究引言部分序言》一文，就海内外对"台语书面化"问题的讨论情况做了一番归纳。关于台语有无必要书面化的问题，邱文宗说："持正面一方的说法大致可分为：（一）台语乃中国闽南方言之一支，是中国汉语的'次方言'，在中国闽南、南洋一带华侨以及台湾，使用人数众多，书面化实有必要；（二）遭受日据时代日人皇民化运动的压迫，兼尝台湾'国府'歧视台语的感受之后，由政治上引起的反抗意识反映到语言的层次上来，认为需以'汉学'或台语书面化运动进行所谓'文化对抗'；（三）从事文艺活动的工作者，基于想如实反映当地群众生活的需要，认为应有一套较完整的书面化台语，以便运用。当然，持反面看法的文章也不少，其主要论点可分为：（一）已经有了'国语'，台语书面化足以影响甚至阻碍其'国语'的推行；（二）极可能因而产生'台独'或'分离'的衍生意识。"至于如何体现书面化的问题，邱文宗说："如何体现台语书面化，也就是说采用何种媒介的问题，归纳起来，大体也有下列四种主张：（一）全部采用汉字；（二）采用罗马拼音字；（三）汉罗混合运用；（四）另创一种新符号。"邱文宗对此未置可否。倒是在文章后面摘录了苏新的《闽南语研究引言》，用以表态。苏新的《引言》虽然说到了闽南话和普通话的差异，但是，他强调的是，"闽南话和普通话都是'汉语'语系，用的也都是'汉字'"，他是维护语言文字的统一的。不过，到这一年的 11 月，这本杂志的总 6 期上，署名"道章"的《台湾语文追踪序幕》一文，还是说："台湾教会的罗马拼音圣经已奠定了台语拉丁化的基础。但它缺乏科学化和系统化，且有不少没有元音的词汇，如果能略加改进就可使台语拉丁化更完善。那么我的台语追踪法也就可以从此顺利进行。首先，把在台湾和世界上其他使用汉文地区的所有汉字分别用拉丁字母拼出，其次比较所有的同字异音的台湾汉文，再次比较汉字与其他地区汉字发音之异同，然后归纳出一些语音变化的公式。最后就是利用这些公式来找一般认为有音无字的台湾字。果真无字，则该创造新字来使用。"

到了 1984 年，《台湾文艺》杂志社出版了一本《台湾语言问题论集》，收集了 1973 年到 1983 年间台湾岛内发表的一些主张发展台湾

"母语"，以求"语言自由"的文章30多篇。胡不归于这一年的3月，在《台湾与世界》上发表了一篇《读〈台湾语言问题论集〉有感》。文章说："这个国语的概念，本来就是站在沙文主义上的，有了这种错误思想，才会引起种种政治问题来。过去日据时期台湾总督府所施行的国语政策如此，现在国民政府所推行的国语政策还是如此。要是脑子里头不存些什么歪念头想占人家便宜，语言问题是好谈的，没有什么解决不了的。人人有生存的权利，当然就有权利使用自己最方便的语言，这是天经地义的道理。这种权利是人最起码的权利之一，谁都犯不了，除了他们自愿放弃。所以有两种或者两种以上的语言相处时，只要大家能互相尊重对方的语言，大家就应该可以相安无事的。不过遗憾的是实际上常常无法做到这样。"他就鼓吹，对于国民党政权的语言政策，台湾人"都应该会感觉委屈，感觉气愤，甚至怒不可遏而叫起来才对"。文章还鼓动台湾人"为了母语的书面化而多卖些力气"。

这一年的10月，胡莫在《台湾与世界》总15、16期上发表了《台语书面化之路》一文，继续鼓吹："台湾人讲的是台湾话，台湾人当然也可以按照台湾话来书写自己的语体文。"这一类文章，还有这本杂志同年11月号上发表的道章的《台语文的音与字》、1985年10月号上发表的道章的另一长文《〈台语之古老与古典〉评介及衍析》。

在1985年开始发表的《台湾文学史纲》里，叶石涛先认定，张我军主张的"白话文学的建设，台湾语言的改造"，跟"殖民地台湾的现实状况背道而驰"。到了30年代的"台湾话文和乡土文学"的论争，其实质分明是个文学如何"大众化"的问题，叶石涛却硬要说，那"是台湾话文的构想"的"萌芽"。说到80年代的台湾文学，叶石涛又说道："在台湾新文学开展的初期阶段，已经出现了台湾话文、乡土文学等论争。台湾话文尽管是主张为了渗透民间的方便起见，创作语文应用台湾话文去书写，排除用日文写作的途径，但它也同时认为，以北京官话为准的白话文不适用台湾民众，跟大陆的大众语运动互相呼应，要建立更符合民众生活的日常性语文——台湾话文。"从此，"以北京官话为准的白话文不适用台湾民众"，成了"文学台独"势力鼓吹"台湾文学"同大陆文学分离的纲领。

1987年4月号的《台湾与世界》上，王晓波发表了《台湾最后的河洛人——巫著〈风雨中的长青树〉读后感》一文，像是对以上种种的议论做了一个总结性的回应。文章借着台湾本土著名诗人巫永福的大作，指出了台湾人、台湾话与大陆中原文化的割不断的联系。王晓波说："巫老极言今日闽系台湾人即河洛人，其语言即河洛话，并且才是唐、宋以前的汉语。"他引用巫永福的话说：

> 河洛语系文化系统的福建、广东与台湾河洛人、客家人，都是纯粹黄帝子孙为中心的汉民族，他们的祖籍都在河洛地区，故他们的祖坟都明记河洛祖籍以示不忘。以我巫姓而言，祖籍为山西平阳，依族谱记载于永嘉之乱时，经山东、浙江避难至福建。之后又有移往广东潮汕地区成为广东河洛人。再后又移往嘉应州梅县成为客家人，而后部分移往台湾。继承着丰富的河洛语系文化的河洛语言，诗经、唐诗、论语、南北管音乐及演剧、布袋戏、皮猴戏、创作歌仔戏，比北京语系文化的京戏、京韵大鼓、铁板书丰富得多。且诗经、唐诗以河洛语来吟韵律才会好听外，其字义的解释更需借重河洛语，很多古书也是一样。因为河洛语系汉民族统治中国的历史较悠久，其文雅的语文及词汇的丰富更是北京语文所不能及。

为什么今天台湾还能保持这些河洛古语呢？王晓波仍然引用巫永福的话说：

> 这些中国的古语音河洛话——台湾话为何在福建、台湾能保持其古音的完整呢？第一福建多山贫瘠，交通不方便，较不易受外来的影响且原住民的势力小。第二台湾隔着台湾海峡成为海外孤岛，海上交通不发达，虽然满清260年的统治却被视为化外，自然地台湾人的语言文化仍然保持其固有的特色，不受满清的语言的影响。而日本虽然治台湾50年，时间不算长，日本语的影响不多，故其原来的语音风格仍无变化。

王晓波的文章，还针对陈芳明在《岛屿文学的丰收》一文里的所谓"在50年代以后出生的一代，可以说是向中国经验正式告别的第一代"的言论，指出：

如果台湾青年知识分子不能回到自己的历史，而变成向河洛人告别的一代，我怕，巫老将会变成台湾知识分子中最后一个河洛人了；巫老一生在这动乱时代中的文化奋斗，也可能只能成就自己为河洛人的孤臣孽子了。

不过，我更相信台湾人强韧的民族力，台湾的老百姓，仍然会一代又一代的，把自己民族的烙印勒刻在死后的石碑上，和书写在自己的族谱上。所以，只要孤臣孽子犹在，河洛人的香火仍得不绝如缕，巫老的心血终究是不会白费的。

另外，吕正惠也曾在《台湾文学的语言问题》（收入《战后台湾文学经验》）一文中，从方言与普通话（国语、官话、雅言）的关系，分析汉文化的书写传统，说明任何汉语方言都可以"丰富"普通话，但要把方言书面化则属多余，多半要徒劳而无意义。他也在《日据时代"台湾话文"运动平议》①一文中论证，30 年代的"台湾话文"的提倡，是源于台湾知识分子在日语的威胁下，试图保持汉字书写传统，而不是如叶石涛所谓的，想要寻求"自主性"。

然而，这都阻扼不住"文学台独"势力利用语言问题搞分裂的势头。而且，这以后，还进入了一个实质性的阶段，叶石涛等人直接由"台语"而鼓吹"台语文学"了。

1995 年，叶石涛在高雄《台湾新闻报》上写他的专栏文章《台湾文学百问》时，进一步宣传了这些主张。比如，在《新旧文学论争与张我军》一篇里说："张我军的'白话文学的建设，台湾语言的改造'主张，其实是一条行不通的路。台湾人既不是日本人也不是中国人，台湾是一个多种族的国家。后来在 30 年代，黄石辉、郭秋生等作家主张'台湾话文'，但 1937 年以后变成清一色的日文文学，台湾的历史性遭遇使得台湾的语文环境变得很复杂，这也许是张我军做梦也没料到的事。"说到 80 年代的台湾文学，叶石涛则在《八十年代的母语文学》一篇里鼓吹台湾是一个"国家"，诬蔑汉语普通话的推行是"外来统治民族强压的语言政策所导致的结果"。他的诬蔑性言辞是："台湾本来是多种族的国家。……只有外省族群所用的普通话一枝独秀，是优势的语言，正如日治时代的日语是优势语言一样。这当然是外来统

---

① 此文见中正大学中文系主编：《台湾的社会与文学》，台北东大图书公司，1995 年版。

治民族强压的语言政策所导致的结果。……用母语来创作是天赋人权，不可剥夺的人权之一。统治者用政治力量来宰制文学及民众的日常语言，是最法西斯的强暴手段。"叶石涛还鼓吹说："母语文学的未来奠基于各族群的认同和共识，这不是任何一个种族可以决定的重要课题。"

1996 年 5 月，叶石涛在中正大学"台湾文学与生态环境"研讨会上发表论文《台湾文学未来的新方向》一文时，又说："随着台湾的民主、自由化，社会的多元化和多样化，各族群重视自己族群的历史、文化的倾向不可避免。台湾文学经过 70 年的波折和发展以后，各族群以母语来创作应该是理直气壮的。河洛人发展台语文学，客家人写客语文学，原住民用各族群母语的古代南岛语来写作，这应该是符合台湾多种族社会，取得和谐时代潮流。"怎样处理这"多种族"的语言问题呢？叶石涛的意见是独尊"台语文学"。他说："多种族的台湾面对这分歧的母语文学必须拥有共同的语文来化解。当然依照民主方式的各数决而言，占有多数的河洛话文学也就是台语文学，应该成为台湾文学的创作语文是天经地义的。"

跟在叶石涛之后的是彭瑞金。彭瑞金在 1991 年 3 月出版他的《台湾新文学运动 40 年》一书时也纠缠在"母语文学"问题上有意制造分裂。他在说到 1980 年以后的《本土化的实践与演变》时，特别写了一节《从方言文学到母语文学》。彭瑞金说："台湾新文学发轫以来，寻求合理的台湾文学语言，一直是严肃的课题，不但内部沿路争议不休，而且受到政权更迭的干扰、禁制。"接下来，彭瑞金说到 20 年代新旧文学语言的争论，指责了张我军的"依傍中国的国语来改造台湾的土话"的主张。说到 30 年代黄石辉的主张，彭瑞金又肆意歪曲说，那是"明确概括台湾文学内涵、具有台湾意识的台湾文学语言观点，其后，因迭遭 1937 年的汉文废止政策、1943 年的'皇民文学'以及国民政府来台后的'国语'政策，以政治力贯彻外来语的压迫，使得台湾文学语言历经重大冲击，始终处在不能归位的状态。因此，捍卫台湾语文，重振发扬台湾语文，建设台语文学，这样的文学与语言纠葛不清的现象，不但成为台湾作家在埋首创作之外，一项困惑不已的创作梦魇，台湾人说不得台湾话，也是台湾社会政治运动奋斗不懈的目标，日据时期有作家因为进入日文创作时期而放弃文学，战后又有人因为无法跨越语言的障碍而放弃创作，足堪列为世界文学史上的奇观"。60 年代，他又加以歪曲，把王祯和等乡土文学作家的作品说成是"方言文学"或"文学方言"作品。一直到80年代，彭瑞金说，才有了一个"强势的母语文学运动"。他说，这"强势的母语文学运动，实际是因应着台湾文学的自主性、本土化之台湾意识的觉醒成长运动而产生的"。彭瑞金说："80年代台湾语文学运动最大的特色是站在台湾文学的正当性出发的；带动台语文学者认为台湾作家以台湾语创作是天经地义的事，不再以方言文学的心态乞求宽容的存在，同时也跳过台湾话到底有没有台湾文字的忧虑。"

和彭瑞金把"台语文学"看作是"台湾文学的自主化、本土化的一环"一样，林瑞明也是把"台语文学"当作"台独"文学的一个重要方面来对待的。

在《现阶段台语文学之发展及其意义》一文里，林瑞明以"文学本土化"的发展为"内在逻辑"对"母语创作"做了一番回顾之后，又指出林宗源、向阳、宋泽莱等以"台语"创作作品"掀起了台语创作的高潮"。再加上，郑良伟、洪惟仁、许极炖、陈冠学、林继雄等热衷于研究台语，"各种台语辞典如雨后春笋，台语教学班也相继成立"，"更有台湾语文学会的正式成立"，"凡此种种都有助于台语文学的向前迈进"。林瑞明还特别提出了1991年以林宗源、向阳、黄劲连、林央敏、李勤岸、胡民祥等20人组成的"番薯诗社"。这是台湾有史以来的第一个台语诗社。他们鼓吹的"宗旨"是："1. 本社主张用台湾本土语言创造正统的台湾文学。2. 本社鼓吹台语文学、客语文学参加台湾各先住民母语文学创作。3. 本社希望现阶段的台湾文学作品会当达著下面几个目的：①创造有台湾民族精神特色的新台湾文学作品。②关怀台湾及世界，建设有本土观、世界观的诗、散文、小说。③表现社会人生、反抗恶霸、反映被压迫者的艰苦大众的生活心声。④提升台语文学及歌诗的质量。⑤追求台语的文字化及文学化。"林瑞明对此自有一番"高论"："以母语思考、创作，原是文学基本出发点，但从台湾新文学发展的历史来看，80年代'解严'之后，台湾意识已全然表面化，被官方长期抑制的台语热闹登场，具有颠覆国语的政治性格；对于长期以来，以日文、中文创作的台湾作家亦加以挑战，有些人认为这全属于被殖民文学，只是不明言而已。"林瑞明对于90年代台湾"台语"文学的发展是感到兴奋的。他说："台湾文学界面临了来自于母语的核心革命！"他甚至断言："台语文学的发展，将更加无可限量。"①

事实上，自 80 年代以来，先后有许成章、郑良伟、洪惟仁、庄永明、陈冠学、罗肇锦（客语）等人，投入台语的整理、研究工作，有林宗源、宋泽莱、向阳、林央敏、黄树根、黄劲连、林双不、黄恒秋（客语）、杜潘芳格（客语）等人，投入台语诗的创作。

1999 年 8 月，陈芳明在《联合文学》上发表《台湾新文学史的建构与分期》一文，一开始就说道："台湾文学经历了战前日文书写与战后中文书写的两大历史阶段。在这两个阶段，由于政治权力的干预，以及语言政策的阻挠，使得台湾新文学的成长较诸其他地区文学还来得艰难。"此文遭到陈映真的批判之后，陈芳明又在 2000 年 8 月的《联合文学》190 期上发表了《马克思主义有那么严重吗?》一文，又老调重弹说："台湾新文学运动者自始就是以日文、中国白话文、台湾话三种语言从事文学创作。"其中，用台湾话书写致使台湾"与中国社会有了极大的隔阂"。陈芳明还说："国民政府在台湾'不仅继承'了'甚至还予以系统化、制度化'了'日本殖民者对台湾社会内部语言文化进行高度压制与排斥'的'荒谬的国语政策'。依赖于这种'国语政策'，中国的'强势的中原文化才能够透过宣传媒体、教育制度与警察机构等等管道而建立了霸权论述'。而这种存在于台湾的霸权论述，与日据时期的殖民论述'正好形成了一个微妙的共犯结构'。"

应该说，陈芳明上阵之前，除了一些有识之士指出"台语"书面化、"台语文学"创造之不可能，对于利用语言问题发出的"文学台独"的言论，维护国家和文学统一的爱国思想家、作家，还没有正面展开过批驳。陈芳明出来后，陈映真先后写了《以意识形态代替科学知识的灾难》、《关于台湾"社会性质"的进一步讨论》、《陈芳明历史三阶段论和台湾新文学史论可以休矣!》，分别发表在 2000 年 7 月、9 月、12 月的《联合文学》上，对陈芳明的谬论予以批驳。

陈映真指出，陈芳明所说的受"歧视"的台湾话，其实是指"中国国语"对台湾地区的"闽南"、"客家"两种汉语方言的"压迫"，从而暴露了陈芳明妄图把通行于台湾地区的汉语闽南方言、客家话方言说成是和汉语、日语一样独立的民族语言，以证明台湾是分离于中

---

① 林瑞明：《台湾文学的历史考察》，台北允晨文化实业股份有限公司，1996 年 7 月版，第 64、65、66 页。

国之外的"独立""国家"的阴谋。现在，不仅中国方言的研究，连全世界的方言学研究都公认，闽南方言、客家话是汉语的方言，不是与汉语对等的民族语言。陈芳明反其道而行之，既不尊重事实，也不尊重语言科学，除了表现他的无知，只能说明他别有用心。在《关于台湾"社会性质"的进一步讨论》一文中，陈映真还旁举法国、日本、韩国之例，证明各国为了维护"国语的中央集权的统一"，普遍强制推进某些针对方言的特殊的文化政策。国民党政府在台湾当权之后，采用语文标准教科书，推行国语字（词）典，还有注音符号、语文考试制度等，也是推行这种文化政策的体现。这种世界各现代民族国家都做的事情，二战之后，当时的中国政府在台湾地区也做了，怎么能说是"殖民统治"的"语言文化的歧视"呢？其实，陈芳明面壁虚构出一种"台湾话"来，真实目的是要把"台湾的/台湾话语"和"中国的/白话文"看作是一种绝对对立的斗争的双方，进而证明这种对立的斗争，不仅是语言的，而且还是文学的，乃至民族的、国家的对立的斗争。这种心机，当然是白费。

针对叶石涛、彭瑞金、林瑞明、陈芳明等人对台湾新文学历史的歪曲，陈映真说："台湾陷日后，台民拒绝接受公学校日语教育，以汉语文'书塾'形式继续汉语文教育，截至1898年，台湾有书塾1700余所，收学生近3万人。"那时，没有作家用日文创作。1920年年初，受大陆五四文学革命影响，台湾也爆发了白话取代古文的斗争，白话文开始推行，台湾新文学都是"以汉语白话，或文白参半的汉语'书写'的"。"直到1937年，日本统治者强权全面禁止使用汉语白话之前，日据时代文学作家和台湾社会启蒙运动基本上坚持了汉语白话的书写，是不争的事实。""即使是被迫使用日语的作家如杨逵，也以日语形象地表达了他那浩气长存的抵抗。"陈映真还指出："近十年间，陈芳明一派的人大谈'台湾话'，以'台湾话'写论文，写诗，大谈'台湾话'之'优秀'，结果都知难而止，无疾而终。"这说明，要想把闽南方言、客家话这样的汉语方言歪曲为独立的民族语言，甚至使它变成一种"文学语言"，用来进行文学创作，只是陈芳明等"台独"势力一厢情愿的幻想而已。

这期间，为了给所谓的"台湾话"搞出一套文字来，"台独"势力还在汉语拼音方案上做起了手脚，用一个所谓的"通用拼音法"来抵制和反对使用祖国大陆的汉语拼音方案，妄图彻底割断台湾和大陆的文化纽带。其实，采用什么样的拼音系统、方案来拼写台湾岛上称之为"国语"的现代汉语普通话，在台湾，一直是个争论不休的问题。罗马拼音、威妥玛式拼音、邮政拼音、汉语拼音方案，还有近年出台的通用拼音，都被混杂使用，各县、市甚至各人，都可以自行其是，以致人名、地名、街巷名、商家字号名的音标标注或音译译写，十分混乱。1999 年 7 月 26 日，台湾当局的"行政院"曾召开教育改革会议，通过了以汉语拼音方案作为台湾中文音译系统的决定。2000 年 6 月，台北市的有关部门向台湾"教育部"提出报告，建议用汉语拼音来规范街名的注音译写。不料，10 月 7 日，台湾"教育部"里一个叫作什么"国语推行委员会"的机构，决议采用南部高雄正在使用的"通用拼音法"，将祖国大陆通行了 40 余年而又获得了广泛的国际承认和使用的汉语拼音方案弃置不用。对此，正在推广使用汉语拼音方案的台北市，强烈不满，斥责"新政府"推翻原有共识，无视与世界接轨的需要，完全是出于政治考虑。"市政府"还主持召开了一次座谈会。会上，以中文译音系统对交通服务设施的冲击问题为话题，到会的学者和观光业者纷纷发言、表态。10 月底的台湾《中时电子报》以《支持汉语拼音　座谈会一面倒》为题，报道这次座谈会说，与会者"几乎一面倒支持汉语拼音"。与此同时，一大批教育专家、语言学家、作家，还有一些政界人士，也都对此展开了激烈的争论。论战中，绝大多数学者专家和作家都支持采用汉语拼音方案，只有一些有着危险政治倾向的政客拥护采用"通用拼音法"。身为语言学家的台湾当局新任"教育部长"曾志朗，倒是汉语拼音方案的支持者。从专业角度和世界接轨需要加以考虑，作出了"教育部"的决定，采用汉语拼音方案。到此为止，人们满以为，这场争论可以结束了。不料，教育部门的这个报告，被当局的"行政院"退回，否决。现在，台北市虽然自行决定采用汉语拼音方案，但在全台湾，仍然没有解决问题。

其实，弃置汉语拼音方案，采用"通用拼音法"，不光是一个使用什么拼音的问题。那个所谓的"国语推行委员会"，原本就给"通用拼音"戴上了"本土化"、"自主性"、"认同感"的大帽子，愚弄民众，蛊惑人心，还妄图通过"通用拼音"为拼写所谓的"台湾话"、"造台湾字"作准备。所以，拼音问题的要害是在于，从语言文字版图、文学版图、文化版图上制造分离，以求地理版图、政治版图的分裂、独立阴谋得逞。

冰冻三尺，非一日之寒。事实上，"台独"势力把"语言"当稻草，是新分离主义者从80年代后期以来一直都在兴风作浪的一种表现，正是"文化台独"的一翼。十几年来，当社会生活中，有人用讲"台湾话"还是讲"国语"来对人们画线排队，以至于像某大航空公司那样，非操"台湾话"者坚决不录用的时候，在文学界，就有人用一些生造的怪字来拼写"台湾话"，堂而皇之印出书来，美其名曰"台湾话语文学"作品，摆在书店里招摇过市了。

什么是"台湾话"？说穿了，"文化台独"里的"台湾话"，就是现代汉语里闽方言的一支闽南话。把今日汉族民族语言汉语里的一种方言闽方言的一支闽南话，人为地扭曲变形为一个通行地区的、独立在其所属的民族语言之外的虚拟的"民族语言"，这是十分愚蠢的，非常荒谬的。

对于围绕着"语言"问题发出来的种种荒谬言论，《人间思想与创作丛刊》2001年秋冬季号上，发表了一篇署名"童伊"的长文《文化台独把"语言"当"稻草"，荒谬!》，做了全面的、深刻的清理与批判。在此我们只提出文中所涉及的"民族共同语"和"闽南次方言"（属于闽方言）的两个主要观念。

什么是民族共同语言？童伊的文章从学理上做了说明，指出："民族共同语言（national common language），指的是一个民族内部最重要的交际工具，共同使用的语言。民族共同语言是民族的特征之一。它有一个形成和发展的过程，随着民族的产生而产生，随着民族的发展而发展，这种发展和变化受民族的社会条件的影响和制约。所以，一部民族语言史总是同一部民族史紧密联系在一起的。民族共同语言在一定程度上反映着使用这种语言的民族对客观世界的认识，凝聚着这个民族的人们在物质生产实践、精神生产实践和人的自身的生产实践等一切社会实践领域里长期实践所获得的知识。从民族共同语言，人们可以看到，使用这种语言的民族，基于共同的地域、共同的经济生活、共同的文化生活、共同的心理素质而形成的，历史的和现实的社会的文化的种种特点。同时，民族共同语言的发展，也不只是依赖于使用这种语言的民族的发展，反过来，这种语言的发展还会对民族的发展产生重要的影响，发挥重要的作用。这不仅是说没有民族共同语言人们就不可能形成一个统一的民族，还意味着，没有本民族语言的使用，这个民族的历史文化遗产的继承和发展，这个民族当下和今后的发展，都将是不可能的。"童伊的文章还指出："民族共同语言在历史发展的过程中，会在内部形成或存在不同的殊方异语。这殊方异语就是方言，或者，是民族共同语言的地域性的变体，是民族共同语的地方形式。"可以说，"方言是民族共同语言的继承或支裔，一个方言具有异于其他亲属方言的某些语言特征。但是，它无论怎么特殊，在一个特定的历史时期内，都还是从属于民族共同语言的。这所谓的历史时期，会是一个相当漫长的历史时期，而不是几年、几十年、几百年能够计算的"。

针对"文化台独"势力把闽南话说成是"独立的语言"的谬论，童伊又从学理上讲明了民族共同语言发展的规律、其间的方言变化情景。童伊写道：

民族共同语言发展的基本运动形式是分化和整合。

历史上，一个民族内部，人群会因为躲避战乱，或者武装侵略，或者人口增殖过多，原有土地不能承载不得不分散栖息，或者转移出去和平垦殖，而不断地发生集体迁移的事情。这时，民族共同语言会随着使用者的分离而走上分化的道路。还有，这个民族在地理版图上本来就分布面积过大，距离过远，古代交通不便，社会交往不甚发达，山河的阻隔也会使各地区的居民形成相对独立或半独立的生活群体，相同的民族语言也会在不同的地区发生这样那样的变化。这也是一种民族共同语言的分化。这些分化，就是方言的形成和发展。从理论上说，在特定的历史条件下，当然，这不会是在一个统一民族内部少数人违背历史发展潮流人为地扭曲和变异某些条件的情况下，有的方言也可能发展为独立的语言。

不过，这种极端性的分化式的发展，只在古代社会有可能发生。而事实上，我们还不知道有这样的事情发生过。现代社会，随着人们生存条件和社会生活的巨大变化，交通工具的极大改进，沟通手段的极大变化，原来发生阻隔作用的地理因素，不再发生作用了。这使得不同的方言彼此之间大大接近，使得民族共同语言的发展由分化转变为整合。

民族共同语言就在这种分化和整合的过程中，以它的某一个方言为基础，形成一种标准语。

事实上，这种标准语，早于现代时期，地球上的不同民族，都在各自的历史条件下，在几百年前，甚至一两千年前，都逐渐形成了。

这种标准语，一旦形成，就会有统一的民族内部各地人民都必须遵循的标准和规范，有它口头的、书面文字的统一形式，有它的文学语言。这种标准语，有利于民族内部的交流和民族的发展，内容无限丰富，对它内部的各种方言具有无比巨大的约束力。由于这种标准语是在长期的历史发展过程中发展形成的，因而具有难以估量的巨大的稳定性。它自身的再发展，只是显示了"古代"、"近代"和"现代"意义上的不同形态而言，在这种情况下，只凭着少数人的微不足道的力量，出于某种权势野心的驱使，想要人为地改变共同语和方言的关系，人为地制造方言独立的神话，是绝不可能的。在人类历史上，古往今来，中国和外国，要使方言脱离一个强大的共同语而独立，梦幻成真，还不曾发生过。

考虑到"文化台独"势力在"闽南话"上做了不少文章，对于台湾的年轻人有一定的欺骗性，童伊的长文对现代汉语方言属于闽方言的闽南次方言也做了学理性的说明。童伊说：

断定闽南话难以脱离现代汉语这一民族共同语独立成"台湾话"，从语言自身说，还因为，这闽南话，原本只是属于闽方言的一个次方言。

什么是闽南次方言？童伊先从汉语说起，文章写道："从全世界范围看，独立的民族语言之多，难有精确的数字。一种估计是2500～5000种，还有一种估计是4000～8000种。按照近代运用最为广泛的一种语言分类方法——谱系分类法，汉语属于汉藏语系中的四大语族之首的汉语族，是这个语系里的最主要的语言。按《中国大百科全书》1988年提供的数字，当时，以汉语为母语的人，大约有9.4亿。十多年后的今天，这个数字显然大大突破。除了中国大陆和台湾省，汉语还分布在新加坡和马来西亚，以及世界五大洲华人移民侨居的各个国家和地区。汉语的标准语，是600多年来以北方方言为基础方言逐渐形成的。它的标准音是北京音。汉语的标准语,在大陆叫'普通话',在台湾叫'国语',在新加坡、马来西亚叫'华语',在其他华人侨居国和地区叫'汉语'、'中文'或'华语'。经过了漫长而又复杂的历史发展过程,到现代汉语这个阶段,汉语方言有七大方言,即北方方言、吴方言、湘方言、赣方言、客家方言、粤方言、闽方言。其中,闽方言具有异于其他方言的突出的特点,内部分歧也很大。按其语言特色,闽方言大致上又可以划分为 5 个次方言,或者 5 个方言片,即闽南次方言、闽东次方言、闽北次方言、闽中次方言,莆仙次方言。"说到闽方言,童伊介绍其使用情况说:"据《中国大百科全书》1988 年提供的统计资料,在中国(含台湾),通行闽方言的县市约有 120 个以上。除了福建 54 个县市、广东东部 12 个县市、海南岛 14 个县市、雷州半岛 5 个县市、台湾 21 个县市、浙江南部 7 个县市之外,主要通行粤方言的中山、阳江、电白等县市也有部分区、乡说闽方言,江西东北角的玉山等县、广西中南部的桂平等县、江苏宜兴等县市,也有少数地方说闽方言。另外,散居南洋群岛、中南半岛的华侨、华裔,数百万人祖祖辈辈也以闽方言为'母语'。现在,以闽方言为'母语'的侨民,还分布到了欧、美及东亚乃至大洋洲、非洲各地。使用人口,则在 4000 万以上。"

接着,童伊说到了闽南次方言的使用情况。文章写道:"闽南次方言,是闽方言中使用人口最多、通行范围最广的一种次方言。它覆盖了福建省内的以厦门、漳州、泉州三市为中心的 24 个县市。福建省以外各地通行的闽方言,基本上都是闽南次方言。闽南次方言以厦门话为代表。潮州话、文昌话,也分别在广东东部和海南岛有较大的影响。在台湾 21 个县市中,除了约占人口 2% 的高山族地区说高山话,台北、彰化之间的中坜、竹东、苗栗、新竹和南部屏东、高雄等县市,以及东部花莲、台东的部分地区,通行客家方言外,其余各地的汉族居民,都说闽南次方言。人口约占全省总人口的四分之三以上。"

针对"文化台独"势力歪曲闽方言形成的历史,童伊介绍了汉语方言史的有关情况。童伊写道:"人们认为,从闽方言区的历史来看,据史籍和许多巨姓族谱稽考,使用这一方言的人民是古代或因避乱,或因'征蛮'陆续从中原迁移过来的。在周代,闽有 7 个部落。秦汉开始,中原人开始迁移入闽。秦始皇命王翦统大兵定江南后立了四郡,四郡之一的闽中,就是现在的福建。又,秦时发兵 50 万屯南岭,将领史禄把家属留在揭阳，部下大多留于潮州。汉武帝时使路德博平南越，置九郡，中有珠崖、儋耳两郡，就在现在的海南岛。三国时，孙吴经营江东、江南，汉族居民又由会稽经浦城入闽，集中分布于闽北、闽中一带。公元304年到439年的'五胡乱华'时期，北方汉人大量南逃，大江东西，五岭南北，闽、粤等地，成了他们避难落户之所在。晋代永嘉之乱，有所谓'衣冠八族'移居到闽地。唐武后时，又有大批人自光州固始县随着陈政、陈元光父子'征蛮'到了福建。到五代，王潮、王审知率兵南下，占山为王，据闽称帝，又带来了一大批的中原居民。再到宋代，金、元先后迫境，中原大地复又动荡不安。其时，皇室人员相率避乱南下。不少北方的军政人员，力图保驾御敌，也随从南来。1276年，宋端宗在福州即位，后为元兵所迫，奔走于泉州、潮州、惠州等地，最后死在崖山。端宗死后，帝昺立，又逢元兵从海上来犯，应战不敌，投海而死。跟着赵宋王室南来的一大批军政人员，眼看中原沦于异族，大都不愿北返而留在了闽、赣、粤等地，作为宋室遗民，定居在了现在闽方言区的福州、泉州、漳州、潮州等地。最后，明朝末年，郑成功据守台湾抗清，又从福建带了不少人东渡去台。抗清失败后，除了留住台湾，又有不少人从台湾散居到了南洋群岛各地。在这漫长的历史过程中，闽方言形成于何时，我们至今还难以找到确切的记载。但从闽方言跟中古隋代陆法言等人所编《切韵》音系及汉语其他方言做历史比较语言学的研究，人们也可以看出一点消息，就是闽方言直接延续了上古汉语的声母系统而没有经历中古时期的两种重要的语音变化。而这两种重要的语音变化，在闽方言以外的所有汉语方言中都已经发生了。这两种语音变化就是，唇音和舌音的分化。上古汉语没有轻唇音。《切韵》中唇音还没有分化。而唐季沙门宋温的36字母系统里，唇音已经分化为重唇音和轻唇音两类声音了。重唇，有了'帮滂并明'；轻唇，有了'非敷奉微'。同样，上古汉语没有舌上音。《切韵》已有了舌头、舌上之别，除了'端'、'透'、'定'，还有'知'、'彻'、'澄'。这，至少可以说明，不同于其他的方言，闽方言的一些特点，在唐代已经开始表现出来。另外，钟独佛曾说，唐时已有'福佬'之称。这，也许可以作为唐代已经渐渐形成闽方言的一个旁证。"

童伊长文的最后一个问题，是针对台湾岛上有关汉语拼音问题的闹剧而写的。童伊说：

时下，台湾岛上的"台独"势力弃置汉语拼音方案不用，而采用"通用拼音法"，并生造一些怪字拼写实为"闽南话"的"台湾话"，还用来创作"台湾文学"，甚至在大学里把这种"台湾文学"与中国文学对立起来，开办了"台湾文学系"，而把中国文学列入了"外国文学"系列。这表明，"台独"势力碍于岛内、大陆及国际上的种种压力，一时还不敢于公开宣布台湾"独立"，就改变策略，而在众多领域其中包括文化、文学和教育领域，割断台湾和祖国大陆的血脉和纽带，由政治上的"明独"衍生出了文化、文学和教育领域里的"暗独"。不可为，而执意为之，如此一意孤行，还说明，他们根本就不屑于汲取历史的教训。

　　人类社会史上，即使是统一的国家里，不同的民族语文拥有自己的书写符号——文字，实属正常。而同一民族的语言，在已有的文字之外再造一种文字，以示分裂为二，却没有先例可循。事实上，也不可能有这样的先例。至于，汉语发展的历史上，倒有借用汉字形式另造文字以示分裂国家之独立的，也有另造别的文字用以译写口头上活的汉语的，可惜都没有成功，都生命短促而没有存活下来。这样的历史，"台独"势力不应该忘记！

　　至于汉语拼音，"台独"势力同样不应该忘记历史。

　　为了还历史以本来面目，童伊在文章里回顾了汉语拼音问题的历史过程。童伊写道："在中国历史上，利用拼音的方法阅读并译写汉字，有三个方面的任务，即进行识字教育、扫除文盲以便普及教育；推行以北京语音为标准音的'官话'，以便统一语言；进行汉字改革和汉字拼音化的研究与试验工作。制订拼音方案是这中间的一项最主要的任务。最早，是在17世纪初叶，明代万历年间，来华的西方传教士开始用罗马字母拼注汉字读音，酝酿出了中国最早的拉丁字母拼音方案。留传下来的，有意大利耶稣会士利玛窦（Matteo Ricci）和法国耶稣会士金尼阁（Nicolsa Trigault）的方案。利玛窦只残留下4篇注音文章，1605年在北京出版的《西字奇书》一书已经失传。罗常培根据这些文章里的387个不同音的注音字给他归纳出一个方案。金尼阁的方案，保存在他1626年于杭州出版的《西儒耳目资》一书里。国内学者方以智、杨选杞、刘献廷、龚自珍等人都受他们影响对拼音文字进行了研究。18世纪早期，清雍正年间，闭关政策妨碍了第一批拼音方案的传播。一百多年之中，用拉丁字母给汉字注音的工作一度沉寂下来。到了1840年鸦片战争失败以后，海禁大开，西方列强势力步步深入，较之明末清初，通商传教都要频繁得多。在传教活动中，一些基督教和天主教的传教士们，陆续把《圣经》译成各地口语，一部分地区的译语就用罗马字母拼写出来。这些用罗马字母拼音的方言文字就是所谓的'教会罗马字'。当时，在南北各地，这一类'教会罗马字'都曾大量出现。与此同时，专为外国人学习汉语的华语课本和华语字典也大量出版，其拼音法式进一步尝试了汉语拼音的方案。随后，在甲午战争前后的进一步半封建半殖民化的社会发展过程中，从1892年到1911年，即清朝的最后20年，发生了一场'切音字'运动。这'切音字'运动，就是汉字改革和汉语拼音运动。1892年，卢戆章在厦门出版了《一目了然初阶（中国切音新字厦腔)》，揭开了这个运动的序幕，出现了第一种切音字方案。这方案，恰恰就是拼写闽南次方言的方案。此后，在'言文一致'和'统一语言'两大口号的驱动下，出现了28种（现存27种）拼音的方案。这一阶段的最后一种，是郑东湖在1910年出版的《切音字说明书》。28种方案中，比较著名的还有蔡锡勇的《传音快字》，陈虬的《新字瓯文七音铎》，刘孟扬的《中国音标书体》，马体乾的《串音字声韵谱》，沈学的《盛世元音》，王炳耀的《拼音字谱》，杨琼、李文治的《形声通》，田廷俊的《数目代字诀》，朱文熊的《江苏新字母》，王照的《官话合声字母》，劳乃宣的《简字谱录》等。这中间，用拼音方案拼注什么语音，人们曾经做了不懈的探索。卢戆章曾主张把南京音作为'各省之正音'，把拼写南京话的切音字作为全国'通行之正字'。章炳麟还曾主张'以江汉间为正音'，用武汉话作为南北通行的话。此外，王炳耀拼写粤东话，陈虬拼写温州话，朱文熊拼写苏州话，倒也提出了最后以拼写北京话为目的的思想。当然，更多的人已经明确地要求推广北京语音了。其中，王照是制订和推行'官话'拼音方案的一员主将。'国语'一名，就是他在《官话合声字母》的1903年重印本里提出来的。首先响应王照的是吴汝纶。1902年他从日本回国后就写信给管学大臣张百熙建议推行这个方案。而贡献最大的是劳乃宣。他在理论和实践上都有贡献。1910年的资政院议员会议上，庆福等人联名呈送的《陈请资政院颁行官话简字说帖》，江宁、程先甲等 45 人的《陈请资政院提议变通学部筹备清单官话传习所办法用简字教授官话说帖》，也都建议推行这一方案。1911 年，'中央教育会议'终于议决《统一国语办法案》。拼写方言的方案终于有了法统的地位。在 28 种方案中，人们还在拼音方法和拼音字母形体上做了多种实验。在拼音方法中，'双拼制'较之'三拼制'、'音素制'影响更大，占了绝对优势。而字母形体，在拉丁字母、速记符号、汉字笔画、数码及自造其他符号四大类中，则以汉字笔画式方案成为主流。"

　　随后，进入了现代汉语拼音方案的制订过程。童伊继续介绍说："1913 年教育部召开'读音统一会'，卢戆章、王照等人都参加了会议。会议通过了以章炳麟方案为基础的'注音字母'。1918 年 11 月，这一方案由教育部正式公布。此后的 40 年间，这套'注音字母'对统一汉字读音、推广'国语'、普及拼音知识发挥了相当大的作用。这是清末 20 年'切音字'运动的直接发展和继续。然而，这套'注音字母'，拼写符号形体及拼写方法都还难以与世界接轨，不利于国际交流。一班志士仁人复又继续努力探索新的方案。其间，包括 30 年代瞿秋白的巨大努力，40、50 年代吴玉章等人的巨大努力。其结果，便是 1958 年 2 月 11 日，经全国人民代表大会批准，颁布执行《汉语拼音方案（Chinese Phonetic System）》。这套汉语拼音方案的制订，也经历了一个相当长的时间。先是 1949 年 10 月，成立了民间团体'中国文字改革协会'，会中设立'方案研究委员会'，讨论采用什么字母的问题。1952 年 2 月，政务院文化教育委员会成立'中国文字改革研究委员会'，会中设立并提出'中国文字拼音方案'的'拼音方案组'。这个组，几年内拟订了好几种以汉字草书笔画为字母的民族形式拼音方案。1954 年 12 月，国务院成立'中国文字改革委员会'，由吴玉章、胡愈之任正副主任，以黎锦熙、罗常培、丁西林、韦悫、王力、陆志韦、林汉达、叶籁士、倪海曙、吕叔湘、周有光为委员，在民族形式字母方案之外，研究制订采用拉丁字母的方案，最后确定拼音方案采用拉丁字母。1956 年 2 月，这个方案的第一个草案发表。经过征求全国意见和国务院'汉语拼音方案审订委员会'审订，1957 年 10 月，拼音方案委员会又提出了修正案。这就是今天的汉语拼音方案。这一方案经全国人民代表大会公布后，立即推广执行。1977 年 9 月 7 日，联合国在希腊雅典召开第三届地名标准化会议，认为汉语拼音方案在语言学上是完善的，推荐用这个方案作为中国地名罗马字母拼写的国际标准。

1979 年 6 月 15 日，联合国秘书处发出通知，以'汉语拼音'的拼写方法作为在各种拉丁字母中转写中国人名和地名的国际标准。1982 年 8 月 1 日，国际标准化组织发布国际标准 ISO7098《文献工作——中文罗马字母拼写法》，规定拼写汉语要以汉语拼音为国际标准。"

回到眼前，针对台湾当局导演的拼音方案闹剧，童伊写道：

现在台湾岛上少数人，硬是将汉语拼音方案中的"q"、"x"、"zh"三个声母改为"ci"、"si"、"jh"，故意制造差异。比如，把"秦、肖、朱"三姓的"qin、xiao、zhu"的拼写改为"cin、siao、jhu"的拼写。这造成了不同于拼音方案的 10% 的相异之处，衍生出大量词汇拼音的差异，造成大量的混乱。结果，弄出一个怪怪的"通用拼音"来，让全中国的人读不懂，也让外国人接受不了。还让台湾在信息资料转换和搜寻上无法与国际社会沟通。甚至采用了汉语拼音方案的世界各国，都会因护照上拼写姓名之混乱而拒绝台湾的部分民众入境。这真是十分愚蠢的。

其实，纵观汉语汉字长期发展过程中的历史风云，汉语拼音方案制订和颁行的漫长的历史道路，台湾岛上把"语言"问题当做救命"稻草"来搞"台独"的少数人，应该清醒地认识到，他们少数人自作聪明的种种伎俩，都是难以和漫长的历史岁月中一代又一代人的努力相匹敌的。试问，古往今来，哪有在语言文字问题上，乃至其他文化问题上，改变了历史，也推翻并改变了国际社会的现状的？如若不信，孤注一掷，岂不成了蚍蜉撼大树！

奉劝"台独"诸公切记，割断闽南话和汉民族共同语言的血脉，妄图用"台湾话"取代"国语"，割断闽南话的拼写和汉语标准语拼写的血脉，妄图给"台湾话"另造文字，都是历史已经证明完全行不通的一条死路。既如此，还要如此割断历史，除了证明诸公之冥顽不化，就只有一个结论了，那就是，诸公割断历史，就是彻头彻尾地背叛了我们中华民族。

第六节　在台湾新文学史的体系构建中为"台独"张目

近20年来，"文学台独"的分裂主义言论和行动，又一个集中的表现，是在构建台湾新文学史的体系中为"台独"张目。

最早，是叶石涛发表于1977年的那篇《台湾乡土文学史导论》。叶石涛在文章里谈了五个问题，即："台湾的特性和中国的普遍性"、"台湾意识"、"帝国主义和封建主义下的台湾"、"台湾乡土文学中的现实主义道路"、"台湾文学中反帝、反封建的历史传统"。这是叶石涛对于台湾新文学发展史所作的一个纲领性的思考。除了把整个台湾新文学都叫作"台湾乡土文学"，叶石涛掩藏在其中的文学史观念，就是新分离主义，即强调和中国大陆文化交流的"断绝"，强调台湾"异于汉民族正统文化的地方"。叶石涛说："由于台湾孤悬海外，有时与中国大陆的文化交流断绝，因此，难免在汉民族为主的文化里，搀和着历代各种遗留下来的文化痕迹。如果我们仔细考察台湾的社会、经济、文教、建筑、绘画、音乐、传说，便处处不难发现富于异国情趣、有异于汉民族正统文化的地方。在这孤立的情况中，则各种文化熔于一炉的过程中，台湾本身建立了不同于中国大陆文化的浓厚乡土风格。……当我们回顾台湾乡土文学史的时候，我们不得不考虑到它的根源以及特殊的种族、风土、历史等的多元性因素。毫无疑问，这种多元性因素也给台湾乡土文学带来跟大陆不同的浓烈色彩，朴实的风格、丰富的素材。"在这篇文章里，叶石涛把对于"不同于中国大陆文化的"、"有异于汉民族正统文化"的认同，叫作"台湾意识"。后来，这"乡土"到"本土"，"台湾意识"到"本土意识"，直到"本土化"、"主体性"、文学独立，便成了"文学台独"的纲领。

如前所述，叶石涛这篇《台湾乡土文学史导论》立即遭到了陈映真的批判。陈映真的批判文章《"乡土文学"的盲点》，阐释的正是"统派"的文学史观。陈映真在指出叶石涛的文学史观是"用心良苦的，分离主义的议论"的同时，指出：

> 台湾的新文学，受影响于和中国五四启蒙运动有密切关

联的白话文学运动，并且在整个发展的过程中，和中国反帝、反封建的文学运动，有着绵密的关系；也是以中国为民族归属之取向的政治、文化、社会运动的一环。

这以中国"为民族归属之取向的""一环"，作为科学的台湾新文学史的文学观，此后便一直与"文学台独"势力的分裂主义文学史观对峙了 20 余年。

陈映真批判了《台湾乡土文学史导论》之后，1978 年 11 月 1 日，叶石涛在高雄左营接待彭瑞金、洪毅来访，张良泽列席，话题是"从乡土文学到三民主义文学"，谈的就是台湾文学的历史。看来，这是叶石涛在为写文学史做准备。他甚至用 10 年作一个阶段划分了台湾新文学史的分期。从这以后，直到 80 年代最初几年，他都是在做准备。比如，在《文学回忆录》里，他分段回忆了有关的事件、刊物、作家、作品，有了诸如《日据时期文坛琐忆》、《〈文艺台湾〉及其周围》、《论 1980 年的台湾小说》之类的篇章。

1984 年和 1985 年，叶石涛用两个夏季写成了《台湾文学史纲》。尽管还顾虑于时局而不得不谨慎下笔，但是，在《文学界》上先行发表时，叶石涛还是强烈地表现了他分离主义的台湾文学史观。如前所述，叶石涛反复强调的是，"跟大陆分离达 51 年之久的台湾，难免对大陆的近代文化有疏离感和隔膜"，"在三百多年来的跟异民族抗争的血迹斑斑的历史里养成的坚强的本土性格……是无可否认的事实"，它获得了"异族的文化形态"，"希望台湾文学扎根于台湾的特殊性，建立自主性的文学"，等等。

这时，1985 年 8 月，陈映真应邀到香港作了一次演讲，讲题是《40 年来台湾文艺思潮的演变》。针对台湾文学史构建活动中出现的叶石涛等人的分离主义言论和活动，陈映真指出，以 1975 年为起点，集结在《台湾政论》周围的"中生代党外资产阶级政治运动开始发展"。动荡中，"长年来依赖美国、依赖西方的思潮开始动摇，右翼爱国情绪和台湾分离运动中'革新保台'以抗共防共的思想有了新的发展。保钓爱国运动鼓起民族主义情感，也激起改革图存的知识分子运动。但这运动又因体制派改革论、分离派改革论与民族统一论间的龟裂而相互抵消"。

随后，到 80 年代，又有重大变化。陈映真说：

在文学上，一向处于暗流的素朴的现实主义传统，在80年代涌现为表流，并与党外运动产生比过去更显著的结合。"台湾文学自主论"——强调台湾文学"独特"的历史与个性及台湾文学对大陆中国文学的分离性的"台湾文学论"，自此以比较公开的方式提出。

　　另外，主张台湾文学为中国文学之一部分，台湾文学应以包括中国在内的亚洲、第三世界文学的连带而发展的理论，和台湾文学自主论形成对立。

　　应该说，指出了这两种台湾文学观、台湾文学史观的公开对立，是陈映真对于台湾新文学史的构建工作做出的一大贡献。

　　鉴于叶石涛在《台湾新文学运动的展开》一章之后，分别以40年代、50年代、60年代、70年代、80年代为一段，弄出了个台湾新文学史的分章结构体系，陈映真尽力把它校正为6个阶段，即（1）1945年以前，（2）1945年到1950年，（3）1950年到1960年，（4）1960年到1970年，（5）1970年到1980年，（6）1980年以后。而在方法上，则以"世界大事"、"台湾大事"、"一般性思潮"、"文艺期刊和团体"、"文艺思潮"为序，力图科学地构建台湾新文学史的体系。陈映真解释说：

　　　　一时代的思潮，就是一时代共同精神在思维上的表现，这思潮在表面上常常是由一个或几个人主倡，由一个或几个杂志、文化或文艺团体提倡，终至蔚为潮流。但究其实，一时代的思潮，受到当时社会、经济、国内外政治形势所制约。人和杂志，只不过是一时代社会、经济等条件上建立的上层结构的表现工具而已。此外，思潮有主要的潮流，也有次要的潮流。要全面理解一时代的思潮，就要兼顾主要的方面，也要注意次要的方面。

　　这，也是他就文学史观、方法论表明的观点和态度。

　　陈映真的演讲稿，是1987年6月发表在《中华杂志》上的。不久，7月间，以陈芳明为中心，新生代的"文学台独"势力又一次聚集，全面地宣布了他们有关"台湾新文学史"体系构建的观点。这就是陈芳明与郑炯明、李敏勇、彭瑞金等人在美西夏令会上的会见。

会见中，陈芳明与彭瑞金就文学史的撰写问题做了一次长时间的对谈。对谈的记录，前已说明，以《台湾文学的局限与延长》为题，于1987年的《台湾时报》、《文学界》和美国的《台湾公论报》上发表。记录分为10个问题加以整理，即一、乡土文学论战之后的台湾文学；二、台湾文学与中国文学；三、台湾意识与中国意识；四、台湾文学不是边疆文学；五、台湾母语运动与母语振兴；六、文学与政策；七、写文学史厘清文学的发展；八、写一部没有政治阴影的台湾文学史；九、台湾文学史的分期；十、文学和时代环境一起运动。1988年2月，陈芳明在《自立早报》上发表他的另一篇文章《是撰写台湾文学史的时候了》，回忆这次会见和对谈的时候，曾说，有人以为，那对谈就是他"要撰写文学史的基本构架"。陈芳明解释说："在那次对谈中，其实只在厘清整个长期遭到误解、混淆的观念而已。"

陈芳明和彭瑞金"厘清"了什么样的"长期遭到误解、混淆的观念"呢？从他们的对谈来看，无非是：

一、鼓吹用"台湾意识"对抗"中国意识"。

陈芳明认为，所谓"台湾意识"问题，"是对既有作品的不同解释态度而已，我个人认为这些纯出于不同的政治信仰，文学作品的本身是非常清楚的"。在他看来，这"台湾意识"，就是台湾"乡土意识"，就是"台湾本土意识"。他认为，"乡土文学中带有乡土意识也是本已有之的，不是外人、后来之人硬加上去的。台湾本土意识的文学早已存在，远在日据时代就有了，它是台湾文学的传统。只是战后数十年来台湾客观环境下，它受到了压抑，不得彰显而已。批评家本身可能由于勇气不够，警觉性不够，不敢表达，没有注意到，无论如何却不能说它不存在。"针对陈映真等人提出的"中国意识"，陈芳明攻击说："我们便应该回到作品本身看看它的内容是什么，精神是什么，我们绝不能霸道地宣布作家都是使用中文的，所以这些作品都朝向中国。"

二、鼓吹"台湾文学不是边疆文学"，不是"中国文学的一部分"。

陈芳明抓住"边疆文学"这个说法大做反对"以中原为中心"的文章，大做反对陈映真等人"站在中国文学的立场发言"的文章，声称："台湾没有产生过中国文学。"陈芳明说："要讨论台湾文学与中国文学的关系，我不同意以'台湾文学是中国文学的一部分'这样的主张来搪塞。除非证明，台湾社会的生活、政治、经济、历史的条件与中国完全相同，才有可能在台湾产生中国文学。"

对此，彭瑞金也持一个腔调。彭瑞金说："主张台湾文学是中国文学一支流……这又是一个证明中国意识论者霸道不讲理的地方。"彭瑞金还肆意谩骂陈映真和他的朋友们是"伪冒的中国意识论者"，肆意攻击陈映真的"不看作品、不肯诚实地从作品找证据，却栽赃说台湾意识就是分离主义，下面他们不敢公开说分离主义就是台独，然而这种暗示却一再重复，我不知道这是向哪一方面表功"。

三、肆意歪曲台湾新文学史上一些重要的史实。

比如，彭瑞金说，"乡土文学的出现是台湾文学界寻求多元化，至少要求有第二种声音的渴求下出现的文学运动"；陈芳明说，"乡土文学论战的价值，在于厘清了官方和民间对文学的不同立场"，"有人正视'台湾意识'的问题，应该也是乡土文学论战不可抹杀的功劳"。

在这次对谈中，出于为"文学台独"张目的需要，陈芳明和彭瑞金都说到了要写文学史的问题。

基于这样的要求，陈芳明和彭瑞金对叶石涛的《台湾文学史纲》做了最"会心"的解读，最"知己"的吹捧。

对谈中，陈芳明和彭瑞金还专门表示，要"写一部没有政治阴影的台湾文学史"。陈芳明一边诬蔑大陆学者研究台湾文学、出版台湾文学史的"目的"，"是在宣传和统战"，一边声称："我们台湾人整理台湾文学史，目的不在政治。"事实证明，这是谎言。比如，陈芳明攻击说："中国对台湾文学的研究，差不多都以政治为中心做研究，并不是以台湾人的感情去思考。一般人研究文学必然注意到它的内容，看它表达什么。中共研究台湾文学，先把结论放前面，他先认定'台湾文学是中国文学的一支流'这一结论再去找证据。很有趣的是，在台湾我们也听到这样的语言——'台湾文学是中国文学的一支或一部分'、'台湾文学具有祖国意识'。所以，基本上要研究台湾文学，一定要先把政治意识去除掉，以台湾人做中心来看文学，我们不能带着自己的政治信仰来解释文学。"

说到这里，陈芳明亮出他的台湾文学史观来了。请看："写文学史一定要掌握住史观，要弄清楚你以什么观点，什么立场来看台湾文学。我们今天要写台湾文学；要将台湾文学当台湾文学，不是写中国人观点的台湾文学。什么是台湾文学？就是台湾作家受到台湾的土地、经济、历史、社会所形成的文化环境影响而写出来的作品。这种作品表现了台湾人的生活、精神、思想、价值观、人生观，这就是台湾文学。既然如此，哪些是真的台湾文学，哪些是有价值的台湾文学，便不难检验了。既然是靠台湾这块土地生活写出作品来的就是台湾作家，我们不必问他是早期移民还是后期移民。……我们如果明白台湾文学是以台湾人民做中心，描写台湾人民的喜怒哀乐，我们便能清楚地看出台湾文学历史的演变。史观确立之后，再来看政治、历史、社会、文学的演变，都是一目了然。"

至于对谈中陈芳明、彭瑞金谈到的文学史分期问题，其意义并不在于如何分期。他们是在讨论分期的幌子下，强调用"台湾意识"去改写台湾文学的历史。

比如"皇民文学"的问题，陈芳明就说："'皇民文学'的问题也一样，硬要活生生地定他们生活的世界、现实，而拿起中国的民族主义来清算他们，这公平吗？为什么我们不用台湾人的立场，不用那个时候台湾人的心情评价他们？要知道他们进入那样的时代过那样的生活，是被逼的，不是他们自愿选择的。他们生活在那个时代一点也没有中国民族的困扰，今天有人受到中国民族主义的洗礼，反过来把自己这一套去削前人的脚，合自己的鞋子，才发生'皇民文学'的问题。你如果不能放下这个后出的民族主义的枷，只好一再地扭曲日据时代的台湾新文学了。"陈芳明还说："伤痕就是伤痕，我相信没有一个作家故意存心去写被称做'皇民文学'的东西，有的只是被逼迫的。所以即使没有中国民族主义，我们就不能去碰这些东西吗？我们要知道台湾新文学的演变过程极端曲折，我们不可能因为自己主义的愿望，希望自己是极端的中国主义而否定这些作品存在的事实，而拒绝碰触。"

1987年夏天在美国的这次聚会，还是一次台湾文学界分离主义势力撰写文学史的策划会。陈芳明和张良泽、林衡哲、郑炯明、李敏勇、彭瑞金共同商讨决定，要"以团队精神来完成文学史的撰写"，分工是：张良泽分担明、清以前，许达然分担明清时期，叶石涛分担日据时期，张恒豪分担战后至50年代，彭瑞金分担60—70年代，陈芳明分担乡土文学论战以后。不过，事后，许达然表示他不便参加，张恒豪也不能决定，只剩下张良泽、彭瑞金、叶石涛和陈芳明兴致还高。陈芳明没有想到的是，这个计划至今还没有实现。只不过，这以后，倒是有几本分离主义的"台湾意识"主宰的台湾文学史出台了。

我们且举彭瑞金的《台湾新文学运动 40 年》为例。初版由台北《自立晚报》社文化部编入《台湾经验 40 年》丛书于 1991 年 3 月印出，1997 年 8 月又由高雄春晖出版社印行新版。彭瑞金在 1997 年新版的《自序》里说："台湾，无论作为一个民族，或是作为一个国家，绝对不能没有自己的主体文化，并且还应该优先被建构起来。76 年前，台湾新文学发轫伊始，台湾先哲便著文呼吁，台湾人要想成为世界上伟大之民族，首先一定要有自己的文学，盖文学乃一个民族之灵魂，我们有充分的理由怀疑，灵魂空白的民族可以是伟大的民族，甚至怀疑其存在的可能。"请大家注意，早在 1991 年，鼓吹"文学台独"的彭瑞金就把台湾说成是一个"国家"了。

　　于是，他在书中设置的六章，全都以"台湾意识"的"复归"为主线，肆意曲解历史。其中，第五章《回归写实与本土化运动》写 70 年代的乡土文学论争，第六章《本土化的实践与演变》写 80 年代以后的文学，都把台湾文学的历史描摹成走向"文学台独"的历史了。其中的第二节《台湾结与中国结》，则放肆地攻击了陈映真提出的"台湾文学是中国近代文学的一个支流、一个部分"的理论，放肆地攻击了《夏潮论坛》发动的对宋冬阳即陈芳明的"台湾意识文学论"的批判。

　　彭瑞金也在"文学台独"的歧路上越走越远了。他在这篇新版《自序》里就说："台湾文学本土化所要追求的台湾精神回归，是要重新唤回整体台湾人、台湾文化的台湾主体意识。从教育到文化、从教科书到课程、从学校到社会，我认为，不仅要让以台湾人民和土地为主体的意识回到文学创作、文学思考、一切文学活动的正位上来，还应该让本土化完成的文学作品，进入普遍台湾人民的生活、心灵里去，和台湾生活融为一体。"可见，他的心志不只是在于文学。为此，他还提出一个具体的建议，即，设立所谓的"台湾文学系"。他说："近年来，我们不断思索：促使台湾的大学设立台湾文学系，让台湾子弟的语文教科书教授台湾作家的作品，使台湾人创造的文化资源回归台湾人心灵生活的途径。我以为这也是台湾文学本土化运动的延长，除非台湾文学全面回到台湾人的生活中来，本土化便需要继续运动下去，推动台湾文学本土化的工程，台湾文学本土论的建构工程，仍然是台湾作家持续奋斗的目标。"果然，1995 年，"台独"势力的团体"台湾笔会"带头发起了在台湾各高校建立"台湾文学系"的倡议，并在 1996 年由张良泽率先在淡江工商管理学院实施。1999 年 6 月，成功大学获准筹设台湾文学研究所。到 2000 年 8 月间，台湾的"教育部"就通令 19 所大学，鼓动他们筹建"台湾文学系"或"台湾文学研究所"了。

1995 年，叶石涛在高雄《台湾新闻报》上发表《台湾文学百问》，其实也是一份"台湾文学史话"。那 57 篇的"史话"文章里，也贯穿着一条分离主义的黑线。除了极力宣传"台独"主张，其重要的手法就是肆意歪曲台湾文学的历史，几乎所有的台湾文学史上的重大事件、重要现象、重要作家和作品，叶石涛全都纳入了他所划定的"自主意识"、"台湾意识"、"本土文学"的范围之内。他的目的，正如 1997 年结集出版时的《序》里说到的，就是要这样一部被歪曲了的台湾文学史著作"证明台湾人这弱小民族不屈不挠地追求自由和民主的精神如何地凝聚而结晶在文学上"。

1996 年 7 月，台南成功大学历史系教授林瑞明，在允晨文化实业股份有限公司出版了两本书《台湾文学的本土观察》和《台湾文学的历史考察》。这两本书，虽是论文集的样子，却重在观察和考察 20 世纪 20 年代以来"台湾文学发展史的几个重要面向"。

一是鼓吹台湾新文学"来源"的"多元化"，从源头上割断和大陆新文学的血脉关系。

二是鼓吹台湾文学的历史发展即"本土论"的发展。

三是攻击大陆学者的台湾文学史观，"皆把台湾当成中国文学的一部分、一支流来处理"。

四是攻击台湾岛内坚持台湾新文学是中国新文学的一环的观点的文学及工作者，用"中原正统主义完全盖住了台湾观点，台湾意识被视为仅是地方意识，稍稍强调台湾意识即视为分离主义"。

五是鼓吹台湾文学不算中国文学。

在宣扬这些"文学台独"主张的《台湾文学的历史考察》一书的《国家认同冲突下的台湾文学研究》一文里，林瑞明其实是公开鼓吹"两国论"的。他鼓吹在"政治属性"上"也不必然就朝中国统一"，"不必然就认同""政治中国"。

再就是 1996 年 7 月，那部博士论文《台湾文学本土论的兴起和发展》了。

该书将 70 多年的台湾新文学发展的历史全部归结为"本土论"的兴起和发展的历史，而以"发轫"、"式微"、"再兴"、"建构"划分其发展阶段，相对于此前诸公的鼓噪，也算有过之而无不及了。

他为什么要这样做？在该书的《绪论》里，作者说到他研究的动机与目的，首先从台湾意识、中国意识说起，他说："当台湾社会因为特殊历史因缘，分裂为'台湾'、'中国'两种不同意识形态时，台湾文学的'台湾'自我——本土论与'中国'自我——中国文学论的对话就一直在相应的时机出现，争执谁才是台湾文学的真正自我。……我们觉得台湾文学'台湾立场'与'中国立场'之争，带给台湾文学负面的影响终究要多于正面的，立足点的游疑不定，一直都是台湾文学不能扎根本土，厚实苗壮的主因。"他以为，这种"论争虽然涉及诸多议题，但却可以归结到'台湾文学的定位'这个母题之上，而'台湾文学'如何定位之所以迟疑不决，难以形成文学界的共识，则台湾与中国分离的历史经验，以及目前独立于中国之外的台湾何去何从，这个台湾前途问题之上。面对诡谲多舛历史命运的台湾人，一直以不同立场、不同期待，追问'台湾往何处去？台湾人的出路在哪里？'的问题。不同的解答来自一定的历史意识、现实考虑，以及对未来的期待，也形成了意向不同的台湾文学观。……既然现实上台湾独立于中国之外，台湾当然就是台湾文学惟一的立足点，也惟有'台湾'可以概括它，以眼前台湾现实上掌握不到，而事实上中国大陆又取得代表权的'中国'支配台湾文学的发展，我们觉得是并不切合现实"。由此，他说，他作这种研究，是要"在台湾前途不定、台湾文学定位不明的迷乱中，以前人的经验智慧结晶，厘清台湾文学的走向。……也希望能进一步剖析，台湾文学本土论与台湾日据后翻覆乖舛的历史，台湾人寻求台湾出路的构想之间的关系"。

可见，他是十分自觉地把"文学台独"的文学史建构工作和政治上的"台独"联系在一起，要为政治"台独"张目的。

此人对"台湾文学"、"本土论"还作出了自己的理论界定。什么是"台湾文学"？他说："为与大陆的'中国文学'有所分别而提出的'台湾文学'，既为分别两岸文学而提出，除了是以地理上的'台湾'来指称此地产生的文学，当然也肯定台湾文学，在台湾与中国分离的特殊历史经验中，已发展出不同于中国文学的特殊性，而且也承认台湾新文学是日据台湾新文学推动以来，在台湾这个社会进行的文学活动的总称。因为台湾文学与中国文学是两个内涵不同的范畴，所以，以'台湾文学'这个概念指称台湾的文学。"

什么是"本土论"？他说："本土论是伴随文学本土化运动而来的文学论。文学受一定时空条件的制约，是在'本土'进行的文学活动就应该呈现一定的'本土性'。'本土化'是相对'外来化'而成立的……经过一定历程的摸索、觉醒，寻找文学本土自我，反外来文化帝国主义支配的'本土化'动向，就会随着本土意识的觉醒而兴起。"

　　什么是"台湾文学本土论"呢？此人的荒唐解说是："伴随文学本土化动向而来的本土论，是反外来文化的支配，对文学本土化相关命题的申论。台湾文学因为社会内部认同意识的分歧，自日据时代新文学运动开展以来，即存在回归'中国'或'台湾'本土的争执，战后，文学界经过几次台湾文学论战，大致上，是以本土化论专指站在台湾立场进行的文学本土化运动，至于民族主义站在中国统一立场所倡导的台湾文学论，虽也强调反帝的本土化走向，但因台湾目前'独立'于中国之外，民族文学论回归的是和台湾相对立的中国，台湾现实上并无'中国'可回归，所以本文，不将'统派'民族文学论的反帝本土化论，视为台湾文学的本土论。另一方面，因为日据以后的台湾历史，一直有两岸政权及中国民族主义者主张两岸统一，在这种政治意识形态的宰制下，民族文学论乃将中国立场绝对化，视台湾文学为中国文学的支流，并据以支配台湾文学走向，这些论调，在本土论者看来，也是一种文化帝国主义，'中国'事实上也成为台湾本土化所要对抗的对象，所以，台湾文学本土论所谓的'本土文学'、'本土化'，除了相对于日本、西方等外来文学而成立之外，主要也是相对海峡对岸的'中国文学'而言的。"

　　走在这样一条文学"台独"的歧路上，这位年轻的博士研究台湾新文学发展的历史，只能得出极其荒谬的结论。他在全书的《结论》部分就说："耐人寻味的是，在本土论者眼中，'中国文化帝国主义'却是使台湾文学失去主体性最主要的力量，在回归台湾社会现实的本土立场中，通常倾向与'中国'分离，建立自主的台湾文学。回顾台湾文学的发展，我们可以看到台湾文学本土化运动所遭遇最大的阻力，反而不是随着帝国主义势力入侵的日本、西方文化，却往往是台湾作家的'中国意识'与'中国立场'。"

　　应该指出的是，此人是十分张狂的。在这《结论》里，他公然叫嚷"台湾明明已独立在中国之外成为一个'主权国家'，却要受'中国'这个名义的支配、剥削，面对这样荒谬的历史处境，岛内台湾意识高涨，台湾人民反'中国'支配，反'中国'对台湾的价值剥削，企求自己掌握自己的命运的意向当然越来越强烈"。他甚至公然煽动分离主义者们说："一世纪来台湾与中国分多合少，台湾几乎是独立发展于中国之外。打从日据时代开始，台湾在与祖国隔绝的环境中，接受近代民族、民主、政治、社会进步思潮的洗礼的台湾知识分子，开始解脱祖国意识的羁绊，追求政治上、文化上台湾的独立自主，'中国'就是台湾走向独立、自主最难摆脱也最难克服的障碍。……'中国'因此变成台湾各种本土化运动所要对抗的'中国文化帝国主义'、'中国霸权'，成为台湾、台湾文学追求自主、独立历程中挥之不去的梦魇。"

"文学台独"在构建台湾文学史问题上的这种恶性发展，终于引发了 20 世纪最后一两年的新一轮的统、"独"大论战。这一轮的大论战，是由陈芳明挑起的。

陈芳明从美国回到台湾以后，在民进党党部"从政"过一段时期，后来走进台湾的学术界，并着手写作一部《台湾新文学史》，放言"中国社会与台湾社会的分离"和"台湾文学与中国文学的分离"，并在 1999 年 8 月的《联合文学》第 178 期上发表了它的第一章《台湾新文学史的建构与分期》，全文 1.5 万字。不久，陈映真在《联合文学》2000 年 7 月的第 189 期上发表了 3.4 万字的长文《以意识形态代替科学知识的灾难》，对陈芳明做了严正的批判。8 月，陈芳明又在《联合文学》的第 190 期上发表一篇 1.1 万字的狡辩与反扑的文字《马克思主义有那么严重吗?》，再一次宣扬了分离的主张。对此，陈映真在 9 月的《联合文学》第 191 期上回敬他一篇 2.8 万字的长文《关于台湾"社会性质"的进一步讨论》，继续对陈芳明的分离主张给予了科学的剖析和严厉的声讨。10 月，陈芳明在《联合文学》第 192 期上再抛出一篇 1.8 万字的《当台湾文学戴上马克思面具》，再作反扑。12 月，陈映真在《联合文学》第 194 期上再发表 3.5 万字的长文《陈芳明历史三阶段论和台湾新文学史论可以休矣!》，再予陈芳明以痛击。

"二陈统、'独'论战"，首先围绕着台湾的"社会性质"问题展开。陈芳明在《台湾新文学史的建构与分期》一文中提出这个问题，并且强调为"一个重要议题"，显然是经过精心谋划的。他称自己的观点是"后殖民史观"，其要点是：1. "台湾社会是属于殖民地社会的"，它"穿越了殖民时期、再殖民时期与后殖民时期等三个阶段"。

2. 1895—1945 年的"日本帝国主义的统治时期",是"殖民社会"。其时,"台湾与中国之间的政经文化联系产生严重断裂"。3. 1945—1987年,从国民政府"接收台湾"到国民党台湾当局"戒严体制的终结",是"再殖民时期"。其间,1950 年之后,发生了"中国社会与台湾社会的分离"。4. 1987 年 7 月解除戒严令之后,是"后殖民时期"。其中,1986 年民进党建党是一个标志,它高举的是台湾脱离中国的"复权"旗帜。

陈映真的《以意识形态代替科学知识的灾难》和《关于台湾"社会性质"的进一步讨论》两文,把马克思主义理论同一些国家尤其是中国、中国台湾地区的社会历史发展结合起来,对陈芳明的"离奇的社会性质论"的无知、混乱与黑白颠倒做了全面、深刻、彻底的揭露和批判。陈映真指出,陈芳明的逻辑,就是一种"台独派逻辑",其用意十分明白,即"1945 年以后,'中国人外来政权国民党集团对台湾的殖民统治'使台湾'再'次沦为'殖民地社会'。这苦难的'中国帝国主义'下的台湾,至台湾人李登辉继蒋家担任台湾'总统'为分界线,在没有任何台湾人的民族解放斗争的条件下,使台湾从'中国帝国主义'下解放,结束了'再殖民'社会阶段!"

在这里,陈芳明把二战之后国民政府根据《开罗宣言》收复日本占领的国土台湾看作是一个"外国"的国家政府的再一次殖民地占领,完全是颠倒黑白、歪曲历史。陈映真指出:

> 陈芳明的"后殖民""史观",美化日本殖民统治,谓带来高度资本主义;通篇无一字涉及美帝国主义的新殖民统治;以冷战词语说"中国帝国主义"对台湾的统治;把美国学园对台湾思想文化的支配说成自由化和多元化……把这样的洋奴"史观"说成"后殖民史观",其实是对真正的后殖民主义的侮慢了,并且尖锐地表现出的"台独"论的后殖民意义。

论战中,陈映真对陈芳明在"多语言文学"问题上的种种谬说,以及由此而发生的对 30 年代有关"台湾话文"的争论的歪曲,等等,也做了有力的批驳。

尤其是,陈芳明歪曲历史说,战后,既然是外来的中国对台湾实行再殖民统治了,语言也分离了,社会也分离了,当然,1950 年之后,

"台湾文学与中国文学的分离"，"无论是自愿或被迫"，也就"成为无可动摇的历史事实"了。针对这一谬说，陈映真在自己的两篇文章里以大量历史事实对陈芳明的这种无知和谎言作了揭露。

第一，战后，1945—1949年间，在民间层次上，台湾的省内和省外文化界知识分子的确"进行过热情洋溢的脱殖民论说"。比如，有一位后来"仆倒在'二二八'事变血泊中的杰出的台湾人思想家"宋斐如，在《人民导报》1946年元旦的《发刊词》和元月6日的《如何改进台湾文化教育》一文中，提出要改变日据台湾时的"文化畸形发展"局面，"教育台胞成为中国人"，"随祖国的进步而进步"。对于宋斐如、苏新、赖明弘、王白渊等思想界战士来说，要克服日据殖民地文化的影响，就是"复归中国"，"做主体的中国人"。

第二，1947—1949年，台湾《新生报》的《桥》副刊发生过一场"如何建设台湾新文学"的争论。从某种意义上说，这"也是一场重要的脱殖民论说"。争论中，欧阳明、杨逵、林曙光、田兵，包括后来态度发生重大变化的叶石涛，都强调了建设台湾新文学的课题和建设中国新文学的课题相关相联，强调台湾文学始终是"中国文学的战斗的分支"，台湾文学工作者是中国新文学工作者的"一个战斗队伍"，其使命和目标一致。"台湾既（因光复）为中国的一部分，则台湾文学绝不可以任何借口分离。"

第三，即使到了70年代乡土文学论战时期，叶石涛等人，也还没有公开改变这种看法。陈映真举例说，叶石涛那时就迭次宣说"台湾文学是中国文学的一环"；王拓说，"作为反映台湾各个不同时代的历史与社会的（台湾）文学，也自属于中国文学的一部分"，而作家则是"台湾的中国作家"；李魁贤也说，"当然台湾文学是属于中国文学的一部分"。陈映真还特别揭露说："即使陈芳明自己，也要等到乡土文学论战前后才与中国'诀别'。"

第四，"杨逵在《桥》副刊上的文艺争论中，以及在1949年发表的《和平宣言》中，迭次疾言反对台湾独立论和台湾托管论"。

陈芳明对台湾新文学所作的三大历史阶段九个历史时期的分期建构中，把1979—1987年划分为第八个时期，即"思想解放时期"。他在《台湾新文学史的建构与分期》里说，在这个时期，和社会变化同时，"文学界也正在进行一场'中国意识'与'台湾意识'之间的论战。这场论战，也就是坊间所说的统、'独'论战，基本上是乡土文学论战的延续"。他还说，"统'独'论战"的最大意义，"就在于使台湾文学获得正名的机会"，"通过这场辩论之后，台湾文学终于变成共同接受的名词"；然后，到1987年以后的多元蓬勃时期，就有了从容的空间"重建台湾文学"。

陈芳明要的是一个什么样的"正名机会"呢？他声称，其一，"70年代回归本土"的声音中，"对陈映真、尉天骢等作家而言，本土应该是指中国；但是对叶石涛、李乔等人而言，本土则是指此时此地的台湾"。其二，1987年"解严"后，"台湾意识文学的崛起在于批判傲慢的中原沙文主义"、"抗拒汉人沙文主义"。

陈映真义正词严地揭露和斥责了这种"正名"的"台独"实质。他指出，70年代从现代诗论战到乡土文学论战中，文学上左右论争的实质，即陈芳明所说的"台湾意识文学"对所谓"中原沙文主义"、"汉人沙文主义"的"抗拒"，实际上乃是"台独文论"和"在台湾的中国文学"论的斗争。这种斗争延续到80年代以后，即使花样不断翻新，实质上也没有改变。

陈映真的揭露和批判，重创了陈芳明的"台独"主张。陈芳明沉不住气了。在《马克思主义有那么严重吗?》一文里，他指责陈映真对他的批判是"在宣泄他的中国民族主义情绪"，用马克思主义"作为面具，来巧饰他中国民族主义的统派意识形态"，虚掩其"统派立场"。他终于公开把自己放到了陈映真所坚持的"圣洁的中国民族主义"的对立面上、"统派"的对立面上。这正是陈芳明"台独"面目赤裸裸的自我暴露！论战中，陈映真还严肃地批判了陈芳明在社会性质和中国社会史论说中违背事实的反科学的谬论，批判了他美化日本对台殖民统治和日据时期"皇民文学"的谬论，揭露了他歪曲台湾社会历史和台湾文学历史的伎俩，斥责了他错乱的伪科学的文学史建构史观和分期说法。陈芳明显然感觉到他的"文学台独"言论所面对的挑战和可悲的下场，于是把这种批判一概辱骂成"汉人沙文主义"！

要说辱骂，写《当台湾文学戴上马克思面具》一文，陈芳明更是撕下自己"文学史家"的"学者"面具，对陈映真破口大骂，其面目之凶恶，言辞之肮脏，气焰之张狂，用心之不善，令人不堪卒读。

对此，陈映真在《陈芳明历史三阶段论和台湾新文学史论可以休矣!》一文里再作了一次有力的批驳。针对陈芳明的政治辱骂和人身攻击，陈映真做了令人深为感佩的回答。陈映真写道：

我一贯主张民族的分裂使民族残缺化和畸形化。反对外国干涉，促进民族的统一和富强，是台湾左派为之斗争的历史旗帜；增进民族团结，共同建设新的中国，是40年代杨逵先生以来台湾前进的知识分子的重责大任。对这主张，我至今没有动摇过，没有掩饰过。

　　至于我的"中华民族主义"立场，我自少及今，立场一贯，不曾动摇。……今日，当陈芳明回看在他而立之年的"中华沙文主义"的"病态民族主义"之"虚伪"、"落空"的话语，不知如何自处？在台湾新文学史上，有一条任何意识形态所不能抹杀的传统，即伟大的中华民族主义传统，表现为日据台湾新文学大部分坚持汉语白话作品和一部分以日语写成的文学作品中光辉磅礴的反帝中华民族主义，表现为赖和、杨逵孜孜不倦、坚忍不拔的反日爱国主义斗争，表现为简国贤、朱点人、吕赫若、蓝明谷、徐渊琛的地下斗争和英雄的牺牲，表现为杨逵在战后奋不顾身的合法斗争和长期投狱，表现为以中华民族认同批判外来现代主义文学要求建立民族和大众文学的乡土文学论争。我自觉地以忝为台湾文学这爱国主义、民族民主斗争的伟大传统中微小的一员，感到自豪！以戒严时代的、腐朽反动的词语扣我通北京、通共产党的帽子，随着大陆崛起的不可遏止的形势，随着大陆发展的实相渐为反动派所不能遮天，陈芳明的反共煽动终竟是徒劳的。

　　对于见诸《联合文学》的这场"二陈统、'独'论战"，陈映真写下了这样的结论：

　　一、陈芳明有关日据以后"殖民地"社会——"再殖民"社会——"后殖民"社会"三大社会性质"推移的"理论"，既完全不合乎陈芳明不懂而又硬装懂得的，马克思主义历史唯物主义有关社会生产方式性质（＝社会性质）理论和原则，也经不起一般理论对知识、方法论、逻辑等要素的即便是最松懈的考验。因此，不能不说，陈芳明"历史三大阶段"论，所谓"后殖民史观"不论从马克思主义的生产方式论，或其他一般理论的基本要求看，都是破产的理论和史观。

二、因此以破产的、知识上站不住脚的"三阶段"去"建构"和"书写"的、他的"台湾新文学史"之破灭，也是必然之事。

三、格于战后台湾的思想历史的极限，这次的论争，从台湾马克思主义思想发展历程上看，大都只围绕在马克思主义最基本的政治经济学概念上打转，许多问题都是30～40年代一个用功的中学生可以解决的问题，层次不高。这当然是与争议的一方陈芳明在马克思主义和一般历史社会科学知识理论水平之低下密切相联系的。

四、因此争论中由我们提出的比较重要理论课题，尤其是台湾资本主义性质问题、日据以来台湾各阶段生产方式的推移问题，以及与之相应的台湾新文学思潮、创作方法和文学作品的关系等亟须深入、反复讨论的问题，没能产生更深的展开。这自然也和陈芳明的水平低下有密切关系，只能期待后之俊秀起来接续这些台湾左派当面核心问题的讨论。

五、遗憾的是，这次争议中还是时代错误地出现了企图以反共反华的恫吓，例如类似说我亲共通共的手段，与戒严时代的几次争论中国民党文特的伎俩如出一辙，使争论留下污点。"台独"式反华反共的民粹主义咒语，和戒严时代反共防谍的罗织，无论如何，是无法以之替代真理的。

六、因此，从陈芳明对于我们的批判所做的全部回应，已经明白宣告了他的"历史三阶段论"的破产。为了不必使陈芳明硬撑的"歹戏"连连"拖棚"，浪费《联合文学》珍贵的篇幅和我们的笔墨，今后陈芳明如果没有提出相关的重要理论课题，如果还是喋喋不休地以无知夹缠不已，我们就把论争的是非留给今世和后之历史去公断，不再回应了。当然，如果今后将陆续公刊的陈芳明的"台湾新文学史"中出现重大谬误，不得已之下，还要讨教商榷一番的。

其实，陈芳明还面对着另一种挑战，他在《台湾新文学史的建构与分期》一文里板着一副"外国人"的面孔，耍着一口与中国人为敌的腔调说，这"挑战的主要来源之一，便是中华人民共和国学者在最近十余年来已出版了数册有关台湾文学史的专书"。使他倍感恐惧的是，这些著作，"认为台湾文学是中国文学不可分割的一环，把台湾文学视为一种固定不变的存在，甚至认为台湾作家永远都在期待并憧憬'祖国'"。陈芳明诬蔑这种见解是"相当扭曲并误解了台湾文学的自主性的发展"，"只是北京霸权论述的余绪"。"中国学者的台湾文学史书写，其实是一种变相的新殖民主义！"显然，他这是在猖狂地向全中国、向全中国人民，也向中国文学史学科、向全中国的文学史工作者提出挑战！在台湾、香港、澳门，在其他国家和地区，当然还有在大陆的，爱国、维护国家统一也尊重台湾文学发展史实的所有的华人文学史工作者，都将迎接陈芳明的这一挑战。

辑三

报刊文论集萃

台湾新文学史上一场不该遗忘的文学论争

赵遐秋

一

1947 年 11 月到 1949 年 3 月，台湾《新生报》副刊《桥》上，发生过一场关于台湾新文学问题的热烈的讨论。这是台湾新文学史上一场不该遗忘的文学论争。论争涉及台湾新文学发展中一系列重大的问题。这些问题，又都是在大陆上引发过争论的重大问题。争论表明，台湾岛上的新文学，再一次呼应了、追随了祖国大陆文学的发展，表现了与祖国大陆文学几乎同步前进的发展。不幸，这场争论惨遭国民党反动当局镇压而夭折。岁月流逝，史料尘封，后来者渐渐遗忘了这场论争。先是国民党反共体制的钳制，人们无缘重读史实。后来，又遭逢"台独"势力的刻意歪曲和欺骗，人们还是难以见识这次论争的本来面貌。80 年代，"台独"派的"文论家"掌握了这场论争的资料，却秘而不宣，有意隐藏下来，妄图湮没这一段历史。万幸的是，近年，一些渴望统一的台湾思想界文学界之战士，多方努力，重新发掘了这些珍贵的史料，计有杨逵、骆驼英等 26 人共计 41 篇论文，另有相关的文章 9 篇。现在，这些珍贵的史料，已由陈映真、曾健民辑集为《人间思想与创作丛刊》增刊，于 1999 年 9 月，交台湾人间出版社出版。

这一《人间》增刊，在封面上印下了这样的文字："一场被政治挫杀的台湾文学问题议论文集出土！""修补台湾战后文艺思想史缺佚的篇章"，"台湾马克思主义文论的重要文献"，"突破历来的政治抹杀·全面改写台湾文学史篇"，这，自当引起我们大陆同行的极大重视。

二

1947 年 2 月末，台湾爆发了震惊世人的"二二八"事件。3 月初，起义被国民党反动当局残酷镇压，顿时，全岛陷入白色恐怖之中。

就在这时，这一年的夏天，毕业于上海复旦大学新闻系的江西人史习枚，从上海来到台湾，8 月 1 日接任《新生报》副刊主编，并将副刊改名为《桥》，自己以"歌雷"为笔名活跃在台湾文学战线上。

面对白色恐怖，歌雷等人不畏强暴，拒绝分化，积极发展台湾新文学，为在文学战线上反抗国民党的强权统治，展开了坚决的斗争。

1947 年 11 月 7 日，《桥》副刊发表欧阳明（蓝明谷）的《台湾新文学的建设》一文，提出了关于台湾新文学的历史和建设台湾新文学的一系列的问题，拉开了这场争论的大幕。三个多月后，《桥》副刊发表了扬风、杨逵、史村子、林曙光、叶石涛、朱实等人的文章，作为呼应。与此同时，编辑部还举行了多次作者茶会。歌雷整理了第一次、第二次茶会的总报告，以《桥的路》为题，也在《桥》上公开发表。两次茶会上的发言者，计有杨逵、吴浊流、林曙光、吴坤煌、孙达人等二十余人，话题也十分广泛。后来，茶会还曾巡回举办，《桥》副刊还选发了萧狄在彰化茶会上的报告。

同年 5 月 10 日，彭明敏在《桥》上发表《建设台湾新文学，再认识台湾社会》一文，彭明敏批评了雷石榆在此前发表于《桥》的《女人》一文，提出了台湾在日据时期所受"奴化教育"的评价问题，引发了不同意见的争论。雷石榆作了答辩。争论还由阿瑞的《台湾文学需要一个"狂飙运动"》而引起。雷石榆著文《台湾新文学创作方法问题》呼应了阿瑞的观点，扬风则著文《"文章下乡"谈展开台湾的新文学运动》批评了阿瑞的主张。雷石榆又著文《再论新写实主义》批评了扬风的误解和妄评。争论中，雷石榆第一个把马克思主义的新写实主义论引进台湾，并引发了讨论。从这往后，直到 1949 年 3 月 7 日，《桥》继续发表文章争论。其中，骆驼英的长篇论文《论"台湾文学"诸论争》，实际上是从理论上对这场论争作了总结。

论争中，《中华日报》的副刊《海风》还在 1948 年 5、6 月间发表了有关的文章，参与了在《桥》上展开的这场讨论。

不幸的是，正当这场论争热烈、广泛地进行的时候，1949年4月6日凌晨，国民党反动当局在台北进行大逮捕。反动军警一路去台大宿舍、师院宿舍。台大学生、参与这场讨论的孙达人、何无感（张光直）被蒙上双眼逮捕下狱。另一路，按黑名单逮捕社会人士，歌雷、杨逵落难。风云突变，"《桥》塌陷了"，一场有关台湾文学的争论被迫降下帷幕。

三

这场争论，涉及了哪些问题？

欧阳明在《台湾新文学的建设》一文中提出了五方面的问题，并阐述了他的看法。这就是：

第一，台湾新文学的源流归属。欧阳明说："台湾文学始终是中国文学的一个战斗的分支，过去50年来事实证明是如此，现在、将来也是如此。""台湾各方面的建设无论军事国防政治经济文化教育也是新中国建设的一部分，绝不可以任何借口粉饰而片面分离，台湾新文学的建设问题也是如此。""台湾新文学的建设的问题根本就是祖国新文学运动问题中的一个问题，建设台湾新文学，也即是建设中国新文学的一部分。"

第二，台湾新文学的历史。欧阳明认为，台湾文学适应台湾人民抗日斗争的需求，创造出新内容新形式新风格的台湾新文学，"台湾反日民族解放运动使台湾文学急骤地走上了崭新的道路"。所以，赖和、朱点人、蔡愁桐、杨逵、吕赫若等人创作的文学作品，才是台湾新文学的主流，绝不是所谓日据时期在台的日本作家的殖民统治者文学。

第三，台湾新文学的性质和方向。欧阳明认定，台湾新文学的目标，是"继承民族解放革命的传统，完成'五四'新文学运动未竟的主题：'民主与科学'"，而"这目标正与中国革命的历史任务不谋而合地取得一致"。所以，在"人民世纪"的今天，就是"让新的文学走向人民"，创造出"人民所需要的'战斗内容'、'民族风格'、'民族形式'"的"人民大众"的文学。——这是"中国新文学运动的路线"，也是"作为中国新文学运动的一环的台湾新文学建设的方向"。

第四，台湾新文学的语言。欧阳明支持赖明弘用白话文写作的主张，反对黄石辉、郭秋生用台湾方言创作的意见。这是因为：（1）台湾语是中国地方方言之一，如果创设了另一种台湾语文，势必阻碍台湾与祖国思想文化的交流，彼此"越是隔阂"。(2) 台湾本来就没有特殊文字，所以提倡白话文，对统一文字有相当大的贡献。当然，在创作时，可以插入一些台湾方言、俗语，以表现文学的乡土气息。文章中，欧阳明引用了赖明弘《台湾文学今后的前进目标》一文的一段话："台湾的文化终不可与中国的文化分离，台湾的民族精神必须经由文学上的连络与祖国的民族精神密切联系在一起。台湾亦由此可以排击日本奴化的政策"来"共同展开对日的民族斗争"。欧阳明确认，"这是一种历史远大的意愿"。

第五，在台湾的省内外作家的团结问题。欧阳明在文章的结尾呼吁："台省的文学工作者与祖国新文学斗士通力合作，互相勉励，集中眼光朝着一个正确的目标，深入社会，与人民贴近，呼吸在一起，喊出一个声音，继承民族解放革命的传统，完成'五四'新文学运动未竟的主题：'民主与科学'。"

这以后，可以说，直到1949年3月的讨论，都是围绕着这些问题展开的，只是更为具体、更加深入了。纵观争论全程，我们可以从以下六个问题加以考察。

（一）台湾新文学的源流归属

关于台湾新文学的源流归属问题，在本质上是台湾文学与中国文学的关系问题。讨论中，大家都异口同声地支持欧阳明的观点，比如吴阿文《略论台湾新文学建设诸问题》就说："台湾是中国的。台湾新文学就是整个中国新文学的一部分，台湾新文学运动也就是整个中国新文学运动的一环。"由此，又深入地讨论了两个问题：

1. "台湾文学"、"台湾新文学"称谓的理由。

1948年6月14日，台湾各报都刊载了中央社的报道，表达了钱歌川的一种看法。钱歌川认为"台湾文学"、"台湾新文学"的称谓"略有语病"。"文学之以地域分如南欧文学北欧文学"的原因，都是"以民族气质相异，语文及生活观念又相同，而影响其作风"。既然同属中国文学，"语文统一与思想感情又复相通"，"而谈建设台湾文学某省文学"，实无必要。对此，多数人都不同意。其中，杨逵的看法很有代表性。在《"台湾文学"问答》一文里，杨逵写道，"台湾文学"、"台湾新文学"之称谓，"没有什么语病"，"在'语文统一与思想感情又复相通之国内'，比如江苏、浙江等没有需要，而独在台湾却有需要，是因为台湾有其特殊性的缘故"。这特殊性表现在，其一，日据五十年，使台湾社会在政治、经济、教育等方面发生了不同于祖国大陆的变化；其二，日据五十年，使台湾文学"荒芜"了；其三，日据五十年的分离与殖民地化，造成祖国两岸的隔阂与误解。台湾光复，回归祖国后，又因"国府"的劣政，扩大了这种隔阂与误解，形成了"澎湖沟"。杨逵认为，面对台湾的特殊性，提出"台湾文学"、"台湾新文学"，正是要反映这种特殊性，从而消除"澎湖沟"，取得与祖国的一致。所以，提出"台湾文学"、"台湾新文学"并不是与中国文学对立。杨逵明确地说："台湾是中国的一省，没有对立。台湾文学是中国文学的一环，当然不能对立。存在的只是一条未填完的沟。"

2. 台湾新文学的特殊性。

由"台湾文学"、"台湾新文学"的称谓，又进一步讨论了"台湾新文学"的特殊性是什么，以及提出"台湾新文学"的特殊性是否会有"分离"的倾向的问题。

对此，讨论取得了共识。这特殊性是，在语言文字传达技术方面，由于日本统治者禁绝使用中文，许多文艺工作者不得不用日文创作。所以，光复后，一时用汉语创作有些生疏，有些粗糙。再加上日文的渗进，台湾乡土俗语口语的融进，在词汇、语法上有混杂不规范的现象。在文学创作上，台湾社会实际情形和祖国相比的差异性，决定了文学作品思想内容上的特殊性。提出这个命题，是为了"不跨越地无视于这些特殊的存在"，是希望"从特殊性的适应里，创造出无特殊性的境地"。

至于这特殊性与祖国文学共性的关系，按照个别与一般的辩证关系来看，一般存在于个别，个别又表现一般，所以，"回顾台湾新文学运动的过去，我们可以发现到的特殊性倒是语言上的问题，是思想上的'反帝反封建与民主科学'这一点"，与内地却无二致。现在看来，早在50多年前，台湾岛上爱国的仁人志士，就颇有先见之明地捍卫一个真理和原则，坚决主张使台湾新文学"打破一切的特殊性质，做中国文学的一翼而发展"了。

(二) 台湾新文学的历史

谈到台湾新文学的历史，首先就涉及如何评价台湾人民反抗日本统治者的觉悟问题。

"二二八"事件以后，国民党当局总以台湾人受"日本奴化教育"、不服管理为由，为其暴政涂脂抹粉。而在台湾的一些省外进步文人也因日本殖民统治而两岸长期隔绝，对台湾历史、文化、文学的了解也有以偏概全的地方。彭明敏发表《建设台湾新文学，再认识台湾社会》一文对此提出了批评。讨论中，许多文章充分地评价了台湾人民以及台湾文学的爱国主义传统。在《了解、生根、合作》的茶会报告中，萧荻反对对于台湾新文学的过低评价，诚恳地告诫省外作家不应有"优越感"。杨逵则在《"台湾文学"问答》中说："日本帝国主义者要台湾是它们的永久的殖民地，奴化教育当然是它的重要国策之一。但奴化了没有，是另一个问题。"那么台湾人民奴化了没有？"部分台湾人是奴化了"，但大多数的人民，"未曾奴化"。那些"轻重就说台湾人民受日本奴化教育的毒素作祟，这样的说法没有根据"。所以，他呼吁："切实的文化交流是今天在台湾本省外省文化工作者当前的任务，为达到这任务的完成大家须通力合作，到民间去，去了解他们的生活、习惯、心情，而给他们一点帮忙，这正是做哥哥的人可以得到弟弟了解、敬爱的工作，进而可以成为通力合作的基础。"

（三）台湾新文学建设的方向

发表于 1949 年 3 月 7 日的吴阿文的文章《略论台湾新文学建设诸问题》，实际上是对这个问题讨论的一个总结。他认为，讨论中，"有的因为过于强调了台湾文学的'特殊性'而忽略了'全体性'。有的因为过于强调了'全体性'而忽略了'特殊性'，这统是一种偏见，是错误的"。"正确地说：'全体性'与'特殊性'都是相互不用分离的东西，都有互相联系的紧密关系，这两个东西，倘若这个离开了那个，必然地社会变成了残废。台湾文学的'特殊性'需要放在这个'全体性'上面才是。这是一个事物的'两面性'。"那么，台湾新文学的"全体性"是什么呢？"毫无疑义，台湾是中国的。台湾新文学就是整个中国新文学的一部分，台湾新文学运动也就是整个中国新文学运动的一环。""中国新文学是'反帝反封建'的文学，是'人民'的文学。当然，台湾的新文学，也就是这样性质的文学。"为此，讨论中，人们纷纷提出"文艺大众化"、"文章下乡"的口号。比如，郑重就在第一次茶会上说，提出这个问题，是因为，"今天，写作者的精神危机主要是由于不能从战斗的生活和觉醒的人民中得到滋养，得到感受。生活范围的狭小，助成了主观精神的低落，主观精神的低落更窒息了对于开拓现实生活的愿望和感应力，今天，要推倒这个写作实践和生活实践之间的高墙"。会上，杨逵发言也说，这是因为，"很多的外省作者在台湾的生活还没有生根，台湾的作者又消沉得可怜，以致坐在书房里榨脑汁的文章占大部分。为打开这僵局，我希望各作者到人民中间去，对现实多一点的考察，与人民多一点的接触，本省与外省作者应当加强联系与合作"。

由这个问题，又引发了对五四运动的评价以及文学创作方法的两个问题的讨论。

（四）关于"五四"运动的评价问题

胡绍钟的《建设新台湾文学之路》一文提出，"'五四'的革命，是有那时的社会背景，现在呢？当然是有现在的社会背景"，时代变了，"回复到'五四'时代，那是要不得的口号"。因此，台湾新文学不应受到"五四"传统的限制，要根据现实建设"自主的""有地方性"的文学。孙达人《论前进与后退〈建设新台湾文学之路〉读后》一文则认为，五四运动的正确解释应当是："反帝反封建的政治的社会的思想的运动，而'五四'以来的新文艺，就是反帝反封建的思想斗争的翼。"关键的问题是"五四"以来，中国社会的性质没有变，仍然是一个半封建半殖民地的社会，所以"五四"的精神，要学习，要发扬，这就是"学习五四，跨过五四"口号的实质含义。扬风的《"五四"文艺写作——不必向"五四"看齐》一文，也列举事实说明中国社会正在发生巨变，尽管"五四"也尽了"其在中国新文学启蒙运动的历史使命"，但三十年以后就"不必向'五四'看齐"了。

骆驼英的《论"台湾文学"诸论争》一文指出，中国社会的基本性质没有变，中国革命的任务还是反帝反封建，"但这个社会不但发生了量的变化，同时亦发生了部分的质变了，这个革命已获得若干程度的胜利而且临近决定性的胜利"，所以，"作为这个斗争的有机构成部分的文艺"，不但"要继承五四精神和五四以来一切优良传统"，而且要"配合着现实的要求"，发展"五四"的精神。

（五）关于写实主义和浪漫主义

争论中有三种意见。

一种意见是，在台湾要倡导浪漫主义。阿瑞的《狂飙运动》，先是述评了德国 18 世纪浪漫主义的"狂飙运动"的思想及其特点，然后根据台湾新文学面临的"历史重压"，从而呼吁作家要像德国的"狂飙运动"一样，"发挥""个性"，强化创作激情。

一种意见是，提倡"现实主义的大众文学"。扬风写《"文章下乡"谈展开台湾的新文学运动》反对过时的"狂飙运动"，反对再搞浪漫主义的"个人感情的解放"。文章认为，建设台湾新文学，作家要"到人民中去"，把文学带下乡，才有广阔的天地。

另一种意见是，应该引导作家走向"新写实主义"（"新现实主义"）。雷石榆写的《台湾新文学创作方法问题》、《再论新写实主义》两篇文章认为，扬风没有理解浪漫主义有积极、消极之别，没有理解"新写实主义"之"新"正是扬弃了消极的浪漫主义，吸取了积极浪漫主义的创作方法，而丰富了发展了的写实主义。骆驼英的《论"台湾新文学"诸论争》中又对写实主义和浪漫主义的矛盾和统一，作了理论上的阐述，并提出了"革命的浪漫主义"的命题。碍于当时台湾的政治情势，雷、骆两人都没有明确提出"革命的现实主义"的表述，但已经涉及这方面的内容了。

（六）文艺工作者的团结问题

面对国民党当局的暴政，面对建设台湾新文学的艰巨任务，争论中，很多人都认识到在台湾的文艺工作者团结的重要性。为了加强团结，必须做到：1. 如同萧荻《了解、生根、合作》一文所说，大陆来台湾的文艺工作者，必须"排除""特殊优越感"，否则"将是一个很大的阻力"。2. 如同杨逵《"台湾文学"问答》一文所说，促进团结的有效方法是"切实的文化交流"，在交流中彼此"都能够推诚相见"、"推诚相爱"，只有在这样的合作基础上，才能通力合作填平"澎湖沟"。

至于文学语言问题，则大家取得共识，反对创作台湾方言体文学，要学习国语，推广白话文，与祖国新文学一体，创作出人民的大众的文学。

四

如今，距离那场争论，五十年过去了。然而，五十年后的今天，我们看那场争论，对它的历史价值与现实意义就有了更深切的认识与体会。我认为：

第一，这场讨论能够进行一年零四个月，而且取得了丰硕的成果，充分显示了，当时，在台湾的文艺工作者面对国民党的高压政治，不畏强权，不怕牺牲，坚持发展台湾新文学的革命精神。这，将永远值得我们纪念。

第二，台湾新文学受祖国大陆"五四"新文化、新文学运动的影响而兴起，也是从反对文言文，提倡白话文开始的，继而，又进行了文学内容上的革命，赖和、张我军等人引导了台湾新文学的光荣诞生。此后，在台湾新文学战线上又进行过两次论争。

一次是，1930—1931年。台湾共产党人谢雪红、杨克煌、郭德金和进步文人赖和、王敏川等人创办的杂志《先发部队》，以及台湾共产党人王万德等创办的《伍人报》，都先后倡导无产阶级文学，随后王诗琅也组织了"台湾文艺作家协会"，主张马克思主义的具有台湾特殊性的文学。在如何发展台湾的无产阶级文学问题上，就语言策略在新文学阵营内部进行了讨论。黄石辉、郭秋生等人主张用台湾话作文以便劳苦大众易于接受，林克夫、朱点人等人则主张用"中国白话文"，为的是民族的统一与最后解放。

另一次则在1943年台湾日本殖民统治者推销"皇民文学"最猖狂的时候，以西川满为首的滨田隼雄和青年叶石涛，指骂台湾文学主流是"狗屎现实主义"，恶毒地攻击了台湾新文学的现实主义传统。于是，世外民（邱永汉）、吴新荣、云岭、伊东亮（杨逵）纷纷作文参与这场捍卫台湾新文学光荣传统的战斗，特别是杨逵写的《拥护"狗屎现实主义"》一文，更是在尖锐的批判中，全面分析了20年代台湾新文学诞生以来的现实主义精神的内涵，张扬了台湾新文学的光荣传统。

1947—1949年的这场争论，在台湾新文学思想发展史上，应该是第三次重要的论争，论争中获得的共识，实在是为台湾新文学的发展规定了正确的方向、路线和策略，在文学创作方法、文学语言问题上，也从台湾文学实际出发，提出了可供遵循的基本原则。应该说，直到今天，论争中的一些硕果，仍然在台湾当代文学发展中具有着指导意义。

另外，从讨论的内容还可以看出，祖国大陆的"五四"文学革命，1928 年以后从文学革命到革命文学、倡导无产阶级文学，文学为人民服务、文学大众化，抗日初期的文章下乡以及革命现实主义与革命浪漫主义的创作方法等，都对台湾新文学有直接的影响。这再一次证明，台湾新文学的发生和发展，是和祖国大陆新文学的发展息息相通的，台湾新文学确实是中国现代文学的一个组成部分。

第三，特别是，这场争论中关于台湾文学特殊性的认识与论述，对当前台湾新文学的发展更具有现实的意义。

事实上，关于台湾文学特殊性的论争，从那以后，一直延续到今天，从未止息。比如，1977 年发生的"乡土文学论战"中，叶石涛强调的是台湾乡土文学的特殊性，即本土性和地方性。而陈映真则认为，"所谓'台湾乡土文学史'，其实是'在台湾的中国文学史'"，台湾乡土文学的精神正是中国新文学中的现实主义传统在台湾文学中的体现。又比如，到今天，持有"台独"文学观点的人，其要害，正是把台湾新文学的特殊性，无限地强调、夸大，以至于到了无以复加的地步，因而把其特殊性变成了一般性，从而为他们在政治上的"台独"分离主义服务。殊不知，这一切，早在 50 年之前的那场争论中就早已解决了。鉴往以知现今和未来，这，确实值得人们深思。

从"文学大众化"到"人民的文学"

——20世纪40年代末关于台湾新文学的论争

赵遐秋

1947年11月到1949年3月，发生在台湾《新生报》副刊《桥》上的有关"台湾新文学的建设"的那场论争，已经过去半个多世纪了。有关那场论争的资料，先是国民党台湾当局政治体制的有意封杀，后是"台独"派势力有意隐匿或者刻意歪曲，竟是尘封多年，不见阳光。1999年秋，陈映真、曾健民等"人间派"思想家、理论家、文学家，将他们查获的这些珍贵史料，辑为专集，纂为《人间思想与创作丛刊》增刊，交由台湾人间出版社出版。由此，我们才得以回眸那段历史，审视台湾文坛上发生的那场极其重要的论争。

此时此刻，倾听那历史的足音，想到台湾新文学界的那一代先驱者们，敢于冲破"二二八"事变后的白色恐怖，蔑视国民党统治当局的强权，反抗国民党统治当局的暴政，团结一致，以大无畏的精神，在台湾新文学发展前途问题上倾注了极大的热情，旗帜鲜明地提出了代表最先进的文学发展方向的一些正确的、科学的、纲领性的主张，我们真的应该向他们表示由衷的崇敬和热诚的钦佩！而对于他们在当时就无比坚定地认同"台湾文学始终是中国文学的一个战斗的分支"，"台湾文学站在中国文学的一个部位里"，"也是新中国建设的一部分"，我们尤其要表示由衷的崇敬和热诚的钦佩！

一

由于台湾新文学发展的历史情景显示了它与整个中国新文学的不可分离的关系，欧阳明在这场论争的开篇之作《台湾新文学的建设》一文里首先就坚定地申明："台湾文学始终是中国文学的一个战斗的分支，过去50年来事实证明是如此，现在、将来也是如此。"欧阳明说，

447

现在，台湾反日的民族解放革命，"随着祖国反帝反封建的民族解放革命取得胜利而胜利"了，台湾"光复归回祖国的疆图"了，既然是"中国的一部分"了，那么，"台湾各方面的建设无论军事国防政治经济文化教育也是新中国建设的一部分，绝不可以任何借口粉饰而片面分离，台湾新文学的建设问题也是如此，今天，台湾新文学的建设的问题根本就是祖国新文学运动问题中的一个问题"。由此，欧阳明明确认定："建设台湾新文学，也即是建设中国新文学的一部分。所以，台湾的文学工作者根本也就是中国新文学工作者的一支战斗队伍，他所负的使命所向的目标正与中国新文学运动者统一的！"

有关台湾新文学的建设问题，欧阳明的文章涉及的方面很广，几乎凡是重要的问题他都有论述。其中，最主要的，是台湾新文学的路线和方向的问题。

欧阳明认为，当时，已经是"人民世纪"，"人民的力量已经成为不可抵拒的世界潮流"，尽管中国的和平建设还待争取，民主政治还待创造，文学建设的方向和路线却应该是明确的，那就是："让新的文学走向人民，作为人民自己的巨大的力量，创造今天人民所需要的'战斗的内容'、'民族风格'、'民族形式'。适合于中国人民大众的要求和兴趣，适应今日中国人民大众的生活现实的，让走向人民的新文学，作为人民战斗的力量，为和平、团结和民主而奋斗。"

欧阳明还说："这就是中国新文学运动的路线，也就是作为中国新文学运动的一环的台湾新文学建设的方向，这是一个巨大而切合实际要求的建设工程，需要台省的文学工作者与祖国新文学斗士通力合作，互相勉励，集中眼光朝着一个正确的目标，深入社会，与人民贴近，呼吸在一起，喊出一个声音，继承民族解放革命的传统，完成五四新文学运动未竟的主题：'民主与科学'。"

正如欧阳明所说的，他在这里提出的是台湾新文学的方向和路线的问题，台湾新文学发展的纲领性的问题，而不是一般的、局部的、个别的文学主张。这是需要胆识和魄力的。这尤其值得我们重视。

二

欧阳明在1947年11月7日的《桥》副刊上发表了这个纲领性的意

见，提出了"人民的文学"的口号之后，得到了新文学阵营的积极呼应。

首先是扬风。他在 1948 年 3 月 26 日的《桥》副刊上发表了《新时代，新课题——台湾新文艺运动应走的路向》一文，明确宣布："新文艺的内涵，既是新的，进步的，反映这时代和社会的真实面目——苦痛和欢乐，黑暗或光明。那一个忠实的文艺工作者，必然的是应生活在大众的中间，他是属于大众的，他的声音应该是大众的声音。所谓生活在大众中间……是要主动地由下而上地深刻地了解他们，同大众一样的呼吸……同大众的心融合成一个心。能这样，才能产生瑰丽灿烂不朽的文艺作品来。这是展开台湾新文艺运动的一个大前提，一个总路向。"文章里，扬风还提出了"文艺大众化"两点内涵："第一，应该写的是大众，不应该属于一个小角落，或仅作个人情感的发挥。第二，文艺的大众化要使不能看的人听得懂，不能听的人看得懂。"

这以后，在《桥》副刊上参与这个话题论争的文章有：杨逵的《如何建立台湾新文学》（1948.3.29）、《作者应到人民中间去观察　本省与外省作者应当加强联系与合作》（发言 1948.3.28）、《"台湾文学"问答》（1948.6.25），郑重的《生活实践应和写作联系》（发言 1948.3.28），叶石涛的《1941 年以后的台湾文学》（1948.4.16），扬风的《文艺不能忽略人民的呼声，不能粉饰太平，我们要向人民群众中走去为人民为大众求进步》（发言 1948.3.28）、《"文章下乡"谈展开台湾的新文学运动》（1948.5.24）、《五四文艺写作——不必向五四看齐》（1948.6.7）、《新写实主义的真义》（1948.6.28）、《从接受文学遗产说起》（1948.7.7），史村子的《论文学的时代使命——艺术的控诉力》（1948.4.2），田兵的《台湾新文学的意义》（1948.5.26），王溆的《我看"台湾新文学运动"的论争》（1948.6.4），姚筠的《我的新台湾文学运动看法》（1948.6.9），洪朗的《在"论争"以外》（1948.6.11），孙达人的《传统·觉醒·改造——简论台湾新文学的方向》（1948.6.25），雷石榆的《再论新写实主义》（1948.7.2），蔡瑞河的《论建立台湾新文学》（1948.11.30），歌雷的《台湾文学的方向》（讲演 1949.1.24），吴阿文的《略论台湾新文学建设诸问题》（1949.3.7）。

这些文章、讲演、发言里说到的意见，大致上有这么几个方面：

一、扬风说，"新写实主义是主张文学的阶级性的"，所以，"文学要为大多数人所属的那阶级服务"。歌雷则说，文学的价值"必以大众的社会为依归"，"只有代表人民的文学作品，才有这一个时代的精神与艺术价值，而受到永久的重视"。这是从文学的阶级属性和人民大众与文学的关系上来规范台湾新文学的路线和方向。

二、叶石涛说："台湾文学走了畸型的，不成熟的一条路。我们必须打开窗口向祖国文学导入进步的，人民的文学，使中国文学最弱的一环，能够充实起来。"吴阿文也说："中国新文学是'反帝反封建'的文学，是'人民'的文学。当然，台湾的新文学，也就是这样性质的文学。"这是从台湾新文学与整个中国新文学的关系上来规范它必然和整个中国新文学的方向保持一致。

三、孙达人说，由于反帝反封建、大众化和科学、民主等历史发展的要求还没有完成和实现，直到目前，"文艺大众化"、"文章下乡"等等旧口号，"眼前这个社会还是需要"的。田兵也说，所谓"大众化"的意义在于"领导改革社会的运动"。这是论说了确定"人民的文学"这个方向的必要性，论说了它是历史发展的必然要求。

四、由此，人们坚定地选择了这一路线和方向，如同蔡瑞河所说的："建立台湾文学，就是建立大众化的'人民文学'。"

五、史村子说，这种大众的文学艺术，在这个时代、社会、现实里头，"要说出大众的声音"，要有"艺术的控诉力——对无理的控诉；对强暴的控诉；对黑暗的控诉；向人类的心灵控诉"。姚筠说，走向大众文学的道路，是要"使文学能切实地反映人民的生活和痛苦"，"把全部人民的生活写出来"，"写得真实，使文学全部为人民服务"，"它需要能担负起暴露黑暗，启导人性和启导社会的使命"。扬风也说，这样的文艺，"不能忽略人民的呼声，不能粉饰太平"。歌雷则说，这样的文学，应该"可以与人民站在一起，去反映人民的悲苦哀乐"。这是在规范"人民的文学"的内容和必备的人文精神。

六、姚筠说，这种"人民的文学"要"写得通俗"，"应该不再是旧的形式"。扬风说，要"利用大众熟悉的语言形式，使大众容易了解，这是将艺术从'深宫'里解放出来的一种方法"。这是在规范"人民的文学"的形式。

七、扬风还规范这种"人民的文学"的创作方法是新写实主义，是社会主义的现实主义。

八、为了实行这样的文学路线和方向，创作这样的作品，很多文章都提出了作家深入人民群众的必由之路。郑重分析说："今天，写作者的精神危机主要是由于不能从战斗的生活和觉醒的人民中得到滋养，得到感受。生活范围的狭小，助成了主观精神的低落，主观精神的低落更窒息了对于开拓现实生活的愿望和感应力。"由此，郑重呼吁要"推倒这个写作实践和生活实践之间的高墙"。杨邨也指出，为了打开这种"坐在书房里榨脑汁的文章"的僵局，"希望各作者到人民中间去，对现实多一点的考察，与人民多一点的接触"。杨邨还说，要"到民间去，去了解他们的生活习惯、心情，而给他们一点帮忙"。扬风也呼吁，"要向人民群众中走去！"他还呼吁："文艺工作者到大众中去，和大众生活在一起，同他们一起生活，一起呼吸，一道欢乐，也一同痛苦，并这样写出来、喊出来。"他还特别说道："文艺工作者应走到乡间去，同广大的人群生活在一起，并忠实地写出他们的苦痛与欢乐来。"

九、当时，人们还提出了，作家在深入群众的过程中，注意改造自己的思想。扬风就说，作家"还应在广大的人民中去改造和充实我们的意识和艺术思想，然后才能跑到'群众中心'去，而且还要深入进去，确确实实能生活在群众中间，同他们一起呼吸，感受他们的痛苦，也要感觉他们的欢乐。更要紧的，是参加到群众的战斗行列里去，同他们一道进军，这决不是'提高''不提高'的事，要是（使？）我们这些被'浪漫主义'熏陶已久的知识分子，应该革面洗心，从头做起，要先跑到群众当中去'受洗'"。雷石榆也说："不但要'文章下乡'还要'文人下乡'，不但'下乡'而且深入生活，和老百姓一起呼吸、感受、思想。"

十、杨邨还说道："为使文学与人民大众联系一起，唤起群众兴趣，鼓励群众参加文艺工作及创作，提倡写实的报告文学。"蔡瑞河也说："目前人民尚未认识新文艺的价值，因此它与大众之间，犹有一条很广阔的沟壑，我们如果不赶快建筑一个巩固壮丽的大桥，给一般大众当作邻径，一般大众是决不敢向前问津的。"鉴于"民众对新文学没有显然的嗜好"，蔡瑞河还建议，对这个问题，要唤起民众的重视，须动员文艺爱好者们常用讲演会、文艺座谈会，或到民间时常宣传研究民间文学，而善为之诱导。这，已经涉及人民的文学要呼唤人民的参与，涉及向人民普及与提高的问题了。

除了这十个问题，论争中，人们说得比较多的作家团结的问题、文艺的统一战线的问题，也是和"人民的文学"这个路线、方向性的问题有关的。限于篇幅，我就不说了。

三

欧阳明一开始就说，将"人民的文学"规范为新台湾文学的路线和方向，作为建设台湾新文学的纲领，"是有着新的历史性与现实性的"。他还特别指出来，这问题的提出，"自然包含了对于过去台湾文学的批评"。

我也认为，在20世纪40年代后期的一年多的时间里，台湾新文学界的先驱者们将自己的文学规范为人民的文学，固然是非常明显地受到了30年代、40年代大陆新文学发展的影响，却也是台湾岛上新文学发展的一种必然结果。尽管此前的台湾新文学也是在大陆五四新文学传统影响之下的，但它毕竟也有着台岛文学家们的艰苦实践在内。

从台湾新文学发展的历史来看，这种"人民的文学"最早的岛内渊源，应该是20世纪20年代初，大陆五四新文学在台湾岛上的最初回响。在《新青年》式的刊物《台湾青年》也从普及白话文、反对"有闲文学"开始，揭开了台湾新文学运动的序幕之后，《台湾民报》一方面密切注视着大陆文坛的动向，介绍文学革命的情形，发表大陆作家的作品，另一方面又积极发表了赖和、杨云萍、张我军、杨守愚、陈虚谷、郭秋生等台湾作家的新文学作品。台湾新文学史上这些第一代的作家们，用自己的作品，揭露和控诉了日本殖民主义者及其走狗的侵略罪行，执着地反映生活的真实，描述殖民统治下台湾人民的苦难，并且赞扬了他们起来向侵略者及其走狗所作的斗争。可以说，台湾新文学一起步就追随着大陆的新文学，表现出了人民的新文学的品质和精神。

正如欧阳明所说，"1930年以后，台湾的反日民族解放运动在殖民统治者的高压下暂时消沉了，但台湾新文学运动并未因之停止"。它"趋向崭新的阶段，开始其革命文学的建设，在……客观形势的要求和社会坚强的条件之下，产生了不少伟大的作家和有着历史价值的文学作品"。欧阳明以赖和、朱点人、蔡愁桐、杨守愚、杨逵、吕赫若、杨华、吴浊流等作家为例，指出他们先后发表了很多有着历史的社会革命价值的文学名著。欧阳明还说，其中的一部分作品，还由胡风辑集在内地由上海文化生活出版社刊行。

这期间，还有赖明弘、黄石辉、郭秋生等人展开了一场关于"台湾乡土文学的论争"。由于讨论事关台湾文学今后前进的目标，赖明弘发表了表现台湾文坛远大历史意愿的理想和见解——"台湾的文化终不可与中国的文化分离，台湾的民族精神必须经由文学上的联络与祖国的民族精神密切联系在一起，台湾亦由此可以排击日本奴化的政策。"

后来，随着"皇民化"殖民政策的日益加剧，台湾反日民族解放革命斗争不得不暂时转入地下了。然而，正如欧阳明所说："台湾新文学运动正如台湾反日革命运动一样，并未因横遭殖民统治者暴力的阻碍而宣告消灭或投降，相反地，台湾新文学运动终是和台胞反日民主的革命运动紧密取得一致的发展。"欧阳明激情洋溢地写道："台湾新文学的嫩红芽并没有遭受凉冽的风冻僵了而发不出，它却在暗地里由台湾新文学工作同志以其脑汁血汁灌溉滋长着，许多有思想有感情有生活有骨气的坚韧新文化斗士在台湾反日民主革命低潮的时期，罪恶的黑手把持之下，仍能迂回地发展，以中文或以日文形式转弯抹角地抒写台胞愤怒的衷曲，努力于台湾新文学的建设，其时产生了不少值得注意的佳作。"由此，欧阳明得出的结论是："台湾文学始终是中国文学的一个战斗的分支。"

在这里，欧阳明论述的是，作为当下的台湾新文学发展的路线和方向，"人民的文学"无疑是台湾新文学光荣战斗传统历史发展的一种必然结果。

对此，杨逵在论争中特别给予了积极的呼应。杨逵说，他读了欧阳明的文章，实在有所感悟。他赞成欧阳明的意见说："在日本帝国主义统治之下，我们是有着新文学运动的历史的，许多先辈为走向地狱与监狱大声呐喊，也有许多先辈因此而真的下狱……那时候，文学却曾担任着民族解放斗争的任务的，它在唤醒台湾人民的民族意识上，确实有过一番成就，也有它不可磨灭的业绩。"

四

当然，台湾新文学的历史积淀，只是准备好了选择眼前台湾新文学发展路线、方向的基础。直接的触发原因，或者说起着促进作用的直接因素，还是当时大陆新文学思潮和新文学运动的影响和交流。

我们知道，这个《桥》副刊的主编歌雷，本名史习枚，原是上海复旦大学新闻系的学生。毕业后，先在大陆工作。1947 年夏天，他从上海来到台湾，8 月 1 日接手办《桥》副刊。《桥》创刊不久，1947 年年底，台湾文化协会还邀请当时在台任教的许寿裳教授主办过一次"文艺讲座"。许寿裳又邀请当时在台任教的几位教授轮流主讲有关中国现代文学的产生演进和发展，历时一周，吸引了许多爱好文学的中青年人士听讲。1999 年 4 月，当年参与论争的孙达人在回忆《桥》和他的同伴们时，说到这个讲座，就十分明确地认定说："大家不可忘记，他们也是台湾新文学的播种者。"

这样的"播种"，我们还可以从论争文章中得到确认。

比如，王澍在《我看"台湾新文学运动"的论争》一文里就说，从"文章下乡"，他想起了抗战第二阶段，文化界在武汉发起的"文化下乡"、"戏剧下乡"的口号。他还说，最近香港出了一本《文艺的新方向》，邵荃麟写了一篇很长的东西，说明现阶段文艺的路线。王澍还提到形式问题，介绍大陆的情况，赵树理（如《李有才板话》）、姚雪垠（《差半车麦秸》）是"大众语言化"，巴金（《海的梦》）、冰心（《寄小读者》）是"形式欧美化"，袁水拍（《马凡陀的山歌》）是"大鼓书化"。提到雷石榆引起的有关台湾文学特殊性的争论，王澍还讽刺他说，请他打开上海的报纸，不妨醉眼朦胧地读一眼如何如何的。这"醉眼朦胧"，是 20 年代末期创造社、太阳社和鲁迅展开无产阶级革命文学论争中，创造社的年轻人攻击鲁迅时用过的语言。

又比如，扬风在《五四文艺写作》里也提到了大陆从大革命时代到"九一八"、"八一三"事变以后的抗日斗争和文学运动，说到进步的文艺家组织了"左联"，提出了"大众文学"的新的口号，有其新的历史和社会的使命，后来又有新的创作的口号——"民族革命战争的大众文学"，等等，他说，这是"中国文艺界更走上了一条新的坚实的道路"的标志。

再比如，姚筠在《我的新台湾文学运动看法》一文中，还干脆提出："为了充分了解祖国文艺思潮的成长和发展，台湾的作家们应该多多求得和祖国文学的接触和交流，尤其近20年来中国文艺思潮的脉流，深切地去体会自'五四'—'五卅'—'九一八'—'八一三'以来，每个不同阶段的文学思潮的背景和任务，和它必然转变的趋势，因为这一了解是可以使我们省却许多前人已经走过了的道路，从而把握今后世界文艺发展的动向，为台湾文学灌注新的清流。"

还比如，洪朗在《在"论争"以外》一文里，提到王澍的文章说，所谓"大众语言化"实为"文学大众化"，是抗战前3～4年提出的，等等，他还提到了"民族形式"的问题。

最后，骆驼英在《论"台湾文学"诸论争》里也提到了五四以来的大陆新文学发展的情况。

这样一些确认，无可置疑地证明了，这场有关台湾新文学路线和方向的论争，正是大陆新文艺运动的路线、方向在台湾岛上的一股割不断的脉流，或者说，正是大陆新文艺运动的路线、方向为台湾新文学运动灌注新的清流的结果。

五

这灌注的新的清流，正是从"文学大众化"到"工农兵文艺"的大陆30年代、40年代新文艺运动的主潮流。

在大陆，我们知道，1927年大革命失败后，以创造社、太阳社年轻的无产阶级革命文学家为先锋，无产阶级革命文学勃然兴起。发展到30年代初，有了"左联"为代表的"左翼文学"。通过马克思、列宁论文艺的著作和对马克思主义者论文艺的著作的翻译介绍，"左联"开始输入了马克思主义的文艺理论。其中，用作自己的指导思想的，并对后来的台湾新文学产生影响的，至少有以下几点：

第一，革命文学是党的事业的一个组成部分，一个不可或缺的方面军；

第二，革命的文学艺术应该为着群众，为千千万万劳动者服务；

第三，作家与时代的关系，世界观与创作的关系。

其中，为解决文学服务于政治，配合革命的目的，必须解决文艺与群众的关系问题。于是 30 年代，为此专门开展过三次关于文艺大众化的讨论。文学大众化的思潮，终于直接影响到台湾文坛上的这场论争。

这以后，日本帝国主义者在中国东北悍然发动震惊世界的"九一八"事变，发动了武装侵略中国的战争。中国人民的救亡运动高涨，全民反侵略斗争的新阶段到来。全民抗战的社会思潮决定了文学的走向。经过"两个口号"的论争，全国作家联合在"文协"的旗帜下，作为一个集体投入了为抗战服务的洪流。抗战中，人们探讨了"文章下乡，文章入伍"和建立"民族形式"的途径。这包括，再一次组织了关于文学大众化的讨论，涉及文艺为什么要大众化、能不能大众化、怎样大众化、提高与普及的关系、作家怎样与群众结合、向大众学习等等问题，还开展了关于"民族形式"问题的讨论，涉及如何评价"民族形式"、"五四"新文学的评价问题、关于"欧化"问题，等等。

很明显，抗战时期的这些文艺思潮，也对台湾新文学的路线、方向的规范产生了影响。

应该说，影响最大的，还是 1942 年延安文艺座谈会上毛泽东的讲话。毛泽东的讲话，是对实践中的大众化文学的一次历史性的总结。这种总结，集中地表现为，他提出了"工农兵文学"的路线和方向，提出了"工农兵文学"的口号，并对"工农兵文学"作了理论的、政策的规范。

现在看来，台湾新文学史上那一次关于"人民的文学"的论争，思想、理论上的直接影响就在于此。

我们知道，毛泽东《在延安文艺座谈会上的讲话》是围绕着文艺"为什么人"这一中心进行论述的。在《讲话》里，毛泽东明确指出，革命文艺的对象是人民大众。什么是人民大众呢？毛泽东说："最广大的人民，占全人口百分之九十以上的人民，是工人、农民、兵士和城市小资产阶级。……这四种人，就是中华民族的最大部分，就是最广大的人民大众。"台湾《桥》副刊在论争中，出于白色恐怖下的斗争策略考虑，没有人提到毛泽东的《讲话》，也不曾提出"工农兵文学"的口号，但是，他们讲到"文学要为大多数人所属的那阶级服务"，讲到"以大众的社会为依托"，讲到"代表人民""与人民大众联系一起"，却正是毛泽东"为什么人"的文艺思想在台湾的传播。

解决了"为什么人"这一根本问题、原则问题之后，毛泽东在《讲话》里接着阐述的是如何为法的问题，即怎样为工农兵服务的问题，这是他讲话中重点的重点，中心的中心。

他主要谈了两个问题。

一个是普及与提高的问题。对此，毛泽东提出了"向工农兵普及"、"从工农兵提高"和"在普及基础上的提高"、"在提高指导下的普及"的著名论断。台湾《桥》副刊上的论争，对此也曾关注，提到过"唤起群众兴趣"、"鼓励群众参加"的问题，但相对说来，反响并不十分强烈。倒是在普及、提高的源泉上，对毛泽东的思想有了明显的传播。毛泽东在《讲话》里说："一方面是人们受饥饿受压迫，一方面是人剥削人，人压迫人，这个事实到处存在着……文艺就把这种日常的现象组织起来，集中起来，把其中的矛盾和斗争典型化，造成文学作品或艺术作品，就能使人民群众惊醒起来，感奋起来，推动人民群众走向团结和斗争。"台湾《桥》副刊上的争论主张"能切实地反映人民的生活和痛苦"，"把全部人民的生活写出来"等等，应该就是毛泽东这一思想的传播。

另一个是文艺工作者和人民群众相结合的问题。毛泽东在《讲话》中提出文艺工作者要到群众中去的问题，是非常及时的，十分重要的。毛泽东说，文艺工作者"先有一个学习工农兵的任务"。还说："中国的革命的文学家艺术家，有出息的文学家艺术家，必须到群众中去，必须长期地无条件地全身心地到工农兵群众中去，到火热的斗争中去，到唯一的最广大最丰富的源泉中去，观察、体验、研究、分析一切人，一切阶级，一切群众，一切生动的生活形式和斗争形式，一切自然形态的文学和艺术，然后才有可能进入加工过程即创作过程。"毛泽东还就思想改造的问题讲道，文艺工作者"一定要把屁股移过来，一定要在深入工农兵、深入实际斗争的过程中，逐渐地移过来，移到工农兵这方面来"。毛泽东作了这样的讲话之后，当时的中共中央宣传部部长凯丰，1943 年 3 月 10 日还在延安党的文艺工作者会议上专门发表了《关于文艺工作者下乡的问题》的讲话，谈到了"为什么下乡，怎样下乡"、"下乡的困难"、"下去应该注意什么"等问题。在这次会议上，陈云也讲了话，谈到党的文艺工作者的两个倾向，讲到了文艺工作者的思想改造的问题。随后，根据地掀起了"下乡"的热潮。这个问题，在《桥》副刊上的论争里反响极为强烈，"到人民中间去"，"和大众生活在一起"，"在广大的人民中去改造和充实我们的意识和艺术思想"，几乎成了论争中的最强音。认真地作一番比较，我们不难发现，台湾新文学阵地上的这一股清流，同样是由毛泽东的《讲话》及相关人士的话，乃至大陆新文学的风气注入的。

此外，毛泽东在《讲话》中提到的文艺界的统一战线的问题，无疑也对《桥》上的争论产生了积极的影响。

六

由于当时的台湾和大陆尤其是大陆的抗日民主根据地情景很不相同，政治的文化的大环境差别很大，在刚刚发生了"二二八"事变之后，在就要到来的大逮捕之前，《桥》上的论争无疑是难于公开和毛泽东的"工农兵文学"的方向挂钩的。他们只能以"人民的文学"和大陆的"工农兵文学"相呼应。而且，《桥》上的论争，也很难在更大规模上、更深刻的程度上展开，也不可能从理论上、政策上形成为一种规范，用于指导广大文学家艺术家的实践。所以，最终，它并没有从"权威"的意义上成为此后台湾新文学发展的法定意义上的路线和方向，左右台湾新文学此后的发展。

这是令人遗憾的。

然而，《桥》上的论争，就台湾新文学发展史而言，其意义是不可轻视的。

何况，在那以后的台湾新文学发展中，它还实际上成为一些作家遵奉的路线和方向呢！

就在《桥》上的论争被镇压下去，经历了一阵反共怀乡的文学潮流乃至随后到来的现代主义文学潮流，《桥》上的论争提出来的"人民的文学"的思想，还是很快就在乡土小说作家的创作活动中有了历史性的回声了。先是50年代的钟理和、廖清秀、钟肇政等人，后是60年代的钟肇政、叶石涛、李乔、黄春明、王祯和、王拓、陈映真、杨青矗等人，再后是70年代的陈映真、黄春明、王祯和、王拓、杨青矗、宋泽莱等人，他们仍然默默地播种这种"人民的文学"，以写实的方法，抒写台湾人民在日人统治下的苦难，记述台湾人民反帝爱国的民族、民主斗争，表现台湾人民的觉醒，在文学的品质和精神上延续了

"人民的文学"的风范。

现在，台湾的新文学界情况更加复杂。当初以"乡土文学"继续"人民的文学"风范的作家思想发生了分化，有些人倾向了"台独"。那些坚持爱国统一并坚持为人民的大多数而从事文学创作的作家，面对复杂的形势，处境更为困难，任务更为艰巨。但是，新文学为大多数人服务的路线和方向，已经是难于逆转的历史潮流和发展大势了。人们可以坚定信心的是，当年，《桥》副刊上的论争试图规范的台湾新文学的"人民的文学"的路线和方向，其精神必当延续到今天，延伸到未来。

就此而言，《桥》副刊上的这场论争，真的值得我们两岸的文学家一起来好好纪念。

原载《新文学史料》，2001 年第 1 期

"台独"谬论可以休矣！

——看近期《联合文学》上"二陈统、'独'论战"

童伊（赵遐秋　曾庆瑞）

近年，随着台湾的领导人在对"一个中国"原则问题上不断玩弄各种手法，台湾局势更加复杂严峻。台湾文坛有关台湾文学的性质、源流、归宿、地位问题之争，随着时局和政坛的变化，也云谲波诡，变幻不止。争论中，总有那么一些人，把"乡土化"、"本土化"蜕变为脱离统一的中国文学而"独立"的"台湾意识"、"台湾文学"，为"台独"张目。最近，台湾当局又公然决定在全岛的大学里设置"台湾文学系、所"，着手编印教材，开列课题，大批划拨经费，大量招兵买马，而把中国文学列入了"外国文学"的系列，在文坛上和文学高等教育领域里树起了"台独"的黑旗。

就在这股逆流里，沉渣泛起，民进党出身的政治大学教授、"文学史家"陈芳明，着手炮制一部《台湾新文学史》，放言"中国社会与台湾社会的分离"和"台湾文学与中国文学的分离"，并在 1999 年 8 月的《联合文学》第 178 期上发表了它的第一章《台湾新文学史的建构与分期》（下称《建构与分期》），全文 1.5 万字。不久，台湾著名思想家、文艺理论家、作家陈映真，在《联合文学》2000 年 7 月的第 189 期上发表了 3.4 万字的长文《以意识形态代替科学知识的灾难》（下称《灾难》），对陈芳明的《建构与分期》作了严正的批判。8 月，陈芳明又在《联合文学》的第 190 期上发表一篇 1.1 万字的狡辩与反扑的文字《马克思主义有那么严重吗?》（下称《严重》），再一次宣扬了分离的主张。对此，陈映真在 9 月的《联合文学》第 191 期上回敬他一篇 2.8 万字的长文《关于台湾"社会性质"的进一步讨论》（下称《讨论》），继续对陈芳明的分离主张给予了科学的剖析和严厉的声讨。

《联合文学》上的这场"二陈统、'独'论战"，作为台湾思想界、文学界新一轮的"统""独"之争，已经引起世人的普遍关注。

二战之后中国收复台湾是对台湾实行"再殖民统治"吗

　　"二陈统、'独'论战",首先围绕着台湾的"社会性质"问题展开。陈芳明在《建构与分期》一文中提出这个问题,并且强调为"一个重要议题",显然是经过精心谋划的。他称自己的观点是"后殖民史观",其要点是:1. "台湾社会是属于殖民地社会的",它"穿越了殖民时期、再殖民时期与后殖民时期等三个阶段"。2. 1895—1945年的"日本帝国主义的统治时期",是"殖民社会"。其时,"台湾与中国之间的政经文化联系产生严重断裂"。3. 1945—1987年,从国民政府"接收台湾"到国民党台湾当局"戒严体制的终结",是"再殖民时期"。其间,1950年之后,发生了"中国社会与台湾社会的分离"。4. 1987年7月解除戒严令之后,是"后殖民时期"。其中,1986年民进党建党是一个标志,它高举的是台湾脱离中国的"复权"的旗帜。

　　陈映真的《灾难》和《讨论》两文,把马克思主义理论同一些国家尤其是中国、中国台湾地区的社会历史发展结合起来,对陈芳明的"离奇的社会性质论"的无知、混乱与黑白颠倒作了全面、深刻、彻底的揭露和批判。陈映真指出,陈芳明的逻辑,就是一种"台独派逻辑",其用意十分明白,即"1945年以后,'中国人外来政权'国民党集团对台湾的'殖民统治'使台湾'再'次沦为'殖民地社会'。这苦难的'中国帝国主义'下的台湾,至台湾人李登辉继蒋家担任台湾'总统'为分界线,在没有任何台湾人的民族解放斗争的条件下,使台湾从中国帝国主义下解放,结束了'再殖民'社会阶段!"

　　在这里,陈芳明把二战之后国民政府根据《开罗宣言》收复日本占领的国土台湾看作是一个"外国"的国家政府的再一次殖民地占领,完全是颠倒黑白、歪曲历史。脚踏中国的土地,姓着中国人的姓,叫着中国人的名字,说着中国人的汉语,用中国人的汉字写文章,在中国的大学里教中国学生学中国文学,按中国人的方式和习俗生活,为什么这个陈芳明就不把自己看成是中国人,而要把中国人看成是外国人,把当时的中国政府看成是外国政府呢?

461

闽南方言、客家话是独立的民族语言吗

　　最近一个时期，在台湾岛上的"台独"逆流里，有人又大肆兴风作浪，说什么流行于岛上的汉语和闽南方言、客家话，是和日语、汉语一样的"独立的民族语言"，致使台湾当局倒行逆施，有意废除已经决定使用的和大陆统一的"汉语拼音方案"。在这样的背景下，陈芳明把中国光复台湾看作是外国势力再一次对台湾实行殖民地统治的根据，除了"垄断式的金融资本"和戒严体制下的政治高压外，有一个歪理就是所谓的"强权性"的"国语政策"。陈芳明在《严重》一文里说，国民政府在台湾"不仅继承"了"甚至还予以系统化、制度化"了"日本殖民者对台湾社会内部的语言文化进行高度压制与排斥"的"荒谬的国语政策"。依赖于这种"国语政策"，中国的"强势的中原文化才能够透过宣传媒体、教育制度与警察机构等等管道而建立了霸权论述"。而这种存在于台湾的霸权论述，与日据时期的殖民论述"正好形成了一个微妙的共犯结构"。

　　陈映真指出，陈芳明所说的受"歧视"的台湾话，其实是指"中国国语"对台湾地区的"闽南"、"客家"两种汉语方言的"压迫"，从而揭露了陈芳明妄图把通行于台湾地区的汉语闽南方言、客家话方言说成是和汉语、日语一样独立的民族语言，以证明台湾是分离于中国之外的"独立""国家"的阴谋。

　　事实上，以福建省为主，包括广东潮汕地区、海南地区、雷州半岛海康徐闻地区、浙南温州地区和舟山群岛，以及台湾绝大部分地区在内，通用闽方言地区的人民，是历史上从秦汉到晋、唐，再到宋、金、元、明，或因避乱，或因"征蛮"，而陆续从中原迁移过来的。这就造成了中原汉语的闽粤浙地的殊方异语——闽方言。明末郑成功据守台湾抗清，从福建带了不少人渡海东去，于是，台湾省内绝大部分汉人的语言延伸使用了闽方言的闽南一支，或闽南方言。同样，现在在台湾部分汉人中使用的客家话，也是客家先民因了种种历史原因由中原南迁而形成的一种汉语方言。把客家话带到台湾的客家人，是康熙中叶到乾嘉之际，因为人口繁殖、山多地少，不得不逐步向外发展，从广东东部、北部和江西南部继续迁徙而到达台湾的。那是客家人的第四次大迁徙。现在，不仅中国方言的研究，连全世界的方言学研究都公认，闽南方言、客家话是汉语的方言，不是与汉语对等的民族语言。陈芳明反其道而行之，既不尊重事实，也不尊重语言科学，除了表现出他的无知，只能说明他别有用心。

在《讨论》一文中，陈映真还旁举法国、日本、韩国之例，证明各国为了维护"国语的中央集权的统一"，普遍强制推行某些针对方言的特殊的文化政策。国民党政府在台湾当权之后，采用语文标准教科书，推行国语字（词）典，还有注音符号、语文考试制度等，也是推行这种文化政策的体现。这种世界各现代民族国家都做的事情，二战之后，当时的中国政府在台湾地区也做了，怎么能说是"殖民统治"的"语言文化的歧视"呢？

其实，陈芳明面壁虚构出一种"台湾话"来，真实目的是要把"台湾的／台湾话语"和"中国的／白话文"看作是一种绝对对立的斗争的双方，进而证明这种对立的斗争，不仅是语言的，而且还是文学的，乃至民族的、国家的对立的斗争。这种心机，当然是白费。

历史上台湾文学是用日文、中国文、台湾话三种语言创作的吗

陈芳明在《严重》一文里说："台湾文学运动者自始就是用日文、中国白话文、台湾话三种语言从事文学创作。"其中，用台湾话书写致使台湾"与中国社会有了极大的隔阂"。陈映真在《讨论》中指出："这种说法，若非无知，就是蓄意的谎言。"

陈映真说："台湾陷日后，台民拒绝接受公学校日语教育，以汉语文'书塾'形式继续汉语文教育，截至 1898 年，台湾有书塾 1700 余所，收学生近 3 万人。"那时，没有作家用日文创作。1920 年年初，受大陆"五四"文学革命影响，台湾也爆发了白话取代古文的斗争，白话文开始推行，台湾新文学都是"以汉语白话，或文白参半的汉语'书写'的"。"直到 1937 年，日本统治者强权全面禁止使用汉语白话之前，日据时代文学作家和台湾社会启蒙运动基本上坚持了汉语白话的书写，是不争的事实。""即使是被迫使用日语的作家如杨逵，也以日语形象地表达了他那浩气长存的抵抗。"杨逵自己在 1948 年的《台

湾文学运动回顾》里也说，1937年后日文变成创作语言，但他们从来没有忘却"反帝反封建"、"民主与科学"的口号仍为台湾新文学主流，他们从来没有脱离中华民族的观点。

关于"台湾话"，陈映真指出："除了采集台湾民谣、童谣的作品，日据时代基本不存在完全以'台湾语文书写的'文学创作。""不曾产生重要的、伟大的、普受评价的'台湾语文（实为闽南语）'写成的文学作品这个事实本身，说明了日据下以'台湾语文''书写'文学作品之不存在。"即使是像赖和这样的作家，"在作品中比较多、比较成功有效地吸收了闽南语的伟大作家"，他的作品的语言，仍然主要是以汉语普通话的白话文为叙述框架。陈映真还指出："近10年间，陈芳明一派的人大谈'台湾话'，以'台湾话'写论文，写诗，大谈'台湾话'之'优秀'，结果都知难而止，无疾而终。"这说明，要想把闽南方言、客家话这样的汉语方言歪曲为独立的民族语言，甚至使它变成一种"文学语言"，用来进行文学创作，只是陈芳明等台独势力一厢情愿的幻想而已。

至于30年代有关"台湾话文"的争论，陈映真则明确地指出，那"是台湾左翼就30年代环境下文学和文化抗日斗争中发展民众文学时，同一阵营内部关于语文策略上的争论，绝不是陈芳明和他一伙人脑子里中国的/白话文和台湾的/台湾话语的对立斗争"。

看来，把一种过去不曾存在的、现在想要尝试却根本不可能成功的"台湾话"写作当作事实来加以张扬，只能是陈芳明的"台独"思想在作怪，他是要借此宣称，就连文学创作的语言文字工具都表明，台湾文学"与中国新文学运动毫不关涉"。

台湾文学与中国文学有"分离"的历史事实吗

陈芳明歪曲历史说，战后，既然是外来的中国对台湾实行再殖民统治了，语言也分离了，社会也分离了，当然，1950年之后，"台湾文学与中国文学的分离"，"无论是自愿或被迫"，也就"成为无可动摇的历史事实"了。

陈映真在自己的两篇文章里以大量历史事实对陈芳明的这种无知和谎言作了揭露：

第一，战后，1945—1949年间，在民间层次上，台湾的省内和省外文化界知识分子的确"进行过热情洋溢的脱殖民论说"。比如，有一位后来"仆倒在'二·二八'事变血泊中的杰出的台湾人思想家"宋斐如，在《人民导报》1946年元旦的《发刊词》和元月6日的《如何改进台湾文化教育》一文中，提出要改变日据台湾时的"文化畸形发展"局面，"教育台胞成为中国人"，"随祖国的进步而进步"。对于她，还有苏新、赖明弘、王白渊等思想界战士来说，要克服日据殖民地文化的影响，就是"复归中国"，"做主体的中国人"。

第二，1947—1949年，台湾《新生报》的《桥》副刊上发生过一场"如何建设台湾新文学"的争论。从某种意义上说，这"也是一场重要的脱殖民论说"。争论中，欧阳明、杨逵、林曙光、田兵，包括后来态度发生重大变化的叶石涛，都强调了建设台湾新文学的课题和建设中国新文学的课题相关相联，强调台湾文学始终是"中国文学的战斗的分支"，台湾文学工作者是中国新文学工作者的"一个战斗队伍"，其使命和目标一致。"台湾既（因光复）为中国的一部分，则台湾文学绝不可以任何借口分离。"这一主张，受到了参与争论的人几乎众口一词的支持。比如，杨逵就是寄希望于光复之初"重整旗鼓"，以便"在祖国新文学领域里开出台湾新文学的一朵灿烂的花！"正是在这样的共识前提下，他们才就人民的文学、新现实主义、台湾文学的特殊性等问题展开了热烈的争论。

第三，即使到了70年代乡土文学论战时期，叶石涛等人，也还没有改变这种看法。陈映真举例说，叶石涛那时就迭次宣说"台湾文学是中国文学的一环"；王拓说，"作为反映台湾各个不同时代的历史与社会的（台湾）文学，也自属于中国文学的一部分"，而作家则是"台湾的中国作家"；李魁贤也说"当然台湾文学是属于中国文学的一部分"。陈映真还特别揭露说："即使陈芳明自己，也要等到乡土文学论战前后才与中国'诀别'。"

第四，"杨逵在《桥》副刊上的文艺争论中，以及在1949年发表的《和平宣言》中，迭次疾言反对'台湾独立论'和'台湾托管论'"。

"台独派"为台湾文学"正名"是为"台独"张目

陈芳明对台湾新文学所作的三大历史阶段九个历史时期的分期建

构中，把1979—1987年划分为第八个时期，即"思想解放时期"。他在《建构与分期》里说，在这个时期，和社会变化同时，"文学界也正在进行一场'中国意识'与'台湾意识'之间的论战。这场论战，也就是坊间所说的统、'独'论战，基本上是乡土文学论战的延续"。他还说，"统、'独'论战"的最大意义，"就在于使台湾文学获得正名的机会"，"通过这场辩论之后，台湾文学终于变成共同接受的名词"；然后，到1987年以后的多元蓬勃时期，就有了从容的空间"重建台湾文学"。

陈芳明要的是一个什么样的"正名机会"呢？他声称：

其一，"70年代回归本土"的声音中，"对陈映真、尉天骢等作家而言，本土应该是指中国；但是对叶石涛、李乔等人而言，本土则是指此时此地的台湾"。

其二，1987年解严后，"台湾意识文学的崛起在于批判傲慢的中原沙文主义"、"抗拒汉人沙文主义"。

陈映真义正词严地揭露和斥责了这种"正名"的"台独"实质。他指出，70年代从现代诗论战到乡土文学论战中，文学上左右论争的实质，即陈芳明所说的"台湾意识文学"对所谓"中原沙文主义"、"汉人沙文主义"的"抗拒"，实际上乃是"台独文论"和"在台湾的中国文学"论的斗争。这种斗争延续到80年代以后，即使花样不断翻新，实质上也没有改变。

陈映真的揭露和批判，重创了陈芳明的"台独"主张。陈芳明沉不住气了。在《严重》一文里，他指责陈映真对他的批判是"在宣泄他的中国民族主义情绪"，用马克思主义"做为面具，来巧饰他中国民族主义的统派意识形态"，虚掩其"统派立场"。他终于公开把自己放到了陈映真所坚持的"圣洁的中国民族主义"的对立面上、"统派"的对立面上。这正是陈芳明"台独"面目赤裸裸的自我暴露！

我们将迎接挑战

论战中，陈映真还严肃地批判了陈芳明在社会性质和中国社会史论说中违背事实的反科学的谬论，批判了他美化日本对台殖民统治和日据时期"皇民文学"的谬论，揭露了他歪曲台湾社会历史和台湾文学历史的伎俩，斥责了他错乱的伪科学的文学史建构史观和分期说法。陈芳明显然感觉到他的"台独"文学言论所面对的挑战和可悲的下场，于是把这种批判一概辱骂成"汉人沙文主义"！

其实陈芳明还面对着另一种挑战，他在《建构与分期》一文里板着一副"外国人"的面孔，耍着一口与中国人为敌的腔调说，这"挑战的主要来源之一，便是中华人民共和国学者在最近十余年来已出版了数册有关台湾文学史的专书"。使他倍感恐惧的是，这些著作，"认为台湾文学是中国文学不可分割的一环，把台湾文学视为一种固定不变的存在，甚至认为台湾作家永远都在期待并憧憬'祖国'"。陈芳明诬蔑这种见解是"相当扭曲并误解了台湾文学的'自主性的发展'"，"只是北京霸权论述的余绪"。"中国学者的台湾文学史书写，其实是一种变相的新殖民主义！"显然，他这是在张狂地向全中国、向全中国人民，也向中国文学史学科、向全中国的文学史工作者提出挑战！在台湾，在香港、澳门，在其他海外国家和地区，当然还有在祖国大陆的，爱国、维护国家统一也尊重台湾文学发展史实的所有的文学史工作者，都将迎接陈芳明的这一挑战！

陈芳明的"台独派"御用的《台湾新文学史》正在炮制之中，何时、以何种面目出笼，陈映真等思想家、理论家、作家，还有我们大家，都将拭目以待。可以断言的是，陈芳明如不改弦更张，他的《台湾新文学史》必将和一切"台独"言论一样，毫不例外地成为"台独"势力的殉葬品而归于死灭！台湾是中国领土不可分割的一部分，台湾文学是中国文学的一环，国家的统一，文学的大一统发展，是谁也逆转不了的历史大势，这是不以任何"台独"意志为转移的。

面对祖国必将完成统一的大势，历史要给陈芳明们的一声棒喝是：文学领域的"台独"谬论可以休矣！

原载《文艺报》，2000 年 11 月 14 日

467

外国势力与文坛"台独"势力
狼狈为奸

——评台湾《人间》派对日本右翼学人的批判

童伊（赵遐秋　曾庆瑞）

近年来，日本台湾文学研究领域里的一些右翼势力十分活跃，异常猖狂。他们和台湾文坛的"台独"势力沆瀣一气，狼狈为奸。《人间思想与创作丛刊》的 1999 年秋季号上，"特集专题"《不许新的"台湾文奉会"复辟》的编辑部短文就指出，当着"台独派学者"对"皇民文学""加以夸大"，并"进一步为'皇民文学'涂脂抹粉，企图对台湾'皇民文学'合法化、免罪化"的时候，"台湾的前殖民者和压迫者——日本的一伙学者，有组织、有纲领地展开对日据台湾'皇民文学'进行公开、放肆、骄慢的翻案，视中国和台湾直若无人，事态十分严重"。《人间》编辑部还指出，"这些跳出前台而为台湾所知的日本人研究者，有垂水千惠（女）、藤井省三和中岛利郎等"。对此，台湾爱国的文学战士们——以陈映真为领军人物的《人间》派，对这些日本右翼学人展开了严厉而深刻的批判。

日本"自虐史观批判"势力的一个组成部分

1999 年秋季号上，《人间》先行刊发的批判文章有陈建忠的《徘徊不去的殖民主义幽灵——评垂水千惠的〈台湾的日本语文学〉》（下称《幽灵》），曾健民的《一个日本"自虐史观批判"者的"皇民文学"论——揭开中岛利郎的〈周金波论〉的思想本质》（下称《"皇民文学"论》）。

对于这些日本右翼学人，曾健民在《"皇民文学"论》里指出："这并不是个人的或孤立的事情，而是近年在日本文化界逐渐兴起的一股右倾化潮流——'自虐史观批判'的一个组成部分。"

"自虐史观"是"自我虐待的史观"的简称，"自虐史观批判"是近年在日本文化界逐渐兴起的一股右翼化的潮流。随着日本政界的一系列异常变化，如"日美安保新指针"、"周边事态有事法"、"国歌国旗法制法"、"加入TMD"等等的出台，日本社会右翼的、保守的势力对有良心的、进步的势力频频发动了攻击。在中日关系上，有一个焦点就是如何看待侵华历史的问题。有良心的、进步的日本人，对于日帝的侵略历史坚持自我反省和向中国人民道歉谢罪的历史观点；而右翼的、保守的势力把这种正确的历史观点讥评为"自我虐待的史观"，即，把所有日本国内批判日本帝国主义、殖民主义、法西斯主义的历史观点讥称为"自虐史观"，用批判这种坚持自我反省、道歉谢罪的历史观点的办法，来美化日本帝国主义的历史。推动这种倒行逆施的右翼文化潮流的主要团体是"自由主义史观研究会"、"新历史教科书造成会"等等。垂水千惠、藤井省三、中岛利郎等人，就是这股势力的一个组成部分。

只是，如同《人间》编辑部所说，这些日本学者"绝不敢于在韩国或北朝鲜发此狂言暴论，却敢于在台湾肆言无忌，放言恣论"。这是因为"台湾内部有一种'共犯结构'——在政界，有李登辉（笔者注：也包括某些新领导人）这样的皇民残余；在民间，有皇民欧吉桑、有皇民学者、有皇民化的台湾资产阶级。在台湾学界有不少人因反中国、反民族而崇媚日本、美化日本殖民统治"。《人间》编辑部还指出，台湾中学教科书《认识台湾》（历史篇）的出台，生动地说明了台湾已经将美化日本对台殖民统治的历史观上升到了当权者的主流意识形态的层次。曾健民的《"皇民文学"论》也指出："由于台湾近十年来政治、文化、社会意识的急速'亲日化'，使台湾成为日本右倾势力合理化、正当化日本殖民历史的重要突破口和模范舞台，日本的'自虐史观批判'者群起游走于日台之间，纷纷把'某些台湾人的心声'作为批判日本国内的'自虐史观'的好材料。而台湾'皇民文学'问题更是一个上等的好材料，这就是中岛等人的所有作为的真面目。"

徘徊在台湾岛上的日本殖民者的幽灵

这些右翼学人在台湾岛上利用"皇民文学"问题登台表演，到1998年，大有登峰造极的势头。

这一年，垂水千惠的《台湾的日本语文学》由台湾前卫出版社译成中文出版，编者黄英哲，译者涂翠花。垂水千惠其人，出生于1957年，算是日本右翼学人中的新生代。1992到1994年，她发表了一系列研究日据时期台湾日本语文学，尤其是"皇民文学"的论文。1995年1月，她将这些论文结集为《台湾的日本语文学》一书，由东京五柳书店出版。

也是在1998年，中岛利郎迫不及待地跑到台湾，紧锣密鼓地搞了一连串的活动。先是3月下旬，这个日本右翼学人与亲日派的黄英哲共同促成将"皇民作家"周金波生前的笔记和照片捐给台湾的文资中心，又编纂《周金波日文作品集》，专门为周金波平反。据3月21日《联合报》报道，在那个捐赠仪式上，黄英哲说："战后，有人修改以前的作品，有人努力学中文写作歌颂国民党，可称为'另类'的'皇民化文学'，相较之下，周金波没有改过自己的作品，更值得钦佩。"中岛利郎则说："当年文学界把他归类为'皇民文学'作家，可以转移对其他相同情况作家的注意……周金波是一位爱乡土、爱台湾的作家。"

同年12月25、26日，台大法学院有一个"近代日本与台湾研讨会"。会上，中岛利郎发表了一篇题为《编造出来的"皇民作家"周金波——关于远景出版社的〈光复前台湾文学全集〉》的论文，还散发了另一篇文章《周金波新论》。在头一篇文章里，中岛利郎针对远景出版社1979年编辑出版的《光复前台湾文学全集》未将周金波的作品选入之事，大做文章，结论是，周金波的"皇民作家"名号完全是编造出来的。后一篇文章，通过对周金波的五篇小说的解说，证明周金波非但不是"皇民作家"，反倒是一位不折不扣的"爱乡土、爱台湾"的作家。

值得一提的是，在台大法学院的这个研讨会上，中岛利郎发表论文时作了一个声明："日本社会文学会是左派的学会，自己坐在这席位上好像场子不对。"针对中岛利郎的表态式的声明，与会的"日本社会文学会"的代表西田胜在闭幕词中说了这么一段话："其实，我在致开会词中也说过了，'日本社会文学会'并不是'日本社会主义文学会'……以前说过不可贴标签的中岛先生，这次竟然给我们贴了标签，真是人生难料……因此，自任为右翼的中岛先生，即使坐在这讲坛上也决不会是什么场子不对。"

好在，人们已经清楚地看到，这些"自任为右翼"的学人，跑到台湾大肆活动，为"皇民文学"翻案，正是当年日本殖民主义的幽灵徘徊不去的表现。

为"皇民文学"翻案的目的是美化日本殖民统治

针对这些徘徊不去的日本殖民主义幽灵的猖狂活动，《人间》编辑部指出："他们的书（中译或日本原文）、文章在台湾公开流通，他们的立论有枝节的不同，但有一条说辞是一致的，即他们无批判地夸大日本的对台殖民统治为台湾带来'现代化'（日本人叫'近代化'）。他们将'皇民文学'中台湾人心理的一切伤害和矛盾，都归因于前现代的台湾人面对文明开化的殖民地现代性时的挣扎与苦闷，而与对殖民地心灵、物质深刻加害的，不知以暴力为人间罪行与羞耻的日本殖民地体制毫不相干！对于他们来说，日本对台湾的殖民使台湾迈入世界史的现代，得以文明开化，教育识字率普及，出版品丰富流通，形成'公共空间'，从而形成'台湾民族主义'，是战后台湾经济发展、政治民主化的源头。总之，日本殖民主义是美善的，有利益和恩惠于台湾……帝国主义有理！殖民制度无罪！"这说明，这些日本右翼学人为"皇民文学"翻案的目的，就是要美化日本当年在台湾的殖民统治！

其实，"皇民文学"的汉奸文学性质，铁证如山，是谁也翻不了案的。《看文坛"台独"谬论的汉奸嘴脸》[①]一文里简要提到的周金波的《水癌》、《志愿兵》，陈火泉的《道》以及王昶雄的《奔流》的内容和主题，就揭示了这些作品的汉奸文学的性质。针对中岛利郎的歪曲，曾健民在《"皇民文学"论》一文中特别以周金波的作品为例指明，《水癌》就是要用"皇民炼成运动"来"去除迷信、打破陋俗"，就是要用"皇民化"的观念、理想与抱负去改革台湾和台湾人，它所颂扬的正是"当时日本军国殖民者的'国策'"。至于周金波的《志愿兵》，曾健民说："小说的主题是再鲜明不过的，这是通过张明贵与高进六两个典型来塑造一个台湾人志愿兵的样板，颂扬这种人物的思想与行动力，赞美这种典型人物。"曾健民还指出，当年，日本殖民统治在文学上的头号总管西川满，对《水癌》赞誉有加。另外，在1941年6月20

---

① 2001年1月2日《文艺报》4版。

日殖民当局宣布决定在台湾实施志愿兵制度之后，9月，西川满一伙就将《志愿兵》和日本文人川合三良以志愿兵为题材的小说《出生》同时发表在《文艺台湾》上。第二年6月，还奖以这两篇作品"文艺台湾奖"。可见，日本殖民当局是十分称许周金波的汉奸文学作品的。在这样的铁的事实面前，怎么能说周金波是个"爱乡土、爱台湾"的作家呢？怎么能说"皇民作家"是战后台湾文坛编造出来的呢？

中岛利郎为周金波等的"皇民文学"翻案，还抓住了一根稻草，就是叶石涛的文章。叶石涛在1998年4月15日的《民众日报》上写有《"皇民文学"的另类思考》一文。周金波明明是中国的台湾人，文中，叶石涛却歪曲事实，宣称："周金波在'日治'时代是日本人，他这样写是善尽作为一个日本国民的责任，何罪之有？"叶石涛早先还在《"抗议文学"乎？"皇民文学"乎？》一文里鼓吹："没有'皇民文学'，全是'抗议文学'。"其实，叶石涛的荒谬言辞不能证明周金波不是"皇民作家"。叶石涛其人，当年由西川满以月薪50元聘到《文艺台湾》工作，还"享受"到西川满每月请吃一餐的"礼遇"，因而对西川满感恩戴德，当时就对周金波的小说"并无'深恶痛绝'的感觉"，后来又认为"再来挖疮疤似乎并不'厚道'"，现在又走上"台独"歧路，他当然也要为"皇民文学"翻案。

其实，周金波自己对于写作《志愿兵》的"皇民化"宗旨是供认不讳的。曾健民查到，1943年12月1日出版的《文艺台湾》刊登了一篇"谈征兵制"的座谈会记录。其中，周金波有一段发言是："我的小说《志愿兵》写了同一时代的两种不同的想法，一种是'算计'的想法，另一种是'不说理由的、直接认定自己是日本人了'的想法；代表这个时代的二位本岛青年，到底哪一位走了正确的道路？这就是《志愿兵》的主题。我是相信后者——不说道理的、直接认定自己已是日本人，只有他们才是背负着台湾前途的人。"面对这样的事实，中岛利郎何以还要千方百计做他的翻案文章，包括为陈火泉、王昶雄翻案呢？

垂水千惠曾经十分狡猾地把翻案文章做在追究周金波、陈火泉、王昶雄等人"非'亲日'不可的动机"上，或者说"非皇民不可，有什么内在的必然因素"上。陈建忠的《幽灵》一文对此有入木三分的揭露。这就是垂水千惠自己说的："一言以蔽之，就是在近代化过程中，一个人如何和自己的民族认同意识妥协。"或者，是个"不做日本人就活不下去”的问题。

这，分明是在美化当年的日本殖民统治！

一定要肃清日本殖民主义的残余影响

在《人间思想与创作丛刊》的 1998 年冬季号上，陈映真在《精神的荒废——张良泽“皇民文学”论的批评》（下称《荒废》）一文的“愤怒的回顾”一段中，列举了“皇民化运动”给台湾人造成二十万余人的生命损失之后，写道：“1945 年，战败的日本拍拍屁股走人，在台湾留下满目心灵和物质的疮痍。驱策台湾青年奔赴华南和南洋，成为日本侵略战争的加害者——和被害者的主凶，当然主要是日本帝国主义残暴的权力。但是，对于殖民地台湾出身的少数一些文学家，在那极度荒芜的岁月中，认真鼓励鄙视自己民族的主体性，鼓动青年‘作为日本人而死’，从而对为屠杀中国同胞和亚洲人民而狂奔的行为，后世之我辈，应该怎样看待？”陈映真向读者推介了日本学者尾崎秀树。尾崎秀树的《旧殖民地文学之研究》，是怀着对日本战争责任的深刻反省和“自责之念”而敢于“仗义执言”的力作。在评论陈火泉的《道》的时候，尾崎秀树有这样沉痛的感慨：“陈火泉那切切的呐喊，毕竟是对着什么发出的啊！所谓皇民化、作为一个日本臣民而生、充当圣战的尖兵云云，不就是把枪口对着中国人民，不也就是对亚洲人民的背叛吗？”由此，重读陈火泉的皇民小说之余，尾崎有着痛苦的呻吟：“当我再读这生涩之感犹存的陈火泉的力作时，感觉到从那字里行间渗透出来的作者的苦涩，在我的心中划下了某种空虚而又令人不愉快的刻痕，无从排遣。”有鉴于此，尾崎秀树发出了这样的疑问：“对于这精神上的荒废，战后台湾的民众可曾以全心的愤怒回顾过？而日本人可曾怀着自责之念凝视过？只要没有经过严峻的清理，战时中的精神荒废，总要和现在产生千丝万缕的关系。”

陈建忠的《幽灵》一文，也提到尾崎秀树在《战时的台湾文学》一书中提到的思考。这使人想到了后殖民理论家法农（Fanon）在《大地之不仁》里写下的一段名言。法农在评论西方殖民主义对殖民地的影响时写道：“当最后的白人警察离开和最后一面欧洲旗除下时也不完结。”有感于此，陈建忠在他的《幽灵》一文中说：“日本殖民主义政权在战后虽然退出了台湾，但是殖民体制在政治、经济、文化各方面的意识形态残留却未得到充分的清理。换言之，即未达意识形态上的'去殖民'状态。"基于这种正确的判断，他提出，"我们要解读战争期的文学，正不妨仔细去辨认并清理在台日人作家、台湾作家文本中的殖民思想残留"。

有了这样的解读，人们就不难理解近年来在台湾围绕着"皇民文学"问题出现的怪现象了。这种怪现象，曾健民的《"皇民文学"论》描述是："在日据末期极少数人搞的、影响也不大的'皇民文学'，而且具有全世界都唾弃的法西斯文学性格的'皇民文学'，连日本人也不敢去碰触的日本法西斯国策文学的一组成部分的'皇民文学'，近年来在台湾却异常热门，成为一批高举'台湾意识文学'大旗的文学界人士和几位日本的右翼学者联手炒作的对象，他们互为唱和，用各种谬论企图替'皇民文学'翻案。有人在报纸上大幅重刊'皇民文学作品'，指说当时几乎每个台湾作家都写'皇民文学'、都是'皇民作家'，夸大'皇民文学'，好像'皇民文学'就等同于台湾文学一样；有人说'没有"皇民文学"，全是抗议文学'；有人说某'皇民作家'是光复后才被捏造出来的，某'皇民作家'的作品其实是'爱乡土、爱台湾'的；也有人以所谓的'内在的必然性'、'近代性'来解读'皇民文学'作品，把'皇民文学'合理化。"

在这样的历史闹剧中，我们看到，外国右翼势力和"台独"势力正在狼狈为奸。"台独"分子需要日本右翼学人，是需要他们为"台独"张目；日本右翼学人需要"台独"分子，是需要他们继续讴歌日本殖民统治。曾健民引用一位日本朋友的话说："其目的在使日本的侵略历史免罪，同时，在使台湾在政治上、文化上、思想上与中国大陆分离。"

1943 年，日本扩大对华南与南太平洋地区的侵略时，是台湾殖民当局的总督府和"皇民奉公会"（简称"皇奉会"）所属的文艺团体"台湾文学奉公会"（简称"台湾文奉会"）与"日本文学报国会"台湾支部，共同在台湾推进以暴力扭曲和摧残台湾人民灵魂深部的"皇民文学"的。现在，日本右翼学人与台湾"台独"势力狼狈为奸，无异于一个新的"台湾文学奉公会"在复辟。《人间》编辑部说："和这新的日帝文奉会进行坚决的斗争，是一切有自尊心的台湾文学工作者无可旁贷的责任。"我们要说，这不只是台湾《人间》派同仁和台湾一切爱国的、维护祖国统一的文学工作者的责任，也是我们大陆和海外的华人文学工作者无可旁贷的责任。

当然，对于台湾来说，如同陈映真在《荒废》一文里指出的，"触目皆是的，在文化、政治、思想上残留的'心灵的殖民化'"一定要认真地清理，日本殖民主义的残留影响一定要肃清。我们十分赞赏并完全支持陈映真发自肺腑而又振聋发聩的呼吁和警策——"久经搁置、急迫地等候解决的、全面性的'战后的清理'问题，已经摆到批判和思考的人们的眼前。"

原载《文艺报》，2001 年 2 月 6 日从台湾《人间》派对"'皇民文学'合理论"的批判看——

"台独"谬论的汉奸嘴脸

童伊（赵遐秋　曾庆瑞）

在台湾，自20世纪80年代新分离主义滋生以来，美化日本对台殖民统治和日据时期的"皇民文学"，一直是"台独"谬论的一种痼疾。无论是李登辉还是新的当局领导人，都不曾摆脱他们和日本军国主义势力的种种瓜葛。文坛上的"台独"势力，自然也就要把日据时期的"皇民文学"认同为台湾本土文学的历史根源之一了。前不久，岛上第一个"台湾文学系"的第一任系主任张良泽，就重新祭起了这面黑旗，鼓吹"皇民文学""合理"论。本着民族大义，基于维护祖国统一的精神和激情，陈映真和他《人间》派的同仁对这股逆流给予了严正的批判。

"皇民化运动"不容美化

1895年日本人割占台湾后，一直推行一项殖民政策，要将台湾人同化于日本。然而，绝大多数的台湾人民，都以抵抗同化、保住汉族种姓来回答殖民者的同化压力。有鉴于此，1937年，日本军国主义政府发动侵华战争后，推行了"皇民化运动"，即，用国家权力发动对台民的强制同化运动："收夺汉语、中文的使用，强力推行日语；禁止台湾的一切汉族系民间宗教，把日本神道信仰强加于人；禁止台湾人的传统生活习惯；鼓励弃绝汉民族祖先传用的姓名，提倡'创氏（姓）改名'，改用日本式姓名。"可见，1937年开始的台湾岛上的"皇民化运动"，正是日本殖民统治在政治压服、经济掠夺同时施行的一种精神奴役。现在，与日本右翼势力否认侵略罪行的言行相呼应，台湾当局颁行的中学新编教科书，也充满了"对日本在台殖民历史之美化、正当化与合法化的叙述"。1998年，陈映真在《人间》冬季号上发表文章《精神的荒废——张良泽"皇民文学"论的批评》（下称《荒废》），愤怒地斥责了这种美化"皇民化运动"的行径。陈映真揭露说："日本当局，一方面巧妙地利用了殖民地台湾人一部分知识分子和民众的民族劣等感、民族自我厌憎感和对于自己民族文明开化的绝望感（而这些都是苛虐的殖民地统治和殖民地意识形态所造成），另一方面则在'皇民化运动'中，突然开启了'内台一如、'皇民炼成'之门，宣传只要人人自我决志'炼成''精进'，可以锻造自己成为'真正的日本人'，从而摆脱自己作为殖民地土著的'劣'等地位。这一套殖民者对被殖民者大规模精神洗脑的装置，于是促发了相当一部分台湾人'皇民炼成'的歇斯底里，今日回顾，令人辛酸悲愤。""以'皇民炼成'为魔咒，造成人人蜕化为光荣的日本人的集体幻觉，并在魔咒幻觉的驱使下，向着毁灭性的战争狂奔。这就是'皇民化运动'的真髓。"其目标，是蒙骗台湾人把自己奴隶化，对天皇绝对效忠，并充当日本侵略者扩大"圣战"的炮灰。果然，1942年侵略者就宣告征召台湾青年为"陆军特别志愿兵"；1943年，又征"海军特别志愿兵"；1944年宣布在台湾实施征兵，1945年实行。从1937年到1945年，在"皇民化运动"下，"总共有二十万七千余台湾青年分别以'军属'、'军夫'和'志愿军'、'战斗员'等名目被征调投入战争。战死、病殁、失踪者计五万五千余人，伤残两千人。另外，因受皇民思想欺骗过头，在南洋、华南战场中误信自己是真皇军而犯下严重屠杀、虐杀罪行，在战后国际审判中被判处死刑者26人，10年以上有期徒刑者147人！"这真是触目惊心，发人深省！

"皇民文学"的"皇民化"性质不容篡改

在美化"皇民化运动"的逆流中，张良泽等人趁机抛出了"'皇民文学'合理"论，妄图篡改"皇民文学"的"皇民化"性质。

1998年2月10日的台湾《联合报》副刊上、5月10日的台湾《民众日报》副刊上、6月7日的《台湾日报》副刊上，张良泽连续以《台湾"皇民文学"作品拾遗》为名，辑译刊出了17篇所谓的"台湾'皇民文学'作品"。同时，还发表了3篇表达他对"台湾'皇民文学'"观点的文章。《正视台湾文学史上的难题——关于〈台湾"皇民文学"作品拾遗〉》一文是其代表。

对此，同年 12 月 25 日、26 日，在台大法学院举行的一场"近代日本与台湾研讨会"席上，台湾著名作家黄春明严正指出："日据末期的台湾人口有六百万，'皇民作家'只是其中的少数几位，'皇民文学'影响也很小，并不是那么重要；而'皇民化运动'却影响了全体台湾人，那才是可怕的恐怖的，其影响之深远，至今还残留在我们的社会、家庭中，造成各种政治、经济、社会的矛盾……"

与此同时，《人间》的 1998 年冬季号上，以"特集专题"的形式，在该刊编辑部的《台湾"皇民文学"合理论的批判》（下称《批判》）旗下，刊发了陈映真的《荒废》、曾健民的《台湾"皇民文学"的总清算》（下称《总清算》）及刘孝春的《试论"皇民文学"》3 篇文章。随后，《人间》的 1999 年秋季号上，"文献"栏里，编发了有关当年"皇民文学"的御用总管、日本文化侵略者西川满的"狗屎现实主义与假浪漫主义"的一组资料，即西川满的《文艺时评》、"世外民"的《狗屎现实主义与假浪漫主义》、叶石涛的《给世外民的公开信》、吴新荣的《好文章·坏文章》及伊东亮（杨逵）的《拥护"狗屎现实主义"》。在这组资料前，还有曾健民写的评论《评介"狗屎现实主义"论争》（下称《论争》）。同一号的《人间》上，又以"特集专题"的形式，在《不许新的台湾总督府"文奉会"复辟!》（下称《复辟》）的旗下，刊发了陈建忠的《徘徊不去的殖民主义幽灵》（下称《幽灵》）和曾健民的《一个日本"自虐史观批判"者的"皇民文学"论》（下称（"皇民文学"论））两篇文章。

《人间》派的批判从几个方面展开：

第一，揭露并痛斥张良泽的荒唐逻辑和汉奸言论。陈映真在《荒废》一文里指出，张良泽的"皇民文学"论的逻辑是：（一）国民党长年以来的"爱国"主义（中华民族主义）教育，是一切基于（中华）"民族大义""痛批""皇民文学"的根源。（二）然而，在现实上，"日据时代的台湾作家或多或少都写过所谓的'皇民文学'"。（三）因此，"新一代的（台湾文学）研究者，应该扬弃中华民族主义，不可'道听途说'就对'皇民作家'痛批他们'忘祖背宗'"；要"将心比心"、"设身处地"……以"爱与同情"的"认真态度"去解读"皇民文学"作品。《人间》编辑部的《批判》一文则进而指出，张良泽的举动，"无非是要为台湾 40 年代极少数汉奸文学涂脂抹粉"。

曾健民的《总清算》一文还指出，张良泽的作为与谬说，"掩盖了推动'皇民文学'的日本殖民与军国当局和在台日本御用文臣的罪行，最终是替当时积极地站在日本当局和日本御用文臣阵营的台湾'皇民作家'们涂脂抹粉，僭取他们在台湾文学史上的正当性"。

第二，揭露并痛斥张良泽的作为与谬说"对台湾文学造成了严重的淆惑与伤害"。 曾健民的《总清算》指出，张良泽的骗术"误导了一般读者，以为日据末期的台湾文学的内容都与张氏辑译的'皇民文学'一样，充满了歌颂日本大东亚圣战、皇国精神的作品；且误认当时的台湾作家全都屈服在日本的殖民与军国体制下，积极配合日本当局的'皇民文学'政策，曲志而阿权地写了像那样的台湾'皇民文学'。结果，使一般人错认为在日据末期，台湾文学就等于'皇民文学'；甚至认为，台湾'皇民文学'就是当时台湾文学的全部"。曾健民指出："这不但对日据末期的台湾文学造成了甚大的淆惑和伤害，同时对于当时处于日本军国法西斯高压的文学环境下，凭着民族与文学的良知，以各种方式抗拒台湾文学沦为'皇民文学'的台湾前辈作家来说，毋宁是再度的羞辱。"陈映真等人还指出，当年，自甘堕落死心塌地地写"皇民文学"的"作家"，也就周金波、陈火泉、王昶雄等极少数的几个人。针对张良泽把水搅浑的伎俩，陈映真的《荒废》一文还特别澄清说："从赖和到吕赫若的台湾文学家，即使在压迫最苛酷的时代，都不曾稍露屈服的奴颜媚骨。说到'发表作品'，人们也会想起在压迫者严密控制下冒险秘密写出反抗的心声，隐而不发，迨敌人溃败后才将作品公之于世的吴浊流。台湾文学史上，不为'活下来'而失节，不为'发表作品'而写违背原则、讨好权力的文章的人，比比皆是，而他们又个个都是从艺术上、思想上都能过关的，令后世景仰的真正的作家。"曾健民的《总清算》一文还指出，张良泽这样做，"是想把所有的台湾前辈作家都贴上'皇民文学'的标签，来壮大'皇民文学'声势，使所谓的台湾'皇民文学'正当化"。

第三，揭露并痛斥"皇民文学"势力对台湾文学进行镇压的罪行。 曾健民的《总清算》一文指出，和战时的德国、日本一样，也和日本殖民统治下的朝鲜一样，二战中，台湾岛上的"皇民文化"及一切的"皇民文学"、艺术，都是推进法西斯战争的一种重要手段。为强化这种手段，在台"皇民文学"运动的头号总管西川满，控制"台湾文学奉公会"和"日本文学报国会台湾支部"，利用在台日本御用文臣的报纸杂志及其背后的总督府保安课、情报课、州厅警察高等课、日本台湾军宪兵队等在台军国殖民主义势力，用各种方式打压台湾人民的文学，企图将台湾文学皇民化。其中，包括禁止用汉文（汉语白话文）写作，迫使当时台湾文学的两大园地《台湾文艺》和《台湾新文学》停刊，迫使一部分失去文学园地的作家背井离乡远赴大陆和南洋。当赖和、杨守愚、陈虚谷和吕赫若、张文环等许多作家顶住这种压力，秉持文学与民族的良知，坚持台湾文学的现实主义传统继续从事创作时，1943 年 5 月，西川满又抛出"狗屎现实主义"，对台湾文学进行恶毒的诽谤和攻击。到这一年年末，眼看日本战局颓败愈为紧迫，西川满又策划召开了"台湾决战文学会议"，逼迫张文环、王井泉、黄得时等人在 1941 年 5 月艰难创办的《台湾文学》季刊废刊，还使台湾作家撤销文学结社。1944 年，盟军攻陷塞班岛，开始对日本总反攻，日本本土和台湾处于盟军猛烈轰炸之下，台湾进入"要塞化"时期，日本殖民当局对台湾文学的至上指令又由"决战文学"进入"敌前文学"时期。曾健民指出，通过打压台湾文学而建立起来的台湾"皇民文学"体制，和日本殖民当局在台推行的军需工业化、强制储蓄运动、"皇民化运动"以及军夫、志愿兵运动等等，正是"一物的两面"。

第四，揭露并痛斥"皇民文学"的性质是"战争文宣性格"、"日本法西斯思想性格"、"皇民化性格"。《人间》编辑部的《批判》一文指出，"皇民文学"的"特质"是"（一）在民族上憎厌自己的中华种性，思想和行动上疯狂地要求同化于日本"；"（二）以文艺作品去宣传、图解日本殖民者的政治与政策——支持战争、号召应征为'志愿兵'，充当侵略的尖兵"。陈映真的《荒废》一文指出，"皇民文学"是为"皇民化运动"的目标服务的，它正是"皇民化运动""这邪恶道场的共犯和帮凶"。"从全面看，'皇民文学'是日本对华南、南洋发动全面侵略战争时，作为战争的精神思想动员——'国民精神总动员'机制的组成部分而展开……目的在集体洗脑，使殖民地人民彻底抛却和粉碎自己的民族语言、文化和认同，从而粉碎自己民族的主体意识，在集体性歇斯底里中幻想自己已从'卑污'的台湾人蜕化成光荣洁白的'天皇之赤子'，在日本侵略战争中'欢欣勇猛以效死'，'以日本国民死'，'为翼赞天业而死'。"曾健民的《总清算》一文则把"皇民文学"的性质认定为"战争文宣性格"、"日本法西斯思想性格"、"皇民化性格"。

《批判》、《荒废》和《总清算》3篇文章与刘孝春的《试论"皇民文学"》、陈建忠的《幽灵》及曾健民的《"皇民文学"论》还批判了张良泽所美化的周金波、陈火泉及王昶雄的"皇民文学"的作品。他们指出：周金波的《水癌》用庶民阶级没有教养的"母亲"来象征台湾，用"水癌"来象征台湾的迷信、陋俗，鼓吹用"皇民化"的观念、理想与抱负来改革台湾，主题表现的正是当时日本军国殖民者的"国策"。周金波的《志愿兵》写的是一个只有小学文化、出身平凡、质性素朴的台湾青年高进六（自改姓名为"高峰进六"），对"皇民化"思想有很深的体会，终于以血书明志，应征为特别志愿兵，歌颂了夺取三万条台湾庶民性命的"志愿兵"制度。陈火泉的《道》表现了主角陈青楠力争在天皇信仰中把自己转变成日本人时，近于哀号、呻吟的民族自卑、自我憎厌和对于"天业翼赞"的无限忠心与信仰，他终于向日本当局提出应征为志愿兵。王昶雄的《奔流》写"我"为继承父业而不得不回台湾，却又十分眷恋日本的生活，羡慕和佩服另一人物伊东春生能在台湾过日本式生活。这样的汉奸文学，文学品质虽然低劣，主题却非常集中——"皇民化"。这是张良泽们篡改不了的。

串通日本反动学者为"皇民文学"翻案用心何在！

《人间》编辑部的《批判》一文指出："美化日帝据台历史、怂恿日本右派不必为侵华战争频频道歉，到下关去为马关割台感谢日本人，仇视、憎恨中国和中国人而必欲将台湾从中国分裂出去的这些理论与行动，和将台湾'皇民文学'免罪，进而加以合法化与合理化的言行，是一个运动、一个倾向的组成部分。"

这表明，《人间》派同仁注意到，为"皇民文学"翻案的除张良泽外还有其他人。比如，年少时就写文章为西川满的"狗屎现实主义"谬论辩护并恶意攻击张文环和吕赫若，80年代又极力倡言"本土化"、大搞新分离主义的叶石涛，就在1998年4月15日的《民众日报》上发表了《"皇民文学"的另类思考》一文，为周金波的汉奸文学作品《志愿兵》翻案。

《人间》编辑部的《批判》和《复辟》两文还指出，日本的一些反动学者如垂水千惠、中岛利郎和藤井省三们，也有相关的谬说。陈建忠的《幽灵》对垂水千惠的《台湾的日本语文学》表达了义愤；曾健民的《"皇民文学"论》则集中火力批判了中岛利郎为皇民作家周金波翻案的文章《编造出来的"皇民作家"——周金波》，并揭露这些日本反动学者妄图复辟一个新的"台湾文奉会"的阴谋。

值得注意的是，《人间》派的同仁指出，这些日本反动学者不敢在朝鲜、韩国发此狂言暴论，却敢于在台湾肆无忌惮，放言恣论，是因为在台湾内部有一个"共犯结构"。曾健民的《"皇民文学"论》说："如果没有台湾的'分离取向的台湾意识'的兴起，没有'台湾意识文学论'的土壤，中岛等人是不可能成事的，在合理化日本军国殖民主义的历史方面他们是相近的。"曾健民在文章结尾引用一位有良心的日本朋友的一段真言说："这两股势力，是表里一体的东西，虽然在形式上看起来不同，但是同时都讴歌日本殖民统治。其目的在使日本的侵略历史免罪，同时，在使台湾在政治上、文化上、思想上与中国大陆分离。"这，就彻底揭露出今日台湾文坛上，"台独"势力串通日本反动学者美化"皇民文学"的汉奸嘴脸！

这也是"'台独'论的'必然结果'"。

早在 60 年代初，日本学者尾崎秀树在对日本殖民主义深刻地进行自我批判时，就在他的《决战下的台湾文学》一文中看到了所谓"台独"运动正是日本殖民主义在台湾遗留下来的"心灵的殖民状态"这个严重的创伤。他有一句名言是："只要没有经过严峻的清理，战时中的精神的荒废，总要和现在产生千丝万缕的关系。"所以张良泽对于他自己在过去曾以中华"民族大义"批判过"皇民文学"而深感"后悔"，认为是当初"无知"之所致，所以，现在要为"皇民文学"的"汉奸"性质翻案了。

现在，《人间》派的战士们愤而起来加以批判和斗争了，而那些"自命真正爱台湾"的人又都到哪里去了？曾健民的《总清算》说得好："面对张氏如此涴惑与伤害台湾尊严的作为，平日开口'台湾文学的尊严'，闭口'台湾文学的主体性'的所谓'台湾意识文学'论者，怎么都鸦雀无声了呢？是不是所谓的尊严或主体性只对中国有效，而对日本军国殖民者或其屈从者无效呢？"

原载《文艺报》，2001 年 1 月 2 日

"台独"文化把"语言"当
"稻草",荒谬！

童伊（赵遐秋　曾庆瑞）

"台独"势力在另一个战场上又演出他们分裂祖国的闹剧了！

这个战场就是文化、文学和教育领域。

这一类的闹剧，正在台湾岛内滋生出一种"台独"文化。其危害不可小看。

"台独"文化捞起了"语言"的"稻草"

台湾80年来的新文学，分明是在大陆"五四"新文学影响下用汉语白话文作为语言文字载体和书写工具的文学，近来，"台独"势力却偏偏制造谎言，说什么台湾新文学是一种"多语言的文学"，"一开始就是用台湾话、中国话、日本话写作的文学"。在这样的谬论里，"台独"势力把闽南话说成是独立的和中国话、日本话对等的"台湾话"，妄图从"语言"上割断台湾和大陆的血脉。

为了给这所谓的"台湾话"搞出一套文字来，"台独"势力还先在汉语拼音方案上做起了手脚，用一个所谓的"通用拼音法"来抵制和反对使用祖国大陆的汉语拼音方案，妄图彻底割断台湾和大陆的文化纽带。

大家知道，采用什么样的拼音系统、方案来拼写台湾岛上称之为"国语"的现代汉语普通话，在台湾，一直是个争论不休的问题。罗马拼音、威妥玛式拼音、邮政拼音、汉语拼音方案，还有近年出台的通用拼音，都被混杂使用，各县、市甚至各人，都可以自行其是，以致人名、地名、街巷名、商家字号名的音标标注或音译译写，十分混乱。1999年7月26日，台湾当局的"行政院"曾召开教育改革会议，通过了以汉语拼音方案作为台湾中文音译系统的决定。2000年6月，台北市的有关部门向台湾"教育部"提出报告，建议用汉语拼音来规范街名的注音译写。不料，10月7日，台湾"教育部"里一个叫作什么"国语推行委员会"的机构，决议采用南部高雄正在使用的"通用拼音法"，将祖国大陆通行了42年而又获得了广泛的国际承认和使用的汉语拼音方案弃置不用。对此，正在推广使用汉语拼音方案的台北市，强烈不满，斥责"新政府"推翻原有共识，无视与世界接轨的需要，完全是出于政治考虑。"市政府"还主持召开了一次座谈会。会上，以中文译音系统对交通服务设施的冲击问题为话题，到会的学者和观光业者纷纷发言、表态。10月底的台湾《中时电子报》以《支持汉语拼音座谈会一面倒》为题，报道这次座谈会说，与会者"几乎一面倒支持汉语拼音"。与此同时，一大批教育专家、语言学家、作家，还有一些政界人士，也都对此展开了激烈的争论。论战中，绝大多数学者专家和作家都支持采用汉语拼音方案，只有一些有着危险政治倾向的政客拥护采用"通用拼音法"。身为语言学家的台湾当局新任"教育部长"曾志朗，倒是汉语拼音方案的支持者。从专业角度和世界接轨的需要加以考量，作出了"教育部"的决定，采用汉语拼音方案。到此为止，人们满以为，这场争论可以结束了。不料，教育部门的这个报告，被当局的"行政院"退回，否决。

其实，弃置汉语拼音方案、采用"通用拼音法"，不光是一个使用什么拼音的问题。那个所谓的"国语推行委员会"，原本就给"通用拼音"戴上了"本土化"、"自主性"、"认同感"的大帽子，愚弄民众，蛊惑人心，还妄图通过"通用拼音"为拼写所谓的"台湾话"、"造台湾字"作准备。所以，拼音问题的要害是在于，从语言文字版图、文学版图、文化版图上制造分离，以求地理版图、政治版图的分裂、独立阴谋得逞。

冰冻三尺，非一日之寒。事实上，"台独"势力把"语言"当"稻草"，是新分离主义者从80年代后期以来一直都在兴风作浪的一种表现，正是"台独"文化的一翼。十几年来，当社会生活中，有人用讲"台湾话"，还是讲"国语"来对人们画线排队，以至于像某大航空公司那样，非操"台湾话"者坚决不录用的时候，在文学界，就有人用一些生造的怪字来拼写"台湾话"，堂而皇之地印出书来，美其名曰"台湾话语文学"作品，摆在书店里招摇过市了。

什么是"台湾话"？说穿了，"台独"文化里的"台湾话"，就是现代汉语里闽方言的一支闽南话。把今日汉族民族语言汉语里的一种方言闽方言的一支闽南话，人为地扭曲变形为一个通行地区的、独立在其所属的民族语言之外的虚拟的"民族语言"，这是十分愚蠢的，非常荒谬的。

方言脱离不了民族共同语言

"台独"文化妄想把闽南话从汉语中脱离出来，独立起来，那是要让一种方言脱离它所从属的民族共同语言，真说得上是一厢情愿！

什么是民族共同语言？

民族共同语言（national common language），指的是一个民族内部最重要的交际工具，共同使用的语言。民族共同语言是民族的特征之一。它有一个形成和发展的过程，随着民族的产生而产生，随着民族的发展而发展，这种发展和变化受民族的社会条件的影响和制约。所以，一部民族语言史总是同一部民族史紧密联系在一起的。民族共同语言在一定程度上反映着使用这种语言的民族对客观世界的认识，凝聚着这个民族的人们在物质生产实践、精神生产实践和人的自身的生产实践等一切社会实践领域里长期实践所获得的知识。从民族共同语言里，人们可以看到，使用这种语言的民族，基于共同的地域、共同的经济生活、共同的文化生活、共同的心理素质而形成的，历史的和现时的社会的文化的种种特点。同时，民族共同语言的发展，也不只是依赖于使用这种语言的民族的发展，反过来，这种语言的发展还会对民族的发展产生重要的影响，发挥重要的作用。这不仅是说没有民族共同语言人们就不可能形成一个统一的民族，还意味着，没有本民族语言的使用，这个民族的历史文化遗产的继承和发展，这个民族当下和今后的发展，都将是不可能的。

民族共同语言在历史发展的过程中，会在内部形成或存在不同的殊方异语。这殊方异语就是方言，或者，是民族共同语言的地域性的变体，是民族共同语的地方形式。

所以，要问什么是方言，我们可以说，方言是民族共同语言的继承或支裔，一个方言具有异于其他亲属方言的某些语言特征。但是，它无论怎么特殊，在一个特定的历史时期内，都还是从属于民族共同语言的。这所谓的历史时期，会是一个相当漫长的历史时期，往往不是几年、几十年、几百年能够计算的。

民族共同语言发展的基本运动形式是分化和整合。

历史上，一个民族内部，人群会因为躲避战乱，或者武装侵略，或者人口增殖过多，原有土地不能承载不得不分散栖息，或者转移出去和平垦殖，而不断地发生集体迁移的事情。这时，民族共同语言会随着使用者的分离而走上分化的道路。还有，这个民族在地理版图上本来就分布面积过大，距离过远，古代交通不便，社会交往不甚发达，山河的阻隔也会使各地区的居民形成为相对独立或半独立的生活群体，相同的民族语言也会在不同的地区发生这样那样的变化。这也是一种民族共同语言的分化。这些分化，就是方言的形成和发展。从理论上说，在特定的历史条件下，当然，这不会是在一个统一的民族内部少数人违背历史发展潮流人为地扭曲和变异某些条件的情况下，有的方言也可能发展为独立的语言。

不过，这种极端性的分化式的发展，只在古代社会有可能发生。而事实上，我们还不知道有这样的事情发生过。现代社会，随着人们生存条件和社会生活的巨大变化，交通工具的极大改进，沟通手段的极大变化，原来发生阻隔作用的地理因素，不再发生作用了。这使得不同的方言彼此之间大大接近，使得民族共同语言的发展由分化转变为整合。

民族共同语言就在这种分化和整合的过程中，以它的某一个方言为基础，形成一种标准语。

事实上，这种标准语，早于现代时期。地球上的不同民族，都在各自的历史条件下，在几百年前，甚至一两千年前，都逐渐形成了。

这种标准语，一旦形成，就会有统一的民族内部各地人民都必须遵循的标准和规范，有它口头的、书面文字的统一形式，有它的文学语言。这种标准语，有利于民族内部的交流和民族的发展，内容无限丰富，对它内部的各种方言具有无比巨大的约束力。由于这种标准语是在长期的历史发展过程中发展形成的，因而具有难以估量的巨大的稳定性。它自身的再发展，只是显示了"古代"、"近代"和"现代"意义上的不同形态而言，在这种情况下，只凭着少数人的微不足道的力量，出于某种权势野心的驱使，想要人为地改变共同语和方言的关系，人为地制造方言独立的神话，是绝不可能的。在人类历史上，古往今来，中国和外国，要使方言脱离一个强大的共同语而独立，梦幻成真，还不曾发生过。

这就告诉我们，"台独"势力要使闽南话脱离汉语的阴谋，是绝不可能得逞的。

当然，我们也要说清楚，语言界限同民族界限，在绝大多数情况下是一致的，即，同一民族使用统一的一种语言，不同的民族使用不同的语言。但是，也有不同的民族使用同一种语言的，如中国的回族和满族，现在使用汉语；一部分畲族、土家族，也使用汉语。还有同一民族，使用不同语言的，如瑶族使用勉语、布努语和拉珈语，裕固族使用东部裕固语和西部裕固语。另外，民族共同语和政治法统上的国家概念也不能混为一谈。使用同一民族语言的也可以是不同的国家，如原来的民主德国、联邦德国，现在的朝鲜和韩国，还有汉语也在新加坡流通。

然而，这都帮不了"台独"势力的忙。所有这些情况都和台湾不同。那都是历史上因为民族的融合或战争以及移民侨居造成的特殊情况。台湾，无论从地理、人文、行政建制、国家法统等等各个方面来看，从来都是中国的不可分割的一部分，跟上边各种情况没有任何可比性。台湾岛上的闽南话，作为现代汉语的方言的一种，怎么可能支撑得住"台独"势力制造出一个"独立"的"国家"来呢？"台独"势力硬要违背人类历史上语言发展的规律，要想改变这种规律以求一逞，真是螳臂当车，不自量力！

现代汉语方言的闽南次方言

断定闽南话难以脱离现代汉语这一民族共同语独立成"台湾话"，从语言自身说，还因为，这闽南话，原本只是属于闽方言的一个次方言。

从全世界范围看，独立的民族语言之多，难有精确的数字。一种估计是 2500～5000 种，还有一种估计是 4000～8000 种。按照近代运用最为广泛的一种语言分类方法——谱系分类法，汉语属于汉藏语系中的四大语族之首的汉语族，是这个语系里的最主要的语言。按《中国大百科全书》1988 年提供的数字，当时，以汉语为母语的人，大约有

9.4亿。十多年后的今天，这个数字显然大大突破了。除了中国大陆和台湾省，汉语还分布在新加坡和马来西亚，以及世界五大洲华人移民侨居的各个国家和地区。汉语的标准语，是近600多年来以北方方言为基础方言逐渐形成的。它的标准语音是北京音。汉语的标准语，在中国大陆叫"普通话"，在台湾叫"国语"，在新加坡、马来西亚叫"华语"，在其他华人侨居国和地区叫"汉语"、"中文"或"华语"。

经过了漫长而又复杂的历史发展过程，到现代汉语这个阶段，汉语方言有七大方言，即北方方言、吴方言、湘方言、赣方言、客家方言、粤方言、闽方言。其中，闽方言具有异于其他方言的突出的特点，内部分歧也很大。按其语言特色，闽方言大致上又可以划分为5个次方言，或者5个方言片，即闽南次方言、闽东次方言、闽北次方言、闽中次方言、莆仙次方言。

据《中国大百科全书》1988年提供的统计资料，在中国（含台湾省），通行闽方言的县市约有120个以上。除了福建54个县市、广东东部12个县市、海南岛14个县市、雷州半岛5个县市、台湾21个县市、浙江南部7个县市之外，主要通行粤方言的中山、阳江、电白等县市也有部分区、乡说闽方言，江西东北角的玉山等县、广西中南部的桂平等县、江苏宜兴等县市，也有少数地方说闽方言。另外，散居南洋群岛、中南半岛的华侨、华裔，数百万人祖祖辈辈也以闽方言为"母语"。现在，以闽方言为"母语"的侨民，还分布到了欧、美及东亚乃至大洋洲、非洲各地。使用人口，则在4000万以上。

闽南次方言，是闽方言中使用人口最多、通行范围最广的一种次方言，它覆盖了福建省内的以厦门、漳州、泉州三市为中心的24个县市。福建省以外各地通行的闽方言，基本上都是闽南次方言。闽南次方言以厦门话为代表。潮州话、文昌话，也分别在广东东部和海南岛有较大的影响。

在台湾，21个县市中，除了约占人口2%的高山族地区说高山话，台北、彰化之间的中坜、竹东、苗栗、新竹等地和南部屏东、高雄等县市，以及东部花莲、台东的部分地区，通行客家方言外，其余各地的汉族居民，都说闽南次方言。人口约占全省总人口的3/4以上。

顺便说一句，台湾高山族的语言，属于南岛语系印度尼西亚语族，可分为泰耶尔语群、邹语群和排湾语群三个语群。高山族的祖先是中国大陆百越中闽越的一部分。唐代以后有马来人和其他民族陆续迁入台湾，与原居民融合，发展为现代的高山族。南岛语系又称马来－波利尼西亚语系。

闽方言形成的历史，目前，由于史料缺乏，还难以充分揭示。

人们认为，从闽方言区的历史来看，据史籍和许多巨姓族谱稽考，使用这一方言的人民是古代或因避乱，或因"征蛮"，陆续从中原迁移过来的。在周代，闽有7个部落。秦汉开始，中原人开始迁移入闽。秦始皇命王翦统大兵定江南后立了四郡，四郡之一的闽中，就是现在的福建。又，秦时发兵50万屯南岭，将领史禄把家属留在揭阳，部下大多留于潮州。汉武帝时使路德博平南越，置九郡，中有珠崖、儋耳两郡，就在现在的海南岛。三国时，孙吴经营江东、江南，汉族居民又由会稽经浦城入闽，集中分布于闽北、闽中一带。公元304年到439年的"五胡乱华"时期，北方汉人大量南逃，大江东西，五岭南北，闽、粤等地，成了他们避难落户之所在。晋代永嘉之乱，有所谓"衣冠八族"移居到闽地。唐武后时，又有大批人自光州固始县随着陈政、陈元光父子"征蛮"到了福建。到五代，王潮、王审知率兵南下，占山为王，据闽称帝，又带来了一大批的中原居民。再到宋代，金、元先后迫境，中原大地复又动荡不安。其时，皇室人员相率避乱南下。不少北方的军政人员，力图保驾御敌，也随从南来。1276年，宋端宗在福州即位，后为元兵所迫，奔走于泉州、潮州、惠州等地，最后死在崖山。端宗死后，帝昺立，又逢元兵从海上来犯，应战不敌，投海而死。跟着赵宋王室南来的一大批军政人员，眼看中原沦于异族，大都不愿北返而留在了闽、赣、粤等地，作为宋室遗民，定居在了现在闽方言区的福州、泉州、漳州、潮州等地。最后，明朝末年，郑成功据守台湾抗清，又从福建带了不少人东渡去台。抗清失败后，除了留住台湾，又有不少人从台湾散居到了南洋群岛各地。

在这漫长的历史过程中，闽方言形成于何时，我们至今还难以找到确切的记载。但从闽方言跟中古隋代陆法言等人所编《切韵》音系及汉语其他方言作历史比较语言学的研究，人们也可以看出一点消息，就是闽方言直接延续了上古汉语的声母系统而没有经历中古时期的两种重要的语音变化。而这两种重要的语音变化，在闽方言以外的所有汉语方言中都已经发生了。

这两种语音变化就是，唇音和舌音的分化。上古汉语没有轻唇音。《切韵》中唇音还没有分化。而唐季沙门宋温的三十六字母系统里，唇音已经分化为重唇音和轻唇音两类声母了。重唇，有了"帮滂并明"；轻唇，有了"非敷奉微"。同样，上古汉语没有舌上音。《切韵》已有了舌头、舌上之别，除了"端"、"透"、"定"，还有"知"、"彻"、"澄"。这，至少可以说明，不同于其他的方言，闽方言的一些特点，在唐代已经开始表现出来。另外，钟独佛曾说，唐时已有"福佬"之称。这，也许可以作为唐代已经渐渐形成闽方言的一个旁证。

台湾自古以来就是中国的领土，古称夷洲。秦汉以来与大陆间的交往有不少的记载见于各种史传。南宋时，澎湖隶属于福建路晋江县。1292—1294 年，元朝在澎湖设巡检司，管辖澎湖、台湾民政，隶属福建省泉州同安县（今厦门）。1624 年荷兰侵占台湾，1661 年郑成功率众驱逐侵略者，收复台湾。到 1683 年，清置台湾府，属福建省。1885 年改建台湾省。1895 年，日本占领台湾。1945 年，抗日战争胜利，中国收复台湾。从这一段历史也可以看出来，台湾岛上通行的汉语闽方言里的闽南次方言，是随大陆人尤其是闽地人入台而去的。

闽南次方言内部，由于历史、地理等等原因而有不同程度的分歧，似乎还可以分为福建南部、潮汕、海南、浙南几个小方言片。台湾省的闽南话，跟以厦门为中心的闽南话基本一致，属于第一个小方言片。

尽管如此，闽南次方言分布地区虽广，却一向没有断绝彼此之间的来往，各地说话还可以互相通晓。方音的差异，掩盖不了共同的来源。

不仅如此，闽南次方言虽属殊方异语，却割断不了和它所属的汉民族共同语的标准语普通话之间的血脉关系。仅仅从比较语言学的角度看，我们就可以找到闽南次方言的语音和普通话的北京音之间的一些重要的对应关系。比如，在声母方面，有：1. 闽南音未经颚化的 k—k'—h—相当于北京音的 tɕ—tɕ'—ɕ—，源于古"见"系三四等和开口二等；2. 闽南音部分 ts—ts'—s—l—相当于北京音一部分 tʂ—tʂ'—ʂ—ʐ—，源于古正齿音"照"组和"日"母，又闽南音部分 t—t'—相当于北京音另一部分的 tʂ—tʂ'—，源于古舌上音"知"组；3. 闽南音部分 b—l—相当于北京音 m—n—；4. 闽南音的 g—相当于北京音的零声母和 n—；5. 闽南音读白话音 p—和 p'—（一部分）和读书音 h—的相当于北京音 f—。此外，在韵母方面，还有不少对应，比如，一部分 u 相当于ʅ，一部分 i，u 或 e 相当于ɿ，一部分 u 相当于 y，舌尖前音后面的 ia、舌根音后的 o 相当于ɤ，ᵢk 也相当于一部分ɤ，唇音后面的ᵢk

相当于 o，ue（少数 e）相当于 ei、ui（uei），读书音 ɔ、白话音 au（泉州话 io）相当于 ou，ɔ 相当于 u，带—m 尾的韵母 am，iam，im 相当于 an，ian，in，还有，入声韵的对应是：ap—a、ia、ɤ，iap—ie、ɤ，ip—i、ɤ，at—a、ia、ie、ɔ，iat—ie、ɔ，it—i、ɿ，ut—u、y、o，uat—o、uo、ye、ie，ak—o、uo、ye，ɔk—u、o、uo，iɔk—ye、yu，ₗk—i、ɿ 等等。当然，声调的调类及调值也有整齐的对应。而在语言系统中最稳固的语法方面，无论词法还是句法，闽南次方言就更难以脱离它所属的汉民族共同语言了。就是最为活跃的词汇，除了"秋千"叫"千秋"，"蔬菜"叫"菜蔬"，"母鸡"叫"鸡母"，"上面那个"叫"顶个"以及"桌仔"、"戏仔"、"戆仔"还有其他一些小异，"大同"也仍然是万变不离其宗的。这中间，还有一个很重要的原因，就是汉语，自秦始皇"书同文"以来，就有一个共同的书面形式——汉字，在紧紧地维护着民族语言的统一，使得它自古至今没有发生任何分裂。

就是这样一种"不离其宗"的闽南次方言，或者闽南话，今日台湾岛上之"台独"势力，硬要说成是不同于汉民族共同语言之"宗"的一种独立的"民族"的乃至于"国家"的语言，除了说明他们对于民族、历史、语言、方言等等的无知，就是他们由政治阴谋驱使而堕落到数典忘祖的可悲境地了！

割断历史就是对民族的背叛

时下，台湾岛上的台独势力弃置汉语拼音方案不用，而采用"通用拼音法"，并生造一些怪字拼写实为"闽南话"的"台湾话"，还用来创作"台湾文学"，甚至在大学里把这种"台湾文学"与中国文学对立起来，开办了"台湾文学系"，而把中国文学列入了"外国文学"系列。这表明，"台独"势力碍于岛内、大陆及国际上的种种压力，一时还不敢于公开宣布台湾"独立"，就改变策略，而在众多领域，其中包括文化、文学和教育领域，割断台湾和祖国大陆的血脉和纽带，由政治上的"明独"衍生出了文化、文学和教育领域里的"暗独"。不可为，而执意为之，如此一意孤行，还说明，他们根本就不屑于汲取历史的教训。

人类社会史上，即使是统一的国家里，不同的民族语言拥有自己的书写符号——文字，实属正常。而同一民族的语言，在已有的文字之外再造一种文字，以示分裂为二，却没有先例可循。事实上，也不可能有这样的先例。至于，汉语发展的历史上，倒有借用汉字形式另造文字以示分裂国家之独立的，也有另造别的文字用以译写口头上活的汉语的，可惜都没有成功，都生命短促而没有存活下来。这样的历史，"台独"势力不应该忘记！

至于汉语拼音，"台独"势力同样不应该忘记历史。

在中国，历史上，利用拼音的方法阅读并译写汉字，有三个方面的任务，即进行识字教育、扫除文盲以便普及教育；推行以北京语音为标准音的"官话"，以便统一语言；进行汉字改革和汉字拼音化的研究与试验工作。制订拼音方案是这中间的一项最主要的任务。

最早，是在17世纪初叶，明代万历年间，来华的西方传教士开始用罗马字母拼注汉字读音，酝酿出了中国最早的拉丁字母拼音方案。留传下来的，有意大利耶稣会士利玛窦（Matteo Ricci）和法国耶稣会士金尼阁（Nicolsa TrigauIt）的方案。利玛窦只残留下4篇注音文章，1605年在北京出版的《西字奇书》一书已经失传。罗常培根据这些文章里的387个不同音的注音字给他归纳出了一个方案。金尼阁的方案，保存在他1626年于杭州出版的《西儒耳目资》一书里。国内学者方以智、杨选杞、刘献廷、龚自珍等人都受他们影响对拼音文字进行了研究。

18世纪早期，清雍正年间，闭关政策妨碍了第一批拼音方案的传播。一百多年之中，用拉丁字母给汉字注音的工作一度沉寂下来。到了1840年鸦片战争失败以后，海禁大开，西方列强势力步步深入，较之明末清初，通商传教都要频繁得多。在传教活动中，一些基督教和天主教的传教士们，陆续把《圣经》译成各地口语，一部分地区的译语就用罗马字母拼写出来。这些用罗马字母拼音的方言文字就是所谓的"教会罗马字"。当时，在南北各地，这一类"教会罗马字"都曾大量出现。与此同时，专为外国人学习汉语的华语课本和华语字典也大量出版，其拼音法式进一步尝试了汉语拼音的方案。

随后，在甲午战争前后的进一步半封建半殖民化的社会发展过程中，从1892年到1911年，即清朝的最后20年，发生了一场"切音字"运动。这"切音字"运动，就是汉字改革和汉语拼音运动。

1892年，卢戆章在厦门出版了《一目了然初阶〈中国切音新字厦腔〉》，揭开了这个运动的序幕，出现了第一种切音字方案。这方案，恰恰就是拼写闽南次方言的方案。此后，在"言文一致"和"统一语言"两大口号的驱动下，出现了28种（现存27种）拼音的方案。这一阶段的最后一种，是郑东湖在1910年出版的《切音字说明书》。28种方案中，比较著名的还有蔡锡男的《传音快字》，陈虬的《新字瓯文七音铎》，刘孟扬的《中国音标书体》，马体乾的《串音字声韵谱》，沈学的《盛世元音》，王炳耀的《拼音字谱》，杨琼、李文治的《形声通》，田廷俊的《数目代字诀》，朱文熊的《江苏新字母》，王照的《官话合声字母》，劳乃宣的《简字谱录》等。

这中间，用拼音方案拼注什么语音，人们曾经作了不懈的探索。卢戆章曾主张把南京音作为"各省之正音"，把拼写南京话的切音字作为全国"通行之正字"。章炳麟还曾主张"以江汉间为正音"，用武汉话作为南北通行的话。此外，王炳耀拼写粤东话，陈虬拼写温州话，朱文熊拼写苏州话，倒也提出了最后以拼写北京话为目的的思想。当然，更多的人已经明确地要求推广北京语音了。其中，王照是制订和推行"官话"拼音方案的一员主将。"国语"一名，就是他在《官话合声字母》的1903年重印本里提出来的。首先响应王照的是吴汝纶。1902年他从日本回国后就写信给管学大臣张百熙建议推行这个方案。而贡献最大的是劳乃宣。他在理论和实践上都有贡献。1910年的资政院议员会议上，庆福等人联名呈送的《陈请资政院颁行官话简字说帖》，江宁、程先甲等45人的《陈请资政院提议变通学部筹备清单官话传习所办法用简字教授官话说帖》，也都建议推行这一方案。1911年，"中央教育会议"终于议决《统一国语办法案》。拼写方言的方案终于有了法统的地位。

在28种方案中，人们还在拼音方法和拼音字母形体上作了多种实验。在拼音方法中，"双拼制"较之"三拼制"、"音素制"影响更大，占了绝对优势。而字母形体，在拉丁字母、速记符号、汉字笔画、数码及自造其他符号四大类中，则以汉字笔画式方案成为主流。

1913年教育部召开"读音统一会"，卢戆章、王照等人都参加了会议。会议通过了以章炳麟方案为基础的"注音字母"。1918年11月，这一方案由教育部正式公布。此后的40年间，这套"注音字母"对统一汉字读音、推广"国语"、普及拼音知识发挥了相当大的作用。这是清末20年"切音字"运动的直接发展和继续。

然而，这套"注音字母"，拼写符号形体及拼写方法都还难以与世界接轨，不利于国际交流。一班志士仁人复又继续努力探索新的方案。其间，包括 30 年代瞿秋白的巨大努力，40、50 年代吴玉章等人的巨大努力。其结果，便是 1958 年 2 月 11 日，经全国人民代表大会批准，颁布执行《汉语拼音方案（Chinese Phonetic System）》。

这套汉语拼音方案的制订，也经历了一个相当长的时间。先是 1949 年 10 月，成立了民间团体"中国文字改革协会"，会中设立"方案研究委员会"，讨论采用什么字母的问题。1952 年 2 月，政务院文化教育委员会成立"中国文字改革研究委员会"，会中设立"研究并提出中国文字拼音方案"的"拼音方案组"。这个组，几年内拟订了好几种以汉字草书笔画为字母的民族形式拼音方案。1954 年 12 月，国务院成立"中国文字改革委员会"，由吴玉章、胡愈之任正副主任，以黎锦熙、罗常培、丁西林、韦悫、王力、陆志韦、林汉达、叶籁士、倪海曙、吕叔湘、周有光为委员，在民族形式字母方案之外，研究制订采用拉丁字母的方案，最后确定拼音方案采用拉丁字母。1956 年 2 月，这个方案的第一个草案发表。经过征求全国意见和国务院"汉语拼音方案审订委员会"审订，1957 年 10 月，拼音方案委员会又提出了修正案。这就是今天的汉语拼音方案。这一方案经全国人民代表大会公布后，立即推广执行。

1977 年 9 月 7 日，联合国在希腊雅典召开第三届地名标准化会议，认为汉语拼音方案在语言学上是完善的，推荐用这个方案作为中国地名罗马字母拼写的国际标准。1979 年 6 月 15 日，联合国秘书处发出通知，以"汉语拼音"的拼写方法作为在各种拉丁字母中转写中国人名和地名的国际标准。1982 年 8 月 1 日，国际标准化组织发布国际标准 ISO7098《文献工作——中文罗马字母拼写法》，规定拼写汉语要以汉语拼音为国际标准。

现在，台湾岛上少数人，硬是要将汉语拼音方案中的"q"、"x"、"zh"三个声母改为"ci"、"si"、"jh"，故意制造差异。比如，把"秦、肖、朱"三姓的"qin、xiao、zhu"的拼写改为"cin、siao、jhu"的拼写。这造成了不同于拼音方案的 10% 的相异之处，衍生出大量词汇拼音的差异，造成大量的混乱。结果，弄出一个怪怪的"通用拼音"来，让全中国的人读不懂，也让外国人接受不了。还让台湾在信息资料转换和搜寻上无法与国际社会沟通。甚至采用了汉语拼音方案的世界各国，都会因护照上拼写姓名之混乱而拒绝台湾的部分民众入境。这真是十分愚蠢的。

其实，纵观汉语汉字长期发展过程中的历史风云，汉语拼音方案制订和颁行的漫长的历史道路，台湾岛上把"语言"问题当作救命"稻草"来搞"台独"的少数人，应该清醒地认识到，他们少数人自作聪明的种种伎俩，都是难以和漫长的历史岁月中一代又一代人的努力相匹敌的。试问，古往今来，哪有在语言文字问题上，乃至其他文化问题上，改变了历史，也推翻并改变了国际社会的现状的？如若不信，孤注一掷，岂不成了蚍蜉撼大树！

奉劝"台独"诸公切记，割断闽南话和汉民族共同语言的血脉，妄图用"台湾话"取代"国语"，割断闽南话的拼写和汉语标准语拼写的血脉，妄图给"台湾话"另造文字，都是历史已经证明完全行不通的一条死路。既如此，还要如此割断历史，除了证明诸公之冥顽不化，就只有一个结论了，那就是，诸公割断历史，就是彻头彻尾地背叛了我们中华民族！

藤井省三为"皇民文学"招魂
意在鼓吹"文学台独"

——评《台湾文学这一百年》

童伊（赵遐秋 曾庆瑞）

日本东京大学学者藤井省三，号称"日本现代中国文学的权威"之一，还被看作是日本的"自由派左翼人士"。1998 年，此人在东京的东方书店出版了《百年来的台湾文学》（台湾中文版名为《台湾文学这一百年》）一书。

2003 年 11 月 13 日，台湾著名的"统派"爱国文学家陈映真写成《警戒第二轮台湾"皇民文学"运动的图谋——读藤井省三〈百年来的台湾文学〉：批评的笔记（一）》一文，发表在台北《人间思想与创作丛刊》2003 年冬季号上。陈映真的文章一针见血地揭露和批判《百年来的台湾文学》一书，"明目张胆地为台湾'皇民文学'涂脂抹粉，把当时为日本侵略战争服务的台湾'皇民文学'说成'爱台湾'、向慕'日本的现代性'的文学，而不是彰久明甚的汉奸文学"。"书中充满了力图把台湾文学从中国文学分裂出去的斗胆的暴论。"2004 年，陈映真在香港接受《文学世纪》杂志专访的文章《左翼人生——文学与宗教》里还指出，藤井省三其人实际上是个"右派学者"。同年，藤井省三读到陈映真的文章后写了一篇文章叫《回应陈映真对拙著〈台湾文学这一百年〉之诽谤中伤》，在 7 月号的日本《东方》杂志发表。又经台湾旅日"独派"文人黄英哲译成中文，先在 6 月号的台湾《联合文学》和香港《作家》杂志同时发表。随后，8 月，藤井省三的学生、另一台湾留日"独派"文人张季琳翻译的中文版《台湾文学这一百年》，辑入台湾旅美学人王德威主编的《麦田人文》系列，由台北一方出版有限公司印行。书中，藤井省三收进了他回应陈映真的文章。藤井省三的回应，恶狠狠地咒骂陈映真是"道道地地的'丧家的乏走狗'伪左翼作家"。据悉，藤井省三的这本书，在日本，已有正直的学者松永正义等人做出尖锐的批判。批判文章很快就要在台湾发表。陈映真等人也将进一步对此人进行揭露和批判。看来，围绕着日本右翼文人藤井省三的"力图把台湾文学从中国文学分裂出去的斗胆的暴论"，在台湾，也在日本，新一轮的文学界统、"独"之争正在激烈地展开。

令人吃惊的是，2004年10月15日在北京一家报纸上，竟然有署名为"傅月庵"者，刊出了一篇题为《台湾文学入门之书》的文字，对中华民族的统一大业置若罔闻，荒唐无比地吹捧藤井省三"力图把台湾文学从中国文学分裂出去的斗胆的暴论""显现"了"台湾文学研究的另一种可能"。本来，日本军国主义殖民台湾时期的"皇民文学"，早就被钉死在"汉奸文学"的历史的耻辱柱上了，这位"书评人"的"奇文"竟然还要说，"这一殖民时期的定位，却也正是当前台湾文学研究最薄弱也最迫切需要补足的一环。藤井的'示范棋'，或者也可以激发那些手持棋子，却执著于'黑白之分'，而迟迟不能（或不敢）落手定石的研究者的勇气吧！"

这警醒了我们中国大陆的文学工作者。对于日本国的"台独派"文人藤井省三其人、其文、其书，我们再也不能等闲视之，再也不能不表明严正的态度并予以揭露和批判。

一

被人吹捧为"补足"台湾殖民时期文学研究"最薄弱也最迫切""一环"的"示范棋"的《台湾文学这一百年》究竟是一本什么样的书？

那其实并不是一本自成体系的"史"或"论"式的学术性专著。全书由三部组成。第一部题名为《台湾文学的发展》，其实只有三篇论文；第二部题名为《作家与作品》，也只评论了佐藤春夫、西川满、吕赫若、周金波、琼瑶、李昂五个人的五篇作品；第三部题名为《镁光灯下的台湾文学》，则是九篇不同文体的文字的大杂烩。此外，还有几篇附录之类的文字。仅就这一百年台湾文学研究的"示范棋"这几个字而言，绝对名实不副。

没有"示范棋"的功底而又要谬托知己以自炫，藤井省三究竟想干什么？其用心何在？

"书评人"的那篇吹捧文字说："'人'似乎仍然是他（藤井省三）

的最深切关怀所在。"这不是事实。

藤井省三自己宣布，"努力理解台湾人的情感与逻辑"是他"台湾文学研究的出发点"。①他说的"台湾人的情感与逻辑"当然是不包括陈映真式的"统派"台湾人在内的。

藤井省三所"理解"的"台湾人的情感与逻辑"，是什么样的"台湾人"的什么样的"情感与逻辑"呢？

藤井省三认定的是"台独"势力的"情感与逻辑"。他把1945年日本战败后根据《开罗宣言》代表中国政府接管台湾政权收复台湾领土的国民党政权定性为和日本殖民统治一样性质的"外来政权"。②这和台湾岛内顽固的"文学台独"派人物陈芳明臭名昭彰的"中国再殖民台湾"论是一个腔调。他十分欣喜地指出，近年来，"随着台湾独立议论的白热化"，"对于以形成自己的国民国家为目标的现代台湾人来说"，"民众的情感与逻辑理论"，有了一个"新表现"，就是"创造出历史记忆的卓越机制"。那就是，把日本殖民统治的半个世纪当作是"必须仔细、周密回顾的时代"③。他是要借助于这种名目张胆的"台独"言论为"皇民文学"招魂。

藤井省三曾经给自己脸上贴金，自诩为"毛泽东的好孩子"、"鲁迅的好学生"，现在却和国际上的反华敌对势力一样，恶毒地诅咒和攻击中国与中国文学。他一边诬蔑"共产党独裁下的大陆，自1949年以来，也上演着虚构的'人民共和国'；而植基于毛泽东的文艺讲话理论，被解放'人民'的这种虚构，在人民文学的名义下，大张旗鼓地喧哗"。一边又吹捧1987年"解除戒严令"以后的台湾，"高揭台湾独立的在野民进党"，如何在90年代的"选举"中"大跃进"，"宣告了台湾岛上'中华民国'体制的终结。台湾岛民开始公然讲述自己的国家建设，并要求加入联合国等寻求国际的认知"。④他甚至要迫不及待地涉及与文学无关的话题，叫嚷"现今的台湾"，"除了孤立的局势之外……也生活在被大陆共产党政权武力并吞的梦魇中"。⑤

由此可见，藤井省三所"理解"的"台湾人的情感与逻辑"，正是海外"台独"势力的"情感与逻辑"。也正是以这种"理解"为"台湾文学研究的出发点"，藤井省三为"皇民文学"招魂了。

---

① 《台湾文学这一百年》，台北一方出版有限公司，2004年8月张季琳译文中文版，181页。
②③④⑤ 《台湾文学这一百年》，21、91、198、31页。

二

和台湾岛内的"文学台独"人物叶石涛、陈芳明等人一样，藤井省三为"皇民文学"招魂，鼓吹"文学台独"，也是先做"语言"的文章。

藤井省三断言，"近代国家中'国语'的起源"，也就是"文学的起源"。[①]他不承认中国近几百年来以北方话为基础逐渐形成的汉语标准语是通行于包括台湾在内的全中国领土的。这种标准语在中国叫普通话，在中国台湾一直叫"国语"。藤井省三歪曲历史说："将现代的国语制度带入台湾的，是1895年起，历时50年的宗主国的日本。"他编造的说辞是，正是这"台湾岛民经由全岛规模的语言同化而被日本人化的同时，全岛共通的'国语'超越了经由各方言"及血缘和地缘所组成的小型共同意识而形成了台湾的共同的意识。[②]还说："像这样经由语言的同化，而被日本人化的台湾人殖民地经验，虽是世界史上稀有的例子，但在另一方面，却有助于共同意识的形成，使得台湾等身大的民族意识萌芽。"[③]

接着，藤井省三就断言，当"殖民地台湾已牢固地被纳入日本经济体制内"的时候，台湾"近代文学的产生，则是日本殖民统治开始以后"了。[④]藤井省三还把"战时体制下"的"台湾的'文化'"断言为"日语"的"文化"[⑤]，进一步由此而做出结论说，在"用日语从事创作已正式化"的情况下，"对于从逐渐形成国民场域大陆被割离而去的台湾人而言，要接受大陆的口语文学是困难的"[⑥]。"除了到大陆留学，或个人学习中国白话文的人以外，台湾大众是很难接受大陆的五四新文学的。"[⑦]

由此，藤井省三还呼应台湾岛内"文学台独"的代表人物叶石涛、陈芳明等人的叫嚣说，当今，"在台湾，除了闽南语之外，日常生活也使用少数语言的客家话和北京话。这三种语言的差异，相当于英语、德语和法语之间的差别"[⑧]。"高度发达的现代台湾的各种媒体，最终是否将选择闽南语取代北京话呢？"他把这"闽南语"说成是台湾的"国语"，而胡说什么"现在仍摸索着第三个'国语'的台湾文学，是充满

---

①②③④⑤⑥⑦⑧《台湾文学这一百年》第23、21、186、32、42、48、22页。

近代化活力和文学活力的实验室"①。

这都不是事实。

台湾的"国语",就是中国汉民族的共同语的标准语。"皇民化运动"中,日本殖民者倒曾梦想将它强行同化为日语,到头来只不过是一枕黄粱梦。日语从来就没有成为过台湾的所谓"国语"。台湾岛上至今还在使用的闽南话,也不是什么"国语",只不过是汉语闽方言里的闽南次方言,那也是随大陆人尤其是随大陆闽地人入台而流传进去的。闽南次方言虽属地方方言,却割断不了和它所属的汉民族共同语的标准语普通话之间的血脉关系。在人类历史上,古往今来,中国和外国,要想使方言脱离一个强大的共同语而成为独立的所谓"国语",还不曾发生过。"台独"势力要使闽南话脱离汉语而独立成为一种"国语"的阴谋是注定要失败的。

另外,台湾的"新文学",一开始就不是什么"多语言的文学",也不曾是什么"日语的文学"。它分明是在自己国家大陆地区"五四"新文学影响下用汉语白话文作为语言文字载体和书写工具而写作的文学。随后将近一个世纪的发展,也都和大陆的新文学在一个不可分离的整体内共同发展。即使它有再多的某些地域文化的特色,也没有成为或者说根本就不可能成为某种"独立"于中华民族或中国之外的什么民族或国家的文学。

藤井省三和叶石涛、陈芳明等人沆瀣一气,妄图拿语言当稻草来使"台湾文学"成为"独立"于中国文学之外的一种"独立国家"的文学,是不能得逞的。

三

由"语言"问题,藤井省三还和叶石涛、陈芳明等人一样,继而把文章做在了所谓的"台湾意识"这个话题上。

藤井省三心目中的"台湾意识"是什么?

藤井省三宣称,正是"日语"这个所谓的"国语","形成台湾等

---

① 《台湾文学这一百年》,第24页。

身大的共同体意识"，而这，又"可说是台湾民族主义的萌芽"。① 1997年2月，台湾春晖出版社印行日本人"皇民文学"的"大总管"西川满战前战后有关台湾的两卷本小说集的时候，翻译者叶石涛在第一卷的《译序》里曾经吹捧西川满说，他"比起现今的一部分台湾作家更有浓厚的台湾意识"。藤井省三接着这个话题就断言，这"所谓的'台湾意识'，换句话说，就是台湾民族主义"。

可见，在藤井省三的论述里，"台湾等身大的共同体意识"，就是"台湾意识"，"就是台湾民族主义"。

接下来藤井省三就赤裸裸地宣布："战争时期的台湾公民，已经形成以台湾'皇民文学'为核心的民族主义"②，或是"已经达到即将形成民族主义的边缘"。③ "在台湾，随着战争的进行而诞生的公众，主体地形成了台湾民族主义。"④

不仅是战争时期，藤井省三还说："40年代，台湾的文学家和读者，主体的执起为大日本帝国'文学报国'的"皇民文学"之笔，经由主体的阅读'皇民文学'作品，逐渐地编制出台湾民族主义的想象力，为未来的台湾'报国'。"⑤这"未来的台湾'报国'"，就是藤井省三更赤裸裸地宣布的："战争时期所形成的台湾民族主义，对于战后'二二八事件'中台湾人民的勇敢起事，有着重大影响。实际上，事件过后，台湾独立运动便不屈不挠地展开了。"⑥还有就是，"近年来在台湾"，"'台湾意识'民族主义的抬头"，伴随着的是"台湾独立议论的白热化"，"国民自我认同的形成"。⑦

于是，抓住台湾民族主义"以台湾'皇民文学'为核心"，藤井省三祭奠起了日本军国主义殖民时期的"皇民文学"的亡灵。

藤井省三丝毫也不讳言，"1937年7月，日本对中国展开全面侵略战争。9月，近卫内阁发表《国民精神总动员计划实施纲要》。接着，在台湾，为了向台湾人民进行'物心两方面的总动员'，而展开了皇民化运动……皇民化运动，包括将名字改成日本式的改姓名运动、志愿兵制度，以及1941年4月，在台湾设立的皇民奉公会"。这"与日本内地的新体制运动有互动关系"。⑧ "正如日本内地的新体制运动，是配合大东亚共荣圈这一对外政策般，台湾的皇民化运动，则和南方共荣

---

①②③④⑤⑥⑦⑧ 《台湾文学这一百年》，第21、34、80、34、83、34、91、61页。

圈的构想相配套。"① 台湾"摇身变成南方共荣圈的中心基地"②。作为"皇民化运动"的一翼，1943 年，原有的 1941 年改组过的台湾文艺家协会又改组为"文学奉公会"。两会都以"文学报国"为目的。这时，"当台湾文坛向'皇民文学'，尤其是急速向'文学报国'的战争文学倾斜之际，台湾人描写自己如何皇民化的台湾'皇民文学'登场了"③。

什么是台湾"皇民文学"？藤井省三说，他"将台湾人作家，为台湾人读者所描写台湾人皇民化的文学，称为台湾'皇民文学'"④。"所谓'皇民文学'，就是以协助战争为主旨……是将六百万台湾人所共有的战争体验，加以论说化的产物。"⑤

那是一种什么样的"战争体验"呢？藤井省三的描述是："以青年为主的台湾新人作家所书写的'皇民文学'，主体大致包含台湾青年在苦恼之余，逐渐皇民化的过程；成为志愿兵，赴战场与日本兵形成对等关系的情形；出征中国大陆的经验；以及送出志愿兵的后方家庭等等。"他还描述说："教化台湾人，变成和日本人一样，共同为总体战而战斗到底的国民，动员殖民地人民成为宗主国战争的士兵。"也就是说，在没有消除存在于日本内地和台湾之间的所有政治、经济、文化上的歧视待遇之前，"就要求台湾人和内地（笔者按，即日本）人持有同样的国民意识，要求台湾人履行国民义务。甚至还让台湾人把枪口对准同一民族的中国大陆人民"⑥。

应该说，藤井省三对于"以台湾'皇民文学'为核心"的台湾意识、台湾民族主义的阐释，对于台湾"皇民文学"所描写的台湾人的"战争体验"的陈说，都没有加以任何的掩饰和讳言。他的阐释和陈说都足以说明，台湾"皇民文学"、"台湾意识"、"台湾民族主义"以至台湾人的"战争体验"，都是要把台湾人"同化成日本人"、"变成日本臣民"，都是证明"台湾与中国之间已经失去了认同"⑦。

现在的问题是，藤井省三的阐释和陈说，是批判性的，抑或客观的，还是别有用心的？

四

答案再清楚不过。藤井省三是在为"皇民文学"招魂，并用这

---

① ② ③ ④ ⑤ ⑥ ⑦ 《台湾文学这一百年》，第 62、63、71、77、79、77、77 页。

"皇民文学"的亡灵为当今的"文学台独"而极尽其鼓吹之能事。

藤井省三说："殖民地时期的50年，是像怒涛般汹涌的近代化过程，也是台湾等身大的民族意识萌芽、成熟的时代。对于以形成自己的国民国家为目标的现代台湾人来说，这半个世纪是必须仔细、周密回顾的时代。"虽然，"台湾民众的情感与逻辑理论的新表现，是创造出历史记忆的卓越机制"，然而，"文学拥有创造出那一时代的历史记忆机制的功能，就恢复现代人的殖民时期的记忆而言，可以说文学是一种极为有效的机制"。① 这就是说，在他看来，虽然"台湾与中国之间已经失去了认同"的"台湾意识"、"台湾民族主义"的"抬头"，"台湾独立言论的白热化"，"台湾独立运动不屈不挠地展开"，这种种的"台湾民众的情感与理论的新表现"，都"是创造出历史记忆的卓越机制"，但是，它们还是不如文学的"极为有效"，所以，他要打着研究台湾一百年来文学的旗号，请出"皇民文学"的亡灵来，希冀此举能够成为"一个契机"，"让有关近代台湾的记忆形象，鲜明地呈现在现代日本人的眼前"，也鲜明地呈现在现代台湾人的眼前，使人们"苏醒过来"。② 藤井省三的动作，就是为"皇民文学"翻案。

本来，战后这么多年，尤其是近二十来年，中国海峡两岸的爱国文学工作者，包括日本的正派文学工作者，已经对"皇民文学"做出了历史的结论。"皇民文学"的"汉奸文学"的性质，"皇民文学"对台湾新文学的残酷镇压，"皇民文学"给台湾人民、台湾新文学带来的浩劫，真可以说是罄竹难书；铁证如山，任他是谁也翻不了案的！台湾文坛上的分离主义的卖国势力，比如张良泽、叶石涛等人，为鼓吹"文学台独"，曾经在20世纪70年代末到80年代初，还有80年代中期到90年代，两次掀起为"皇民文学"翻案的反动逆流，都遭到了以陈映真为代表的台湾爱国文学家们的迎头痛击。在那两个回合的斗争中，日本的极少数右翼学人如垂水千惠、中岛利郎等人，也曾配合叫嚣用以为日本军国主义招魂，同样被批判得体无完肤。想不到的是，人称日本"自由派左翼人士"的藤井省三，现在接过他们的衣钵，也来为"皇民文学"翻案了！

藤井省三说："台湾'皇民文学'以年轻世代的台湾新进作家为主，产生许多佳作，而台湾人读者群也透过这种阅读，获得新的逻辑

---

①② 《台湾文学这一百年》，第91、92页。

论理（logic）和情感（emotion）。"① "独占皇民文学舞台的，主要还是能充分描写台湾人心理和社会纠葛的台湾人作家，尤其是志愿兵制度当事人的台湾青年们。40 年代就是从这一世代中，产生出许多的优秀作家。"②藤井省三还批评日本正派学者尾崎秀树研究展示台湾文学 "始终停留在压迫—抵抗，或压迫—屈服的两项对立点上，而忽略了战争时期台湾 '皇民文学' 生气蓬勃的发展"③。又是 "产生许多佳作"，又是 "产生出许多的优秀作家"，还有 "生气蓬勃的发展"，藤井省三完全是肉麻地美化 "皇民文学"！

这种肉麻的美化，还表现在他为西川满和周金波等人做的翻案文章上。尤其是周金波，我们不能不特别提到。周金波是极少数 "皇民文学" 作家里最没有民族气节的一个。藤井省三并不讳言，周金波的小说代表作《志愿兵》 "描绘在不得不被同化为日本人的年轻台湾人面前，所横梗着的日台文化差异和血统的高墙，能借由成为志愿兵而消灭。志愿兵是一条能够让台湾人，由次等的殖民人，变成与日本人对等的皇民的一种救济之路"④。1993 年，周金波自己在日本以《谈我的文学》、《我所走过的路》 为题发表演讲，还恬不知耻地美化他的小说道，因为志愿兵制度的发布而完全改变。大家的表情变得生气勃勃，能说善道，把事实给暴露出来……台湾人的希望寄托在志愿兵制度中，大家都用认真严肃的表情一致朝向这完美目标……在台湾，因为我们有这样的想法，认为台湾之所以被歧视，是因为我们没有流血，只要流血的话，说话就能大声，所以我们要先来尽义务，再来提要求。对于这样一个周金波，藤井省三像是捞到了救命的稻草，还对他抱有了极大的幻想。藤井省三说："在思考台湾的国语制度的历史经验，以及民族意识和文学的关系时，可以说，周金波的经历和他的作品是具有重要意义的。许多人都很期待，打破战后近半个世纪的沉默，开始谈起自己过去的周金波，今后能撰写自传并提供更多的时代证言。"⑤知道周金波故去之后，藤井省三表示一心 "为周金波的冥福祈祷！"⑥

如此地为 "皇民文学" 涂脂抹粉，如此地为 "皇民文学" 翻案变天，藤井省三真是迫不及待了！

藤井省三不是一个只会发思古之幽情的人。

他要唤起历史的记忆当然是为了现实的需要。

---

①②③④⑤⑥ 《台湾文学这一百年》，71、77、82、185、186、187 页。

就在说到叶石涛为西川满小说集写《译序》时，藤井省三还写道："西川满过去被当成为台湾'总体战'效劳的'皇民文学'者，向来被视为禁忌的。但有趣的是，在战前、战后两个世代的学者一致的新视野下，西川满文学重新获得评价。据说，淡水真理大学得到台湾当局的允许，在1997年开设台湾文学系。在'台湾意识'逐渐高昂中，民族主义根源的战前时期台湾文学的研究，将更为兴盛吧!"①

　　请大家注意，把台湾文学从统一的中国文学中割裂出来，把中国文学看成是和英美文学一样的外国文学，并在台湾一些大学里开设"独立"于中国文学系、所之外的"台湾文学系""台湾文学研究所"，正是李登辉、陈水扁等"台独"派势力在台湾推行"文学台独"以推进"政治台独"的一桩重大而又险恶的阴谋。藤井省三为这个阴谋叫好，他那为"皇民文学"招魂以鼓吹"文学台独"的险恶用心也就昭然若揭了!

　　顺便说一句，我在前面提到的那篇"书评人"吹捧《台湾文学这一百年》的文章，所用标题里的"台湾文学的入门书"，就是藤井省三在全书的《跋》里给自己脸上贴金的一句话。②"书评人"这样为藤井省三所蒙蔽，廉价地吹捧一个为"皇民文学"招魂以鼓吹"文学台独"的日本右翼反动文人，实在是糊涂至极!

原载《文艺报》，2004 年 12 月 16 日

---

①② 《台湾文学这一百年》，第 146、269 页。

评首届 "台美文学论坛"

——宣扬 "台湾文学具有主体性" 就是鼓吹 "文学台独"

童伊（赵遐秋　曾庆瑞）

2001 年 9 月 2 日，台湾人联合基金会在美国蒙地贝娄市举办了首届 "台美文学论坛"。论坛由陈芳明主持，郑炯明、彭瑞金、杜国清、江宝钗等人做了专题发言。9 月 5 日，在美国出版的华文报纸《世界日报》以《强调台湾文学具有主体性》为标题，《台美文学论坛标榜 "压不扁的玫瑰" 精神》为眉题，报道了论坛的消息。

"台美文学论坛" 的举办，是台湾岛上 "文学台独" 势力向海外扩张、在海外炮制 "两国文学论" 和 "两国论" 的一次阴谋活动，论坛宣扬所谓 "台湾文学具主体性" 就是鼓吹 "文学台独"。

关于台湾文学的属性

在美国加州大学圣塔芭芭拉分校任教的杜国清在论坛上说："台湾文学一直被列进中国文学部分，'没有明确名分'。" 他宣称 "以人民、土地和历史背景等三条件检视文学，即可发现台湾文学的主体性"。杜国清要求明确台湾文学的 "名分"、为台湾文学 "正名"，实际上就是要确认台湾文学 "独立" 于中国文学之外的属性。

其实，关于台湾文学的属性，在中国文学包括台湾文学的历史上，在当今的文坛上，绝大多数人士早就有了共识。这就是：台湾，作为中国的一个省，它的文学，就其内涵而言，在自然景观和人文景观上，即所谓 "人民土地历史三条件" 上，当然具有独特的属性。这好比江苏、浙江、湖南、湖北等全国其他省的文学一样，都具有这种地域文化的某些特性。而且，台湾被日本帝国主义占领了 50 年，与祖国大陆长期隔绝，所以，台湾文学的特殊性还有它更为复杂的一面。然而，尽管如此，台湾文学的中国属性，却并没有因为这种特殊性而有所改变。它原本就不是独立于中国文学之外的台湾文学。20 年来，"文学台独"势力恶意夸大并扭曲台湾文学的特殊性，制造所谓的台湾文学"本土化"、"自主性"以及台湾文学"主体论"等谬论，到了无以复加的地步。彭瑞金在论坛上宣扬的"台湾文学是'独立且有主体性'的文学"恰恰就是撕下了假面的"文学台独"的典型言论。

很明显，这种台湾文学"主体性"的论点实质乃是彻底去掉台湾文学的中国化色彩，将台湾文学视为"独立"于中国文学之外的另一种文学。这正是"台独"势力政治上的"两国论"在文学领域的表现。1995年，台湾"文学台独"的始作俑者叶石涛在高雄《台湾新闻报》的《西子湾》副刊上的《台湾文学百问》专栏文章里，就说得明明白白，"台湾是主权独立的国家"，"台湾文学是独立自主的文学"；"中国文学与日本、英、美、澳洲文学一样，是属于外国文学的"。"这就是 90 年代的现在，何以许多知识分子极力要求在大学、研究所里设立台湾文学系的原因。台湾文学既是中华民国亦即台湾的文学，当然大学里的中文系应该是属于外国文学，享有日本文学系、美国文学系一样的地位才是。"

由此看来，追随叶石涛多年的郑炯明在这个论坛上呼吁要"为台湾作家争取台湾文学诠释权"，以及要在台湾各大学"广设台湾文学系"，其险恶用心就昭然若揭。他分明是要争取海外华文作家认同"文学台独"的种种谬论，妄图把台湾文学变质为独立于中国之外的另一种文学。但这只能是"台独"势力一厢情愿的妄想。

关于杨逵的"压不扁的玫瑰"精神

此次论坛标榜"压不扁的玫瑰"精神，出自杨逵的短篇小说《春光关不住》。小说有这样一个细节：一个数学教员和娃娃兵林建文在修整日本一个空军基地的时候，看到了被水泥压在底下的一棵玫瑰花。那玫瑰花被压得紧紧的，竟从小小的缝间抽出一条芽，还长着一个拇指大的花苞。他们觉得很有意思，便协力把那水泥块推开了。于是，下面出现一株被压得扁扁的玫瑰花。他们异常高兴，因为，这玫瑰花给了他们一个"春光关不住"的启示："在很重的水泥块底下，它竟能找出这么一条小小缝，抽出枝条来，还长着这么一个大花苞，象征着日本军阀铁蹄下的台湾人民的心。"后来，1945 年 8 月 15 日日本无条件投降前几天，林建文收到姐姐的信，信中说，他给她带去的"那棵玫瑰花，种在黄花缸上，长得很茂盛。枝头长出了许多花苞，开满着血红的花"。姐姐又说："我再也不寂寞了。我正在想着，今年除夕的团圆饭，该比往年加上几样菜哩!"这里的"黄花缸"取"黄花岗"的谐音，意思是说，台湾人民继承和发扬了黄花岗七十二烈士的革命精神，不屈不挠地战斗。在这种精神鼓舞下，中国人民终于取得了"八一五"的胜利。小说末尾，杨逵借数学教员的口意味深长地说："人生固然有许多艰难困苦，特别是在异族侵占之下，但我总觉得，只要不慌不忙，经常保持镇静，继续不断努力奋斗的话，就是被关在黑压压的深坑里，时间也会帮助我们解决问题的。这一棵重重被压在水泥块底下的玫瑰花的故事，不是满有意思吗?"

很明显，在《春光关不住》这篇小说里，杨逵的"压不扁的玫瑰"精神，张扬的是一种反抗日本帝国主义的斗争精神。然而，论坛却歪曲了杨逵的原意，在"主张台湾文学具有中国文学之外的主体性"的前提下，把攻击的矛头指向了中国，其险恶用心，何其歹毒。

再次暴露"文学台独"和"台独"政治势力相互勾结的真面目

《世界日报》的这则报道所说的"不强调政治分离主义，但主张台湾文学具有中国文学之外的主体性"，其实是弥天大谎。就在这篇报道里，还有另一段文字说，彭瑞金曾在陈水扁约见时表达："国民党政府对不起台湾人民之处，在于台湾人民接触不到台湾文学和文化，盼新政府编纂国民文学读本或文库。他的建议获得回应，文建会已同意拨款三百余万元台币（约合十万美元）编定十五册的文学读本。"彭瑞金说："这套读本将回溯台湾三百五十年来的历史，且台湾已有七家大学有意成立台湾文学系，希望未来培养更多师资，传授国民文学读本的内容。"

彭瑞金现在任教于台湾首先建有台湾文学系的真理大学。早在90年代初他就鼓吹台湾"独立"，多年来一直追随叶石涛左右，是当今台湾岛上"文学台独"势力干将之一。由他出面，向陈水扁讨要三百余万元的活动经费，就耐人寻味了。

事实上，陈水扁上台以后，为进一步发展"台独"势力，充分利用他们拥有的资源，在文化、文学、教育领域大力资助各种"台独"活动。现在，他们互相勾结，要从文学教育入手，广设台湾文学系，编撰"文学台独"理念的文学读本，培养师资，妄图从民族精神上割断祖国大陆与台湾的联系，为实现政治分离主义服务。这种文学读本，为"文学台独"张目，他们自以为得意，其实极其愚蠢。"回溯台湾三百五十年来的历史"，台湾文学恰恰就是和祖国大陆文学血肉不可分离的发展历史。越是正视这样的历史，台湾文学就越是不可能"独立"于中国文学之外，分裂主义者的嘴脸就越是暴露无遗，其炮制"两国文学论"乃至"两国论"的阴谋就越是不会得逞，鼓吹"文学台独"的诸君在海外的阴谋活动就越是枉费心机。

"文学台独"势力在台湾和祖国大陆遭到严厉批判之后，现在跑到海外去大肆活动，以图欺骗不明真相的人，这需要我们格外警惕，认真加以应对。

原载《文艺报》，2002 年 1 月 29 日

叶石涛鼓吹"文学台独"的前前后后

童伊（赵遐秋　曾庆瑞）

叶石涛这个人有极大的欺骗性。

在台湾，彭瑞金、张良泽、陈芳明等"文学台独"势力，多年来大肆造"神"，吹捧叶石涛"扮演了台湾文学'传灯者'的角色"，"也像是一棵文学巨木"，"是激越昂扬，不吐不快的文学旗手"。

在大陆，多年的两岸隔绝造成的资讯阻塞，使得研究台湾文学的学者和阅读台湾文学的读者都不知真情，而误把叶石涛当作了"权威"，一直加以"推崇"。其实，叶石涛是台湾"文学台独"的始作俑者，"文学台独"势力的掌门人。

假面应当撕去，谎言本该戳穿。看一看叶石涛鼓吹"文学台独"不光彩的历史，人们就不难看清叶石涛分裂中国文学进而分裂中国的本来面目了。

丑恶历史的第一页

叶石涛1925年11月1日生于台南，16岁开始写小说。1942年12月13日，日本殖民当局控制的"台湾文艺家协会"主办的"大东亚文艺讲演会"巡回讲到了台南。在台南二中五年级毕业班读书的叶石涛，因为上课，没能赶上听讲，只在放学后赶上了在台南文化会馆召开的座谈会。座谈会上，叶石涛初识日本在台殖民当局"文学总管"西川满，还因为"鼓起满腔愤怒，慷慨激昂地指责在台日本作家庄司总一新出版的长篇小说《陈夫人》""无视于当局推行皇民化运动"，博得西川满的喝彩，并当即接受西川满北上的邀请。

1942年4月的一天，不满18岁的叶石涛带着一份"温热的幻想"，来到西川满身边，抱着"拜师学艺"、向西川满"学习做人的道理及从事文学行业的诀窍"的目的，进了台北《文艺台湾》社，帮助杂志主

510

持人西川满做一些编务工作。西川满对他宠爱有加，叶石涛对他感恩戴德，尊奉他为"恩师"，在小说《春怨》里肉麻地美化了这位享尽了皇民战争文学荣华的头号战争协力文化人西川满。

叶石涛后来在回忆录里说，西川满曾经有计划地训练他。彭瑞金1999年出版的《叶石涛评传》也认定，西川满是指引叶石涛"前进"的"一盏""文学明灯"，在叶石涛的"心灵上"，留下了"深刻的文学烙印"。这使得叶石涛因自"皇民文学"时期就紧紧地追随西川满而为自己的丑恶历史写下了不光彩的第一页。当西川满恶毒地攻击台湾爱国文学家的创作方法是"狗屎现实主义"而遭到台湾爱国文学家的批驳时，叶石涛竟在报纸上发表《公开书》为西川满帮腔，攻击台湾爱国文学家的文学精神是什么"狗屎现实主义"，一边为西川满辩护，一边点名质问吕赫若等人的作品到底有没有"皇民意识"，并明确地表示他要效忠于日本殖民者。杨逵、吴新荣等前辈爱国作家、文化人，当即发表文章，痛斥了叶石涛的言行。叶石涛还在1944年11月号的《台湾文艺》上发表《米机败走》的文章，记述当时盟国美军飞机被日本军机击败的实况，形容日军的胜利是"龙卷风一般的万岁"，看见一架美军战机被击落，叶石涛抵制不住心头的激动而拍手欢呼"万岁！万岁！"

更为严重的是，西川满还在叶石涛的"心灵上""浇灌"了一种"叫做'台湾文学'的意识"。1979年张良泽抛出美化西川满的文章为"皇民文学"翻案时就说："西川满清晰地主张了台湾文学的独自性，从而使台湾觉醒了起来。"并鼓吹，这对于台湾文学有"特别重大的意义"。现在看来，西川满炮制的这种所谓的"台湾文学的独自性"，正是受其"栽培"、"提拔"而走上了文学之路的叶石涛鼓吹"文学台独"的一个出发点。

以"乡土文学"作幌子炮制和鼓吹"台湾文学"观念

战后初期的叶石涛，在彭瑞金的《叶石涛评传》里被吹捧为"引渡战后文学的桥梁"，并"扛起"了"台湾文学的旗帜"。自称对叶石涛"所知甚深"的彭瑞金，对这一时期的叶石涛的文学行为所作的概括是：

1. 在《新生报》副刊《桥》主导的台湾新文学重建运动中，叶石涛与杨逵"要把台湾文学引渡到中国文学的大伞底下"的路线不同。此时，叶石涛萌发了他新文学观念的种子。

2. "这个阶段发芽的文学种子"，历经白色恐怖的"反共文学"和随后的"西化运动"的"冲撞"之后，"终于锻炼出本土文学的结实身段来"。这"本土文学"是什么？就是"台湾作家的创作不能和中国文学画上等号"。"台湾文学既不是由某一特定的文学品种分种、接枝而来，也不是某族文学的分支分系，它源生于台湾的土地，是台湾土地上的原生种文学。"

3. 作为"极少数""拒绝和有限度地抗拒""祖国文学"意念的作家之一，叶石涛从这里开始了他的文学思考。他"站在这个思考的起点之后，用他顽强的文学热忱和毅力，一辈子都在追求台湾文学的建构工程"。

4. 处在 50 年代的白色恐怖之中，叶石涛"仍不停地思索整个台湾文学的过去和未来"，一旦复出文坛，他就要从理论上来左右"台湾文学发展的走向"了。

于是，1965 年，叶石涛在《文星》上发表了《台湾的乡土文学》一文。文章一开头，叶石涛就说："打从我会写几篇像样的文章开始，我的心里始终存着一个大炽烈的欲望……我渴望着苍天赐我这么一个能力，能够把本省籍作家的生平、作品，有系统地加以整理，写成一部乡土文学史。"其实，他不过是要用"乡土文学"做幌子，炮制和鼓吹他对抗"祖国意念"的分离主义的"台湾文学"观念，作为"文学台独"的先声。

只是，60 年代中期的台湾文坛，汹涌的正是现代主义的浪潮，叶石涛的声音显得微弱了。等到 1977 年，台湾文坛乡土文学论战激烈展开之时，自以为看准时机的叶石涛，又在《夏潮》上发表《台湾乡土文学史导论》一文，再一次拿"乡土文学"做文章。叶石涛说，台湾从陷日前的半封建社会进入日据时代的资本主义社会之后，在资本主义社会形成过程之中，近代都市兴起，集结在这些近代都市中的，是一批和过去的、封建的台湾毫无联系的市民阶级。他们在感情上、思想上和农村的、封建的台湾的传统没有关系，从而也就与农村的、封建的台湾之源头——中国，脱离了关系。一种近代的、城市的、市民阶级文化，相应于日本帝国对台湾之资本主义之改造过程；相应于这个过程中新近兴起的市民阶级而产生。于是，一种新的意识——"台湾人意识"产生了。进一步，叶石涛将这"台湾人意识"推演到所谓的"台湾的文化民族主义"，说什么，台湾人虽然在民族学上是汉民族，但由于上述的原因，发展了和中国分离的、台湾自己的"文化的民族主义"。

叶石涛的《台湾乡土文学史导论》立即遭到了陈映真的批判。陈映真在1977年6月《台湾文艺》革新2期上发表了《"乡土文学"的盲点》一文，一针见血地指出："这是用心良苦的，分离主义的议论。"陈映真还指出，日据时代的台湾，仍然是农村经济而不是城市经济在整个经济中起着重大作用。而农村，正好是"中国意识"最顽强的根据地，即使是城市，中小资本家阶级所参与领导的抗日运动，也都"无不以中国人意识为民族解放的基础"，所以，"从中国的全局去看，这'台湾意识'的基础，正是坚毅磅礴的'中国意识'了"。由此，陈映真断言："所谓'台湾乡土文学史'，其实是'在台湾的中国文学史'。"

玩弄骗术

80年代初，台湾社会急剧变化。在十分动荡的政治局势里，台湾岛上兴起了"全面反中国"的分离主义的文化、思想和政治逆流，"台湾结"和"中国结"、"台湾意识"和"中国意识"的争论，公开表现为"独立"和"统一"的斗争。

在这样的大气候里，叶石涛在1982年1月中，拉着郑炯明等人一起在高雄创办了《文学界》杂志。叶石涛说，他和《文学界》的愿望就是"整合本土的、传统的、外来的文学潮流建立有自主性的台湾文学"。1983年4月，叶石涛在台北远景出版社出版了自己的《文学回忆录》。1984年，叶石涛得到郑炯明等人的资助及《文学界》其余同仁提供的资料，开始写作《台湾文学史大纲》，1985年夏天写成，并分别在当年11月和第二年2月、8月的《文学界》12、13、15集上先行发表。1987年2月，结集改名为《台湾文学史纲》，交由《文学界》杂志社出版。1991年9月，印行了新版。

历史给了叶石涛一个玩弄骗术的机会。在《文学回忆录》里，他在《台湾小说的远景》和《论台湾文学应走的方向》、《新文学运动的火把》三篇文章里，还信誓旦旦地说："在台湾的中国文学，以其历史性的渊源而言，毫无疑义的，是整个中国文学的一环，也可以说是一支流……台湾文学始终是中国人的文学。"然而，叶石涛的伪装难以持久。和"台独"势力的大肆活动及新分离主义思潮的恶性泛滥相呼应，叶石涛不吐不快了。不过开始，还只是在他的《文学回忆录》里，在回忆他和西川满、《文艺台湾》的关系时，在《府城之星，旧城之月》、《〈文艺台湾〉及其周围》、《日据时期文坛琐忆》等篇章里，渲泄了他对"皇民"时期的感恩戴德之情，为他对后来人们批判"皇民文学"的不满埋下伏笔。

1996年7月7日，叶石涛在高雄左营老家为他的《台湾文学入门》一书写《序》时说，他"从青年时代就有一个梦想，那就是完成一部台湾文学史，来记录台湾这块土地几百年来的台湾人的文学活动，以证明台湾人这弱小民族不屈不挠的追求自由和民主的精神如何地凝聚而结晶在文学上"。于是，他写了《台湾文学史纲》。只不过正如他自己说的："《台湾文学史纲》写成于戒严时代，顾虑恶劣的政治环境，不得不谨慎下笔，因此，台湾文学史上曾经产生的强烈的自主意愿以及左翼作家的思想动向就无法阐释清楚……各种的不利因素导致《台湾文学史纲》只聊备一格。"其实，即使是碍于台湾国民党当局的戒严体制而不能放肆地宣扬自己强烈的分离主义和"台独"主张，不得不言不由衷地讲了许多"中国意识"的假话，叶石涛还是在《台湾文学史纲》一书里顽固地表现了自己。

比如，说到30年代初有关"台湾话文"和"乡土文学"的论争，叶石涛偏偏要说，在论争中除了受大陆白话文运动的影响之外，"台湾本身逐渐产生和建立自主性文学的意念"；在甲午战败割让台湾后30余年社会发展的背景下，"台湾新文学必须走上自主性的道路"，这是"正确而不可避免的途径"；新文学的作品"则有效于表现强烈的本土性性格"。至于那些"新一代的日文作家"，叶石涛也判定他们"本土性性格愈来愈加强"。

说到二战后，1947年在《新生报》副刊《桥》上展开的"台湾文学"向何处去的讨论，叶石涛又曲成己见，硬说省籍作家杨逵、林曙光、濑南人等"希望台湾文学扎根于台湾的特殊性，建立自主性的文学"。由此，叶石涛还借题发挥说，围绕这"自主性"问题而存在的省外作家与省籍作家中的见解的对立，"犹如甩不掉的包袱，在台湾文学发展的历史性每一阶段里犹如不死鸟（Phoenix）再次出现，争论不休。在70年代的乡土文学论争里，历史又重演，到了80年代更有深度的激化"。叶石涛还说，台湾义学"在三百多年来的跟异民族抗争的血迹斑斑的历史里养成的坚强本土性格"，乃是"无可否认的事实"。

说到60年代的台湾文学，叶石涛指出，在《笠》和《台湾文艺》这两种本土性很强的刊物里，人们可以看到，"由于台湾民众与大陆隔绝几达80多年的时间，台湾实际也发展了具有地方性特色的文学倾向；因此，主张台湾文学应有自主性，建立自己文学特性的主张也广为流行"。对于1966年由尉天骢、陈映真、黄春明、王祯和、施叔青、七等生等作家创办的《文学季刊》上发表的黄春明的《莎哟娜拉·再见》、王祯和的《小林来台北》和王拓的《庙》与《炸》等作品，叶石涛则心怀不轨，言辞狡诈地进行攻击。在他看来，黄春明他们的《文学季刊》和小说作品有意要"迈向新的'在台湾的中国文学'路程"，可是，"这些新一代的作家不太认识台湾本土意识浓厚的日据时代新文学运动的传统"，却偏偏要去"着重思考"什么"整个中国的命运"，岂不怪哉？与此同时，钟肇政虽然同属于这"新一代"的作家，叶石涛却对他赞誉有加，称钟肇政的作品"令他折服"。他解释说，因为钟肇政的文学世界表现出"建立台湾文学的使命感"。

写到第六章70年代的台湾文学时，叶石涛兴奋得忘乎所以，戒严时代的"谨慎下笔"好像也顾不了许多了。他以为，"乡土文学"的发展，70年代已经"变成名正言顺的台湾文学"，而且"构成台湾文学的主流"了。

看到80年代最初几年的情景，叶石涛甚至按捺不住内心的激动和兴奋，认为80年代的台湾文学是"迈向更自由、宽容、多文化的途径"的文学。他说，"在政治体制上"，80年代的大陆，对于台湾，已经不是"日据时代的'祖国'"了。叶石涛还指名攻击陈映真等人，说70年代乡土文学的论争中"有人……指出乡土文学有分离主义的倾向"，那是"杞人忧天"，"事实上，台湾新文学从日据时代以来，一直在大陆的隔绝下，孤立地发展了60多年，有许多实质的问题是无法以流派、主义的名称去解决的"。"进入80年代的初期，台湾作家终于成功地为台湾文学正名。"

把"自主化"谬论推向极致

这时，随着台湾政局的变化，思想界、文化界有关"台湾意识"的论争十分激烈，台湾文学"本土论"、"自主性"的浊浪也有了进一步的汹涌。这是以《文学界》创刊为起点的。

叶石涛在《文学界》创刊号的《编后记》里标举了"自主化"的口号，正式打出了"自主性（originality）"旗号。随后，1982年4月的《文学界》2集上，彭瑞金发表了《台湾文学应以本土化为首要课题》的文章，呼应叶石涛的"自主化"、"自主性"的主张，鼓吹台湾文学要认同台湾，认同以台湾为中心的"自主化"的发展方向。接着，叶石涛又在《文学界》先后发表了《再论台湾小说的提升和净化》及《没有土地，哪有文学》两篇文章，并在《台湾时报》发表了《我看台湾小说界》一文，出版了《文学回忆录》、论文集《没有土地，哪有文学》等，把"自主化"谬论推向了极致。

有了彭瑞金等人的呼应，虽然还处在戒严时代，叶石涛也显得迫不及待了。他在《我看台湾小说界》一文里，有意强调台湾和大陆分离并非一体的现实，是台湾文学"自主"发展的结果。在《没有土地，哪有文学》一文里，他也呼吁台湾文学要"发展富于自主性"的文学。

这时，彭瑞金、陈芳明已经在公开鼓吹"独立的台湾文学"的谬论。叶石涛当然不甘寂寞。1992年9月，和彭瑞金的《当前台湾文学的本土化与多元化》一起，在《文学台湾》4期上，叶石涛抛出了一篇《台湾文学本土化是必然途径》。1993年11月，他又在《台湾研究通讯》创刊号上抛出了《开拓多种风貌的台湾文学》一文。表面上看来，叶石涛在这两篇文章里不太主张让政治来干扰台湾文学的正常发展，只是专注于"本土化"的问题，甚至鼓吹"台湾文学的本土化应该是台湾统派和独派皆能肯定的道路"。然而，他还是顽固地把中国文化诬蔑为"具有沙文主义色彩的'大汉文化'"、"外来强权文化"、"异质文化"，攻击二战后当时的中国政府用"威权统治的方式去压迫台湾人接受不同于台湾本土文化的异质文化"。1990年1月，叶石涛交由高雄派色文化出版社出版了《台湾文学的悲情》一书。书中，叶石涛在感慨他投入台湾文学50年，"得到的只是'悲情'两字"的时候，特别花力气做了"皇民文学"的翻案文章，此外，就是试探性地鼓吹分离主义、鼓吹"台独"了。比如，他也说，"台湾自古以来是个'移民社会'，是'汉番杂居'的多种族多语言的社会"，台湾文化"铸造了自立而独特的文化价值系统"，等等。

到 1995 年春，叶石涛以为"台湾文学本土化的主张已获取大多数台湾人的认同"，"政治压力减轻"，于是他在高雄《台湾新闻报》的《西子湾》副刊上的《台湾文学百问》专栏里一周一篇地发表随笔，放肆地鼓吹起政治"台独"和文学"台独"：

"台湾自古以来是'汉番杂居'的移民社会。"

"台湾人属于汉民族却不是中国人，有日本国籍却不是大和民族……'台湾是台湾人的台湾'。"

"台湾人既不是日本人也不是中国人，台湾是一个多种族的国家。"

"台湾本来是多种族的国家。"

"台湾和中国是两个不同的国家，制度不同、生活观念不同、历史境遇和文化内容迥然相异。"

"台湾是主权独立的国家。"

"陈映真等新民族派作家是……民族主义者，他们是中国民族主义者，并不认同台湾为弱小新兴民族的国家。"

"坚持不向中国外来政权屈服。"

"台湾的历史性遭遇使得台湾的语文环境变得很复杂。"

"只有外省族群所用的普通话是一枝独秀，是优势的语言，正如日治时代的日语是优势语言一样。这当然是外来统治民族强压的语言政策所导致的结果。"

"不论是战前或战后，不能以台湾文学的创作语言来界定台湾文学是属于中国或日本文学；这好比是以英文创作的美国、加拿大、澳洲、纽西兰等国的文学不是英国文学的亚流一样的道理。同样的，新加坡的华文文学也就是新加坡文学，而不是中国文学。"

"台湾文学现时仍用中国的白话文（华文）创作。然而随着台湾历史的改变，有一天，台湾文学的创作语文一定会以各种族的母语为主才对，这取决于台湾人自主的确立与否。"

"台湾新文学是独立自主的文学。"

"中国文学与日本、英、美、澳洲文学一样，是属于外国文学的。""这就是 90 年代的现在，何以许多知识分子极力要求在大学、研究所里设立台湾文学系的原由。台湾文学既是中华民国亦即台湾的文学，当然大学里的中文系应该是属于外国文学，享有日本文学系、美国文学系一样的地位才是。"

"无论在历史上和事实上，台湾的文学，从来都不是隶属于外国的文学，纵令它曾经用日文或中文来创作，但语文只是表现工具，台湾文学的传统本质都未曾改变过。"

"中国新文学对它的影响微不足道，战前的新文学来自日本文学的刺激很大……战后的台湾文学几乎没有受到任何中国文学的影响，如 80 年代以降的后现代主义等文学运动跟中国扯不上任何关系……中国文学对台湾人而言，是和日本文学或欧美文学一样的外国文学。"

美化"皇民文学"

早在 70 年代末和 80 年代初，主张文学分离主义的"台独"势力，就掀起了一股美化 40 年代日本殖民当局为侵略战争服务的"皇民文学"的逆流。这股逆流一直蔓延到 90 年代末期，成了"文学台独"一种重要的劣迹。其间，叶石涛也是不甘寂寞的。

1977 年 5 月，叶石涛在他的《台湾乡土文学史导论》一文里，引用了张良泽在《钟理和作品中的日本经验与祖国经验》一文中的一句话："近代中国民族的厄运应该由中国民族自己负责，我们不能全归罪于外来民族。"对此，他呼应说："一味苛责日本作家也是不公正的。"

随后，也就是在叶石涛复出文学界写《文学回忆录》的时候，他又在《府城之星，旧城之月——〈陈夫人及其他〉》、《〈文学台湾〉及其周围》、《日据时期文坛琐忆》等文章里，有意美化了西川满和"皇民化运动"、"皇民化文学"。比如，日本"文学报国会"召开的"大东亚文学者大会"分明是"大东亚战争"的文学动员大会，极具侵略性质，叶石涛却说它"似乎有浓厚的联系感情为主的联谊会性质"。西川满的《文艺台湾》分明是日本侵略者的工具和喉舌，叶石涛却说"它似乎不是言论统治的机构，而是联络作家感情的联谊会"，它"缺乏符合国策的战争色彩"，而是一个染上西川满个性色彩丰富的"华丽杂志"，"并不排斥有不同文学主张的其他作品"，"尽管杂志的封面以'文学报国的决心'几个大字，表示拥护国策，其实这是蒙混当局的障眼绝招"。对于《文艺台湾》上西川满抛出来的周金波的《志愿兵》、陈火泉的《道》等"皇民化"文学，叶石涛则坦陈："我也并无'深恶痛绝'的感觉。"他辩称："在那战争时代，毫无疑问的一切价值标准都混乱了。在日本人的压迫下，中了日本军国主义教育的毒素很深的某一些台湾作家，他的意识形态自然被扭曲了。30多年的岁月流逝之后，再来挖掘疮疤似乎并不厚道，好歹这些小说也反映了某一个台湾历史阶段的血迹斑斑的、被压迫的生活事实，我和钟肇政兄的见解相同，希望当作历史性文献或记录留下来，以便后代能够彻底了解那时代的环境。"当然，叶石涛还美化了西川满，并再次为西川满和他自己在"狗屎现实主义"的论争中的丑恶历史涂脂抹粉。

到1990年，在《台湾文学的悲情》一书中涉及的《抗战时期的台湾日本文学》、《庄司总一的〈陈夫人〉、〈南方移民村〉》、《四十年代的台湾日本文学》、《"抗议文学"乎？"皇民文学"乎？》、《皇民文学》等文章里，叶石涛宣称："在这个时期里，没有'皇民文学'，全是'抗议文学'。"他还从周金波的《志愿兵》说起，攻击了批判"皇民文学"的文学家。

再往后，1995年，叶石涛在高雄《台湾新闻报》的《西子湾》副刊上发表专栏文章《台湾文学百问》，在《西川满与〈文艺台湾〉》一文里，他又吹捧西川满的"坚强的作家灵魂值得吾人钦佩"，并不惜歪曲历史，吹捧西川满对台湾文学作了"巨大""贡献"。

1988年，"文学台独"势力勾结日本右翼学人，在"皇民文学"问题上大做文章，大有登峰造极的势头。在这杂语喧哗之中，按捺不住的叶石涛，又在这一年4月15日的《民众日报》上写有《皇民文学的另类思考》一文。他在文章中，歪曲事实，宣称明明是中国台湾人的"周金波在'日治'时代是日本人，他这样写是善尽作为一个日本国民的责任，何罪之有？"

叶石涛如此卖力地为"皇民文学"翻案，理所当然地遭到了严厉的批判。

独尊"台语文学"——一个阴谋

"文学台独"还有一个阴谋，即在语言问题上制造混乱，把台湾岛上本来就属于汉语闽方言的闽南次方言说成是"独立"的"台语"，进而由"台语"而鼓吹"台语文学"，以图分裂。在这方面，叶石涛也有拙劣的表演。

在《台湾文学史纲》里，叶石涛先认定，20年代初，台湾新文学创始时期张我军主张的"白话文学的建设，台湾语言的改造"，跟"殖民地台湾的现实状况背道而驰"；而对30年代"台湾话文和乡土文学"的论争，其实质分明是个文学如何"大众化"的问题，叶石涛却硬说，那"是台湾新文学开展的初期阶段，已经出现了台湾话文、乡土文学等论争。台湾话文尽管是主张为了渗透民间的方便起见，创作语文应用台湾话文去书写，排除用日文写作的途径，但它也同时认为，以北京话为准的白话文不适用台湾民众，跟大陆的大众语运动相互响应，要建立更符合民众生活的日常性语文——台湾话文"。从此，"以北京话为准的白话文不适用台湾民众"，成了"文学台独"势力鼓吹"台湾文学"同大陆文学分离的纲领。

1995年，叶石涛在专栏文章《台湾文学百问》里又进一步宣传了这些主张，比如，在《新旧文学论争与张我军》一篇里他说："张我军的'白话文学的建设，台湾语言的改造'主张，其实是一条行不通的路。台湾人既不是日本人也不是中国人，台湾是一个多种族的国家。后来在30年代，黄石辉、郭秋生等作家主张'台湾话文'，但1937年以后变成清一色的日文文学，台湾的历史性遭遇使语文环境变得很复杂，这也许是张我军做梦也没料到的事。"在《八十年代的母语文学》一文里，叶石涛又胡说台湾是一个"国家"，诬蔑汉语普通话的推行是"外来统治民族强压的语言政策所导致的结果"。"虽然在日治时代的1930年代初期，黄石辉和郭秋生掀起台湾话文运动，极力主张回归母语，抗争中国白话和日文，且留下赖和、黄石辉、郑坤五、蔡秋桐等作家少数的台湾话文作品。但由于战前、战后有关母语的标记法认知不同，今天去读黄石辉等人的台湾话文作品，令人感到相当吃力。用母语来创作是天赋人权，不可剥夺的人权之一。统治者用政治力量来宰制文学及民众的日常语言，是最法西斯的强暴手段。"

1996 年 5 月，叶石涛在中正大学"台湾文学与生态环境"研讨会上发表论文《台湾文学未来的新方向》一文时又说："随着台湾的民主、自由化，社会的多元化和多样化，各族群的历史、文化的倾向不可避免。台湾文学经过 70 年代的波折和发展以后，各族群以母语来创作应该是理直气壮的。河洛人发展台语文学，客家人写客语文学，原住民用各族群母语的古代南岛语来写作，这应该是符合台湾多种族社会，取得和谐时代潮流。"怎样处理这"多种族"的语言问题呢？叶石涛的意见是独尊"台语文学"。他说："多种族的台湾面对这分歧的母语文学必须拥有共同的语文来化解。当然依照民主方式的各数决而言，占有多数的河洛话文学也就是台语文学，应该成为台湾文学的创作语文是天经地义的。"

宣扬分离主义的台湾文学史观

近 20 年来，"文学台独"的分裂主义言论和行动，又一个集中表现是在构建台湾新文学史的体系中为"台独"张目。最早，还是叶石涛发表于 1977 年的那篇《台湾乡土文学史导论》。叶石涛在文章里谈了五个问题，即"台湾的特性和中国的普遍性"、"台湾意识"、"帝国主义和封建主义下的台湾"、"台湾乡土文学中的现实主义道路"、"台湾文学中反帝、反封建的历史传统"。这是叶石涛对于台湾新文学发展所作的一个纲领性的思考。除了把整个台湾新文学都叫作"台湾乡土文学"，叶石涛掩藏在其中的文学史观念，新分离主义，即，他一边迫于当时的形势，不得不承认"始终给台湾带来重大影响的是一衣带水的中国大陆的中华民族"，一边又强调和中国大陆文化交流的"断绝"，强调台湾"异于汉民族正统文化的地方"。叶石涛说："由于台湾孤悬海外，有时与中国大陆的文化正流断绝，因此，难免在汉民族为主的文化里，搀和着历代各种遗留下来的文化痕迹。如果我们仔细考察台湾的社会、经济、文教、建筑、绘画、音乐、传说，便处处不难发现富于异国情趣，有异于汉民族正统文化的地方。在这孤立的情况中，则各种文化熔于一炉的过程中，台湾本身建立了不同于中国大陆文化的浓厚乡土风格……当我们回顾台湾乡土文学史的时候，我们不得不考虑到它的根源以及特殊的种族、风土、历史等的多元性因素。毫无疑问，这种多元性因素也给台湾乡土文学带来跟大陆不同的浓烈色彩。"在这篇文章里，叶石涛把对于"不同于中国大陆文化的"、"有异于汉民族正统文化"的认同，叫作"台湾意识"。后来，这"乡土"到"本土"，"台湾意识"到"本土意识"，直到"本土化"、"主体性"、文学独立，便成了"文学台独"势力的纲领。1978 年 11 月 1 日，叶石涛在高雄左营接待彭瑞金、洪毅来访，张良泽列席，话题是"从乡土文学到三民主义文学"，谈的就是台湾文学的历史。这是叶石涛在为写文学史做准备。

叶石涛在写《台湾文学史纲》时，尽管顾虑于时局而不得不谨慎下笔，其间还是强烈地表现了他分离主义的台湾文学史观。叶石涛反复强调的是，"跟大陆分离达 51 年之久的台湾，难免对大陆的近代文化有疏离感和隔膜"，"在三百多年来的跟异民族抗争的血迹斑斑的历史里养成坚强的本土性格……是无可否认的事实"，它获得了"异族的文化形态"，"希望台湾文学扎根于台湾的特殊性，建立自主性的文学"，等等。他还说："现代台湾文学的重要课题之一，便是如何在传统民族风格的文学中，把西方前卫文学的技巧熔于一炉，建立具有台湾特质及世界性视野的文学。我发愿写台湾文学史的主要轮廓（outline），其目的在于阐明台湾文学在历史的流动中如何地发展了它强烈的自主意愿，且铸造了它独异的台湾性格。"

叶石涛的"文学台独"的文学史观、衣钵为彭瑞金、陈芳明等人继承。后来，到了陈芳明手里，更有了恶性的发展。

钉在"台独"历史的耻辱柱上

叶石涛在 1993 年交由皇冠出版社出版的散文集《不完美的旅程》里说："从 1965 年的 41 岁到现在的 68 岁，我的所有心血都投入于建立自主独立的台湾文学运动中。"叶石涛因此而获得了台湾新分离主义这股"台独"历史逆流的青睐。1989 年盐分地带文艺营赏给他一个"台湾新文学特别推崇奖"的"文学贡献奖"时，吹捧他是"台湾文学早春的播种者"，"在台湾文学史上，立下新的里程碑"。1994、1998、1999 年还接二连三地为叶石涛举办了文学研讨会，对他进行犒赏。其中 1998 年在淡水工商管理学院召开的会议，由设在张良泽任系主任的那个台湾岛上第一个台湾文学系召开，会标上标明，叶石涛文学是"福尔摩沙的瑰宝"。1999 年的会议是"叶石涛文学国际学术研讨会"，由高雄市立中正文化中心管理处倡议主办，"文学台湾基金会"承办，已经有了台湾当局的官方色彩。会上，彭瑞金吹捧叶石涛"领先站在战后台湾文学的起跑线上"，以他的创作提供了"最重要的运动向前的精神动力"。陈芳明则吹捧说："为台湾文学创造历史并书写历史的叶石涛，正日益显露他重要而深刻的'文化意义'。"还有人在会上吹捧叶石涛"确立台湾主体意识"、重建"台湾精神史"，"对他个人和台湾文学史都意义不凡"。会上，更有一个主张日本人和台湾人实行"各种族群'融合'"的日本学者星名宏修，硬是吹捧叶石涛是什么"'台湾文学'理论的指导者"。后来，6 月间，春晖出版社印出会议的论文集时，书名用的是《点亮台湾文学的火炬》。彭瑞金为论文集写的《代序》，也吹捧"叶石涛文学好比一座丰富的矿藏"，叶石涛"已然是台湾文学建构的一块不能或缺的础石"。

彭瑞金在他的《叶石涛评传》里曾经断言，叶石涛"无可取代的文学行程却在台湾文学史上拥有谁也撼动不了的地位"。要是把这谁也改变不了的独占的"地位"诠释成他几十年如一日顽固地炮制和鼓吹"文学台独"的"地位"的话，彭瑞金的言论也许是对的。然而，这是什么样的"地位"啊？那不分明就是一根"台独"的历史的耻辱柱吗？把叶石涛钉在这样的耻辱柱上，彭瑞金们，还有张良泽、陈芳明们，竟然不以为耻吗？

原载《文艺报》，2001 年 9 月 4 日

叶石涛的演变究竟说明了什么?

——从《华文文学》上的一篇文章说起

童伊（赵遐秋　曾庆瑞）

这些年，我们揭露和批判李登辉、陈水扁搞"台独"，常常都要涉及他们在不同年月、不同场合的不同面孔、不同言辞、不同动作，却又无一例外地都会十分清醒地看到，那种种的"演变"，都不过是在玩弄骗术而已。其不改之"台独"本性，始终是为中华民族所不齿的。

文化以至文学领域里，从事"台独"活动的人，其实也不总是把"台独"两个字写在脸上的，他们也会"演变"，也玩弄骗术。不过，其不改之"台独"本性，却不是所有的人都看得清楚的。甚至于，有那书生气十足的人还会上当受骗。

这是要认真对待的。

叶石涛神话的破灭和台湾文学史的改写

台湾高雄左营住着一个当过编辑和教师却又经营文学长达63年的人，名叫叶石涛。

此人名气不小。文学"台独"的干将张良泽吹捧他是"福尔摩沙的瑰宝"；彭瑞金吹捧他是"台湾文学建构的一块不能或缺的础石"，他的"无可取代的文学行程却在台湾文学史上拥有谁也撼动不了的地位"；陈芳明则吹捧说，"为台湾文学创造历史并书写历史的叶石涛，正日益显露他重要而深刻的'文化意义'"；"台独"势力还多次犒赏此公，给他戴上"台湾文学早春的播种者"、"台湾文学"史上的"里程碑"、"文学巨木"、"文学旗手"、"点亮台湾文学的火炬"、"台湾作家学习、效法的典范"等等桂冠。和台湾岛内的"独"派文学势力沆瀣一气的是，日本右翼学者、一直为"皇民化"招魂、主张日本人和台湾人实行"各种族群'融合'"的星名宏修，也吹捧叶石涛是"'台湾文学'理论的指导者"。

　　然而，对于叶石涛为人为文，在台湾，还有另一种类的评价。比如，高举统一大旗的思想家、理论家、文学家陈映真，早在 1977 年 6 月，就发表《"乡土文学"的盲点》一文，批判叶石涛在当年 5 月发表的《台湾乡土文学史导论》一文宣扬的是"分离主义的议论"。随后，20 年里，风云变幻中看叶石涛和张良泽、彭瑞金、陈芳明等人充分表演，到 1997 年，台湾乡土文学论战 20 周年之际，10 月，陈映真发表长篇论文以作纪念时，又指名揭露叶石涛所宣扬的"和中国文学对立的'台湾文学'论"有了"长足的发展"，不胜感慨的是，"历史给予台湾形形色色的民族分离主义以将近 20 年的发展时间"。2001 年 10 月 9 日，陈映真发表《论"文学台独"》一文。在向世人揭示了叶石涛从 20 世纪 70 年代到 90 年代的分离主义言行之后，陈映真用了一个科学的判断——"'文学台独'论的宗师"，将叶石涛钉在了历史的耻辱柱上。又比如，台湾社会科学研究会会长曾健民，2002 年 11 月 26 日发表《台湾殖民历史的"疮疤"》一文，批判叶石涛同年 6 月 15 日在日本东京大学的演讲《我的台湾文学 60 年》和接受日人山口守采访的言论，认定叶石涛是"'台独派'大佬作家"。针对叶石涛此番演讲、采访中步李登辉之后尘宣称他自己 20 岁以前"是作为一个日本人长大的"，"一出生便是日本人"，曾健民怒斥他"是奴才就不是主子"，是"'三脚仔'再现"。

　　由此，我们看到了叶石涛神话的破灭。

　　近几年，作为中国作家协会主办的全国性的文学大报《文艺报》，在大力批判"文学台独"的时候，自然也不会忽视和漏掉叶石涛。《文艺报》上点名批判叶石涛始于 2001 年 5 月 15 日曾庆瑞的《作品里"都有一个中国"》一文。随后，有樊洛平的《历史岂容虚构》、童伊的《叶石涛鼓吹"文学台独"的前前后后》。这是大陆文学界对叶石涛"文学台独"最全面、最彻底、最深刻的一次清算。再往后，就是前述陈映真《论"文学台独"》和曾健民《台湾殖民历史的"疮疤"》两篇批判文章了。在这段时间里，还有两部著作对叶石涛的"文学台独"言行作了全面的揭露和批判。一部是 2001 年 12 月由北京九州出版社出版的赵遐秋、曾庆瑞著的《"文学台独"面面观》，一部是 2002 年 1 月由北京昆仑出版社出版的吕正惠、赵遐秋主编的《台湾新文学思潮史纲》。2002 年 6 月，《史纲》台湾版由台北人间出版社印行。

这些文章和著作，以批判"文学台独"的始作俑者和领军人物叶石涛为切入点，同时清算了叶石涛的追随者和"文学台独"的骨干人物彭瑞金、张良泽、陈芳明等人在文学领域分离民族和国家的言行，现有台湾文学史著作里的有关描述和阐释也就理所当然地开始被改写了。

自然，在这个问题上，人们认清"文学台独"的来龙去脉，认清叶石涛关于"台湾文学"论述的本质，是需要一个过程的。在这个过程里，也必然会产生一些不同的看法。有些看法，则会涉及当前统、"独"斗争中一些原则性的、大是大非的问题。《华文文学》杂志2002年第4期上发表计璧瑞的《从个例论当代台湾文学论述的演变——以叶石涛为分析对象》一文就存在这样的问题，需要大家认真辨析。

叶石涛的"台湾文学"论述有怎样的"演变"

计文说，叶石涛的"台湾文学论述已构成台湾文学史论的重要一翼，足以当作剖析台湾文学的重要切入点而拥有无可替代的位置"。当然，计文也承认，叶石涛的这一论述"特质是矛盾性和阶段性"。

叶石涛有关"台湾文学"的论述，诚然"非常值得注意"，看起来也的确有"矛盾性和阶段性"，但显然不是计文所说的那样"拥有"什么"剖析台湾文学"的"无可替代的位置"。

我们先看叶石涛关于"台湾文学"的论述有过怎样的"演变"。

计文从叶石涛1965年发表的《台湾的乡土文学》一文说起。计文说，那一年，正当"台湾文坛本土思潮萌芽和兴起的时刻"，叶石涛复出文坛出于"炽烈的愿望"提出的"乡土文学"，内涵是"以土地和省籍为依归"，"旨在为本省籍作家作品确立其文学史地位，突出台湾乡土文学的独特价值和重要意义"。由此，计文断定那是体现了"本土思潮"的第一篇理论文章。对于叶石涛的"乡土文学""话语"，计文认定，"不但有'真正属于中国文学一环'的内涵，而且有其阶段性的意义，它可能在'自然地熔化在中国文学里'之后自行消失"。计文还说，叶石涛的"乡土文学概念""内涵相对单一"，"当看不出其他重大企图"，其实不然。尊叶石涛为"文学台独"宗师而又多年追随叶石涛从事分离主义活动的彭瑞金显然更了解叶石涛。彭瑞金在1999年版印行他的《叶石涛评传》时出面澄清了叶石涛《台湾的乡土文学》的论述中的一些"话语"的真实含义。彭瑞金告诉世人，叶石涛那篇文章中"偶尔提到了""真正属于中国文学一环"，"始终是中国文学不可分离的一环"，"本省作家……终于能成为祖国文坛坚强的一翼"等等"在行文中突兀的插叙，更像是刻意缀加的伪饰。像是掩人耳目，又像以此前不沾村后不着店的刺眼语句，制造论述的模糊"。彭瑞金深知叶石涛行文的奥秘说："这些看似矛盾的语句，同时出现在一篇论述里，显然有些是用来瞒人耳目的装饰语言，何者为真？何者又是伪饰？并不难分辨。但环绕《台湾的乡土文学》一文的论述，却清楚表达了一件事，那就是这些论述的范围和对象，是明确而一致的，它们以'台湾乡土'为中心，自成一脉，独立一族。在一个不允许把台湾文学直接称呼台湾文学的年代，使用'台湾乡土文学'不仅避免了文学与政治威权统治对面对决，反而以'乡土'这个旗帜号召了也集合了'台湾文学'。"彭瑞金解读叶石涛的文章是"以'乡土文学'为台湾文学镇魂收惊"，认定叶石涛"非常清楚，所谓'台湾文学史'就是一部具有抵抗立场、在野观点的台湾人的文学史"。遗憾的是，计文没有看出来叶石涛的这一分离主义的重大企图。

1977 年 5 月 1 日，在乡土文学论战激烈展开之时，叶石涛在《夏潮》第 14 期上发表了《台湾乡土文学史导论》一文。计璧瑞极力称赞这篇"著名"的文章"发展了《台湾的乡土文学》的基本观点并加以系统化、理论化。……使乡土文学有了比以往更加明确的定义。……继而第一次在文学上明确提出'台湾意识'"。计文解读叶石涛的"台湾意识"是个"历史的概念"，"以历史唤醒现实的意图是明确的"，其"抗争对象"是"国民党统治者及其依附者"。计文替叶石涛打包票说，叶石涛"在强调台湾的'殊相'的同时，仍将'台湾意识'清晰地阐明为中华文化的一部分"。

这又是大谬不然！

由于叶石涛在这篇《台湾乡土文学史导论》里宣扬在日本帝国对台湾的资本主义改造过程中兴起的台湾的市民阶级在感情上、思想上与农村的、封建的台湾之源头——中国脱离了关系，从而产生了一种新的"台湾人意识"，由此而导致"台湾的文化民族主义"，说什么，台湾人虽然在民族学上是汉民族，但由于上述原因，发展了和中国分离的台湾自己的"文化民族主义"。陈映真立即在同年 6 月《台湾文艺》革新 2 期上发表了《"乡土文学"的盲点》一文，一针见血地指出，叶石涛这番言论"是用心良苦的，分离主义的议论"。陈映真认为，"以中国的全局去看，这'台湾意识'的基础，正是坚毅磅礴的'中国意识'"，因此，"所谓'台湾乡土文学史'，其实是'在台湾的中国文学史'"。

　　彭瑞金后来在《台湾新文学运动 40 年》和《叶石涛评传》两本书里攻击了陈映真对叶石涛的批判，狡辩说："叶氏的文章已经非常清楚地交待台湾文学的诞生，完全根据台湾的土地（自然环境）、人民（生活现实）和历史（传统），环境是独立的，经验也是独立的，找不到中国的影子。"叶石涛本人，则在 1995 年 10 月 28 日的《台湾新闻报》的《西子湾》副刊上发表《台湾文学史上的乡土文学论争（下）》一文，也攻击陈映真"他们是中国民族主义者，并不认同台湾为弱小新兴民族的国家"。请读者注意，叶石涛在这里说的是，台湾是一个"新兴民族的国家"！

　　至于，叶石涛在《台湾乡土文学史导论》里说到的什么还是"属于汉民族文化的一部分"等等，也不表明叶石涛对"中国"的认同。这些说辞，包括叶石涛随后在相关文章里说到的相似的说辞，彭瑞金在《叶石涛评传》里也都一笔勾销了。彭瑞金说，那是一些"虚与委蛇的论法"，是一些"未经论述而零落呈现的词语"，是一些"含有戒严时代虚应故事编造的谎言"，最多，也是"一时的失言"，"不能据以论定他的全部思想"。彭瑞金还深怕世间有那谬托知己者"据以论断"鼓吹分离主义的叶石涛的"文学转向"，即由分离主义的"台湾意识"转向统一的中国意识，而不无讥讽地断言，那就"未免荒唐"！对于这场论战，陈芳明后来在 1999 年于高雄举办的"叶石涛文学国际学术研讨会"上发表论文《叶石涛的台湾文学史观之建构》作了这样的结论："叶石涛和陈映真之间的对峙，毋宁是 80 年代初期统、'独'论战的滥觞。"看来，不仅陈映真，还有彭瑞金、陈芳明，都更加了解真实的叶石涛，也更加读懂了叶石涛的《台湾乡土文学史导论》。

　　计璧瑞的文章接下来说明了叶石涛 1984 年开始撰写、1985 年开始由《文学界》杂志连载、1987 年由《文学界》杂志社出版的《台湾文学史纲》一书。计文赞美这部书"在台湾文学史论述中的地位有目共睹"，称颂叶石涛这本书"对以往论述的重大突破是以'台湾文学'称谓取代'乡土文学'的命名"，"直接提升了论述对象的理论层次，赋予对象以相当的话语权力"。

这就更不对了。

这里，计文一个前提性的错误是掩饰了《文学界》的真面目。计文说，《台湾文学史纲》"是由具有本土倾向鲜明的杂志《文学界》的同仁共同倡议、发起，由叶石涛执笔完成的。因此它不单体现叶石涛本人的文学观，也是强调本土意识的群体观念的代表"。计文引用叶石涛在1985年12月写的该书《序》的话说："其目的在于阐明台湾文学在历史的流动中如何地发展了它强烈的自主意识，且铸造了它独异的台湾性格。"

《文学界》是个什么样的杂志？何谓它的"本土倾向鲜明"？它的"本土意识的群体观念"是个什么货色？

真正熟知台湾文学界情况的人都知道，这个《文学界》杂志是1982年1月中叶石涛拉着郑炯明等人一起在高雄创办的。当时，叶石涛声明，他和《文学界》的愿望就是要整合本土的、传统的、外来的文学潮流，建立有自主性的台湾文学。在《〈文学界〉创刊号编后记》里，叶石涛就说："这30多年来的台湾文学的确产生了许多值得纪念的作品，然而我们仍然觉得台湾文学离开'自主化'的道路颇有一段距离。"1996年8月18日，叶石涛在《台湾新闻报》的《西子湾》副刊上发表《80年代的母语文学》，宣称"台湾本来是多种族的国家"，一个星期后，25日，他又在同一张报纸的同一个副刊版面上发表《80年代的文学刊物》一文，说明他们在14年前创办《文学界》"有其意图"，那就是："凝聚南部作家的共识……确立台湾文学的自主性，缔造中国文学之外的独立的台湾文学。"叶石涛和《文学界》的这种意图立即得到了海外"台独"势力的夸奖。1983年4月13日，早就在美国从事"台独"活动的陈芳明，在洛杉矶写了一篇《拥抱台湾的心灵——〈文学界〉和〈台湾文艺〉出版的意义》，发表在4月16日出版的《美丽岛周报》上。对于《文学界》的出笼，人称"死硬派台独分子"的陈芳明按捺不住他的万分激动，欣喜若狂地欢呼，经历了1977年乡土文学论战和1979年高雄事件之后，"中国精神"已"后继无人"，台湾本土文学与"本土政治结合起来"，终于迈入了"新的里程"。对于《文学界》上叶石涛所发表的那一段声明，陈芳明说，那是在"肯定台湾文学的本土性、自主性"，这种强调"在文学史上是极为重要的发展"。由此，陈芳明还异想天开地预言："台湾民族文学的孕育诞生乃是必然的。"就是在这篇文章里，陈芳明还借着《文艺界》出笼的由头公开宣扬了他的"文学台独"主张："把台湾文学视为中国文学的一部分，是错误的。"

然而，"台独"分子陈芳明吹捧的如此一个《文学界》，在计璧瑞的文章里竟也被美化为"本土倾向鲜明的杂志"，岂非咄咄怪事！

计璧瑞的文章引用叶石涛的《〈台湾文学史纲〉序》的一句话来评价这本书说："其目的在于阐明台湾文学在历史的流动中如何地发展了它强烈的自主意愿（按，计文误引为'识'），且铸造了它独异的台湾性格。"不分青红皂白，不辨是非曲直，遮蔽台湾统"独"之争，模糊敌我界限，就在台湾岛内外新旧分离主义者、"台独"势力尊奉叶石涛为提出台湾文学"本土化"、"自主性""第一人"之后，计文还公然在一份向世界华文文学界传播的刊物上如此吹捧叶石涛的"文学台独"的遁词——"自主意识"是什么"铸造了它独异的台湾性格"，这真是令人惊诧不已了！

叶石涛的"台湾文学"的"自主意愿"是什么？"它独异的台湾性格"又是什么？计璧瑞的文章看起来是顾左右而言他，而在不经意之中闪烁其词地刻意加以回避，却又巧作伪饰了。在谈及叶石涛对"乡土文学"的"辩证思维"时，计文引用叶石涛写于1984年的《七十年代台湾文学的回顾》一文所说的"台湾历史本来就是整个中国和人类历史的一部分，必须从巨视性的立场来看待台湾历史，才会使台湾文学坚强的本土性格不至于走火入魔"，以作叶石涛仍然主张"中国意识"的见证。计璧瑞没有料到的是，她弄巧成拙了。

我们并不否认《台湾文学史纲》里讲了一些"中国意识"的话，但是，计璧瑞应该知道，前述《文艺报》有关的文章和《"文学台独"面面观》及《台湾新文学思潮史纲》两本书里已经揭露，叶石涛早于1996年7月7日就在高雄左营老家为他的《台湾文学史纲》的"曲笔"作了辩解了。叶石涛说："《台湾文学史纲》写成于戒严时代，顾虑恶劣的政治环境，不得不谨慎下笔。因此，台湾文学史上曾经产生的强烈的自主意愿以及左翼作家的思想动向也就无法阐解清楚。……各种不利因素导致《台湾文学史纲》只聊备一格。"其实已经在分离主义道路上走火入魔的叶石涛，即使是碍于台湾国民党当局的戒严体制而不能放肆地宣扬自己强烈的分离主义和"台独"主张，却还是在《台湾文学史纲》一书里顽固地表现了自己。比如，叶石涛认定20世纪30年代有关"台湾话文"和"乡土文学"的论争就已表明"台湾本身逐渐产生和建立自主性文学的意念",强调"台湾新文学必须走上自主性的道路"。又比如,写到 1947 年《新生报》副刊《桥》上有关二战后台湾文学向何处去的讨论,叶石涛曲成己见,硬说台湾籍作家"希望台湾文学扎根于台湾的特殊性,建立自主性的文学",台湾文学"在三百多年来的跟异民族抗争的血迹斑斑的历史里养成的坚强本土性格"乃是"无可否认的事实"。还比如,论及 1966 年由尉天骢、陈映真、黄春明、王祯和、施叔青、七等生等作家创办的《文学季刊》上发表的黄春明的《莎约娜拉·再见》、王祯和的《小林来台北》等作品时,叶石涛攻击《文学季刊》和黄春明的小说是有意要"迈向新的'在台湾的中国文学'路程","这些新一代的作家不太认识台湾本土意识浓厚的日据时代新文学运动的传统"却要去"着重思考"什么"整个中国的命运"。再比如,说到 80 年代,叶石涛干脆就直白地宣布,80 年代的大陆对于台湾已经不是"日据时代的'祖国'"了,"事实上,台湾新文学从日据时代以来,一直在与大陆的隔绝下,孤立地发展了 60 多年,有许多实质的问题是无法以流派、主义的名称去解决的"。如此这般,难道都是计文所要吹捧的"自主意识"和"独异的台湾性格"?

叶石涛的"两国"论只是激进随意的论述吗

从"乡土文学"到"台湾人意识",到"自主意识"、"自主性",到"台湾文学",叶石涛的分离主义即"台独"意愿,其实是一条黑线,长而又粗且十分清晰的。计文本来不承认叶石涛的论述有这种意愿,不料,却又认定,解严以后的叶石涛"台湾文学""涵义""含混",说什么"涵义的含混也为未来不同论述的各自发展提供了空间"。

计文为什么在这里后退了一步?其实,这就是通常说到的"退一步进两步"了。

计文说,"以解严为标志,叶石涛的台湾文学论述进入了一个新的阶段",即有了新的"演变"。对于这"新的阶段"的新的"演变",计文所作的一个基本描述是:

第一,叶石涛"时有更加激进、本质的变化,由文学论述走向政治论述",像"政治意识十分明显的《撰写台湾文学史应走的方向》,

将'台湾意识'加入了'认知台湾是独立自主的命运共同体'的成分，将台湾文学描述为'就是扎根于这台湾意识，跟台湾民众打成一片，描述在外来民族的压制下艰辛地生存下来的台湾民众生活的文学'，这样的台湾文学是"世界文学的一环，而不是附属于任何一外来统治民族的附庸文学"，"战后的台湾文学也绝非中国文学的一环，隶属于中国文学"。计文说，这种论证"在这一阶段的论述中时常可以见到"。计文倒也不得不承认，在这里，"台湾文学也就成了某种政治理念的代名词，从文学论述转变为政治论述"，这种政治论述"并非以建立合理公正的社会为鹄的，而是以掌握权力（包括话语权力）和政治权力为目标"。奇怪的是，计文作了这样的描述，却又要极力为叶石涛开脱，把叶石涛的分明是鼓吹"台独"的论证轻描淡写地说成是"匪夷所思的论证"，"激进、随意的论述"，只是一种"篇章零散、不成系统的技术性原因和疏于论证、随意性较强的表达方式"，"身为激进论述者集中的'南派诠释团体'的核心人物，叶石涛的激进论似不足怪"，"况且，在该诠释团体中，叶氏的激进论述是比较零散和温和的"。而这所谓的"激进论述"，计文竟然描述说，"90年代，激进论述的主要表现之一是'台湾文学运动'主张'台语'是独立于汉语之外的另一种语言，创作'台语文学'更能表明台湾文学的非中国性质"，而且"叶石涛并不认同这种表述"。

第二，这种"激进、随意的论述其实并不是叶石涛这一阶段论述的全部"，而是他"本时期论述的一极"，"与此同时或前后的其他表述场延续原有的思维轨迹，构成另一极"，即叶石涛"仍主张台湾意识源于中国意识"。

第三，虽然，到90年代，叶石涛"也迷失于文学论述和政治论述的纠葛中"，但他的论述还是"一个不断提升台湾本土（省籍）文学的重要性，最终确立其为台湾文学正宗的过程，也是一个建构'台湾文学'话语的过程"。

你看，又是"匪夷所思"，又是"随意性较强"，还"篇章零散"、"不成系统"、"技术性原因"、"疏于论证"，还"较为温和"、"似不足怪"，只是"'台语'独立"而且仅为"一极"，计文所论的叶石涛当然只是在"为台湾本土文学争取生存权和发展权"，当然有其"合理性"了。

然而，事实绝非如此。

看看叶石涛在20世纪90年代对"台湾文学"的论述发生了怎样的演变，揭露出叶石涛在这演变中的真面目，两相对照，计文的种种论点便无须——辩驳了。

首先要指出的是，计文所说的90年代"激进论述的主要表现之一是'台语文学运动'"，显然避重就轻了。何况，在"台语文学"问题上，叶石涛也绝不是"并不认同""台独"派的"激进论述"的。比如，在《台湾新闻报》上，叶石涛于1995年9月2日发表《新旧文学论争与张我军》，1996年8月18日发表《80年代的母语文学》，还有1996年5月在中正大学"台湾文学与生态环境"研讨会上发表论文《台湾文学未来的新方向》，都宣称，"只有外省族群所用的普通话一枝独秀"，"当然是外来统治民族强压的语言政策所导致的结果"，"用母语来创作是天赋人权，不可剥夺的人权之一"，"随着台湾的民主、自由化，社会的多元化和多样化，各族群重视自己族群的历史、文化的倾向不可避免，台湾文学经过70年的波折与发展以后，各族群以母语来创作应该是理直气壮的"。"台语文学，应该成为台湾文学的创作语文是天经地义的。"

其次，计文用来为叶石涛涂脂抹粉的"另一极"，也是虚假的。计文引用叶石涛解严后写作的《接续祖国脐带之后》一文里有关40年代以及前台湾文学的片言只语的评价，来证明这所谓"仍主张台湾意识源于中国意识"的"另一极"，与"激进论述的冲突至为明显"，这实在显得徒劳无益。我们要请计璧瑞读一读叶石涛收进1994年版《展望台湾文学》一书中的《接续"祖国"脐带后所目睹的怪现状》一文。这也是说台湾意识与中国意识的。文中，借着评价钟肇政小说《怒涛》的机会，叶石涛毫不含糊地宣称，台湾人"认同自己是汉人不等于认同是中国人"，"光复时的台湾人原本有热烈的意愿重新回到'祖国'怀抱的，可惜从中国来的统治者轻视台湾人，摧毁了台湾人美好的固有伦理，使台湾人再沦为'同胞'的奴隶，这动摇了台湾人原本有的认同感，使得台湾人离心离德以至于为生存而不得起义抗暴，'二二八'于焉发生"，于是，"认同感"彻底毁灭。至于，计文引用叶石涛《日据时代、战后初期的两岸文学交流》所说的"文革"10年"大陆文学出现了巨大的断层"，"台湾文学刚好是填补这时期中国文学空白的惟一代表"，用以证明叶石涛还是认为"台湾文学属于中国文学一环"，那就更不符合事实了。请问，叶石涛这句话说的是台湾文学属于中国文学一环的吗？风马牛不相及嘛！何况，计文断章取义为她所用的笔法也太叫人匪夷所思了。叶石涛这篇文章印在他1990版的《台湾文学的悲情》一书里。计文摘引的这句话排在该书62页2、3两行。而在第4行，是全文第三段的黑体字标题，赫赫然，白纸印的黑字竟是："大陆作品对台湾犹如外国文学！"这正是货真价实的"台独"言论！随后，两个页码上4个自然段18行文字里，叶石涛论述的宗旨就是"阐明了台湾文学和台湾作家的自主性（originality），给后人指出了多元性思考的重要"。计文居然这样摘引叶石涛的文字，其选择倾向实在教人不可思议！

最后，我们不得不指出来的是，计文还为叶石涛讳，遮蔽了历史，向广大读者隐瞒了叶石涛在90年代大量的"台独"言行。这类言行，恰恰就是叶石涛"台湾文学"论述的实质，是他"台湾文学"论述演变的极致。比如，1990年1月，叶石涛出版《台湾文学的悲情》一书，继续鼓吹"台湾文化""铸造了自立而独特的文化价值系统"。1992年9月在《台湾文学本土化是必然途径》一文中，1993年11月在《开拓多种风貌的台湾文学》一文中，叶石涛诬蔑中国文化是"具有沙文主义色彩的'大汉文化'"、"外来强权文化"、"异质文化"，攻击二战后当时的中国政府用"威权统治的方式去压迫台湾人接受不同于台湾本土文化的异质文化"。到1995年春，叶石涛以为"台湾文学本土化的主张已获取大多数台湾人的认同"，且"政治压力减轻"，就通过在《台湾新闻报》的《西子湾》副刊上的《台湾文学百问》专栏里一周一篇地发表的随笔文章里，放肆地鼓吹"政治台独"和"文学台独"了。请看这样一些触目惊心的言论："台湾人属于汉民族却不是中国人"；"台湾是一个多种族的国家"，"台湾是主权独立的国家"，"台湾和中国是两个不同的国家，制度不同、生活观念不同、历史境遇和文化内容迥然相异"；"台湾新文学是独立自主的文学"，"中国文学与日本、美、英、澳洲文学一样，是属于外国文学的"，"这就是90年代的现在，何以许多知识分子极力要求在大学、研究所里设立台湾文学系的原因。……大学里的中文系应该是属于外国文学，享有日本文学系、美国文学系一样的地位才是"；等等。

叶石涛的"台湾文学"论述已经演变为"两国文学"论。这，显然不是一般的激进、随意的论述了。

警惕为叶石涛"台独"言行涂脂抹粉的倾向

虽然遮蔽了叶石涛炮制并鼓吹"文学台独"的许许多多的极其严重的言行,尤其是他90年代鼓吹"两国"论、"两国文学"论的言行,计文也还是说,叶石涛关于"台湾文学"的论述在演变中有过所谓的矛盾。

为什么会这样?计文写道:"上述相互矛盾的两极为何几乎同时出现在解严后叶石涛的台湾文学论述中?""根本原因在于作者思想本身存在矛盾,即在本质上叶石涛不是一个完全的激进论述者","叶石涛半个多世纪的文学生活及其矛盾性其实是台湾社会现象和特质的一部分",是"社会变迁和个人气质与体验的综合产物"。

且不说叶石涛几十年的"台湾文学"论述是否真的矛盾,也不论他的言行究竟有没有"两极",计文本意是要证明叶石涛"不是一个完全的激进论述者",寻找出来的原因里,固然说到"社会变迁",重点却正是在于断言,那是由叶石涛的"个人气质与体验"造成的。"这个人气质与体验",计文提到的,有他叶石涛的"反抗精神","文学性格","新自由主义者"的个性,"思考和感情之间的互动和挣扎",等等。

我们不否认气质、性格、体验会影响到一个人在社会实践中对于价值观念、人生态度和民族历史上政治文化是非的取舍,但那不是决定性的因素。叶石涛的悲剧仍然应验于存在决定意识这个古老的真理。

如同仁们已经知道的,1925年出生在台南一个地主家庭的叶石涛,在他不满18岁的1942年那一年,到了台北日本殖民者西川满的身边,在西川满主编的《文艺台湾》社工作。西川满对他宠爱有加,他对西川满感恩戴德。当年,叶石涛就写小说《春怨》美化那位享尽了皇民战争文学荣华的头号战争协力文化人西川满。叶石涛后来在回忆录里说西川满曾经有计划地训练他。彭瑞金在《叶石涛评传》里也认定,西川满是指引叶石涛"前进"的"一盏""文学明灯",在叶石涛的"心灵上"留下了"深刻的文学烙印"。这使得叶石涛因为在"皇民化"、"皇民文学"时期就紧紧地追随西川满而给自己留下了一段不光彩的历史。当时,叶石涛就在报纸上发表《公开信》,为西川满帮腔,攻击台湾爱国文学家的文学精神是什么"狗屎现实主义"。西川满还在叶石涛的"心灵上""浇灌"了一种"叫做'台湾文学'的意识"。叶石涛毫不讳言他思想充满了日本殖民者教育的"毒素"。这样一种亲日的、媚日的情结难以释怀，难怪，到2002年6月15日叶石涛跑到日本东京大学发表题为《我的台湾文学60年》的演讲，一开始就要声明："20岁以前我是作为一个日本人长大的……出生便是日本人。"当天，他接受日本学者山口守的采访，也声明，他"父母亲有民族的尊严，然而却是错误的尊严"。沿着他在90年代大肆为"皇民化"、"皇民文学"翻案的邪路走下来，叶石涛在这次演讲里还数典忘祖、恬不知耻地鼓吹："'皇民化'就是想使台湾人'日本人化'；'皇民化'就是使台湾'现代化'、'近代化'。"他还颇为自得地说："这只要检证一下台湾总督府发布的这个'皇民化'中的每个条项就知道。"应该说，这样的背景和情结，正是叶石涛走上"文学台独"邪路的一个最初始、最本源的出发点。如同台湾学者曾健民所批判的，叶石涛"以'台湾主体'为名的'台独文学'论，其实质就是当年日帝的'皇民意识'论"，"叶石涛开口闭口说的'台湾主体'，不过是一个建立在日本殖民者的皇民意识基础上的'台湾主体'"而已！

2002年9月5日的台湾《中国时报》艺文版上，有一则报道是该报记者对叶石涛的采访稿。为了表明自己的"独"派身份是合乎情理的，不必隐瞒的，叶石涛说道："文学历史的观点，是随政治环境的空间与时间改变的，我认为，我自己的文学定位也是需要检讨的。"这样的声明也告诉世人，叶石涛的悲剧可以从台湾社会及思想的发展得到科学的解释。

这位日本人情结难以纾解的叶石涛步入二战之后台湾光复的历史时期的时候，他所面对的是有关台湾前途的一个极其复杂的局势。此前，1942年年初，美国国防部军事情报总部台湾问题专家柯乔治就有了"台独"的"创见"。此人主张让台湾自治独立，或由美国托管再举行公民投票自决。国防部的远东战略小组也在这一年春天建议麦克阿瑟从日本人手中夺取台湾后，由美国军队先行接管，战后再进行"台湾民族自决"或成立"台湾共和国"。只是，由于当时国际形势复杂，这些议论暂时搁置了下来。1947年3月初，台湾爆发"二二八"事件后，美国驻台北总领事馆向华盛顿提出了"台湾地位未定论"和"联合国托管方案"，表明美国对台政策发生变化。1948年11月24日，中国国内解放战争迅猛发展，蒋家王朝就要覆亡之际，美国参谋长联席会议主席海军上将李海又提出了《台湾的战略重要性》的备忘录，重提了美国政府应该推动"台独"的议题。1949年1月15日，美国国务院远东司司长巴特沃思又在一封绝密信中说："我们国务院所有的人物都强烈感到我们应该用政治的和经济的手段阻止中国共产党政权取得对（台湾）岛的控制。"1月19日，美国国家安全会议在一份报告中表明了美国政府推动"台独"的立场。8月，美国根据中国国内形势的发展做出决定："我们应该运用影响，阻止大陆的中国人进一步流向台湾，美国还应谨慎地与有希望的台湾当地的领袖保持联系，以便将来有一天在符合美国利益时利用台湾自治运动"，"扶植台湾自主分子，俾使其发动台湾独立时，可合美国之利益"。虽然美国政府推动"台独"的政策没有敢于公开实施，但是，1951年的旧金山《对日和约》，1952年台北的《中日和约》，还有1954年的《中美协防条约》，又都炮制了一个"台湾地位未定"的谬论。此后，美国反华势力就一直扶植"台独"，阻挠中国完全统一了。在这样的背景下，海外的"台独"势力活动重心由日本转移到了美国。在一些老"台独"分子如廖文毅、王育德、史明等人之后，到80年代，台湾岛上的新分离主义势力终于走到了前台。从解严之前的"美丽岛事件"到解严之后的"台独"政党组建党活动，台湾政局一直动荡不定。其间，在意识形态、文化思想领域里，"台湾结"与"中国结"、"台湾意识"与"中国意识"的争论绵延十余年而不断，形成"独立"与"统一"的激烈争论。叶石涛"台独"言论中所有有关中国是外来殖民势力、汉族沙文主义的攻击言辞，全都是当时"台独"势力惯用的言辞；所有有关统、"独"之争是台湾人与中国人的"民族矛盾"、是台湾人向国民党当局"争民主"的斗争等等策略，也全都是当时"台独"势力通用的策略；而所有有关"台湾人意识"、"台湾主体性"等等又全都是当时"台独"势力的文化标签。叶石涛和他的时代的"台独"势力是同心同德同一步调的。

何况，那个时期的叶石涛，和海外、岛内的"台独"分子如陈芳明、张良泽、彭瑞金等是互相呼应的。这从《文学界》杂志得到陈芳明的极力夸奖可见一斑。事实上，叶石涛的"两国"论、"两国文学论"也和陈芳明等海外"台独"势力的叫嚣完全合拍。

这不是用叶石涛的个人气质、性格所能搪塞过去的。

就在前述 2002 年 9 月 5 日《中国时报》的报道里，叶石涛说：
"如果'台湾独立建国'，我相信杨逵的地位会被彻底改变，又譬如张
我军的成就也会被重新看待。"这是叶石涛其人最近的最新的"台独"
言论。不知计璧瑞面对这样的言论又当作何感想。

　　一个时期以来，当着海峡两岸爱国人士、主张统一的文学家深入
揭露和批判叶石涛的"文学台独"言行的时候，总有一些人，力图把
叶石涛的问题从统、"独"之争中解脱出来，使之归于纯粹的学术问
题，而加以论说。对叶石涛的言行或断章取义、为他所用，或移花接
木、曲成己见，甚而至于有意遮蔽阉割，搞起瞒和骗的论说来，这是
很不好的做法，十分有害的倾向。我们应该警惕！

原载《文艺报》2002 年 9 月，
《世界华文文学论坛》2003 年第 3 期转载

当前大陆学界台湾文学研究与教学中的几个问题

赵遐秋

最近 20 多年，在中国大陆，中国现、当代文学史的学术研究和大学教学的内容，已经把我国台湾地区的现、当代文学包容进去。经过我们学术界和教育界的努力，这种学术研究和大学教学工作已经取得了很大的成绩。然而，这些年里，两岸形势变化极大。台湾现、当代文学发展历史上很多过去不为大陆学界所知的确凿无疑的"史实"，现在都重见天日，绝大多数都展示在我们面前了。眼前台湾当局的"台独"路线，又促使"去中国化"的方针在文学领域里猖獗推行，从而导致"文学台独"恶性膨胀，给我们提出了很多新的十分严重的问题。面对这些重新展示的"确凿史实"和新近提出的"严重问题"，反思我们大陆学界既往的研究和教学成果，理性地面对当前大陆学界台湾文学研究与教学的状况，本着我们文艺科学的学者都应该具有的实事求是的学术品格和治学精神，我们应该承认，当前大陆学界台湾文学研究与教学工作中，出现了一些值得我们高度重视并且务必要认真加以解决的问题。由于这些年在中国作家协会台港澳暨海外华文文学联络委员会做一些这方面的工作，十分关注这方面的问题，我觉得，有些问题还是相当严重的，是需要我们以不能危害学术、不能误导学生，更不能影响国家统一事业，所以不能贻误时机的责任感、使命感和紧迫感来着手解决的。

从 20 世纪 80 年代至今，有一大批研究成果，建构起了大陆学界的"台湾现、当代文学史"的"史论学术研究"的体系和"学科知识教育"的框架。我们有了自己的"台湾现、当代文学史"的学者和研究队伍，有了开展研究活动的机构，有了发表研究成果的阵地，还支撑起来这个学科的高等教育体系。

然而，十分遗憾的是，当前，在大陆学界，关于台湾文学的学术研究和大学教学，大大落后于情况的变化了。回过头来看，我们不难发现，在研究和教学的内容上，存在着很多的问题。

一、错误的史实描述与阐释

以往，我们的一些论著，认定叶石涛是著名的甚至权威的文学评论家、文学史家。对他在 1977—1978 年台湾乡土文学论战中的言论，不仅是搬过来用作描述和阐释那场论争的话语，而且是当成判断那场论战是非的金科玉律似的标准，甚至还刻意歪曲事实对此人加以美化。事实上，人们误读了叶石涛的文章《台湾的乡土文学》、《台湾乡土文学史导论》，以及后来写的著作《台湾文学史纲》。

在这些文章和著作里，叶石涛确实写进去这样一些文字："中国意识"、台湾文学"始终是中国文学不可分离的一环"、"本省作家……终于能成为祖国文坛坚强的一翼"，等等。但是，叶石涛在 1977 年 5 月发表的《台湾乡土文学史导论》里又确实宣扬，在日本帝国对台湾的资本主义改造过程中兴起的市民阶级在感情上、思想上与农村的、封建的台湾之源头——中国脱离了关系，从而产生了一种新的"台湾人意识"，导致"台湾的文化民族主义"发展了和中国分离的台湾自己的"文化民族主义"。对此，同年 6 月，陈映真就发表了《"乡土文学"的盲点》一文，一针见血地揭露和批判叶石涛的文章宣扬的是"用心良苦的，分离主义的议论"。至于那些言之凿凿的"中国意识"等词句，后来，1996 年 7 月 7 日，叶石涛在高雄左营写的《台湾文学入门·序》中就声明说，那是他在"戒严时代，顾虑恶劣的政治环境，不得不谨慎下笔"的结果，"因此，台湾文学史上曾经产生的强烈的自主意愿……也就无法阐释清楚"。对于这一点，尊奉叶石涛为"文学台独"宗师并多年追随叶石涛从事分离主义活动的彭瑞金，也在 1999 年印行的《叶石涛评传》中做了澄清。彭瑞金说，叶石涛写的那些"中国意识"的"话语"，是"在行文中突兀的插叙，更像是刻意缀加的伪饰。像是掩人耳目，又像以此前不沾村后不着店的刺眼语句，制造论述的模糊"。彭瑞金还说："这些看似矛盾的刺眼语句，同时出现在一篇论述里，显然有些是用来瞒人耳目的装饰语言，何者为真？何者又是伪饰？并不难分辨。但环绕《台湾的乡土文学》一文的论述，却清楚表达了一件事，那就是这些论述的范围和对象是一致的，它们以'台湾乡土'为中心，自成一脉，独立一族的"，是"以'乡土文学'为台湾文学镇魂收惊"，"非常清楚，所谓'台湾文学史'就是一部具有抵抗立场、在野观点的台湾人的文学史"。可见，叶石涛提出来的"台湾人意识"的实质是分离主义，即民族分裂主义，是一种"台独"的思想和言论。1995 年 10 月 28 日，叶石涛在高雄《台湾新闻报》的《西子湾》副刊上发表《台湾文学史上的乡土文学论争（下）》一文，攻击当年批判了他的陈映真"是民族主义者，并不认同台湾为弱小新兴民族的国家"。所以，叶石涛提出的"台湾人意识"，要害是把台湾看作是一个独立于中国之外的"新兴民族的国家"。就是从这"台湾人意识"出发，20 多年里，从"乡土"到"本土"，从"台湾意识"到"本土意识"，从"自主性"到"文学独立"，叶石涛把他最早提出来的"台湾人意识"发展成了"文学台独"势力的理论纲领。这就是铁的史实。

与此相关联，叶石涛在 1996 年 8 月 25 日发表的《80 年代的文学刊物》一文里说，他在 1982 年 1 月拉着郑炯明等人一起在高雄创办的《文学界》杂志，一开始就是要"凝聚南部作家的共识……确立台湾文学的自主性，缔造中国文学之外的独立的台湾文学"的。难怪，1983 年 4 月 13 日，早就在美国从事"台独"活动的陈芳明在洛杉矶写了那篇吹捧的文章《拥抱台湾的心灵》，欣喜若狂地叫嚷，《文学界》的出笼表明，台湾本土文学与"本土政治结合起来"，终于迈入了"新的里程"。可是，以往，我们也是充分肯定这个搞"文学台独"的杂志的。

直到 2003 年，大陆某一个学会的刊物还发表我母校中文系一位年轻副教授的文章，为叶石涛辩解说，叶石涛的"台湾人意识"更加"系统化、理论化"，"使乡土文学有了比以往更加明确的定义"，叶石涛的主张"阐明台湾文学在历史的流动中如何地发展了它强烈的意愿，且铸造了它独异的台湾性格"，他"以历史唤醒现实的意图是明确的"，他"在强调台湾文学的'殊相'的同时，仍将'台湾意识'清晰地阐明为中华文化的一部分"，叶石涛"在台湾文学史论述中的地位有目共睹"。这种刻意误读的结果是有害的。

二、某些史实的意义重视得不够

1947 年 11 月到 1949 年 3 月，以《新生报》的《桥》副刊为主阵地，引发了一场大的争论。白少帆等主编的辽宁大学版的《现代台湾文学史》提到了《桥》发表文章"对日据时期的新文坛进行了初步总结"，实属难能可贵。可惜，他们对这一事实的意义开掘不够，重视不够。

当时，在"二二八事件"的余悸中，在所谓的"动员戡乱"的政治恐吓下，在国共内战进行的风雨中，怀着时代热情和人生理念的人又都悄悄地集结到文学阵线上来。不管省内还是省外的作家们，都寄希望于用推动台湾的新文学运动来促进时代的变革。于是，歌雷主编的《新生报》的《桥》副刊提供了这样的阵地。这场论争的主题是如何建设台湾新文学。时间持续 1 年 3 个月，包括座谈会在内有 50 多人参加，发表的文章有 50 多篇，讨论问题的广度和论文的理论水平，都不逊色于中国新文学史上的任何一次论争。特别是在 1947 年到 1949 年之间，大陆文学界卷进了国共内战的硝烟中，无暇他顾之际，这场论争就更显得独特而重要了。

当时，论争主要集中在以下三个大的问题上：一是对日据时期台湾文学的历史回顾与评价；二是关于台湾文学的特殊性与中国文学的一般性的辩证认识；三是关于现阶段台湾文学的路线、方向、创作方法问题。这场论争的旗帜上写下的是极其重要的两条：一是，"台湾是中国的一省，没有对立。台湾文学是中国文学的一环，当然不能对立"，"今天台湾新文学的建设根本就是祖国新文学运动问题中的一个问题，建设台湾新文学，也即是建设中国新文学的一部分"；二是，台湾新文学建设的方向是"让新的文学走向人民，作为人民自己的巨大的力量，创造今天人民所需要的'战斗的内容'、'民族风格'、'民族形式'"，也就是说，台湾新文学是新现实主义的人民大众的文学。这标志着，光复后复苏的台湾左翼文学与大陆左翼文学阵营的汇合，成了一股重要的文学思潮。尽管 1949 年的"四六事件"大逮捕中，论争的主要参与者杨逵、歌雷、孙达人、张光直等一一被捕，朱实、萧荻等人则纷纷逃亡大陆，《桥》也被迫停刊，但是，论争的影响是不可低估的。

三、重要的史实被遗漏

关于日据时期的"皇民化运动"和"皇民文学"，我们众多的学术论著里，无一例外地遗漏了当时围绕着"狗屎现实主义"展开的一场论战。那场论战表现了日本军国主义殖民当局和"皇民文学"的汉奸文学势力勾结在一起对台湾新文学的摧残，以及台湾爱国作家不屈不挠的反抗斗争。

当时，在殖民当局加紧推进"皇民文学"的情况下，台湾爱国作家们尽量回避军国殖民体制的文艺政策，继续以台湾的、现实主义的、传统的文学精神，描写台湾人民的生活，以表现台湾社会内部的矛盾和台湾人民不甘于殖民统治的精神苦闷为主题，用创作实践抗拒"皇民文学"派的压力，努力不使台湾文学沦为"皇民化"、"御用化"的工具。这种文学精神，这种创作方法，这种文学作品，自然成了"皇民文学"的一大障碍。于是，殖民当局一方面召开"决战文学会议"迫使台湾作家就范；另一方面发动文化围剿，一场围绕着"狗屎现实主义"展开的论战就此发生。先是一个叫作滨田隼雄的狂热的法西斯主义御用文人，在"台湾皇民奉公会"的机关杂志《台湾时报》1943年4月号上，发表了《非文学的感想》一文，攻击吕赫若、张文环的创作倾向。随后，在5月1日"台湾文学奉公会"成立的当天，日本殖民当局的文学总管西川满，在《文艺台湾》上发表了一篇《文艺时评》，借着推崇日本小说家泉镜花来攻击、辱骂台湾文学的主流是"狗屎现实主义"。辱骂之余，西川满还搬出台湾作家中极少数变节屈从者所写的"皇民文学"作品来打压台湾爱国作家。西川满写道："下一代的本岛青年早已在'勤行报国'或'志愿兵'方面表现出热烈的行动了。"以描写这种"热烈行动"的"皇民文学"作家为"榜样"，西川满质问台湾爱国作家："不是也应该去创作一些……具有日本传统精神的作品吗？"西川满威胁和警告台湾作家："在东亚战争中，不要成为投机文学，应该力图树立'皇国文学'，如此而已。"

对于滨田隼雄的指责和西川满的辱骂，吕赫若，还有化名为"世外民"的邱永南，都进行了驳斥。5月10日的《兴南新闻》发表的署名"世外民"的文章《狗屎现实主义与假浪漫主义》，在充分肯定台湾爱国作家坚持的现实主义精神和创作方法、严词批判西川满的假浪漫主义的同时，特别庄重地宣布，台湾的爱国作家决不会像那些"皇民文学"的"作家"那样，"决不降低格调"去写那种"虚假的东西"。

没想到，"世外民"的文章发表一个星期之后，5月17日的《兴南新闻》上，跳出来一个18岁的叶石涛，抛出了一篇叫作《给世外民的公开信》的东西，不顾一切地为西川满辩护，为"皇民意识"、"皇民文学"唱颂歌，进一步辱骂"狗屎现实主义"，还指名道姓地威胁、恐吓那些敢于抵制"皇民文学"的台湾爱国作家。叶石涛当时在西川满主持的《文艺台湾》社做编务工作，奉西川满为"恩师"，西川满也把叶石涛看作是"入门弟子"。1997年写《台湾文学问答》的时候，叶石涛一再表示他钦佩西川满的所谓坚强的作家灵魂，感谢西川满在半个多世纪之前就出钱出力建立了日本文学一环的外地文学——台湾文学。当年，叶石涛的"皇民"言论一出笼，立刻就遭到了台湾爱国作家的迎头反击。其中，最有力的批判，是著名作家杨逵发表在1943年7月31日出版的《台湾文学》夏季号上的文章《拥护"狗屎现实主义"》。

这样的历史是不能遮蔽起来的。在20世纪八九十年代的台湾文学界，"文学台独"活动中，一些死硬的分离主义者始终都在勾结日本的反动学者美化"皇民文学"，大做特做"皇民文学"的翻案文章。日本有一位号称"日本现代中国文学的权威"，还被看作是日本的"自由派左翼人士"的藤井省三，1998年在东京的东方书店出版了一本书叫《百年来的台湾文学》，明目张胆地为台湾"皇民文学"涂脂抹粉，把当时为日本侵略战争服务的"皇民文学"说成是"爱台湾"、仰慕"日本的现代性"的文学，而不是彰久明甚的汉奸文学。书中充满了力图把台湾文学从中国文学分裂出去的暴论。这本书的中文版《台湾文学这一百年》，已经在台湾印行。围绕着日本右翼文人藤井省三的"力图把台湾文学从中国文学分裂出去的斗胆的暴论"，在台湾，也在日本，新一轮的文学界的"统""独"之争正在激烈地展开。令人吃惊的是，2004年10月15日北京一家报纸的"书评·华语"版上，竟然有署名为"书评人×××"者，刊出了一篇题为《台湾文学入门之书》的文字，对中华民族的统一大业置若罔闻，荒唐无比地吹捧藤井省三"力图把台湾文学从中国文学分裂出去的斗胆的暴论""显现"了"台湾文学研究的另一种可能"。本来，日本军国主义殖民台湾时期的"皇民文学"，早就被钉死在"汉奸文学"的历史的耻辱柱上了，这位"书评人"的"奇文"竟然还要说，"这一殖民时期的定位，却也正是当前台湾文学研究最薄弱也最迫切需要补足的一环。藤井的'示范棋'，或者也可以激发那些手持棋子，却执著于'黑白之分'，而迟迟不能（或不敢）落手定石的研究者的勇气吧！"这警醒了我们中国大陆的文学工作者，对于日本国的"台独派"文人藤井省三其人、其文、其书，我们再也不能等闲视之，再也不能不表明严正的态度予以揭露和批判。

四、当下的复杂文学现象几乎是一片空白

大家都可以看到的是，在我们以往的研究成果里，对于最近这 20 来年的台湾文坛上的"统"、"独"之争，还是一片空白。

1997 年 10 月 19 日，陈映真在台北人间出版社与夏潮联合会主办的"乡土文学论战 20 周年研讨会"上发表长篇论文《向内战·冷战意识形态挑战》时，写下了一句充满了历史沧桑感的名言："历史给予台湾形形色色的民族分离主义以将近 20 年的发展时间。"这种感慨描述的是事实。

本来，20 世纪 70 年代的台湾乡土文学论战中，随着论争的深入发展和复杂演化，就有了强烈的"中国指向"。现在，弹指间，20 多年过去，环顾今日之台湾，人们不能不面对的现实，如同陈映真所说："70 年代论争所欲解决的问题，却不但没有得到解决，反而迎来了全面反动、全面倒退和全面保守的局面。"从 80 年代开始，台湾兴起了"全面反中国、分离主义的文化、政治和文学论述"。在李登辉、陈水扁的"政治台独"的支持下，不仅叶石涛、张良泽、彭瑞金、陈芳明等人 20 余年间一直顽固地鼓吹"文学台独"，而且还在年轻的文学研究者中找到了后继者。还有，连当年主张中国意识的人如王拓也转向了。我们可以看一看他们这一伙顽固的"文学台独"势力的"大佬"叶石涛所发表的一些赤裸裸的分离主义的言论。光是在 1995 年、1996 年，叶石涛在高雄《台湾新闻报》的《西子湾》副刊上，就狂妄地鼓吹："台湾人……不是中国人，台湾是一个多民族的国家"，"台湾是主权独立的国家"，"台湾和中国是两个不同的国家，制度不同、生活观念不同、历史境遇和文化内容迥然相异"，"不论是战前或战后，不能以台湾文学的创作语文来界定台湾文学是属于中国或日本文学；这好比是以英文创作的美国、加拿大、澳洲、纽西兰等国的文学不是英国文学的亚流一样的道理。同样的，新加坡的华文文学也就是新加坡文学，而不是中国文学"，"台湾新文学是独立自主的文学"，"中国文学与日本、英、美、欧洲文学一样，是属于外国文学的"，"中国文学对台湾人而言，是……外国文学"，"随着台湾历史的改变，有一天，台湾文学的创作语文一定会以各种族的母语为主才对，这取决于台湾人自主的确立与否"。不仅是言论，这些年，"文学台独"势力还在台湾当局的支

持下搞了许多活动，比如，他们公然为"皇民文学"翻案，公然扭曲"台语"的性质，炮制所谓的"台语文学"，还公然在大学里组建"台湾文学系"和"台湾文学研究所"，并且构建"独立"的"台湾文学史"的体系，等等，一时之间，弄得乌烟瘴气。

对此，以陈映真为代表的台湾爱国文学家展开了坚持不懈的艰苦卓绝的斗争，为维护中国文学的统一，维护国家的统一，建立了丰功伟绩！中国文学的历史，中国国家统一的历史，都不会忘记他们。我们大陆学界的台湾文学研究与教学工作，当然也不能留下一片空白。

五、原有的整体性的框架陈旧过时，并因错误和疏漏站不住脚

大陆学界原有的台湾现、当代文学史的建构，需要有一个彻底的反思。即使是对一些作家作品的评价，也必然会在全新视角的关照下发生变化，需要重新进行价值判断。这就给我们提出了一个谁也回避不了的问题，就是：重写台湾现、当代文学史！

也许，我在这里还要请各位正视一个不太愉快的问题。

我想告诉大家的是，这种重新认识和重写，遭遇到了不同的意见。在有的学者那里，还不愿意承认叶石涛是在搞"文学台独"；不愿意承认叶石涛、张良泽、彭瑞金、陈芳明等人20余年间一直顽固地鼓吹"文学台独"，而且已经集结为一股冥顽不化的"文学台独"势力；不同意大陆学者和台湾"统派"一起进行的反对"文学台独"的斗争。他们极力主张和叶石涛等人的"文学台独"的分歧是一个纯学术性的问题，应该在学术讨论的范围里解决。他们甚至在"文学台独"势力气势汹汹地当面羞辱自己的时候也要和对方讲绅士风度，讲温情和团结……然而，他们却又要把大陆一些坚决反对"文学台独"势力的学者斥之为"左"！我前面提到的那位副教授为叶石涛辩解甚至可以说是涂脂抹粉做翻案文章，还酿成了一个小小的风波，就是一个令人吃惊的事例。那篇文章出来以后，理所当然地受到了批评。这使有些学者很不痛快，甚至做了不少小动作。这是很不好的，很不应该的。

可以肯定，我们有的学者不了解情况，一时难以转过弯来；或者，有的学者跟海峡彼岸的叶石涛等人有过一些交往，一时难以置信；有的学者面对自己业已建树的成就遭遇不测，难以接受。凡此种种，都可以理解。

对于一些不太了解情况的学者来说，我愿意在这里介绍一点资料供参考。从 1999 年年末开始，中国作家协会的机关报《文艺报》就扛起了批判"文学台独"的大旗。还有中国作家协会台港澳暨海外华文文学联络委员会的会刊《世界华文文学论坛》，也始终站在批判"文学台独"的最前沿。这一报一刊，发表了许多篇摆事实讲道理的好文章。其中，光是揭露和批判叶石涛"文学台独"言论和活动的文章，就有陈映真的《论"文学台独"》，曾健民的《台湾殖民史的"疮疤"》，樊洛平的《历史岂容虚构》，曾庆瑞的《作品里"都有一个中国"》，赵遐秋、曾庆瑞署名"童伊"的《叶石涛鼓吹"文学台独"的前前后后》、《叶石涛的演变究竟说明了什么?》，等等。另外，2001 年 12 月北京九州出版社出版的赵遐秋、曾庆瑞合著的《"文学台独"面面观》，2002 年 1 月北京昆仑出版社出版的吕正惠、赵遐秋主编的《台湾新文学思潮史纲》，都对"文学台独"的来龙去脉及其多年的言论、活动作了全面的揭露和批判。

我想，一旦了解了事情的真相，我们大陆学界的广大学者们就会是非分明了，态度坚决了。我们中国的知识分子有一个很好的传统是，决不会在不良的思想文化倾向面前保持沉默，因为那无异于逃避，恰是一种羞辱。现在，更何况事关中华民族的统一大业呢?

就我们大家做学问而言，我还想提到，陈寅恪先生生前说过，每一时代之学术，"必有其新材料与新问题。取用此材料，以研求问题，则为此时代学术之新潮流"。从某种意义上说，我们取用台湾现、当代文学的新材料和新问题作研究，体现的，或者说表现的，也是一种时代学术的新潮流。这中间，理所当然地，是一系列新的史实的发现和新的理论的创造，构建的是一个由新知识、新思考方式以及新话语、新言说风貌相结合的新的学术体系。我们这些中国大陆学界研究台湾现、当代文学的学者何乐而不为呢?

原载《世界华文文学论坛》，2005 年第 1 期

要警惕"文学台独"的恶性发展

赵遐秋

台湾乡土文学论战 20 周年纪念的时候,陈映真在《向内战·冷战意识形态挑战》一文里,写下了一句充满历史沧桑感的名言:

历史给予台湾形形色色的民族分离主义以将近二十年的发展时间。

陈映真的感慨是有根据的。本来,20 世纪 70 年代的台湾乡土文学论战中,随着论争的深入发展和复杂演化,台湾新文学就有了强烈的"中国指向"。现在,弹指间 20 年过去,环顾今日之台湾,人们不能不面对的现实,如同陈映真所说,乃是:"70 年代论争所欲解决的问题,却不但没有得到解决,反而迎来了全面反动、全面倒退和全面保守的局面。"从 80 年代开始,台湾岛上兴起了"全面反中国、分离主义的文化、政治和文学论述。台湾民族主义代替了中国民族主义。反帝反殖民论被对中国憎恶和歧视所取代。民众和阶级理论,被不讲阶级分析的'台湾人'国民意识所取代"。

就陈映真而言,20 年如一日,他密切注视这一变化,锲而不舍地和形形色色的民族分离主义展开毫不妥协的斗争,堪称今日台湾思想文化战线上以坚决维护祖国统一为己任的最出色的战士之一了。然而,以他的睿智和预见力,大概连他也不会想到,事态的发展,比他在那篇文章里说到的还要严重得多。那就是,"文学台独"有了恶性发展,我们不能不格外加以警惕。

在这里,就"文学台独"的这种恶性发展,我谈三个问题:(1)什么是"文学台独";(2)"文学台独"恶性发展的历史;(3)"文学台独"鼓吹的主要言论是什么。

一

什么是"文学台独"？

一言以蔽之，"文学台独"是"台独"的文学别动队。它指的是，在台湾，有一些人鼓吹，台湾新文学是独立于中国文学之外的文学，不同于中国文学也不属于中国文学的一种"独立"的文学，和中国文学已经"分离"，已经"断裂"的"独立"的文学。其核心的观念，其关键词，其要害，是"独立"。

目前，"文学台独"论者有两种说法。一种说法是，文学的"独立"已经早于政治的"独立"而实现。另一种说法是，文学的"独立"要通过政治的"独立"去实现，有赖于政治的先行"独立"才能"独立"。不管是哪一种说法，"文学台独"的鼓吹者都已表明，他们鼓吹的"文学台独"正是整个"台独"的一个组成部分。他们在中国文学和台湾文学之间制造分裂的文学版图，是重合和叠化在"台独"的所谓的文化版图、民族版图、地理版图和政治版图之上的。而那文化版图，正是分裂中华文化和台湾文化的；民族版图，正是分裂中华民族和在台湾的汉族及山地民族住民的；地理版图，正是分裂祖国大陆和台湾岛屿领土完整的；政治版图，正是分裂中国国家主权，反对"一个中国"，妄图使台湾省脱离中国而"独立"成一个"国家"的。

所以说，"文学台独"是"台独"在文学领域里的表现，是"台独"的一个方面军。鼓吹"文学台独"就是使"台独"文化化、文学化。它是使"台独"泛化到社会精神文化的各个领域、各个方面的险恶阴谋的一个组成部分，是在政治"台独"一时无法得逞的情况下先行炮制"文化台独"的险恶阴谋的一个组成部分，是台湾一股"台独"势力一时还不敢公开"明独"，而要先行炮制"暗独"的一个险恶的步骤。因此，鼓吹"文学台独"就是利用文学为政治"台独"寻找根据，制造舆论，就是为政治"台独"张目，为政治"台独"作准备。

"文学台独"既然是政治上的分离主义在文学领域里的反映，那么，政治领域里的分离主义，就必定是"文学台独"赖以生存、发展的基础和前提条件了。大家知道，第二次世界大战结束，日本战败，台湾光复，回归祖国，对于1942年美国驻外人员策动要把台湾从中国分离出去，让台湾独立的种种阴谋来说，应该画上句号了。然而，树欲静而风不止。美、日反华势力和台湾本岛的新老分离主义分子，并不就此罢休。特别是1987年"解严"以后，"台独"势力披着"争民主"的外衣，打着"民主"的旗号，进行分裂祖国的活动，直到以"台独"为政治纲领的民进党的成立，以及2000年陈水扁的上台，这种政治上的分离主义在文学领域里及时地得到了反映，这就是"文学台独"恶性的膨胀，形成了一股反民族、反中国的思潮。

迄今为止，在台湾这股"文学台独"势力的代表人物，有叶石涛、彭瑞金、张良泽、陈芳明等人。

二

1977年，叶石涛的《台湾乡土文学史导论》一文，最早敲响了"文学台独"出台的锣鼓。二十多年来，"文学台独"的发生和发展，大致经历了两个阶段，即从"乡土"向"本土"转移，进而抛出了台湾文学"主体论"；从台湾文学"主体论"进而鼓吹"独立"于中国文学之外的"台湾文学"论、文学"两国"论。

第一阶段，70年代到1987年"解严"，从"乡土"向"本土"转移，进而抛出了台湾文学"主体论"。

"乡土"，在文学上的含义，乃是作家作品表现在自然景观和人文景观上的地域色彩。叶石涛在《台湾乡土文学史导论》一文里，却从"乡土"衍生出一个"台湾立场"，"台湾人意识"，说什么，台湾人虽然在民族学上是汉民族，但由于种种历史原因，发展了和中国分离的、台湾自己的"文化的民族主义"。叶石涛的文章发表后，陈映真立即写了一篇《"乡土文学"的盲点》，一针见血地指出，叶石涛的看法"是用心良苦的，分离主义的议论"。针对叶石涛的谬论，陈映真辨正说："所谓'台湾乡土文学史'，其实是'在台湾的中国文学史'。"

紧跟叶石涛的是彭瑞金、陈芳明。他们的文章是替叶石涛来回应陈映真对《台湾乡土文学史导论》的批判的。1984年，陈芳明的《现阶段台湾文学本土化的问题》一文，又使"文学台独"的"乡土"，转移为"本土"，强调立足于台湾本土，而这个"本土"并非是"以中国为中心"的。叶石涛当时就在《台湾小说的远景》一文里对"本土"的含义作了进一步的解释，这就是具有浓厚的"去中国中心化"色彩的"自主性"（Originality）。这所谓的"自主性"，正是台湾文学"主体论"的核心精神。

第二阶段，1987 年"解严"以后，从台湾文学"主体论"，进而鼓吹"独立"于中国文学之外的"台湾文学"论，文学"两国"论。

经过叶石涛及其追随者彭瑞金、张良泽、陈芳明，香火再传到游胜冠等人，这老、中、青三代"文学台独"势力的代表人物，把"文学台独"的思潮与活动，推向了极致，以至于早在 1995 年，他们就公然叫嚷"台湾和中国是两个不同的国家"，"台湾新文学是独立自主的文学"，"中国文学与日本、英、美、澳洲文学一样，是属于外国文学的"[①]；公然叫嚷"再殖民统治"，最后使得台湾彻底与中国分离，台湾文学最后与中国文学彻底分离；还公然叫嚷中国就是台湾走向独立、自主最难摆脱，也最难克服的障碍，中国因此变成台湾各种本土化运动所要对抗的"中国文化帝国主义"、"中国霸权"，成为台湾、台湾文学追求自主、独立历史中挥之不去的梦魇。

在此期间，彭瑞金在《台湾新文学运动 40 年》1997 年 8 月新版的《自序》里，正式提出"设立台湾文学系"，就是要将大学里原有的中文系视同外国文学系。这是"文学台独"从"乡土"、"本土"最后走向"独立的台湾文学论"的一个信号。

近期，台湾教育当局加速、加强了在高校领域中的台湾文学系、所的创设，"台独"派的台湾文学研究大有全面占领台湾文学教育的势头，形势更为严峻了。

三

"文学台独"的炮制者和鼓吹者，痴人说梦般抛出的思想和言论，主要之点是：

第一，台湾新文学诞生之初，就是一种多源头、多语言、多元化的文学，其中，中国新文学的影响远不如日本等外国文学影响大，甚至于，张我军受祖国大陆"五四"文学革命影响而提出的台湾"白话

---

① 叶石涛：《战前台湾文学的自主性》，1995 年 8 月 5 日《台湾新闻报·西子湾》。

文学的建设”，是一条“行不通的路”。这是要从源头上割断台湾新文学和祖国大陆新文学的血缘关系。

第二，台湾新文学的历史发展，就是文学中的“乡土意识”向着“本土意识”、“台湾意识”、“台湾文学主体论”的发展。其间，30年代初的台湾乡土文学和台湾话文的论争，40年代的《新生报》副刊《桥》上有关台湾文学属性的讨论、70年代乡土文学的论争，还有吴浊流、杨逵、钟理和等作家的思想和作品，所有重要的文学现象，全都被篡改了历史，扭曲变形，歪曲了本质。这是要从流变过程中割断台湾新文学和祖国大陆新文学的血缘关系。

第三，与这种“源”、“流”的分裂割断相呼应，还特别串通日本反动学者，美化“皇民文学”，为“皇民文学”招魂。

第四，为“独立”的“台湾文学”寻找“独立”于祖国统一的汉语言文字之外的语言文字书写工具，又肆意抹煞历史、歪曲事实，反科学、反文化地将台湾岛上普遍使用的汉语闽南次方言和客家方言说成是独立的“台语”，鼓吹“台语”书面化，鼓吹另造“台语文字”，以便创作“台语文学”。

第五，为了使“文学台独”得到文学史论著作的学理支撑，又特别鼓吹用分离主义的文学史观和方法，构建和写作以“台湾意识”对抗“中国意识”的“台湾文学史”。这些谬论，集中到一点，就是鼓吹台湾文学是“独立”于中国文学之外的文学，是和中国文学已经“分解”、已经“断裂”的“独立”的文学。

这样的谬论和活动，已经造成了严重的危害和后果。

比如，它遮蔽了历史，误导青年一代对台湾新文学的源流、本质及其具体史实的认知和认同。

又比如，它在文学教育、文学研究体制上诱导一批“独立”于中文系、所之外的，与中文系、所分裂为“两国”文学系、所的“台湾文学系”和“台湾文学研究所”。

再比如，它导致了台湾当局禁用祖国大陆通用了几十年并得到国际公认为标准化汉语拼写的汉语拼音方案，进一步为“创造”“台语”文字、炮制“台语文学”作了准备。

还比如，它由美化“皇民文学”而美化了日本殖民者在台湾的殖民统治，美化了日本帝国主义发动的侵华战争。

更为严重的是，它用这种喧哗的杂语，用这些鼓吹“台独”的文章，毒化民族感情和社会普遍心理，从心智上摧残统一的民族文化。

…………

这都促使我们要大力开展对"文学台独"的批判和斗争。

现在，"文学台独"势力已经向全中国人民，向中国文学史学科，向中国文学史论研究工作者提出了挑战。比如陈芳明，1999年8月在他的《台湾新文学史》的第一章《台湾新文学史的建构与分期》里说，他的台湾新文学史的构建与编写工作还面对着另一种挑战。他板着一副"外国人"的面孔，要着一口与中国人为敌的腔调说："挑战的主要来源之一，便是中华人民共和国学者在最近十余年已出版了数册有关台湾文学史的专书。"使他倍感恐惧的是，这些著作，"认为台湾文学是中国文学不可分割的一环，把台湾文学视为一种固定不变的存在，甚至认为台湾作家永远都在期待并憧憬'祖国'"。陈芳明诬蔑这种见解"只是北京霸权论述的余绪"，"中国学者的台湾文学史书写，其实是一种变相的新殖民主义"。对于这样的分离主义的思想和活动，我们是不能不加以批判的。

纵观当今世界发展的大势，看今日两岸人民要求统一的共同心愿，我们可以断言的是，陈芳明们，还有他的前辈叶石涛们，后生游胜冠们，如不改弦更张，回到统一的中国文学的立场上来，回到统一的中国的立场上来，他们的"文学台独"谬论必将成为"台独"势力的殉葬品而归于死灭！

评台湾文学中的分离主义倾向

赵遐秋

当李登辉陷在分裂祖国的泥坑里难以自拔的时候，台湾政界的一些有识之士和维护祖国统一的学者，正在纷纷起来抨击李登辉的分裂祖国言行，呼吁台湾民众勿为"台独"言论所迷惑，而要和李登辉的分裂祖国狂想划清界限。

现在，我们还要向台湾文学界的朋友呼吁，文学，也要警惕"台独"的侵蚀！

一

台湾岛上的新文学，发端于 20 世纪 20 年代。1937 年全面抗战以后，战时体制下的限制和压力，使台湾新文学严重滑落。不过，直到 1945 年日本侵占时期结束，新文学运动的发展与成长依然是可观的。其后，台湾新文学虽经"二二八"事件摧残，还是得到了重建。1949 年，国民党政府去台，在思想上，独尊三民主义，并以三民主义文艺论指导文学艺术创作，加之政治上实行"戡乱"、"戒严"，致使"三民主义文学"，"反共文学"风行一时。

1956 年 9 月，台湾大学外文系教授夏济安，因对反共八股文艺不满，创办了《文学杂志》。《文学杂志》为台湾现代派的崛起作了舆论准备，培养了人才，是台湾现代文艺思潮的前奏。1960 年 3 月，白先勇主编的《现代文学》杂志问世，现代派文学开始盛行起来。这个文学流派打破了 50 年代反共八股文学控制文坛的局面，引进了西方文学技巧，确实改变了台湾文学的艺术面貌。但是部分现代派的作品空洞晦涩，脱离实际，又陷入了形式主义的刻意模仿。于是，1977 年发生了"乡土文学论战"，既是针对合理化了的"反共文学"，又指向了主张西化的现代派文学，其含义和内容都有了新的发展。只是，论战中，人们对台湾乡土文学的阐释有所不同。叶石涛强调的是台湾乡土文学的本土性、地方性。他认为，"所谓台湾乡土文学应该是台湾人（原住台湾的汉民族及原住种族）所写的文学"，它"应该站在台湾的立场上来透视整个世界"。① 陈映真则认为，"台湾的新文学，受影响于中国五四启蒙运动有密切关联的白话文学运动，并且在整个发展的过程中，和中国反帝反封建的文学运动，有着绵密的关系，也是以中国为民族归属之取向的政治、文化、社会运动的一环"，"所谓'台湾乡土文学史'其实是'在台湾的中国文学史'"。②

从 1980 年开始，在蒋经国的主持下，台湾政权发生了很大的变化，不仅县市政权，连台湾当局的"中央政权"也逐渐本土化，从"二元政治"发展为"一元政治"。随后李登辉上台，怂恿"台独"势力发展。与这种情势相适应的是，在台湾文学界中一种新的动向出现了。有人有意强调"台湾文学"的特殊性，而与"台独"的分离主义相呼应。这种动向，到 90 年代愈演愈烈。

1990 年 6 月，为"推动台湾文学的学术研究"，《台湾文学观察杂志》创刊，发表了大量的分离主义言论。1991 年 3 月，自立晚报文化部出版了《台湾文学运动四十年》一书，用歪曲台湾文学历史的办法，加强了这种分离主义的势头。1993 年 4 月到 6 月，三个月内，由台湾"行政院"文建会及新闻局"赞助"，《文讯》杂志社连续举办了花莲台东、高雄屏东澎湖、云林嘉义台南、台中彰化南投、桃源新竹苗栗、台北基隆宜兰等六场"台湾地区区域文学会议"，借着讨论台湾文学的地域文化特征的议题，张扬台湾文学的"本土化"的问题。会上，一些分离主义的言论更为张狂。

二

这中间，关于"台湾文学"，一些人提出了什么样的主张呢？

《台湾文学观察杂志》创刊号上，署名发表的《什么是台湾文学？台湾文学往哪里去？》一文说，"更激烈的'台湾派'，不仅要建立特殊

---

① 叶石涛：《台湾乡土文学史导论》。
② 陈映真：《"乡土文学"的盲点》。

化的'台湾文学'，更要建立和中国文学分立并具有主体性的'台湾文学'"。文章还指出，"为了产生'独立自主的台湾文学'，最近的趋势是发展'以台湾话文写作的文学'"。他个人则认为："台湾作家写作的客体已经呈现了台湾文学的特殊性。只有量多质精的'台湾文学'作品，才能使'台湾文学'成为中国或华文文学的主流。"

该刊第二期，署名文章《可被撕扯可被摇撼，不可自我迷走！》宣称："台湾文学，终于成了这块土地上产生的人的文学之最适切妥当的指称；尽管仍有部分作家坚持其作品为'在台湾的中国文学'，或自称其作品为'中国现代文学'，而官方也仍力倡所谓'三民主义文学'，但都已无损于台湾文学的自主性，也已撼动不了台湾文学这样历经了七十年风雨撕扯、摇撼的大树。"文章还承认，这种文学运动的开展，"与台湾最大反对党民进党从政治上争取台湾人主权的理念若合符节"。

该刊第四期，另一位作者发表《〈台湾文学本土论的兴起与发展〉绪论》一文说："关于台湾文学本土论与中国文学论的争执，当然不只是名辞之争而已。"文章介绍说，以叶石涛的"本土论"和80年代末的宋泽莱为代表的"一元论"认为，"台湾本就是独立的个体，有独立的民族、文化，当然'台湾文学'，也应该是不从属于'中国文学'，一直是在台湾独立完成的文学传统"。

那部《台湾新文学运动40年》一书，最后把分歧概括为"台湾结与中国结"的纠葛，对"中国结"的代表人物陈映真进行了猛烈的攻击。该书作者主张："台湾文学应以本土化为首要课题。"

说到六场会议，台湾《文讯》1993年8期上有关会议的《专辑》也指出，"旨在从根本处去看文学与土地、人民之关系，更希望横向联结不同区域以整合成整体的文学台湾"。花东地区文学会议上的一篇论文还认为，"讨论地方文学与地方认同，其实是丰富了'台湾文学'大擘下的差异性。两者之间是互相存在且互为主体"，作者还明确说："如台湾独立，台湾文学会被认可。"

就在这六场会议的最后一场，《文讯》副社长兼编辑总监提交了题为《台北：一个文学中心的形成》的论文，提出了"一个真正的文学中心"的问题。论文说："我们希望'台北'更可以是海峡两岸现代文学之中心……更进一步使它成为全世界中（华）文文学之中心。我们应该有这样的理念与企图心，要做其实也不难，就看我们是否有心了。"宣讲时，作者又提出了"瓦解北京中心"的口号。

还可以补充说明的是，《文讯》1993 年 5 月号上发表的《本土化与平民化》一文，还曾宣称："我们都脚踩大地，头顶高天，我们是有能力在台湾的现实之上构建那足以包容'中国'的殿堂。"

上述种种言论，值得注意的是：

第一，在台湾，从 80 年代开始，原来意义上的"乡土文学"质变为"本土化"的"台湾文学"；

第二，这种"台湾文学"是"和中国文学分立并具有主体性的"、"独立自主"的文学；

第三，这种"台湾文学"是和"台独"的民进党的理念相合的，"如台湾独立，台湾文学会被认可"；

第四，这种"台湾文学"是中国或华文文学的主流；

第五，这种"台湾文学"的中心台北，"更可以是海峡两岸现代文学之中心"，要"更进一步使它成为全世界中（华）文文学之中心"，为此，要"瓦解北京中心"。

<h1 style="text-align:center">三</h1>

怎么看待他们的主张？

第一，不管是把台湾文学看作是"和中国文学分立具有主体性的"文学，还是索性标举台湾文学就是"独立自主"的文学，他们都违背了历史事实，篡改了或者曲解了台湾文学发展的历史。

事实上，台湾文学根本就不存在什么"在台湾独立完成的文学传统"。

谁都知道，台湾自古以来就是中国领土。早在两千多年前，海峡两岸人民之间就建立了联系。秦汉以来，这种交往就频见于史传了。甲午战后，清朝政府签署了丧权辱国的《马关条约》，台湾全岛和澎湖列岛割让给了日本。日本侵略者侵占了台湾以后，台湾人民在铁蹄蹂躏之下过着悲惨生活。然而此后的五十年，爱国的台湾各族人民在全省范围内进行了长期的英勇的反抗斗争，为争取解放祖国的神圣领土，谱写了可歌可泣的壮丽诗篇。其中，文学，作为一条重要战线，发挥过重大的作用。

台湾岛上的新文学运动，发端于 1920 年 7 月《台湾青年》创刊。

创刊号上，陈圻发表《文学与职务》一文。陈圻说，真正的文学应该负有传播文明思想、改造社会之使命，近来在中国大陆所提倡的白话文学便是这种文学。陈呼吁，有光彩的历史的台湾文坛，也应朝此一方向去努力。随后，《台湾青年》第三卷第三期，发表甘文芳的《实社会与文学》一文，向台湾同胞介绍了祖国大陆上的新文学运动。同一卷的第六期，陈端明发表《日用文鼓吹论》，更明确地指出："今之中国，豁然沉醒，人用白话文，以期言文一致。而我台之文人、墨士，岂可袖手旁观，使万众有意难申乎？切望奋勇提倡，改革文字，以除此弊，俾可启民智，岂不妙乎？"从这几篇文章可以看出，这是一份《新青年》式的刊物。它表现了台湾文学界紧紧追随在祖国大陆的文学革命运动之后，要兴起一个新文学的运动了。随后，由《台湾青年》改名的《台湾》增办的《台湾民报》，也从提倡白话文着手，催促台湾新文学诞生。《台湾民报》还大量介绍大陆的新文学作品。1924年，还在北京读书的台湾青年张我军，接受了北京新文化运动的洗礼，在《台湾民报》上发表《致台湾青年的一封信》，向台湾的旧思想、旧文化、旧文学发动了进攻，一场新旧文学的论战在台湾爆发，新文学也就在这场论争中正式诞生。

这说明，台湾文学，一开始就是和大陆的新文学联系在一起的。

其后，虽经日本侵占时期、国民党去台统治时期的发展，台湾文学也始终没有"分立"出去，始终没有"独立自主"，始终不是独立完成的文学传统。

第二，台湾新文学在发展过程中的"乡土"情结、本土性，只在发展文学的地域文化特征、地域风格的审美特征上是有意义的。他们把"乡土"、本土性蜕变为"本土化"，蜕变为分离主义的"独立自主"化，是错误的。

台湾文学和大陆上的本根的文学，没有"分立"，是因为这种文学"质"的规定性并没有发生什么变化。

这种中国新文学的"质"的规定性，除了作品的现代思想意识、民族的社会生活题材、民族的人物形象等等因素，就其载体而言，最重要的还是：以现代白话文的汉语言文学为第一载体；以现代小说、散文、诗歌、戏剧文学等文体为第二载体。七十余年来，在台湾，看它的文学，这第一载体、第二载体是绝对没有发生质的改变的。这十多年，一些人提倡"以台湾语文写作的文学"，充其量，那也只是一种方言文学作品，何况，虽经极力鼓噪，也没有成为气候。

至于，把台湾文学说成是中国或华文文学的主流、中心，还鼓噪着要"瓦解北京中心"，那就荒唐之至，不值一驳了。

现在，海峡两岸维护国家统一的文学界，不能不注意到，一个十分严峻的事实是：

在台湾，有一种势力，在文学领域里，与政治上的"台独"或"两个中国"、"一中一台"相呼应，在符合"台独"的理念的大前提下，鼓吹发展分离主义的台湾文学。他们声明，"如台湾独立"，台湾文学则会被认可。可见，这种台湾文学实质上是"台独"的文学。

反对"文学台独"

赵遐秋

    30 年前，在台湾，发生了中国当代文学史上的一件大事：关于"乡土文学"的论战。今天，纪念那场论战 30 周年，回顾历史，人们不会忘记，就在论战激烈展开的时候，在"乡土文学"派的内部，也曾发生过严重的分歧。那就是，叶石涛最早敲响了"去中国化"的、鼓吹"文学台独"的"分离主义"出台的锣鼓。高度警觉的陈映真立即给予了揭露和批判。

    那是 1977 年 5 月 1 日，叶石涛在《夏潮》杂志第 14 期上发表了《台湾乡土文学史导论》一文。对"乡土文学"做了别样的阐释。叶石涛把 1697 年从福建来到台湾的郁永和的《裨海纪游》到吴浊流的小说之间的台湾重要作家作品都包罗进去，把近、现代的至少是 1945 年前的台湾地区的中国文学，全都看作是"乡土文学"，又从这"乡土文学"衍生出了一个"台湾立场"的问题。叶石涛说，台湾从陷日前的半封建社会进入日据时代的资本主义社会之后，在资本主义社会形成过程之中，近代都市兴起，集结在这些近代都市中的，是一批和过去的、封建的台湾毫无联系的市民阶级。他们在感情上、思想上和农村的、台湾的传统没有关系，从而也就与农民的、封建的台湾之源头——中国，脱离了关系。一种近代的、城市的市民阶级文化，相应于日本帝国对台湾之资本主义改造过程，相应于这个过程中新近兴起的市民阶级而产生。于是，一种新兴意识——"台湾人意识"产生了。进一步，叶石涛将这"台湾人意识"推演到所谓的"台湾的文化民族主义"，说什么，台湾人虽然在民族上是汉民族，但由于上述的原因，发展了和中国分离的、台湾自己的"文化的民族主义"。

    叶石涛这种观点遭到了陈映真的批判。陈映真在 1977 年 6 月的《台湾文艺》革新 2 期上发表了《"乡土文学"的盲点》一文，一针见血地指出："这是良苦的，分离主义的议论。"陈映真认为，日据时代的台湾，仍然是农村经济而不是城市经济在整个经济中起着重大作用。

而农村，正好是"中国意识"最顽强的根据地。即使是城市，中小资本家阶级所参与领导的抗日运动，也都"无不以中国人意识为民族解放的基础"，所以，"从中国的全局去看，这'台湾意识'的基础，正是坚毅磅礴的'中国意识'了"。由此，陈映真断言："所谓'台湾乡土文学史'其实是'在台湾的中国文学史'。"

显然，陈映真和叶石涛对台湾乡土文学的这种不同的解释，表现了他们在政治观、历史观以及文学史观方面的根本分歧，关系到整个台湾、台湾文学归属的重大问题。只是，当时，"乡土文学"论战的主要对立面，是恶性的"西化"现象和外来殖民经济的影响，以及官方的意识形态。叶石涛鼓吹的"去中国化"的、"文学台独"的分离主义还只是一股不算太大的逆流，陈映真和叶石涛的论争一时没有继续深入展开。

不过，也许是忧虑于叶石涛炮制的这种"去中国化"的、鼓吹"文学台独"的分离主义谬论的恶性传播，陈映真接着又在1977年7月1日的《仙人掌》杂志第5期上发表《文学来自社会反映社会》一文，强调"台湾新文学在表现整个中国追求国家独立、民族自由的精神历程中，不可否认的是整个中国近代新文学的一部分"。随后，他又在1977年10月《中华》杂志171期上发表《建立民族文学的风格》一文，在1978年8月《仙人掌》杂志2卷6号上发表《在民族文学的旗帜下团结起来》一文，在1980年6月《中华杂志》203期上发表《中国文学的一条广大出路》一文，反复论述他的观点。

然而，这种善良的愿望已经阻挡不住文学领域里"去中国化"的、鼓吹"文学台独"的分离主义的逆流了。

历史已经表明，"去中国化"的、鼓吹"文学台独"的分离主义的逆流，在日后的恶性发展，大致上经历了两个大的阶段。一个是从20世纪70年代到1987年台湾解除"戒严"，将"乡土"转移为"本土"，进而炮制出台湾文学"主体论"。接下来的一个阶段则是，1987年以后，从台湾文学"主体论"出发，进而鼓吹独立于中国文学之外的"台湾文学论"、"文学'两国'论"。其间，1987年，叶石涛出版的《台湾文学史纲》，正是在那篇《台湾乡土文学史导论》的"分离主义"的理论基础上完成的。

这本《台湾文学史纲》，即使是碍于台湾国民党当局的戒严体制而不能放肆地张扬自己的主张，叶石涛还是在书中顽固地表现了自己强烈的分离主义的"文学台独"倾向。比如，他声明，他"发愿写台湾文学史的主要轮廓（outline），其目的在于阐明台湾文学在历史的流动中如何地发展了它强烈的自主意愿，且铸造了它独异的台湾性格"。果然，叶石涛还是在这部《台湾文学史纲》里喋喋不休地写下了他所谓的台湾新文学的"强烈的自主意愿"和"独异的台湾性格"。比如，说到30年代初有关"台湾话文"和"乡土文学"的论争，叶石涛偏偏要说，在论争中，"台湾文学逐渐产生和建立自主性文学的意念"，"台湾文学必须走上自主性的道路"。说到二战之后，光复了的台湾，1947年《新生报》的《桥》副刊上的"台湾文学"向何处去的讨论，叶石涛又曲成己见，硬说台湾文学"在三百多年来的跟异民族抗争的历史里养成的坚强本土性格"，乃是"无可否认的事实"。说到60年代的台湾文学，叶石涛指责陈映真、黄春明、王祯和等作家"不太认识台湾本土意识浓厚的日据时代新文学运动的传统"，却偏偏要去思考什么"整个中国的命运"。说到70年代的台湾文学，叶石涛说，当时的文学作品，是"努力去统合台湾在三百年的历史中带来的不同文化价值系统"，而这"三百多年被殖民的历史"，"每一阶段"都使台湾获得了"异民族的文化形态"。说到80年代最初几年的情景，叶石涛说，"在政治体制上"，80年代的大陆，对于台湾，已经不是"日据时代的'祖国'"了。叶石涛指名攻击陈映真等人在"乡土文学"论争中批评他们有分离主义倾向是"杞人忧天"，"事实上，台湾新文学从日据时代以来，一直在与大陆的隔绝下，孤立地发展了60多年……终于成功地为台湾文学正名"。

这以后，又经历了几年的发展，在另几个"文学台独"鼓吹者一阵阵的喧嚣声中，叶石涛1995年又在高雄《台湾新闻报》的《西子湾》副刊上发表了大量的"文学台独"言论。比如，"台湾人属于汉民族却不是中国人"，"台湾和中国是两个不同的国家，制度不同、生活观念不同、历史境遇和文化内容迥然相异"。"台湾是一个多种族的国家"，"台湾是主权独立的国家"。"台湾新文学是独立自主的文学"，"无论在历史上和事实上，台湾的文学，从来都不是隶属于外国的文学"，"中国新文学对它的影响微不足道……中国文学对台湾人而言，是和日本文学或欧美文学一样的外国文学"，等等。

在叶石涛的率领下，陈芳明等"文学台独"的鼓吹者们，这些年，有恃无恐，又在这条分离主义的歧途上越走越远，想要从源头和流变过程上割断同属中国新文学的台湾新文学和大陆新文学的血缘关系；还跟日本反动学者沆瀣一气，美化"皇民文学"，为"皇民文学"招魂；为"独立"的"台湾文学"寻找"独立"于祖国统一的汉语言文化之外的语言文字书写工具，并且肆意抹煞历史，歪曲事实，反科学、反文化地将台湾普遍使用的汉语闽南方言的一支闽南次方言，还有客家方言，说成是独立的"台语"，鼓吹"台语书面化"。鼓吹另造"台语文字"，以便创作"台语文学"。为了使"文学台独"得到文学史论著作的学理支撑，还特别鼓吹用分离主义的文学史观和方法，构建和写作以"台独意识"对抗"中国意识"的"台湾文学史"。

1997 年，在纪念"乡土文学"论战 20 周年的时候，陈映真在《向内战·冷战意识形态挑战》一文中，阐述那场论战在台湾新文学史上划时代的意义时，写下了一句充满历史沧桑感的名言："历史给予台湾形形色色的民族分离主义以将近 20 年的发展时间。"如今，又是 10 年过去，随着"台独"势力的甚嚣尘上，"文学台独"势力的鼓噪也绝没有偃旗息鼓，我们不能掉以轻心。今天，在我们纪念台湾乡土文学论战 30 周年之际，在我们学习、发扬"乡土文学"论战中所张扬的现实主义的战斗精神的同时，当务之急，就是要把批判"文学台独"的斗争进行到底！

"文化台独"又迈出了危险的一步

赵遐秋

2006 年 2 月 25 日的台北《民生报》上，有一篇该报记者徐开尘的报道说，头一天，麦田出版社的新书《五十年来台湾女性散文》发表会上，来宾余光中和该书编者陈芳明等人就"台湾文学"的阐释展开了讨论。这之前，又恰恰有过一场著名作家余光中和陈水扁当局的"教育部长"杜正胜的"隔空喊话"。

事情的起因是，台湾当局的"教育部"要将文言文教材的比例由65%降到45%。那位一贯主张所谓"本土化"的杜正胜说文言文是保守、落伍的象征。余光中则为"抢救国文教育"而发声，反驳杜正胜说："很多古人智慧精华在今日仍有价值。"最难堪的是陈芳明。此人，从20世纪80年代到现在，鼓吹"台独"不遗余力。虽说视余光中为文学的启蒙老师，无奈有"教育部长顾问"头衔在身，陈芳明还是站出来反驳了余光中，为杜正胜帮腔说，政治大学的"台湾文学研究所"就"鼓励学生广泛阅读中国文学"。于是，就有了这场新书发表会上的"讨论"。陈芳明编选这套书的搭档说，这套书是"中国文学和台湾文学的融合"。

也许，光看文言文教材的比例由65%降到45%，还不觉得其中的阴谋有多诡秘，联系到有关"台湾文学"的鼓噪，人们就不难看出来，这是台湾当局在"文化台独"上又迈出了危险的一步！

原来，早在1983年6、7月，一个在美国做"台湾独立联盟"副主席的人洪哲胜，就在美国出版的《台湾与世界》总1、2期上抛出了《台语发展史巡礼》一文，鼓吹"台语"绝不等同于福建话，即使战后收复台湾行使国家主权的"外来政权"国民党政权"危临台湾"，"在'台语'中留下了或深或浅的痕迹"，"台语"也还是有自己的三四百年的独特的历史。《台湾与世界》总1期上，还有篇署名"陶冰"的短文《台语迫切需要书面化》，和这个洪哲胜相呼应，鼓吹"台湾话必须书面化"。到1985年，日后成为"文学台独"领军人物的叶石涛，开始发表《台湾文学史纲》，鼓吹"以北京官话为准的白话文不适用台湾民众……要建立更符合民众生活的日常性语文——台湾话文"。从1988年开始，这股浊浪汹涌进了台湾校园。那年10月，成功大学成立了"台语社"。1990年10月，交通大学成立了"台湾研究社"。1993年，台北市大同高中成立了"台语文社"。这一年，台北景美女子中学也成立了"本土研究社"。台湾分离主义势力就这样在校园里发动了一场所谓的"校园台语文运动"。此后，台湾当局"教育部"采取了包括开设"乡土课程"、编印"母语教材"在内的多项"教育本土化"的措施，还在2000年10月决议采用"通用拼音法"而将祖国大陆通行了42年又获得广泛的国际承认和使用的"汉语拼音方案"弃置不用。

和台湾分离主义势力的"脱中入台"的文化教育领域"台独"活动相呼应，文学领域里的"台独"活动也日益猖獗起来。早在1977年5月1日，叶石涛就在《夏潮》第14期上发表《台湾乡土文学史导论》一文，鼓吹台湾社会已经与中国脱离了关系，发展了和中国分离的、台湾自己的"文化的民族主义"。后来，叶石涛越走越远，"文学台独"言论频出，活动频繁。直到1995年春，在高雄《台湾新闻报》的《西子湾》副刊上的《台湾文学百问》专栏里一周一篇地发表随笔，叶石涛终于赤膊上阵，放肆地鼓吹政治"台独"和文学"台独"了。叶石涛的鼓噪是——"台湾人属于汉民族却不是中国人"（1995年8月5日），"台湾是一个多种族的国家"（1995年9月2日），"台湾和中国是两个不同的国家，制度不同、生活观念不同、历史境遇和文化内容迥然相异"（1995年8月12日），"台湾新文学是独立自主的文学"（1995年8月5日），"无论历史上和事实上，台湾的文学，从来都不是隶属于外国的文学"（1995年8月18日），"中国文学与日本、英、美、欧洲文学一样，是属于外国文学的"（1995年8月12日）。说到这里，叶石涛还鼓吹说："这就是90年代的现在，何以许多知识分子极力要求在大学、研究所里设立台湾文学系的原由。台湾文学既是中华民国亦即台湾的文学，当然大学里的中文系应该是属于外国文学，享有日本文学系、美国文学系一样的地位才是。"（1995年8月18日）

叶石涛的"两国"文学得到了追随他从事民族分裂活动的彭瑞金、陈芳明等人的呼应。尤其是陈芳明，在这股逆流中，还特别着手炮制一部《台湾新文学史》，并在1999年8月的《联合文学》第178期上抛出了它的第一章《台湾新文学史的建构与分期》，放言"中国社会与台湾社会的分离"和"台湾文学与中国文学的分离"。

在这样一个大的背景下，再看文言文教材的比例由 65% 降到 45%，我们就不难得出结论说，教材的变动，其实就是整个"文化台独""文学台独"活动的一个组成部分。

也正因为如此，我们可以断言，就像整个"文化台独"、"文学台独"阴谋不能得逞一样，妄图用降低文言文教材的比例的手段来实施"去中国化"的阴谋，也是万万不能得逞的。仅就和"文学台独"的斗争而言，早在 20 世纪台湾"乡土文学论战"时期，1977 年 6 月《台湾文艺》革新 2 期上，陈映真就发表《"乡土文学"的盲点》一文，批判叶石涛的台湾自己的"文化的民族主义"是"用心良苦的，分离主义的议论"。那以后的近 30 年的时间里，陈映真和他的爱国主义文学家朋友们，两岸反对分裂的文学家们在一起，展开了艰苦卓绝的反对"文学台独"的斗争，取得了很大的成绩。历史已经雄辩地说明，一切鼓噪分离主义的"台独"活动的言论和行动，都是逆潮流动的，都会遭到人们的鄙视和唾弃，而被抛进历史的垃圾堆的！

《台湾乡土文学八大家——乡土意识
与爱国主义》序

赵遐秋

这部《台湾乡土文学八大家》书稿，从台湾文学中乡土文学这个层面切入，以八大家为注重点，阐发了台湾现当代文学发展中的爱国主义传统。

在这里，我想从这八大家引发开去，进一步探讨一下与爱国主义传统相关的文化反思的问题。

中华民族是一个伟大的民族。这个"伟大"，一表现在民族的素质、禀赋、性格、行为、作为、历史的建树、对人类的贡献等等方面。其中，有一点，值得我们自豪的是，我们的民族富有强烈的自省精神。尤其是，面对着危机，或者度过了劫难之后，都能在尽可能深广的程度上反思自己的过去，反省自己的问题，从这种反思和反省中得到警醒，获取再前进、再发展的动力和参照坐标。这种反思和反省，最深沉之处，到达了民族的深层文化心理结构，或者说，深层的民族文化心理积淀。因此，从某种意义上说，这是一种民族文化的反思。21 世纪以来，现代中国人一直在进行这种反思。大陆上的中国人在进行，台湾地区的中国人也在进行。作为社会生活中最敏感的神经，文学理所当然也被人们用作这种文化反思的工具、武器，用作这种文化反思的一种学术载体。而文学之中，又以小说最为突出。这一点，大陆和台湾都一样。

一

现代台湾小说作文化反思，是从台湾新文学开拓之初就开始了的。

受大陆"五四"新文化运动的影响而兴起的台湾新文学，虽然在特定的自然条件和社会环境作用下，带有鲜明的地域文化特征和艺术风貌，也在屡遭殖民者侵蚀的历史背景和日益高涨的民族运动的时代环境作用下，打上了深刻的历史和时间的印记，却还是作为祖国大陆文化的延伸和分支，保存着祖国文化的巨大而又深刻的影响，具有了新文化启蒙运动的性质，承担了反帝、反封建斗争的任务。而当时，在小说里，一个普通的主题，就是把抗争的矛头指向日本殖民统治和封建制度。

人称台湾新文学初期"三杰"的赖和、张我军、杨云萍，贡献了台湾新文学中的第一批白话小说。其中，赖和作品最多。赖和的《一杆"称仔"》写镇西威丽村靠耕作谋生的佃农秦得参一家的悲惨的故事，控诉了日本殖民统治者"查大人"及走狗——为虎作伥的台湾警察"补大人"。他的《不如意的过年》，解剖了一个日本警察既贪婪又残暴的占领者的卑鄙心态。《可怜她死了》写阿金被卖作童养媳、姨太太，结果受尽糟蹋后落水身亡。这也都是血泪的控诉。杨云萍的《黄昏的蔗园》借文能的口对着日本占领者发出了"决不""做牛马"的呐喊，表现了台湾人民反抗意识的觉醒。

在发出这种控诉、抗争的声音的同时，赖和他们也深深忧虑于人民大众的不觉醒，而发出了鲁迅式的"哀其不幸"、"怒其不争"的愤怒的悲叹。赖和在《丰作》里写的蔗农添福，自私自利，胆小怕事，任人宰割。《惹事》里写的那些农民，向环境妥协，不去反抗那位"大人"，这都表现了作家对民族的病态性格——奴性的无情鞭挞。

像鲁迅一样，赖和的小说还描写了一部分知识分子在深重的民族灾难面前的临阵脱逃和灰心颓丧，揭示并批判了这些人的空虚与妥协的心态。《棋盘边》、《赴了春宴回来》等都是这一类知识分子精神颓唐的卑污灵魂的写照；张我军的《诱惑》和杨云萍的《光临》，也都和赖和的小说异曲同工。

这就是一种文化反思。台湾小说一开始就注重到，在弘扬民族文化传统，通过反对日本统治者和封建势力讴歌民族的优秀品质和美好的人格理想的同时，一定要注意国民的劣根性的诸多病态的揭示和批判。这无疑是一个好的传统。

二

开拓起步以后的台湾新文学，从 1927 年到 1937 年，经历了十年左右的一个发展时期。在这段时间里，台湾新文学运动始终是台湾同胞抗日爱国的民族民主运动的一部分。其间虽有曲折，到 30 年代中期，终于迎来了台湾新文学运动的高潮。小说，在这个发展过程中有了长足的进步，在赖和、张我军、杨云萍之后，又有了杨守愚、陈虚谷、蔡秋桐、杨华、朱点人、王诗琅、杨逵、吕赫若、龙瑛宗、张文环等一大批在思想上、艺术上都趋于成熟的作家。他们陆续发表了不少颇有影响的作品。

杨守愚写《升租》、《移溪》、《凶年不免于死亡》、《谁害了她》、《赤土与鲜血》、《女丐》、《过年》一类的作品，表达了他对日据时期工农大众苦难生活、悲惨命运的深切同情与关怀；写《十字街头》、《鸳鸯》一类的作品，是他对日本占领者及其走狗的阴险狡猾、卑鄙凶残本质的无情揭露；他写《醉》、《元宵》、《嫌疑》、《决裂》、《一个晚上》则真实生动地描绘了台湾人民的觉醒和走向反抗与斗争。杨守愚写人民大众的"不幸"，不再是"怒其不争"了。杨华、朱点人，还有张文环、龙瑛宗等人，都曾着力表现重压之下台湾人民的坚毅性格，颂扬了民族优秀历史文化传统的光辉。

日据时期的台湾作家，除了对日本殖民者的残暴凶顽深恶痛绝，还普遍地对民族败类，对那些御用走狗的阿谀、谄媚义愤填膺。蔡秋桐的《保正伯》就鞭辟入里地刻画了他们的卑污灵魂。陈虚谷还由这些走狗而涉及一些甘当日本顺民的奴才的卑下心态。陈虚谷写《放炮》批判那个老牛，写《荣归》批判那个再福和再福的父亲。写再福的父亲在演说里恬不知耻地叫嚷什么"愿我子孙，竭其愚诚，勉为帝国善良之民，以冀报恩于万一"。他这个爱国作家的心是在泣血！朱点人的小说在这方面也有上乘之作。除了再现异族统治下台湾同胞的痛苦生活和不屈不挠的反抗精神，多侧面地表现了台湾人民不甘当亡国奴的民族正气外，还不遗余力地嘲讽和批判了奴颜婢膝的民族败类及守财奴们的道德的沦丧。《脱颖》里的那个陈三赀，《安息之日》里的李大粒，都是这样的标本。

这一时期最重要的作家杨逵的小说，早就被台湾同胞赞誉为"指标历史进路的文学"，是为生活在黑暗中的人们点燃心上一盏灯的文学。他写《送报夫》，赋予杨君以坚强的理想主义色彩；写《模范村》、《泥娃娃》、《鹅妈妈出嫁》，通过阮新民等人物展示日本帝国主义侵略战争必败、中国人民抗战必胜的光明前景；写《春光关不住》，让小说主人公林建文象征中华民族坚强不屈的精神——"压不扁的玫瑰花"，他的小说成了这个时期全方位的文化反思的一块里程碑。

三

抗战开始以后，直到台湾光复，随着"战时体制"的确立和"皇民化运动"的推行，日本侵略者对台湾的殖民地迫害更加疯狂。台湾新文学运动进入了极为艰难的阶段。创作，只能在艰难中前行。

在小说方面，这一时期，影响最大的是吴浊流、杨逵、吕赫若，龙瑛宗、王昶雄、叶石涛等人也有作品问世。吴浊流被台湾文学界赞誉为"铁血之魂"。他的小说，着重反映的是日寇铁蹄蹂躏之下台湾知识分子复杂的生存状态和文化心态。如果说他写《水月》、《功狗》，表现的只是知识分子的无奈，只是他们在外国强权者的淫威下逆来顺受的软弱性，而他写《先生妈》和《陈大人》，在劣迹斑斑的主人公钱新发和陈英庆身上，则表现出来的就是一般的"皇民化"了的知识分子的堕落了。还有《波茨坦科长》里的范汉智，《狡猿》里的江大头，也都把这种民族败类的丑恶嘴脸展示得一览无余了。吴浊流作文化反思，历史感和现实性最为厚重的，是他的《亚细亚的孤儿》。这部小说，正像吴浊流自己说的："透过主人公胡太明的一生，把日本统治下的台湾，所有沉淀在清水下层的渣滓，一一揭露出来了。"登场人员有教员、医师、商人、老百姓、保正、模范青年、走狗等，各阶层的人都网罗在一起，无疑是一篇日本殖民统治社会的反面史话。

四

1945 年 8 月，日本帝国主义投降，台湾回到祖国怀抱，台湾社会进入了一个新的历史时期，台湾文学跨入了其发展的当代阶段。

开始，文坛相当沉寂，除杨逵、吴浊流等人继续以日据时期的生活经验从事创作外，大陆一批作家先后赴台，却也少有创作问世。到国民党政权去台，反共的"战斗文学"出现，台湾文坛又一次面对了沉重的危机。《赤地之恋》、《秋歌》、《华夏八年》、《旋风》、《重阳》、

《蓝与黑》等一批小说进行了反共欺骗宣传。到50年代后期，这种文学难以为继，终于盛行起一种"乡愁文学"或者"怀乡文学"、"回忆文学"来。

这是一种来自"对家乡和往事固执的怀念"的独特的"民族文学"。其普遍的意绪是"老家回不去了"的"身在异乡为异客"的"无根"的焦灼。于是，怀念原乡故土，向往故园亲人，渴望回归故里，思念落叶归根，成了小说的主题。一方面，像在北京长大的林海音，写《城南旧事》，对儿时生活的北京充满了刻骨铭心的思念；流亡来台的聂华苓，写《失去的金铃子》，对故乡湖北的山川风物人情世态充溢着切切的情思；还有於梨华的《梦回青河》，白先勇的《台北人》，聂华苓的《台湾轶事》，等等，写的都是去台人员的乡愁。小说里的主人公都得了思乡的重病，全都渴望有一天能回老家，全都唱着浪子的悲歌，全都表达了那一代断了根的人回归故土的心声。

另一方面，钟理和、钟肇政等作家，沿着吴浊流《亚细亚的孤儿》的步履，踏上了寻根追源、敬宗睦族的道路，写作了寻根的乡愁作品。钟理和的短篇《原乡人》，直呼出了"原乡人的血，必须流返原乡"的愿望。钟肇政的《浊流三部曲》表现出了对祖国的热爱和对新生活的追求。《台湾人三部曲》以"插天山之歌"为心声，告诉世人，只有祖国和祖国的人民，才是作家心中真正的插天之山。

在这种文学氛围中，60年代初期的留学生文学里，於梨华、丛甦、张系国、白先勇、欧阳子等人，把乡愁带到了海外。当着一批又一批的知识分子漂洋过海，踏上新大陆，理想与现实发生尖锐的矛盾时，美梦幻灭，精神失落，又陷入了失根的迷惘之中。这些海外浪子的困境，很快成了於梨华等一批旅居海外的作家关注的题材。于是"浪子的悲歌"式的放逐主题，在留学生的小说里大量出现了，这成了台湾乡愁文学的一个分支。其中，於梨华写《又见棕榈，又见棕榈》，把一个牟天磊推上了到处找不到皈依的位置。这使於梨华成了"无根一代的代言人"。丛甦的《想飞》等作品，则进一步表现了海外游子渴望回归祖国的迫切愿望，到张系国，《昨日之怒》直接写到了1971年旅美学生的保钓运动，通过这一运动中各式各样人物的活动和表现，还有这一运动的发展、分化和瓦解的过程，表现了作家对整个民族大业和国家命运的思考。

就在这股乡愁文学的潮流向前推进的时候，在台湾，现代主义文学流行了起来。有意思的是，现代派的小说家们虽然都在追求反叛传统，探索心灵、寻找自我、讲究技巧，却有不少作家的作品，继承了现实主义的文学传统，真实地描述了祖国大陆和台湾留美学生的生活，也唱出了一曲又一曲的"浪子的悲歌"。比如，聂华苓又写了《桑青与桃红》，让"桑青"或者"桃红"式的失掉"根"的漂泊者，替作家自己倾诉孤独、苦闷、彷徨和精神上的痛苦。

五

就在现代主义文学剧烈地冲击台湾文坛的时候，陈映真举起了"乡土文学"的旗帜。1959 年，他发表了短篇小说《面摊》，显示了"乡土文学"的破土而出。随后，陈映真、黄春明、王祯和、王拓、杨青矗、李乔等也都相继发表了作品。到 70 年代初，乡土文学终于成了气候，战后台湾的第二代乡土文学作家终于布成了阵，取代了现代派，成为台湾文学的主流。

举起了"乡土文学"旗帜的陈映真，自己又成了台湾"乡土文学的一面旗帜"。从 1959 年的《面摊》到 1965 年的《将军族》，陈映真描写的是台湾社会转型期间小知识分子，面对家庭和个人的沉落，滋生了沮丧、彷徨，充满了感伤的情调。1966 年发表的《最后的夏日》，1967 年发表的《唐倩的喜剧》、《第一件差事》、《六月里的玫瑰花》，表明陈映真对社会现实有了更深刻的反映。1968 年火烧岛集中营遭牢狱之灾，促使他的生活与创作发生转折，从此，陈映真的小说跨进了一个新的时期。出狱以后，陈映真通过乡土文学的论争，进一步看到了台湾"一部分人心中产生的所谓'中国历史的孤儿'、'弃儿'和'受害者的意识'"，爱国的精神和民族主义的热情。1978 年以后的《夜行货车》、《上班族一日》等等，进一步对资本主义工商社会下异化问题作了探讨。

陈映真笔下的人物有一个重要特点，那就是，他写社会，更较重于挖掘社会在人物心灵上的投影，挖掘这些投影怎样成了个人无尽痛苦的根源。于是，他写的人物，总是为自己，也为历史反思和反省。这中间，大陆人与台湾人之间的省籍矛盾、微妙关系，成了特有的主题贯注在作品里，这便是"中国意识"与"台湾意识"之争，"统一"

与"独立"之争。通过不断反思、反省，作家通过笔下的人物，呼唤着祖国的统一。台湾有的评论家说，陈映真写出了在台湾的多数中国人，没有"根"，"两脚腾空"的悲哀。

六

70年代以后，"新生代"作家涌入文坛。80年代初有宋泽莱、曾心仪、洪醒夫、季季、姚嘉文、古蒙仁、吴念真等作家。

其中，堪称"新星"的宋泽莱，以1976年发表的《打牛湳村》为代表作，不再停留在表现农村的凋零凄怆的惨景上，而是关注于当代农民的历史命运了。曾心仪一步入文坛就彻悟到：它不再是装饰生活，不再是消遣，而是一种使命，为人们说话，说出痛苦，说出愿望。他的获奖小说《我爱博士》，犹如一把利刃，剖开了常博士等的无耻嘴脸。

这里需要加以指出的是，从80年代初开始，出现了一个"台湾文学本土化"的问题。原来，早在1977年，叶石涛的《台湾乡土文学史导论》提出以"台湾意识"作为台湾文学的前提条件，立即遭到陈映真的批评。陈映真指出，叶石涛没有能够以中国为民族归属。可见，"台湾结"与"中国结"的冲突早就存在了。1981年，詹宏志发表《两种文学心灵》一文，加速了台湾文学本土化的推进。随后，叶石涛在1982年发表《台湾小说的远景》，提出"台湾文学是居住在台湾岛上的中国人建立的文学"，应该发展富于"自主性"的小说。彭瑞金则认为，"本土化"是凝聚这块地域上的文学的关键所在，台湾文学应以"本土化为首要课题"。

这种见解，还是首先遭到了陈映真的批评。陈映真说，主张"台湾人意识的文学"，正是一种"台湾文学的分离运动"，这个运动，"又其实是这个岛内外现实条件在文学思潮上的一个反应而已"。

这种分歧，一直延续到了90年代。1993年，台湾召开六场地区性的文学会议。会上就提出了用"台北中心"取代"北京中心"的主张。事实上，分离主义的倾向在部分文学家那里还在发展。

人们可以感到欣慰的是，面对这种分离主义倾向，又是以陈映真为代表的文学家，深深地把"根"扎在了中国文学、中国文化的土壤之上。

在这样一种思潮的冲击下，80 年代以来，台湾描写两岸情况的作品还是有了崭新的内容。青年作家莘歌的一些作品，就描写了一个个跨越海峡两岸长期隔绝的典型的家庭伦理悲剧，传达了台湾同胞突破人为的政治障碍实现亲人团聚的强大呼声。陈映真的《铃铛花》和《山路》，还超越了个人和家庭的命运，对民族的命运作了更广阔更深刻的思考。

在 1984 年，青年作家吴锦发发表了《叛国》，被台湾文坛认为是继承了《亚细亚的孤儿》的传统的杰作。宋泽莱在 1985 年发表的《废墟台湾》则更是未来与现实结合的群体命运的思考了。

七

我在上面粗略地回顾了一下台湾小说几十年来进行文化反思的情况。我认为，这种反思有着如下的六个特点：

第一，台湾小说能作文化反思，首先源于这些小说家饱经忧患之后，自觉地肩负起了神圣的历史使命和严肃的社会责任，充满了忧患意识。从赖和、杨逵到陈映真，他们中的不少人历尽劫难，因而能够义不容辞而又无可畏惧地直取国人性格中那些病态的特征，努力加以开掘，找到它的病根。

第二，不管每一个时期这种反思的具体内容有什么不同，也不管不同的作家作品在反思的深广程度上有什么差别，这种反思，从赖和、杨逵到陈映真，都是在最深沉的层面上，即民族的文化心理结构上、民族的文化心理积淀上作反思。反思的焦点，就是挖掘民族性格中那些不健全的、病态的东西，毫不留情地予以揭露和批判，加以扬弃。其目的，则是重铸我们的民魂。这一点，可以说，从赖和、杨逵到陈映真，都是继承和发扬了鲁迅的改造"国民性"的光荣的战斗传统。

第三，这种反思都具有强烈的民族性，民族意识渗透在整个创作之中，而成为创作里的一种坚不可摧的内在因素。只是，从赖和、杨逵的反抗日本殖民者的残暴统治，到陈映真强烈的"一个中国"的中国情结，每前进一步，都赋予了新的历史内容。这固然来源于台湾和大陆的历史因缘、文化血缘，也来源于作家的强烈的爱国主义精神和高尚的爱国情操。无论是正面颂扬正义与光明，还是无情鞭挞丑恶与黑暗，作品都是在尽可能包蕴并且有意识地传播中华民族悠久的思想文化。

第四，这种反思，都是在"乡土文学"式的传统的民族艺术形式上进行的，不仅是反思的作品主题努力适应民族心理的期待，而且，从赖和、杨逵到陈映真，反思作品的艺术形式也是努力与民族的审美心理相契合的。

第五，尽管在早期，在赖和那一代作家身上，还欠缺一些哲理的思考，理性的思辨的色彩还没有尽量地呈现出来。但是，到了陈映真这一代作家，这种反思就闪现了作家们睿智的光彩了。台湾评论家说，陈映真是台湾小说家中"最可以深探其思想、其哲学的作家"，这是千真万确的事实。

第六，随着眼下台湾文学中"分离主义倾向"的出现、蔓延以及就此而展开的思想论战，我相信，这种文化反思还会进行下去。事实上，眼前也正在进行下去。

《台湾乡土文学八大家——乡土意识与爱国主义》结束语

赵遐秋

当我们完成这部书稿的时候，李登辉正陷入"台独"的泥坑里难以自拔。台湾一些有识之士和维护祖国统一的学者，都在纷纷起来抨击李登辉的"台独"言行，呼吁台湾民众勿为"台独"言论所迷惑，而要和李登辉的"台独"狂想划清界限。

这里，我们也要向文学界的朋友呼吁：文学，也要警惕"台独"的侵蚀。

一

台湾岛上的新文学，发端于20世纪20年代。1932年全面抗战以后，战时体制下的限制和压力，使台湾新文学严重滑落。不过，直到1945年日据时期结束，新文学运动的发展与成长依然是可观的。其后，台湾新文学虽经"二二八"事件摧残，还是得到了重建。1949年，国民党政府去台。在思想上，独尊三民主义，并以三民主义文艺论指导文学艺术创作，加之政治上实行"戡乱"、"戒严"，"三民主义文学"、"反共文学"风行一时。

1956年9月，台湾大学外文系教授夏济安，因对反共八股文艺不满，创办了《文学杂志》。《文学杂志》为台湾现代派的崛起作了舆论准备，培养了人才，是台湾现代文艺思潮的前奏。1960年3月，白先勇主编的《现代文学》杂志问世，现代派文学开始盛行起来。这个文学流派打破了50年代反共八股文学控制文坛的局面，引进了西方文学技巧，确实提高了台湾文学的艺术素质。但是，部分现代派的作品空洞晦涩，脱离实际，又陷入了形式主义的刻意模仿。于是，1977年发生了"乡土文学论战"。这场"乡土文学论战"，既针对僵化了的"反共文学"，又指向了主张西化的现代派文学，其含义和内容都有了新的发展。只是，论战中人们对台湾乡土文学的阐释有所不同。叶石涛强调的是台湾乡土文学的本土性、地方性。他认为，"所谓台湾乡土文学应该是台湾人（原住台湾的汉民族及原住种族）所写的文学"，它"应该站在台湾的立场上来透视整个世界"。①

陈映真则认为，"台湾的新文学，受影响于中国五四启蒙运动有密切关联的白话文学运动，并且在整个发展的过程中，和中国反帝反封建的文学运动，有着绵密的关系；也是以中国为民族归属之取向的政治、文化、社会运动的一环"。"所谓'台湾乡土文学史'，其实是'在台湾的中国文学史'。"②

从 1980 年开始，在蒋经国的主持下，台湾政权发生了很大的变化，不仅县市政权，连台湾当局的"中央政权"也逐渐本土化，以"二元政治"发展为"一元政治"。随后李登辉上台，怂恿"台独"势力发展。与这种情势相适应的是，在台湾文学界中一种新的动向出现了。有人有意强调"台湾文学"的特殊性，而与"台独"的分离主义相呼应。这种动向，到 90 年代，愈演愈烈。

1990 年 6 月，为"推动台湾文学的学术研究"，《台湾文学观察杂志》创刊，发表了大量的分离主义言论。1991 年 3 月，自立晚报文化出版部出版了一部《台湾文学运动四十年》一书，用歪曲台湾文学历史的办法，加强了这种分离主义的势头。1993 年 4 月到 6 月，三个月内，由台湾"行政院"文建会及新闻局"赞助"，《文讯》杂志社连续举办了花莲台东、高雄屏东澎湖、云林嘉义台南、台中彰化南投、桃源新竹苗栗、台北基隆宜兰等六场"台湾地区区域文学会议"，借着讨论台湾文学的地域文化特征议题，张扬台湾文学的"本土化"的问题。会上，一些分离主义的言论更为张狂。

二

这中间，关于"台湾文学"，一些人提出了什么样的主张呢？

---

① 叶石涛：《台湾乡土文学史导论》。
② 陈映真：《"乡土文学"的盲点》。

《台湾文学观察杂志》创刊号上，署名发表的《什么是台湾文学？台湾文学往哪里去？》一文说，"更激烈的'台湾派'，不仅要建立特殊化的'台湾文学'，更要建立和中国文学分立并具有主体性的'台湾文学'"。文章还指出："为了产生'独立自主的台湾文学'，最近的趋势是发展'以台湾话文写作的文学'。"他个人则认为："台湾作家写作的客体已经呈现了台湾文学的特殊性，只有量多质精的'台湾文学'作品，才能使'台湾文学'成为中国或华文文学的主流。"

　　该刊第二期，署名文章《可被撕扯可被摇撼，不可自我迷走！》宣称："'台湾文学'终于成了在这块土地上产生的人的文学之最适切妥当的指称；尽管仍有部分作家坚持其作品为'在台湾的中国文学'，或自称其作品为'中国现代文学'，而官方也仍力倡所谓'三民主义文学'，但都已无损于台湾文学的自主性，也已撼动不了台湾文学这样历经了七十年风雨撕扯、摇撼的大树。"文章还承认，这种文学运动的开展，"与台湾最大反对党民进党从政治上争取台湾人主权的理念若合符节"。

　　该刊第四期，另一位作者发表《〈台湾文学本土论的兴起与发展〉绪论》一文说："关于台湾文学本土论与中国文学论的争执，当然不只是名辞之争而已。"文章介绍说，以叶石涛的"本土论"和80年代末的宋泽莱为代表的"一元论"认为，"台湾本就是独立的个体，有独立的民族、文化，当然，'台湾文学'也应该是不从属于'中国文学'，一直是在台湾独立完成的文学传统"。

　　那部《台湾新文学运动40年》一书，最后把分歧概括为"台湾结与中国结"的纠葛，对"中国结"的代表人物陈映真进行了猛烈的攻击。该书作者主张："台湾文学应以本土化为首要课题。"

　　说到六场会议，《文讯》1993年8期上的有关会议的《专辑》也指出，"旨在从根本处去看文学与土地、人民之关系，更希望横向联结不同区域以整合成整体的文学台湾"。花东地区文学会议上的一篇论文还认为："讨论地方文学与地方认同，其实是丰富了'台湾文学'大纛下的差异性。两者之间是互相存在且互为主体。"作者还明确地说："如台湾独立，台湾文学会被认可。"

　　就在这六场会议的最后一场，《文讯》副社长兼编辑总监提交了题为《台北：一个文学中心的形成》的论文，提出了"一个真正的文学中心"的问题。论文说："我们希望'台北'更可以是海峡两岸现代文学之中心……更进一步使它成为全世界中（华）文文学之中心。我们应该有这样的理念与企图心，要做其实也不难，就看我们是否有心了。"宣讲时，作者又提出了"瓦解北京中心"的口号。《文讯》1993年8期上侧写"北基宜"地区文学会议的《多元中心的理想》一文，也写道，论文发表者"事实上是企图在瓦解'中心'的概念"。

还可补充说明的是，《文讯》1993年5月号上，发表的《本土化与平民化》一文，还曾宣称："我们都脚踩大地，头顶高天，我们是有能力在台湾的现实之上构建那足以包容'中国'的殿堂。"

上述种种言论，值得注意的是：

第一，在台湾，从80年代开始，原来意义上的"乡土文学"质变为"本土化"的"台湾文学"了；

第二，这种"台湾文学"是"和中国文学分立并具有主体性的""独立自主"的文学；

第三，这种"台湾文学"是和"台独"的民进党的理念相合的，"如台湾独立，台湾文学会被认可"；

第四，这种"台湾文学是中国或华文文学的主流"；

第五，这种"台湾文学"的中心台北，"更可以是海峡两岸现代文学之中心"，要"更进一步使它成为全世界中（华）文文学之中心"，为此，要"瓦解北京中心"。

三

怎么看待他们的主张？

第一，不管是把台湾文学看作是"和中国文学分立具有主体性的"文学，还是索性标举台湾文学就是"独立自主"的文学，他们都违背了历史事实，篡改了或者曲解了台湾文学发展的历史。

事实上，台湾文学根本就不存在什么"在台湾独立完成的文学传统"。

谁都知道，台湾自古以来就是中国领土。早在两千多年前，海峡两岸人民之间就建立了联系。秦汉以来，这种交往就频见于史传了。甲午战后，清朝政府签署了丧权辱国的《马关条约》，台湾全岛和澎湖列岛割让给了日本。日本侵略者侵占台湾以后，台湾人民在铁蹄蹂躏之下过着悲惨生活。然而，此后的五十年，爱国的台湾各族人民在全省范围内进行了长期的英勇反抗斗争，为争取解放祖国的神圣领土，谱写了可歌可泣的壮丽诗篇。其中，文学作为一条重要战线，发挥过重大的作用。

台湾岛上的新文学运动，发端于1920年7月的《台湾青年》创刊。创刊号上，陈圻发表《文学与职务》一文。陈圻说，真正的文学应该负有传播文明思想，改造社会之使命，近来在中国大陆所提倡的白话文学便是这种文学。陈圻呼吁，有光彩的历史的台湾文坛，也应朝此一方向去努力。随后，《台湾青年》第三卷第三期，发表甘文芳的《实社会与文学》一文，向台湾同胞介绍了祖国大陆上的新文学运动。同一卷的第六期，陈端明发表《日用文鼓吹论》，更明确地指出："今之中国，豁然觉醒，人用白话文，以期言文一致。而我台之文人、墨士，岂可袖手旁观，使万众有意难申乎？切望奋勇提倡，改革文字，以除此弊，俾可启民智，岂不妙乎？"从这几篇文章可以看出，这是一份《新青年》式的刊物。它表现了台湾文学界紧紧追随在祖国大陆的文学革命运动之后，要兴起一个新文学的运动了。随后，由《台湾青年》改名的《台湾》增办的《台湾民报》，也从提倡白话文着手，催促台湾新文学诞生。《台湾民报》还大量介绍大陆的新文学作品。1924年，还在北京读书的台湾青年张我军，接受了北京新文化运动的洗礼，在《台湾民报》上发表《致台湾青年的一封信》，向台湾的旧思想、旧文化、旧文学发动了进攻，一场新旧文学的论战在台湾爆发，新文学也就在这场论争中正式诞生。

这说明，台湾文学，一开始就是和大陆的新文学联系在一起的。

其后，虽经日据时期、国民党去台统治时期的发展，台湾文学也始终没有"分立"出去，始终没有"独立自主"，始终不是独立完成的文学传统。

第二，台湾新文学在发展过程中的"乡土"情结、本土性，只在发展文学的地域文化特征、地域风格的审美特征上是有意义的。他们把"乡土"、本土性蜕变为"本土化"，蜕变为分离主义的"独立自主"化，是错误的。

台湾文学和大陆上母体的本根的文学，没有"分立"，是因为这种文学"质"的规定性并没有发生什么变化。

这种中国新文学的"质"的规定性，除了作品的现代思想意识、民族的社会生活题材、民族的人物形象等等因素，就其载体而言，最重要的还是：以现代白话文的汉语言文学为第一载体；以现代小说、散文、诗歌、戏剧文学等文本为第二载体。七十余年来，在台湾，看它的文学，这第一载体、第二载体是绝对没有发生质的改变的。这十多年，一些人提倡"以台湾语文写作的文学"，充其量那也只是一种方言文学作品，何况，虽经极力鼓噪，也没有成为气候。

至于，把台湾文学说成是中国或华文文学的主流、中心，还鼓动噪着要"瓦解北京中心"，那就荒唐之至，不值一驳了。

现在，海峡两岸维护国家统一的文学界，不能不注意到一个十分严峻的事实是：

在台湾，有一种势力，在文学领域里，与政治上的"台独"或"两个中国"、"一中一台"相呼应，在符合"台独"的理念的大前提下，鼓吹发展分离主义的台湾文学。他们声明，"如台湾独立"，台湾文学则会被认可。可见，这种台湾文学实质上是"台独"的文学。

杨逵的中国文学视野

——从《新生报·桥》的论争看杨逵的中国作家身份
（2004年2月2日在广西南宁"杨逵作品研讨会"上的发言）

赵遐秋

一

从1947年11月到1949年3月，在歌雷主持下，《新生报》副刊《桥》上，进行了一场关于台湾文学问题的热烈论争，计有杨逵、骆驼英等26人共41篇论文，另有相关的文章9篇发表。现在，这些珍贵的史料，已由陈映真、曾健民辑集为《人间思想与创作丛刊》增刊，于1999年9月在台湾人间出版社出版。

纵观争论的全过程，至少在五个问题上，人们取得了共识。这就是：

第一，台湾新文学的属性。讨论中，"有的因为过于强调了台湾文学的'特殊性'，而忽略了'全体性'。有的因为过于强调了'全体性'而忽略了'特殊性'，这统是一种偏见，是错误的"。"正确地说：'全体性'与'特殊性'都是相互不用分离的东西，都有互相联系的紧密关系，这两个东西，倘若这个离开了那个，必然地就会变成了残废。台湾文学的'特殊性'需要放在这个'全体性'上面才是。这是一个事物的'两面性'。"那么，台湾新文学的"全体性"，也就是其属性，是什么呢？"毫无疑义，台湾是中国的。台湾新文学就是整个中国新文学的一部分，台湾新文学运动也就是整个中国新文学运动的一环。""中国新文学是'反帝反封建'的文学，是'人民'的文学。当然，台湾的新文学，也就是这样性质的文学。"①

---

① 吴阿文（周青）：《略论台湾新文学建设诸问题》，1943年3月7日《新生报·桥》。

第二，台湾新文学的历史。讨论中，许多文章充分地评价了台湾人民以及台湾文学的爱国主义传统，台湾新文学卓越的文学成就。杨逵、萧荻批评少数省外作家带着一种"优越感"，而导致过低评价了台湾新文学在思想和审美上的成就。

第三，台湾新文学的路线和方向。讨论中，一致同意欧阳明的意见，将"人民的文学"规范为台湾新文学建设的方向。

第四，台湾新文学的语言问题。多数人反对创作台湾方言体文学，要学习国语，推广白话文，与祖国新文学一体，创作出人民的大众的文学。

第五，文艺工作者的团结问题。面对国民党当局的暴政，面对建设台湾新文学的艰巨任务，争论中，绝大多数人都认识到在台湾的文艺工作者团结的重要性。为了加强团结，必须做到：（1）如同萧荻《了解、生根、合作》① 一文所说，少数大陆来台湾的文艺工作者，必须"排除""特殊优越感"，否则"将是一个很大的阻力"。（2）如同杨逵《"台湾文学"问答》② 一文所说，促进团结的有效方法是"切实的文化交流"，在交流中彼此都能够推诚相见、推诚相爱，只有在这样的合作基础上，才能通力合作填平"澎湖沟"。

现在，距离那场争论，54 年过去了。54 年后的今天，我们看那场争论，对它的历史价值与现实意义有了更深切的认识。论争中获得的那些共识，实在是为台湾新文学的发展规定了正确的方向、路线和策略，在文学创作方法上、文学语言上，也从台湾文学实际出发，提出了可供遵循的基本原则，应该说，直到今天，这些共识仍然对台湾当代文学发展具有指导意义。

遗憾的是，游胜冠写了一本《台湾文学本土论的兴起与发展》③ 的书，其中，第三章第一节第三部分《建设台湾的还是中国的台湾文学论战》竟然对这场论争下了这样的结论："濑南人与杨逵的论点将台湾文学的本质与未来发展作出清晰的描述，是战后台湾文学本土论的完整呈现。""从这场台湾文学论战，所看到的其实是二二八事件后，乃至战后迄今，台湾人调整'中国'在台湾的地位的进程。""战后，台湾人接纳祖国，甚至将祖国放在台湾的上位，这是显而易见的事实，

---

① 见 1948 年 6 月 2 日《新生报·桥》。

② 见 1948 年 6 月 25 日《新生报·桥》。

③ 见台北前卫出版社，1996 年 7 月版。

然而，尽管如此，事实上日据时代台湾立场仍被保留下来，所以台湾作家一面强调台湾对祖国的归属性，一面其实也对自己不同于中国的自我特性有高度的自觉。在两岸文学的统合过程中，台湾作家或基于民族感情，或慑于压迫性政权的到来，先是将中国放在台湾的上位，视台湾文学为中国文学的一环，立论台湾文学的去路。然而，也因为台湾作家对台湾文学的自我特性保持着高度自觉与自尊，当大陆作家对台湾文学的历史持着无知的蔑视，以政治关系独断地指挥台湾文学的未来走向，台湾作家的台湾文学视野便和大陆作家带来的中国文学视野起了冲突，台湾作家遂调整中国文学本来被安置在台湾文学上的地位，突出一直保留着、自我压抑的台湾文学视野，将台湾文学放在与中国文学对等的地位。"

这是在歪曲历史，显然，游胜冠是以歪曲杨逵、濑南人意见的办法，来达到他"诠释""文学台独"理念的目的的。

二

事实又是怎样呢？我们看到杨逵先后在《桥》副刊上发表的两篇文章，即 1948 年 3 月 29 日的《如何建立台湾新文学》，6 月 25 日的《"台湾文学"问答》，又在 1948 年 6 月 27 日《中华日报》副刊《海风》上发表的一篇《现实教我们需要一次嚷》，还有两次发言记录稿《作者应到人民中间去观察 本省与外省作者应当加强联系与合作》、《过去台湾文学运动的回顾——在日本统治下的台湾文学未曾脱离我们民族的观点，在思想上是以"反帝国主义反封建与科学民主"为其主流》。濑南人的文章是 1948 年 6 月 23 日《桥》副刊上的《评钱歌川、陈大禹对台湾新文学运动意见》。

杨逵、濑南人就四个问题，发表了他们的看法。

第一，重整旗鼓，建设台湾的新文学。

杨逵首先指出当时台湾文学界的现状："我们目前濒于饥饿，特别是精神上的饥饿，这就因为台湾文艺界不哭不叫，陷于死样的静寂，如果这样的状态再继续下去，我们除掉死灭之外是没有第二条路的。"[①]

---

① 杨逵：《如何建立台湾新文学》，1948 年 3 月 29 日《新生报·桥》。

形成台湾文艺界这种"不哭不叫"的"静寂"的原因，他以为是：其一，"政治条件与政治的变动，致使作者感着不安威胁与恐惧。写作空间受到限制"①。但是，他认为，这不是主要的。回顾历史，在日本帝国主义统治之下，"许多先辈为走向地狱与监狱大声呐喊，也有许多先辈因此而真的下狱"，即使是这样，台湾文学也"曾担任着民族解放斗争的任务"。所以，他说："我们不可否认的有一个共同的毛病，即在遇到困难时只看到客观的条件，很少考虑到主观的条件，这一点，今天我们要反省了。我们不要逃避责任，坦白说眼前主观的弱点，是不是我们太消极了？是不是我们太缺乏信心？本来，为要适应一个新的环境而开创我们的新文学运动，当然是困难重重的，然而只要大家把握信心开步走，在共策共勉之下，路还是走得的。"② 这是其二。其三，"很多的外省作者在台湾的生活还没有生根，台湾的作者又消沉的可怜，以致坐在书房里榨脑汁的文章占大部分。为打开这僵局，我希望各作者到人民中间去，对现实多一点的考察，与人民多一点的接触，本省与外省作者应当加强联系与合作"③。其四，是在语言上。"十多年来不允使用被禁绝的中文，今日与我们生疏起来了，以中文就很难充分表达我们的意思了。"④ 杨逵又欣喜地说："这回《桥》主编歌雷先生给我们聚聚谈谈的机会，造成文艺工作者合作的机会，再而为本省作家设法翻译与删改的便宜，这些办法都很可能扫除台湾文艺界消沉之风，希望全省振奋合作，痛痛快快写出我们的心思与人民的苦闷。"⑤于是，杨逵在《如何建立台湾新文学》一文中，反复说：

> 我们确也想到重整旗鼓，以便"在祖国新文学领域里开出台湾新文学的一朵灿烂的花！"的。
>
> 正如范泉先生在光复当初所说："现在的台湾文学，则已进入建设时期的开端，台湾文学站在中国文学的一个部位里，尽了它最大的努力，发挥了中国文学的古有传统，从而建立

---

① 杨逵：《过去台湾文学运动的回顾》，载《桥的路》，陈映真、曾健民编《1947—1949 台湾文学问题论议集》，台湾人间出版社，1999 年版。

② 《如何建立台湾文学》，1948 年 3 月 29 日《新生报·桥》。

③ 杨逵：《作者应到人民中间去观察　本省与外省作者应当加强联系与合作》，载《桥的路》。

④⑤ 同①。

新时代和新社会所需要的，属于中国文学的台湾新文学。"⑥

　　我由衷的向爱国忧民的工作同仁呼喊，消灭省内外的隔阂，共同来再建，为中国新文学运动之一环的台湾新文学。

　　由此看来，杨逵是用中国视野去观察、思考台湾新文学的，杨逵认同台湾的意识与认同中国意识，是互相重叠的，融为一体的。在杨逵这里，分不清哪些是认同台湾的意识，哪些是认同中国的意识，作为中国台湾省人，两者融为一体是天经地义的事。然而，游胜冠一开头，就用"台独"的主观理念，把参加这场论争的人，硬分为"中国意识由中国政权与大陆人士直接带入与支持"的和"怀抱本土意识的台湾文学工作者"，而且说"因认同意识不同"，发生了"论辩"。可见游胜冠歪曲杨逵原意，是人为地在台湾新文学历史上制造分裂。

　　第二，关于台湾新文学的历史。杨逵的看法是：

　　　　在日本帝国主义统治之下，我们是有着新文学运动的历史的……那时候，文学却曾担任着民族解放斗争的任务的，它在唤醒台湾人民的民族意识上，确实有过一番成就，也有它不可灭的业绩。那些团体、那些刊物，那些担当这重任的角色，真够我们留恋……⑦

　　　　在日本帝国主义统治下，台湾文学的发端约在二十多年前，就是第一次世界大战方才结束，民族自决的风潮遍满世界的时候，台湾新文学运动受这种风潮的影响与激动当然是很大的，而五四运动的影响也不算小，因此在其表现上所追求的是浅白的大众的形式，而在思想上所标榜的即是"反帝与反封建""民主与科学"。当时为这运动发出先声的是东京留学生组织的《台湾青年》。这《台湾青年》发展到《台湾民报》再发展到《台湾新民报》日刊是台湾人经营的惟一日刊纸。两个台湾新文学开拓者林幼春先生是《台湾民报》第

---

　　⑥　范泉，曾任上海《文艺春秋》主编。1946年元月号大陆刊行的《新文学》发表了范泉的《论台湾文学》。欧阳明、赖明弘、杨逵均引用了范泉此文中的这段话。
　　⑦　《如何建立台湾新文学》，1948年3月29日《新生报·桥》。

一代社长，赖和先生当选《台湾民报》副刊主编，此后很多的文艺刊物就前仆后继的出现了。《人人》、《南音》、《晓钟》、《先发部队》、《第一线》、《台湾文艺》、《台湾新文学》等可以说是第一期，就是七七以前刊出的，这时期的特征是以中文或是中日文合编的。但自《台湾新文学》1936 年 12 月。中文小说特辑号被查禁而停刊以后，中文在台湾文艺界就不再容许存在了。

第二个时期是在抗战中以《台湾艺术》、《台湾文学》再出发的，日人或是日本政府经营的《台湾新报》、《台湾公论》、《文艺台湾》、《台湾文艺》极力拉拢台湾作家，也经常发现台湾作家的作品，当然中文作品完完全全地的排除了。所以这时期的特征可说是完全的日文，但在思想上，台湾作家却未曾完全忘却了"反帝反封建与科学民主"的大主题。虽有些例外，但台湾新文学的主流却未曾脱离我们的民族观点。[①]

文学在台湾曾有相当成就与遗产，虽在日本的统治时期，台湾文学的主流都是反帝反封建的，在民族观点上都表现着向心性的。[②]

由此，可以看出，在回顾、评价台湾新文学历史的时候，杨逵"留恋"的，看重的传统有两点：

一是，"反帝反封建与科学民主"的精神，这也是五四文学革命的精神。即使在台湾全面禁止使用中文的特殊期，台湾作家不得不用日文创作的时候，也未曾忘却这个"大主题"。

二是，中华民族意识。杨逵反复强调台湾新文学"担任着民族解放斗争的任务"，"未曾脱离我们的民族观点"，"在民族观点上都表现着向心性的"，显然，这民族，正是杨逵心目中的中华民族。

可见，游胜冠口口声声说的"本土"、"自主"等等，均与杨逵无关。

---

① 杨逵：《过去台湾文学运动的回顾》，载《桥的路》，陈映真、曾建民编《1947—1949 台湾文学问题论议集》，台湾人间出版社，1999 年版。

② 杨逵：《现实教我们需要一次嚷》，1948 年 6 月 27 日《中华日报·海风》。

第三，台湾新文学的属性。

关于台湾新文学的属性问题，在本质上是台湾文学与中国文学的关系问题。由此在《"台湾文学"问答》一文里，杨逵深入地谈了两个问题。

（1）"台湾文学""台湾新文学"称谓的理由。

1948年6月14日，台湾各报都刊载了中央社的报道，表达了钱歌川的一种看法。钱歌川认为"台湾文学""台湾新文学"的称谓"略有语病"。"文学之以地域分如南欧文学北欧文学"的原因，都是"以民族气质相异，语文及生活观念不相同"，既然同属中国文学，"语言统一与思想感情又复相通"，"而谈建设台湾文学某省文学"，实无必要。对这个意见，多数人都不同意。那么，"台湾文学"这个名字是不是说得通？杨逵的回答是肯定的："是通而且需要。""台湾文学"是不是有语病？回答也很干脆："没有什么语病。"既然"语文统一与思想感情又复相通之国内，而谈建设台湾文学某省文学，实难树立其目标"，为什么还要有"台湾文学"的称谓呢？杨逵说："而独在台湾却有需要，是因为台湾有其特殊性的缘故。"这"特殊性"，在杨逵看来，表现在两个方面：

其一，台湾文学的地方色彩。即如钱歌川所说："日本控制台湾半世纪来，文学运动早经停摆，吾人固宜戮力耕耘此一荒芜地带，以图重新积极而广泛展开是项运动，又于推行是项运动时，鼓励于创作中刻画地方色彩及运用适当方言自无不可。"

其二，有条"隔阂的沟"。"其实在台湾其特殊性岂只有此呢？自郑成功据台湾及满清以来，台湾与国内的分离是多么久，在日本控制下，台湾的自然、政治、经济、社会教育等在生活上的环境改变了多少？这些生活环境使台湾人民的思想感情改变了多少？如果思想感情不仅只以书本上的铅字或官样文章做依据，而要切切实实地到民间去认识，那么，这统一与相通的观念，就非多多修正不可了。"他认为，"所谓内外省的隔阂，所谓奴化教育，或是关于文化高低的争辩都是生根在这里的。"他提醒人们："这条澎湖沟（台湾海峡）深得很呢！"他也感慨地说："这是很可悲叹的事情，但却是无可否认的现实。"然而，这"特殊性"，又绝不会导致"分离"。于是，他明确地指出：

"台湾是中国的一省，台湾不能切离中国"！这观念是对的，稍有见识的人都这样想，为填这条隔阂的沟努力着。

当然，杨逵也很痛心，惋惜地说："为填这条沟最好的机会就是光复初期的台湾人民的热情，但这很好的机会失了，现在却被不肖的贪官污吏与奸商搞得愈深了。"为此，他呼吁："对台湾的文学运动以至广泛的文化运动想贡献一点的人，他必需深刻地了解台湾的历史，台湾人的生活、习惯、感情，而与台湾民众站在一起，这就是需要'台湾文学'这个名字的理由。"

这样看来，杨逵的意思是很明白的：台湾文学、台湾新文学，与江苏文学等一样，"实难树立其分离的目标"，也"并未想树立其分离目标"，但"可有其不同的目标"，这"不同的目标"正是填平这条隔阂的沟，正因为此，"更需要'台湾文学'这样的一个概念"。有"台湾文学"这个概念，这个称谓，绝不是游胜冠所说的，表现了台湾文学的所谓"本土意识"，而是为了"在祖国新文学领域里开出台湾新文学的一朵灿烂的花！"

濑南人的看法，与杨逵完全吻合。他说："为了适应台湾的自然底或人文底环境，需要推行台湾新文学的运动，但是建立台湾文学的目标，应该放在构成中国文学的一个成分，而能够使中国文学更得到富有精彩的内容，并且达到世界文学的水准。"①

（2）台湾文学和中国文学的关系。

在《"台湾文学"问答》里，杨逵写下了这么一段"对话"：

问：那么，你是不是以为台湾新文学可与中国文学、日本文学对立的？

答：台湾是中国的一省，没有对立。台湾文学是中国文学的一环。当然不能对立。存在的只是一条未填完的沟。如其台湾的托管派或是日本派、美国派得独树其帜，而生产他们的文学的话，这才是对立的。但，这样的奴才文学，我相信在台湾没有它们的立脚点。我们要明白，文学问题不仅是作者问题，也就是读者问题，读者不能了解同情，甚至爱护的文学，是不能存在的。人民所了解同情、爱护的文学，如

① 濑南人：《评钱歌川、陈大禹对台湾新文学运动意见》，1948 年 6 月 23 日《新生报·桥》。

果它受着独裁者摧残压迫，也不能消灭，反之，奴才的文学，它虽有主子的支持鼓励，而得天独厚，也不得生存。总有一日人民会把它毁弃而不顾。正如这样，台湾文学是与日本帝国主义文学对立，但与它们的人民文学没有对立的。虽说没有对立，却也不是一样的，但在世界文学这个范畴里，都是可以共存的。中国文学有台湾文学之一环，世界文学有中国文学、日本文学等各类，在进步的路线上它们是没有什么对立可言的，虽然各有各的特色与风格。

这里，杨逵讲得很明白，也很深刻。

其一，"台湾文学是中国文学的一环"，当然，台湾文学和中国文学"不能对立"，这"不能对立"，回答得很有内涵。杨逵的意思是说，在台湾当时，已经有一种"对立"的倾向。这一倾向，是人们所说的1942年至1949年间国际上某些反华势力欲将台湾从中国分离出去的阴谋在岛内极少数地主士绅阶级中的反映。对这种"对立"的倾向，他的态度是鲜明的，是坚决的——"当然不能对立！"

其二，在台湾，这种"对立"的文学，就是托管派或日本派或美国派所生产的"奴才文学"。他们"独树其帜"，其结果，"在台湾没有它们的立脚点"，"虽有主子的支持鼓励"，"也不得生存"，"总有一日人民会把它毁弃而不顾"。

其三，日本文学中有帝国主义文学与人民文学之分，台湾文学与前者是对立的，与后者是没有对立的，"虽然没有对立，却也不是一样的东西"。

其四，包括台湾文学的中国文学与日本文学，在进步的路线上没有什么对立，只是具有各自的特色与风格。

所以，游胜冠说，杨逵要"厘清台湾文学不同于日本文学、中国文学的特殊性"的说法，是歪曲杨逵的原意的。中国文学和日本文学当然可以对等来论说，作为中国文学一环的台湾文学和日本文学，当然可以比较地研究，但是，却根本没有对等的可比性。游胜冠偷换概念，移花接木，把不同范畴的"对等"如此相提并论，硬要把台湾文学的特殊性特殊到无以复加的地步，以至于可以和日本文学相等，是自外于中国文学的一种台湾文学论。这确是显得他别有所图。

第四，文艺工作者的团结问题。

在讨论中，有人说，外省人说台湾人民奴化，本省人说台湾文化高，杨逵却说："未必外省人通通这样说，本省人更不是个个都夜郎自大。说台湾人民奴化的人与说本省文化高的人都是认识不足。大多数台湾人民没有奴化，已经说过，本省文化更不能说怎样高，这里认识不足是因为澎湖沟隔着，而宪政未得切实保障人民的权利，使台湾人民未能接到国内的很高的文化所致的。"所以，杨逵认为：

> 切实的文化交流是今天在台湾本省外省文化工作者当前的任务，为达到这任务的完成大家须要通力合作，到民间去，去了解他们的生活、习惯、心情，而给它们一点帮忙，这正是做哥哥的人可以得到弟弟了解、敬爱的工作，进而可以成为通力合作的基础。

在杨逵看来，当务之急，仍然是通过文化交流，通过到民间去深入生活，通力合作填平这条隔阂的沟。杨逵一而再，再而三地说：

> 这讨论，这运动，当然不是为的"分离""对立"，更不能也不会是"你争我夺"。①

> 不管内地本地的文艺工作者今天需要联一块儿，竭力找寻一条路，发现定当的创作方法。这也就是今天需要一次嚷嚷，需要先来"一套锣鼓"的理由，但却不是，也不能是"标新立异"，也不是，更不能是把一个东西变成二个东西，怎么会有"一套你争我夺"的道理呢？②

三

读杨逵、濑南人的文章，我们不难得出这样的结论：

其一，杨逵是以一个中国人的眼光去考察、思考台湾新文学的过去、当时和未来的。他强调的是中国的视野、中华民族的意识；他重

---

①② 杨逵：《现实教我们需要一次嚷》，1948 年 6 月 27 日《中华日报·海风》。

视的是实事求是地看待台湾文学的特殊性，既要看到它严重地存在着，又要团结起来去设法填平这条隔阂的沟，目标只有一个——"在祖国新文学领域里开出台湾新文学的一朵灿烂的花！"在杨逵的文章里，根本没有什么"本土论"，更说不上"战后台湾文学本土论的完整呈现"！

其二，杨逵的所有论述的深刻意义，在于进一步巩固台湾人民认同台湾的意识和认同中国的意识融为一体的牢固观念，绝非像游胜冠所说的"台湾人民调整'中国'在台湾的地位的过程"。即使要说"调整"，杨逵的用意，也是"调整"到"台湾是中国的一省"的观念上来。

其三，游胜冠多次说，碍于当时的政治环境，许多台湾作家不敢讲真话，言外之意，杨逵的许多言论也是"屈世之言"。"文学台独"派一贯以"屈世之言"的说法，来为他们自己的过去说过、写过大量的有违今日"台独"文论原则的话，来掩饰自己的懦弱、投降主义和机会主义面貌，现在又以"屈世之言"论，来诬蔑杨逵了。写到这里，我们倒是要提醒游胜冠，杨逵是一位顶天立地的无可畏惧的爱国知识分子，"四六"事件中，他和歌雷，以及台大的学生张光直、孙达人等同被投入铁牢。杨逵是一位敢说敢当的人，只是杨逵的说法不合其意，游胜冠就不惜以侮辱他人人格手法，妄图达到自己为"台独"张目的目的，这就更显得游胜冠人品和文品并不高尚了。

压不扁的玫瑰花·卷后语

赵遐秋

2004 年 2 月 2—3 日，在广西南宁举行了"杨逵作品研讨会"。

出席研讨会的各方面朋友共有 65 人。特别高兴的是，杨逵先生的亲属萧素梅女士、杨建先生，杨逵先生生前好友朱实先生、张禹先生、林木先生也出席了我们的会议。这次研讨会，大家总共提交了 32 篇论文，出席会议的朋友，绝大多数都发了言，在有些问题上还展开了热烈的讨论。

研讨会的论文和发言涉及的问题，大致上有这样五个方面：（1）杨逵的生平事迹、文学活动；（2）杨逵的文学创作及其成就；（3）杨逵的文艺思想；（4）杨逵的文学事业在台湾，乃至在整个中国现当代文学史上的贡献、作用、地位、影响、意义；（5）杨逵关于台湾与大陆同属一个中国，台湾文学与大陆文学同属中国文学的正确的见解，以及"文学台独"势力对杨逵这一观点和态度的歪曲、利用，甚至于妄图开除杨逵台湾省籍的恶劣行径，还有我们两岸爱国的文学工作者对以叶石涛为首的"文学台独"势力的这种阴谋的揭露和批判。

经过两天的讨论，我们取得的共识是：（1）杨逵的文学创作（小说、戏剧、诗歌）在思想上、艺术上，特别在思想上取得了巨大的成就；（2）杨逵在台湾乃至在整个中国现当代文学史上获得了崇高的地位；（3）杨逵的精神是我们中华民族的一份珍贵的丰富的文化遗产，这种精神将鼓舞我们前进；（4）围绕着对杨逵的评价，我们正在开展着一场尖锐的统、"独"斗争，我们要把这场斗争进行到底。

在这里，我谈"我参加研讨会后的体会"。

第一，关于杨逵的爱国主义思想

杨逵的爱国主义思想有着鲜明的历史时代特征。这个鲜明的历史时代特征就是：生活在台湾地区的中国人爱乡爱国的一致性，爱台湾也爱祖国大陆；生活在大陆的中国人爱大陆也爱祖国宝岛台湾。形成这种历史时代的特征，当然是众所周知的一百多年以来中国，特别是台湾历史所造成的。在日本殖民统治的五十年里，日本帝国主义在台湾推行了"皇民化"的政策，其实质就是"去中国化"，妄图使台湾人民认同日本统治者，心甘情愿地做日本帝国主义的奴才。在当时的历史条件下，以杨逵为代表的那一代人，高举爱乡爱国，也就是爱台湾也爱中国的爱国主义大旗，对抗日本殖民主义所推行的反动的"皇民化"政策。所以说，这个爱乡爱国一致性的历史时代特征，是有针对性的，是有强烈的战斗性的，是有深远的历史影响的。同样，在这个历史阶段，生活在大陆的中国人所拥有的爱国主义思想内涵，爱我们宝岛台湾也是其中重要的组成部分。台湾光复以后，美国、日本的一股反动势力，妄图分裂中国，在台湾推行的是一种所谓台湾独立于中国之外的"台独"路线。以杨逵为代表的生活在台湾的中国人，继续高举爱国主义大旗，消灭所谓独立以及托管的一切企图，进一步揭露国内外一切反动的"台独"势力种种"去中国化"的阴谋，爱台湾也爱祖国大陆继续是这个时期杨逵对抗"台独"派的爱国主义思想的一种标志。

在杨逵这里，分不清哪些是台湾意识、中国意识，在杨逵的心目中，台湾意识与中国意识是重叠的，是融为一体的；爱台湾，爱祖国大陆的感情是融为一体的。而爱乡爱国的一致性的特征，正是当今"统""独"的一个根本区分点。

第二，关于杨逵的革命精神

杨逵的革命精神是什么？——"压不扁的玫瑰花"的精神。这当然是正确的。听了大家的发言，我发现我过去的这种认识，这样的概括，还不充分，还不能全面地表现出杨逵的革命精神。是不是用鲁迅的话，"横眉冷对千夫指，俯首甘为孺子牛"来概括，更为准确，更为全面呢？！对敌人，对日本殖民主义者，对国民党当时的反动统治，对"所谓独立以及托管的一切企图"，杨逵是"横眉冷对千夫指"，是一种硬骨头精神，是一种"压不扁的玫瑰花"的精神。对人民，对工人，对农民，对劳苦大众，对朋友，对家人，是"俯首甘为孺子牛"，是一种社会主义的人道主义关怀，是一种深厚的阶级情谊，而且带有无产阶级的国际主义思想，对日本的普通人民，对日本的劳苦大众的关怀，就充分地显示了这种思想。"横眉冷对千夫指，俯首甘为孺子牛"，这两方面相辅相成，构成了光彩夺目的杨逵的革命精神。

第三，关于杨逵的文学创作方法

杨逵一生的文学创作遵循的是现实主义创作方法，他一生倡导的文学创作方法也是现实主义。日据时期，日本殖民主义者西川满闹了一场所谓"狗屎现实主义"的风波，用来打压台湾爱国作家。当时的杨逵奋起反击，坚持的正是现实主义。光复初期，杨逵教导张克辉一代的台湾文学青年，"写作要立脚于现实"。杨逵的这一文学思想发展到80年代，1982年的美国之行，提出了"草根文学"的理念，形成了他的完整的现实主义创作方法的文学观，其核心是"为谁写"、"写什么"、"怎么写"的问题。林载爵先生在《晚年的杨逵》一文中对"草根文学"的阐述是正确的：（1）为基层的劳苦大众，为平民百姓而写；（2）写基层劳苦大众、平民百姓的生活与他们的思想感情和愿望；（3）真实地写，实实在在地写。为此，要深入生活，观察体验生活。

第四，中国作风中国气派

在特殊的历史条件下，杨逵的许多作品，是用日文写的。这些用日文写的作品具有鲜明的中国属性。为什么？（1）这些用日文写作的作品里跳动的是一个中国人的心，表达的是中国人民的思想感情与愿望。（2）作品的艺术形式，比如小说创作，看重小说情节的作用，重视故事的可读性，艺术结构的对称化，重视细节的描写，这一切都表现了几千年来所形成的中国人民的欣赏习惯，审美的情趣，表现出的是中国作风、中国气派。

原载《杨逵——压不扁的玫瑰花》，
台海出版社，2004年9月，第一版

评"文学台独"派的"杨逵遗恨"

——2004 年 2 月 3 日在广西南宁"杨逵作品研讨会"上的发言

曾庆瑞

　　我在这里给"文学台独"派的历史的耻辱柱上再钉上一个"杨逵遗恨"的标记，并不为过。那是因为，这些年，"文学台独"派的老老少少们在杨逵这位作家身上做足了"台独"的文章，总想用杨逵来证明台湾文学和中国文学是两个国家的文学，从而证明台湾和中国是两个国家。证明不了时，便恨恨然不能自已。于是，这种恨恨然不能自已的心态和情绪，我们可以叫它是"杨逵遗恨"。

　　评论"杨逵遗恨"还是要从叶石涛说起。

　　这要提到 2002 年 6 月 15 日叶石涛在日本东京大学的演讲和他同一天接受日本学者山口守的访问。据台湾学者曾健民先后发表在北京《文艺报》和台北《左翼》上的《台湾殖民历史的"疮疤"》一文的揭示，叶石涛演讲的全文以《我的台湾文学 60 年》为题发表在日本的《新潮》月刊 2002 年 9 月号上。接受访问的谈话则由山口守写成《访问叶石涛》一文，发表在日本杂志《找到了!》的 2002 年 9 月号上。在演讲和接受访问中，叶石涛说，他有一个观点，"像地震一样"，"将在台湾引起文化大革命"。这个观点就是，如果从"台湾主体"来看，杨逵和龙瑛宗都"不合格"，因为他们都是"大中国主义者"，"必须重新检讨他们在台湾文学上的地位"! 同年 9 月 5 日的台湾《中国时报》报道了叶石涛在日本的这次演讲和谈话。《中国时报》写道："叶石涛说，如果'台湾独立建国'，他相信杨逵的地位会被彻底改变。"《中国时报》也形容说，这是"在文学界扔出一颗炸弹"。其实，叶石涛太把自己当一回事儿了。他这样一番言论，并不是什么"地震"，也谈不上是什么"炸弹"，并没有在台湾引起什么"文化大革命"。叶石涛的这番言论充其量只是"文学台独"派对待杨逵的策略的一种调整和改变罢了。

　　叶石涛原先并不想把杨逵排斥在台湾人之外。他的心机是在于歪曲和利用杨逵，妄图以杨逵为例来证实台湾文学是所谓独立于中国文学之外的一种文学。比如，在1985年开始连载、1987年正式出版的那本《台湾文学史纲》里，尽管碍于国民党当局的戒严体制而"不得不谨慎下笔"，叶石涛也肯定了杨逵"一面从事反日民族解放运动，一面写作"，"想尽方法，在作品中力求抵抗精神的表现"，然而，叶石涛还是按捺不住，要利用杨逵来阐明他所谓的台湾新文学的"鲜明的自主性性格"和"强烈的自主意愿"。你看，等他说到1947年《新生报·桥》副刊上关于战后台湾文学发展去向的讨论时，他就不加任何掩饰了。他在《台湾文学史纲》里写道："省外作家大多认为台湾文学不宜过分强调地方特殊性。……然而，省籍作家却持不同的意见，杨逵、林曙光、濑南人等强调台湾新文学运动的历史与成就，希望台湾文学扎根于台湾的特殊性，建立自主性的文学。"而这所谓"自主性"，在叶石涛的"台独语汇"里，就是要"独立"于中国文学之外。后来，1996年2月10日叶石涛在《台湾新闻报》的《西子湾》副刊上发表《新生报〈桥〉的历史性任务》一文时，还要说，《桥》副刊的主编歌雷"也礼遇杨逵，让他有发言的机会，帮助他重建台湾文学的意愿。可惜，他与他的外省作家伙伴始终无法肯定台湾文学的独立存在"。同一篇文章里，叶石涛还说："杨逵的《萌芽》藉着红牡丹的培养比喻台湾人解放运动即将开花结果。"在同年2月24日的同一家报纸的同一个副刊上，叶石涛发表另一篇文章《50年代初期的文艺政策》又说，"历经二二八事件的彻底摧残之后"，《新生报》的《桥》副刊上，"以杨逵为首的本土作家做最后的挣扎，保存了台湾新文学的传统抗议精神"。难怪，叶石涛在《台湾文学史纲》里歪曲了杨逵之后，在那段话的后面，接着就写下了这样一段顽强地表现他的"台独"思想的言论了："这省外作家与省籍作家中的歧见并没有经过这一次论争而获得厘清，而这种见解的对立犹如甩不掉的包袱，在台湾文学发展的历史性每一个阶段里犹如不死鸟（phoenix）再次出现，争论不休。在70年代的乡土文学论争里，历史又重演，到了80年代更有深度的激化。然而，台湾文学本具有承继传统文化而来的性格，以及在三百多年来的跟异民族抗争的血迹斑斑的历史里养成的坚强本土性格，这两种倾向被统合共存于台湾文学里，使得台湾文学呈现复杂的面貌，却是无可否认的事实。"现在看来，叶石涛的这一段文字被历史漫不经心地忽略了。其实，叶石涛的这一段文字，相当地赤裸裸！他有意在字里行间隐含着一个观念。他是把中国人当作"异民族"来对待的。这也是后来"台独"派的所谓"后殖民"的谬论的思想源头之一。

彭瑞金，这位公然声称要"建立台湾人的'台湾民族文学'"的"文学台独"派的大将，又是怎么歪曲和利用杨逵的呢？他倒是也说杨逵是战后台湾文坛"执牛耳"的人物，却也认为，在《新生报》的《桥》副刊上的那场论争中，杨逵"等省内作家一再为文阐述日据时期的台湾新文学运动的历史与成就，显然是……希望台湾文学的再兴运动是在有条件的'特殊性'下再求茁壮"。这所谓的"特殊性"，用彭瑞金在《记1948年前后的一场台湾文学论战》一文里说的，就是杨逵"曲尽了台籍作家在沉寂的文艺空气中的心声，也清楚地说明了今后台湾文学建设应有的新起点"。按照彭瑞金的"台独语汇"，这"特殊性"，这"新起点"，就是他在《我们需要正面诠释台湾文学》一文和《台湾文学探索·自序》里一再说到的，就是要"摆脱""整整受了40年的'中国文学'谎言统治"，就是要让"台湾文学主权复归"，就是要"不与中国文学同调"，一句话，就是要"独立"。

陈芳明呢？这位当今台湾岛上又一位肩扛"文学台独"大旗的人物，又是怎么歪曲和利用杨逵的呢？在他那本《左翼台湾》里，陈芳明倒也肯定杨逵的作品，不过，他又别有用心地认定，《送报夫》"这篇小说也指出了台湾的一个历史方向，那就是要推翻外来的殖民政权绝对不可依赖别人的力量"。在《有这种统派，谁还需要马克思？》一文里，说到《新生报》的《桥》副刊那场争论，陈芳明说，面对"二二八事件的大屠杀"之后文化界的"不哭不叫"的阴影，"文学家竟然出现'中国人的复归'的论调，宁非怪事？"陈芳明攻击陈映真说："陈映真苦心孤诣地要把这场论战，变造成为'不问省内省外，不论文论的差别，众口一词、三复斯言地强调了台湾是中国的一部分，从而台湾文学是中国文学的一环'。但是，细读全部的文字之后，真正这样主张的都是出自外省作家笔下，本地作家没有一位是附和或支持这种论调的。"陈芳明用以作证的就"包括杨逵与叶石涛在内"。陈芳明说："当他们的朋辈死于刀丛，血迹未干之际，参与讨论的本地作家并不可能说出真正的思考。更值得注意的是，本地作家自始至终就被迫站在辩护的位置，必须为台湾文学的历史发展再三解释。"而这"历史发展"，在陈芳明的"台独语汇"里，就是他在《后殖民台湾》一书的《自序：我的后殖民立场》里说的："中国，对台湾文学的收编，正是殖民主义的再延伸。"

还有一位林瑞明。现在也是"文学台独"派一位小有名气的人物了。此公有两部书问世，即《台湾文学的历史考察》和《台湾文学的本土观察》。在《历史考察》那本书里，林瑞明沿袭叶石涛的说法，也认为，在那场论战中，杨逵等"强调希望台湾文学扎根于台湾的特殊性，建立自主性的文学"。

现在要说到游胜冠。此人以他那部《台湾文学本土论的兴起与发展》宣示自己的"独"派立场与身份时，还在台湾清华大学文学所博士班读书。这部书由他的硕士论文扩充而成。就这件事，彭瑞金专门写了一篇文章叫《台湾文学需要亚里斯多德》，极力吹捧了这位"文学台独"派的新生代的得力干将。彭瑞金说，"在台湾文学界，统独文学观之间的壁垒分明，形同水火，早已是人尽皆知的事"，在这种情况下，游胜冠"很精当、敏锐地提出了本土论的观点，以示台湾文学既非由外地移植，也非分香，更不是承桃而来的'子'系文学，有其自台湾的自然、人文环境萌发的证据。……用力阐明台湾文学是台湾这个时空人文环境诞生的原生种"。由此，彭瑞金还显得十分得意地吹捧游胜冠说："他如果肯扮演台湾文学定位讨论里……的亚里斯多德，他的台湾文学本土论肯定不只是具有学术著作的贡献，还是台湾文学发展过程里的一具推进器。"

游胜冠歪曲和利用的是杨逵那篇发表在《桥》上的《台湾文学问答》。游胜冠写道，杨逵"进一步指出，这种特殊性使得台湾文学成为一个独立个体，与日本文学、中国文学'虽说没有对立，但也不是一样的东西，但在世界文学这个范畴里，都是可以共存的'"。还有，"杨逵认为台湾文学、中国文学各有特色及风俗内容，台湾文学虽因政治的从属关系成为中国文学的一环，但正如中国文学是世界文学的一环一样，他们之间只是大、小范畴间的包容而已，台湾文学与中国文学之间并无从属关系，台湾文学因此保有其主体地位，不必像中国的普遍性消融其特殊性，这是视台湾文学为一个独立个体的看法，也因此杨逵才说台湾文学并不与中国文学'对立'，两岸文学才可以'共存'而保有其'特色、风俗'"。游胜冠说，正是杨逵和濑南人的类似说辞，"将台湾文学的本质与未来发展作了清晰的描述，是战后台湾文学本土论的完整呈现"。

我还要提到 2001 年 9 月 2 日在美国蒙地贝娄市举办的一个首届

"台美文学论坛"，举办者是"台湾人联合基金会"。彭瑞金等人在论坛上作了专题发言。同年9月5日，在美国出版的华文报纸《世界日报》，以《强调台湾文学具有主体性》为标题报道了论坛的消息。新闻稿加的眉题则是《台美文学论坛标榜"压不扁的玫瑰"精神》。这个论坛竭力鼓吹为台湾文学"正名"，宣扬"台湾文学是'独立且有主体性'的文学"。论坛所标榜的"压不扁的玫瑰"精神也是对杨逵的小说《春光关不住》的歪曲和利用。

所有这些都说明，基于杨逵在台湾文学史上的卓著成就、伟大贡献和崇高地位，"文学台独"派的各色人等，在分裂台湾文学和大陆的中国文学的不可割断的血缘关系的时候，总是要拉出杨逵这面大旗来为他们作虎皮的。当他们这样为所欲为地歪曲和利用杨逵而又肆无忌惮的时候，他们绝不把杨逵排斥在台湾人之外。

然而，这种歪曲和利用毕竟不能持久。这是因为，杨逵的文学作为，杨逵的文学生涯，杨逵在整个台湾文学历史上留下的足迹，或者说，整个台湾文学的历史甚至整个现代台湾的历史所昭示的杨逵其人其文学其光辉业绩，都已经铭刻在天地之间，有日月作证，人们早就烂熟于心，任岁月流逝时光更替也断断不容篡改，或者说，任你是三头六臂有那翻手覆手就可为云雨的高手也篡改不了的了。

就说被他们加以歪曲和利用的那两桩事情吧。

在《新生报》的《桥》副刊的论争中，杨逵的见解和作为，绝不是叶石涛们所说的那样为所谓的台湾文学的"自主性"和"独立存在"而"代表本土作家"作什么"最后挣扎"的。让我们引出杨逵的相关文章的原文作证。

在《桥》副刊上，杨逵于1948年3月29日发表了《如何建立台湾新文学》一文。文章里，杨逵引用并赞同了欧阳明和范泉的观点，即欧阳明的"在祖国新文学领域里开出台湾新文学的一朵灿烂的花"；范泉的"现在的台湾文学，则已进入建设时期的开端，台湾文学站在中国文学的一个部位里，尽了它最大的努力，发挥了中国文学古有的传统，从而建立新时代和新社会所需要的，属于中国文学的台湾新文学!"在提出了六点建议之后，文章接着又说："倘若我们做了这样的努力，至少台湾新文学的再建是可以期待的，对于指向'科学与民主'的中国新文学运动相信一定有很多的贡献。"

同年6月25日，杨逵又在这家报纸的同一个副刊上发表了《"台湾文学"问答》一文。杨逵一开始就声明，在台湾，他们"并未想树立其分离的目标"，即使历史造成了两岸的长期隔离，但是，"台湾是中国的一省，台湾不能切离中国"！在从"特殊性"谈到台湾文学与中国文学是不是可以对立时，杨逵毫不含糊地说："台湾是中国的一省，没有对立。台湾文学是中国文学的一环，当然不能对立。"在这篇问答式的文章里，杨逵还就本省籍与外省籍作家的团结和通力合作以建设台湾新文学的问题发表了重要的意见。

这种意见，在他的另一篇文章里也有说明。那篇文章是《现实教我们需要一次嚷》，发表在同年6月27日的《中华日报》的《海风》副刊上。文章里，杨逵特地说明，这次关于"如何建立台湾新文学"的讨论是他提起的。杨逵说："为提起此一问题与参加这一次的讨论，我始终是纯洁的，为求台湾文学的充实与广泛的发展以外更没有什么作用与背景。我很坚信，为求一国的文学的充实与发展，地方文学与个别的文学（比如农民文学等）的充实与发展是不能忽视的。在中国领域里，鼓励个别文学的充实与发展，只有这努力，才得珍惜我们的固有光辉和心血。"

从这三篇文章，人们不难确信，在台湾文学与中国文学的关系问题上，作为一个坚定的爱国主义者的伟大的台湾文学家，杨逵是坚决维护祖国统一、坚决维护一个中国的文学的原则的。从叶石涛到游胜冠，在摘引或者转述杨逵的意见时都采取了不老实的态度，要么断章取义，要么无中生有，要么肆意歪曲，要么颠倒黑白，竭力曲成己见！于是，我们看到，无论人品还是文品，这些"文学台独"派的老少爷儿们全都斯文扫地了！

至于那个"台美文学论坛"标榜的"'压不扁的玫瑰'精神"，则更显得滑稽可笑而又枉费心机。

"压不扁的玫瑰"精神，出自杨逵的短篇小说《春光关不住》。小说里有一个细节是，一个数学教员和娃娃兵林建文在修整口本一个空军基地的时候，看到了被水泥块压在底下的一棵玫瑰花。那玫瑰花被压得紧紧的，竟从水泥块的小小的缝隙间抽出了一条芽，还长着一个拇指大的花苞。他们觉得很有意思，便协力把那水泥块推开了。于是，下面出现了一株被压得扁扁的玫瑰花。他们异常高兴，因为，这玫瑰花给了他们一个"春光关不住"的启示："在很重的水泥块底下，它竟能找出这么一条小小缝，抽出枝条来，还长着这么一个大花苞，象征着日本军阀铁蹄下的台湾人民的心。"后来，1945 年 8 月 15 日日本无条件投降的前几天，林建文收到姐姐的信，信中说，他给她带去的"那棵玫瑰花，种在黄花缸上，长得很茂盛。枝头长出了许多花苞，开满着血红的花"。姐姐又说："我再也不寂寞了。我正在想着，今年除夕的团圆饭，该比往年加上几样菜哩!"很明显，这里的"黄花缸"取"黄花岗"的谐音，意思是说，台湾人民继承和发扬了黄花岗七十二烈士的革命精神，不屈不挠地战斗。在这种精神鼓舞下，中国人民终于取得了"八一五"的胜利。小说末尾，杨逵借那数学教员的嘴意味深长地说："人生固然有许多艰难困苦，特别是在异族侵占之下，但我总觉得，只要不慌不忙，经常保持镇静，继续不断努力的话，就是被关在黑压压的深坑里，时间也会帮助我们解决问题的。这一颗重重被压在水泥块底下的玫瑰花的故事，不是满有意思吗?"

真相可以大白于天下了!原来，杨逵在他那篇《春光关不住》的小说里，昭示一种"压不扁的玫瑰精神"，张扬的是一种反抗日本帝国主义的斗争精神，然而，那个"台美文学论坛"，竟然在"主张台湾文学具有中国文学之外的主体性"的前提下奢谈什么"压不扁的玫瑰精神"，公然把攻击的矛头指向中国，其险恶用心，何其歹毒!

也许，还是叶石涛显得老到。他也不傻。他不会不知道，以往所有歪曲和利用杨逵的手段或者说伎俩，都难免被人揭露，而一旦被揭露，他们就会被置于不光彩的境地。于是，为"台独"而利令智昏，叶石涛走出了一着致命的险棋，他要将杨逵从台湾文学史乃至台湾史上一笔勾销了，要开除杨逵的台湾籍了。

对于叶石涛在"文学台独"的不归路上越走越远的这种敢冒天下之大不韪的言行，前此，台湾学者曾健民已经有了强有力的批判。我不再多说，我只想补充的是，叶石涛和他的"文学台独"的伙伴们，之所以会从原先的歪曲利用杨逵其人其文走到了今天要在台湾文学史和台湾史上消灭杨逵，除了他们推行"文学台独"以至政治"台独"的利益驱动之外，还有其人品低下恶劣的原因是不能不加以揭露的。

特别是叶石涛。

关于杨逵，叶石涛曾经写了不少的文字，用尽了赞美之词，我们至今还不难找到，读到，并且还可以认定，当时的叶石涛赞美杨逵还是颇为真诚的。尤其是那篇写在 1979 年的《杨逵先生与我》，撇开叶石涛在 1979 年的政治观念和文艺思想不谈，就私人交情论私人交情，就是现在来读，也觉察不出来其中有什么虚与逶迤的地方。文章里，叶石涛简略地描述了杨逵一生的事迹和文学活动之后，说到了他和杨逵在日据时代末期相识的情景。叶石涛说，《桥》副刊的讨论使他"重新认识杨逵文学的价值"，"承认他在日据时代文学史上的伟大贡献"。恰恰是杨逵，在主编《力行报》的《新文艺》副刊时，在那副刊上重新发表了叶石涛在《中华日报》副刊《海风》上发表过的短篇小说《故乡》；又在他主编的《台湾文学》第一辑上转载了叶石涛在《海风》上发表过的另一个短篇小说《复仇》。叶石涛对此自然是感恩戴德。由此，叶石涛和杨逵有了断断续续的书信往来。大约就在这个时候，杨逵到了台南。叶石涛和一群文学朋友一共十多个人为杨逵开了一个欢迎会。想到那时的穷乏生活，叶石涛说，"真令人有沧桑之感"。还说，留在脑子里最鲜明的印象，是杨逵的一双破旧得露出右脚大拇指的猪皮皮鞋。每当想起"杨逵的皮鞋，心里不禁涌上哀伤"，那"破皮鞋似乎象征了台湾作家坎坷的命运"。欢迎会后，叶石涛他们还请杨逵吃了一顿只限每人一碗的面，"吃得寒酸之极"。那以后，叶石涛和杨逵失去联络二十多年，无法互通讯息。直到1979年，叶石涛才又见到杨逵三次。故人重逢，叶石涛说，他们"交谈甚欢"。第三次在台中见面时，他们还谈到杨逵的续弦问题。叶石涛的感慨是："看样子，杨逵这一辈子仍要孤独地走完人生的旅途不可，不过我仍要脱帽致敬杨逵这种不服老的青春热情，这可以媲美歌德晚年的恋爱呢！"说到这一年的4月，一次"吴浊流文学奖"的评审会后，归途顺访鹿港、台中，特地去拜见杨逵，叶石涛写下的文字竟是："傍晚在大雨下个不停之中走上朝圣之路了。杨逵所住的东海花园现已成为文学青年必先去拜访之地。而这花园树木苍翠，风景绝佳，空气新鲜，倒是谈天说地的好地方。隔了二十多年又看到了杨逵，但他谈锋甚健，语多诚恳一如既往，这使我毫没有隔阂之感。在座还有洪醒夫兄和王世勋兄等年轻作家，大家边吃边聊天，谈古说今愉快之极。我想到杨逵在风烛残年仍能得到年轻朋友的敬爱，再想到他坎坷的一生，禁不住热泪盈眶了。"

读这样的回忆文字，人们真的不敢相信，一个想起当年的杨逵的破皮鞋就会"不禁涌上哀伤"的人，一个说起杨逵的续弦问题就要"脱帽致敬"就要将杨逵与歌德媲美的人，一个把拜见杨逵看作是"朝圣"的人，一个想到杨逵坎坷的一生就会"禁不住热泪盈眶"的人，一个分明是要告诉人们自己是杨逵的挚友和故交的人，怎么会在杨逵故去多年之后要下狠心将杨逵处以"开除台湾籍"的极刑的呢?

然而,无情的事实就是如此。为了"台独",为了"台湾独立建国",叶石涛就是要把那对于维护台湾与大陆的文学乃至国家的统一持有鲜明的不可动摇的真知灼见并能在思想理论上阻碍他们实施"台独"阴谋的杨逵扫地出门!不如此,则不足以从那"杨逵遗恨"中解脱出来。为此,背叛自己的恩人,背叛自己曾经在文章里公开招摇过的和杨逵的友谊,在世人面前公然撕下自己的假面,他叶石涛也在所不惜!这就是一个真实的叶石涛!"天要下雨娘要嫁人",任你是谁也无法涂脂抹粉加以美化加以掩饰加以改变的叶石涛!

不过,历史也会无情。杨逵已然是台湾文学史上乃至台湾史上的一棵参天大树,人们对他的崇敬有如江河之万古长流,即令有那蚍蜉撼树,也无碍于杨逵的崇高和伟岸!难释"杨逵遗恨"的叶石涛们无可奈何于杨逵,出以下下之策,想把杨逵从他毕生无限热爱的台湾的文学史和台湾的历史上一笔勾销,那真是枉费心机,到头来,还得应了中国的一句老话,那就是:搬起石头砸了自己的脚!

杨逵,这位令后世无限景仰的爱国的台湾文学家,将以他的"大中国主义"思想和行动光耀其文学事业的辉煌成就而彪炳于台湾地区和统一的全中国的史册,历经千秋万代而不朽!区区叶石涛们,可谓人微言轻,断难加以抹煞!

以批判"文学台独"为己任

赵忱　赵遐秋　曾庆瑞

对话背景资料

1. 1999 年 9 月 10 日，美国华文报纸《侨报》、《明报》、《星岛日报》等多家媒体报道：著名文学评论家赵遐秋、曾庆瑞教授伉俪酒会论文，在纽约与美东华文作家切磋交流，指出，台湾"文学本土化的一个重要表现是，文学作品中有严重的'台独'思潮，具有相当的危险性"。

2. 2001 年 6 月 19 日《文艺报》头版头条报道，中国作家协会于 6 月 18 日在京召开赵遐秋、曾庆瑞所撰《"文学台独"批判》一书初稿座谈会，40 余名来自祖国大陆和台湾的专家、学者出席了会议。

2001 年 6 月 23 日《文艺报》3 版在《批判"文学台独"维护祖国统一》的大字通栏标题下整版摘发上述座谈会的 19 人发言。其中，中国作家协会副主席、党组书记金炳华说，此书"完稿非常及时，为我们文学战线上开展与'文学台独'的斗争、增进两岸文学界维护中国文学同一性的共识、促进祖国和平统一大业，提供了丰富的材料和有力的武器"。

3. 该书稿后来定名为《"文学台独"面面观》，由九州出版社在 2001 年 12 月出版。

4. 赵遐秋，女，1935 年生，中国人民大学文学院教授，中国作家协会台港澳暨海外华文文学联络委员会副主任。曾庆瑞，男，1937 年生，中国传媒大学戏剧影视学院教授，博士生导师，中国作协台港澳暨海外华文文学联络委员会委员。两位教授是夫妇。

赵忱：(《中国文化报》记者) 20 世纪 80 年代以来，祖国大陆文学界开始了和台湾文学界的交流。一时间，大量台湾文学作品，各种评介、阐释台湾文学的论著，其中包括描述台湾文学发展历史的论著，纷纷问世。然而，回看 20 年，我们可以发现，人们对"文学台独"或是一片茫然，或是知之甚少。

曾庆瑞：不少读者和论著作者，甚至还把"文学台独"的炮制者、鼓吹者，比如叶石涛，当作"权威"加以"推崇"，把他们的著作、言论当作"经典"加以引用，这真是往事不堪回首了。

赵忱：1999年你们两位在纽约提醒旅美华人作家要警惕文学领域里的"台独思潮"，恐怕是祖国大陆学者里最早公开亮出这面批判"文学台独"的旗帜的吧！

这面旗帜，台湾朋友已经高举了多年了

曾庆瑞：我们当时也不过是传递了一个信息而已。那一次，全美中国作家联谊会等为我们俩访问纽约举办了一个隆重的欢迎酒会和记者招待会，请了很多文学界和传媒界的朋友，好几位年事已高、平常不大出门的德高望重的长者，像唐德刚、夏志清、董鼎山等，都来了，我们交谈得十分融洽。

赵忱：为什么会是你们两位在"传递信息"？

赵遐秋：我们俩都曾多次访问台湾，在那里看到，文学界有一批思想家、理论家、作家，已经高举这面旗帜多年了。陈映真可以说是他们的旗手。我们传递的就是这个信息。

当时，映真已经跟叶石涛所代表的台湾文学界的分离主义势力，即后来的"文学台独"势力，较量了十四五年了。

曾庆瑞：经过10多年的论战之后，文学领域里的"台独"势力，不仅没有收敛，反而更加气势汹汹了。1993年，我们应邀赴台访问。在台北福华大酒店，映真正式提出了"重写台湾文学史"的问题。

赵忱：读你们近两年批判"文学台独"的文章和书，我以为，你们实际上是要对祖国大陆原有的台湾文学史著作作出修正。

赵遐秋：这个重写的工作，是两岸学者中的一个战斗的"团队"共同来做的。映真他们走在前头，一直都在努力。加快了速度，是在20世纪90年代的后几年。

曾庆瑞：那是"文学台独"势力恶性膨胀的几个年头。本来，1977年映真就写了《"乡土文学"的盲点》一文，第一次公开批判了叶石涛在《台湾乡土文学史导论》一文中露头的"去中国化"的思想。

随后，映真又发表了一系列的文章，努力遏制这一思想的发展。不料，1979 年发生了高雄"美丽岛事件"之后，叶石涛从 80 年代初开始，又是集会办杂志，又是写文章出书，还拉起一支队伍，又和海外"台独"势力相呼应，直到 1995 年，竟然在高雄的《台湾新闻报》上公开叫嚣"台湾是主权独立的国家"，"台湾文学是独立自主的文学"了。

赵忱：听说，这个资料是曾老师后来访问高雄时发掘出来，并首次在祖国大陆公布。好像《文艺报》总编辑金坚范在你的一篇文稿上批注说，"这是一个重大的发现"。

曾庆瑞：那也是靠了高雄文艺界朋友帮忙，不是我一个人的功劳。那时，"文学台独"的总的形势对映真他们刺激很大。1997 年，赵遐秋又去台湾，就和映真约定，他初冬时节到北京来参加一个华文文学的学术研讨会，我们可以好好聊聊。

赵遐秋：就在那一年 7 月，映真发表了有名的《向内战・冷战意识形态挑战》一文，纪念"乡土文学论战"20 周年。他在文章里写下了一句充满历史沧桑感的名言："历史给予台湾形形色色的民族分离主义以将近 20 年的发展时间。"他还说道："70 年代论争所欲解决的问题，却不但没有得到解决，反而迎来了全面反动、全面倒退和全面保守的局面。"随后，从 80 年代开始，"台独"势力兴起了"全面反中国、分离主义的文化、政治和文学论述"。

就在这年冬天，映真和他在台湾的战友们加紧了批判"文学台独"的斗争了。其标志就是他们原来的"人间派"的同仁恢复出版《人间思想与创作丛刊》，1998 年冬季号的辑名就是《台湾乡土文学・皇民文学的清理与批判》。

赵忱：朋友告诉我，去年 12 月中国作协座谈你们的新书《台湾新文学思潮史纲》时，曾老师发言，深情陈说映真他们在极其艰难的条件下高举批判"文学台独"的旗帜经历了功勋卓著的斗争时，在场的几十位男女老少，竟有相当多的人，被感染得热泪盈眶，甚至还有唏嘘不已的！

曾庆瑞：我当时是说，映真他们的人品、文品，他们大义凛然的斗争精神，教育了我，激励了我，鞭策我要义无反顾地站出来和他们并肩战斗。

赵遐秋：就是说，在祖国大陆，也要亮出批判"文学台独"的大旗来！

赵忱：听说，2000 年 8 月，你们和他们在黄山机场别离，情形有几分悲壮的意味！

曾庆瑞：那还得从 1999 年 5 月我又访台湾说起。从高雄到了台北之后，映真和夫人陈丽娜为我安排了两个晚上的活动。那一次，映真给了我一沓资料，是手抄的 1947 年至 1949 年台湾《新生报·桥》副刊上关于台湾文学问题争论的文章。"台独"势力遮断并歪曲了那场争论。带回北京以后，我向作协领导同志报告了这个情况。作协跟映真他们商定，2000 年 8 月在苏州举办一个大型研讨会，认真清理那次文学论争的历史，还历史以本来面目。结果，苏州的会比预想的还要成功。会后，作协派书记处书记、我们这个联络委员会的副主任、《文艺报》总编辑金坚范，加上我们俩，陪同台湾方面的朋友上黄山。这次黄山之旅，商量了一件大事——共同撰写一部《台湾新文学思潮史纲》。我们还和映真商量，要写文章评介他跟陈芳明在《联合文学》上的论战。一路上，我们中间洋溢着同志、战友、兄弟的情谊！分手那天，战友们用无言的泪雨和哽咽壮行色，真的悲壮无比，真是，是壮行色！从此，我们开始了对"文学台独"的新一轮的批判和斗争。

高举这面旗帜，我们愈战愈勇节节胜利

赵忱：你们的苏州研讨会，正是陈水扁上台不久，形势特别严峻，恐怕是群情激愤了。

赵遐秋：本来，1999 年 6 月底，我三访台湾，回程在高雄登机时，正赶上 7 月 9 日李登辉抛出"两国论"的分裂谬论。气愤之余，我就感到了形势的严峻，台湾岛上"台独"势力从后台走到了前台，从"暗独"走向"明独"了。7 月 20 日的《文艺报》上，头版头条以《作家为一个中国呐喊》为题，发表了一组文章，其中有我一篇《李登辉有他不可告人的阴谋》，表明了我的态度。当年 9 月，在美国纽约，我向旅美华人作家谈到了这个问题。11 月，我主编的《台湾乡土文学八大家》一书交由北京台海出版社出版时，在《结束语》里，我又说道："台湾一些有识之士和维护祖国统一的学者，都在纷纷起来抨击李登辉的'台独'言行，呼吁台湾民众勿为'台独'言论所迷惑，而要和李登辉的'台独'狂想划清界限。""这里，我也要向文学界的朋友呼吁：文学，也要警惕‘台独’的侵蚀。"

赵忱：我读了那篇《结束语》。那上面，其实赵老师已经简明扼要地概述了 70 年代末期以来台湾文学界统、"独"斗争的情况了。好像还特别说到 1990 年创刊的一本《台湾文学观察杂志》，揭露了杂志上散布的大量的分离主义言论，比如，说什么"'台湾文学'，也应该是不从属于'中国文学'，一直是在台湾独立完成的文学传统"，是"和中国文学分立并具有主体性的""独立自主"的文学。另外，对于显然追随李登辉路线的 1993 年 4 月至 6 月的 6 场"台湾地区区域文学会议"中少数人所鼓吹的谬论，也有揭露和批判。

曾庆瑞：苏州研讨会是和江苏省社科院和苏州大学中文系联合举办的，请了很多地方的教授和学者专家，男女老少都有。台湾来了不少人，除了"人间派"的几位中坚，还有几位爱国的名教授。他们的学生，博士、硕士生也来了不少。十分难得的是，还请了当年参与论争的 8 位老人到会，见证了那段历史，也批判了歪曲那段历史的人。可惜，我们本来请了叶石涛，他找了个托词，不然，当面交锋就热闹了。

赵忱：经过苏州研讨会，很多人取得了共识，到这时候，时机也成熟了。

赵遐秋：是这样的。这中间，有一个契机是，在台湾《联合文学》杂志上，映真和陈芳明发生了文学界新一轮的"统、'独'论战"。到苏州开会的时候，映真带来了这个杂志的 1999 年 8 月的 178 期和 2000 年 7 月的 189 期。前者，陈芳明发表了他的《台湾新文学史》的第一章《台湾新文学史的建构与分期》，1.5 万字；后者，有映真批驳他的 3.4 万字长文《以意识形态代替科学知识的灾难》。苏州会议后，10 月间，映真和天聪应邀来北京参加一个面对全球化的民族文化发展问题的学术研讨会，又带来了 2000 年 8 月的 190 期和 9 月的 191 期的《联合文学》。190 期上有陈芳明的 1.1 万字的反扑文字《马克思主义有那么严重吗?》。191 期有映真的 2.8 万字的再批判文字《关于台湾"社会性质"的进一步讨论》。可以说，论战白热化了。我们和映真、天聪他们讨论了两次，决定从这里入手，打响。

曾庆瑞：陈芳明把自己的观点叫作"后殖民史观"。它的要点是："台湾社会是属于殖民地社会的"，它"穿越了殖民时期、再殖民时期与后殖民时期 3 个阶段"。其要害是把二战后中国收复台湾说成是对台湾实行"再殖民统治"，还有所谓"脱离中国的'复权'斗争"。由此，陈芳明还派生出一谬论，说什么台湾新文学是多语言、多源头、多元化的文学，等等。于是，我们以"童伊"的笔名写了第一篇文章《台独谬论可以休矣！——看近期〈联合文学〉上"二陈统、'独'论战"》。

赵忱：那篇 7400 字的长文章见报以后，不少人颇为震惊，还有人打听"童伊"是谁，还以为有什么来头呢！读了文章的人，看那最后一个小标题《我们将迎接挑战》，都知道，还会再见"童伊"的。果然，当年 12 月 23 日，《文艺报》上发表了你们更长的 12500 字的长文《"台独文化"把"语言"当"稻草"，荒谬!》人们看得更加触目惊心。

曾庆瑞：由于我通篇摆的是汉语民族共同语言和方言的历史和现实，讲的是民族共同语言和方言的科学道理，把批判性建立在坚实的民族、语言、文化诸多科学的基础上，充分论证了一个颠扑不破的真理——割断闽南话和汉民族共同语言的血脉而妄图用"台湾话"取代"国语"，割断闽南话的拼写和汉语标准语拼写的血脉而妄图给"台湾话"另造文字，都是历史已经证明完全行不通的一条死路，文章也就有了它无可辩驳的威力。

赵遐秋：打印稿传到台北后，映真打电话来说，这是他迄今为止看到的就语言问题批判"台独"的最好的文章，说是写得太好了。

赵忱：随后，2001 年 1 月 2 日和 2 月 6 日，《文艺报》上又两见"童伊"，一是《从台湾〈人间〉派对"'皇民文学'合理论"的批判——看"台独"谬论的汉奸嘴脸》，7500 字；一是《外国势力与文坛"台独"势力狼狈为奸——评台湾《人间》派对日本右翼学人的批判》，7100 字。他们真的是愈战愈勇了。

集合在旗帜下，我们任重道远一往无前

赵遐秋：我们常常说到，没有作协的领导和有关同志，没有《文艺报》的领导和有关同志，我们将寸步难行。

赵忱：我读到金坚范为你们的《文学"台独"面面观》那本书写的序言《历史与现实的呼唤》。他说，"童伊"前四篇长文发表后，一些朋友见到他时纷纷予以赞许，说是读了《文艺报》才弄清"文学台独"究竟是怎么回事，这是他始料不及的。序言还说："此外，一些中央新闻单位的记者，因要采访台湾文学界的朋友而同我们有些工作上的接触。交谈中我们吃惊地发现，他们对'文学台独'或是一片茫然或是知之甚少，这使我萌生一个念头：应该有一本全面论述'文学台独'的书，让世人了解'文学台独'和两岸批判'文学台独'的真实情况，给历史和现实一个交代和回答。"于是，你们一起策划了这本书的写作和出版。

赵遐秋：是这样的。那是在九州版《黄春明作品集》的出版研讨会之后，我们几个人陪映真和春明、美珠夫妇及正惠等台湾朋友去杭州、绍兴、义乌一带访问参观旅游的时候，在杭州议定的。我们也深深感到，对于什么是"文学台独"这个最基本的问题，很有必要从ABC说起，做一些普及性的宣传工作，让更多的人对它有一个基本的了解。不然，批判"文学台独"的工作就会碰到困难。

曾庆瑞：从人们对于叶石涛的认识和我们批判叶石涛的情况来看，写这么一本书实在太有必要了。

赵忱：《文学"台独"面面观》告诉读者，"'文学台独'是文学领域里的'两国论'"。这可以说是对于"文学台独"的一个科学的理论界定了吧？

曾庆瑞：可以这么看。这是我们几个人跟映真他们几个人一起反复推敲之后界定的。说得细一点，"文学台独"指的是，在台湾，有一些人鼓吹台湾新文学是独立于中国文学之外的一种文学，或者说是不同于中国文学也不属于中国文学的一种"独立"的文学，是与中国文学已经"分离"、已经"断裂"的"独立"的文学。其核心观念，其关键词，其要害，是"独立"。"文学台独"是整个"台独"的一个组成部分。"台独"势力在中国文学和台湾文学之间制造分裂的文学版图，是重合和叠化在"台独"的所谓文化版图、民族版图、地理版图和政治版图之上的。而那文化版图，正是分裂中华文化和台湾文化的；民族版图，正是分裂中国国家主权，反对"一个中国"，妄图使台湾省脱离中国而"独立"成一个"国家"的。所以说，"文学台独"是"台独"在文学领域里的表现，是"台独"的一个方面军。鼓吹"文学台独"，就是使"台独"文化化、文学化。它是使"台独"泛化到社会精神文化的各个领域、各个方面的险恶阴谋的一个组成部分。鼓吹"文学台独"就是利用文学为政治"台独"寻找根据、制造舆论，就是为政治"台独"张目，为政治"台独"做准备。

赵遐秋：当时，我们正在紧张地分工撰写《台湾新文学思潮史纲》

的书稿。3月间在杭州议定《"文学台独"批判》的事情以后，我们夜以继日地工作，交叉进行，终于在5月10日赴台访问之前，完成了《史纲》书稿，也写好了《批判》的20万字的初稿，并打印装成册，一齐带到了台湾。记得10日那天刚到高雄，我们就把《批判》稿用特快专递寄到了台北，请映真审稿并作序。5月29日回到北京后，6月18日作协就召开了书稿的座谈会。

赵忱：我想打断一下，先问问那本《史纲》的情况。

曾庆瑞：《史纲》那本书，在2000年的黄山之行就确定了，全书由映真和老金担任顾问，台湾清华大学中文系教授吕正惠和遐秋两人主编，他们两人也分工撰稿。撰稿人里，有台湾社会科学研究会会长曾健民，中国社科院文学所研究员古继堂，郑州大学文学院教授樊洛平，再就是我。

赵忱：出版座谈会上，人们一致认为这是一个全新的体系，全新的视角，全新的史实内容，全新的话语阐释，简直重写了台湾文学史。陈映真在《面面观》的《序言》里流露出他内心的喜悦，他给两位老师的书的评价很高。

赵遐秋：我们那本书，除了开始讲什么是"文学台独"，后面还有7个部分，分别讲它滋生的社会土壤、恶性发展的历史，还有5个方面的谬论的批驳。尽管如此，写完了，还有言犹未尽之感。

曾庆瑞：除了言犹未尽之感，在北京座谈之后，我们还深深感到，还需要把这种批判工作做得更细致一些，以便让一些还有某种疑虑的同志能够更清楚地看到"文学台独"的真面目。当然，北京座谈会后，条件更成熟了，所以，9月4日，《文艺报》发表了那篇《叶石涛鼓吹"文学台独"的前前后后》。

赵忱：那么你们，还有你们那个"团队"的朋友们，下一步有什么打算呢？

曾庆瑞：我们有一个很真诚的感受就是，集合在这面旗帜下，我们任重道远，一往无前。至于打算，当然有。今后一段时间里，"童伊"的文章还会写下去，大致上会有3个方面的内容。一个方面是眼下的一些"文学台独"活动，要继续揭露和批判。比如陈芳明刚刚炮制的《台湾新文学史》，是一部全面篡改、歪曲台湾新文学发展历史的"伪学术"的书，赤裸裸地为"台独"造舆论的工具，影响极其恶劣，不能小看它，要彻底揭露，严肃批判。另一方面是，对20多年来"文学台独"恶性发展历史上一些重大的事件、重要思潮和几个头面人物及其代表性论著，要作一些总的清算，以便更深入、更详尽、更清晰地把"文学台独"势力的本来面目暴露在光天化日之下。"童伊"文章的内容还有一个方面，就是对映真他们的批判"文学台独"活动作一个系统的报告。

赵遐秋：他们在极其艰苦的条件下从事卓绝的斗争，真是"铁肩担道义，妙手著文章"，一身正气和豪气，实在令人感佩。

曾庆瑞：说到人间出版社，就是在映真他弟弟住家的顶楼晒台上加盖的两间小屋，十分简陋。在祖国大陆也找不到那么穷的出版社了。

赵遐秋：可是，那两间旧房子里却闪耀着台湾最明亮的思想之光、理论之光、智慧之光、真理之光。也许人们很难想象，就在那小屋子里，每周有一次读书会的活动。下了班，人们带一份三明治或便当，就聚集在这里如饥似渴地读书，讨论台湾的社会问题。我1999年去台湾时参加过一次。在那小屋子里，我不止一次地被那种氛围、那种精神，感动得热泪盈眶。

赵遐秋：我们下决心要用"童伊"的笔去写他们可歌可泣的事业和人生。

赵忱：你们还在台湾文学界做了另一件有意义的事，就是推动去台作家中有国民党背景的人士和陈映真他们携手反对"台独"。是吗？

赵遐秋：我们是想，面对"台独"势力，维护祖国统一的作家们，以往的恩恩怨怨都该有个了结了。一个中国的人，就是兄弟姐妹。是兄弟姐妹，那就相逢一笑泯恩仇嘛！现在，好几位老作家都和映真他们握手了。

赵忱：听说你们还在做一些基本建设的工作？

赵遐秋：也可以这么说，一个是向前负责编选祖国大陆现、当代文学名著在台湾出版，向台湾青少年展示祖国新文学的风貌，一个是我和正惠在联合主编台湾爱国作家研究丛书，第一批6种，包括张我军、赖和、吴浊流、杨逵、钟理和、吕赫若在内，正在撰稿。作者，请的是年轻的朋友，像前面提到的樊洛平、刘红林，还有文艺报社的石一宁、胡军，《诗刊》社的阎延文，人民大学的黄涛，北师大的沈庆利，等等。

赵忱：这是难得的。

赵遐秋：这是作协领导的远大眼光和重要决策。我们愿为此效力。

赵忱：以批判"文学台独"为己任，我愿意祝福二位老师保重！

沉痛的悼念，由衷的敬重！

——"曾健民先生追思会"的书面发言

2020 年 9 月 27 日北京—台北

赵遐秋　曾庆瑞

我们俩，赵遐秋和曾庆瑞，健民和丽英二十多年来兄弟姐妹般的挚友，反对"文学台独"斗争中的亲密战友，不仅在 8 月 13 日健民走后去不了花莲为他送行，也到不了今天，9 月 27 日，在台北举行的健民的追思会了。我们只能向追思会呈送上一个简短的视频和这份书面发言，告慰健民的在天之灵了。

祈愿健民兄弟一路走好！

祈愿丽英妹妹节哀！

此时此刻，我们想起了，我们这个时代反对"文化台独"的旗手和主将陈映真三年多前在北京过世之后，健民曾经感叹说："长期以来，有关陈映真的讨论经常会出现一种不当的倾向。有人喜欢陈映真的文学，却不喜欢他的思想和政治。有人肯定他 70 年代以前的作品，却否定 70 年代以后的作品；有人喜欢年轻现代味的陈映真，却诅咒左派的陈映真；有人尊敬他为台湾社会正义发声，却批评他的左派立场。……出现了只高举陈映真的文学而刻意回避或矮化陈映真的思想和政治的发言。"健民非常敏锐地看到了这种复杂的情况，毫不犹疑地公开指出这种情况，这跟他是映真最真诚最忠实的敬仰者和追随者，最坚定的也最杰出的战友分不开。

作为映真文学战线的战友，健民在反对"文学台独"上绝对是一员大将。他对映真的呼应，主要表现就是追随映真批判"文学台独"。

回看历史，人们可以看到，在台湾，1977 年发生的所谓"乡土文学"的论战之后，正如映真指出了的："历史给予台湾形形色色的民族分离主义以将近 20 年的发展时间。但看来 70 年代论争所欲解决的问题，却不但没有得到解决，反而迎来了全面反动、全面倒退和全面保守的局面。"这近 20 年的时间里，映真一直坚持开展针对叶石涛等人的分离主义倾向文学的斗争。其间，一个重要的举措，是 1985 年 11

月，在还没有"解严"的困难条件下，映真在台北创办了《人间》杂志，以"在台湾的中国人"的意识为中心，从事思想启蒙运动。和一直坚持斗争的陈映真相呼应，1997年10月19日，由曾健民担任会长的台湾社会科学研究会在台北举办学术讨论会，纪念"乡土文学论争"20周年。到1998年12月，人间出版社创办《人间思想与创作丛刊》"冬季号"，就"乡土文学论争"20周年，组织刊发了一个专题《乡土文学论争20周年》，健民就在里面发表了《民众的与民族的》一文。这一期的《丛刊》上，健民还发表了《反乡土派的嫡传——七批陈芳明的〈历史的歧见与回归的歧路〉》和《台湾"皇民文学"的总清算》两篇文章。1999年9月，《人间思想与创作丛刊》的"秋季号"《喑哑的论争》对"文学台独"势力作新一轮的宣战的时候，健民进一步以自己的《一个日本"自虐史观批判"者的"皇民文学"论》和《评介"狗屎现实主义"争论——关于日据末期的一场文学论争》两篇重量级文章，旗帜鲜明地出场亮相。当时，这两辑《丛刊》是陈映真和他的战友对"文学台独"势力的代表人物叶石涛、张良泽，还有日本为"皇民文学"招魂的文人垂水千惠、中岛利郎、藤井省三等人的新一轮征战的檄文。健民的加入，火力更猛了。

紧接着，健民协助映真搜集和整理了，1947年到1949年台湾《新生报·桥》副刊上关于台湾文学争论的文章，并完完全全手抄一份，在1999年5月交由再次访台的庆瑞带回北京，促成了中国作协跟映真、健民他们合作，联合江苏省社科院、苏州大学中文系，于2000年8月，陈水扁上台不久，在苏州举办清理那次文学论争历史的大型研讨会。健民发言提交的2万字论文《在风雨飘摇中绽开的文学花苞——"台湾新文学论议"的思想和时代》，后来连同那些论争资料及其他文稿，一起在大陆《新文学史料》2001年第一期全文发表。论文除"前言"和"结论"之外，就三个问题对《新生报·桥》副刊上关于台湾文学争论做出了自己的阐释。这三个问题是：一、"台湾新文学论议"的思想来源及其时代过程；二、"台湾新文学论议"的六大议题和观点；三、"台湾新文学论议"的历劫。毫不夸张地说，健民的阐释，具有文学史、论的格局和气势。

苏州研讨会拉开了海峡两岸爱国文学家会师开展反对"文化台独""文学台独"斗争的大幕。会后，在黄山，我们一起商量决定了，两岸同仁联合编纂一部《台湾新文学思潮史纲》。健民分工撰写这部共有九章的著作中的第四章《建设人民的现实主义的台湾新文学》。该书两位主编之一的吕正惠在全书《结束语》里说，1945 年之后，绝大部分台湾作家和许许多多的大陆来台进步知识分子联合起来，"努力建设站在全中国立场的人民的现实主义的台湾新文学。他们的努力因美国的介入中国内战（协防台湾），最终归于失败，但历史的痕迹斑斑可考。本书第四章从无数的、不为人知的原始资料中，已大致恢复了这一特殊历史时期的真实面貌"。这部书的书稿在台北讨论的时候，我们两岸写作团队的全体成员，包括顾问陈映真和金坚范，就在映真他们借来的一个仓库里开了三天的会。丽英和几位台湾朋友的夫人，还有黄春明的一位女学生，做了研讨会的全程服务工作。会后，几位台湾朋友，都是夫妇一起出场，租了一辆大巴，陪同我们大陆去的朋友，从台北南下，过宜兰，一直到台湾最南点垦丁公园境内的鹅銮鼻公园观光。途中，夜宿香格里拉度假村。晚饭后，我们跟映真、健民喝茶闲聊，说到了此前的三月间我们大家一起在杭州议定的另一本书《"文学台独"批判》，遐秋和庆瑞报告了自己初稿写作情况。映真、健民他们都表示了支持和鼓励。

这之前的 1999 年，健民就写了《台湾现实主义文学精神的继承和丰富——读吕赫若的早期作品》。论述了吕赫若的早期小说较为成熟的技巧，深刻反映了殖民经济和封建经济的制度性双重宰制下的台湾社会现实，揭示了人的命运的社会经济本质，小说中的真实与社会的客观现实达到高度的一致性，是对以赖和、杨逵为代表的台湾新文学中批判的现实主义文学传统的继承和丰富。往后，2009 年 10 月 30 日，在台湾清华大学月涵堂的"台社论坛"的"与鲁迅重新见面"一场上，北京大学钱理群教授做了《鲁迅左翼传统》的报告后，健民还在会上对钱教授报告做了回应发言，话题是《谈"鲁迅在台湾"——以一九四六年两岸共同的鲁迅热潮为中心》。

一个时期里，健民以极大的热情，跟映真和其他"统派"朋友一起，在北京、长春、南宁等地参加了陈映真、黄春明、蓝博洲、詹澈、杨逵的文学作品研讨会，会上都做了有分量的发言。比如，在黄春明作品研讨会上，健民在题为《从台湾社会的现实中一路走来——论黄春明小说的时代开创性、启蒙性和艺术性》的发言里，就热情地肯定了黄春明"作品确实有独到的成就"，"一是他的作品对台湾光复以来的文学潮流的变化曾经起了开创性的和启蒙性的作用；另一方面则是他的作品在文学的艺术上的出色成就"。

此外，2001 年 2 月 7 日，日本右翼作家小林善纪在台湾出版名为《台湾论——新傲骨精神》的漫画书，收录并吹捧了李登辉等人亲日媚日、鼓吹分裂的思想言论，遭到岛内各界人士强烈批评，也引起祖国大陆和国际社会的高度关注。此前，这个人还出版过一本《战争论》，对日本军国主义的罪行进行了全盘否定，并诬陷亚洲国家"捏造"了南京大屠杀和从军慰安妇等日本战争暴行。《战争论》出版后，小林随即成为日本右翼理论界的新宠和台湾"台独"势力极力拉拢的对象，数次应邀访台，和李登辉成了莫逆之交，也成了陈水扁的座上宾。《台湾论》在台公开发行后，激起了台湾有识之士的同声挞伐。2 月 11 日，台湾作家、学者在台北举行座谈会，强烈谴责漫画《台湾论》歌颂美化日本殖民统治。映真、王晓波、黄俊杰和健民，在座谈会上纷纷以"沉重"、"羞耻"、"愤怒"等字眼形容自己的感受。他们认为，《台湾论》的本质是美化日本在台湾的殖民统治，对曾经受过日本殖民统治的台湾人民而言，不啻是一种侮辱。他们表示，这部为军国主义招魂、理应遭到中国人唾弃的恶劣漫画作品竟然可以不加掩饰地公然流传！这是不能容忍的！与此同时，健民的批判锋芒，2014 年还指向了一部名为《KANO》的电影。健民写了《台湾电影里的自我"再殖民"》一文，批判《KANO》以台湾"嘉农"棒球队历史为素材，"透过日本人的视角所呈现的'日治'荣光，不但燎起了民众把日本殖民当作台湾'现代化'原乡的集体想象，投合了时髦的媚日哈日风潮，更符合'台独'意识的政治正确，大大挑动了文化历史认同的集体亢奋。《KANO》热潮凸显了台湾的精神自我'再殖民化危机'。"这样频繁出击，用俗话说，在这方面，健民真是一个眼睛里揉不进沙子的人。我们甚至看到了，2011 年 9 月 1 日，健民写完一篇长篇文章，题为《龙应台的"大江大海"：反共文学现代版与高等华人的现代文明价值》，发表在当年 10 月的《台湾立报》"新国际"版上。文章是对龙应台的《1949 大江大海》展开批判的。健民认为，"台湾内战冷战体制的历史起源，在1949 年。对 1949 年历史的反省和批判，也是从知识上思想上或者感情认同上超克内战冷战意识形态的起点。然而，至今连一本最起码的有关 1949 的基本历史知识性著作都未出现，可见内战冷战意识形态仍然在台湾的精神思想领域占有统治性地位。果然，在这 1949 历史批判的不毛之地，长出了以'内战冷战现代化论'为基本价值观点，对 1949

年进行叙事的异化之果——龙应台的《1949 大江大海》"。让健民困惑不解的是，"此书一出大为热销，连中国大陆也出现一些粉丝"。健民鞭辟入里地批判说："这种现象印证了，内战冷战意识形态不但是台湾现实生活的结构，普遍地无所不在；而且在政治经济的再生产结构中，作为维护统治集团利益的思想不断地再生产。虽然它是脱离真实社会历史的虚假意识，颠倒意识，但作为维持现实的社会关系，是一个客观的存在。龙书表现出来的，虚假的1949，正是这种现象的最好的例证。"文章里，健民的批判从十个方面展开，即：一、现代话语的"反共剧"；二、没历史没社会的"文明价值"；三、建构"解放军残暴"的印象叙事策略；四、长春围城真相；五、争取政治解决，避免战争；六、"伟大领袖"在台湾开的枪；七、是国府"反动特质"的崩溃；八、国府的"战争和失败"；九、已无须别人来击败他们；十、自囚于内战的咒语中。健民的结论是："不去正视失败原因，不对历史反省，而只图以夸大战争的受害来掩蔽曾是加害者也是自害者的身份，再以虚夸的口气说以'失败者'为荣，这只会把自己囚禁在内战的咒语中，无以救赎。"

　　健民的批判文章这样写，已经显示出他与众不同的个性特征。他说话，写这一类文章，和其他反对"文化台独"、"文学台独"的战友站在一起，有一个明显的特征是，他总是把"文化"、"文学"同社会、同历史的考量紧密地结合在一起。

　　就此而言，可以说，健民深受映真的影响，追随映真绝不动摇，与映真携手并肩战斗不敢有丝毫松懈，跟映真一起建功立业最受人们敬重。

　　这要说到映真对日本学者尾崎秀树的推崇。

　　早在20世纪60年代，日本学者尾崎秀树就怀着对日本战争责任的深刻反省和"自责之念"，写下了力作《旧殖民地文学的研究》。尾崎秀树在书中提出了这样的疑问："对这精神上的荒废，战后的台湾民众是否曾怀着愤怒回顾过？而日本人又是否带着自责去想过呢？"尾崎秀树深刻地指出："倘若没有这种严峻的清理，战时的那种精神的荒废，还会持续到现在。"陈映真深感尾崎秀树提出的这一问题的重要性，在《精神的荒废》一文里，他深情地写道："每当在生活中眼见触目皆是的，在文化、政治、思想上残留的'心灵的殖民化'，尾崎的这一段话就带着尖锐的回声，在心中响起。"于是，他发自肺腑又振聋发聩地写下的呼吁和警策是："久经搁置、急迫地等候解决的、全面性的'战后的清理'问题，已经提到批判和思考的人们的眼前。"映真不仅呼吁世人去做，他自己也努力去做。他做，一是继续写政论、杂文，一是重新拿起小说的笔，用艺术形象去演绎这种精神上的荒废的严峻的清理。这就是《归乡》、《夜雾》和《忠孝公园》的问世。2004 年 11 月，映真在人间出版社出版的尾崎秀树的《旧殖民地文学的研究》陆平舟等人的中译本时，还写了一篇《出版的话》，指出，四十多年前，尾崎秀树"就构建了关于严厉批判日本帝国主义在台湾、伪'满洲'和朝鲜文学中留下的心灵和精神的伤痕的系统性论说"。就此而言，尾崎秀树的《旧殖民地文学的研究》实在是一部"划时代的，无与伦比的巨著"。就这部书的内容，映真特别关注三个方面的问题：一是，尾崎秀树认为，日本的"现代化"，"是明治维新以来，以牺牲亚洲为代价所达成，亦即以日本殖民地为牺牲的结果"。而台湾，又是"日本'现代化'过程中最初的牺牲者"。尾崎秀树就是在这样一种"充满深刻反省的历史意识下，凝视台湾文学史，特别是其'战时下'台湾文学"的。这和映真当年读到台湾籍留日学者刘进庆的《台湾战后经济分析》一书的影响完全相契合。映真说，那部书对他的影响是在于，为他"开启了从社会的、物质的推移，去科学地认识台湾"的思路，也从而有助于使他"从台湾社会经济的推移，去科学地认识台湾"的思路，也从而有助于使他"从台湾社会经济的推移为参照系，比较科学性地认识台湾文学及其思潮的演变"。二是，尾崎秀树研究的视野，是日本帝国主义占据台湾五十年时期的台湾现代文学史，从而，"对殖民地法西斯统治所造成的台湾文学和作家在心灵与精神上留下的伤痕，加以严肃、认真和诚挚的批判与反省"。三是，尾崎秀树痛烈地感到，这种严肃、认真和诚挚的批判与反省，就是要集中在对日本殖民主义、对"皇民化"的毒害的清理上。尾崎秀树认为，"日本的殖民地统治所带来的伤痕实在是太深了"。

就在映真急于严峻地清理这种精神上的荒废的时候，像是来自上苍的安排，健民从日本回来了。此前，籍贯花莲的健民在高雄医学大学毕业后到日本九州岛齿科大学做研究，并且留在北海道行医 10 年，回到台湾后在台北执业。健民后来追思悼念映真的文字回忆说："1992年底我全家从日本搬回台湾，记得是 1993 年初，他到我家谈了很久。当年 4 月，便由他发起共同成立了'台湾社会科学研究会'，他担任初代会长。他们在研究会创立宗旨中指出，'我们有鉴于此，深感一方面要批判地继承 1920 年代台湾社会性质论的遗产，为了克服当时台湾社会的民族与阶级的矛盾，援引了马克思关于政治经济的理论，进行了对于台湾社会与历史之科学的、自我认识工作；一方面又要进一步汲取二战以后依附理论、世界体系论以及其他各种进步的关于社会、政治、经济和文化各理论新的反省与发展，同台湾社会具体现实结合起来，建构一个科学地、批判地认识和改造台湾社会与历史的论述系统，诚为当务之急。欲达到这些目的，我们协议成立了这个研究会'。"后来，健民接任台湾社会科学研究会会长，专门研究台湾近现代社会史，尤其着力于光复后五年即 1945—1949 年的台湾史。

映真于 2016 年 11 月 22 日在北京病逝后一个多月，健民写了他对映真的追思文章《初论陈映真的台湾社会性质论和社会变革论》，阐释映真"台湾社会性质论"思想形成至成熟的过程。映真思想的精髓是，"将二十世纪后半叶的台湾定义为'新殖民地半边陲资本主义社会'，政治与经济上均对美日存在依附性，民族分裂的根源存在于美国新帝国主义在世界范围内的支配力量"。文章说，"映真将台湾放置在第三世界的视野下，认为东亚各国'冷战—戒严'的伤痛有其历史共性，亚洲人民应当团结起来对抗西方新殖民的宰制；并在'社会性质论'的基础上提出'社会变革论'，强调在统一过程中将台湾人民置于主体位置"。健民回忆了过去的十多年中，映真带领他们"在展开清理和批判台湾社会历史、台湾文学史、'台独'史观、东亚冷战和国家恐怖主义、新帝国主义批判、台湾社会性质论、统一运动等等，在各种文化、政治战线上，作为批判和对抗台湾非理的支配体制追求社会变革的学习和实践中"，自己是"全力向前冲刺的"。

我们今天读健民追思映真的这篇文章，在重新回顾映真作为新一代台湾民族英雄般的光辉历史的时候，也可以看到作为映真最亲密战友的健民一路走来的闪耀着思想光芒的足迹。

健民回顾说，"为了'建构一个科学地、批判地认识和改造台湾社会与历史的论述系统'，映真与研究会在十年间进行了不懈的努力"。"当时陈映真带领大家研读的第一本书，是艾思奇主编的《辩证唯物主义、历史唯物主义》。真正的从'马克思关于政治经济的理论'开始的。"健民的判断和结论是，映真的"台湾社会性质论在 1990 年代初期就已形成一定的架构"。1992 年 7 月写就的《祖国：追求·丧失与发现——战后台湾资本主义各阶段的民族主义》，以及其后的《台湾现当代文学思潮之演变》，两篇长文都对从日据到战后的社会性质为分期进行了各历史阶段的论述，即 1895—1945 年的"殖民地·半封建社会"，1945—1950 年的"半殖民地·半封建社会"，1950—1963 年的"新殖民地·半封建社会"，1963 年以后的"新殖民地·半资本主义社会"。接着，映真在一篇可能写于 20 世纪 90 年代中期的没有公开发表的共有 11 页的手稿《关于李登辉体制的分析笔记》里，通过对李登辉政权的政经分析，比较完整地阐述了他"有关台湾社会性质论的思考，不但做了阶级分析，还针对台湾社会性质论提出了进一步的社会变革论。比前述两篇有更大的进展"。《笔记》"最后说明了'当前社会的特质'是：蒋国家高度'相对自主性'的终结，李国家成为台湾资产阶级共同处理、镇压被支配阶级，促成台湾资本主义积累和扩大再生产的'办公室'"。《笔记》更"是分析了当前台湾社会诸阶级的关系，把当时的社会分为六个阶级——大集团资本家阶级、官商资产阶级、中小企业资本、中产阶层、农民、工资工人、城市贫民"。映真得出的"最重要的结论"是，当时的台湾社会性质是"新殖民地半边陲资本主义社会"。在这个基础上，健民说，映真对于台湾的变革运动的思考就是，"在克服新殖民地性上，主要内容是：反对美日新帝国主义，反对为外来势力服务的民族分裂主义（李体制分裂体制的"固定化"、"两国论"、依附美日对抗中国论以及"台湾独立"运动），发展批判的、科学的民族统一论"。"在半边陲性资本主义的克服上，不是全面扬弃，而是加以发展，使两岸统一构造的完成、大集团资本和官商资本中的买办性和官僚性的批判与否定，促进民族资本的健康发展。因而，克服半边陲资本主义性，还不是社会主义的变革，基本上是人民民主主义的变革。而这一切，又是为达到新时代社会主义的实现，准备条件。""关于批判的、科学的统一论，主要在变革过程中建立台湾人民在这统一过程中高度的主体力量，以这力量保证一定时期中台湾在'一国两制'下的高度自治，并在这历史的自治期中，发展先进的理论与实践，对中国的健康、自主、高度精神正当性之发展，做出贡献。"认识清楚了台湾社会的性质，思考了台湾社会变革的问题，健民说，映真面对的问题就是"我们要走怎样的道路"。健民回忆说："映真主张以社会性质论指导党的路线争论。"健民说："在 1994 年 4 月 1 日召开的劳动党代表大会上，英姿风发的陈映真清楚地说明了对当前台湾社会性质的分析是党路线争论的'首先重要的问题'。"映真说："到底我们目前这个阶段，我们党应该走先锋队的道路呢，还是走相对而言比较大众党的道路？那么这个问题也不是大家在这里你死我活争论就可解决的。我们的党须要有一个对我们台湾社会、台湾战后资本主义，做出比较科学的分析和研究，从而研究我们当前社会是什么性质，在这个社会里面阶级的关系是怎么样……谁是我们的敌人，谁是我们的朋友；这是首先重要的事情，没有把敌人跟朋友搞清楚，各阶级的力量的对比搞清楚，我们就没有办法马上在这个会上用争吵来解决我们该走大众性的党呢，还是前卫性的党？或者说，讲得更赤裸裸地说吧，是干革命的党。"健民的追思，又说到了，从2000年6月到11月，研究会进行了一系列（大约有十几次）有关台湾社会性质的讨论。从日据期有关台湾社会性质的资料（台共两个纲领、陈逢源和许乃昌的"我的中国改造论"、李友邦和矢内原忠雄的书籍等），一直到战后各时期的讨论；说到了映真在《联合文学》上发表了两篇批判陈芳明的《台湾新文学史的建构与分期》的长文，说到了映真在2000年3月18日陈水扁胜选后发表的《让历史整备我们的队伍》，等等。健民的追思，还说到了，对帝国主义的批判，其中包括1998年3月26日到6月11日，研究会组织的一系列的12次"帝国主义与台湾"的讨论会，其中，映真在4月16日作了《日本帝国主义殖民统治时期》的报告，健民他们在报告后进行了热烈的讨论。健民还回忆说，映真早在70年代末到80年代就对战后民族分裂的根本问题，积极进行了对美国新帝国主义支配的批判，作为岛内民主化运动以及国家统一运动的重要基础。其中，1999年7月28日AWC在台北举行的一次"跨世纪亚洲人民反对美日帝国主义运动国际研讨会"上，映真还发表了《帝国主义全球化和金融危机》，说明了帝国主义全球化的本体是跨国资本的逻辑和组织对于人类生活、思想、感情的全面支配，其蕴含的矛盾造成了金融危机。

令人十分感动的是，健民在追思映真时，特别提到了他们算是"永别"的一次记忆——

记得在2006年5月底，也就是陈映真要到北京的前夕，他和大嫂两次来我新店家，在有关搬家或车子如何等细琐事的谈话内容中，至今还清晰记得，他提出了趁此次机会一起把"台湾社会性质论"作一次总结，在那次算最后一次的见面中，虽然没有达到总结，但对于台湾社会性质的新殖民地性和资本主义性似乎有共同看法。直到今天，我深深感觉到在他在去北京之前内心最牵挂的事还是有关台湾社会性质论的建设。这也是他从 1990 年代初起，或者说，更早在《人间》杂志停刊后，他一直关心的焦点，不管在谈话中、创作评论中或是社会活动中经常突出的核心思想。这也是他出版《人间台湾社会经济丛刊》，创办"台湾社会科学研究会"、创刊《人间思想与创作丛刊》以及从事许多社会进步活动中的思想中心。

另外，还依稀记得，当时他还特别问起我们的运动中还有哪些可以跟上来的年轻人，还一一列出了名字，可见得在临走前他还忧心着运动后续的发展。

健民还对映真说："在你病倒医院的十年间，世界和中国又有新的巨大变化，时代似乎朝着我们努力的方向倒退，我想你在病床上也时刻关心着这些变化，痛惜的是，我们已听不到你的声音读不到你的思考了，我只有在台湾仍然独自沿着你开拓的道路继续向前走。"

历史已经书写下来，健民真的是在台湾仍然独自沿着映真开拓的道路继续向前走的。

事实上，不仅是 2006 年映真离开台湾到北京之后健民在向前走，从健民追思映真走过的道路，我们不仅看到了映真在开拓道路，也看到了健民跟映真一起开拓，一起往前走的身影。

回顾一下这种"一起开拓，一起往前走"的情景，人们可以坚信不疑的是，历史对健民建树的卓越功绩，也会一一镌刻在中华民族统一伟业的丰碑之上的。

我们透视一下健民的几部著作就会认同这样的评价了。

比如，台北联经出版事业股份有限公司 2005 年 8 月出版的他的《1945·破晓时刻的台湾——"八一五"后激动的 100 天》一书，就是以史料重建台湾光复初期的激奋和波折。"中国台湾网"对健民这部著作的介绍和评价是——他认为，在这 100 多天当中，台湾的政治、经济、历史、文化等等，全面进行了"去殖民化"和"祖国化"，这个并未完成的时代任务，原动力来自台湾民众高昂的民族感情。他说，历史是延续的，但在现今的研究中，经常以"战前"和"战后"作为分水岭，导致过渡期间被忽视。"1945 年 8 月 15 日之后短短 100 天，是台湾现代史上最复杂、激动、内容丰富的一段。"不过，这段时期的台湾社会状况，在目前的历史研究中却近乎空白。曾健民说，虽然已经到了 21 世纪，"但我们仍活在八一五之后、以美国霸权为首的世界秩序中"。曾经出版《新二二八史像》、《文学二二八》等书的曾健民，大量收集台湾光复前后台湾和日本的报章杂志，拼凑出当时的台湾社会图像。1945 年 10 月 25 日，中国战区台湾省受降典礼及庆祝台湾光复纪念大会在台北公会堂（今中山堂）举行。曾健民认为，这是台湾人民的民族情感最高潮，但随后的物价飞涨、省籍摩擦等问题陆续浮现，舆论对接管工作的不顺展开批评，民间也对光复出现失望情绪。台湾历史学者王晓波指出，历史是一连串的因果，曾健民整理、发表的这段历史，"其实是二二八的前因"，可以提供对二二八的背景理解。该书出版公司发行人、历史学者林载爵说，回溯 60 年前 8 月 15 日之后100 天，台湾那段"无政府"的光复初期是如此重要，却又如此"面目模糊"。作家蓝博洲有感而发指出，曾健民的努力让人意识到，台湾光复初期历史还必须有更多研究者投入，更全面地重新建立。大陆的网络评价说的是："本书所处理的，是一段台湾史上一直处于空白的时期，至今几乎未有人全面涉入过；即从 1945 年 8 月 15 日到翌年（1946）1 月，100 多天的历史。这段历史是台湾的战前与战后的交接时期，也是所谓台湾战后的起点。短短的 100 多天，却是最复杂、最激动，且充满丰富内容、富有多元启发性的一段时期。然而，除了 10 月25 日的光复节之外（现在连光复节也被取消了），我们一无所知；不但一无所知，甚至还被扭曲了，因为'八一五'已被'终战'所取代。"

再比如，2007 年 3 月，人间出版社出版了健民的《台湾一九四六·动荡的曙光：二二八前的台湾》。书中，健民阐释了，1946 年的台湾社会如何从殖民地转换为民族社会，如何从一个日本的殖民地复归为中国的一个省。在这样大的历史格局中，有"去殖民"的课题，如政权的接管和重建、日资日产的接收、日俘日侨的遣返等；对于殖民统治遗留的"债务"，有殖民历史的清理，如省外台胞返台问题，汉奸、战犯等问题；也有教育、语言、历史的"民族化"问题。然而，"去殖民"的反面，就是"中国化"（或"祖国化"、"民族化"）；当时，刚从半殖民地状态解放出来的中国仍带有浓厚的半封建残余，官僚主义、贪污舞弊横行。所以，台湾的"中国化"内含着"恶性的中国化"与

"良性的中国化"，进步中却又带着矛盾。健民在书里特别以"去殖民"与"中国化"为主轴为当时的台湾社会做详尽的分析。健民的忧国忧民之心，是要从世界不同的"战后史"观点中，以更广阔的"历史眼光"来看今日所处的"战后史"的困境，设法找到一道出口。

又比如，2009年11月18日，健民又有《1949·国共内战与台湾》一书问世。书中，健民主要从政治、经济、军事各方面综述了1949年国共内战的历史过程。从抗战胜利后，国共双方签订《双十协定》，并召开了"政治协商会议"，及至国共内战再起，政经陷入总危机开始，1949年经历了"三大"战役、蒋介石"引退"，以及第三次"国共和谈"破局；接着，解放军过江京沪易帜，蒋介石以及国民党政府虽然保有半壁江山，仍然欲振乏力，东南、华南、西南防线接连溃败，终致撤逃台湾。以台湾为"反共复兴基地"，并以舟山群岛、金门、海南岛等沿海岛屿为"反共跳板"，继续打内战。本书的另一半篇幅则着重在厘清：1949年中，作为国共内战重要部分的台湾省，如何从达官贵人以及撤退物资的"救生艇"，逐步成为国府的"反共复兴基地"的；在岛内则开始征兵，建立全民皆兵制度，强化戒严，彻底进行反共宣传，严查"禁书"，并进行"白色恐怖"统治。这些都成了日后台湾内战体制的起源。

还比如，2012年由健民担任总编辑的台湾社会科学出版社出版了他编刊的新作《台湾意识形态批判》。这部文集的内容是："从1980年代以来，近30年间，是'本土主义'（俗称台湾意识）从萌芽茁壮到成为统治性意识形态的年代。本书收录的这些篇章，大多是20年间前前后后对'本土主义'论的批判。这些篇章不但在揭露其虚假颠倒的面貌，也在揭露其政经权力的本质；希望从根本上克服更广义的内战冷战意识形态。其实，本土主义只不过是台湾内战冷战历史框架中产生的意识形态的一种。本书的最后四篇，跨出了对本土主义的批判，而对内战冷战意识形态的另外三种观念形态——反共主义、自由主义、普世价值等进行了比较具体的批判；特别集中在针对龙应台的一九四九论的批判，指摘其'内战冷战现代化论'的诡辩。龙应台的这种论述，实与本土主义的'日本殖民现代化论'有异曲同工之妙。"同年10月，台湾社会科学出版社又出版了健民编的《东亚后殖民与批判》一书。书中有"特集：香港回归十五年"，"专集：亚洲后殖民批判"，"选辑：东亚冷战与国家恐怖主义国际研讨会"、"论文选"、"台湾社会批判"、"两岸争鸣"、"复现黎明的历史"、"文学与艺术创作"等栏目。

到2015年11月，健民又在台北联经出版了《陈逸松回忆录·战后篇：放胆两岸波涛路》。这不只是关于陈逸松先生的个人生命史，更是一本关于台湾战后历程的时代史。突破了两岸分隔的历史界限，打开了新的历史空间和想象。

再到2018年11月，健民还出版了《东亚的忧患：日本的历史翻案和右倾化批判集》。此外，健民还有《台湾光复史春秋》、《1945·光复新声：台湾光复诗文集》、《新二二八史像》、《文学二二八》等书出版，这里不说了。

健民在追思映真的时候，说了："你与病魔搏斗十年的肉体已走了，但你留下的庞大思想体系仍在这纷乱的世界活着，深深影响每个人心灵。十年来，有时，在一些活动聚会中恍神中好像你还在场，在大家的迷惑中你会以特有的低沉有条理的声调拨云见雾地为大家直指问题核心。虽然你走了，但你的思想仍然活着。"

现在，映真的挚友与同道健民先生也病逝于台湾花莲。当人们看到，他以医生为正式职业，却凭借严谨的治学与精诚的理想填补了台湾近现代社会史研究的空白，在文化战线上为祖国统一的事业奉献终生，我们也可以说，你与病魔搏斗的肉体走了，但你留下的完整的思想体系仍在这纷乱的世界活着，深深影响我们活着的人的心灵。

2006年11月13日，健民作为中国作家协会第七次全国代表大会五位台湾特邀代表之一，接受《文艺报》采访时说，两岸文学的交流，虽然受到"文学台独"的极大阻碍，但从长远来看，这只是一时的逆流。通过发掘历史，从历史的长河来看这个事实，加上近年来两岸关系互动和两岸文学交往，"文学台独"的气焰会受到抵制。尤其是"台独"官员的贪腐，使"文学台独"更不得民心。希望两岸作家能够进一步携起手来，让台湾文学更能够呈现它同属中国文学的本来面貌。

安息吧，我们的健民好兄弟！你的美好愿望一定会实现的！

"留下一页不朽千古"

——纪念陈映真

赵遐秋

2021 年 11 月，6 日是陈映真 84 周岁冥诞，22 日是他永远离开我们的五周年祭日。为了永不忘却的纪念，我重读他的短篇小说《归乡》、《夜雾》和中篇小说《忠孝公园》，写下读后一得，以作这位伟大的爱国主义文学家之祭奠。

20 世纪 20 年代，日据时期，在台湾的中国文学，受到海峡这边五四新文化、新文学运动的直接影响，兴起了新文化运动，高举"德先生"、"赛先生"的大旗，发动了文学革命，用白话文代替了文言文，建立了反帝反封建，特别是反抗日本殖民统治的爱国主义新文学。从那时候以来，在台湾，在爱国主义文学发展的艰难历程中，先后涌现出来三位顶天立地的领军人物——赖和、杨逵和陈映真。

赖和是台湾五四新文学的奠基人。1924 年年末，台湾展开了新旧文学的激烈论战，赖和坚决站在新文学一边，写了《谨复某老先生》等文章，参加了论战，又和张我军、杨云萍等人一起，用文学创作的实绩，宣告了在台湾的新文学的诞生。1925 年 8 月，《台湾民报》发表了他的第一篇白话散文《无题》。1926 年 1 月，这家报纸又发表了他的《斗闹热》。这是台湾最早的白话短篇小说之一。赖和最杰出的贡献是开创了台湾新文学反帝反封建的爱国主义传统。他的代表作《一杆"称仔"》呐喊出来的是深沉而又强烈的悲愤。赖和于是发掘并宣示了台湾新文学的一个特殊主题。这一主题的文学表现和深化，是他在作品里揭露和批判日据时期的统治工具警察和"巡查补"，即"查大人"和"补大人"，揭露他们的专制，批判他们的残酷，即使坐牢也从不畏惧。

继承和发扬了赖和开创的台湾新文学爱国主义传统的是杨逵。杨逵的小说名篇《春光关不住》、《送报夫》、《水牛》、《模范村》、《鹅妈妈出嫁》等，张扬生活在台湾的同胞爱台湾也爱中国的爱国主义精神，颂扬"压不扁的玫瑰花"的精神，给人希望、勇气和力量。特别是，抗战胜利，台湾光复，历史进入到一个新的时期，面对美国、日本妄图分裂中国的一股反动势力在台湾推行"台独"路线的时候，以杨逵为代表的生活在台湾的中国人，继续高举爱国主义大旗，揭露所谓"独立"以及"托管"的一切企图，进一步揭露国内外一切反动的"台独"势力的种种"去中国化"的阴谋，爱台湾也爱祖国大陆，是这个时期杨逵对抗"台独"派的一个重要标志。作为当年台湾文坛上的一面光辉旗帜，战后的1949年，他积极支持台湾大专院校"麦浪歌咏队"的爱国巡回演出，发表同情"二二八"被捕人员及主张结束内战赞同和谈的《和平宣言》，被台湾当局逮捕，监禁在火烧岛集中营，长达12年。

勇敢地接过赖和和杨逵的爱国主义旗帜，陈映真领导推动了以反对"台独"为核心的爱国主义运动。他写出了大量的声讨批判"文化台独"、"文学台独"的战斗檄文，反对以叶石涛为代表的"文学台独"，组织了台湾文学界反对"文学台独"的战斗队伍，将台日勾结为"皇民文学"招魂的阴谋拿来示众，揭露了接过叶石涛衣钵的陈芳明的"后殖民史观"，指出他诬蔑中国是"外国"对台湾"殖民"，实质是主张"文学台独"。陈映真吹响了两岸文学家联合反对"文学台独"的集结号。他还先后写出了短篇小说《归乡》、《夜雾》，中篇小说《忠孝公园》，用艺术形象反对"文学台独"，呼唤国家统一。这，在台湾文学界，祖国大陆文学界，以至世界华文文学界，他当属第一人。

读《夜雾》，人们可以看到20世纪70年代末期到90年代台湾社会生活的重大事变与事件，比如中美两国建交，美国在外交上断然舍弃台湾，"美丽岛事件"，"林宅血案"，"民主进步党"成立，国民党宣布"解严"，解除党禁、报禁，蒋经国去世，李登辉主政，四次"修宪"，虚化台湾省政府功能，特别是国民党政权迅速"本土化"，标榜实行西方民主制度，谋求"两个中国"的政策日益明朗化，分裂祖国的势力愈益煽动仇视大陆的情绪，"台独"活动更加猖狂，等等，时代气息至为浓郁，时代色彩更为鲜明。这样写，《夜雾》就有了作品的时代性。弥足珍贵的是，《夜雾》还写了台湾社会生活巨变对小说主人公李清皓的刺激，以及留给他的精神上的烙印，直到他精神失常，自杀身亡。你看，在万头攒动的游行人潮中，李清皓奉命便衣搜查，他看见"从路上开进来一小队群众，拉着上面写着'台湾、中国，一边一国'的白布条"，还看见一个穿黑灰色夹克的男子用绳索拴着的一条小白猪惊慌失措地窜，而"小白猪身上被人用利器刻着'中国猪'几个歪歪斜斜、渗着血丝的字。人群中传来笑声，小白猪'呜呜'地叫"。就在这时，李清皓听到了"台湾独立万岁"的口号声。顷刻，他感到一种突如其来的、空虚的、深渊似的恐惧。他"第一次感觉到外省人的自己，已经在台湾成为被憎恨、拒绝、孤立而无从自保的人"。这样的直白，这样的描述，令我们读小说的人，犹如身临其境一般地目睹了"台独"分裂祖国的可耻罪行，何其残忍！记得，在京西北西三旗我们家，我们读《夜雾》这段文字时，映真突然站了起来，愤愤地说："是可忍，孰不可忍！"他告诉我们，写作这篇小说时，他的心情是痛苦，愤怒，渴望去战斗！我似乎又听见他那铁骨铮铮的宣言：我是个死不改悔的"统一派"！

读《忠孝公园》，我们见识到了一个名叫"林标"质疑"我是谁"的艺术典型。这是一个台湾籍的日本兵。日本军国主义侵占台湾后强制推行的"皇民化运动"，并没有吞没林标一家人的心灵。林标的爸爸妈妈和他，都没有改成日本姓名，在家里坚持说汉语。在他们心里，他们是台湾人，也是中国人，台湾、中国是分不开的，融为一体的。1944 年 19 岁的林标被征入伍，报到的那一天，日本军官宣布他是日本人，是日本皇军，顿时，他糊涂了——"日本人？"在心里，他还是暗暗地觉得至少自己是台湾人。不久，林标戴着"日本皇军"的帽子，辗转被送到赤日炎炎的南洋前线。在南洋，种种见闻和亲身经历感受，让他迷惑了。尤其是，日本投降后，大队长对林标他们说，从此你们都变成中国人了，他更困惑了。凭空而来的战胜国身份，一点也没有给他带来胜利的欢乐。战争结束了，他却更糊涂了，自己，究竟是中国人，还是日本人？这以后，又是种种的人生遭际一直让他伤悲、疑问、困惑，是台湾人？还是中国人？或者日本人？最后，在人生快要走到尽头的时候，他还是无奈地，又是愤怒地，发出疑问说："我，到底是谁？我是谁呀？"映真告诉我，写到这里，他难过得写不下去了，放下笔，呆呆地坐在书桌前，很久，很久。他还说，一个人最痛苦时，是无语，无思，无泪，脑子里一片空白。当时，他就是这样的。也就在那一刻，我才读懂了他那篇《精神的荒废》的文章，明白了他为什么要大声疾呼："久经搁置、急迫地等候解决的、全面性的战后的清理问题，已经提到批判和思考的人们的眼前。"

再读《归乡》，我们就看到了，兵荒马乱的年月里，一个林世坤，从台湾流落到大陆，大陆成了他的另一个故乡。一个老朱，从大陆漂泊到台湾，台湾也成了他的故乡。两个老兵邂逅在人生的旅途上，却原来都有一个共同的情结。少小离家，有家不能回，待到归乡时，却又难舍他另一个家，这"归乡"的路，何时是个头？于是，乡愁诗意化，归乡的情结就此纾解而升华。映真用林世坤和老朱这两个艺术形象昭告世人："台湾和大陆，两头都是我的家。"这"会住在你心里头，时不时，在你胸口咬人"，让你刻骨铭心，让你终究也难以释怀。于是，我们读懂了，这归乡的路，其实就是统一的路，就是不分大陆和台湾都是一个中国的路！

岁月流逝，真情永在。我们读小说的人，仔细回忆，认真思索，还有第二人这样写过吗？没有了。没有第二位小说家，连续用三篇小说，在写好 20 世纪 70—90 年代台湾社会风貌的时候，这样深情灌注于"中国统一"这样一个历史性的重大主题了。前，无古人；后，至今尚无来者。"陈映真"这三个字，就这样镌刻在我们的当代中国文学史上，镌刻在我们中国国家统一的历史上了，"留下一页不朽千古"了。

【说明】

"留下一页不朽千古"，见安九词、张征作曲的《寸心》。

2021 年 11 月 5 日于京东朝阳东风小镇家居

编后记

赵遐秋

看完这部书稿的三校稿，有些话，还得再多说几句。

讲三点。

第一点是，看 2019 年的台湾"金马奖"，大陆和香港没有报名参加的电影，也没有报名去参加活动的电影人，只有台湾岛上那些电影界的人，包括一些"台独"分子，自说自话自己作秀，冷冷清清，了无生气，还真有点惨不忍睹的样子，这就是，一切的一切，都终于遭到去年搞"台独"闹剧的报应。人们由此更加坚信，一切"台独"活动，这种倒行逆施的活动中，所有的"台独"势力，"台独"分子，"台独"言论，"台独"思想，都绝不会有什么好下场！

前几天，在网上看到，台湾名嘴邱毅先生在一个谈话节目里十分忧虑于陈水扁、蔡英文之流修改的教科书会摧毁掉这一代台湾青少年对中华民族对中国的认同和皈依。这当然应该引起我们的足够重视。不过，"沉舟侧畔千帆过，病树前头万木春"，一切"台独"分子的倒行逆施，阴谋诡计，都不会得逞。

当然，这也更加警醒了我们，要将批判和反对一切"台独"的斗争坚决进行下去！

这也就更加激励了我们，要把这本书编好，印好，流通好，以期再接再厉发挥好反"台独"斗争中"批判的武器"重要作用。

第二点是，我们大陆同胞，还得重视反对"台独"，特别是反对"文化台独"的斗争，不可以掉以轻心。

说一件往事。

十八年前，我们俩写成《"文学台独"批判》的 20 万字书稿。考虑到这是大陆批判"文学台独"的第一部理论著作，基于慎重，需要广泛征求意见，以便我们进一步修改，同时针对"文学台独"论调进行深入揭露、剖析和批驳，中国作家协会台港澳暨海外华文文学联络委员会于 2001 年 6 月 8 日在北京召开了一个有相当规模也相当高规格的座谈会。四十余名来自大陆和台湾的专家、学者出席了会议。时任作协党组书记、副主席金炳华先生，时任副主席邓友梅先生，时任书记处书记金坚范先生，北京著名的资深中国现代文学专家王景山教授，著名台湾文学研究专家古远清、古继堂、黎湘萍等先生，著名的资深台湾工作者周青、苏庆黎、张光正等先生，还有大陆文学界诸多专家，都对书稿做了非常高的评价。2001年12月九州出版社出版时书名改为《"文学台独"面面观》。后来，陈映真先生在2003年7月的台北人间出版社版用了一个新的书名——《台独派的台湾文学论批判》。

陈映真先生对此有一段文字说明。他当年7月10日署名"编辑部"写就的《写在本书台湾版出版之前》说了以下几点：

> 这本书顾名思义，是针对"台独"派几个有关台湾新文学主要的"原教义化"的论说的批判。因此，自然容易让人戴上"中共官方和中共文学界对台湾本土文学的打压"这样一顶政治帽子。说来好笑，事实却恰恰相反。先说书名。原书稿书名本来是《"文学台独"批判》。在大陆出版前曾广征大陆台湾文学研究学界关于本书内容各方面的批评意见，结果竟而意外地大，意见无非主张要温良恭俭让；对叶石涛批过头了；……顶着这些压力，连书名也不能不改为大陆版的现有书名《"文学台独"面面观》。台湾版的书名《台独派的台湾文学论批判》是我社自定，无非坦荡磊落，名实相副，不掩藏自己的旗帜。

> 还有能使岛上"台独"派一乐的新鲜事。据最近的南京某高校老师来信，《华文文学》2002年第4期发了一篇文章，为叶石涛鸣不平，说他老人家不是"台独"派。大陆"学者"不知，叶氏日文版《台湾文学史》的译者泽井律之在翻译本"解说"上都说，叶氏有关台湾文学性质论，长期说"台湾文学是中国文学的一支流"，甚至也是"中国抗战文学的一部分"。说台湾文学是"在台湾的中国文学"，是"在台湾的中国人所创造的文学"。但这些说辞在单行本全被叶石涛删除。泽井说这是叶石涛跟着80年代中期后台湾政治"自主化论"成为主流的脚步而改变说辞的。

> 同来信上说，同一期的同杂志还刊了某"权威"学者文

章，力赞台湾师大教授许俊雅在日据台湾文学研究上"功勋卓著"！而许教授的台湾文学研究之"台独"倾向，在台湾是众所周知的。更妙的是，同杂志今年第2期《台湾文学研究》专栏上有文章吹捧西川满，主张这位当年"皇民文学"的奴隶总管西川的作品应纳入台湾文学！……新世纪的奇观。莫过于此！

……平心静气想，大陆知识分子对岛内"文学台独"的认识需要有一个过程，但也不能不责备他们用功不足，研究怠惰。其次，这原本就是岛内觉悟了的台湾文学同仁自己的斗争任务。而正是基于种种考虑，加速了我们入手已久的这本书稿的出版。而"台独"派准备丢到我们头上的"为中共统战"、"为中共收编、矮化台湾文学"、向大陆"隔岸借力"的帽子，我们一顶也戴不上！

最后，我们感谢作者曾庆瑞教授和赵遐秋教授优秀辛苦的劳动。我们也感谢大陆九州出版社慨允授权我社在台湾出版繁体字修订版。

第三点，实际上也是版本问题。这部书里，有些地方，内容有重复出现的地方。我想请大家理解的是，文化或者说文学领域的"台独"分子，他们的活动、言论、著述文字，我们在不同的场合，针对不同的目标，说话、写文章、写书，展开对他们的批判，一定会反复引用史料，引用"台独"派、"台独"分子的"台独"言辞，重复一些我们对他们的批判。这难免。所以，请大家理解。

2019 年 12 月 5 日　初稿
2022 年 3 月 20 日　定稿